대결로 보는 세계사의
결정적 순간

Begegunug mit dem Genius

역사를 바꾼
결정적
순간

• 루돌프 K. 골트슈미트 엔트너 지음 •

달과소

Begegnug mit dem Genius

천재는 인류의 커다란 비밀 중 하나이다. 그들의 본질은 형이상학적이고 철학적인 사유에서 시작되고 끝나기 때문에 그 존재의 비밀을 생명의 법칙에 따라 파악하려는 시도는 모두 실패로 돌아갔다. 우리는 천재들의 신체적, 정신적 특징과 특이성은 비교적 쉽게 발견할 수 있지만 개인적, 인종적, 사회적인 조건들은 알기내기 어렵다. 천재는 그를 배출한 민족에게는 은혜이며, 그 민족이 전 인류에게 주는 선물이기도 하다. 또한 천재는 인간 실존의 가장 드물고 고귀한 형태이다.

천재의 행위는 어떤 보편성에 관련되어 있고, 전체 민족이나 문화와 관련되어 있기 때문에 우리는 그의 출현과 영향의 혜택을 받게 된다. 천재는 인간으로 하여금 난관을 극복하도록 돕고, 삶 속의 체험들을 유용한 형태로 정리할 수 있도록 돕는다. 천재는 자신을 겸허히 따르는 사람들을 고양시키고, 그들에게 파괴되지 않는 힘과 권력과 참된 부와 내적 자산을 부여한다. 또한 천재는 스스로에게 자신의 인격을 유지하기 위한 무기를 제공하는데, 천재의 위대성이 그 어떤 외부의 명령으로도 파괴되지 않는 것과 마찬가지로 이러한 무기는 지상의 그 어떠한 권력에게도 빼앗기지 않는다. 이러한 의미에서 '무너진' 위대성이나 '몰락한' 위대성이란 없다. 무너지고 없어져 버리는 위대성이라면 그것은 이미 위대하지 않은 것이다. 나폴레옹이 천재라면, 이는 유배당한 세인트헬레나 섬에서도 그러한 것이다. 그는 단지 어떠한 행위를 취할 가능성을 빼앗긴 것일 뿐이다. 그의 힘과 권력은 사라졌지만, 유럽을 새로운 질서로 재편한 그의 영향력은 사라지지 않았다. 이러한 사실은 정신적 천재들에게도 마찬가지이다. 사람들은 숭고한 정신에 대하여 고통스럽고 모욕적인 고립을 선고할 수는 있지만, 그의 위대성과 영혼의 높이는 고립시킬 수 없다.

천재는 자신의 과제가 갖고 있는 모든 맥락을 세부적이고 전체적으로 꿰뚫어보는 명철한 직관자로 나타날 수 있다. 또한 천재는 자신의 과제를 해결하는 데 필요한 시각을 보유한 직관자로 나타날 수 있는데, 이는 세계를 변화시키고 새로운 질서를 만드는 마신(魔神)이다. 그는 범용한 사람들로서는 따를 수 없는 자신만의 법칙 아래 살면서 모든 특징들을 통일시킨다.

천재에게는 하나의 능력이 필연적인 것으로 보인다. 보통의 사람들이 외적 형식이나 사건만을 지각하는 데 반해, 그들은 사물의 본질을 꿰뚫어본다. 칼라일(1795~1881. 영국의 사상가이자 역사가)은 행위의 마신이었던 나폴레옹에 대해 다음과 같이 말했다.

"나폴레옹에게는 보기 위한 눈이 하나 더 있다."

천재성은 자기 삶의 법칙 속에 자유와 속박, 해방과 의무를 통일시키면서도 하나의 인격으로 조화를 유지한다. 그 안에는 많은 비밀들이 작용하고 있어, 결국은 오직 한 사람만이 그를 완전히 이해할 수 있다. 이는 바로 그 자신이다. 그리고 운명적인 순간에 행한 결정적 행위들에 대해 사람들은 '왜'와 '어디로'를 설명하고자 시도한다. 이러한 시도는 때때로 헛될 뿐인데, 이는 그가 어두운 길 위에서 오로지 자신의 수호신에게만 인도되어 걸으며 그 행위들을 이해하고 완수하기 때문이다. 일반적으로 그의 특성에는 끝이 없다는 것도 포함된다. 한스 토마는 독일의 회화에 있어 가장 위대한 천재인 알브레히트 뒤러에 대해 다음과 같이 말한 적이 있다.

"뒤러는 그토록 많은 내면의 얼굴을 갖고 있었기에, 만일 그가 백 살을 더 살았더라도, 또 다른 백 년 동안 우리에게 자신의 환상을 선사할 수 있었을 것이다."

위대한 예술가들의 완숙기의 작품들은 직관과 형식의 새로운 가능성들을 보여준다. 천재에게 다가가고 천재와 씨름하는 이 세계는 언제나 그 일부만을 감지할 수 있으며, 종종 그를 오해할 위험성도 갖고 있다. 이는 천재가 다음 시대의 소유이거나 소명이 될 직관과 질서를 선포하기 때문이고, 때로는 천재의 업적이 가지는 내용과 형식을 제대로 체험하고 정복하기 위해서는 그 업적을 통해 서서히 일어나는 일반적인 직관의 변화가 완전히 이루어져야 하기 때문이다. 모든 천재는 삶의 결정적인 시기에 세간의 이러한 오해를 경험한다. 그렇기 때문에 시대에 앞서고 낯설다는 이유로 천재는 세계와 만나는 지점에서 가장 커다란 긴장에 노출된다. 이러한 긴장이 비록 고차원적인 체험이라 하더라도 비극적 사건이 되는 경우가 있는데, 이는 세계가 또 다른 천재로 인하여 다시금 다른 방식과 사명으로 재현될 때이다.

천재는 스스로 공동체의 과제를 해결할 수 있는 자신만의 힘을 가지고 있기 때문에 정신적 임무를 수행하기 위해 필요한 천재의 자기중심주의는 정당화된다. 이러한 자기중심주의로 인하여 천재들의 우정은, 니체가 심금을 울리도록 표현했듯이 '별들의 우정'과 '지상의 숙적'으로 끝날 수 있다. 처음부터 비타협적인 적대 관계로 이루어지는 천재들의 숙명적인 만남과 마찬가지로, 창조적인 우정이 침울한 낯선 관계로 변화하는 것도 우리에게 두려움을 불러일으킨다.

이보다 훨씬 문제가 되는 천재와 세계의 만남은, 천재의 위상에 이르지 못하는 사람이 세계를 대표하는 경우이다. 그는 단지 자신이 대표하고 수행하는 이념이나 현실적 사건들을 통해 자신에게 맡겨진 위대한 역사적 사건에 결정적으로 참여함으로써 역사적 의미를 획득한다. 이는 메테르니히의 경우가 그러하다.

천재는 그 과제와 투쟁, 승리와 몰락을 통해 다양한 만남을 분명하게 보여준다. 그러나 우리들이 아는 인간적 사건들 중, 유다가 예수의 제자가 되고 그를 배신한 사건만큼 거대한 붕괴와 재건을 불러온 천재와 세계의 만남은 없었다. 수많은 사람들에 의해 신성시되는 예수의 운명이 가지는 숭고함과, 이 문제가 전설에 깊이 뿌리박고 있기 때문에 역사적 증명은 불가능하다. 유다의 배반에 대한 서술은 예수가 가지는 종교적 신비를 '설교'하지 않고, 우리에게 전해지고 있는 자료와 이 사건에 대한 수백 년간의 예술 및 전설의 해석을 바탕으로 이 만남이 다시금 소생하도록 시도하고 있다.

비스마르크(1815~1898. 프로이센의 수상)와 몰트케(1800~1891. 프로이센 육군 참모총장)의 만남은 또 다른 문제를 보여준다. 국가 지도와 군대 지휘의 대립, 즉 정치와 군사, 정치가와 지휘관의 대립이다. 비스마르크와 몰트케는 인간적으로 서로의 업적에 대해 깊은 존경심을 보여주었다. 그럼에도 불구하고 그들의 공적 교류는 정치에 있어서 전략적 견해와 목표의 상이함에 영향을 받았고, 그들의 사적 관계는 냉철한 실무성과 품위 있는 거리유지에 영향을 받았다. 비스마르크가 받은 수천 통의 서신들은 프리드리히스루에 보관되어 있는데, 그중에서 몰트케가 보낸 사신(私信)은 단 한 통도 없다. 그리고 비스마르크의 편지를 엮은 방대한 전집은, 론(1803~1879. 비스마르크, 몰트케와 함께 삼두정치의 한 축을 이루었던 육군 장관)과의 절친한 교분은 특별하게 표현하고 있지만 여기에도 비스마르크가 몰트케에게 보낸 서신은 단 한 통도 보이지 않는다.

몰트케가 1889년 근속 70주년을 맞았을 때도 비스마르크는 관습적으로 이용되는, 서기가 쓴 편지를 보내고 그 편지에 단지 서명을 했을 뿐이다. 발더제는 이에 대해 "이 두 사람이 얼마나 서로 어울리지 못했는지를 세상은 아마 상상도 못할 것이다."라고 평했다. 수년 간 비스마르크와 몰트케는 업무상으로만 서로 만났다. 비스마르크는 수상으로서 사사로운 모임에 참가한 적이 결코 없었고, 몰트케도 결국 빌헬름 거리 ―베를린의 옛 관청가― 로의 발걸음을 중단했다. 몰트케가 80세가 되어 비스마르크 자택에서 열린 저녁 사교 모임에 참석했을 때, 그는 후작 부인에게 너무나 냉랭한 대접을 받아서 식사를 마치자마자 서둘러 작별을 고했다.

비스마르크와 몰트케 간의 이러한 긴장 관계는 뿌리 깊은 원인을 갖고 있다. 비스마르크는 전쟁 지휘에 대한 영향력 행사를 포기할 수 없었고, 몰트케의 참모본부는 이에 반대해야 한다는 의무감을 갖고 있었다. 왜냐하면 몰트케는 전쟁의 지휘를 정치적 목적으로부터 독립시킬 수 있으며, 나아가 자신이 이러한 정치적 목적 자체를 결정할 수 있다고 믿었기 때문이다.

1866년까지 비스마르크는 국왕 앞에서의 참모본부 브리핑에 동석하여, 종종 참모본부의 의견과 어긋나거나 이를 보충하는 견해를 피력했고 자신의 견해를 관철시키기도 했다. 1870년 군부는 어떠한 경우에도 이러한 일이 되풀이되지 않도록 하겠다고 굳게 결심했다. 비스마르크는 군사적 결정에 대해 통지를 받지 못하게 되었고, 결국 파리 포위 당시에는 베르사이유의 같은 본부에 있으면서도 비스마르크와 몰트케가 몇 주 동안 서로 만나지 않는 정도에까지 이르게 되었다. 그들은 서로를 피해 다녔다. 물론 두 사람의 기질 차이도 그들의 관계에 영향을 끼쳤지만, 이러한 불협화음은 개인적이면서도 감정에 치우치지 않는 것이었다.

비스마르크는 자신의 업무를 어렵게 만드는 군부의 저항을 느꼈고, 그는 그러한 대립의 감정을 결코 숨기지 않았다. 그는 자신의 해저터널 계획에 군부가 반대하자 다음과 같이 고백했다. "이러한 반대는 군부의 질투 때문이며, 나는 1866년, 1870년 그리고 그 이후에도, 그 질투와 쓰라린 투쟁을 벌여야 했다." 비스마르크는 군부의 활동 기반을 자신이 만들어주었다고 주장했고, 특별히 자만하는 바 없이 "군 명예의 기초를 닦은 정책은 내가 그 지휘를 맡지 않았다면 아마도 전혀 불가능했거나 다른 방향으로 이루어졌을 것이다. 만약 빌헬름 1세가 다른 사람을 통해 다른 내용의 자문을 받았다면 과연 군이 그 영웅적 행위를 수행할 기회를 얻었을 것이며 몰트케 백작이 칼을 뽑을 기회라도 가졌을 것 같은가?"라고 반문했다. 1890년 위기 – 1890년 의회의 사회주의자 진압법안 부결, 의회 해산, 총선거, 비스마르크의 쿠데타 및 내각 총사퇴 계획, 비스마르크 사퇴로 이어진 정치 위기를 말함– 로 인해 비스마르크가 해직되었을 때 그는 군 장성들로부터 버림받았다는 느낌을 받았다. 비스마르크는 마지막 황제 빌헬름 2세가 군 장성들과 가졌던 회의에 대해 자주 언급했는데, 이때 황제 앞에서 군 장성 중 누구도 비스마르크를 변호하지 않았다는 데 대해 그는 앙심을 품은 것 같다.

"1890년 1월 18일 저녁에 지휘권을 가진 장성들은 베를린 성으로 소집되었다. 표면적으로는 폐하께서 장성들로부터 새로운 군 관련 법률안에 대해 듣고자 한다는 이유였다. 그러나 약 20분이 걸린 이 모임에서 실제로는 황제가 연설을 했는데, 믿을 만한 소식통에 따르면 황제는 연설 말미에 나를 파직시켜야겠다고 통지했다는 것이다. 내가 러시아를 상대하는 데 있어 자의적 행동을 하고 있으며 무언가를 숨기고 있다는 비판이 참모총장 발더제에게서 들어왔다는 것이다."

발더제는 이 일이 자신의 관할이기에 위에 언급된 외교공관 보고서와 이의 군사적 귀결에 대해 보고했다. 군 장성들 중 아무도 황제의 연설에 대해 말을 하지 않았으며 이는 몰트케도 마찬가지였다. 몰트케는 나중에 계단에서 말했다고 한다. "이것은 매우 유감스러운 일이다. 이 젊은 주인은 우리에게 앞으로도 많은 숙제를 안겨줄 것이다."

비스마르크는 아마도 "그것이 그 순간 내 위대한 전우가 했던 말의 전부다."라고 조용히 덧붙였다.

모든 장교들이 그랬던 것처럼 몰트케도 황제 앞에서는 자신을 최고 지휘자 앞의 한 군인에 불과한 존재로 느꼈다. 이는 비스마르크가 불쾌하게 언급했던 1890년 3월 위기에서 몰트케가 보여준 소극적 태도를 정당화하지는 못하겠지만 최소한 이를 이해하게끔 할 수는 있다. 또한 몰트케는 여러 차례 거론된 문제, 즉 '군대의 지휘와 국가의 지도'라는 문제에 있어 침묵했고, 자신의 글에서도 결코 이에 대해 언급하지 않았다. 그리고 그는 1870~1871년의 전쟁에 대한 방대한 역사를 기술했는데, 거기에서도 비스마르크의 이름은 전혀 언급되지 않았다!

물론 비스마르크와 몰트케는 서로 간의 견해 차이를 공공연하게 드러내 보이기에는 너무 품위를 갖춘 사람들이었다. 결정 권한을 둘러싼 갈등에서는 비스마르크가 승자였다. 그랬기에 그가 몰트케의 업적을 인정하는 것도 좀더 쉬웠을 것이다. 비스마르크는 제국의회에서 몰트케의 자리를 가리키며 말했다. "우리가 제국의 통일을 이루는 데 폐하 다음으로 큰 공헌을 하신 분이 바로 저기 앉아 계십니다. 군이 없으면 독일도 없습니다." 비스마르크가 1892년 몰트케가 사망한 후에 인터뷰 형식으로 이루어진 대화에서 다음과 같이 말했던 것도 단지 기사도에서 나온 행동이었다. "세상을 떠난 친구 몰트케 백작에 대해 내가 언급할 때, 그 언급이 지휘관으로서의 그와 관련된 것이라면 그 자체가 월권이 될 것이다. 나는 단지 그와의 개인적 관계들에 대해서 그가 그 모든 상황, 때로는 어려운 상황에서도 언제나 사랑받을 만한 친구였다는 점을 증언할 수 있을 뿐이다."

나는 몇 년 전에 참모부 문서보관소의 문서 전시회에서 '국가 지도−군대 지휘'라는 문제의 어려움을 설득력 있고 명확하게 밝혀주는 한 통의 편지를 발견했다. 그것은 몰트케 참모총장이 국왕에게 보낸 편지로, 프랑스에 제시해야 한다고 생각한 강화 조건을 세부적으로 밝히고 있는 것이었다. 빌헬름 1세는 이 편지를 비스마르크에게 넘겨주었다. 이 편지에는 군부가 당시 프랑스에 대해 제기하려고 했던 강화 조건들이 몰트케의 부드럽고 섬세한 필체로 적혀 있었는데, 주지하다시피 이 조건들은 프랑스의 능력을 훨씬 넘어서는 것이었다. 몰트케의 섬세한 필체 위에 비스마르크 수상의 크고 육중한 필체가 줄을 긋고 내용을 정정하고 거부한 그 편지는 많은 것을 웅변하고 있다.

이 문제에 대해서는 이미 많은 연구가 이루어졌고, 정치적 지도가 심각한 실패를 맛보았던 제 1차 세계대전의 경험들을 통해 사실상 판정이 내려졌다. 위대한 전쟁 철학자 클라우제비츠는 다음과 같이 말하고 있다. "전쟁은 항상 정치적 상황에서 시작되고 정치적 동기를 통해서만 일어난다. 전쟁은 정치적 행위이다." 전쟁에서 상부의 책임 있는 정치가가 국가에 대한 지도권을 장악하고 있어야 한다는 것은 경험과 숙고로부터 나오는 피할 수 없는 결론인 것처럼 보인다. 그러나 정치는 사명의 문제이지 단지 직업의 문제는 아니다. 군 지휘관도 정치적 통찰과 이에 속하는 정치적 의지를 보유할 수 있고, 반대로 운 좋게 지도자의 위치에 오른 정치가는 이를 갖지 못할 수도 있다. 그러므로 크롬웰이나 프리드리히 대왕이나 나폴레옹이 그랬던 것처럼 국가의 지도와 군대의 지휘가 한 사람의 손에 놓여지고 그 인물이 두 영역 모두에서 유능할 경우에 이 문제가 가장 탁월하게 해결될 수 있다.

1

최상의 죽음은 불의의 죽음이다

카이사르 vs 브루투스

1 ─────

기원전 44년 3월 14일 저녁, 로마 제국의 통치자 줄리우스 카이사르
(BC.100~BC.44)는 그의 벗이자 갈리아 및 스페인 속주의 총독이었던 마르쿠스
레피두스의 집에 있었다. 그들은 식사를 하며 매우 심각한 이야기를 나누었
던 것 같다. 카이사르는 다음 날 원로원 회의를 소집했다. 통찰력이 뛰어난
사람들은 이 회의가 세계사적 의미를 가지게 될 것임을 예감했다. 사람들은
카이사르가 이 회의에서 알렉산더 대왕의 왕관을 자신의 머리에 쓰게 될 것
이라고 말했다. 그는 이 회의가 끝난 후 파르티아 원정을 위해 아시아로 출
정할 예정이었다. 고대 로마 제국의 유언과 알렉산더 대왕의 약속이 이 전
쟁을 통해 완성되는 것이다. 카이사르의 군주제 도입 계획에 대해서는 오늘
날 더 이상 이견이 없다. 카이사르가 왕관을 탐했다는 사실에 대한 의심도
역사 연구에서는 더 이상 논쟁의 대상이 아니다. 왕권 추구라는 의도는 처

음부터 그의 머릿속에 자리 잡고 있었다기보다는 사태의 전개에 따라 차차 나타났다. 만일 원로원의 결의가 있었더라도 카이사르는 속주들의 황제가 되었을지는 몰라도 공화국 로마에 대해서는 형식적인 행정 수반의 지위에 남았을 것이다. 하지만 실질적으로는 독재 권력과 국가가 하나로 통합되었을 것이고, 카이사르 자신도 이 권력을 세습 후계자에게 물려줌으로써 공화정 로마는 종말을 고했을 것이다. 공화국 로마의 종말이란 법률에 근거한 제도의 변화가 아니라, 권력과 지배력이 한 사람의 손에 놓여 있다는 엄연한 현실에 따라….

카이사르 스스로가 분명히 밝히지는 않았지만 여러 상황을 통해 짐작할 수 있듯이 그는 거대한 야망을 갖고 있었다. 카이사르는 많은 계획을 세우고 있었는데, 당시의 사정을 잘 관찰해 보면 '서방 문화를 유서 깊은 동방 문화와 통합하여 새로운 삶의 형태를 창출해 내고자 하는 것'이 그가 노력해 온 거대한 정신적 목표이며 자신의 행위와 정책의 최대 목적으로 생각하고 있었다는 것을 알 수 있다. 그가 파르티아 원정을 위해 출정 준비를 하고 있을 때, 그리고 이 전쟁에서 승리한 후에 게르만 족에 대한 대대적인 정복에 나서리라고 결정했을 때, 그는 분명 이러한 구상의 실현 가능성에 대하여 깊이 생각하였음에 틀림없다. 카이사르는 자신이 내려야 하는 결정이 얼마나 중요하고 엄숙한 것인지를 깊이 느꼈을 것이다.

대화 도중 죽음이 화제에 올랐고, 누군가가 어떤 죽음이 최상의 죽음인가라는 질문을 던지자 그때까지 식사를 하면서도 중요한 서류에 서명을 하느라 여념이 없던 카이사르가 갑자기 떨쳐 일어나더니 힘차게 말했다.

"그것은 불의의 죽음이다."

그날 밤 카이사르의 부인 칼푸르니아는 악몽에 시달렸다. 그녀를 불안하게 만든 그 꿈은 며칠 전부터 로마전역에 나돌고 있는 소문과 같이 카이사르의 운명을 보여주는 것이었다. 칼푸르니아의 꿈에서 카이사르는 곤경과 위험에 처하게 된다. 다음 날 아침, 그녀는 카이사르에게 원로원 회의에 불참할 것을 간청했다. 칼푸르니아가 정말로 그런 꿈을 꾸었는지 아니면 그녀와 카이사르의 벗들이 카이사르가 원로원회의에 불참하도록 설득할 방법을 찾지 못해 거짓으로 꾸며낸 것인지는 알 수 없다. 카이사르는 그 꿈 이야기 때문에 불안해졌다. 아내는 아이를 낳을 충분한 나이임에도 아직 자식이 없었고, 남편 덕분에 더 이상 오를 수 없는 최상의 지위에 올라 있으면서도 여인의 운명대로 수많은 체념 속에 살고 있었다. 그러나 그녀는 카이사르를 사랑하고 있었고 카이사르 역시 이를 알고 있었다. 많은 사람들에 의하면 카이사르는 그리 모범적이지 못한 가정생활을 꾸려나갔지만 그래도 역시 그녀를 사랑하고 있었다. 카이사르는 네 번 결혼하였다. 당시 로마의 권력자가 정치적인 이유로 그의 첫 번째 부인과 이혼하라고 요구하였을 때 그는 용감하게 부인의 편에 섰다. 그의 두 번째 부인은 간통의심을 받자 곧바로 친정으로 돌려보냈다. 또한 카이사르는 클레오파트라와의 사이에서 아들을 하나 두었고 나중에 그 아들을 인정하기도 했다. 그는 수많은 출정에서 많은 사생아들을 낳았다. 그와 동시대인인 디온 카시우스는 다음과 같이 썼다.

"그는 매우 쉽게 사랑에 빠졌고, 우연히 그와 함께 한 대부분의 여자들과 관계를 가졌다."

카이사르에게 있어서는 여자에 대한 사랑이 우정을 대체하였는데, 그는 숙명적으로 남자들과의 우정을 포기하였다. 카이사르는 에로스를 긍정하였는데, 이는 자신의 삶의 리듬과 존재의 충만함을 보여주었기 때문이다. 그러나 그는 사랑에 정복되는 일은 없었다. 어떠한 관계에서도 구속에 빠져들기 전에 벗어났고, 정부(情婦)나 그의 패거리들이 영향력을 행사하기 전에 그 위험에서 벗어날 줄 알았다. 클레오파트라와의 관계에서도 그는 적시에 냉철한 자제력을 되찾았다.

많은 위대한 통치자와 마찬가지로 카이사르도 외로웠다. 그는 후에 몇몇 사람과 우정에 가까운 관계를 갖게 된다. 그러나 그는 죽음의 순간이 닥쳐서야 자신이 사람들을 회피하고 멸시하였던 것이 옳았음을 깨닫게 된다. 3월 15일 원로원에서 그에게 다가왔던 살인자들의 눈은 그가 그때까지 친구, 동료, 추종자라고 믿었던 사람들의 눈이었던 것이다.

2 ———

정치적 천재는 자기만의 윤리를 갖고 있다. 여기에는 일반적인 규칙을 적용할 수 없으며 평균적 대중이 살아가는 기준으로도 평가할 수도 없다. 이러한 윤리는 그의 개인적 운명과 존재, 그리고 그의 역사적인 과제와 매우 밀접하게 연관되어 있어 이를 위해 유효한 기준을 세우기란 매우 어렵다. 천재는 항상 자신의 참된 위대성에 적합하지 않거나 자신의 이전 태도와는 모순되는 새로운 삶의 형태를 보여주어 사람들을 놀라게 한다. 천재를 정치와 결부시키는 윤리는 근본적으로 다음과 같은 것만 존재한다. 그것은 민족의 행복과 국가의 복리이다! 그러나 이러한 윤리는 정치적 천재에게 저항과 오해와 적을 안겨준다. 그 윤리는 민족의 특정 계층의 행복과 늘 일치하는 것도 아니고, 무엇보다도 그 정치적 천재의 파괴 대상이 되는 사람들은 이를 인식할 수도 없는 것이다.

그러나 사회적인 의미에서 신뢰받지 못하는 이러한 외적 특성들이 천재의 영향력과 유효성을 저해하지는 않는다. 케케묵은 영웅 파괴자들만이 이러한 성품들을 들먹인다. 카이사르는 로마에서 가장 우아한 멋쟁이였으며 유행을 따르는 상류 사회 남자들은 그를 모방하여 옷을 입었다. 그는 펜싱,

승마, 수영에 능했으며 여자들에게 인기가 많았고 편지를 많이 쓰는 예술애호가였다. 여자들을 사로잡는 남자, 여자들의 총아, 멋진 신사의 전형이었던 그에게는 아마도 전투에서 패하는 것보다 자신의 대머리가 더 큰 걱정거리였을지도 모른다. 그러나 그는 매우 신사적이었고 그의 행동이 모든 약점을 덮어주어 그 명성은 더욱 빛났다. 부인 칼푸르니아와의 관계 역시 카이사르라는 사람의 독특함을 보여준다. 카이사르가 이날 원로원 회의에 불참하라는 칼푸르니아의 말에 설득된 것을 보면 그들이 서로를 깊이 신뢰하고 있었음을 알 수 있다. 원로원에 모여 있던 60여 명의 암살자들은 카이사르의 회의 참가가 취소되자 경악을 금치 못한다. 그들은 이날 카이사르의 최후의 운명을 위해 불안과 긴장에 떨며 기다리고 있었는데, 그가 오지 않는다면 이 계획은 수포로 돌아갈 것이었다. 이 60명 중 한 사람이 카이사르를 찾아가 회의 불참은 불가능하다고 설득했다. 이 사람은 카이사르가 자신의 후계자로 지목했던 사람임에도 불구하고 정치사에 있어 가장 경솔한 배신으로 기억될 이 일에 참여했던 것이다. 그는 바로 브루투스(BC.85~BC.42)이다. 플루타르크가 전설에 따라 묘사한 바에 의하면 브루투스는 카이사르를 다음과 같이 설득했다고 한다.

"원로원은 당신의 지시로 소집되었습니다. 원로원은 이제 당신이 이탈리아를 제외한 모든 로마의 속주에서 왕이라는 칭호를 쓸 수 있고, 당신이 지나는 모든 바다와 나라에서 왕관을 쓸 수 있다는 법률을 만들 준비가 되어 있습니다. 만약 당신이 심부름꾼을 보내어 지금 모인 사람들에게 칼푸르니아가 좋은 꿈을 꿀 때까지 전부 돌아가 있으라고 한다면 당신을 시기하는 사람들이 뭐라고 하겠습니까? 또한 당신의 친구들이 이러한 행동에 대해 전횡이 아니라고 변호한들 그것이 어떻게 납득될 수 있겠습니까? 오늘 조심할 필요가 있다고 생각한다면 당신이 직접 가서 오늘 회의를 연기하겠다고 말하십시오."

카이사르 암살 직전의 마지막 순간에 일어난 일들에 대한 플루타르크의 묘사는, 가령 그 세세한 부분이 사실과 맞지 않는다든가 혹은 증명할 수 없는 것들을 서술했다는 결점에도 불구하고 전체적으로 너무도 상징적인 박력으로 채워져 있어 이러한 결점을 지나쳐도 좋을 만큼 뛰어난 역사 기술의 상징이 되어 있다.

카이사르는 마음속의 모든 의심과 예감을 일단 접어두고 국가에서 파견한 공용 보교를 타고 원로원으로 간다. 카이사르가 타고 있는 보교는 원로원으로 가던 도중 매우 중대한 일이라며 쪽지를 전하는 사람에 의해 두 번 멈추게 되었다. 하지만 카이사르는 회의 전에 그 쪽지를 미처 읽지 못했다. 만약 그가 그 쪽지를 미리 읽었다면 암살 음모를 알았을 것이고 역사는 바뀌었을 것이다. 그러나 그는 이 모든 경고를 무시하고 그냥 지나쳤다.

암살자들에게 카이사르가 원로원에 나타난 순간부터 살해되는 순간까지의 15분간은 공포에 사로잡힌 끔찍한 순간이었을 것이다. 카이사르가 관례적으로 몇 마디 나누곤 하던 원로원 의원들 앞에 설 때마다 암살자들은 그들 중 누구 한 사람이라도 암살 계획을 발설하지 않을까 하여 마음을 졸여야 했다. 카이사르의 가장 가까운 동료이자 추종자인 안토니우스 장군이 그를 돕지 못하도록 회의장 밖에서 제지를 당한 상태에서 카이사르는 회의장에 들어선다.

원로원 의원들은 모두 정중하게 기립했다. 그들 중에는 60명의 배신자들이 섞여 있었다. 그중 한 의원이 추방된 형제를 위한 청원서를 카이사르에게 올렸다. 카이사르가 이를 거부하자 이 사람은 카이사르의 토가를 붙잡고 늘어졌다. 이것이 암살자들에게 보내는 신호였다. 카스카는 카이사르의 목을 향해 찔렀다. 그러나 카이사르는 신속히 돌아서면서 단도를 움켜쥐었다.

바로 그 순간 다른 암살자들이 한꺼번에 카이사르를 향해 덮쳐왔다. 암살자들은 카이사르의 수호신에 겁이라도 먹은 것처럼 공포에 사로잡혀 카이사르를 마구 찌르기 시작했다. 이 죽음의 순간 카이사르의 눈앞에 보인 것은 자신을 향해 돌진해오는, 황급히 빼어든 비수들뿐이었다. 마지막으로 그의 가장 가까운 협력자 중 한 사람인 브루투스가 카이사르의 하체를 단도로 찔렀다. 카이사르의 저항은 아무 소용이 없었다. 어디에도 도움을 구하지 못한 채 암살자들에게 완전히 몸이 내맡겨진 카이사르는 그 상태에서도 끝까지 철필 하나로 방어하고자 했으나 21군데나 칼에 찔린 채 어이없는 최후를 맞이했다. 고대 로마의 가장 위대한 권력자는 마치 한 마리의 짐승처럼 도살당했다. 이 현장에서, 수백만 명의 행복을 위해 노력한 그를 돕기 위해 달려든 친구는 아무도 없었다. 카이사르가 이 세상을 떠나면서 느꼈던 마지막 감정은 아마도 인간에 대한 뼈저린 경멸과 환멸이었을 것이다.

3 ———

도대체 어떻게 이런 일이 일어날 수 있었을까? 카이사르는 왜 이러한 종말을 맞이하게 되었는가? 카이사르는 역사상 가장 뛰어난 영웅적 모험가였다. 그는 후세에 엄청난 영향을 끼친 정치적 전통을 창조해 내었고, 서양 문명이 그 후 2천 년 동안 발전할 수 있게 한 정치적 공간을 마련해 주었다. 물론 이러한 모든 것을 카이사르가 의도적으로 만들어낸 것은 아니다. 이후의 역사에 나타나는 여러 사건의 전개는 카이사르가 의도한 것뿐만이 아니라 그의 마적인 행위의 결과였다.

카이사르는 누구인가? 삶에 대한 의욕으로 가득 차 명예와 권력을 추구한 젊은 카이사르는, 청년 장교로서 일찌감치 명성을 얻었을 때 그의 앞에 놓여 있는 길을 짐작이나 했을까?

우리가 만약 정치적 천재의 모든 행위와 그에 의해 일어난 모든 일들이 처음부터 천재가 만든 확고한 프로그램에 의해 일어났다고 말한다면, 이는 그 정치적 천재를 꼭두각시처럼 자신에 의해 조종되는 융통성 없는 사람으로 형편없이 평가 절하 하는 폭언일 것이다. 진실로 위대한 정치가는 창조적이다. 그것은 그가 새로운 상황변화에 따라 스스로 새로운 행동을 취하고, 이를 통해 다시금 이러한 변화에 영향을 미치는 데에 있는 것이다.

우리가 세계사에서 가장 강력한 힘을 느끼는 시대는 동방이 몰락하고 서방이 확대된 역사 공간 내에서 드높은 가치를 내세우며 다시금 등장하던 시기였다. 이러한 반전과 역사 전개는 세 사람의 이름과 그 이름이 대표하는 세 개의 힘과 밀접한 관계를 맺고 있다. 이는 곧 카이사르, 예수 그리고 게르만 민족이다.

로마인은 그들의 위대한 독재자 이름을 '카이사르'라고 불렀다. 그의 업적이 너무나도 크고 널리 빛났기에, 로마인도 게르만 민족도 슬라브 민족도 그들의 최고 통치자에 대한 호칭으로서, 기원전 44년 3월 15일 일부 정치적 야심가들의 시기와 질투, 증오에 의해 살해당한 카이사르 이름 외에는 달리 쓸 것이 없었다(황제를 나타내는 라틴 어 '카이사르'에서 독일어의 '카이저', 러시아 어의 '짜르'가 유래되었다).

카이사르가 죽고 난 후 70년 뒤, 장차 2천 년 동안 그 종교와 윤리로 서양을 지배하게 될 예수는 다음과 같이 말했다.

"카이사르의 것은 카이사르에게, 하나님의 것은 하나님에게."

카이사르의 사후 53년 뒤, 그에 의해 시작되었던 로마군의 정복의 물결은 아르미니우스가 소집한 게르만 민족이 토이토부르거에서 보여준 저항에 의해 끝나게 된다. 아르미니우스†의 이상은 게르만 부족들 간의 파벌 싸움으로 실현되지 못했지만, 그는 카이사르, 예수에 버금가는 세 번째의 세계사적인 사업을 완수하였다. 카이사르는 유럽 전체로 확장된 강력한 제국을 건설하였고, 예수는 이러한 유럽에 새로운 종교 정신을 부여하였고, 아르미니우스는 정신까지 몰락해 가는 로마인의 파괴적인 정복 사업으로 인해 유럽이 침체의 물결에 휩싸이는 것을 저지하였다. 그는 남유럽의 문화적 전통이 북유럽의 새로운 젊음과 결합하여 상호작용을 일으킬 수 있도록 하여 고딕 문화를 지니는 게르만적 중세를 가능케 하였던 것이다. 그러나 그리스도교와 게르만족이 서로 손을 잡고 이러한 위대한 발전을 이루기전에 고대에서 중세로 통하는 역사의 문을 힘차게 열어젖힌 것은 다름 아닌 카이사르이다. 거대한 그리스도교 운동이 유럽 정신을 새롭게 하고 통합하기 전에 고대를 새로운 시대로 연결하기 위하여 제국에 기둥을 세워야 했다. 이 엄청난 과업은 카이사르라는 이름과 뗄 수 없다. 고대의 가장 강력한 독재자이자 지배자이며 정치가이자 장군이었던 카이사르는 이 후 수 천 년 동안 다른 어떤 이름보다도 위대하였다. 그는 전설상의 인물도, 민족 신화에 등장하는 영웅도, 상상속의 인물도 아니다. 그는 인종과 국경을 초월하여 놀랄 만한 현실감각을 가졌던 정치가이자 서양 역사를 창조해 낸 인물이었다.

---

† 아르미니우스 BC.18 ~ AD.19
게르만 케루스키 족의 족장. 서기 9년 바루스가 이끄는 2만 명의 로마군을 토스토부르거에서 궤멸시킴으로써 로마의 세력을 엘베 강에서 라인 강으로 후퇴시키고 게르마니아 정복을 단념하게 하였다. 그러나 부족의 내분으로 살해되었다.

4 ———

카이사르가 역사와 정치의 무대에 들어설 무렵의 상황은 어떠했던가?

기원 전 마지막 2세기 동안 공화국 로마는 많이 변질되어 있었다. 그들의 약해진 힘은 내전과 비참한 분쟁, 그리고 이기적인 당파 싸움을 야기했다. 경제는 혼란에 빠졌고, 국가와 국민의 빚은 쌓여만 갔으며, 소수가 기만과 폭력을 이용해 권력을 독점했다. 종종 권력욕이 강하고 야심에 찬 당파의 우두머리가 독재 권력을 잡기위해 노력했다. 이러한 사이비 독재자 중 마지막 인물이었던 술라†는 의심스러운 추종자들을 모았는데, 이들은 전통을 되찾고 이미 경직되어 버린 것들을 그대로 유지함으로써 로마를 혁신할 수 있다고 믿었던 일부 보수주의자들, 정쟁에서 패하여 약체화된 반대당에서 전향해 온 무리, 용병, 부패한 관리, 자신의 재산에만 관심을 가진 몇몇 귀족, 모험가와 약탈자 등으로 이루어져 있었다. 그들은 서민들을 착취했으며, 굳은 신념과 세계관을 갖고 있던 야당의 어떠한 노력도 억압했다. 술라의 독재 권력밖에 있던 사람은 공공사업 수주는 물론 어떠한 관직도 맡을 수 없었고 재산과 자유를 언제 빼앗겨 버릴지 모르는 생존의 위협 속에서 살아야 했다. 1만 명의 해방노예가 술라를 호위했다. 술라가 구성한 원로원은 형식적으로 모든 군사적, 사법적 권력을 보유하고 있었으나 사실상 술라에게 완전히 종속되어 있었기 때문에 이는 다만 상징적인 권력일 뿐이었다. 술라

† 술라 BC.38? ~ BC.78
하급귀족 출신으로 107년 마리우스의 휘하 장수로 활약함. 누미디아의 왕 유구르타와의 전쟁에서 큰 활약을 하는 등 각종 전쟁에서 두각을 나타내 집정관이 되었다. 그러나 폰투스왕 미트리다테스 정벌군의 지휘권을 둘러싸고 마리우스와 대립하게 되자, 로마로 진군하여 마리우스를 추방한다. 미트리다테스와의 전쟁에서 승승장구 했으나 본국의 정치가 불안해지자 휴전을 맺고 귀환하여 마리우스파를 몰아내었다. 그 후 공포정치를 펴 정적들을 몰아내고, 몰수한 정적의 토지를 휘하의 군인들에게 분배하였다. BC.82년 독재관이 되어 호민관과 민회의 권한을 축소하고 원로원 지배체제의 회복을 위한 각종의 개혁을 단행하였다.

가 은퇴하고 그 후 사망했을 때, 국가는 타락하고 만신창이가 된 폐허 더미였다. 술라가 민주적 통치 형태의 사이비 독재에서 유기적인 체제로 한 걸음 나아갈 용기를 갖지 못했기 때문에 제국의 모든 부분이 덜거덕거리는 형국이었다.

그 당시 비티니아의 국왕 니코메데스의 궁정에는 한 젊은 로마인이 자진하여 망명 생활을 하고 있었다. 이 젊은이가 바로 가이우스 줄리우스 카이사르이다. 그는 유서 깊은 귀족 집안 출신으로, 이제는 귀족정치나 사이비 민주적이고 과두정치적인 공화제의 시대가 끝났음을 깊이 인식하고 있었다. 18세가 되었을 때 이 젊은 귀족 청년은 술라의 관심을 받게 되며, 22세에는 정치에 입문하고자 했으나 실패했다. 그는 로도스로 건너가 학업에 전념했다. 그러나 그는 그 먼 곳에서 고국의 정국을 예리하게 관망하고 있었다. 그는 아시아 식민 도시들의 반란이 일어나자 이를 진압하기 위해 신속히 병력을 모아 부대를 구성하여 출전했다. 그는 그 전쟁에서 승리하여 기원전 73년에 신관(神官)의 자격으로 로마에 돌아왔다. 그 사이 27세가 된 이 청년은 민중당의 도움을 받아 고국의 정계에 뛰어들고자 했다. 처음에 사람들은 카이사르의 시도를 못 미더워하고 때로는 관심조차 갖지 않았기 때문에 그의 시도는 쉽게 성공할 수 없었다. 그러나 그의 이름은 곧 커다란 반향을 불러일으키게 되고 누구와도 비교할 수 없는 능력 있는 자로 인식된다. 그리고 그는 권력과 영향력을 얻게 된다.

카이사르와 같은 독재 권력이 성공을 거두고 영향력을 행사할 수 있었다는 것 자체가 이미 그 민족과 국가가 병든 상태였음을 보여준다. 당시 경제와 정치는 더 이상 퇴락할 수 없을 만큼 침체되어 있었다. 로마의 행복하던 전성기에 정치가가 할 수 있는 일이란 현상을 유지하고 가다듬고 수선하는 일 뿐이었다. 기존의 가치들을 유지하고 보호하는 사람은 세계사에 위대한 인물로 남지 못한다. 전성기에는 위대한 경제 지도자, 토지 소유자, 예술가들이 그 시대를 지배한다. 그러나 그 민족이 내리막길에 있어 당파 싸움으로 분열되어 있거나, 국가와 민족 전체의 생존이 대중의 무질서에 의해 위협당하고 정치, 경제, 문화가 모두 와해되는 상황에서는 질서를 바로잡고 그 민족을 깊은 나락에서 구해낼 수 있는 정치가가 등장할 시기가 무르익은 것이다. 국가를 재건할 사람은 국민과 국가의 정치적 침체를 필요로 하는 것이다. 그러나 위기나 쇠퇴의 시기라고 항상 구원을 받는 것은 아니다. 국가를 구원하기 위해서는 그 국가의 구세주가 될 천재가 등장해야 하기 때문이다.

처음에 카이사르는 급진적 당파의 극단적 정책을 추종했다. 카이사르는 자신의 정파와 가까운 소수 당파들로부터도 자신의 정파를 강화하고 지원받을 수 있는 동맹 세력을 확보했다. 처음에 모든 당파들은 동등한 권한을 가지고 시작하였으며 후에 정권을 잡았을 때는 공동으로 권력을 행사하게 될 것이라는 약속을 받았다. 독재정치의 바로 전 단계로서 카이사르는 정치 개혁을 통해 현 지배세력에 대한 민중의 지지를 약화시키려고 시도한다. 그러나 국가 체제가 이미 썩어 들어가고 있었기 때문에 이러한 노력은 효과적이지 못했다. 그렇지만 카이사르가 활동을 시작하자 즉각 침체된 정치가 개선될 징조가 보이기 시작한다. 그는 엄청난 충격으로 단번에 권력을 탈취하였고 동맹자들을 떨쳐버렸다. 그리고 민족 스스로가 갈망하던 재생에의 길로 나아가게 된다.

그의 운명, 행운, 사명은 적절한 시기를 포착하여 행동에 나서는 것이었다. 카이사르는 국가 지도자의 변혁을 요구하는 대중들의 갈망을 지켜보며 이러한 적절한 시기를 찾아낸다.

카이사르가 처음에 동맹한 지도자는 폼페이우스(BC.106~BC.48. 로마 공화정 말기의 정치가, 장군이며 삼두정의 한 사람. 카이사르에 패하여 도주하던 중 살해됨)와 크라수스 (BC.115?~BC.53. 로마의 정치가. 그가 죽은 뒤 삼두정치가 붕괴되고 카이사르와 폼페이우스 간의 내전 발발)이다. 이 세 명의 권력자는 정치적 추진력과 군사적 행운, 개인적 능력을 투입하여 다가 올 권력 획득에 참여할 권리를 얻게 된다. 폼페이우스와 크라수스는 뛰어난 장군이었으며 눈에 띄는 몇몇 성공을 통해 이미 명성이 높았다. 크라수스는 유복하고 현명한 교양인이었지만, 야망이 넘치는 욕심 많고 변덕스러운 사람으로 폼페이우스가 장군으로서 명성을 쌓아가는 것에 불안감을 감추지 못했다. 폼페이우스의 출전이 로마 시민들에게 가져온 것은 승리였고 그 자신에게 가져온 것은 대중적 인기였다. 폼페이우스와 크라수스를 서로 연결해 주는 것은 오로지 현 지배 체제에 대한 적개심뿐이었다. 그들은 의심 많은 원로원에서 자신들의 의도를 관철시키기 위해 한 사람의 도움이 필요했다. 그 사람은 카이사르였다. 이 두 사람이 서로 간의 심각한 갈등으로 세력이 약화되는 동안 카이사르는 대중적 당파의 지도자가 된다. 카이사르의 정파는 진정한 의미의 대중 정당이 아니라 기존 체제에 대한 불만으로 뭉친 이상이 결여된 익명의 대중들이었다. 이 정파는 카이사르라는 인물을 통해서야 정신적 동력을 얻게 된다. 귀족 출신의 인물이 민주적, 자유주의적 진영에 설 경우 늘 그런 것처럼 이 순간부터 귀족 계급들은 카이사르를 적으로 삼게 된다. 당시 로마에는 세 정파가 있었다. 카이사르의 민중파 외에도 봉건적이고 보수적인 귀족파와 술라 독재의 신봉자이자 수혜자였던 원로원파가 있었다.

얼마 후 카이사르는 그의 운명에 따라 독재자가 되었다. 크라수스는 자멸했고 폼페이우스는 카이사르로부터 도망치다가 살해되었다. 카이사르가 두 사람을 압도했던 것은 오직 그만이 창조적 이념이라는 원동력을 갖고 있었기 때문이다.

정치적 낭만주의자들은 카이사르에 대해 자유와 로마 민족의 내적 독립성을 파괴한 사람이라고 비난해 왔다. 그러나 자유는 민중이 그것을 어떻게 다루어야 할지 모르고 있을 때에 부정되는 것이다. 한갓 이론이나 계획일 뿐인 자유, 혹은 방종한 개인주의를 전개하기 위한 수단으로써의 자유는 어느 시대에서나 반드시 끝나게 되어 있다. 혁명을 오용하여 무정부주의적 혼란에 빠져버린 프랑스의 '자유'를 나폴레옹이 종식시켰던 것처럼 카이사르도 국가와 민족을 경제적 몰락으로 치닫게 하였던 로마의 자유를 종결시켜야 했던 것이다. 자유 파괴자로서의 카이사르는 새로운 국가 질서의 창조자가 되었다. 어떤 민족이 고귀한 자에게 참된 활동 공간을 만들어줄 만큼 성숙했다면, 그 민족은 역사상 가장 높고 가장 아름다운 단계에 이르렀다는 것을 의미한다. 반면 고귀한 정신을 잃고 평준화된 대중을 제어하지 못해 어찌할 바를 모르는 민족은 자멸의 길을 가게 된다.

카이사르 이전 수십 년 동안, 로마인의 마음속에는 비로마적인 모든 것은 열등하다는 거만함이 자리 잡고 있었다. 이러한 태도에서 당연한 의무와 책임을 외면한 채 단지 오만하고 비생산적인 민중이 되었다. 그들은 국경 바깥의 갈리아 지역에서 어떠한 세력이 활동하고 있는지, 게르마니아 지역에서 어떠한 세력이 새로 부상하고 있는지 알지 못했다. 그러므로 어떠한 세력을 자신들을 위해 활용할 수 있을지에 대해서도 알지 못했다.

그러나 카이사르는 새로운 제국주의라 할 수 있는 자신의 구상이 이러한 이민족의 도움을 통해서만 완수될 수 있다는 것을 인식했다. 그는 외국 원정에서도 유서 깊은 비로마적 신전들을 보호했으며, 이교적 사상을 존중했고, 이미 몰락하거나 파괴된 것은 문화적으로 복구시키기 위해 노력했다.

그는 새로운 제국의 구상과 건설에 있어 문화적 의미의 그리스 정신을 수용하기 위해 노력하였으며, 특히 갈리아에서 새롭게 떠오르고 있는 게르마니아 민족의 힘이 로마에게 군사적으로 신선한 활력을 불어넣을 수 있다는 것을 간파했다. 실제로 카이사르의 주요 승전들 중 상당수가 그가 거느린 게르만 족 기병들의 활약으로 이루어졌다. 그는 편협한 자만심으로는 자신의 이상을 실현할 수 없으며, 드넓은 세계와 삶을 대하는 새로운 감성이 필요하다는 것을 알고 있었다.

카이사르는 그의 최종적 승전이 있기 2년 전, 메텔루스에게 보낸 편지에서 자신에게는 세 가지 목표가 있다고 밝혔다. 이는 곧 이탈리아의 평화, −로마가 아니라 이탈리아 전체임을 주목해야 한다− 속주들의 평화, −서방을 말한다− 그리고 제국의 안녕이다. 그는 수많은 외국 여행을 통해 로마가 세상의 전부가 아님을 알았으며, 민족적 자각과 자민족의 힘에 대한 정당한 자부는 필요하지만, 그것이 세계정신 속에서 동등한 가치를 지니는 이민족들에 대한 오만한 멸시로 이어져서는 안 된다는 것을 알았다. 그래서 그는 편지에서 로마적 국가에 대해서는 언급하지 않았다. 로마의 전통적 보수주의자들이 아직도 마음속에 담고 있는 편협한 이상 대신에 카이사르는 제국이라는 꿈을 간직하고 있었던 것이다. 로마의 보수주의자들은 독재자 카이사르가 이러한 제국의 이상을 확대해 나가는 것을 배신으로 받아들였다.

5 ———

한 인간의 위대성에는 그 정신이나 영혼의 높이와 함께 그가 모범이 될 수 있는지에 대한 평가도 포함된다. 이는 물론 사생활이나 개인적인 행동에서의 모범이 아니라 역사가 그에게 부여한 과제를 얼마나 충실히 완수하였느냐에 있어서의 모범을 말한다. 괴테가 말했듯이 천재성은 생산적인 힘이어야 하는데, 그 힘은 신과 자연 앞에 당당히 내보일 수 있고 이를 통해 영향력을 행사하며 지속할 수 있는 행위들이다. 카이사르는 그가 대표하고 있는 이상의 실현을 위해 자신의 모든 힘을 투입하였고, 그의 위대한 정책을 펼치는데 있어서 나타나는 온갖 장애물과 위험들을 간파하여 그 해결 가능성들을 미리 체험하고 행동으로 제시하였다. 그는 엄격함이 필요한 때에는 엄격하게 행동할 줄 알았으며, 비타협적인 모습이 잔인함으로 비춰질 수 있을 때에는 부드럽고 타협적인 모습을 보일 줄도 알았다. 종종 비판의 대상이 되는 그의 재판 행위도 그 시대와 그에게 주어진 사명의 관점에서 판단해야 한다. 훨씬 후대에 나타나는 인도주의적인 감정에서 보면 그의 판결과 처벌은 너무나 끔찍하다. 사소한 잘못을 저지른 노예도 십자가에 못 박혔다. 카이사르는 적을 타살(打殺)하여 효수하는 처형 방법을 썼다. 욱셀로두눔 —기원전 51년 카이사르가 정복한 갈리아 지방 도시— 을 점령한 후 자신을 향해 무기를 겨눴던 사람들의 손을 모두 절단했다. 그러나 그 당시 사람들에게 이는 그리 특별한 일이 아니었다. 베르킨게토릭스 —카이사르에 대항하는 갈리아 봉기†를 이끈 부족장. 로마에 끌려와 처형당함—는 적의 눈을 뽑고 귀를 잘라냈다. 지금 우리에게는 부도덕하고 야만적으로 보이는 이러한 처벌 방식과 더불어, 카이사르는 투항한 적이 더 이상 위험하지 않거나 제국 건설에 이용 가치가 있다고 판단될 때에는 관용으로 그들을 대했으며 그들

†갈리아전쟁

전쟁의 발단은 부족간의 내분에 휩싸인 갈리아인들이 카이사르에게 개입을 요청한 데 있었다. BC.58년 말 카이사르는 갈리아 북동부 지역을 정벌하였고, BC.56년까지 지금의 북프랑스 일대와 대서양 연안 지역을 모두 차지하였다. 갈리아를 정복한 카이사르는 라인 강 너머의 게르마니아와 브리타니아를 원정하였다. 그러나 계속되는 갈리아인들의 반란으로 한때 위기에 빠지기도 하였다. BC.52년에는 베르킨게토릭스가 이끄는 대규모의 반란이 일어난다. 그러나 카이사르는 알리지아 전투에서 승리하고, 베르킨게토릭스를 포로로 잡음으로서 반란이 진압되었다.

이 전쟁으로 갈리아 전 지역이 속주가 되었고, 카이사르는 정치적, 경제적 영향력을 키울 수 있었다. 특히, 도시국가인 로마를 세계화시키는 기반이 되었다. 또한 유럽이 그리스·로마 문화의 영향권에 편입되어 서유럽 문화권이 성립되는 기초가 되었다.

을 최고위 관직에 임명하는 것도 주저하지 않았다. 카이사르는 성과에 따라서만 그들을 평가하고 판단했다. 로마에 엄청난 규모의 세계적 도서관을 지으려고 할 때, 그는 조금도 망설이지 않고 과거 반 카이사르 세력의 대표자 중 한 사람이며 그의 가장 강력한 정적 중 한 사람이었던 테렌티우스 바로 (BC.116~BC.27. 로마의 유명한 학자이자 풍자 작가)를 그 책임자로 임명하였다. 카이사르는 모든 직책에 과거의 소속 정당이나 정치 행적과는 상관없이 가장 뛰어난 사람을 임명하고자 하였다. 카이사르는 항복한 적으로부터 충성을 보장받기 위해 그에게 모욕을 주는 일을 피했고, 그가 부하 군인들에게 화풀이를 당하지 않도록 세심한 배려를 했다. 자신을 위해 일하고자 하는 사람이라면 그와의 구원(舊怨)을 덮어주고 용서하며 손을 잡았다. 카이사르는 피정복자들이 두려워하는 그러한 징벌을 가하지 않았으며, 술라나 안토니우스처럼 블랙리스트를 만드는 일도 거부했고, 피정복자에 대한 대대적 몰수 조치나 잔인한 테러도 취하지 않았다. 그에게 인간은 수단이었고, 자신과 자신의 이념에 어느 정도 쓸모가 있는지에 따라 한 사람의 가치를 판단했다.

통치에 대한 그의 엄청난 재능은 그의 원대한 포부에서도 볼 수 있다. 그 과제들 중 일부는 기술적으로 우리 시대에나 해결될 수 있는 것인데, 카이사르가 살아 있었다면 분명히 그 과제들을 실현시켰을 것이다. 그 중 한 예는 실업 문제를 해결하는 것이었다. 그는 매년 급증하는 보조금 수혜자를 관리하고 일하기 싫어 보조금을 받는 경우를 없애기 위해 호구 조사를 실시했다. 그 결과 카이사르 이전에는 32만 명이 보조금을 받았지만 그 수가 15만 명으로 줄었다. 자녀를 많이 둔 가정에는 더 많은 혜택을 주어 출산율 감소를 막고자 했다. 그는 실업률에 대해 효과적으로 대응하기 위해서 대규모 식민지 도시 건설을 시작했다. 그의 계획 중에는 폰티네 늪 −로마 동남쪽의 늪− 에서 물을 빼내 간척하고, 그리스 코린트 반도를 횡단하는 운하를 파고, 호수들의 물을 빼내어 경작지로 만들고, 도시를 건설하고, 아드리아 해에서 아펜니노 산맥을 거쳐 티베르 강의 계곡까지 이르는 거대한 가도를 건설하는 것 등이 있었다. 이 모든 사업은 수많은 일자리를 만들어낼 수 있었을 것이다. 그는 위대한 시대였음을 후대에게 알리는 가장 확실하고 영구적인 방법은 건축물임을 알고 있었기에 거대한 건축물들을 기획했다. 그는 당시 세계 최대 규모의 성전, 도서관, 극장 등을 짓기 시작했다. 그는 많은 노동력을 필요로 하는 거대한 도시를 건설하여 일자리를 창출하고자 하였다. 다른 독재자들에게서도 볼 수 있듯이 이러한 모든 계획들은 엄청난 규모로 계획되었다. 이와 함께 행정적 개혁이 이뤄졌다. 경찰과 소방서를 설치하고, 제국의 땅을 측량하여 토지 장부에 기록하였으며, 채권자의 폭리를 방지하기 위해 지주들의 채무를 확정하도록 세무서를 설치했고, 공공사업은 공개 입찰을 거쳐 결정되었다.

카이사르의 체제는 유기적인 정치라기보다는 분명히 개인에 의한 전제 정치였다. 그가 시행한 다양한 규정과 법률, 국가 조직의 구성 등은 일반대중에게도 인정받을 수 있는 완성된 세계관에서 나온 것이 아니라 그 자신의 끊임없는 영감에서 나온 것이었다. 그는 자신의 지배력을 사후에도 유지하기 위해 옛날 왕국에서 써오던 방식을 이용하였다. 그는 적법한 결혼 생활에서 자녀를 얻지 못했기 때문에 군주제적인 계승을 보장하기 위해 입양을 하게 된다. 그래서 조카 손자인 옥타비아누스(BC.63~AD.14. 로마의 초대 황제 아우구스투스)를 후계자로 지목했다. 죽음을 앞둔 몇 주 전에 그는 하나의 법령을 준비하고 있었다. 이 법령에 의하면 그가 파르티아 원정에서 돌아오면 칼푸르니아 이외에도 수명의 여자를 정식 아내로 맞을 수 있다는 것이었다.

카이사르가 행한 수많은 조치, 계획, 의도들을 오늘날 면밀하게 검토해 보면 서로 유기적인 관계를 맺고 있지 못하다.

카이사르는 여론을 묻거나 그들의 의견을 듣는 것조차 거부했다. 그는 자신의 행운을 믿었으며 그것으로 상황을 충분히 이끌어 나갈 수 있다고 믿었다.

모든 통제권을 카이사르에게 빼앗긴 정치권에는 이 독재자를 암살하려는 신념에 찬 공화주의자들이 결집했다.

카이사르가 추구하던 군사적 군주제는 유기적인 국가 조직의 대용품에 지나지 않았다. 카이사르는 자신의 사후, 로마는 새로운 질서에 따라 재편성되어야 하는 과제에 직면하게 되리라는 것을 잘 알고 있었다. 비유기적 독재는 항상 통치자 개인의 창조적 능력에 대한 민중의 믿음이 있어야 가능하며, 그러한 독재 체제는 오로지 군주제를 통해서만 실현될 수 있다는 것을 그는 깨닫고 있었다.

또한 그는 자신의 독재 체제가 끝나더라도 로마는 더 이상 옛날과 같이 부패한 정파들이 서로 싸우는 공화국으로의 회귀는 없으며, 오로지 그가 기초를 닦아놓은 길로 나아갈 수밖에 없을 것이라고 생각했다.

카이사르는 자치 능력이 부족한 민중에게 정치에 대한 결정권을 줄 수는 없지만, 한편으로 민중의 감성에 기초하지 않는 정치를 해서는 안 된다고 믿었다. 그가 남긴 것은 그 후 수 세기동안 서양의 정치와 문화를 새롭게 규정하는 군사적, 귀족적 군주제를 받아들일 준비가 되어 있는 통일된 민중이었다. 그는 자신이 정복자로서 혼란에 빠진 공화국을 극복하였듯이 자신의 업적을 계승할 자가 나타날 것임을 끝없는 고독 속에서 확신했다. 그러나 그의 독재 정치를 계승할 자는 바로 그 자신에 의해 예비 되어야만 했다. 그에게는 권력과 그 원동력이 되는 정신이 이미 준비되어 있었다. 그리고 그의 계승자로 로마제국의 최고 권좌에 오르는 사람은 '카이사르'라고 이름으로 불리게 된다.

  카이사르의 전제정치에 의해 그 존립 기반이 무너진 로마 공화제는 민주적 공화제가 아니라 금권주의 공화제였다. 바로 부유한 유산 계급이 일종의 국가사회주의인 카이사르의 전제 정치에 위협을 느꼈던 것이다.

  카이사르의 통치 기간 막바지에는 깊은 그림자가 드리워져 있었다. 카이사르는 몸과 마음이 병든 채 스페인에서 돌아왔으며 간질 발작이 자주 나타났다. 그가 마지막 몇 년 동안 어느 정도까지 계획적이기보다는 임기응변의 모험 정치를 시행하였는지 우리는 알 수 없다. 여하튼 일부 용감한 바보들과 범죄적인 도박꾼들, 그리고 이 외에도 참된 애국주의자나 자유주의적 이상주의자들은, 그들에게는 혼란스럽게만 느껴진 이 상태에서 벗어나 밝은 미래로 가기 위해서는 카이사르를 암살해야만 한다고 믿었다. 암살 당일 아침까지만 해도 그 암살자들은 모두 영웅처럼 등장했지만 그로부터 며칠 뒤에는 패배자의 운명을 갖게 되었다. 폭군 암살이 역사적, 철학적 의미와 성과를 가지려면 창조적 이상이 그들을 단결시키고 실행력을 제공해야 하며, 암살 후에는 그 폭군의 이상을 대치할 수 있어야 한다. 그러나 카이사르의 암살자들은 공동의 이상을 갖고 있지 않았다. 개인적인 열망과 감정 등 다양한 희망이 카이사르의 암살자들을 불러 모았으나, 그들은 카이사르의 죽음 이후에 국가가 나아갈 길에 대해 모두 다른 견해를 갖고 있었다. 이러한 주동 세력의 혼란은 무정부 상태와 내전, 그리고 암살자들의 비참한 몰락만을 가져올 뿐이었다. 그들은 신성한 하나의 이상으로 뭉쳐있지 않았기에 그 혼란스러운 부류들이 영웅이 되거나 이른바 '해방된 민족'의 감사를 받게 되는 일은 기대할 수 없었다.

6 ———

신사, 천재, 군주. 몸젠(1817~1903. 독일의 역사가)은 카이사르라는 인물의 특징으로 이 세 가지를 꼽았다. 그리고 이 세 가지 특징이 바로 이 위인이 살해당한 원인이었다. 카이사르는 일부의 중산층과 귀족으로부터 미움을 받았다. 빈번한 전쟁으로 인해 로마는 명성과 권력을 얻었지만 이와 동시에 많은 빚도 지게 되었다. 이러한 국가는 일반대중에게는 여러 가지 혜택을 베풀 수 있지만 이 모든 것이 결국에는 그들의 주머니에서 지불되어야 함을 간파한 것이다. 카이사르는 무모한 이상들을 급하게 추진했으며 서민층의 큰 호응을 받았다. 그러나 중산층과 상류 계층은 점점 더 그에게 비판적이 되었으며, 거창한 계획들을 세우고 이를 위해 늘 새로운 수입원을 찾아내야 했던 카이사르의 경제정책을 거부하게 되었다. 그동안 카이사르의 경제 정책에 대해서는 세밀한 검토와 비판적 검증이 이루어지지 않았다. 뛰어난 역사가인 몸젠과 에드워드 마이어도 이에 대해서는 뚜렷한 판단을 내리지 못했다. 경제 정책뿐 아니라 군대의 영향력이 점점 커진다는 문제도 있었다. 카이사르가 권력을 독점하는 데 공적을 세운 병사들이 점점 더 대담한 요구를 해오는 것을 쉽게 뿌리칠 수 없었던 것이다. 카이사르는 궁지에 몰리는 듯했고 새로운 전쟁을 일으켜야만 그로부터 빠져나올 수 있는 것처럼 보였다.

암살자들 중에서 무산계급에 속하는 하층민들도 이 신사이자 천재를 증오했다. 그중 선두에 선 사람은 카시우스 롱기우스였다. 그는 금전욕 때문에 관직을 오용하고 뇌물을 받는 탐욕스러운 인물이었다. 한때 폼페이우스의 편에 섰다가 카이사르로부터 사면을 받은 그는 암살자들의 선두에 섬으로써 배은망덕한 짓을 저질렀다. 카이사르의 얼굴을 칼로 찌르면서 "찔러버려!"라고 냉소적이고 잔인하게 외침으로써 살해를 마무리했던 사람이 바로 그인 것으로 전해진다.

키케로(BC.106~BC.43. 로마의 위대한 학자, 작가, 법률가, 정치가로서 카이사르에 반대했으나 카이사르 암살에 직접 관여하지는 않았다)도 이 독재자를 증오했지만, 그는 비현실적 이데올로기를 내세우며 아마추어와 둔한 자에게는 가장 위험한 영역인 현실 정치로 뛰어든 작가였을 따름이었다.

암살자들의 명단을 보면 놀라지 않을 수 없다. 그들 중에는 카이사르의 은혜를 입은 훌륭한 인물들도 많이 있다. 그러나 그들은 정치란 감정과 정열과 기분으로 하는 것이 아니라 이를 조절하는 의지와 건설적 이념이 필요하다는 사실을 알지 못한 것으로 보인다.

7 ———

카이사르의 다른 암살자들과는 달리, 오늘날까지도 관심을 받는 사람이 있다. 그는 마르쿠스 주니우스 브루투스이다.

브루투스라는 인물의 운명과 행동은 뭔가 신비롭고 마적인 것이 그 주위를 감싸고 있으며, 후대에서 누리는 그의 명성 또한 어떤 비현실적 특성으로 뒤덮여 있다.

수 백 년에 거쳐 이러한 불가사의한 낭만주의적 미광(微光)속에서 빛나고 있는 브루투스에 대한 형상은 역사학이 전하는 사실들에 의해서 만들어진 것이 아니다. 여기서 다시 한번 작가가 그려낸 형상이 역사가가 남긴 인물을 압도하고 있다. 셰익스피어의 작품이 얼마나 오랫동안 후세에 영향을 미쳤는지는 니체의 글을 통해서도 알 수 있다.

"내가 셰익스피어의 영예를 위해, 아니 인간의 영예를 위해 말할 수 있는 가장 아름다운 것은 다음과 같다. 셰익스피어는 브루투스를 믿었고 그러한 미덕에 대해 일말의 의심도 갖지 않았다. 셰익스피어는 자신의 가장 뛰어난 비극을 가장 숭고한 인물인 브루투스에게 헌정했다. 그럼에도 불구하고 이 작품은 여전히 잘못된 이름으로 불리고 있다. ─이 작품이 원제인 '줄리어스 시저'가 아니라 '브루투스'로 불려야 한다는 주장─ 바로 브루투스에게서 영혼의 독립성을 찾아볼 수가 있다! 여기서는 어떠한 희생도 정당하다. 우리의 가장 사랑하는 친구라 하더라도 자유를 위해서라면 희생될 수 있다. 그 친구가 최고의 인물이고 세계의 자랑거리이며 전무후무한 천재라고 하더라도, 우리가 자유를 위대한 영혼의 자유로서 사랑하고 그 친구가 이 자유를 위협하고 있다고 인식했다면 그를 희생시킬 수 있는 것이다. 셰익스피어도 이러한 것을 느꼈을 것이다! 그가 카이사르를 그토록 드높이고 있는 것은 바로 그가 브루투스에게 보일 수 있는 최상의 경의인 것이다.

셰익스피어는 우선 브루투스의 내면적 갈등을 불가해한 것으로서 제시한 다음, 이러한 매듭을 단번에 잘라낼 수 있을 만큼 그가 강력한 영혼의 힘을 갖고 있었다는 것을 보여주었다! 그렇다면 이 작가가 브루투스에게서 깊은 공감을 느끼고 브루투스의 공범자가 되도록 만든 것은 참으로 정치적 자유였던가? 아니면, 정치적인 자유는 말로 표현하지 못할 그 어떤 것의 상징일 뿐인가? 어쩌면 우리는 셰익스피어 자신도 상징적으로밖에 표현할 수 없었던, 작가의 영혼에서 나온 사건과 모험을 대면하고 있는 것은 아닌가? 브루투스의 우수(憂愁)에 비교하면 햄릿의 우수는 아무것도 아니다! 아마도 셰익스피어는 햄릿의 우수와 마찬가지로 브루투스의 우수도 자신의 체험을 통해 알고 있었을 것이다. 아마 그도 브루투스와 마찬가지로 캄캄한 시간과 자신의 사악한 천사를 경험했을 것이다. 그러나 그들 사이에 그러한 유사성과 내밀한 연관이 있었을지라도 셰익스피어는 브루투스의 모습과 그 미덕 앞에 무릎을 꿇었고, 자신은 그에 비하면 가치 없고 하찮은 존재라고 느꼈다. 이러한 사실에 대한 증거를 셰익스피어는 그의 비극에 적어 넣었다. 그는 비극 '줄리어스 시저'에서 시인을 두 번 등장시켜 마치 고함을 치듯이 그에 대해 신랄하고도 지독한 경멸을 퍼부었던 것이다. 이 시인이 거만하게 등장하면 브루투스마저 인내심을 잃었다. 이 시인은 모든 위대성의 가능성을 가득 품고 있는 듯 거만해 하지만, 행동과 삶의 문제에 직면하면 공공의 정의로 만들지는 못하는 인물이다. 브루투스는 외친다. '그는 시대를 안다고 하지만 나는 그의 변덕을 잘 알고 있다. 저 입바른 광대를 내쫓아라!' 우리는 이를 이 비극 작가 자신의 영혼으로 볼 수 있다."

브루투스를 무비판적으로 칭송했던 위대한 예술가들은 자신의 개인적 정치 이념과 그 당시의 갈망에 따라, 폭군 암살자의 모호한 이상형을 만들어냈다. 그는 자유와 인류 문화를 구해낸 인물로서 설정되었다. 브루투스를 숭배한 예술가들의 선두에는 서양의 두 위대한 고독의 인물들, 즉 미켈란젤로와 베토벤이 있다. 이 두 사람은 근대 정신사에서 가장 질긴 영혼의 동질성을 보이고 있다.

미켈란젤로에게 있어 독재자란 종종 이기적인 강도 두목에 다름 아니던 르네상스 시대 지배자들의 한 변종에 불과했다. 브루투스의 흉상을 만든 것은 자유 피렌체의 애국자로서의 미켈란젤로였다. 이것은 역사상의 인물로서는 그의 유일한 작품이었다. 미켈란젤로는 이 작품을 바라보면서 다음과 같은 견해를 피력했다.

"카이사르는 조국을 유린한 폭군이었으며 브루투스와 카시우스가 그를 살해한 것은 정당했다. 폭군 살해자는 사람을 죽인 것이 아니라, 사람의 탈을 쓴 짐승을 살해한 것이기 때문이다. 모든 폭군은 주변의 존재에 대해 자연스럽게 가지게 되는 사랑을 갖지 못한다. 인간적인 감정을 알지 못하는 그들은 더 이상 인간이 아니라 짐승인 것이다. 그들이 타인을 사랑할 줄 모른다는 것은 확실하다. 그렇지 않다면 그들은 타인의 것을 빼앗지 않을 것이며, 타인을 짓밟지 않을 것이며, 그러한 폭군이 되지도 않았을 것이다! 그러므로 폭군 살해자는 결코 살인을 한 것이 아니며, 브루투스와 카시우스가 카이사르를 죽인 것은 범죄가 되지 않는다. 첫째 그들은 법률에 따라 모든 로마 시민이 죽여야 했던 사람을 죽였기 때문이며, 둘째 그들은 인간이 아니라 인간의 탈을 쓴 짐승을 죽였기 때문이다."

이 고백에 비해, 역사적 경험들을 통해 좀더 성숙해진 미켈란젤로가 이러한 초기의 열광을 철회하면서 했던 다음의 말은 덜 인용되어진다.

"살인은 커다란 월권이다. 그것은 그가 죽음으로써 좋은 일이 일어날 것인지, 그가 살아 있다면 결코 좋은 일이 일어날 수는 없는지에 대해 우리는 확신할 수 없기 때문이다. 그러므로 악한 행동, 즉 살인을 해야만 상황이 개선되리라고 믿는 사람들을 나는 견딜 수가 없다."

미켈란젤로처럼 베토벤도 브루투스를 좋아했고, 그의 작은 입상을 방에 두고 보았다. 이는 독창적인 천재성으로 쌓아올린 지배력을, 베토벤에게는 낡고 진부한 것으로 보인 군주제 수립에 사용하려는 나폴레옹에 대한 실망 때문이었다. 그러나 여기서도 이 위대한 인물이 그렇게 오랫동안 브루투스를 지지하도록 했던 것은 정치적 통찰이 아니었고 역사에 대한 뚜렷하고 정확한 지식에 의한 판단도 아니었다. 그것은 단지 인간의 뜨거운 감정에서 우러나온 개인의 자유와 존엄성에 대한 열광이었다. 브루투스는 이러한 가치의 구원자로 숭배를 받았던 것이다.

브루투스가 위대한 천재들의 예술 작품을 통해 획득한 영예는 분명히 그에게 적절한 것이 아니지만, 역사 서술에서 그가 단지 교활한 암살자들에 의해 조종당한 빈껍데기 몽상가나 중요하지 않은 도구에 불과했다고 보는 것 역시 오류이다. 브루투스라는 인물은 보통 역사책에서 배우는 것보다 훨씬 더 중요한 인물이라는 셰익스피어와 미켈란젤로와 니체의 생각은 옳다.

브루투스의 비극은 단지 그 자신이 위험한 아마추어로 머무를 수밖에 없었던 정치라는 영역에 뛰어들었기 때문에 발생하였다.

브루투스의 본질과 행동을 분명하게 설명하려고 시도하는 문학 작품들은 있지만, 그의 삶을 돌이켜보는 정평 있는 평전은 아직 없다. 브루투스에 대한 자료가 너무 부족하였기 때문에 작가들이 역사가 전해주는 브루투스 상(像)에 대항하여 문학적 상상력으로 보충된 브루투스를 만들어 내는 것은 손쉬운 일이었다.

전승된 자료를 통해 우리는 브루투스가 복잡한 성격, 탁월한 지적 재능, 불안한 의지력, 지극히 이론적 특징을 가진 사람이었다는 것을 알고 있다.

그는 카이사르와는 근본적으로 다르다. 카이사르는 합리적이고 냉철하게 천재성의 한계를 깨달았고 냉정하고 객관적으로 판단을 내리되 예측 불가능한 영역의 것들은 천재의 마지막 수호신인 운명에 맡겼다. 반면 브루투스는 신비주의에 깊이 뿌리박고 있었다. 물론 이러한 신비주의는 그의 주지적 태도와 일치한다.

그러나 브루투스와 근본적으로 다른 카이사르는 오히려 자신의 분명한 합리성을 통해 브루투스 식의 신비주의를 이해할 수 있었다. 카이사르는 운명의 힘과 인간 능력에 대해 결코 환상을 품지 않았다. 몸젠은 카이사르의 특성에 대해 다음과 같은 열쇠를 제공한다.

"카이사르는 사람들이 그들의 부족함을 가리는 데 사용하는 부드러운 베일을 걷어버린다. 그가 아무리 현명하게 계획을 세우고 모든 가능성에 대해 철저하게 계산한다고 하더라도 모든 일에는 운, 즉 우연이 최상의 역할을 해야 한다는 느낌을 항상 갖고 있었다. 그렇기 때문에 그는 그렇게 자주 모든 것을 운명에 맞기며 대담하고 무관심한 것처럼 자신의 실존을 반복하여 모험에 투입할 수 있었다. 지극히 합리적인 사람이 도박에서 도피처를 찾듯 카이사르의 합리주의도 신비주의와 어느 정도 통하는 부분이 있었던 것이다."

브루투스의 출신은 그의 차후 행위를 이해하는 데 많은 시사점을 던져준다. 브루투스의 아버지는 기원전 78년에 술라의 헌법을 없애고 민주적 자유를 쟁취하기 위해 시도했던 민주주의적 호민관이었다.

브루투스의 삼촌이자 스승이었던 카토(BC.95~BC.46. 카이사르에 맞서 공화정 수호에 힘쓴 원로원 지도자. 그와 동일한 이름을 가진 그의 증조부, 작가 카토와 구별하기 위해 소 카토라고 부른다)는 자유 지상주의자였다. 브루투스의 아버지는 폼페이우스의 명령에 의해 살해되었다. 브루투스는 귀족적 지성과 빼어난 문학적 소양을 소유하고 있었다. 그가 발표한 첫 번째 글은 폼페이우스의 독재 시도에 반대하는 것이었다. 그의 내면에는 일찌감치 모든 독재적 경향에 대한 거부감이 살아 움직였던 것으로 보인다.

브루투스는 클라우디아라는 여자와 결혼하는데, 이 여자는 폼페이우스의 며느리와 자매간이었다. 이 결혼을 통해 브루투스는 폼페이우스와 가까워지게 된다. 당시 많은 젊은 귀족들과 마찬가지로 그도 일찍부터 정치에 관여하고 있었다.

폼페이우스와 카이사르 사이의 결전의 날, 브루투스는 아직 폼페이우스의 편에 서 있었다. 이 결정적인 순간에 그의 흐릿하고 불투명한 비현실적 특성이 명확히 나타난다. 전해 내려오는 이야기에 따르면, 그는 전투 직전의 오후에도 폴리비오스(BC.205?~BC.125? 로마계 그리스 역사가. 로마사를 씀) 작품에서 발췌한 글과 몇 시간 동안 씨름하였다고 한다. 그는 항상 언어와 행동 사이에서 흔들렸다. 그가 그리스 철학과 수사학 연구에 열중했던 것은 정치를 자신의 진정한 활동 영역으로 생각했기 때문이지만 사실은 그가 지식인이었음을 말해준다. 우리에게는 단편들과 일부 라틴어 내지는 그리스어 편지들로만 남아 있는 그의 글들은 풍부한 교양으로 채워져 있는 문학적 산물이다. 이 글들은 카이사르의 글처럼 특정한 목적을 위해서 쓰거나 특정 사태를 다분히 의도적인 역사 기술을 통해 후대에 남기려는 의도로 쓰지도 않았고, 신념에 찬 필연성이나 개인적 고백, 자기중심적인 선동 등의 특징을 지니고 있지도 않다. 카이사르의 글에는 집요한 자기 집착과 생산적인 사유가 지배적이라면, 브루투스의 글에서는 외부로부터 수용한 지식들이 지배적이다.

파르살루스 전투(BC.48년 카이사르가 폼페이우스를 결정적으로 제압했던 전투)가 패전으로 끝난 뒤 브루투스는 폼페이우스를 따라 도피하려 하였다. 그러나 그는 폼페이우스를 더 이상 찾을 수 없었기에 이제 카이사르에게 자비를 베풀어 달라는 편지를 쓸 수밖에 없었다. 카이사르는 훗날 자신의 운명을 결정지었던 그 관대함으로 브루투스를 즉시 자신의 막사로 오게 하였다. 카이사르는 그를 용서하고 매혹적인 다정함으로 그를 사로잡았다. 카이사르가 화해의 손을 내민 이 접견은 아마도 두 사람의 첫 번째 만남이었을 것이다. 그러나 그 후에도 브루투스가 정신적 독립성을 유지했다는 사실은 경의를 표할 만하다. 브루투스는 카이사르를 성공을 거둔 막강한 정치가로 생각했을 것이나, 그보다는 카이사르의 인품이 그에게 더욱 강한 인상을 남겼다. 반면 카이사르는 브루투스를 '신념이 특출한 독립성'을 가진 사람으로 보았다. 카이사르는 바로 이 점 때문에 그를 자기 사람으로 만들고자 했다. 이것이 성공했다면 카이사르는 커다란 영향을 미칠 수 있는 도덕적 승리를 구가하게 되었을 것이다. 그러나 카이사르는 브루투스를 전적으로 자기편으로 만들 수 있는 가능성에 대하여 처음부터 회의적이었다. 브루투스는 카이사르의 인품을 높게 평가했음에도 불구하고 상당히 거리를 두는 태도로 응답했는데, 이는 브루투스와 키케로와의 관계에서도 드러난다. 브루투스가 카이사르의 부하로 여겨졌던 시기에도 그는 여러 차례 공개적으로 자신의 독자성을 드러냈다. 그는 공개적인 연설에서 카이사르가 극히 싫어하는 데이오타루스(?~BC.40. 현재 터키 서부에 있는 갈라티아의 국왕. 카이사르에 대한 암살 기도 혐의로 기소되었을 때 키케로가 그 변호를 맡음)를 옹호했다. 그 연설이 끝나자 카이사르는 키케로에게 다소 비판적인 발언을 했다고 한다.

"저 사람이 무엇을 원하느냐는 매우 중요하지. 그런데 그는 무엇을 원하던 간에 항상 터무니없는 의욕을 불태우는군."

물론 이때 카이사르는 브루투스의 의지를 단지 정열에 불과한 것이라고 파악하고 있었다. 카이사르는 브루투스가 유서 깊은 귀족 출신이라는 점과 높은 지성의 소유자였다는 점에 끌렸음에 틀림없다.

브루투스는 정략적 목적의 여행을 하던 중에 카이사르의 정적이자 망명 생활을 하고 있던 마르켈루스(?~BC.45. 보수적인 원로원 귀족계급의 지도자로서 자신이 지지했던 폼페이우스가 패배하자 망명함)를 방문했다. 브루투스는 카이사르가 보여준 호의적인 태도에도 불구하고 결코 자신의 독자성을 버리지 않았다. 브루투스가 부인 클라우디아와 이혼하고 카토의 딸인 사촌 포르키아와 결혼한 것에서도 그가 항상 대변해 왔던 이상에 얼마나 충실했는지 드러난다. 오로지 브루투스와 같은 사람만이 카이사르에 대한 대담한 도전이었던 이러한 결혼을 감행할 수 있었다.

그러나 브루투스에게는 정치가에게 필수적인 특성, 모든 정치적 천재성의 기본 조건이 결여되어 있었다. 즉, 사람을 보는 눈이다. 카이사르와 친교가 있었던 모든 사람들 중에서 브루투스가 가장 늦게까지 카이사르의 의도와 목표를 파악하지 못했다는 사실은 그가 현실정치의 능력을 갖추지 못했음을 보여준다.

개인적으로 브루투스는 카이사르를 항상 매혹적인 호의를 보여주며 변치 않는 부드러움으로 용서할 줄 아는 사람으로 경험했으며, 이러한 카이사르의 특성을 여러 차례 관찰하고 경탄했다. 브루투스는 카이사르의 제왕에 오르려는 야심을 가장 늦게까지 눈치 채지 못했으며, 카이사르가 스페인에서 승전을 거둔 후 카이사르의 머리 위에 그 모든 권력과 명예가 씌워지는 것을 보면서도 이를 과도기적 현상으로 파악했다.

기원전 44년 2월 중순, 카이사르가 종신 독재관에 오른 뒤에야 브루투스의 마음은 결정적으로 카이사르로부터 돌아서게 된다.

브루투스가 카이사르에 대한 음모에 동참한 것은 카이사르에 대한 사랑이 실망으로 변했기 때문이다. 그리고 이러한 환멸에 빠진 사랑과 함께 다른 음모자들이 일깨워준 선조들에 대한 기억도 큰 역할을 했다. 브루투스의 선조들은 자유를 위해 싸운 영웅 L. 브루투스와 C. 세르빌리우스 아할라에서 시작된다. 브루투스는 조상에 대한 제사를 특히 중시했으며, 가문에 대한 이러한 자부심은 모반자들이 브루투스를 쉽게 끌어들일 수 있도록 했다. 브루투스는 이 음모에 참여하는 데 주저하지 않았다. 오히려 광신에 가까울 만큼 예로부터 내려온 자유의 이상에 대해 열광하였고, 도락에 가까운 어설픈 야심으로 그는 스스로를 로마의 자유를 구하는 영웅이라고 생각했다. 그리고 카이사르를 없애는 것이야말로 '국가의 적법한 정당방위'라고 판단했다. 그는 행위의 인간이거나 정치적 의지의 인간이 아니었다. 그라는 인물의 가치는 오직 정신적이고 지적인 영역, 높은 수준의 교양에 있었다. 그는 거사의 지도자라는 임무를 수행하기 위해 스스로에게 암시를 걸었다고 한다. 그가 밤에 집으로 돌아올 때면 어둠 속 어디에서인가 "브루투스, 잠들어 있는가?"라는 목소리가 들리곤 했다는 것이다. 어느 날 아침에는 탁자 위에서 "브루투스, 공화국이 위험에 처해 있다!"라고 써 있는 쪽지를 발견했다고 한다.

이러한 이야기들은 브루투스에 대한 인상을 강하게 만들어준다. 물론 이

것이 그의 행동에 결정적인 역할을 한 것은 아니며, 기껏해야 불안에 빠져 있던 브루투스의 내면에서 살인이 과연 옳은지를 묻는 목소리를 다소 진정시켜 주는 역할을 했을 것이다. 브루투스가 사람을 판단하는 것에 서툴렀다는 점과 더불어 그의 인물과 행위를 판단하는 데 있어 더욱 중요한 것은 그의 또 다른 결함이다. 즉 브루투스는 그의 행위로 인한 정치적 영향과 결과를 예견하는데 완전히 무능했으며 정치적 상상력을 전혀 갖고 있지 않았다는 것이다.

그의 문학적 친구 중 한 사람이었던 그리스의 수사학자는 나중에 카이사르의 살해를 정당화하고자 했다. 그에 의하면, 브루투스는 카이사르를 암살함으로써 권력 지향적인 로마인들에게 카이사르와 같은 권력 추구를 모방하지 않도록 경종을 울리려 했다는데 이는 정말 놀라운 이야기이다. 나아가 브루투스는 카이사르의 몰락 후에 국가가 고래로부터 상속받아온, 브루투스 자신도 경험해 보지 못한 공화주의적 자유를 되찾을 수 있으리라고 진심으로 믿었다는 사실에 더욱 놀라지 않을 수 없다. 브루투스가 깨닫지 못했던 사실은 이러한 자유는 이미 오래 전에 몰락했다는 사실이다. 브루투스의 이러한 오류에서 그의 의미가 지니는 한계, 그의 행위가 지니는 비극적 불충분함이 백일하에 드러난다. 브루투스의 이러한 오류 때문에 역사학자들이 브루투스와 카이사르를 비교하며, 브루투스의 이념 부재 및 원칙에의 집착과 카이사르의 이념과 제국을 서로 비교하는 일은 손쉬운 일이 되었다.

카이사르가 피를 흘리며 쓰러지고 브루투스가 이 암살을 옹호하기 위해 몸을 돌렸을 때 원로원은 이미 텅 비어 있었다. 살인자들은 조용히 자취를 감추었던 것이다.

장례식은 화려하게 거행되었다. 합창단은 노래를 불렀다.

"나는 나를 파멸시킨 자를 구했도다."

연초에 원로원이 카이사르에게 공화국의 위대한 명예를 부여했던 훈령과 원로원 의원들이 그에게 맹세했던 '충성 서약'이 낭독된 것도 암살자들에게는 쓰라린 일이었다.

민중들은 브루투스의 집에 불을 지르려 했다. 살인자들에 대한 응징이 시작되었다. 카이사르의 계승자로 나설 사람이 없었기에 그들은 곤경에 빠졌던 것이다. 브루투스는 완전히 무력했다. 그는 자신의 사명을 완성할 길을 알지 못했다. 감성과 이성은 목표를 달성했으나 의지와 정치적 통찰이 부족했기에 그는 실패하였다. 그는 다른 암살자들과 마찬가지로 사나운 민중에게 굴복해야 했다. 민중들에게 카이사르의 정신은 그가 살아 있을 때보다 그의 죽음 이후에 더욱 매력적으로 다가왔다. 정당하든 부당하든 카이사르에 대한 일체의 비판들은 모두 잊혀졌다. 카이사르 이전 체제로부터 혜택을 입었고 이로 돌아갈 것을 꿈꾸던 자들은 구 공화국을 다시 건설할 시간이 왔다고 믿었지만 곧 커다란 실망을 맛보게 되었다. 민중들은 그러한 것에 전혀 관심이 없었던 것이다. 그들이 원했던 것은 새로운 자유, 즉 카이사르의 질서 원칙에 의해 일단 걸러진 자유였던 것이다. 살인자들의 행동은 그 의미를 잃어버렸다. 브루투스의 희생도, 위대한 천재 카이사르라는 제물도 아무 의미가 없어졌다.

셰익스피어의 비극 '줄리어스 시저'의 가장 세련된 부분 중 하나는 위대한 독재자의 죽음 이후에도 그 정신은 싸움을 계속해 나가도록 그려냈다는 점이다.

카이사르 정신의 집행자로서 처음에는 그의 최측근이었던 안토니우스가 나타났다. 건장한 군인이며 향락주의자였던 그는 최강의 권력, 즉 군통수권을 장악하고 있었다. 카이사르의 자리를 누군가 대신해야 한다면 그것은 바로 안토니우스일 것이라는 사실을 의심하는 사람은 아무도 없었다. 안토니우스의 이러한 카이사르 계승은 민중으로부터 부여되고 승인된 것이라고 보아왔다. 그것은 안토니우스가 카이사르의 측근 중에서 가장 인기가 많은 인물이어서가 아니라, 그가 군을 장악하고 있고 국가 공권력을 손에 쥐고 있다는 사실을 민중도 알고 있었기 때문이다. 안토니우스는 처음에 카이사르의 19세 조카 손자 옥타비아누스와 경쟁하게 되었다. 그들은 서로를 적으로 보았지만, 곧 영리하게 동맹을 맺고 레피두스† 장군과 함께 삼두정치를 확립했다. 이를 통해 그들은 카이사르의 살인자들에 대한 승리와 지배력을 확보했다. 카시우스와 브루투스는 격렬한 전투 끝에 패배하였고 절망 속에서 자살하게 된다.

다수가 독재 권력을 나누어 갖거나 독재자의 유산을 상속받고자 하면 권력은 약화되어 간다. 그들이 공동의 적과 맞서 싸우기 위해 뭉쳐 있을 때에는 통치권을 유지할 수 있다. 그러나 적을 없애고 이제 평화적인 국가 건설에 나서야 할 순간이 오면 그들 간의 위기가 발생하게 된다. 이는 안토니우스와 옥타비아누스에게도 마찬가지였다. 그들은 적들로부터 벗어나게 되었다. 카이사르 체제의 적들을 완벽하게 쓸어냈고 수천 명을 살해하고 재산을 압수하고 저항하는 세력을 테러를 통해 억눌렀다.

그러나 카이사르 이념의 최후의 승리자이자 집행자는 안토니우스가 아

---

† 레피두스? ~ BC.13
공화정 말기에 카이사르파에 속하여 법무관, 에스파냐의 장관, 그리고 BC.46년에 집정관이 되었고, 그 해부터 BC.44년까지 카이사르의 부관으로 활동하였다. 카이사르가 암살된 뒤 안토니우스를 지지하였으나, 안토니우스, 옥타비아누스와 함께 이른바 제2차 삼두정치를 결성하여 에스파냐 및 갈리아를 통치하였다. 필리피전투에서 카이사르 암살자들이 패배한 뒤 한때 자신의 권한영역을 빼앗겼으나 옥타비아누스를 지지하여 아프리카 누미디아를 지배하였다. 온건한 성격 때문에 카이사르의 후광에도 불구하고 정적을 압도할 만한 세력이 없었다.

니라 카이사르의 조카 손자 옥타비아누스였다. 패배한 안토니우스가 도피 중 살해된 이후, 옥타비아누스는 카이사르 아우구스투스라는 이름을 갖게 되었다. 옥타비아누스는 군국적 군주제 시대를 새로이 열게 되는데, 이는 바로 생전의 카이사르가 마지막으로 품었던 포부에서 자신의 독재 권력을 이을 시대로 구상했던 체제이며, 브루투스는 바로 이를 저지하고자 했던 것이다. 괴테가 브루투스의 시도를 '세계사에서 가장 허무맹랑한 행위'라고 말했을 때, 그는 브루투스의 이러한 끔찍한 착각과 오류, 그리고 그로 인해 카이사르의 살해와 군국적 군주제의 승리 사이에 일어난 결과들, 즉 내전과 로마의 피바다 등을 염두에 두었을 것이다. 이때 괴테는 아마도 나폴레옹이 에어푸르트에서 자신에게 했던 말을 기억했을지도 모른다.

"귀하는 카이사르의 죽음에 대해 그에 걸맞은 기품을 갖고 볼테르보다도 더욱 뛰어나게 그려내어야 합니다. 이는 귀하의 삶에 있어 가장 아름다운 과제가 될 수도 있을 것입니다. 우리는 카이사르에게 그의 위대한 계획을 실행할 시간을 주었다면, 그가 후세에 어떠한 행운을 가져다주었을지, 그리고 모든 것이 어떻게 달라졌을지 이 세상에 널리 알려야 합니다."

괴테와 나폴레옹은 카이사르의 정신이 결코 살해되지 않았으며 불완전하게나마 이 세계를 계속 지배하고 있다는 사실을 어렴풋이 느꼈다. 그 세계는 카이사르가 그의 넓은 시야에서 서방 전체, 위대한 유럽으로서 파악했던 세계이다. 서방의 민족들은 브루투스가 아닌 카이사르의 행위와 정신에 따라 그 후 수백 년간 움직였다. 카이사르의 행적은 서양 정치가들을 건설적인 방향으로 이끌어 갔지만, 브루투스의 행위는 우둔한 자들을 비생산적 추측과 모험으로 이끌어 갈 뿐이었다. 그리고 무엇보다도 위대한 지성의 소유자가 아무런 가치도 없이 너무나도 허무하게 희생되었기에 후대에게는 더욱 비극적으로 보이게 된 것이다.

2

우리는 카노사에는 가지 않겠다

교황 그레고리우스 vs 황제 하인리히

1 ————

'카노샤'라는 이름이 등장하면 지금까지 자주 그려졌고 원한의 비유가
되기도 했던 다음과 같은 광경이 머리 속에 떠오른다.

살이 에일 정도로 추운 겨울. 온통 하얀 눈으로 덮인 산과 계곡을 더듬으
며 한 무리의 여행자들이 알프스 산골짜기를 걷고 있었다. 신성로마제국의
황제 하인리히 4세와 그 가족, 그리고 몇 명의 가신들이다. 때로는 네 발로
기어야 앞으로 나아갈 수 있었고 앞이 보이지 않아 손으로 더듬어가면서 걸
음을 옮기기도 했다. 워낙 굴곡이 심하고 험한 길이어서 발을 헛디딜 경우
도 많았다. 얼어붙은 길 위에서 미끄러졌을 때에는 안내를 맡은 사람들의
신세를 질 수밖에 없었다. 여자들은 남자들이 끌어주는 소가죽 썰매 위에
올라타 얼어붙은 경사면을 미끄러져 갔다.

그때까지 이렇게 고통스러운 속죄여행은 없었다. 황제는 초라한 옷으로

몸을 감싸고 맨발로 사흘 동안이나 카노사 성문 앞에서 교황의 부름을 기다리며 한시라도 빨리 성 안으로 들어가 죄를 용서받을 수 있기를 바랐다. 아침과 점심에는 물론이고 황혼이 지는 석양에도 황제는 모습을 드러냈다.

그는 이른 아침부터 저녁까지 대기했다가 밤늦은 시간에 다시 한 번 성문 앞에 나타나 성 안으로 들여보내주기를 기다렸다. 겨울의 차가운 공기 속에 성문을 두드리는 공허한 소리와 함께 문을 열어주기를 호소하는 처량한 목소리가 장단을 이루며 울려 퍼졌다. 이런 소음들이 너무나 섬뜩하고 스산하게 느껴졌기 때문에 카노사 성의 주민들은 남녀를 가리지 않고 자기도 모르게 귀를 막았다. 그리고 성 안에 머무르고 있는 교황 그레고리우스에게 부디 관대한 조치를 내려달라고 간청했다. 하지만 황제 일행이 아무리 힘껏 문을 두드려도, 아무리 처량한 고함을 질러도 소용이 없었다.

그런데 사흘째 되는 날, 교황은 비로소 마음을 열었다. 마침내 성문이 열리자 심리적 동요 때문에 걸음도 제대로 옮기지 못하게 된 독일의 황제는 추위에 몸을 떨면서 교황 앞으로 안내되었다.

그레고리우스 7세에 대한 하인리히 4세의 속죄여행을 묘사할 때에는 항상 이런 광경이 그려졌다. 민중들 사이에서 전파되는 경우에도, 교과서나 전설을 다룬 서적에도 비슷한 광경이 반복적으로 등장한다.

"우리는 카노사에는 가지 않겠다."

그 유명한 비스마르크의 이 말에도, 달리 예를 찾아볼 수 없을 정도로 혹독한 카노사로의 속죄여행에 관한 이미지가 얽혀 있다.

그러나 실제로는 이런 광경이 펼쳐지지는 않았다. 그런데도 독일의 황제에게 있어서 매우 굴욕적인 이 광경이 꼬리에 꼬리를 물고 그 후에 몇 세기에 걸쳐 전해진 이유는 교황과 황제의 대립이 얼마나 비극적인 내용이었는지 잘 이야기해 주고 있다. 둘의 관계가 특별히 비극적이었던 이유는 독일인의 정신과 신앙이 정반대로 대립해 있었다는 데에서도 찾을 수 있겠지만, 그보다는 세속적으로 매우 강력한 군주가 '카노사'에서 말로 표현할 수 없을 정도의 굴욕감을 맛보았기 때문일 것이다.

하인리히 4세가 등장하기까지 수백 년 동안, 독일인은 그리스도교와 일체화되어 있었다. 성직자와 기사는 다른 존재가 아니었고 예수 그리스도의 생애와 죽음은 독일인 기사가 구세주가 되는 형식으로 영웅적 서사시의 소재로도 이용되었다.(고대 독일의 서사시 '헬리안트'[†]) 하지만 로마 교황이 중심을 이루는 세력이 자주적이고 독립적인 권력을 갖겠다며 세속적인 정치 영역에도 점차 간섭을 하게 되면서 교회와 국가의 분열이 시작되었고, 국가는 로마의 그리스도교 '제국'으로부터 확실하게 분리되려는 움직임을 보였다. 이 때부터 그 후 몇 세기 동안 이어진 독일인과 로마의 싸움이 시작되었다. 11세기 알프스산맥의 남북에서 전개된 '카노사 드라마'에는 그런 배경이 존재했다. 그리고 이 드라마 안에는 세상의 움직임, 인간의 변화를 둘러싼 수많은 비극적 장면이 포함되어 있었다.

당시, '국가'와 '교회'가 자기야말로 영원한 권력이라고 내세우면서 시작된 다툼은 원래 이 다툼이 독일인이 성장하고 발전함에 따라 저절로 발생한 것인 만큼 현대 사회를 살고 있는 우리의 입장에서 보면 한층 더 비극적으로 받아들여진다.

---

†헬리안트
루트비히(1세)가 그리스도교를 전파하기 위하여 신약성서를 서사시 형태로 쓰게 한 작품이다. 작자는 북(北)작센의 그리스도교 성직자였다. 게르만의 두운(頭韻)을 사용하여 예수그리스도를 독일의 한 지방의 왕으로, 사도(使徒)들을 기사(騎士)로 윤색하여 일반 민중이 쉽게 이해할 수 있도록 만든 작품으로, 문학적으로도 높이 평가받고 있다.

근본적인 기원을 더듬어 보면, 로마에 본거지를 두고 있는 주교(로마 교황을 의미)는 지상에서 가장 민주적인 제도를 갖추고 있는 카톨릭 교회에서 다른 주교들로부터 위임을 받은 합법적인 대표권을 가지고 있었다고는 하지만 결코 그들의 윗자리에 앉아 있었던 것은 아니다. 그러나 로마의 주교는 게르만 인이 법률이나 국가에 대해 품고 있는 감정으로부터 탄생한 '조직된 지도자 원리'에 바탕을 두고, 적어도 그리스도교를 믿는 모든 세계에서 자기는 절대적인 지배권을 가지고 있다고 확신했다. 로마의 주교, 즉 교황이 이런 결론에 이르게 된 것은 게르만 인이 '지도자'에 대해 생각하고 있는 부분을 그대로 실천에 옮겼기 때문이라는 사실을 내포하고 있다. 그리고 장래에 이 극적인 문제를 둘러싸고 여러 가지 다양한 사건들이 발생하게 된 가장 큰 이유는 최고 지배자의 지위에 오르려는 교황의 요구가 ― 역사의 아이러니라고 표현해야 할지는 모르지만― 게르만민족이 로마로부터 답례의 선물로 수입한 일종의 주의, 주장과 충돌했다는 것이다.

로마에서 직수입한 이런 주의와 주장은 카이사르의 사고방식이다. 독일에서 세속적 지배자는 모든 권력을 요구했는데, 그것이 결국에는 신으로부터 축복을 받은 지도자라면 현세에서이든 신의 국가에서이든 최고의 지도자가 될 수 있다고 여겨지게 되었다.

이렇게 해서 황제와 교황이 각각 중심을 이루는 양대 세력은 그 후 오랜 기간동안 위험과 투쟁을 잉태하고 있던 지도자 원리의 양 극단에 서게 되었다. 두 세력은 각각 서로를 배척하고 소유권을 주장하려 했다. 정신적인 지배자는 세속적인 영역에서, 세속적인 지배자는 정신적인 분야에서 각각 자신의 권리를 주장한 것이다.

2 ———

카노사의 드라마는 비극의 서막인 '아이를 둘러싼 다툼'에서 시작되었다. 중세만큼 아이가 소홀히 취급되고 아이의 마음을 살피지 않았던 시대는 없다. 그 시절, 심리적 전쟁을 벌이고 있던 양대 세력인 교회와 국가에 있어서 황후의 자녀는 거래나 교섭의 재료였고 전리품이었다. 유명한 황후나 귀족의 자녀는 태어나자마자 일찌감치 권력욕이 왕성한 당파 지도자가 원하는 대로 이용을 당했다. 명문의 자녀는, 권력자가 의도하는 상속순위에 방해가 된다는 판단이 내려질 경우에는 즉시 납치를 당하거나 살해당했다. 또, 그렇게 하는 것이 이익이 된다고 판단될 경우에는 거래의 대상으로 팔아버리거나 요람에 누워 있는 상태에서 약혼을 하게 되는 경우도 있었다. 사춘기에 도달한 자녀들이 일찌감치 결혼을 강요당하는 경우도 많았다. 사람에게 가장 귀중한 시기라고 말할 수 있는 청소년기를 이렇게 가볍게 다루었던 시대가 불안하기 짝이 없는 동란과 투쟁으로 시간을 보낸 것은 당연한 결과다. 영원한 평화가 제기되던 중세 독일에서 황후의 자제가 서로 으르렁거리며 다투는 모든 세력으로부터 이용의 대상이 되었던 것은 결코 우연이 아니다.

부모라면 자녀의 장래를 보장하고 자손의 미래에 책임을 져야하지만 이런 의무를 다할 수 있는 '영원한 친권(親權)'은 국가로부터도, 세력 있는 정당이나 정파로부터도 무시당했다. 오직 자신의 욕심만을 앞세우는 정치가들을 품고 있는 '국가'와 '교회'는 자기들이 움켜쥐고 있는 절대적인 권력을 마음껏 휘둘렀고, 카노사의 드라마에서는 교황에게 맞선 주인공이 된 하인리히 4세의 생활에도 개입했다.

1056년, 아버지 하인리히3세가 세상을 뜨자 하인리히는 불과 여섯 살의 나이에 후계자로서 신성로마제국의 황제이자 독일 국왕의 자리에 올랐다.

같은 해, 하인리히의 약혼자는 이탈리아의 토리노에서 독일로 끌려 온 여섯 살의 베르타 공주로 정해졌다. 독일의 세력 있는 제후들은 불안과 동요에 휩싸여 하인리히가 어떤 세력의 산하로 들어가게 될 것인지 지켜보고 있었다. 그들은 서로 불신감을 끌어안고 경계하며 자신들의 욕망을 확실하게 드러내었다.

한때, 하인리히의 어머니인 아키타니아의 아그네스는 하인리히가 제위를 물려받을 때에 그의 아버지를 돌보아주었던 물욕에 관심이 없는 교황 빅토르 2세와 상담을 하면서 하인리히 대신 국가를 지배하기 위해 노력하기도 했다. 하지만 아그네스는 천성적으로 심리가 나약하고 저항력이 없는 평범한 여인에 지나지 않았다.

추기경 훈베르트는 당시에 권위를 잃은 왕실의 상황을 비평하며 이렇게 말했다.

"이런 어린아이가 황제가 된 이상, 장기적으로 안정된 통치를 기대한다는 것은 무리다."

아그네스도 여성의 몸으로 어떻게 해야 좋을 지 판단을 내릴 수 없었다. 그녀는 상부 독일을 모두 포기, 세 개의 공작령(公爵領)을 영주들에게 주고 그 사람들이라면 친구가 되어 줄 것이라고 생각했을 정도로 간절하게 협력자를 찾고 있었다. 그녀가 세 군데의 공작령을 포기함으로서 이 토지에서 얻을 수 있는 모든 이익도 포기했다는 사실은 굳이 지적할 필요도 없다. 그녀는 세심한 주의를 기울여 오직 하인리히의 제위를 지키는 데에만 전념, 이탈리아, 로마 등에서 점차 확대되면서 전개되고 있던 도시나 종족, 계급 사이의 투쟁에 휘말리지 않기 위해 최선을 다했다.

그 동안, 의심 많은 독일의 세력가들은 이 젊은 황제를 자신의 영향 아래에 두기 위해 혈안이 되어 있었다. 당사자인 하인리히는 활기 넘치고 긍정

서임권 논쟁(1057~1122)

【사태의 전개】

강력한 개혁추진자였던 교황 레오 9세의 죽음과 동·서방 교회의 분열에도 불구하고 개혁정책을 추진하던 교황청의 추기경단은 개혁정책을 그대로 지속되었다. 그것은 추기경단의 개혁의지와 당시 황제였던 신성로마제국의 하인리히 3세의 협력 때문이었다. 황제는 레오 9세가 죽자 즉시 독일인이자 개혁적 성향을 가진 빅토르 2세(1055~57)를 임명했고, 개혁의 지속적 추진을 지원했다.

그러나 개혁 교황(레오 9세)과 그레고리우스 7세의 요구, 그리고 그들이 발전시킨 새로운 이데올로기(세계를 주재하는 교황, 그리고 교황의 선출권은 추기경단이 소유해야 한다는 입장)는 불가피하게 세속 군주권과 충돌을 야기할 수밖에 없었다. 교황의 조치에 대하여 가장 강력하게 반발한 것은 신성로마제국의 황제였다. 이들의 갈등은 표면적으로 성직자의 서임에 관한 문제였으나, 그 내부에는 결국 '누가 세계에 대한 지배권을 행사하는가?' 라는 중세 기독교 문명의 헤게모니를 둘러싼 본질적인 것이었다. 개혁의 본질은 기독교의 독립에 있었다. 정치에 예속된 과거의 역사를 볼 때 기독교는 제대로 자기의 목소리를 내본 적이 없었다. 정치로부터의 교회의 독립에 참된 개혁의 본질이 있었던 것이다.

이러한 문제가 가시화 되게 된 계기는 1056년 황제 하인리히 3세의 죽음이다. 한편으로 교회개혁의 가장 강력한 후원자를 잃었지만, 다른 한편으로는 교회가 세속권력으로부터 독립할 수 있는 절호의 기회였다. 그것은 하인리히 3세의 후임이 된 하인리히 4세가 겨우 6세였고, 그의 어머니인 아그네스가 섭정을 했기 때문이다. 왕이 어렸기에 독일의 정세는 불안했고, 자국의 안정이 무엇보다도 긴급한 현안이었다. 1년 후 교황 빅토르 2세가 죽자, 교황을 누가 선출하는가가 첨예한 관심이 되었으나, 다행히 이때 추기경단에서 주도할 수가 있었다. 추기경단은 그들 중 한 명을 교황으로 선출했고, 그가 스테판 9세(1057~58)였다. 그는 이탈리아 북부지역의 정치적 권력자의 동생으로서, 교황의 자리가 독일인에 의해서 몇 차례 점유되어 오던 중, 이탈리아 인에게 되돌아 온 것이기에 이탈리아 인들의 자존심도 만족시켜 주었다. 더구나 황제에게 자문을 구하지도 않고 추기경단이 독자적으로 결정한 점에서 추기경단이 주도권을 잡을 수 있는 좋은 계기였다.

따라서 스테판 9세가 교황이 되면서 교황청 독립은 본격적으로 개시되었고, 여기에 일익을 담당한 사람이 훔베르트였다. 그는 1058년 '대적자 성직매매자들' 이라는 문서를 통해 성직매매를 확대 정의했다. 즉 그에 의하면 돈을 주고 성직을 얻는 것 외에 평신도

가 갑자기 영적인 일에 종사하여 사제로 임명되는 것도 성직매매로 정의했다. 그는 더 나아가서 교회와 세상의 분리 및 교회가 세상보다 우위에 있는 상위 질서임을 강조했다. 이러한 훔베르트의 이론은 왕이나 권력자들을 염두에 두고 한 말이었다. 그리고 이런 주장은 지금까지 하나의 관행처럼 내려오던 세속권력의 기독교 지배라는 현상을 완전히 뒤집을 수 있는 혁명적 주장이었다. 왜냐하면 세계의 지배 권력을 영적세력과 세속권력으로 나누고, 이것의 서열관계를 주장한 것이기 때문이다.

훔베르트의 주장은 교황청 개혁파인 추기경단의 환호를 받았다. 그리고 이것은 1058년 스테판 9세가 죽고 새로운 교황 선출문제가 제기되자 가시화 되었다. 로마의 정치 귀족들은 즉시 귀족 출신인 베네딕트 10세를 내세우며 추기경단들을 위협했다. 그러자 힐데브란트는 추기경들을 규합하고, 로마 시민의 전폭적 지지를 받으면서 니콜라스 2세(1509~61)를 선출하고 이태리 귀족들과 베네딕트 10세에게 맞섰다. 마침 신성로마제국의 하인리히 4세의 섭정인 어머니 아그네스도 니콜라스2세를 지지하여 베네딕트 10세는 폐위되었다. 니콜라스 2세는 교황이 되자마자 힐데브란트의 도움하에 훔베르트의 주장을 입법화했다. 이때 만들어진 교황선출의 원칙은 오늘날까지도 내려와 공식적인 교황청기구가 되었다.

교황선출의 원칙

1) 교황의 죽음과 동시에 추기경들은 그 후계자를 선출한다. 선출된 후계자는 성직자들과 로마 시민들의 비준을 받아야 한다.
2) 로마의 성직자들 가운데서 적절한 인물이 있으면 그를 선출한다.
3) 교황 선거의 장소는 추기경단의 결정에 의해 아무 곳에서나 가능하다.
4) 선출된 교황은 취임식 이전이라 할지라도 완전한 권한과 기능을 행사한다.
5) 신성 로마 제국의 황제의 의견은 최대한 존중하도록 한다.

이렇게 입법화된 교황선출원칙은 당사자인 니콜라스 2세가 사망하자(1061) 당장 효력을 발휘했다. 역시 힐데브란트의 주도하에 추기경단은 북부 이태리의 주교였던 알렉산더 2세(1061~73)를 선출했다. 알렉산더 2세의 선출은 특별한 의미가 있는 것이었다. 즉 레오 9세에 의해서 시작되고 니콜라스 2세에 의해 틀이 갖추어져 추기경단에 의해서 선출된 최초의 교황이었기 때문이다. 그러나 여기에는 반발도 있었다. 일부 주교들이 반대세력을 결집해서 스위스 바젤에 모여 공의회를 소집하고 독자적으로 교황 호노리우스 2세를 선출했고, 독일황제의 섭정인 아그네스도 호노리우스 2세를 교황으로 승인했다.

교황권의 독립이 위기를 맞는 순간이었다. 하지만 때를 맞추어 독일이 혼란에 빠졌고,

아그네스의 섭정권이 쾰른의 대주교였던 아노에게로 넘어갔다. 아노는 협력자가 필요했기에 개혁파 추기경단과 우호적인 관계를 힘썼고, 그 결과 알렉산더 2세를 공식적인 교황으로 지지했다. 아슬아슬한 위기를 넘기면서 추기경단은 교황청의 개혁을 지속시킬 수 있었다. 레오9와 니콜라스 2세가 씨를 뿌려서 이제 알렉산더가 거두어들이는 교황청과 교회의 독립은 점차 가시화 되어가고 있었다. 물론 여기에는 힐데브란트의 역할을 과소평가 할 수 없다. 그는 개혁의 기수였다. 또 하나의 독일의 황제권의 상대적인 약화가 개혁추기경들의 활동에 상대적인 도움이 되었다.

【 그레고리 7세와 황제 하인리히 4세의 격돌 】

1073년 알렉산더 2세가 죽자 지금까지 개혁의 측면 지원자였던 힐데브란트가 그레고리우스7세(1073~85)라는 이름으로 교황에 올랐다. 그는 교회의 정화를 위해 부름받은 사람이라고 스스로 믿었다. 그는 교황이 되자마자 종교회의를 통해 칙령을 내렸다.

1) 성직을 매입한 성직자는 그 사실 하나만으로 이미 성직을 수행하기에 부족함을 알려주고 있다.
2) 교구를 맡기 위해 금품을 증여한 자는 그의 교구를 상실한다. 아무도 교회와 관련된 직함을 팔거나 사지 못한다.
3) 간음죄를 범한 성직자는 즉각 성직자로서의 기능을 정지시킨다.
4) 교인들은 성직 매매와 음란에 관한 교황의 칙령을 위반하는 성직자들의 예배인도를 거부해야 한다.

당시 신성로마제국의 황제 하인리히 4세는 그레고리우스 7세를 잘 알고 있었다. 개혁적이긴 했지만, 온건한 정책을 취했던 알렉산더 교황 때 측근이었던 네 명의 고위 성직자가 그레고리우스 7세의 주도하에 파문되었기 때문이다. 이런 일을 통해 서로 안 좋은 감정을 갖고 있던 황제 하인리히 4세와 그레고리우스 7세의 격돌은 예상된 수순이었다. 밀라노의 주교 자리가 공석이 되면서 이곳의 주교 임명권을 놓고 대립이 일어난다.
원래 밀라노의 주교자리가 문제가 된 것은 그레고리우스 7세의 전임 교황인 알렉산더 2세 때부터이다. 밀라노 지역에서 주교의 문제로 자주 폭동이 일어나자, 하인리히 4세는 주교를 일방적으로 파면시키고 그 자리에 카스티글리오네 출신의 고드프리를 임명했다. 그러나 그는 교황에 의해 이미 성직매매죄로 고소당한 인물이었다. 알렉산더는 그를 승인하지 않고 밀라노 시민단체가 선출한 오토를 합법적인 주교로 인정했다. 이 문제는 종결을 보지 못한 채 후임인 그레고리우스 7세에게 넘어왔다. 밀라노는 지역적으로 황제에게나 교황에게나 대단히 중요한 지역이었다.

그레고리우스 7세는 교황이 되자마자 하인리히 4세에게 자신의 독일여행을 고지하고 밀라노의 주교임명권에 간여치 말 것을 명령했다. 이 명령에 대해 하인리히가 수긍하는 태도를 보인 것은 때마침 일어난 작센지방의 반란 때문이었다. 하인리히는 선택의 여지가 없었다. 그레고리우스 7세는 1075년 2월 로마에서 종교회의를 주재하고 이후로 어떤 주교나 수도원장도 세속적인 통치자로부터 서임을 받아서는 안 된다는 법령을 선포했다. 그레고리우스 7세는 '교황의 교의'라는 공식문서를 통해 로마교회는 오직 하나님에 의해서만 설립되었다. 오직 로마교황만이 보편적 존재라는 것, 그에게는 황제를 폐위시킬 수 있는 권한이 있다는 것, 교황은 아무에게도 판단받지 않는다는 것, 교황은 근본적으로 오류를 범할 수 없는 존재라는 것, 교황만이 백성을 악한 군주들에게서 해방시킬 수 있다는 내용을 선포했다.

하인리히 4세는 그해 여름 독일 북부 작센의 반란을 진압하자, 지금까지 밀어두었던 밀라노 주교 문제에 다시 개입했고, 자기가 임명한 주교가 합법적임을 주장했다. 그러자 그레고리우스 7세는 교황의 권한으로 폐위시키겠다며 로마로 출두하라고 명령했다.

하인리히 4세는 1076년 1월 보름스에서 개최된 제국회의(독일의 유력한 제후, 성직자 기사가 소집된 회의)에서 독일주교 다수의 지지를 얻어 교황 그레고리우스 7세의 폐위를 선언한다. '교황이 아니라 거짓 수도사에 지나지 않는 힐데브란트'라는 표현으로 로마에 그 결정사항을 통보했다.

1076년 2월, 교황 그레고리우스 7세가 황제에 의한 자신의 폐위소식을 전해 듣자, 종교회의를 소집하고 그리스도가 베드로에게 부여한 '맺고 푸는 권세를 가진 교황'의 권한으로 즉시 황제에게 교회법상의 파문을 선언했다. 그리고 독일 황제에 대한 충성의무를 해제했다.

이것은 독일에 충격이었고, 독일의 제후들에게는 황제의 강력한 통제에서 벗어날 수 있는 절호의 기회였다. 교황의 명령은 수행되어야 했다. 독일내의 모든 교회에서의 예배는 금지되었고, 교회의 적으로 간주된 독일 백성들에게는 성례가 집전되지 않았다. 예배와 성찬을 하지 못하면 천국에 갈 수 없다고 생각했던 당시의 정서였기에 백성들에게는 심각한 문제였다. 그들은 황제를 저주했고, 돌을 던지며 피했다. 그동안 압박받던 제후들도 좋은 명분을 얻었다. 그들은 아우구스부르크에서 회의를 열어 교황의 주재로 황제에 대한 재판을 열기로 결의했다. 그리고 교황이 유죄를 선언하면 황제를 퇴위시키고 새로운 황제를 옹립할 것을 결의했다(1076년 10월). 교황은 이미 아우구스부르크 회의를 주재하기 위하여 독일로 오고 있었다. 황제로서는 진퇴양난의 상황이었다.

1076/77년 겨울, 제후들이 설정한 시한은 1077년 2월이기 때문에 하인리히로서는 달리 선택의 여지가 없어 이탈리아를 향하여 눈 덮인 알프스를 넘어 교황과 만나 파문의 취소를 거래하려고 했다. 그의 왕비와 2살의 아들이 동행했다. 교황은 하인리히가 자신을

찾아온다는 소식을 듣고 토스카나 변경백 마틸다의 성 카노사로 간다.

1077년 1월, 하인리히도 카노사에 도착한다. 3일 동안 카노사성문 앞의 눈밭에서 참회복을 입고 용서를 빌자, 교황은 황제를 용서하고 그를 파문에서 풀어 다시 교회로 받아들였다. 이렇게 이 사건은 일단락되지만, 황제로서는 잊을 수 없는 이 치욕을 가슴에 담고 자신의 정치적 기반을 다시 구축하는데 전력을 기울였다.

한편 제후들은 교황이 황제를 용서하자, 교황이 자신들을 배반했다고 생각하고 하인리히 파문을 기정사실화하여 1077년 3월, 독일의 제후들이 루돌프를 새 황제로 선출했다. 그 결과 황제와 제후들 사이에 전쟁이 발발했고, 루돌프는 전투에서 자신의 오른 손을 잃은 뒤 사망한다.

하인리히는 독일을 다시 평정하고 실질적 패권을 회복하자 교황에게 복수를 결행했다. 이번에는 명분이 있는 저항이었다. 1080년 6월에 하인리히는 브릭센 종교회의를 소집했다. 그리고 그레고리우스 7세를 폐위시키고 라벤나의 대주교였던 귀베르트를 대립교황으로 임명했다. 그가 클레멘스 3세이다. 하인리히는 이 새로운 교황을 임명한 후, 1081년 4월에 알프스를 넘어 로마로 쳐들어갔다. 1084년 로마는 함락되었고, 교황 그레고리우스는 피신하여 노르만인들에게 도움을 요청했으며, 이들로 인해 하인리히는 퇴각할 수밖에 없었다. 1084년 2월, 하인리히는 종교회의를 열어 그레고리우스 7세가 폐위시켰다. 그의 후계자, 즉 당시까지의 대립 교황(클레멘스 3세)이 하인리히를 황제로 대관했다. 그레고리우스는 로마를 탈출하여 1085년 사망할 때까지 남부이탈리아에서 자신의 연합세력인 노르만인의 보호를 받으며 살았다.

황제 하인리히는 독일로 돌아온 후 수많은 내란에 휩싸여 친아들이 일으킨 반란에 속아 감옥에 갇혔고, 탈출하여 다시 세력을 모아 아들과 전쟁을 준비하던 중 1106년에 죽었다. 이렇게 혼란한 독일과는 달리 로마와 교황청은 빠르게 안정되어 갔다. 개혁파 추기경단은 하인리히가 임명한 클레멘스 3세를 교황으로 인정치 않았다. 오히려 그레고리우스 7세가 죽자 후임으로 빅토르 3세를 선출하고, 그가 곧 사망하자 후임으로 우르반 2세(1088~99)를 선출했다. 클루니 수도원 출신인 이 교황 역시 개혁적인 성향을 가진 인물이었다. 그 역시 그레고리우스처럼 서임권을 지키려고 노력했다. 하지만 서임권 문제는 여전히 해결되지 않은 채 남아 있었다. 양쪽의 후임인 교황 파스칼 2세(1099~1118)와 황제 하인리히 5세(1106~25)에 의해서도 이 문제는 해결되지 않았다.

이 서임권 문제의 최종적 타결은 1122년 9월에 보았다. 황제 하인리히 5세와 교황 칼릭스투스(1119~24)사이에 보름스 협약이 체결되었다.

【 보름스 정교협약 】

하인리히 4세와 교황의 대립은 독일에 깊은 당파싸움의 균열을 남겼다. 심지어 하인리히 4세의 아들 하인리히 5세 마저도 부왕의 반대파에 가담할 정도였다. 하인리히 5세는 왕이 된 후 보름스에서 교황의 사절과 다음과 같은 협약을 맺었다.

앞으로 주교와 수도원장에게는 세속적인 임무와 성직의 임무가 구분되어야 한다. 황제는 성직자의 상징인 반지와 지팡이로 서임하는 권리를 포기하고, 성직자의 자유로운 선출을 교회에 이관할 것을 약속한다. 반면 교황은 황제가 충성과 일정한 봉사의 대가로 각종 특권을 부여하여 주교와 수도원장을 자신의 봉신으로 봉하는 권리를 인정한다. 이러한 정교협약은 황제가 제국교회의 수장들에게 일정한 특권으로 봉하는 권리만을 허용하였지만, 그의 역량에 따라 자신의 편에 있는 자를 고위성직에 임명할 수 있는 여지를 남겨두었다. 한편 교황은 적어도 교회의 일에 관해서는 황제의 감독으로 벗어나게 되었다. 그리하여 고위성직자는 교황과 황제 양자로부터 거부당하지 않을 수 있는 인물이 추천되고, 선출 뒤에 교회로부터 성직 서임을 받고, 이어 황제로부터 토지와 지배권을 비롯한 각종 특권을 받아 그에게 봉신 지례를 하는 방향으로 낙착되었다.

【 교황권의 강화와 교황청의 세속군주국가화 】

서임권투쟁을 거치면서 교황권은 계속 강화일로에 놓이게 되었다. 교황의 주도하에 십자군원정이 조직되었고, 교황청은 문서행정, 재무행정, 교회법의 정비를 통해 점점 더 정교한 정부조직의 형태를 발전시키게 되었다.

12세기 이후 교황들은 상당수가 대학에서 로마법과 교회법을 이수한 율사출신으로 충원되었다. 이들은 교황청을 행정·통치의 중심으로 하고, 교황의 지배령을 하나의 영토로 하는 교황군주국으로 건설해 나갔다.

이러한 새로운 율사형의 교황을 대표하는 교황이 이노켄티우스 3세(1198~1216)였다. 그는 교황이 행사해야 할 '세계의 주재권'을 정교하게 정당화했으며, 강력한 의지로 영국의 왕 존을 굴복시켜 그를 봉신으로 만들었고, 쉬타우펜가家의 신성로마제국 황제 프리드리히 2세의 보호자 역할을 수행하였다. 열국의 군주들은 그를 두려워했으며 교회는 교황권의 전성기를 구가했다.

그러나 인노첸시오 3세 이후에 등장한 13세기의 교황들은 세속국가의 정치적 사안에 너무나 광범위하게, 그리고 깊이 빠져 들어가 절제하지 못하고 마침내 자충수를 두기에 범하기에 이르렀다. 교황청은 이 시기부터 자주 주변의 세속군주(특히 쉬타우펜가)들과 무력으로까지 충돌하게 되었고, 사회·종교적으로 주민들의 새로운 종교적 욕구에 부응하지 못하는 억압적인 기구로 변모했다.

교황이나 교황청, 추기경단 자체가 권력욕에 불타는 탐욕스러운 군주이며, 세속국가와 같은 모양으로 변모했다. 교황청은 르네상스, 종교개혁을 거쳐 근대의 상당한 시기까지 유럽의 국제정치무대에서 하나의 정치세력 또는 그에 준하는 기관으로 기능하였다.

적인 성격을 가진 젊은이로 묘사되어 있지만 그가 아이답게 어머니의 사랑을 받으며 행복하게 생활했던 시대는 오래 가지 않았다.

하인리히 쟁탈을 둘러싼 다툼에서 승리를 거둔 것은 결국 남(南) 독일 출신의 귀족인 교회군주, 쾰른의 안노 대주교이었다. 이 교회군주는 거칠고 급진적인 성향을 가지고 있으면서도 유난히 도덕을 내세우는 인물로 다른 사람과 타협하는 일 없이 정권욕만 채우기 위해 노력하고 있었다. 근본적으로 욕심이 많은 속물이었기 때문에 당연히 영감(靈感)에 의지하는 정치에는 관심이 없었다. 그는 자신의 적을 배제할 수 있었다. 그리고 자신의 적을 격멸하여—그 자신의 표현에 의하면—적의 턱뼈를 부수었을 때에 그의 행동은 신의 칭찬을 받게 될 것이라고 진심으로 확신하고 있었다. 그는 프롤레타리아 방식의 야만적인 재판을 실시했다. 쾰른의 명문 출신인 젊은 상인이 대주교의 간섭에 저항하여 소규모의 모반을 일으켰을 때, 안노 대주교는 그 상인의 두 손을 절단하게 하고 눈알을 파내게 했다.

대주교는 교활한 머리를 이용하여 온갖 간계를 동원, 권력을 향한 자기만의 길을 걸었다. 1061년, 아그네스 황후는 라인 강 근처의 카이자스웨르트에서 알현식을 거행했는데 이 축하연에는 안노의 얼굴도 보였다. 그는 축제용으로 한껏 멋을 낸 거대한 선박을 타고 나타나 제후와 왕궁의 인물들, 민중들을 깜짝 놀라게 했다.

11세의 하인리히는, 이 배를 타 보지 않겠느냐는 유혹을 기꺼이 받아들였다. 그러나 하인리히가 배에 올라탄 순간, 배는 강가를 벗어나 라인 강의 물줄기를 따라 내려가기 시작했다. 이상하다고 생각한 황제는 저항을 하면서 강가에 다시 배를 대라고 요구했지만 키를 움켜 쥔 선원의 힘은 매우 강했고 황제의 항의는 무시되었다. 그러자 하인리히는 용감하게도 라인 강의 물살을 향해 배에서 뛰어내렸다. 에쿠베르트 폰 마이센이 즉시 강으로 뛰어들어 황제를 구해 다시 배로 끌어 올렸다.

황제는 쾰른으로 끌려갔지만 기가 약한 어머니는 항의도 하지 못했다. 쾰른에서 하인리히를 상대로 통치와 관련된 교육을 담당한 사람은 안노 대주교이었다. 과거에 무력을 싫어하여 군대에서 탈주한 경험이 있는 대주교이었지만 독일의 지배자임과 동시에 장래에 군의 통솔자가 될 젊은 황제를 지도하는 한편으로 제왕으로서의 도리를 가르치게 되자 그 인격을 형성하는 역할을 자청하고 나선 것이다. 안노의 교육은 매우 엄격하고 금욕적이었지만 젊은 하인리히에게는 효과가 전혀 없었다.

한편, 어머니 아그네스는 아들을 쾰른 대주교의 폭력으로부터 구해내려는 노력조차 하지 않았다. 그 시절에는 교회의 지배권과 세속적 지배권이 완전히 분리되어 있지 않았다. 얼마 전까지, 교회에서 작위를 받은 사람이나 주교, 수도원장이면서 황제의 장군이나 황제를 받드는 봉건군주가 된 사람이 있었지만 그들은 교황파이기보다는 황제파였다. 안노 대주교 역시 젊은 황제를 교황의 시종으로 만들려는 마음은 전혀 없었다. 독일에서 일하고 있는 주교들은 자신의 권력을 증가시키는 것만을 유일한 목표로 삼고 있었고 교황파를 주장하는 사람치고는 영토나 권력에 대한 집착이 지나치게 강했다. 쾰른의 대주교가 어린 황제의 교육권을 장악한 이유도 이런 세속적인 권력 증강에 도움이 될 것이라고 판단했기 때문이었다.

어머니 아그네스는 결국 자신의 아들을 운명에 맡기기로 하고 신앙심을 심화시키기 위한 순례를 한다는 명분을 내세워 로마로 여행을 떠났다.

그녀가 나약한 모습을 드러내자 교회를 비롯한 독일의 권력자들은 마음대로 자신의 권리를 주장하게 되었다. 역시 대주교인 아다르베르트 폰 브레멘은 안노 대주교에 대항하면서, 자신이 젊은 하인리히 황제를 마음대로 조종해 보이겠다고 선언했는데 이것도 독일의 제후들이 각각 자기주장을 편

좋은 예다. 아다르베르트는 교양이 풍부한 인물로 행동, 예의, 매너, 세계관, 생활감정까지 모든 점에서 안노와 날카롭게 대립하고 있었다. 그는 세속적인 신사로, 상류인사라는 사실을 긍지로 여겼지만 돈 씀씀이가 헤프고 오락을 매우 좋아했다. 더구나 그는 교황으로부터 거의 독립하여 스칸디나비아 교회에 대한 감독권을 가지고 있어 북유럽과 독일교회조차 새롭게 창설할 수 있을 정도의 엄청난 세력을 가지고 있었다.

아다르베르트가 자기주장을 편 이후, 그는 안노와 함께 하인리히의 교육을 분담하게 되는데, 젊은 하인리히가 얼마 지나지 않아 안노 방식의 금욕주의보다 인내심을 배경으로 따뜻한 애정을 표현하는 아다르베르트의 교육방법에 이끌리게 된 것은 놀라운 일이 아니다. 이처럼 서로 날카롭게 대립하고 있는 두 가지 교육방법을 바탕으로 하인리히는 성장했지만 그가 이 교육에 의해 원만한 인품을 갖추게 되었다거나 그 자신이 그렇게 되기 위해 노력한 흔적은 전혀 찾아볼 수 없다.

1065년의 부활절에 하인리히는 엄숙한 의식을 거치고 검을 차면서 실질적인 권력을 움켜쥐게 된다. 15세에 도달한 것이다. 이듬해인 16세 때에는 10년 전부터 그의 약혼자로 정해져 있던 베르타 공주와 화려한 결혼식을 올렸다.

하인리히의 통치 1년째의 모습은 다음과 같이 그려져 있다.

야위기는 했지만 평범치 않은 체격에 머리카락은 짙은 브론즈나 갈색에 가깝고 세속적인 교양은 갖추고 있지만 거칠고 야만적인 부분이 있으며, 성격적으로는 급하다고 여겨질 정도로 예민한 점이 있지만 의지가 약하고 우울한 감정에 쉽게 사로잡히는 경향이 있는가 하면 때로는 충동적인 면도 있다.

이런 하인리히가 나중에 50세가 되었을 때에는 일찌감치 백발이 성성한 노인이 되어버렸다.

하인리히는 옥좌에 앉자마자 주변의 고문들을 교체했다. 젊은 황제는 상담역으로 성직자 몇 명과 신분이 낮은 몇 명의 귀족을 기용했다. 그 결과 그의 주변에는 대부분 남부 독일 출신이면서 필요한 교양이나 인격도 없이 높은 지위에 오른 청년들에 의해 채워져 갔다. 하인리히가 운영하는 황궁은 이른바 청년들의 천국이 되었다.

국가의 경영을 추진하는 데에 젊음과 청년다운 의지가 더 중요한가, 아니면 나이와 풍부한 경험이 더 도움이 되는가 하는 점은 자주 거론되는 문제다. 또, 청년이 지배하는 국가와 노인이 세력을 떨치는 국가 중에서 어느 쪽이 보다 행복하고 정당한가 하는 의문도 자주 제기되는 의문이다. 세계정치사를 살펴보면 양쪽 모두 성공한 예도 있고 실패한 예도 있다.

하인리히는 젊은 세대로 국가를 운영한다는 사고방식을 성급하게 채용했다. 20세의 황제는 비슷한 나이의 인물들을 고위고관으로 임명했고, 그들은 정치나 군사 각 방면에서 하인리히의 상담역을 맡으면서 고급관리가 되었다. 이런 식으로 인재를 등용하면 좋은 결과를 얻을 수도 있다. 성급한 경향이 있는 반면에 신선한 정책을 마음껏 실행할 수 있고 쓸데없는 걱정이나 시시한 자기비판에 얽매이지 않고 언제 어떤 경우이든 즉시 행동으로 옮길 수 있는 개성이 풍부한 시책을 제시할 수도 있다. 그리고 일도 빨리 끝마칠 수 있다. 하지만 장점이 있는 반면에 무서운 결과를 초래할 수도 있다.

특히 긴 안목으로 보면 청년들만을 존중하는 정치에는 여러 가지 형태의 단점이 나타난다. 똑같이 청년을 존중하는 정책이라고 해도 젊은 사람들의 행동능력을 중장년층의 능력이나 경험과 잘 조합하여 정치의 재생산이나 재개발에 필요한 자본으로 삼는다면 바람직한 결과를 낳을 수 있지만 단순히 젊은이들만으로 정치의 중추를 굳히려 하면 젊음만이 특색인 혁신적인,

행동적인 측면에만 치우친 정치형태가 탄생한다. 위정자의 의지력이 약한 상태에서 함부로 그런 의지력을 원동력으로 내세워 정치를 실행하려 하면 매우 비극적인 현상이 발생하는 것이다. 그 결과는, 경험이 풍부한 나이 든 귀족들이 젊은이들에게 무시를 당하게 되면서 무슨 일을 해도 의미가 없다는 생각에 모든 것을 포기하고 황궁을 버림과 동시에 불평불만만 내세우는 것으로 나타난다.

하인리히 시대에도 비슷한 상황이 발생했다. 하인리히가 고통스런 입장에 내몰리게 되면서 젊은 사람들만으로는 실패한 정치를 어떻게든 경험이 풍부한 사람들의 도움을 받아 시정하고 올바른 궤도로 되돌려 놓기 위해 노력을 했을 때, 거기에 협력을 하겠다고 손을 내밀어 주는 사람이 없었다. 본래는 자신들의 전문적인 지식과 경험을 살려 황제에게 조언하거나 도움이 되기 위해 노력해야 할 사람들은 일찌감치 황궁에 등을 돌리고 황제를 적대하는 반 주류파 진영, 즉 교회와 대귀족의 연합에 가담해 있었다.

이런 상황에 이르러서도 하인리히는, 독일의 제후들이 수수방관하고 있는 이유는 커져만 가는 황제의 권력에 두려움을 느끼고 있기 때문이라고 오해하고 있었다. 그는 제후들이 걱정하는 진정한 이유는 그들이 마음속으로 권력욕을 불태우면서 황제에 대해 진심으로 불평불만을 품고 있기 때문이라는 사실을 이해하지 못했다. 그러나 하인리히가 로마 교회와 주도권다툼을 시작하게 되자 그들의 본심이 분명하게 드러났다. 이윽고 황제를 둘러싸고 있는 젊은 관리들의 무지하고 무능한 현실이 낱낱이 밝혀지고, 그동안 불만 속에서 생활했던 나이 든 경험자들이 하인리히를 외면하는 시기가 오자 그는 정치적인 배려에서도 어쩔 수 없이 카노사행(行)을 결심하지 않을 수 없었던 것이다.

물론 대담한 성격에 맞설 상대가 없는, 연전연승에 익숙한 젊은 황제가 행운의 혜택을 받은 것처럼 여겨졌던 시기도 있었다. 청년들은 황제에게 신속한 행동에 나설 것을 재촉했고 그 결과 쾨른텐의 베르트루드는 지위를 박탈당했다. 오트는 감옥에서 석방된 순간에 바이에른으로부터 추방당했다. 라인페르트의 루돌프도 그와 마찬가지로 추방을 당하는 상황에 몰렸다. 작센의 마그누스는 정권에서 내몰렸다.

그러자 밟히고 밀려나는 상황에 놓인 그들은 일치단결하여 대항전선을 구축했다. 그 지도자는 안노의 형제 하르바슈타트의 부르하르트 주교였다. 전운은 좀처럼 결정되지 않았다. 어떤 경우에는 하인리히가 위험한 상황에 몰려 패색이 짙어졌고 또 어떤 경우에는 귀족들이 항복하지 않을 수 없는 상황이 펼쳐졌다. 음모를 기도하는 자, 암살을 도모하는 자도 있었고 당당하게 전쟁터에서 싸우는 자도 있었다. 적을 교란시키는 비밀공작에 나서는 자도 있었다. 하인리히의 생명은 끊임없이 변화하고 반전하는 행운과 불운의 파도 위에서 춤을 추었다.

3 ———

그 동안, 남쪽 지방에서는 새로운 불꽃이 피어올랐고 그 불꽃은 하늘 높이 솟아올라 독일 제국이 자칫 파멸할 위기로까지 몰렸다. 세속적인 권력을 거머쥐려는 교황과의 전쟁이 시작된 것이다. 그레고리우스 7세는 서유럽 전체를 엄습한 로마 교회권력을 대표하는 지도자이며 실행자였다.

그레고리우스 7세가 세속적인 제국, 특히 독일에 대해 전쟁을 건 것은 단순히 교회의 요구를 관철시키기 위해서가 아니었다. 그의 속뜻은, 교회는 전 세계를 통합한다는 라틴적 사고방식에 근거를 두고 독일에서 이루어지는 그리스도교의 게르만 화(化), 즉 그리스도교를 자주적으로 독일식으로 변경하려하는 시도에 대해 공격을 가하는 것이었다. 독일인은 그리스도교와 교회에서 자신들의 영혼이나 정신에 부합되는 내용만을 도입하려 했다. 즉 그리스도교와 교회의 독일화, 게르만화를 도모한 것이다. 하지만 그레고리우스는 독일인에게도 국제적이며 전 세계적인 그리스도교를 강요해야 한다고 생각했다.

962년 2월 2일, 교황 요하네스 12세가 오토 1세에게 황제의 왕관을 씌워준 이후 나폴레옹이 출현할 때까지, 독일 황제의 운명은 로마와 밀접하게 연결되어 있었다.

그레고리우스 7세가 장래에 발생할 모든 투쟁에 대하여 결정적인 승부의 열쇠를 부여했다고 말한다면 지나친 표현이 되겠지만 적어도 그는 로마의 입장에서 보면, 어떤 경우에 분쟁에 나서야 하는지, 어느 시기에 싸움을 걸어야 하는지를 분명하게 제시했고 그 근본을 이루는 기준을 부여했다. 그는 지상에서의 교황의 사명은 신에 의해 정해지는 것이라고 생각했고 그 내용이 어떤 것인지 분명하게 제시했다.

로마의 이상과 게르만족의 이상, 바꾸어 말하면 교황과 황제가 각각 끌어안고 있는 권력은 매우 컸기 때문에 이 두 가지 요소가 서로 협력한다면 그야말로 멋진 결과를 낳았을 것이다. 하지만 실제로는 로마의 일방적인 승리로 끝이 났다. 그러자 원래 현세의 생활을 즐겨 온 독일인은 교회의 금욕주의를 인정하지 않을 수 없었고 성직자들은 결혼하지 않아야 한다는 규정이 정해졌으며 독일어는 라틴어에 의해 밀려나면서 마침내 로마의 주교(교황)는 실수를 저지르지 않는 훌륭한 수장이라고 인정할 수밖에 없었다.

그레고리우스는 이 투쟁의 도화선에 불을 붙이는 한편 그 정신적인 기초를 확립했다. 게르만인의 피를 이어받은 이 인물에 의해 로마의 이익이 대표되었다는 것은 독일인에게 있어서 그야말로 비극이었다고 표현하지 않을 수 없다.

그레고리우스 7세는 교황의 왕관을 쓴 인물들 중에서 가장 강력한 개성을 갖춘 사람이었다. 그를 '교회정치 역사에 있어서 가장 강력한 인물'이라고 이름 붙인 역사학자 랑케는 그레고리우스 7세를 대 그레고리우스(604년에 사망)나 강력한 인노첸시오 3세를 웃도는 걸출한 인물로 평가했다. 수백 년 동안 계속된 로마와 독일 제국의 분쟁에 있어서 명백한 로마 노선을 확립한 이 인물이 근본은 게르만계통의 혈통을 이어받았다는 점은 실로 비극적인 우연이었다.

그는 토스카나의 살로나에 있는 농가에서 태어났다. 그의 조상은 상부 이탈리아를 유랑했던 롬바르디아의 병사였다고 한다. 그의 본명은 힐데브란트. 그는 한동안 로마 근처에 있는 아벤티노 수도원의 성직자로 일했는데 얼마 지나지 않아 젊은 나이에 로마 교황 아래에서 일하는 인물이 되었다.

그레고리우스가 교황의 자리에 앉았을 때, 그를 이런 식으로 평한 사람이 있었다.

"아버지는 염소지기, 어머니는 대도시의 빈민굴 출신, 그 자신은 평민과 다를 것이 없는 평범한 남자였다."

묘한 운명의 소용돌이 속에서, 그는 사제로서 그레고리우스 6세를 수행하여 그레고리우스 6세의 추방지인 독일로 들어갔다. 돈을 사용해서 교황의 지위를 획득한 그레고리우스 6세는 하인리히 3세의 강요에 의해 결국 교황의 지위에서 내려오지 않을 수 없었던 것이다.

이 교황을 수행하여 독일을 방문한 힐데브란트, 후에 그레고리우스 7세는 이곳에서 독일 제국의 강인함을 직접 체험함과 동시에 로마의 권력 및 명성에 대한 요구가 독일인의 자기의식에 의해 항상 위험에 노출되어 있다는 사실을 뼈저리게 실감했다. 무슨 일에 있어서든 폭 넓은 배려를 해 준 그레고리우스 6세를 받드는 동안에 힐데브란트는 프랑스, 특히 클루니 수도원에서 탄생한 매우 엄격한 정신운동에 대해 배운다. 이 정신운동의 목적은 성직자에게 한층 더 엄격한 금욕생활을 시키는 것과 성직의 매매(시모니) 금지를 실현하는 것이었다. 이 엄격한 정신운동의 발생지가 프랑스였다는 것은, 세속적인 문제에 몰입하여 생활을 즐기고 있던 독일인이 그리스도교에서 그들의 전투적인 생활감정이나 세계관에 적합한 것, 자신들의 능력으로 소화할 수 있는 것만을 도입해 왔다는 사실을 분명하게 이야기해 준다. 그레고리우스 7세 때가 되어서야 비로소 독일에서 그리스도교 정신이 변화의 조짐을 보이기 시작했다. 그리고 오랜 세월이 흐른 뒤에 로마인은 독일인의 입장에서 보면 납득하기 어려운 다음과 같은 속담을 만들었다.

"로마는 법률을 만든다. 이 법률은 프랑스에서 포고되고 독일에서 엄격하게 지켜진다."

힐데브란트는 이윽고 사제에서 추기경으로 승격, 그 후 역대 교황의 이른바 영원한 내상(內相) 겸 외상(外相)이 되었다. 그는 교황으로 선출되기 훨씬 전부터 로마의 정책을 실제로 지도하게 되면서 교황은 추기경들의 선거에 의해 정해져야 하며 독일의 황제나 제후들이 동의하든 동의하지 않든 관계없이 결정되어야 한다는 법률을 정했다.

그가 어떻게 해서 이렇게 강력한 영향력을 가지게 된 것인지, 어떤 방법을 이용해서 세력을 확보한 것인지는 확실하지 않다. 추남이라고 표현할 수 있을 정도로 돋보이는 부분이 없는 창백한 얼굴에 거친 수염을 기른 키 작은 남자였지만 눈매만큼은 매우 날카롭고 항상 열정이 깃들인 불꽃을 간직하고 있었다. 같은 시대를 살았던 다미앙은 그를 '신성한 악마'라고 불렀다.

힐데브란트는 신비주의자임과 동시에 매우 이성적인 인물로, 자기는 위대한 사명을 짊어진 인간이며 모든 타협을 배격한다는 신념을 가지고 있었다. 그는 자신의 직무가 신비에 싸여 있는 두려운 일이라고 확신했다. 그리고 평생 동안 노력한 이상(理想) ―교회와 교황이 지상의 모든 권력, 모든 세력을 제압하는 존재가 되어야 한다는 이상― 이 얼마나 강력한 것인지 통감하고 그것을 실현시키기 위한 노력을 아끼지 않았다.

그가 교황으로 선출된 경위는 평범하지 않다. 1073년에 교황 알렉산더2세가 사망하자 추기경 힐데브란트는 사흘 동안의 단식에 들어갔다. 성 베드로 교회에서는 추기경, 주교, 수도사, 성직자, 그리고 신자들이 대 행진을 벌인 뒤에 전원이 힐데브란트를 향하여 돌진, 이렇게 소리쳤다.

"성 베드로는 대사제이신 힐데브란트를 우리의 신성한 아버지로 선출합니다."

그것이 조직적인 행동이었는지는 확실하지 않지만 민중의 목소리, 신의 목소리가 현실적으로 표현된 것처럼 여겨지는 그 극적인 장면을 배경으로 힐데브란트는 교황으로 선출되었다.

그는 교황으로 선출되자 그레고리우스 7세라는 이름을 사용했다. 그리고 이 결정에 의해 추방지에서 사망하여 교황의 지위에서 쫓겨난 그레고리우스 6세의 정통성이 확인되었고 그레고리우스의 이름에 얽혀 있는 명예가 회복되었다.

그레고리우스는 편지에서 이렇게 고백했다.

"그들은 미친 듯이 나를 향해 돌진했다. 내가 무슨 말을 하거나 다른 사람과 상담할 여유조차 주지 않고 내 입장에서는 도저히 감당할 수 없는 사도를 통치하는 자리, 교황의 자리에 나를 올려놓았다."

세속적인 권력자나 교회 안에서 세속적인 사고방식을 가지고 있던 자들은 20년에 걸쳐 교회가 절대적인 권력을 가지고 있다는 사실을 분명하게 확인해야 한다는 이상을 꾸준히 제시해 온 이 인물에게서 유익한 내용은 그다지 기대할 수 없었다.

하인리히는 교황 선출에 관하여 아무런 상담도 받지 않았다. 이것만으로도 황제의 권한에 상처를 입었다. 그러나 그레고리우스는 자신이 선출되었다는 사실을 하인리히에게 통지하는 노력은 했고 하인리히도 그 결과를 양해했다. 몇 주일 후, 그레고리우스는 로트린겐의 고트프리트 후작에게 '교회의 번영과 제국의 명예를 목적으로 하는 몇 가지 기획'을 준비하도록 사자를 통하여 황제에게 신청했다고 말했다. 이 문구 안에 미묘한 언어적 구별이 있다는 점에 주의해야 한다. 교회의 '번영'에 도움이 되는 것은 즉 제국의 '명예'라는 내용으로 해석되기 때문이다.

그레고리우스는 교황의 자리에 앉자마자 즉시 세계통치 이념을 실행하는 작업에 몰입했다. 교황의 막강한 지배권에 저항해서는 안 된다. 교황은 베드로의 후계자로서 지상과 천국, 이 세상과 저 세상을 연결하는 중개자이며 교황에게 반발하는 자는 모두 제거해야 한다. 그레고리우스는 교회 안에서 이와 관련된 분쟁이 발생했을 경우에는 목적을 위해 수단을 가리지 않아도 된다는 원칙을 제시했다.

그는 이 원칙을 따라 행동한 모든 성직자나 그 단체를 책임으로부터 해방시킨 한편으로 그 죄를 사하여 주었다. 그는 그들이 어떤 정치적인 행동을 취해야 하는가 하는 기준을 몸소 행동으로 분명하게 제시했다. 이 기준은 그들에게 신성한 것으로 여겨졌지만, 그레고리우스 자신도 이 기준을 근거로 삼은 자신의 행동이 그야말로 신성한 것이며 신이 정해준 기준이라고 확신했다. 자신의 이상을 실현하기 위해 노력한 그레고리우스는 확실히 냉혹하고 무정한 존재였지만 외교적인 면에서의 노력도 게을리 하지 않았다.

그는 이런 말을 자주 했다.

"피를 흘리는 일을 막기 위하여 칼을 거두는 자는 저주받아야 한다."

프랑스, 스페인, 동방, 서유럽 뿐 아니라 러시아에 이르기까지, 그는 모든 국가를 자신의 뜻대로 움직이려 했다. 교황의 특사는 "왕관이나 지배권은 모두 교황이 부여해주는 것이라는 사실을 인정하는 쪽이 이익이 된다."는 내용을 알리기 위해 각 지역과 국가를 여행했다.

그레고리우스는 중세의 초월적인 사고방식에 근거하여 단 한 가지 목표만을 내세웠는데, 그것은 신의 국가를 실현하기 위해 교황의 권력을 속세의 모든 권력 이상으로 높여야 한다는 것이었다. 그레고리우스 시대를 그릴 때에 자주 간과하는 문제이지만, '교회'의 지도자 그레고리우스에게는 지배욕에 불타는 '전투적'인 정복자의 의욕이 깃들여 있었다. 그는 강력한 군대의 힘을 빌려 지중해 동쪽 지역과 그리스 교회를 다시 로마의 지배 아래에 두기를 바랐다. 그리고 각국을 정복하는 과정에서 독특한 방법을 사용했다. 각 국가에 '신성한' 자신의 요구를 전한 것이다.

독일에 대해서도 마찬가지였다. 독일이야말로 교황의 권력과 세속적인 권력이 서로 대립하는 결정적인 전쟁터가 되었다. 처음에는 서로에게 호의적인 태도를 보이며 신중한 모습을 보였던 그레고리우스와 하인리히는 마음속으로 그 점을 뼈저리게 통감하고 있었다.

독일과 로마, 황제와 교황의 관계에 있어서 결정적인 쟁점이 된 것은 수많은 교회정책상의 의도나 기준 중에서 다음의 세 가지 사항으로 압축되었다. 성직자의 결혼, 성직매매, 성직연장이다. 이 세 가지 사항이 의미하는 것은 무엇인가? 그리고 교황은 왜 이 세 가지 사항을 금지하려 했는가?

그레고리우스 시대까지 대부분의 성직자는 결혼을 하여 가정을 꾸렸다. 그레고리우스는, 성직자는 속세와 아무런 연관성을 가지지 말아야 하며 정신이 흐트러질 수 있는 문제에 흥미를 보이지 말아야 하고 오직 일심분란하게 교회와 교황에게 충성을 다해야 한다고 생각했다. 하지만 그의 의도를 실현시키려면 성직자의 결혼을 금지시키고, 지금까지는 여러 가지 문제를 교구(教區) 내부에서 해결해 온 주교나 성직자들이 맹목적으로 직접 교황에게 복종하도록 의무를 부과하는 수밖에 없었다. 그레고리우스는 모든 주교, 수도원장, 성직자는 반드시 참가해야 하는 단식모음을 로마에서 개최했다. 그 즈음, 브레멘의 대주교는 교황에 대해 다음과 같이 기록했다.

"이 무서운 인간은 마치 지주가 자신의 토지를 관리하는 관리인을 대하듯 주교들에게 마음대로 명령을 내릴 수 있다고 생각한다. 주교들이 그가 시키는 대로 행동하지 않았을 경우에는 로마까지 직접 찾아가야 하는데 운이 나쁜 경우에는 아무런 판결도 없이 면직처분을 당했다."

당시까지, 독일의 주교들은 자기가 독일인이라는 사실을 충분히 의식하고 있었고, 자신이 통치하고 있는 교구 안에서는 마음대로 행동해도 되는 고귀한 신분이라고 생각하고 있었다. 사실이 그러했다. 그 때문에 독일 황제와 교황 사이에 다툼이 발생할 경우, 독일의 주교들이 황제 쪽에 선다는 것은 불을 보듯 뻔한 일이라고 여겨졌다.

성직자의 결혼을 금지시킬 때까지 교황은 많은 고심을 했고 상당한 정력을 소모했다. 세속적인 문제와 교회의 문제를 별개의 문제라고 생각하지 않았던 독일의 성직자들은 속세에 젖은 습관을 버리지 못하여 자신의 가족과 헤어지려 하지 않았다.

그레고리우스는 "혁명적인 이상을 실행하겠다고 결정한 문제는 무슨 일이 있어도 타협을 배제하고 단번에 행동으로 옮기는 것이 가장 좋다."는 사실을 간파하고 있었다. 그 때문에 그는, 성직자가 장래에 결혼하는 행위를 금지했을 뿐 아니라 이미 결혼한 성직자들에게도 아내와 이혼할 것을 요구했다. 성직자들의 저항이 심해지자 교황은 독일에 광신적일 정도로 엄격한 사자들을 보냈는데, 그들은 도처에서 결혼을 한 성직자들을 혹독하게 공격하는 통렬한 선동적 연설을 하여 민중을 부추겼다. 성직자의 아내는 '첩', 또는 '매춘부'라고 비난하며 결혼을 한 성직자가 주도하는 예배에는 악마가 깃들여 있으며 그들이 신성하다고 주장하는 성찬식의 빵은 '쇠똥'이라고 공격했다. 무슨 일에든 겁먹지 않고 돌진하여 성과를 올리는 민중지도자와 마찬가지로 그레고리우스는 대중들 사이에 깃들여 있는 거대하고 야만적인 본능의 힘을 이용했다. 성직자의 결혼은 루터의 종교개혁에 대항하면서 비로소 완전히 폐지된 것이지만 적어도 그레고리우스는 성직 독신제의 바탕을 만들었다. 황제는 이 문제에 있어서 교황의 정책에 간섭을 할 흥미는 느끼지 않았다.

그레고리우스의 두 번째 구상인 성직 매매 금지는 그렇게 간단하게 실현될 것 같지 않았다. 성직을 매입하려는 악습은 당시에는 지극히 당연한 것으로 여겨지고 있었기 때문이다. 수도원장이나 사제직을 맡으면 수입이 꽤 좋은 성직록(聖職祿)에 안주할 수 있었기 때문에 국가와 주교가 어느 정도의 금액과 교환하여 수입이 많은 이런 직무를 팔거나 임대하는 것은 특별히 이상한 것이라거나 불결한 것이라고는 여겨지지 않았다.

한편, 성직을 매입해서 그것을 다시 다른 사람에게 판매한, 성서에 등장하는 시몬의 이름을 따서 성직을 파는 행위를 시모니라고 불렀다. 이 풍습이 극단적으로까지 진행되자 성직의 최고위, 교황의 지위를 사는 사람까지 나타났다. 독일의 권력자들은 성이나 귀족의 칭호를 큰아들에게 상속시켰기 때문에 둘째나 셋째 이하에게는 주교의 지위는 무리였지만 수도원장의 지위 정도는 매수해 주었다. 여기에 들어가는 비용은 당시의 둘째나 셋째 아들이 수도원장이나 주교가 된 이후에 그러모으는 세금 등으로 다시 채울 수 있었다.

그레고리우스는 이런 성직 매매는 단순히 부도덕한 행위일 뿐 아니라 교회의 권위를 유지하는 데에 매우 위험한 역할도 담당한다고 생각, 이것을 엄격하게 금지하기로 결심했다. 그러나 로마에서 개최된 단식모임은 여기에 첨가하여, 성직은 세속적인 권력에 의해 연임될 수 없다는 것까지 정해 버렸다. 그러나 반란을 일으킨 작센 인에게 승리를 거두고 당당하게 독일 황제의 지위를 유지한 하인리히가 세속적인 영주도 겸하고 있는 주교나 수도원장의 지위를 교황이 마음대로 좌지우지 할 수 있도록 가만히 구경만 하고 있었을까?

그의 아버지는 교황 세 명을 파면시켰다. 하인리히는, 가능하면 이 일을 복잡하게 만들지 말아 달라는 그레고리우스의 외교적 내용의 편지를 보고도 화를 가라앉히지 않았다. 그는 교황의 이번 금지령을 순순히 발효시킬 생각은 전혀 없었다. 그래서 앞으로도 계속 주교나 수도원장의 연임을 실행하기로 결심하고 교황과 의논도 없이 밀라노에 대주교를 임명했다.

교황 그레고리우스는 거친 언어를 사용한 편지를 보내는 것으로 하인리히의 행동에 답했다. 하인리히에 대해, 계속 복종하지 않는다면 엄청난 결과를 낳게 될 것이라면서 사울(이스라엘의 국왕. 펠리시테인 人에게 승리를 거두었지만 그후에 자살했다)이 몰락한 예를 제시, 교회가 독일 황제를 감독할 권리가 있다는 점을 주장했다. 이것으로 전선이 분명하게 구축되었다. 그 때까지 하인리히는 그레고리우스가 대체 무슨 생각을 가지고 있는지 그 속셈을 간파하기 위해 노력하고 있었다. 한편, 그레고리우스는 이렇게 생각했다.

"하인리히가 과연 어떻게 나올까?"

그리고 이제 그런 의심은 해소되었다. 더 이상 기다리고 있어도 도움이 될 것은 없다. 이제는 본심을 밝히는 수밖에 없다.

4 ———

은근한 압력을 가해 오는 교황의 협박에 격노한 하인리히는 월무스에서 교회회의를 소집했는데 여기에는 하인리히에게 충실한 24명의 주교가 참가했다. 하인리히는 그레고리우스의 뻔뻔함을 공격하는 문장을 낭독했다. 그리고 회의 결과, 하인리히는 그레고리우스의 파면을 노리고 매우 혹독한 문장의 교황과의 절연장을 쓰게 되었다.

이 편지에 등장하는 단어 하나하나에는 모두 해머로 내려치는 듯한 격렬함이 깃들여 있다.

"횡령에 의해서가 아니라 신의 성스러운 뜻에 의해 황제가 된 하인리히는 이제 교황의 자리에서 파면당한 악당 힐데브란트에게 고한다. 이 전제는, 교회 안의 모든 관습과 관례를 우습게 여겼을 뿐 아니라 교회 안의 모든 사람들에게 명예 대신 치욕을, 축복 대신 저주를 안겨 준 너처럼 쓸모없는 인간에게 잘 어울리는 것이다. 너는 지금까지 숱한 악행을 저질러 왔는데 여기에서는 그 중의 일부, 그것도 가장 중요한 내용만을 지적해두기로 한다. 너는 신성한 교회를 감독하는 역할을 맡고 있는 대주교, 성직자, 사제들의 문제에 함부로 간섭을 했을 뿐 아니라 그들을 자신의 주인이 무슨 일을 하는지도 모르는 어리석은 하인처럼 우습게 대했다. 그리고 그들을 모욕함으로서 너는 민중의 갈채를 받았다. 너는, 대주교들은 판단력이 전혀 없지만 너 자신은 모든 것을 알고 있다는 착각에 빠져 있다. 하지만 너는 모든 지식을 신앙심을 일깨우기 위해서가 아니라 오직 파괴를 위해 이용하려 했다. 네가 그 이름을 빌려 쓰고 있는 성 그레고리우스가 다음과 같이 말씀하셨을 때 그것은 너에 대한 예언 같은 것이었다는 사실을 우리는 믿어 의심하지 않는다.

'높은 지위에 있는 사람은 복종하는 자들이 많을 때에 대부분의 경우 오만해지고 자신이 다른 자들보다 더 많은 것을 이룰 수 있다고 생각하며 자기만큼 해박한 지식을 갖춘 사람은 없다고 믿게 된다.'

우리는 지금까지 사도의 의자(교황)를 지키기 위해 모든 면에서 참아 왔다. 하지만 너는 우리의 그런 인내를 공포 때문이라고 오해하고 신으로부터 부여 받은 황제의 권력에까지 대항하려 할 정도의 뻔뻔함을 내보였다. 너는 마치 우리가 네게서 왕국을 부여 받은 것처럼, 마치 신의 손이 아니라 너의 손 안에 제국이 쥐어져 있는 것처럼, 네가 마음먹기에 따라 언제든지 왕국을 거두어들일 수 있다는 식으로 우리를 협박했다. 주 예수 그리스도는 우리에게 왕국의 지배를 맡기시기는 했어도 네가 성직에 앉도록 허락하신 적은 없다. 너는 계단을 올라가듯, 시간이 흐를수록 뻔뻔함을 드러내 왔다. 성직에 오를 때에 신을 상대로 서약을 한 자라면 당연히 간계 따위는 이용하지 말아야 하는 것인데도, 너는 간계를 이용하고 돈을 뿌려 사람들의 호감을 사서 돈과 명성과 무력을 움켜쥐었다. 너는 칼을 앞세워 평화로운 옥좌에 다가갔고, 일단 그 뜻이 이루어지자 무력을 사용하여 주군에게 대항하라고 가신들을 부추겼을 뿐 아니라, 너 자신은 신의 부름을 받은 것도 아니면서 신의 부름을 받아 그 지위에 올라 있는 우리 주교들을 우습게 여기도록 민중을 지도했다. 나아가 성직자들로부터 거두어들인 성직을 속인(俗人)들에게 나누어 주어 아무 것도 모르는 속인들이 신의 뜻에 의해 주교로서의 축복을 받아 성직에 앉아 있는 자들을 면직하거나 처벌하도록 조종, 평화로운 옥좌에서 평화를 몰아내도록 부추겼다. 더구나 너는 내게도 간섭의 손길을 뻗쳤다. 원래 나의 제위는 교황의 전통이 가르치듯 신에 의해서만 좌우될 수 있다. 교황의 전통이 빛나고 있는 한, 왕위에 앉은 사람이 범죄를 저지를 일은 없지만 설사 그렇다고 해도 네가 나를 황제의 자리에서 물러나게 할 수는 없다. 사도(邪道)에 빠진 교황 율리우스조차도 황제의 임명이나 파면에 대해서는 교황들의 현명한 전통을 따라야 한다는 이유에서 함부로 참견을 하지 않고 신의 배려에 맡겼다. 진정한 교황이신 성 베드로조차 '신을 두려워하라, 왕을 존경하라'고 외치지 않았느냐. 그런데 신도 두려워하지 않는 너는 신에 의해 왕위에 오른 내게 수치를 안겨 주었다. 성 베드로는 천사조차도 진정한 그리스도교 정신에 근거하여 설교하지 않았을 때에는 절대로 용서하지 않았다. 너는 진정한 가르침에서 벗어난 설교를 하고 있는데, 이것은 너 자신만큼은 예외라고 생각하기 때문이냐? 사도 바울은 말씀하셨다.

'천사이든 누구이든 우리가 너희들에게 설교한 것과 다른 복음을 설교한다면 저주를 받을 것이다.'

바울의 저주를 받아 우리의 주교들로부터 자격이 없다는 판결을 받은 너는 죄 많은 자이며, 당연히 그 성스러운 사도의 의자(교황)에서 내려와야 한다! 그럴 듯하게 경건한 척 행동하면서 폭력을 감추고 있는 자가 아니라 성 베드로의 순수한 가르침을 전달할 수 있는 자야말로 새로운 성 베드로의 자리에 앉아야 한다! 신의 뜻으로 왕위에 오른 나 하인리히는 나의 모든 주교들과 함께 선언한다.

'교황의 자리에서 내려와라. 교황의 자리를 떠나라. 너, 몇 세기에 걸쳐 저주받을 인간이여.'"

이 선언은 왕위의 존엄성을 과시하는 것이었지만 그와 함께 황제의 성격도 분명하게 드러내 보여주고 있다. 하인리히가 이 선언을 발표했을 때, 그는 교황의 이상이 가지고 있는 힘을 너무 가볍게 평가하고 오히려 자신의 권력을 지나치게 높게 평가하고 있었다. 이 독일 황제와 교황이 각각 중심을 이루는 양대 세력의 투쟁은 그 이후의 두 사람의 싸움에도 영향을 끼친 한 가지 잘못된 생각에서 출발했다. 양쪽 모두 이상과 그 이상을 실행하려는 자를 혼합시킨 것이다. 그들은 이상을 실행하려는 자를 패퇴시키기만 하면 이상 그 자체도 없애버릴 수 있다는 잘못된 생각에 사로잡혀 있었다.

독일 황제의 절연장은 특사에 의해 로마로 보내졌고 마침 단식모임에 참석한 모든 사람들 앞에서 낭독되었다. 즉시 큰 소동이 일었고 하인리히의 사자는 공격의 대상이 되었다. 그러나 그레고리우스는 사자를 지켜주기 위해 노력했다. 마음을 다져먹고 추기경과 주교들 앞에 모습을 드러낸 그레고리우스는 서양 역사상 처음으로 독일 황제의 파문을 선언했다.

성 베드로사원의 넓은 공간에서 한탄에 잠긴 교황의 목소리가 낭랑하게 울려 퍼졌다.

"사도의 왕이신 성 베드로여, 우리의 목소리에 귀를 기울여 주십시오. 제가 하는 말에 귀를 기울여 주십시오. 당신은 당신의 종인 저를 어린 시절부터 이끌어 주셨습니다. 그리고 지금까지도 제가 당신에게 충실하다는 이유에서 저를 미워하는, 신을 신으로 생각하지 않는 자들의 손길로부터 저를 구원해주고 계십니다. 당신만이 아닙니다. 성모도, 모든 성인들 중에서 당신의 진정한 형제이신 성 바울도, 로마에 있는 당신의 신성한 교회가 저 개인의 뜻과는 상관없이 저를 교회의 수장으로 앉힌 사실, 제가 사람들을 앞세워 당신의 자리에 앉은 것은 아니라는 사실, 저는 일시적인 명예를 얻고 싶다는 세속적인 마음에서 교황의 자리에 앉으려 하지 않았고 오히려 순례를 하면서 평생을 보내기를 바랐다는 사실을 충분히 알고 계실 것입니다. 이제 당신에게 귀의해 있는 그리스도교도들이, 당신이 제게 맡겨주신 모든 일에서 제게 복종하고 있다는 것, 나아가 신은 제게 천상, 천하를 가리지 않고 자유롭게 지휘를 할 수 있는 권리를 주셨다는 점에 대해 당신이 만족하시는 것은 저의 보잘것없는 노력에 의한 것이 아니라 당신이 제게 호의를 배푸

신 결과라는 사실을 저는 믿고 있습니다. 이 확신에 근거, 당신의 능력과 존 엄성에 의지하면서 저는 전능하신 성부와 성자와 성령의 이름으로 교회의 명예를 지키고, 당신의 교회를 수호하기 위해 당신의 교회에 대해 전대미문 의 오만함을 드러내며 반항하고 있는 하인리히 황제의 아들 하인리히로부 터 독일 제국 및 이탈리아의 통치권을 거두어들이고 모든 그리스도교도가 그에게 했던 맹세로부터 그들을 해방시켜 앞으로 어느 누구이든 그를 황제 로 받드는 것을 금지하겠습니다. 그 이유는 다음과 같습니다.

'당신의 교회의 명예를 손상시키려는 자가, 그가 가지고 있다고 생각하 는 자신의 격식을 잃는 것은 당연하기 때문입니다. 더구나 그는 복종하기를 거부하고 파문당한 자들과 공모를 했을 뿐 아니라 숱한 악행을 저지르며 한 번 떠난 주님의 곁으로 돌아올 생각은 하지 않고 제가 그의 행복을 위해 던 지는 경고도 무시 —이점에 대해 당신은 잘 알고 계실 것입니다— 하여 교회 의 분열을 획책하고 당신의 교회로부터 이탈했습니다. 이렇게 된 이상 저는 당신의 대리인으로서 그에게 저주의 파문을 선언합니다. 이것은 모든 국민 에게 당신이야말로 반석 위에 교회를 세운 성 베드로이며, 지옥의 문이라면 몰라도 교회에는 절대로 반항할 수 없다는 점을 이해시키고 깨닫게 하기 위 해서입니다.'"

하인리히, 그레고리우스 두 사람의 선언은 세계사 및 교회의 역사에서도 가장 주목할만한 증언이다. 젊은 조언자들로부터 지지를 받은 하인리히는 멀리 떨어져 있는 장소에서 강력한 경고의 말을 던지는 것만으로도 그레고 리우스 같은 악마를 충분히 물리칠 수 있다고 믿고 있었다. 그는 교황의 권 력과 정력을 과소평가했다. 한편, 그레고리우스는 신성하다고 여겨졌던 황 제를 파문시킬 용기가 있었다. 이것이 서유럽에 끼친 영향은 전대미문의 것이었다. 파문은 교회의 은총을 나누어가지는 공동체로부터의 추방을 의미했기 때문이다.

그레고리우스는 황제를 파문한다는 선언을 통하여 '교황정치'가 끼치는 종교 및 속세에서의 권력을 확실하게 증명했다. 교황의 특사는 독일에서 신앙을 소중하게 생각하고 교황의 명령을 들으려 하는 마음을 가질 수 있도록 '여론'이 조성되도록 노력했다. 교황은 자신이 하인리히를 파문한 문제에 대하여 역사적으로 보아도 근거가 있고 권리가 있다는 것을 확인시켰다. 이 것은 왕권을 베드로 및 그 후계자에게 위탁한다는 결정에서도 '세속적인 지배권은 모두 오만함에서 발생하는 것이며, 세속적인 지배는 그 해석이나 취급이 교황에게 일임된다는 그리스도교의 도덕률 아래에 놓여 있는 경우에만 다시 정당화 된다.'는 아우구스티누스(354~430)의 가르침에서도 인용되었다. 이 가르침은 교회와 세속 양쪽 세계의 제후들에게 철저하게 전달되었다. 그리고 자기만큼은 한 국가, 한 성의 주인이어야 하며 다른 사람의 간섭을 받고 싶어 하지 않은 독일의 제후들은 황제가 마음대로 권력을 휘두르는 것은 기분 좋게 받아들이지 않았기 때문에 교황이 황제를 파문하기 위한 무기로 삼은 이 가르침에 기꺼이 응했다. 작센 인은 다시 반항을 시작했다. 독일의 제후들은 지금이야말로 황제로부터 독립할 수 있다고 생각했다. 주교, 수도원장들은 어수선한 상황 속에서 교황 쪽으로 돌아섰고 속세에 있는 일반 민중도 왕의 권위에 대해 신뢰성을 잃었다. 단, 일부 도시만큼은 하인리히야말로 새로이 떠오르는 권력이라고 믿고 그에 대한 충성을 유지했다.

이렇게 되자 하인리히는 일단 양보를 하고 교황으로부터 파문을 당한 상담역들을 면직시키는 한편, 자기 자신도 모든 종류의 정치적 업무에서 손을 뗄 수밖에 없었다. 그는 그레고리우스에게 사죄하고 앞으로는 그레고리우스가 만족할 정도로 복종하겠다고 약속했다.

하인리히의 입장에서는 그야말로 고통스러운 시기였다. 그러나 그는 완전히 항복한 것은 아니었다. 그는 사죄문에 문장을 첨가하여 그레고리우스 자신도 죄를 인정하고 자기반성을 하라고 재촉했다. 황제로서의 그의 자긍심이 이런 반격이라도 하지 않고는 견딜 수 없었던 것이다.

물론, 황제를 적대시한 자들은 뒤에서 좀 더 혹독한 조치를 내리기로 결심을 하고 있었다. 만약 하인리히가 몇 년 안에 파문에서 해방되지 않을 때에는 왕관을 잃어버릴 상황이었다. 교황은 이듬해 초, 아우구스부르크에서 개최된 제후들의 회의에 직접 참석하여 황제와 제후 사이의 분쟁에 판결을 내려달라는 초대를 받았다. 황제에 반항하는 귀족들, 독일의 제후들은 로마 교황을 자기들의 동맹자로 간주하고 있었다.

반항하는 제후들에게 대항하면서 교황을 적으로 돌린 하인리히는 과연 어떤 행동을 했을까. 하인리히는 진지하게 생각했다. 설사 무력에 호소한다고 해도 그 결과는 불확실하다. 만약 그레고리우스가 독일로 온다면 교황과 독일의 제후들은 단결하여 그를 재판하기 위한 법정을 열 것이고 그 판결은 퇴위가 될 것이다. 전쟁을 일으키는 것도 피해야 하지만 퇴위를 결정하는 판결 역시 피해야 한다. 그래서 하인리히는 매우 대담한 외교적, 정치적 결단을 내렸다. 즉, 보다 교묘한 역습을 감행한 것이다. 그가 그레고리우스를 찾아가 속죄를 구걸한 것은 파문으로부터 해방됨으로서 그에게 반항하는 모든 자들의 기세를 꺾고, 밀려오는 그들의 공격으로부터 대의명분을 빼앗아버리는 것이었다. 하인리히의 작전은 성공을 거두었다. 그것이 그 유명한 카노사로의 굴욕적인 여행이었다.

그레고리우스가 아우구스부르크에서 개최되기로 예정되어 있던 제후들의 회의에 참석하기 위해 이미 출발한 뒤, 가족과 몇 명의 수행원을 이끈 하인리히는 반드시 그 전에 그레고리우스를 만난다는 목적으로 츄니스산(山)

을 넘는 여정을 서두르고 있었다. 그는 무슨 일이 있어도 그레고리우스가 독일로 들어오는 것을 막아야 한다는 사실을 충분히 이해하고 있었다.

한편, 그레고리우스는 하인리히가 무력으로 밀고 들어올 것을 두려워하여 카노사 성(城) 안에 틀어박혀 있었다. 그래서 하인리히는 서둘러 카노사로 향하여 성 밖에 숙소를 정하고 그 후 사흘 동안에 걸쳐 규정대로 속죄를 의미하는 옷을 걸치고 몇 번이나 반복하여 교황을 만나게 해달라고 간청했다. 처음에 교황은 하인리히를 절대로 만나지 않겠다고 거부했다. 그러나 교황을 수행하는 신하들과 마틸다 백작 부인의 중개, 특히 클루니 후고 수도원장의 설득에 의해 마침내 마음을 풀었다. 그는 하인리히를 만나 그를 파문에서 해방시켜 주었다.

카노사 성의 주인이자 지금의 피렌체까지를 아우르는 토스카나 지방의 영주 마틸다. 아버지 때부터 교황파였으며 황제가 교황에게 무릎 꿇는 사건을 잘 마무리해 훗날 교황청이 있는 성베드로 성당에 안치되는 미모의 여성이다.

미틸다와 클루니 수도원장은 두 사람을 화해시키기로 했다. 교황이 먼저 도착해 황제를 기다리는 사이 황제는 공손하게 용서를 빈다는 시나리오가 작성됐다. 교황은 난처했다. 황제를 폐하고 새 황제를 옹립하러 가는 길에 황제가 들이닥친다고 해서 무조건 받아들일 일은 아니었다. 미탈다는 이렇게 설득했다. 정치가 아닌 사제의 입장에서 회개한 탕아를 용서하시라고. 사절이 양쪽을 번갈아 오가고 황제는 약속대로 정월초 카노사에 도착해 사흘 낮 사흘 밤을 맨발로 눈밭에서 용서를 빌었다. 교황은 이를 받아들였다. 카노사 박물관의 하인리히 4세 타피스트리는 그런 정세를 읽은 공인이 만든 것이다.

두 사람은 명분과 실리를 각각 나눠 가졌다. 교황청은 유럽 여러 나라 군주 중 서열 1위인 신성로마제국 황제가 무릎 꿇고 빌었다는 점에 초점을 맞췄다. 이는 그 뒤 수백 년 간 교권과 왕권이 충돌할 때 전가의 보도처럼 하인리히 4세가 교황에게 처절하게 용서를 빈 점을 강조했다

순수하게 인간적인 입장에 서서 생각한다면 하인리히는 사람들로부터 공격을 받으면서도 참고 견디는 것에 의해 마지막에는 승리를 거머쥔 죄 없는 사람으로 평가할 수 있다. 죄 없는 사람의 가장 큰 힘은 인내다. 죄 없는 사람은 인내의 힘으로 언젠가는 적이나 박해를 했던 자, 고통을 안겨준 자들에게 승리를 거둘 수 있을 뿐 아니라 그들을 격멸시킬 수도 있다.

하인리히의 카노사 여행도 그런 사실을 새삼 증명해주는 것이었다. 독일 역사상 대 사건으로 기록되는 카노사 여행은 간단한 사건이 아니기 때문에 거기에 어떤 의미가 있는지 가볍게 이야기할 수는 없다. 사람에 따라서는 그레고리우스가 양보하여 하인리히의 파문을 해방시켜 준 것을 너무 성급한 정치적 우행(愚行)이었다고 평가하는 동시에 하인리히는 이곳에서 외교적으로 승리를 거둔 것이라고 생각하는 경우도 있다.

그레고리우스는 하인리히가 모습을 나타내고 교회가 결정한 형식대로 속죄 의식을 실행하자 난처한 입장에 놓였다. 교황은 결정을 내려야 했다. 그가 교회 정치에서 지도자임과 동시에 위대한 국제적 이상을 실현시켜야 한다는 입장에서 결정을 내린다면, 그는 하인리히를 완전히 파멸시키기 위해 파문을 그대로 유지해야 했다. 한편, 성직자로서의 입장도 고려해야 했다. 이 경우에는 황제를 파문에서 해방시켜주지 않을 수 없었다. 그레고리우스의 마음속에서 두 가지 관점에서의 심사숙고가 이루어진 결과, 성직자의 입장이 승리를 거두었다.

하인리히가 파문에서 해방된 것은 사람들 대부분의 눈에는 마치 하인리히가 외교적인 면에서 승리를 거둔 것처럼 비쳤지만 그와 동시에 하인리히가 황제로서의 체면을 잃고 왕위의 존엄성에 상처를 입힌 것이기도 했다. 이 점에 대해 어느 한쪽이 승리를 거두었다는 식으로 이야기를 전개하려는 모든 시도는 비판의 대상이 될 수밖에 없다. 하인리히의 카노사 여행에 관하여 많은 사람들이 생각한 점, 느낀 점은 간단명료하다. 그는 황제로서가 아니라 교회의 신자로서 수치를 당한 것이다.

하지만 중세에 하인리히와 같은 시대를 살았던 사람들은 굴욕에 몸을 던진 이 신자도 '신의 은총'을 받은 사람이라는 사실을 잊지 않았다. 그는 카노사 여행을 결행함으로서 끝없는 고난의 길이라고 말할 수 있는 정치의 길을 걷기 시작했다. 그리고 숱한 실망과 환멸 속을 걸어야 했던 이 길은 마침내 영웅적인 목표에 도달했다. 즉, 황제와 독일의 존엄성을 외부의 권력으로부터 지키는 것, 독일 국민이 중심이 되는 사고방식을 보편적 경향을 주장하는 사고방식에 의해 좌우되지 않도록 하는 것이다. 물론, 하인리히가 이 정책을 폈다고 해서 즉시 개인적인 승리를 거둘 수는 없었다. 하지만 하인리히 덕분에 수백 년 동안 독일인의 모범이 되었던 사고방식, 루터에서부터 현대에 이르기까지 독일의 국가이념 속에서 '우리는 카노사에는 절대로 가지 않는다.'는 표어가 되어 나타난 사고방식을 보호하고 유지할 수 있었다.

5 ———

11세기에 시작된 교회의 권력 확대를 둘러싼 싸움은 항상 새로운 권위를 요구하는 인류의 일반적인 의욕에 가장 깊은 근원이 있었다.

랑케는, 종교정치를 만들려하는 이 움직임이 그 당시에는 전 세계에서 거의 동시에 일어났다는 특이한 역사적 사실을 지적했다. 11세기, 불교는 티베트에서 다시 확립되었다. 오늘날까지 아시아 내륙지방 대부분을 포함해 온 종교정치는 라마승 듀 아드히샤의 손에 의해 확립되었다. 기존에는 세속적인 제왕이었던 바그다드의 칼리프의 지위는 역시 같은 시기에 종교적 권력으로 변질되었는데, 그 때문에 이 권력은 특별한 마찰을 일으키지도 않고 일반인들에게 환영을 받는 형식으로 승인되었다.

전 세계에서 새로운 권위를 둘러싼 싸움이 벌어졌고 그 결과 종교가 승리를 거두었다는 점에 비하여 독일에서는 같은 싸움이었지만 승부가 결정 나지 않은 상태에서 분쟁이 계속 이어졌다.

하인리히는 속죄를 한 덕분에 독일에서 그에게 반대하는 자들이 도덕적 및 법률적으로 계속해서 도전할 수 있는 발판을 제거해버렸다. 물론 교황은, 파문에서 해방시킨다고 해도 일단 파문을 당했던 인물이 원래대로 황제로서 당당하게 얼굴을 내밀 수는 없을 것이라고 생각했다. 하인리히가 원래의 위치로 돌아갈 수 있는가 없는가 하는 문제는 교황의 주재로 개최되는 하인리히와 제후들의 중재재판의 결과에 의해 비로소 정해지는 것이다. 독일의 제후들은 이 불확실한 상황에서 이익을 얻으려 했다. 그들은 자기들의 권력을 강화시킬 수만 있으면 된다는 마음에서 어떻게든 하인리히를 황제의 자리에서 물러나게 하겠다고 정해놓고 있었다.

하인리히에 대항하여 새로운 황제가 된 인물은 하인리히의 사촌 형제인 슈바벤의 대공 루돌프였다. 그는 교회가 자신의 소유물이라고 주장하는 권력과 세력을 그대로 승인하고 받아들였다.

정당한 황제인 하인리히와 가짜 황제인 루돌프가 싸움을 벌인 결과, 독일은 황폐화되었다. 예리한 판단력을 가지고 있는 그레고리우스는 루돌프에게 승산이 없다고 생각했다. 하인리히는 결정적이라고는 말할 수 없지만 나름대로 멋진 승리를 거두었다. 그레고리우스는 하인리히에게 적대하면서 그를 옹호해 온 사람들로부터 빨리 분명한 입장을 보이라는 재촉을 받았다. 그는 힘든 상황에서 행동에 나섰다. 1080년, 그는 다시 하인리히를 파문하고 퇴위시킨다는 뜻을 분명하게 밝힌 것이다.

하지만 이번의 재 파문은 효과가 없었다. 아무리 신앙심 깊은 독일인이라고 해도 하인리히는 교회에 대해 아무런 죄를 저지르지 않았다는 사실, 이번 파문은 모름지기 정치적, 전략적인 의도에 의해 이루어졌다는 사실을 알고 있었다. 더구나 주위의 정세는 하인리히에게 행운으로 작용했다. 하인리히의 군대와 격렬한 전투가 벌어지는 상황에서 루돌프의 손이 잘려나간 것이다. 루돌프는 그 상처가 원인이 되어 목숨을 잃었다. 그리고 독일인은 이것이야말로 신에 의한 재판이라고 받아들였다. 루돌프가 일찍이 하인리히에게 충성을 맹세했던 그 손을 잃어버렸기 때문이다.

하인리히는 지금이야말로 교황에게 무력으로 맞서도 충분히 승산이 있다고 생각했다. 그는 브리크센에서 개최된 교회제후들의 회의에서 그레고리우스의 퇴위를 결정하고 명성이 높은 라벤나의 위베르트 대주교를 새로운 교황으로 선출, 직접 군대를 이끌고 이탈리아로 향했다. 다시 격렬한 전투가 벌어졌다. 그레고리우스는 모든 세력을 규합하여 하인리히에게 저항하게 하면서 자기 자신도 영웅적인 저항을 했다. 하지만 전운은 하인리히 쪽으로 기울어 있었다.

1083년 6월, 마침내 하인리히는 로마의 성 베드로 교회에서 새로운 교황에게 왕관을 씌워주는 데에 성공했다. 그 동안, 그레고리우스는 엥겔스부르크의 성 안에서 고민에 싸여 있으면서도 언젠가는 마지막 승리를 획득할 수 있을 것이라고 믿고 있었다. 그 해 부활절, 하인리히는 부인을 동반하고 클레멘스 3세라는 이름을 사용하게 된 새로운 교황을 방문하여 클레멘스 3세로부터 황제의 왕관을 당당하게 부여 받았다. 민중이나 병사들의 기쁨에 찬 목소리는, 과거에는 나는 새도 떨어뜨릴 정도의 권력을 가지고 있었지만 지금은 교황의 자리에서 쫓겨나 감옥과 같은 방 안에 틀어박혀 있는 그레고리우스의 귀에도 들려왔다.

하인리히가 떠난 후, 그레고리우스가 기다리던 구원자로서 노르만 후작 기스카르트가 달려왔지만 이 마지막 구원자도 그레고리우스의 희망을 충족시켜 주지는 못했다. 기스카르트는 로마 장악에 실패하고 남쪽 지방으로 물러날 때, 이제는 사람들로부터 완전히 버려진 그레고리우스를 동반했다. 이 일에 앞서 '그레고리우스의 해방자이며 원조자'였어야 할 노르만인은 로마를 약탈하고 도시 안의 두 지역을 잿더미로 만들어버렸다. 일찍이 교황의 왕관을 쓴 자들 중에서 정치적으로 보나 정신력으로 보나 가장 강력했던 그레고리우스라는 인물은 자기 자식처럼 생각했던 로마 시민들로부터도 저주를 받으면서 추방지로 떠나야 했다.

"나는 정의를 사랑하고 부정을 증오했다. 그 때문에 나는 불행 속에서 죽을 수밖에 없다."

교황에 의한 정치야말로 신의 이념이라는 사실을 밝히기 위해 평생에 걸쳐 투쟁을 했던 그레고리우스는 '이것이야말로 진실이다.'라고 믿었던 이 말을 남기고 1085년 5월 25일에 살레르노에서 객사했다.

한편 하인리히는 처음에는 행복한 시간을 보냈다. 이제 하인리히가 마음대로 권세를 휘두를 수 있는 시기가 찾아왔다. 그레고리우스도 세상을 떴다. 하지만 그레고리우스가 불태웠던 정신은 여전히 살아남아 교황과 황제의 권력투쟁은 문서 안에서는 물론이고 격렬한 논쟁 속에서도 여전히 계속되었다. 이 분쟁의 소용돌이에 휘말려 손해를 본 것은 인류가 끊임없이 추구해 왔고 교황과 황제 역시 이것이야말로 진짜라고 주장했던 이념, 즉 '권위'였다.

그레고리우스가 서양 역사 속에서 매우 위급한 중대사라고 표명한 '교회인가, 황제인가' 하는 문제는 그 후에도 해결이 되지 않은 상태로 남겨졌다.

처음에는 행복한 지배자로서의 생활을 즐겼던 하인리히의 운명도 세월이 흐르자 다시 그레고리우스가 내걸었던 이상(理想)이 걸림돌이 되어 비극적인 길을 밟는 상황에 놓이게 되었다. 그는 다시 한 번 교황 우르반 2세에 대항하여 로마 진군을 감행했다. 그 때 그는 두 번씩이나 파문을 당한 아버지인 자신이 은혜를 모르는 아들에게 배신을 당하는, 인생에서 가장 고통스럽고 환멸스런 슬픔을 맛보았다. 하인리히는 아들과 교황의 특사에게 온몸을 내던지고 자비를 구했지만 소용이 없었다. 그는 라인강 근처에서 반기를 든 자신의 아들에게 저항할 수 있었지만 이 아들이 다시 아버지를 향하여 활을 당겼을 때, 하인리히는 가지고 있는 모든 권력과 왕좌를 빼앗기고 몸과 마음이 완전히 지친 상태에서 1106년 8월 7일에 뤼티히에서 세상을 떴다.

독일의 제후들 중에서 그의 죽음을 슬퍼하는 사람은 한 명도 없었다. 하지만 독일의 시민이나 농부들은 그가 파문에서 해방되지 못한 인물로서 축복을 받지 못한 사원에서 매장되었을 때에도 그에 대한 깊은 애정을 보였다.

교황을 상대로 싸움을 벌이는 과정에서 하인리히는 독일이 정치적으로 국가의 형태를 갖추려면 어떤 모습이어야 하는가에 관한 확신을 가지고 있었고 이 문제를 둘러싼 논의를 결코 본래의 신앙 분야와 관련시켜서는 안 된다는 정치적 신념을 잃지 않았다. 그는 종교상의 신앙을 공격하지 않았고 독일이 갖추어야 할 이상을 내걸었다. 이것은 처음에는 혼란스러웠지만 결국에는 교황정치의 이상을 인정하게 되었고 나아가 교황정치의 담당자만을 횡령자로서 격멸하려 했다는 점에서도 분명하게 확인할 수 있다. 그는 교황정치의 이상도 일정한 한계 안에서는 신성한 것이라는 점을 구분하고 있었던 것이다.

　하인리히와 그레고리우스는 둘 다 고독한 상황에서 세상을 떴다. 두 사람 모두 개인적인 운명이라는 점에서는 실패한 인물로 막을 내렸다. 그러나 두 사람은 각각 내걸었던 이상의 정당성을 확신하고 있었다는 점에서 한 치도 양보하지 않았다. 영원한 이상으로서의 국가 및 교회의 존재에 관한 문제나 이상과 그 이상을 담당하는 사람, 즉 세계사 안에서 매우 책임이 막중한 지위에 있는 권력자가 애당초 별개라는 문제가 이 하인리히와 그레고리우스의 싸움에서만큼 분명하게 나타난 적은 없었다.

　국민, 황제, 군주가 일체화된 국가를 형성한다는 이상을 실행하려 했던 하인리히는 결국 실패했다. 그는 마지막까지 고독한 고뇌를 맛보아야 했다. 하지만 그는 세상을 뜨면서 아들에게, 그가 평생을 통하여 정열을 기울여 투쟁함으로서 정화된 가치, 독일이 진심으로 그 실현을 바라고 있던 독일인에 의한 왕국이라는 귀중한 가치를 남겼다.

　그레고리우스도 추방지에서 어느 누구에게도 의지하지 않고 저주를 받으며 외톨이로 세상을 떴다. 그래도 세속적인 권력을 상대로 한 싸움은 계속 이어졌고 그 결과, 교황정치의 이상은 그 이상을 실행하려 한 자들이 사라져도 아무런 영향을 받지 않는다는 사실이 밝혀졌다. 즉, 교황정치의 이상은 그것을 실행하려는 자, 그것을 대표하는 자가 실제로 정책을 수행하여 실패를 했든 성공을 했든 그것과는 관계없이 정신적인 의미는 그대로 존재한다는 사실이 증명된 것이다.

　정당화 되는 이상은 ―이것은 서로 다투는 두 세력을 각각 지지하는 자가 격렬한 전쟁을 치른 결과 얻은 교훈이지만― 생성법칙의 바탕에 놓여 있으며 그 이상이 생활에 밀착된 것으로 믿어지고 세상의 현실적인 면과는 인연이 먼 종교상의 교리가 되어버리지 않는 한 결코 파괴되는 일은 없는 것이다.

(위) 벽 일부만 남은 카노사 성채
(아래) 이곳에서 황제가 교황에게 무릎을 꿇었음을 돌을 새김으로 그려놓은 카노사 성 입구의 안내판

3

스스로 역사를 움직일 수 없다면
다른 사람이 움직인 역사를
조종하기라도 해야 한다

나폴레옹과 vs 메테르니히

위대함만으로 모든 권리를 가지는 것은 아니다.
나폴레옹을 위험하고 해롭다고 판단한 사람들은
그에 대한 경외심에도 불구하고 나폴레옹에 대항했고 그를 무너뜨렸다.

| 리하르트 벤츠 |

1 ————

세계사의 무대에서 나폴레옹(1769~1821)의 정치적 악령에 대한 대립자로
서 등장한 수많은 정치가들 중 그 누구도 메테르니히(1773~1859)만큼 당시의
정치에 책임을 지고 있던 사람은 없었다. 그가 유럽 정계에서 차지했던 권
력의 위치와 그의 인격이나 정치가 오랫동안 받아왔던 부정정적인 평가 사
이에는 특이한 모순이 존재하는 것처럼 보인다. 이러한 모순은 그가 19세기
독일의 역사 전개에서 가지는 커다란 의미와 민족 국가 독일이 증오와 경멸
을 갖고 그의 위대성을 부인했던 사실 사이에도 존재한다.

특히 스브릭이 쓴 메테르니히 전기 이후로, 그에 대한 표상의 변화가 시
작되었는데, 이제 이 정치가를 당시의 유럽 상황에 의거하여 판단함으로써
좀 더 긍정적 평가를 내리게 된 것이다. 그러나 이 오스트리아 정치가에 대
한 전기 작가이며 그의 명예를 구명하고자 한 스브릭조차도 "메테르니히의

정치에는 프로메테우스적인 창조적 번뜩임이 결여되어 있다."면서 유감을 표명했다. 스브릭은 메테르니히의 반 나폴레옹 정책이나 그의 성격에 있어 '정신적 깊이와 도덕적 진지성'을 찾을 수 없다고 했다.

그렇다면 메테르니히의 권력상의 위치는 어디에서 나온 것인가? 그리고 그의 역사적 영향력은 어디에 기반을 두고 있는 것인가?

그 당시나 이후에 그를 평가한 사람들은 메테르니히가 사람들을 다루고 영향력을 행사하는 데 있어 탁월한 재능을 갖고 있다고 항상 강조해 왔다. 메테르니히는 한 국가의 재상이자 세상에서 천재로 추앙받던 괴테, 그러나 근본적으로는 자신에게 낯선 이 작가에게 외교적 예의를 갖추면서 존경을 표했다. 그리하여 괴테는 메테르니히의 사람 다루는 기술에 넘어가고 말았는데, 괴테는 메테르니히를 '각하'라고 칭하면서 조세피네 오도넬 백작 부인에게 다음과 같은 편지를 썼다.

"우리는 압박과 위안, 그리고 흥분과 평온을 동시에 느끼면서 우리 시대를 살아왔습니다. 이제 현재의 상황, 특히 메테르니히 백작의 은혜가 나를 크게 고무시키고 있으며 내게 즐거운 인상을 남기고 있습니다. 왜냐하면 이러한 사람의 사상을 공유할 수 있다는 것은 정신과 감정을 모두 고양시키는 일이기 때문입니다. 이들은 거대한 전체를 이끌어가고 있는데, 그 전체의 작은 부분들이 우리들을 압박하고 짓누르고 있습니다."

메테르니히는 사람과 사물에 적응하고 자신의 행동 전술을 사건들에 적응시킬 수 있는 완벽한 기술을 갖고 있었다. 그에게는 한 나라를 이끄는 행운이 주어졌는데, 이 나라는 사건이 진행되어 감에 따라 메테르니히의 결정을 통해 점점 더 전 유럽에 대한 결정에 영향을 미치게 되었다. 메테르니히는 자신의 정치를 통하여 '제국'이 아니라 오스트리아 국가를 이러한 결정적 위치에 올려놓았다. 마지막으로 그의 개인적 특성이 그의 정치에 영향을 미쳤다. 그의 곁에는 결단력이 없고 겁 많은 황제와 복종적인 내각이 있었기 때문에 메테르니히가 권력을 보유하고 있다는 인상을 불러일으키도록 했다. 오스트리아의 정치인들이 완전히 무력했기 때문에 메테르니히의 의미와 영향력은 더욱 강화되었다. 또한 메테르니히는 늘 다른 강대국들이 문제를 극대화하여 오스트리아가 행동에 나설 시기가 무르익도록 한 다음에야 오스트리아로 하여금 이 결정에 참여하도록 하였다. 이러한 방식이 늘 성공할 수 있었다는 행운도 그가 가진 운명이었다. 메테르니히는 유례없는 기교로, 다른 세력들이 견해 차이로 말미암아 뒤죽박죽이 된 고삐를 손아귀에 움켜쥐었다. 그는 이렇듯 기다림을 통하여 자신의 결정을 더욱 중요하게 보이게 할 수 있었다.

역사는 반 나폴레옹 투쟁에 있어 가장 높고 영향력이 강한 자리에 그를 선택해 등극시켰다. 그러나 메테르니히에게 이러한 권력의 자리를 선사하고, 메테르니히와 나폴레옹이라는 인물의 수준이 서로 다름에도 불구하고 메테르니히를 나폴레옹의 위치에 가깝게까지 끌어올릴 수 있었던 조건들은 위의 것이 전부는 아니다. 여기에는 또 다른 무엇인가가 함께 작용했던 것이 틀림없다.

메테르니히의 정치 행위에는 18세기 이래로 정치인들이 품고 있었던 이념이 작용했다. 이 이념은 처음에는 군주정의 기초가 되었고, 그 다음에는 나폴레옹 제국의 독재와 관련되며, 마지막으로는 이 이념을 실현시킴으로써 과거의 체제를 유지 보존하고자 희망했던 보수주의 세력의 이상으로써 나타났다. 이것은 다름 아닌 통합된 유럽, 보편적인 하나의 유럽 국가라는 이념이었다. 이 이념은 보다 본질적이고 유기적으로 성장하는 힘이었던 민족 국가와 민족성이라는 이념이 이에 대한 반작용으로 등장하기 시작했을 때에도 그 명망과 추진력은 비록 열세에 있었다 해도 현실적인 힘만큼은 아직도 잃지 않고 있었다.

　부주의한 관찰자는 간과할 수도 있지만, 메테르니히와 나폴레옹은 통합된 유럽이라는 생각에 있어서는 일정 부분 닮은 점을 보여주고 있다. 하지만 정치적인 목표나 기본 조건들에 있어서는 서로 크게 달랐다. 메테르니히가 추구한 통합된 유럽은 서로 세력 균형을 이루며 전통적 군주정에 의해 통치되는 유럽 국가들의 공동체였다. 그러나 나폴레옹은 메테르니히식 유럽 통합 대신 서양 전체의 통합을 추구했다. 이는 세력 균형을 이루는 국가들이 공동으로 구성하는 것이 아니라 나폴레옹 자신의 독재적 권력이 이끌어 가며 프랑스의 지도 하에서 서양 전체가 하나의 제국으로 통합되는 것이었다. 메테르니히는 통합된 유럽의 중추가 강력한 중부 유럽에 있다고 보았다. 반면, 먼저 유럽을 프랑스 지도 하에 재건한다는 나폴레옹의 구상은 곧 실현불가능하다는 것이 판명되었고 결국 맥없이 붕괴되었다. 왜냐하면 이러한 그의 구상은 군주제의 냄새가 강하게 풍겼고 프랑스류, 나폴레옹류의 색채를 띠고 있었기 때문이다. 메테르니히의 비전도 분명 19세기에 등장하게 되는 가치들을 품고 있었지만, 18세기의 낡은 가치들에 뿌리를 두고 있었기 때문에 결국 결실을 맺지는 못했다.

　메테르니히는 나폴레옹의 유럽 구상을 거부했다. 그렇지만 후년에 메테르니히 자신이 자부했듯이 그가 어느 정도나 나폴레옹의 숙적이자 심지어 나폴레옹의 절멸자(絶滅者)라고 불릴 수 있는지에 대해서는 비판적 검토가 필요하다.

　19세기 초까지만 하더라도 메테르니히를 비롯한 유럽의 군주제 옹호자들은 나폴레옹을 프랑스 혁명을 억제한 인물이 아니라 혁명을 계속해 나가는 인물, 즉 낡은 질서의 파괴자로 보았다.

　메테르니히는 이러한 관점을 갖고 1803년 오스트리아 공사로서 베를린

대프랑스동맹

프랑스혁명의 파급을 막고 나폴레옹 1세의 대륙 지배에 대항하기 위해 1793~1815년 5차례에 걸쳐 유럽 제국이 체결한 군사동맹

【제1차 (1793 ~ 1797)】
1792년 프랑스의 오스트리아에 대한 선전포고로 혁명전쟁이 발발하자 유럽 각국 정부는 혁명에 대한 두려움에 영국 총리 피트의 제안으로 영국, 오스트리아, 프로이센, 러시아, 네덜란드, 에스파냐 등이 제1차 대프랑스동맹을 체결하고 프랑스와 대항하였다. 그러나 폴란드 분할문제를 둘러싸고 열강의 이해가 대립한데다, 프랑스군에 동맹군이 패배하자 프로이센이 먼저 탈퇴(1795년 바젤 화의)하였다. 이어서 스페인이 이탈(제2의 바젤 화의)하고, 네덜란드의 프랑스 속국화, 1797년 나폴레옹 원정에 굴복한 오스트리아가 프랑스와 캄포포르미오조약을 체결함으로써 제1차 대프랑스동맹은 와해되었다.

【제2차 (1799 ~ 1802)】
1799년 나폴레옹의 이집트원정이 실패로 돌아가자 영국 피트 총리가 영국을 중심으로 러시아, 오스트리아, 터키, 포르투갈, 시칠리아 등이 참가하는 제2차 대프랑스동맹이 결성된다(프로이센은 중립 고수). 그러나 정권을 장악한 나폴레옹이 알프스를 넘어 북부 이탈리아로 침입하여 오스트리아군을 격파하고, 1801년 뤼네빌 조약을 체결(캄포포르미오 조약의 재확인)하자 영국 이외의 동맹국이 모두 탈퇴하였으며, 1802년 영국도 아미앵 조약을 체결함으로써 동맹이 해산되었다.

【제3차 (1805 ~ 1807)】
1804년 나폴레옹이 황제에 즉위하고 대륙 지배를 확고히 하면서 아미앵 조약의 평화도 2년 만에 종식된다. 영국에서 일시 실각했던 주전파 피트 수상이 재집권하면서 영국, 오스트리아, 러시아를 주축으로 하는 제3차 대프랑스동맹이 결성되었다(중립을 고수해 온 프로이센도 후에 동맹군에 가담). 이에 나폴레옹은 영국을 먼저 격파하고자 프랑스, 스페인 연합함대를 출동시켰으나 트라팔가 해전에서 영국의 넬슨 제독에게 패배한다. 그러나 육전에서는 대승을 거두어 오스트리아, 러시아의 연합군을 아우스테리츠에서

대파하고 라인연방을 결성함으로써 신성로마제국을 해체시켰으며(1806), 영국을 고립시키려는 대륙봉쇄령을 발표하였다. 이어서 러시아, 프로이센의 연합군을 예나에서 격파하고 틸지트조약을 체결함으로써(1807) 동맹을 해체시켰다.

【 제4차 (1808~1809) 】

대륙봉쇄령에 대한 각국의 불만이 고조되자, 영국의 외무장관 캐닝의 노력으로 영국, 나폴리, 스웨덴, 오스트리아 등이 제4차 대프랑스동맹을 결성하였으나(1809) 오스트리아가 바그람 전투에서 대패하고 쇤브룬 조약을 체결함으로써 동맹은 단기간에 해체되었다.

【 제5차 (1813~1815) 】

1812년 나폴레옹의 운명을 건 러시아원정에서 프랑스군이 대패하자 이에 용기를 얻어 프로이센, 러시아가 동맹을 맺은 데 이어 영국, 오스트리아 등이 이에 가담함으로써 제5차 대프랑스동맹이 결성된다. 라이프치히전투에서 대승하고, 이듬해 나폴레옹 타도에 성공하였다. 그리고 프랑스 정국의 혼미함을 틈타서 재집권한 나폴레옹의 역습을 1815년 워털루전투에서 격파하여 완전히 몰락시켰다.

에 도착했다. 그때까지 프랑스에서 일어난 혁명에 대해 무관심하게 옆으로 비켜서 있고자 했던 프로이센은 군비를 증강하며 다시 활동을 시작했다. 메테르니히는 나폴레옹이 전 세계를 지배하고자 함을 간파하고, 오스트리아가 이 유럽 질서의 파괴자에 대하여 재도전할 의사를 분명히 하고 있었던 것과 같이 이제 새로 깨어난 프로이센을 반 나폴레옹 전선으로 내세우고자 했다. 프로이센과 러시아 궁정의 반 나폴레옹 성향을 가진 인물들은 좀처럼 결단을 내리지 못하고 분열되어 있었다. 이렇게 사람들이 실마리를 찾지 못하고 무능함을 드러내고 있을 때 이를 손에 쥐고 자유자재로 구사할 과단성 있는 외교가는 오직 한 사람 밖에 없었다. 그는 바로 메테르니히였다. 그는 러시아, 프로이센, 영국을 비롯해 모든 나라 사람들과 교류하며 그들과의 관계를 확립할 방책을 알고 있었다. 다른 인물들이 과단성 없는 태도를 보였기에 그들은 메테르니히 주변으로 모여들었다. 동시에 그는 냉철하고 실무적으로 프랑스 외교관과 그리고 이들을 통해 나폴레옹과의 관계도 유지하고 있었다.

오스트리아는 항상 주저하기만 하고 있던 프로이센의 지원을 얻지 못한 채 프레스부르크 평화 조약†을 강요받았고, 이 때문에 파리 주재 오스트리

---

† **프레스부르크 조약** 1805. 12. 26
나폴레옹이 아우스터리츠에서 오스트리아에 승리한 후 프레스부르크(지금의 슬로바키아 브라티슬라바)에서 맺은 조약.
이 조약은 오스트리아에게 가혹한 조건이었다. 오스트리아는 금화 4천만 프랑을 배상금으로 지불하고, 캄포포르미오 조약으로 얻은 베네치아 영토를 나폴레옹의 이탈리아 왕국에, 티롤과 포어아를베르크 등을 바이에른에, 그밖에 합스부르크 왕조의 서부 영토를 뷔르템베르크와 바덴에 양보했다. 그리하여 독일에서 오스트리아의 영향력이 급속히 줄어들었다.
나폴레옹은 약간의 보상을 받고 오스트리아가 잘츠부르크, 베르흐테스가덴, 튜튼 기사단의 영지 등을 합병하도록 허용했다. 프랑스 제국은 피에몬테, 파르마, 피아첸차 등을 합병하고 이탈리아에서 오스트리아의 영향력을 완전히 몰아냈다.

아 대사가 경질되었을 때 나폴레옹은 메테르니히가 이 직책에 가장 적임자라고 밝혔다. 아마도 나폴레옹은 메테르니히가 베를린에서 벌였던 술책들을 알았을 것이다. 나폴레옹은 분주하게 활동하는 활기찬 외교관을 자기 주변에 두고 싶어 했다. 그는 메테르니히를 통해 많은 곤란한 현안들을 해결하고, 자신의 계획들이 좀 더 쉽게 실현되기를 원했다. 어쩌면 그는 이 허영심 많은 정치가를 곁에 두는 편이 좀더 쉽게 관찰하며 그에게 영향을 끼칠 수 있으리라 생각했을지도 모른다.

메테르니히는 1806년 파리로 갔다. 그가 나폴레옹과 만나기까지의 과정은 알현하던 장면만큼이나 흥미롭다.

메테르니히는 회고록에서, 자신의 능력이 이 중요한 직책에 걸맞지 않기 때문에 다른 사람을 선정해 달라고 프란츠 황제 −오스트리아 황제이자 신성로마 제국의 마지막 황제, 헝가리 국왕, 보헤미아 국왕이었던 프란츠 2세− 에게 청원한 것처럼 쓰고 있다. 그리고 그는 자신에게 부여된 엄청난 임무를 수행하는 데 도움이 될 만한 교훈들을 과거의 자료들에서 찾아보았다고 적었다. 그러나 실제로 그는 전임자에 비해 이미 인상되었던 봉급을 좀 더 인상해 달라고 황제와 흥정했다. 메테르니히는 평생 동안 사적인 금전상의 이해관계를 자신에게 주어진 정치적 업무들과 능숙하게 연결시킬 줄 알았고, 항상 자신의 금전적 욕심을 만족시킬 방법을 찾았다. 메테르니히가 파리의 직책을 넘겨받는 데 있어 여러 가지 요구들을 내세웠기 때문에 실제 취임은 상당히 지체되었는데, 파리에서는 고의적인 지연으로 인식하면서도 이를 환영했다. 왜냐하면 그동안 나폴레옹은 라인연방†을 결성하여, 메테르니히로서도 프란츠 황제가 독일 제국 −800~1806년 동안 존속한 신성로마제국을 뜻함− 의 황제에서 퇴위한 것을 자국 오스트리아에게 유리하게 이용할 수 없었기 때문이다.

1806년 9월 2일, 메테르니히는 처음으로 나폴레옹 앞에 섰다. 그다지 성대하다고는 볼 수 없었던 이 취임 접견에서 메테르니히는 이제 단지 오스트리아 공사에 불과했다. 독일 제국의 마지막 황제가 내린 그의 신임장은 '낡은 독일의 사망 확인서'라고 적절하게 칭해졌다. 이제 막 시작된 파리 시대는 메테르니히의 생애와 행동에 있어 중요한 의미를 가진다. 그때부터 그는 자신이 단지 오스트리아의 정치가에 불과하다는 것을 느꼈다. 그는 오스트리아만을 자신의 조국으로 받아들였고 이 시점부터 오직 오스트리아를 위한 정치만을 펼쳐나갔다. 자신의 정치 활동을 이렇게 스스로 좁혀놓은 사실로부터 그의 많은 행위들이 정당화되지는 않더라도 최소한 설명될 수는 있다. 메테르니히의 이러한 오스트리아 중심의 정책은 독일 전체에 관한 정책을 희생시키면서까지 펼쳐나갔다. 그는 한 가지 점, 즉 합스부르크 제국 − 합스부르크 왕가가 통치하던 오스트리아 제국− 을 남동쪽으로 확장함으로써 중부 유럽 남동부에서 독일 세력을 확대시키고자 했다는 점에서 오스트리아 정책과 독일 정책이 일치되었지만 이것은 그가 처음부터 의식하고 세운 계획은 아니었다. 대독일주의 −오스트리아를 포함시켜 독일 제국을 건설하려던 19세기의 시도− 의 관점에서 이는 그의 공적임에 틀림없지만 이 정책이 결코 그가 의도한 결과에 따른 것이 아니라 단지 그의 행위가 우연한 역사의 움직임과 일치하였을 뿐이다.

---

† 라인연방
1806년 나폴레옹의 지원으로 조직된 남서 독일 16개국의 동맹. 가맹국들은 주권을 주장하며 독일제국에서 탈퇴를 선언한다. 이에 프란츠 2세는 제위에서 물러나고 신성로마제국은 역사의 종말을 고한다. 가맹국들은 나폴레옹의 정복전쟁에 많은 원군을 제공할 의무가 있었고, 각국 사이에 산재했던 독일제국의 직속령을 병합함으로써 영토를 넓혔다. 이는 분열되어 있던 독일의 국토를 정리하는 데 도움이 되었다. 오스트리아, 프로이센, 브라운슈바크, 헤센은 마지막까지 가맹하지 않았다. 이 동맹은 1813년의 라이프치히 전투에서 나폴레옹이 패배하자 가맹국들이 대프랑스동맹으로 돌아섬으로써 해체되고 만다.

파리 시대 동안 메테르니히와 나폴레옹은 서로를 연구하고 친교를 맺었다. 두 사람은 그 후에도 여러 차례 만났지만, 이때에 거의 변하지 않는 서로에 대한 인상을 간직하게 된다.

메테르니히가 나폴레옹에게 어떠한 인상을 주었는지는 당시나 그 이후에 언급했던 나폴레옹의 말에서 알 수 있다.

"그는 외교관으로서의 모든 자질을 갖추고 있다. 그는 아주 그럴 듯하게 거짓말을 하기 때문이다."

또 메테르니히를 지칭하여 다음과 같은 말을 했다.

"모든 사람은 한두 번의 거짓말을 하게 마련이다. 그렇지만 항상 거짓말만 하는 것은 너무 심하다."

"메테르니히는 술책이 곧 정치인 줄 알고 있다."

바그람 전투[†] 후, 나폴레옹은 메테르니히를 '외교적 사기꾼'이라고 했고, 1813년 6월의 유명한 드레스덴 협상이 끝나고 나서 나폴레옹은, 메테르니

---

†바그람 전투

나폴레옹이 오스트리아와 싸워 승리를 거둔 전투(1809.7.5─6).

15만 4천명의 병력을 갖춘 나폴레옹 군대와 카를 대공이 이끄는 15만 8천명의 오스트리아 군대가 빈의 북동쪽에 있는 마흐펠트 평원에서 전투를 벌였다. 5월에 있었던 아스펀, 에슬링 전투에서 패배했던 나폴레옹은 새로운 대프랑스 동맹 결성을 막기 위해 이를 승리로 이끌어야 했다.

카를 대공은 바그람 마을을 중심으로 23㎞에 걸쳐 병력을 배치하고 프랑스군의 공격을 기다렸다. 나폴레옹은 카를 대공의 형, 요한 대공이 이끄는 3만명의 증원군이 도착하기 전에 공격하기로 결정하고, 7월 5일 도나우 강을 무사히 건넌 나폴레옹군은 오스트리아 진영을 서둘러 공격하지만 실패한다. 7월 6일 아침 카를은 프랑스군의 도나우 강 접근을 차단하고 남쪽 진영을 포위하기 위해 남쪽을 공격한다. 나폴레옹은 루스바흐 브로크를 따라 늘어선 오스트리아 전선 북쪽을 주요 공격목표로 삼고 프랑스군의 남쪽 진영을 강화시킴으로써 오스트리아군의 공격을 물리쳤다. 동시에 오스트리아의 북쪽 진영을 공격하여 승리했다. 마지막으로 나폴레옹은 오스트리아군의 중심부를 공격해 그곳을 갈라놓았다. 오후 늦게 요한 대공이 도착했을 때는, 이미 카를의 군대는 퇴각하고 있었으며 요한도 쉽게 격파당했다. 이 전투에서는 어떤 전투보다도 치열한 포격전이 벌어져 많은 사상자가 생겼는데 오스트리아는 4만 명 이상, 프랑스는 약 3만 4천명이 죽거나 다쳤다. 4일 뒤 카를은 휴전을 요청했다. 오스트리아는 결국 쉰브룬 조약에 서명하기에 이른다.

히는 자신이 주도권을 잡고 있다고 믿지만 실은 이끌려가고 있으며, 그는 저 멀리서 더욱 근본적인 힘에 의해 달려가고 있는 마차의 고삐를 잡고 있을 뿐이라는 것을 간파하고 있었다.

"메테르니히는 자신이 전 세계를 조종하고 있다고 믿지만, 사실은 전 세계가 그를 조종하고 있다."

그 이후 나폴레옹은 메테르니히에게 특별한 관심을 두지 않았다. 이 프랑스 황제가 메테르니히에 한 심술궂은 말은 아직도 사람들에게 회자되고 있다. 당시 나폴레옹의 누이인 카롤린 뮈라는 메테르니히와 친밀한 교류를 갖고 있었다. 어느 날 궁정 축제에서 황제는 누이에게 외쳤다.

"저 멍청이와 잘 사귀어 두어라. 우리는 아직 그가 필요하거든."

나폴레옹에게 메테르니히는 유럽의 많은 적들 중 하나일 뿐이었다. 황제는 엘바 섬의 유배에서 돌아온 다음에야 메테르니히를 좀 더 중요하게 받아들이게 된다.

봉건적이면서도 세련된 메테르니히는 한 인물의 성격이나 정신보다도 훌륭한 매너를 더 중요시했다. 그에게 나폴레옹은 졸지에 출세한 자에 불과했고, 하층 계급의 예절을 소유한 벼락부자일 뿐이었다. 메테르니히의 취임 알현에서 나폴레옹은 메테르니히에게 자신이 우월하며 그를 하찮게 여기고 있음을 마치 의도적으로 보여주려는 듯이 외교 관례를 어기고 모자를 벗지 않았다. 메테르니히도 통상적인 취임 연설을 포기했다. 나폴레옹이 예의범절이 부족했던 점은 그가 평생 보여준 많은 에피소드들을 통해 잘 나타난다. 메테르니히는 14년 후 당시 세인트헬레나 섬에 유배되었던 이 황제에 대해 묘사했는데, 유서 깊은 귀족 출신 사교가이자 유럽 정가에서 가장 세련된 신사로 통하던 메테르니히는 나폴레옹이 그토록 사람들에게 과시하고자 했던 귀족 출신 내력을 전혀 인정하려 하지 않았다.

"나폴레옹이 살롱에서 보여주는 행동보다 더 꼴사나운 모습을 상상하기란 불가능하다. 자신의 성격상의 결점과 교육받지 못한 것을 개선해 보려는 노력은 그의 결함을 오히려 더욱 드러나게 한다. 나는 그가 키를 커 보이게 하고 귀족다운 자세를 취하려고 엄청난 노력을 기울였다고 확신하는데, 몸집이 불어날수록 그러한 노력은 더욱 심해졌다. 그는 발끝으로 걷는 것을 좋아했고, 부르봉 왕족들의 관습으로 보이는 몸짓들을 익히고자 노력했다. 그는 의상도 주변의 상황에 따라서 아주 신중히 선택하였다. 그는 사람들과의 대조를 두드러지게 하기 위해 계산된 옷차림을 했는데, 이는 극단적인 단순함이나 화려함을 통해 이루어졌다.

유명한 연극배우였던 탈마를 불러서 그로부터 자세를 배우려 했던 것이 분명하다. ─나중에 탈마는 이러한 비난을 부인했다─ 그가 열심히 노력하고 있다는 것은 얼굴 표정이나 목소리에서 확실히 나타났지만, 여성들에게 애교 있는 말이나 적절한 찬사를 언급한 적은 한 번도 없다. 그는 오로지 숙녀들의 치장이나 자녀의 수에 대해 이야기할 줄 밖에 몰랐다. 그리고 나폴레옹은 숙녀들의 치장에 대해 형편없는 판단을 내리곤 했다. 그가 습관적으로 묻는 질문 중 하나는 그 숙녀가 자녀에게 직접 젖을 먹였는지에 대한 것인데, 세련된 사교계에서는 사용하지 않는 표현들을 사용하여 이러한 질문을 던지곤 했다. 또한 이따금 숙녀에게 은밀한 사교계의 관계들에 대해 질문을 하곤 했는데, 이 때문에 그가 나누는 담소들은 살롱에서 나누는 예의바른 대화라기보다는 일종의 훈계처럼 들렸다."

메테르니히는 만족스럽게 다음과 같은 말을 덧붙였다.

"이러한 예의범절의 결여 때문에 그는 여러 차례 큰 반향을 불러일으켰는데, 그는 이러한 반응에 대해서도 세련되게 대처하지 못한다. 정치 분야에 참견하는 여성들에 대한 그의 혐오는 증오로까지 발전하기도 했다."

나폴레옹에 대한 이러한 성격 분석을 메테르니히는 특히 자랑스러워하
곤 했는데, 겐츠[†] —독일의 보수주의 정치가 및 언론인. 메테르니히와 함께
빈 회의 주도— 에게 보내는 편지에서 이를 드러냈다.

"저는 지금까지 어디에도 알려지지 않았던 나폴레옹의 모습을 전하고 있
습니다. 저는 이 인물을 벌거벗겨, 제가 사물을 이해하는 방식대로 그를 평
가했습니다. 감상에 빠지거나 이상하게 포장하지 않고, 그에게 던져진 오점
을 열거하는 것이 아니라 단지 그가 어떠한 사람인지 있는 그대로의 모습을
서술한 것입니다. 이 남자에 대해 무언가 새로운 것을 이야기한다는 것은
어려운 일입니다만, 제가 느끼기에 제가 말하는 모든 것은 어느 정도 새로
운 것들이거나 아직까지 이야기되지 않은 것들입니다."

이와 동시에 메테르니히는 영악하게도 나폴레옹이 그에게 내린 모든 경
멸적이고 적대적인 평가들을 평가 절하하거나 축소 왜곡하려고 했다.

"저는 나폴레옹이 저에 대해 제대로 알지도 못했고, 저의 생각을 추측하
지도 못했다고 확신합니다. 그 원인은 간단합니다. 그는 바로 인간이라는
존재를 가장 깔보는 사람이었기 때문입니다. 그는 인간의 약점을 알아차리
는 데 놀라운 재능을 지녔는데, 사실 모든 열정은 곧 약점이거나 약점을 수
반하게 됩니다. 그는 오로지 열정만으로 가득 차 있는 결점을 가진 사람들
만 좋아했습니다. 이러한 결함을 기준으로 그는 다른 사람의 성격과 특성을
판단했던 것입니다. 그러나 그는 저에게서 절제할 수 있는 정열과 냉철함을

[†] 겐츠 1764~1832

오스트리아의 정치가. 처음에는 프랑스혁명의 정당성을 주장한 자유사상가로 프로이센의 군사고문관
이 되어 프리드리히 빌헬름 3세에게 자유주의적 개혁을 진언하기도 하였다. 그러나 프랑스혁명의 현실
을 보고 보수주의자가 되었고, 1802년부터 오스트리아 궁정에 출사하여 대 나폴레옹 활동의 중심인물이
된다. 1809년, 1813년 프랑스에 대한 선전포고문을 기초하였고, 또한 메테르니히와 결탁하여 빈회의에
서 활약, 유럽의 세력균형을 주장하였다.

갖고 있는 인간을 발견한 것입니다. 그래서 그는 내가 순수한 이성을 정확히 분별할 수 있는 인간임을 부인했습니다. 저는 때때로 나폴레옹과 함께 있으면서 저를 잘못 판단하고 있는 그를 보고 웃을 수밖에 없었습니다. 바로 그래서 그가 저를 아는 것보다 제가 그를 더 잘 알고 있는 것입니다.

나폴레옹은 거창한 성품을 지닌 매우 작은 남자였습니다. 그는 보통 하급 장교들이 그런 것처럼 무식했습니다만, 그에게는 특별한 본능이 있었습니다. 이것이 지식을 대신하여 그를 움직였습니다. 그는 인간을 한없이 경멸하였기 때문에 자신이 잘못 판단할 수도 있다는 걱정 따위는 결코 없었습니다. 그는 모든 일을 감행했고 이를 통해 성공을 위한 엄청난 도약을 했습니다. 그는 알고 계신 대로 그렇게 종말을 맞이했습니다. 그리고 나폴레옹은 그에게 대항할 수단을 발견했던 대다수의 사람들이 평가한 것처럼 대중들의 평가를 받게 되었습니다."

이 두 사람은 서로에 대한 공감을 갖지 못했던 것이다.

2

메테르니히에게 파리는 외교술을 위한 최고의 학습장이었다. 그는 탈레랑에게서 당시 외교의 모든 기교를 배웠다. 또한 미남들을 애호하던 여성들을 통해 정치적 비밀들을 캐내고 가능한 경우에는 그러한 애정 관계를 정치적 도구로 이용하는 술책도 배웠다. 메테르니히는 탈레랑을 적으로 보지 않았다. 두 사람은 서로를 꿰뚫어보고 있었고 바로 그 때문에 서로를 높이 평가했다. 1808년에 이미 메테르니히는 빈으로 보내는 보고서에 다음과 같이 썼다.

"탈레랑 씨에 대해서는 그의 도덕과 정치를 구분해야 합니다. 그가 도덕적으로 엄격했다면 현재의 위치에 오르지 못했을 것입니다. 그는 무엇보다 먼저 정치가이며, 정치가로서의 분명한 목표를 갖고 있습니다."

메테르니히가 아무런 망설임도 없이 한 인물의 도덕적 가치를 인격으로부터 분리해 낸 것을 볼 때 그의 '도의'가 무엇이었는지 정확히 나타난다.

메테르니히와 탈레랑†이 프랑스와 오스트리아가 우호 관계를 유지하는 것이 유럽 정치 전체를 위해 이익이라는 기본 입장을 오랫동안 공유했다는 사실은 잘 알려져 있다. 그래서 그들은 미래의 갈등을 피하기 위해 두 나라가 국경을 마주하는 것을 거부했다.

메테르니히는 출신 성분이나 개인적인 성향과 열정, 그리고 정신적으로도 자신과 비슷한 탈레랑과 우정이라고 해도 좋을 만큼 친밀한 관계를 맺게 되었다. 이 두 사람은 서로의 본질을 정확히 알고 있었다. 탈레랑의 다음의 말에서 그가 얼마나 메테르니히에 대해서 잘 알고 있었는가를 알 수 있다.

"마자린 추기경은 결코 거짓말을 하지 않지만 사람을 기만한다. 하지만 메테르니히는 늘 거짓말을 하지만 사람을 기만하지는 않는다."

당시에 이미 나폴레옹의 미래가 위험하다고 보았고, 그 황제의 성좌를 더 이상 믿지 않았던 탈레랑에게서 메테르니히는 중요한 정보를 얻었다. 나중에 메테르니히는, 자신이 파리에서의 임무를 분명하게 파악했고 또한 자

---

† 탈레랑 1754~1838
프랑스의 정치가이자 외교관. 귀족 출신으로 루이 왕조 역대의 군인가문에서 태어났지만 성직자가 되었다. 파리에 머물러 있으면서 성직자회의 사무관이라는 직책을 겸하며 사교계에 출입하여 염문을 퍼뜨리면서도 재상 모르파의 비호 속에 정치적 견식을 넓혔다.
혁명이 일어나자 교회재산의 국유화를 제안하여 교회로부터 파문당하였다. 1792년 영국에 파견되어 피트 수상에게 양국 상호영토보전을 제의하였다. 혁명전쟁의 발발로 왕정이 폐지되자 미국으로 망명하지만, 1796년 다시 프랑스로 돌아와 총재정부의 외무를 담당한다.
나폴레옹의 뛰어난 재능을 인정하여 나폴레옹을 정계에 등장시키는데 성공, 나폴레옹의 정권 획득과 동시에 외무장관에 취임한다. 그러나 1806년 대륙봉쇄령이 발동되자 나폴레옹의 정책에 의혹을 느끼고, 오스트리아의 메테르니히 및 러시아 황제와 내통하였다.

신의 통찰에 따라 일관되게 추진했다고 주장했다.

"나는 최전선에 서서 프랑스 황제를 중심으로 일어나는 정치적 움직임을 관찰하였다. 현재는 어려운 상황에 처해 있으나 기회만 주어지면 다시 일어설 수 있는 우리의 위대한 군주를 대리하여 그 황제 앞에 서 있었다. 나는 우리나라가 승리할 기회를 확신하지도 못하면서 프랑스와 새로운 전쟁을 벌일 경우 가지게 될 위험을 절실히 느끼고 있었다. 세계가 사회적 변혁에 직면한 시대에 있어 어디에도 휘둘리지 않는 냉철한 관찰자의 역할을 해내는 것이 나의 임무라고 생각했다."

유럽의 힘의 균형을 염원하던 메테르니히에게 나폴레옹이 스페인 민족을 유린한 것은 커다란 타격이었다. 그는 분노에 떨며 이 문제를 빈에 보고했다.

"스페인의 왕조를 무너뜨린 이 폭거는 그야말로 나폴레옹의 간교하고 파괴적이고 범죄적인 정치의 극치가 아닐 수 없습니다."

정치가이자 외교가로서 자신의 정치적 목표를 달성하기 위해 필요할 때는 온갖 계교와 간계를 아무 거리낌 없이 사용했던 메테르니히가 여기서는 정치적 도덕주의자의 모습으로 나타난다. 그는 그러한 논거와 판단이 빈에서 효력을 발휘할 것임을 알고 있었다.

메테르니히는 군주제를 옹호하는 입장에 서 있었기 때문에 나폴레옹의 황제 즉위에 대해 가장 우호적인 태도를 취할 수 있었던 사람 중의 하나였다. 베토벤이나 칼라일을 비롯한 당시 식자들의 대다수는 나폴레옹이 기껏 낡은 군주제의 관습을 모방하고, 유럽의 귀족 가문과 친족 관계를 맺으려 하며, 자신이 함부로 대하던 교황으로부터 제관을 받으려 하는 것에 대해 실망했다. 그들은 이 모든 일들을 위대한 혁명 이념에 대한 배반 행위로 보았던 것이다. 이에 반해 메테르니히는 나폴레옹의 황제 즉위가 혁명의 무질서를 진정시키고 세상을 다시 정도로 되돌려놓는 정당한 행동이라고 생각하였다. 1808년의 사건이 일어나고 나서야 메테르니히는 나폴레옹에 대한 적대적 태도를 명확히 밝히게 된다. 스페인의 비극과 영국에 대한 대륙 봉쇄령은 메테르니히에게 유럽의 세력 균형이 흔들리고 있음을 깨우쳐주었다. 그는 자신이 어떠한 관점을 갖고 외교에 투신했는지를 상기했다.

"최근의 역사는 국가 간의 연대와 세력 균형의 원칙이 어떻게 적용되어야 하는가를 잘 보여주고 있다. 강대해진 한 국가가 그 영향력을 확대하는 것을 막고 그 나라를 국가 간의 공통의 법률에 의해 통제되도록 다수의 국가가 결속하여 함께 노력해야 한다는 것을 가르쳐주고 있다."

메테르니히에게는 이러한 이념이 나폴레옹에 의해 크게 위험에 처한 것으로 받아들여졌다. 그래서 그는 이 무렵 주전파의 편에 선다. 물론 그를 그토록 격렬하게 반 나폴레옹 전쟁을 선동하도록 했던 것이 이러한 이데올로기적, 정치적 관점만은 아니다. 그는 러시아, 프로이센, 영국이 오스트리아 편에 설 것으로 확신했으며, 심지어 전쟁에 싫증 난 프랑스 민중이 황제에 대한 충성을 거부하거나 프랑스군의 사기를 약화시킬 것이라고 내심 기대했다. 그는 적을 프랑스가 아닌 나폴레옹이라고 보았다. 이러한 생각에 사로잡혀 그는 빈으로 보내는 외교 보고서에도, 평소의 그와는 이질적이고 공감을 갖지 않는 힘, 즉 민중의 힘이 중요하다는 것을 처음으로 강조하였다.

"우리는 스스로의 힘을 강력하게 키워야 한다. 그리고 우리들의 이 힘을 활용해야 한다. 1809년은 낡은 시대의 종말이며 새로운 시대가 시작되는 해임을 잊지 말자! 우리는 민중의 힘을 일깨우고, 군주제 하의 모든 민족들에게 도움을 청하고, 적의 무기로 그 적을 쳐야 한다."

오스트리아의 장군들은 군이 충분히 준비되어 있지 않다며 전쟁을 반대했다. 외교관 메테르니히가 정세를 잘못 파악하고 부추긴 이 전쟁으로 외교관 메테르니히는 패배했지만, 정치가 메테르니히가 떠오르는 계기가 되었다.

불행히도 프랑스의 힘을 과소평가한 메테르니히는 결국 1809년 이 전쟁 —바그람 전투— 의 패배에 대한 대부분의 책임을 져야 했지만, 한동안은 평화 협상의 중개자로 활동하였다. 하지만 메테르니히는 아무런 성과도 거둘 수 없었고 결국 나폴레옹에게서나 자국의 애국주의자들에게도 미움을 샀다.

그러나 협상 대표직에서 면직된 후에 그는 잠시 외무장관을 거쳐 재상에 임명되어 국가를 이끌어가게 되었다. 이후로 특유의 메테르니히에 대한 인상이 형성되었다. 민족주의적 독일인들은 메테르니히를 증오하고 멸시하였으며, 좋은 의도이든 나쁜 의도이든 정치가 메테르니히의 모든 시도를 무조건적으로 거부하게 되었다. 한편 메테르니히는 다음 한 세기를 지배하게 될, 그가 어떠한 일이 있어도 막아내고자 했던 힘과 전투적으로 맞서게 된다. 그것은 바로 민중의 사회적 의식과 국민감정, 이제 막 깨어나기 시작한 민족의식이었다. 그는 이러한 움직임에 혁명적인 폭력이 숨겨져 있음을 간파하고 법률과 정치 테러, 계책과 음모로 이 힘을 소멸시키고자 하였다. 그렇지만 그가 무능력을 통감하고 자신의 오류를 인정해야 한다면, 그것은 그가 부상하는 민중의 힘들을 주저앉혀야 한다고 믿었던 바로 그 당시일 것이다. 메테르니히는 훗날 그가 외무장관직과 재상직을 거절하고자 했었던 것처럼 쓰고 있다.

"저의 소견으로, 저의 능력은 폐하께서 제게 위임하고자 하는 그 중요한 직책에 적합하다고 생각되지 않습니다."

그는 황제에게 그렇게 답변했다고 밝혔다. 당시의 정치가들 중에서 가장 허영심이 강했던 그가 그러한 겸양을 보였다면 그것은 아마도 처음 있었던 일일 것이다. 그러나 당시의 다른 증언들은 이와는 다른 이야기를 전해준다. 메테르니히가 그 막중한 직책을 너무나도 '뻔뻔스럽게' 받아들인 데 대해 모든 사람들이 놀라워했다는 것이다. 메테르니히가 재상으로 임명된 후에 메테르니히와 가장 가까웠던 겐츠는 당시 외무장관이자 추밀고문관 후델리스트와 나눈 대화를 다음과 같이 소개하고 있다.

"후델리스트는 나와 마찬가지로 메테르니히가 너무도 뻔뻔스럽게 재상직을 수락한 것에 대해 비난하는 것만으로는 만족하지 못했다. 그는 메테르니히가 극히 파렴치한 방법으로 이 자리를 노렸으며, 이를 실현하기 위해 전임자에 대한 온갖 악담을 퍼뜨렸다고 주장하였다." 그리고 덧붙여 "메테르니히는 모든 인간 중에서 가장 경솔한 인간이다. 나는 그가 앞으로 할 모든 행동 하나하나가 두렵기만 하다."

3 ———

이 중대한 직책을 받아들이면서 메테르니히는 냉정하고 현실적으로 자신의 외교정책이 갖는 가능성과 개인적 이득을 계산해 보았지만, 정작 여러 민족의 운명을 좌우할 가장 중요한 과제는 깊이 생각하지 않았다. 그것은 바로 반 나폴레옹 투쟁을 최대한 정력적으로 조직하는 과제였다. 그러나 그는 이러한 과제를 정치에 있어 가장 안이한 동맹자, 즉 시간에 기꺼이 맡겨 버리고 만다. 그렇게 태평하게 그는 취임 다음 날 황제에게 자신의 정책 프로그램을 제시했다.

"평화를 위한 전제 조건이 무엇이 되건 간에, 승리에 빛나는 프랑스의 체제에 적응할 때에만 항상 우리의 안전을 보장받을 수 있다는 것은 확실합니다. 물론 이러한 정책은 올바른 정치의 원칙과 국가 간의 동맹에 어긋나는 것이기 때문에 반 프랑스 조직에서의 우리의 발언권도 약화되리라는 점은 다시 말씀드릴 필요도 없을 것입니다. 저의 정치적 원칙들은 전혀 변하지 않았으나 필연을 상대로 싸울 수는 없습니다. 우리는 평화 체제가 발효되는 날부터 그들에 대하여 오로지 요령껏 넘기며 아첨하는 데 그쳐야 할 것입니다. 그래야만 최종적인 해방의 날까지 우리들의 생존을 유지할 수 있을 것입니다."

여기서 '요령껏 넘기며 아첨하는 것'은 국정을 담당한 사람이 할 말이 아니라 외교의 영역에 속하는 말들이다.

정치가와 외교관을 동일시하는 사람은 문외한에 불과하다. 세계사에는 한 번도 외교관으로 활동해 본 적이 없는 창조적 정치가들이 수없이 많다. 그러나 그들만큼 위대함과 영향력을 획득한 외교가들은 대부분 외교와 정치를 병행했다. 외교관은 다른 어떤 직업보다도 자신이 사람들의 존경과 인정을 받아야 한다고 여기는데, 이것은 오직 외교관만이 그 권능에 따라 자국민과 그 최고 정점에 있는 군주를 대표하기 때문이다. 그 중에서도 대사는 군주의 개인적인 대리인이기도 하므로 군주에게 표하는 경의를 당연히 자신도 받아야 한다고 생각한다. 외교 부문에서 활동하는 대부분의 사람들이 귀족들이었다는 사실은 우연이 아니다. 세상에는 혁신을 위한 힘을 늘 자기 자신으로부터 이끌어내는 두 개의 계급이 있다. 그것은 귀족과 농민이다. 이들 계급에게 정신적으로 활력이 넘치는 자신들의 생존상의 독자성을 앞으로도 유지할 수 있을지는 여전히 검증되어야 할 물음인 것이다. 이들 계급이 배출하는 천재의 수가 점차 줄고 있다는 사실은 매우 의미심장한 현상이다. 천재를 배출하는 데에는 시민 계급이 다른 계급을 압도한다. 그러나 귀족과 농민 계급에서는 전통과 관계있는 세 가지 탁월한 재능을 가진 직업이 두드러진다. 귀족 계급에서는 영국 외교관과 프로이센 장교, 특히 참모부 장교가 그것이고, 농민 계급에서는 가톨릭 성직자와 이와 연관되어 있는 바티칸의 외교관들이다. 이 세 그룹, 즉 영국의 외교관과 프로이센 장교들, 그리고 가톨릭 성직자들은 혁명적인 재능이 결여되어 있는 대신 전통에 충실하며 전통을 다시 만들어내는 능력이 풍부하다는 점이 특징이다. '그렇게 생각된다는 것보다는 실제로 그렇다는 것이 중요하다'고 한 슐리펜 (1833~1913. 작전의 귀신으로 불린 프로이센 참모총장으로 러시아와 프랑스에 동시에 대항하기 위한 '슐리펜 전략'으로 유명)의 말은 그대로 위의 세 그룹에게 삶의 근본 원칙으로서 적용될 수 있다. 교황의 대부분이 농민이나 귀족 계급 출신이라는 사실은 결코 우연이 아니다. 외교관과 같은 직업은 개인이 천재의 능력과 특성을 발휘할 수 있는 가능성이 거의 없다고 해도 과언이 아니다. 그 대신 재사(才士)의 능력을 발휘할 수 있게 할 뿐이다. 외교관을 정치가와 대조하여 볼 경우, 그들이 갖추어야 할 것은 자신의 능력을 정확히 파악하고 자신에게 부여된 조건과 과제의 틀 안에서 활동하는 것이다. 그들은 이러한 책임과 막중한 책무를 경시해서는 안 된다.

"외교는 인간의 건전한 상식과 상대편에 대한 배려를 주권국가 정부들 간의 관계에 적용하는 것이다."

영국의 외교관 어니스트 세토우가 그의 저서 《외교술 지침》에서 내린 이 탁월한 개념 규정에 독일 외교관 리하르트 폰 퀼만은 다음과 같이 보충한다.

"머릿속의 사고를 확실하고 분명하게 정리하여 사물을 가장 함축적이고 명백한 언어로 표현하는 작업이야말로 외교관의 주요 업무이다."

여기서 정치가에게는 필수 조건이지만 외교관이 자신의 임무를 수행하는 데에는 오히려 장해가 될 뿐 아니라 치명적이기도 한 두 가지 특성이 아직 언급되지 않았다. 그것은 건설적 의지와 창조적 상상력이다. 이 두 특성을 지닌 외교관은 해외에 부임해도 끊임없이 고국의 정계를 그리워할 뿐이다. 이에 반해 세상물정에 밝으며 형식을 중시하는 사람은 항상 외교관을 꿈꾼다. 정치적이고 창조적인 사람에게 외교관은 자신이 추구하는 본래의 직무가 아니라 단지 자신의 사명인 '정치가'가 되기 위한 하나의 코스일 뿐이다. 외교관으로서의 훌륭한 재능을 가진 인물은 외교관으로 활동할 때는 그 적성을 십분 발휘한다. 이러한 인물은 외교관으로서 전 세계를 누비게 되는데, 어쩌다 고국으로 돌아와 일을 하게 되면 그때서야 국내의 실체를 파악하게 된다. 외교관으로서는 그토록 능력을 인정받았던 재능도 일단 고국의 정가에 들어서면서 오류와 타락의 길을 걷는 경우가 흔히 있다.

메테르니히는 정치적인 환상을 갖지 않았다는 것을 자부했지만, 이것은 그에게 건설적인 상상력과 미래에 대한 직관이 결여되어 있었음을 말해준다. 그는 그 소질과 재능에 있어 위에서 묘사한 외교관적 인물의 모범이었다. 상황의 변화와 적의 행동에 재빨리 적응하고 결정적인 순간에 자신이 결정권을 장악하는 뛰어난 능력과 전술은 외교관으로서의 그의 자질이 탁월했다는 것을 보여준다. 더구나 메테르니히는 고국에 돌아와서도 신속히 권력을 장악할 수 있었는데, 그의 이러한 성공은 정치가만이 할 수 있었던 활동을 당시에는 외교관도 할 수 있었다는 특별한 사정으로 설명할 수 있다.

유능한 외교관이 일시적으로 국가의 전략을 좌우하던 시대가 종종 있었다. 프로이센은 1852년부터 1864년에 걸쳐 이러한 시기와 조우한다. 독일 제국을 세울 수 있었던 비스마르크의 정치적인 재능은 바로 교묘하게 추진한 그의 외교술이었다. 외교관이 성공할 수 있는 그러한 기회가 나폴레옹 시대에 오스트리아에서도 찾아온 듯했다. 메테르니히도 이 시기에 권력을 획득했고 그는 역사적인 결정에 참여하는 주역의 한 사람이 되었다. 그러나 아무리 메테르니히에게 호의적인 분석가들조차도 그가 정치에 대한 능동적인 열정 때문에 외교 분야에서 정치 분야로 옮겨갔다고 보지는 않는다.

빈 주재 프랑스 대사가 내린 평가는 새롭게 재상의 자리에 오른 이 정치가가 부흥과 재생을 필요로 하는 오스트리아에서 어떠한 평판을 얻고 있었는지를 말해준다.

"스스로의 무능함을 알고 있는 메테르니히 백작은 권력층에 아첨을 일삼고 있다. 그는 성공을 원하는 것이 아니다. 그가 원하는 것은 오로지 연금일 뿐이다!"

타고난 정치가는 권력욕과 권력 행사를 통해 무언가를 이루고자 하는 억제할 수 없는 욕망에 사로잡혀 권력을 추구하게 되는데, 메테르니히를 파리에서 빈으로 되돌아가게 한 것은 공명심과 금전욕이었다. 정치가에게 공명심은 위험한 특성 중 하나이다. 칼라일은 위대한 인물, 특히 뛰어난 정치가는 공명심 따위는 갖지 않는다고 주장했다.

"우리는 위대한 인물의 공명심을 너무 과장하고 있다. 또한 그러한 인물의 본성에 대해 착각하고 있다. 위대한 인물들은 보통 말하는 의미의 명예욕을 갖고 있지 않다. 명예를 추구하는 것은 소인배들일 뿐이다. 이러한 부류는 쉽게 자극을 받고 자신의 재능에 대해 늘 걱정하면서 항상 자기를 내세우려고 노력한다. 이들은 모든 사람들이 자신을 위대한 인물로 생각해 주기를 바라며, 사람들의 윗자리에 앉혀주기를 끊임없이 강요하고 간청한다. 이런 인간들은 세상에서 가장 가련한 존재이다. 위대한 인물이라고?! 단지 가련하고 병적인 욕망으로 고통받는 공허한 인간들일 뿐이며, 권좌에 오르기보다는 병원으로 가는 것이 적당한 인간들이다. 이들은 평온한 인생의 길을 걸을 수 없다. 이들은 사람들의 시선을 받지 못하고 신문에 오르내리지 못하면 결코 살 수가 없다. 이것은 인간의 공허함이지 위대함이 아니다. 자신에게는 아무것도 없기 때문에 그는 사람들이 그에게서 무언가 찾아주기를 갈망하는 것이다."

위대한 정치가는 이와는 완전히 다르다. 사람들이 보통 공명심이라고 판단하는 이들의 특성은 사실 이와 전혀 다른 성격인 '권력욕'이다. 그래서 클라우비츠는 '명예욕'이라는 표현에서 경멸적 의미를 제거하기 위해 '명예를 향한 영혼의 갈증'이라는 표현을 썼다. 위대한 정치가들은 자신의 이상과 정책을 인정받고자 할 때에만 대중의 판단에 주의를 기울이는데, 이때도 자신의 명예에 대한 동의가 아니라 자신의 정책을 그들이 이해하고 긍정하게 되기를 희망하는 것이다. 언젠가 비스마르크는 이러한 맥락에서 위대한 정치가가 갖고 있는 '박수 받으려는 욕구'에 대해 이야기하면서, 그러한 허영심을 이해할 수 있다는 태도를 보이고 있다.

"인간의 행동능력에서 허영심의 존재를 무시할 수는 없다. 하지만 인간의 재능 속에서 실제로 도움이 되는 부분, 소위 순이익만을 문제로 할 때에는 허영심은 일종의 저당권과 같은 것이다. 한 인간의 능력에 있어서 그의 재능의 유용한 부분을 산정할 때에는 이러한 저당권을 빼고 산출해야 한다."

권력욕을 가진 사람들에게는 행위와 영향이 중요하지만 명예욕에 집착하는 사람들은 인정받는 것만을 중요시한다. 이렇게 한정시켜 생각해 볼 때 정치가와 군인들의 명예욕은 충분히 옹호될 수 있을 것이다. 우리는 이러한 특성들을 차라리 '영향력에 대한 충동' 또는 '인정받고 싶은 갈망'이라고 부르는 것이 좋지 않을까!

어떻게든 자신의 권력을 유지시키고자 하는 명예욕에 사로잡힌 메테르니히는 나폴레옹의 적이 되는 일을 더 이상 감행하지 않으려 했다. 그의 재상 취임 후부터 빈 회의까지의 시기를 메테르니히의 추종자들은 '대가의 시대'라고 불렀고, 그의 적대자들은 이 시기를 좀 더 적절하게 표현하여 '프랑스 추종 시대'라고 이름 붙였다. 후년에 그 자신은 이 시기에 대해 오직 한 가지만을 인정했다. 즉 이 시기는 그가 반 나폴레옹 투쟁을 준비하고 실행했던 시기라는 것이다! 그는 후에 자신을 '세계 정복자에 대해 승리한 자'라고 분명하게 표현했고, 리방 백작 부인에게 쓴 편지에서처럼 '운명은 나폴레옹과 끊임없이 대결하는 자로서 왜 그를 선택했는가?'라고 질문을 던진다. 메테르니히는 후에 겐츠가 자신에 대해 하는 말을 아무런 모순도 느끼지 못하고 오히려 기분 좋게 받아들였는데, 만일 메테르니히가 프로이센이나 자국 오스트리아의 군사력에 대해 객관적인 태도를 가졌다면 그 말이 가지는 모순점을 깨달을 수 있었을 것이다. 겐츠는 다음과 같이 말했다.

"당신이 바로 군대이고, 당신이 나폴레옹을 격퇴했고, 당신이 그를 파멸시킬 것입니다."

실제로 반 나폴레옹 투쟁을 준비하던 이 시기에 메테르니히는 나폴레옹과 관련해 어떠한 신념도 갖고 있지 않았고 나폴레옹을 어떻게 다룰 것인가에 대해서도 굳은 확신이 없음을 드러냈다. 그는 이 코르시카 인이 권력을 계속 유지할 수 있을 것인가에 대해 의문을 갖고 있었지만, 파리로부터의 정보를 통해 아직은 괜찮을 거라고 믿고 있었다. 하지만 나폴레옹 정권의 견고함에 대해 그가 심각하게 불신감을 가진 적도 있었다. 그것은 1809년 프랑스 국민이 더 이상 열광적으로 황제를 추종하지 않을 것이라고 생각했을 때이다. 그는 또 한번의 착각과 실망을 겪고 싶지 않았다. 그래서 그는 완벽한 계략과 표리부동함을 갖고 외교 게임을 시작하였다. 표면적으로는 나폴레옹을 지지했지만 막후에서는 은밀하게 프로이센 및 러시아와 접촉을 가졌다. 만약 당시 메테르니히의 정책과 비밀 협상이 탄로 났다면 나폴레옹뿐 아니라 러시아와 프로이센을 포함한 모든 국가가 그동안 기만을 당했다고 선언했을 것이다.

당시 프로이센의 위대한 애국주의자들과는 달리 메테르니히는 조국 독일의 재건에 대한 무조건적 믿음을 갖고 이를 위해 전력투구하지 않았다. 그는 오로지 현 상황을 유지하는 것만이 오스트리아를 위하는 것이라고 생각했다. 그는 과거의 독일 제국을 재건하는 데 반대했다. 1813년 모든 세력들의 동의로 구 독일제국의 재건이라는 독일인들의 꿈을 이룰 수 있는 기회가 찾아왔을 때에도 메테르니히는 이러한 제국의 성립을 방해했다. 독일제국의 건설은 민중들의 열망과 지지를 받고 있었는데, 그는 이에 대해 호감을 갖고 있지 않았다. 그에게 있어 민중들의 열망이란 혁명 정신을 의미했기 때문이다. 그리하여 그는 오스트리아 제국만을 위한 정책을 수행하였다. 하지만 메테르니히가 오스트리아를 위해 올바른 것이라고 믿었고, 결연히 추구했던 정책은 사실 오스트리아 인이 아닌 사람만이 추진할 수 있는 정책이었다. 1809년부터 1813년 사이의 메테르니히 정책을 이해하기 위한 열쇠는 그의 출신이 어디였는가에 있다. 나폴레옹으로부터 오스트리아에 대한 호의를 얻어내기 위해 메테르니히가 펼쳤던 정책들은 오스트리아 인이나 독일인으로서가 아니라, 유럽 인으로의 자각을 갖는 세계 시민적 귀족만이 펼칠 수 있었던 것이다. 메테르니히는 라인란트 −현재 독일의 라인 강 중하류 지역− 지역 출신으로 국제적인 특징을 두루 갖춘 혈통을 갖고 있었다. 그는 회고록을 집필하기 시작한, 그것도 과거의 영화에서 멀어져 망명지에서 쓸쓸한 생활을 보내고 있을 무렵에서야 자신이 독일인임을 자각한다. 그가 경박하고 경솔하게 실행에 옮긴 정책은 애국적 오스트리아 인에게는 치욕스러운 희생을, 평화를 갈망하는 평범한 오스트리아 인에게도 슬픔을 안겨주었다. 즉, 나폴레옹의 호의를 얻고 오스트리아를 다시 강대국의 일원으로 편입시키기 위한 대가로 황제의 젊은 딸 마리 루이즈를 나폴레옹과 결혼시킨 것이다. 메테르니히는 파리에 주재하고 있을 무렵, 나폴레옹이 조세핀과 이혼하고 러시아 황녀와 결혼하고 싶어 한다는 사실을 알게 된다. 메테르니히는 이러한 계획을 좌절시키기 위해서 무슨 일이든 할 준비가 되어 있었다. 러시아를 밀어내기 위하여 그는 오스트리아 황제의 딸과 결혼하고 싶어 하는 나폴레옹의 희망을 흔쾌히 받아들인다. 나폴레옹은 이미 쉔브룬에서의 평화 협상 때 이를 암시했다.

"오스트리아는 결혼에 관한 한 항상 운이 따랐소. 내게 충실한 우정을 증명하고 나의 앞길을 막지 않는다면, 그대들은 내가 그대들을 위해 어떠한 일을 할 수 있는지 그 능력을 보게 될 것이오."

메테르니히는 나폴레옹의 이 발언을 기억하고 있었다. 나폴레옹도 오스트리아 황제의 사위가 되고자 하는 자신의 희망에 대한 결정권은 메테르니히의 손에 달려있음을 알고 있었다. 나폴레옹은 메테르니히의 공명심을 자극하고자 했다. 1809년 12월 31일 나폴레옹은 파리의 궁정에 있던 메테르니히의 부인에게 말했다.

"메테르니히 각하는 당신의 왕국에서 첫 번째 자리에 계십니다. 그 분은 우리나라의 사정에 아주 밝습니다. 아마도 이 나라에 많은 도움을 주실 것입니다."

나폴레옹이 점점 더 강력하게 결혼 구상을 전개해 가고 있는 동안, 메테르니히와 그의 지시에 따라 움직인 파리 주재 오스트리아 공사는 외교 전술상 일단 소극적인 자세를 취했다. 메테르니히는 이 인신매매에서 가능한 한 높은 값을 받으려 했다. 그는 이 문제에 너무도 깊이 개입하고 있었기 때문에 이 사건의 주모자라는 소리를 들어도 어쩔 수가 없었다. 자기는 이 결혼에 찬성했을 뿐이라는 메테르니히의 고백 외에도, 그가 파렴치하게 공주를 팔아버린 이 사건에 관여했다는 확실한 증거들이 많이 있다. 나폴레옹 스스로도 나중에 자신이 위기에 처한 전쟁 기간 중에 비난하는 어투로 다음과 같은 물음을 던졌다.

"메테르니히는 오스트리아 황녀와 나의 혼인이 그의 작품이라는 사실을 잊었단 말인가?"

프란츠 황제의 형제인 요한 대공작도 이러한 주장을 확인시켜 준다.

"나폴레옹은 처음에 러시아에 관심을 보였다. 만일 이 결혼이 실현되었다면 오스트리아가 어떠한 처지에 빠지게 되었을지는 설명이 필요 없다. 러시아에서는 황실 내의 반대 의견이 거세었기 때문에 이 결혼은 성사될 수 없었다. 반면 메테르니히는 공주를 제공함으로써 오스트리아에 닥친 위험을 피하고자 했다. 그 진상이 무엇이든 간에 나폴레옹은 결국 오스트리아로 눈길을 돌렸다."

메테르니히의 이러한 정략결혼 계획에 있어 매우 귀중한 협력자가 파리의 궁정에 있었다. 그는 탈레랑이었다. 탈레랑은 오스트리아에 더 이상 굴욕감을 주지 않으려 했고, 자신의 정치적 구상을 실현시키기 위해서는 합스부르크 왕가를 다시 강화시키고 러시아 왕가를 약화시켜야 한다고 보고 있었다. 이러한 생각을 갖고 있던 탈레랑은 이미 1808년 에어푸르트에서 나폴레옹과 러시아 측의 혼인 계획을 방해했다.

겉으로 드러난 오스트리아 여론은 이 결혼에 대해 열광적이었다. 대부분의 사람들에게 이 결혼은 장기적인 평화를 가져올 것이며 이제 오스트리아가 나폴레옹의 정복욕에서 보호될 수 있다는 확고한 미래를 의미했다. 반면 이렇게 가까운 인척 관계는 엄청난 위험을 동반할 수 있으며, 오스트리아가 싫든 좋든 어쩔 수 없이 나폴레옹의 동맹자가 되어 앞으로 나폴레옹이 일으킬 전쟁에 휩쓸릴 수 있다는 점을 우려했던 사람은 소수에 불과했다. 후년에 메테르니히는 마치 황제가 딸에게 결정을 맡겼고 최종 결정은 딸이 한 것처럼 쓰고 있지만, 약혼식과 결혼식 당시에는 자신의 외교적 업적에 대해 자랑스러워했다. 이 결혼을 그는 위대한 정치적 성과로 생각한 것이다.

그는 부인에게 보낸 편지에서, "나는 이 세상의 구세주라도 된 듯 축하인사를 받느라 정신이 없소. 빈은 온통 이 결혼에 정신이 팔려 있소."라고 썼다.

메테르니히는 나폴레옹을 상대로 한 그 엄청난 게임에서 항상 외교적 수단에 의지했다. 이는 그에게 정치적 수단이 없었기 때문이다. 그는 강력한 국가를 배경으로 갖지 못했으며, 당시에는 반드시 필요한 정치의 동력, 즉 민족적 믿음이 없었던 것이다. 외교관으로서의 그는 이 결혼으로 인해 커다란 승리를 거둔 것처럼 보였다. 외교관 메테르니히는 이 결혼이 장래 가지게 될 의미와 관련하여 나폴레옹을 기만했다. 메테르니히는 적어도 이 결혼을 통해 오스트리아에게 가해질 타격을 피하는 데 성공했다. 메테르니히는 이 결혼을 이용하여 나폴레옹을 파멸시키려는 대담한 의도를 갖고 있었다고 추측하는 사람도 많았다. 하지만 폰 튀르하임 부인은 다음과 같이 주장했다.

"아마도 데이아네이라의 옷 ─그리스 신화에 따르면 헤라클레스의 아내 데이아네이라는 독 묻은 옷을 사랑의 묘약이 묻은 옷으로 잘못 알고 남편에게 보내 그를 죽게 했다고 한다─ 을 생각한 사람은 한 사람밖에 없었을 것이다. 그는 '마리 루이즈가 오스트리아를 구하게 될 것이다.'라고 말한 메테르니히이다."

실제로 훗날 메테르니히 자신의 말에 따르면, 그는 운명의 드레스덴 회담에서 나폴레옹에 대하여 냉소적인 어조로, 나폴레옹의 결혼은 나폴레옹의 정복자, 즉 메테르니히가 범한 뼈아픈 실패였다고 선언했다. 이때 우리는 이 결혼 계획에 반대했던 사람들의 목소리도 잊어서는 안 된다. 룰루 폰 튀르하임 부인은 다음과 같이 전한다.

"오스트리아의 황녀가 벼락부자이자 우리 조국과 인류의 적인 사람과 결혼하여 아직도 숙모님의 피 냄새 ─루이 16세의 오스트리아 출신 왕비로서 단두대에서 처형된 마리 앙투아네트를 말함― 가 가시지 않은 옥좌에 올라야 했다는 데에 슬픔을 느끼는 사람들이 있었다."

또한 이 결혼으로 나폴레옹은 오스트리아의 보호자로 승격되어 제국을 자신의 '보호와 명령' 아래 두게 될 것이라는 비관적인 전망을 내놓는 사람도 있었다.

메테르니히의 전기 작가조차도 메테르니히를 비난하는 필체로 다음과 같이 쓰고 있다.

"오스트리아 황녀가 프랑스 왕비로서 단두대의 이슬로 사라진 지 불과 20년도 지나지 않았다는 사실은 그의 마음에 전혀 거리낌을 주지 못했다. 또한 불과 몇 달 전에 오스트리아와 프랑스 군대가 생사를 걸고 싸웠고, 오스트리아에서는 처음으로 군 소집령이 내려 나폴레옹에 대한 증오와 복수를 위해 전력을 기울였다는 사실도 마찬가지였다. 그리고 그 어떠한 종교적 고려도 이 정치가를 흔들리게 하지 못했다."

메테르니히는 그의 작품인 이 정략결혼이 가져올 전리품들을 직접 챙기고자 황녀를 따라 프랑스의 수도로 향했다. 그러나 나폴레옹은 이 결혼을 위하여 메테르니히와 오스트리아에 대해 특별한 정치적 호의를 베풀 생각이 없었다. 처음에 메테르니히는 오스트리아가 병력을 15만 명 이하로 유지해야 한다는 규정을 없애기 위해 노력했으나 무위로 돌아갔다. 그는 훨씬 나중에야 이 목표를 이룰 수 있었다. 그는 나폴레옹에게 오스트리아가 바그람 조약을 통해 상실했던 아드리아 해안을 통한 바닷길을 되찾게 되기를 청원했으나 역시 실패했다. 또한 교황 피우스 7세와 나폴레옹의 중재자 역할을 맡고자 했던 마지막 시도도 성공하지 못했다. 메테르니히가 고국으로 갖고 돌아온 선물은 통상조약뿐이었다. 하지만 메테르니히가 경제 정책에서는 아마추어였기 때문에 이 조약은 빈 정부의 주무 장관이 수용할 수 없다고 거부해 버릴 정도로 한심스러운 것이었다. 영국 첩자가 런던에 보고했던 대로 메테르니히는 '빈 깡통을 들고' 집으로 돌아온 것이다. 그렇기는 하지만 이 정략결혼을 통해 메테르니히는 나폴레옹과 러시아의 동맹을 무산시켰고 이로써 오스트리아의 안전을 어느 정도 확보할 수 있었다. 그러나 그대로 놔두었더라도 나폴레옹과 러시아와의 동맹이 과연 이루어질 수 있었을는지는 회의적이지 않을 수 없다. 왜냐하면 이 무렵 나폴레옹의 마음속에서는 그야말로 로마 황제와 같은 거대한 야심이 이미 꿈틀거리기 시작했던 것이다. 그는 '서방의 황제'가 되고자 했다. 1811년 새 황후가 황태자를 출산하자 그의 이러한 욕심은 더욱 커졌다. 그러나 서방의 황제가 되고자 하는 그에게 러시아는 장애가 되었다. 이 때문에 메테르니히도 불가피하다고 예측했던 나폴레옹과 러시아의 결전이 시작되었다. 메테르니히가 파리에 가 있는 동안 오스트리아에서는 러시아와 동맹을 맺으려고 하였는데, 이것은 마리 루이즈의 결혼 탓이 아니라 메테르니히의 외교적 고려 때문에 마지막 순간에 무산되었다. 그는 러시아와의 동맹을 거부함과 동시에 프랑스와 지나치게 가까워지는 것을 황제에게 경고했다. 또다시 자신의 전문 영역으로 돌아온 메테르니히는 이제 음모와 외교적 술책을 사용하여 그에게 능숙한 일, 즉 자신은 물러 서 있으면서도 모든 정파를 아울러 그가 자기들 편이며, 그가 앞으로 발생 가능한 어떠한 사태에 대해서도 안전을 확보하기 위해 준비하고 있다고 믿게 만들었다. 나폴레옹은 자신의 파트너이어야 할 메테르니히가 이제는 중립을 꾀하며 이에 성공을 거두는 데 대해 쓰라린 환멸을 느꼈다. 프란츠 황제와 오스트리아에게 고통스러운 운명의 시간이 시작되었다. 오스트리아의 애국주의자들은 포로이센과의 협력과, 동시에 러시아와의 동맹을 희망했다. 그러나 메테르니히에게 러시아는 동맹국으로서 신뢰할 수 없는 상대였다. 또한 메테르니히는 항상 나폴레옹이 승리할 경우를 계산에 넣고 있었다. 그는 프란츠 황제에게 자신의 향후 정책을 설명하면서 다시 한번 자신과 오스트리아의 '신성한 원칙들' '신성하고 변하지 않을 원칙들'에 대해 언급했다. 위험을 피하고 혁명적 사상을 제거하고자 할 때 그는 항상 이성과 현실 감각을 통한 설득이 아니라 그에게는 전통의 지배력을 의미하는 '신성한 원칙들'을 내세웠다. 외교관인 그에게는 너무도 친숙한 무기인 아첨과 허영심에 의존한 선동을 통해 그는 황제를 사로잡았다.

"폐하께서는 중심점이시며, 영원불변하는 법 위에서 사물의 질서를 대표하는 유일한 대리인이십니다. 모두의 눈이 지고하신 폐하를 바라보고 있으며, 폐하의 역할은 그 무엇으로도 대체될 수 없습니다. 오스트리아의 군대가 프랑스군 및 동맹군과 같은 대오에 서서 파괴의 전쟁으로 진군해 들어가는 그날에 폐하의 이러한 특성은 여실히 드러나실 것입니다. 도덕적 관점에서 보면, 이 경우에 우리들은 동맹군의 비천함에 맞춰 우리를 낮춰야 할 것입니다. 다른 행동은 전적으로 불가능하다는 사실 때문에 우리는 이러한 역할을 맡을 수밖에 없는 것입니다."

그러나 원칙에 충실한 메테르니히도 10개월이 지난 후에는 이 불가능해 보였던 일이 일어날 수 있다는 사실을 인정할 수밖에 없었다. 왜냐하면 그는 갑자기 황제에게 어느 편도 들지 않는 것은 오스트리아 제국의 파멸을 가져올 것이라고 말했기 때문이다. 메테르니히는 이미 오래 전부터 그가 오스트리아를 위해 추진해 온 영토 재편성이 나폴레옹에 의해 이루어지기를 기대했다. 여기에는 독일을 희생해서라도 프로이센 영토인 슐레지엔을 다시 획득한다는 악취가 진동하는 계획도 포함되어 있었다.

위대한 정치가의 자격 중에 민중들이 뿜어내는 예측 불가능한 힘들을 인식하고 이를 자신의 계산속에 포함시킬 수 있는 능력도 포함된다면, 메테르니히는 이 몇 개월 동안 전혀 그러한 대정치가다운 면모를 보여주지 못했다.

"프로이센은 어느 편에 들더라도 해체를 우려해야 하는 절망적인 상황에 처해 있다."

프로이센이 국가와 민족의 해방 투쟁을 위해 힘을 가다듬고 위대한 민족으로 거듭났다고 천명하려는 순간에, 메테르니히는 황제에게 이렇게 말했던 것이다.

"프로이센은 어떠한 행동에 나서더라도 몰락을 피할 수 없다."

프로이센의 정치 분석가 아담 뮐러가 바로 얼마 전 '중립적 재상'이라고 칭했던 메테르니히는 당시 프로이센에 대하여 전혀 모르는 최악의 자문역이었음을 보여주었다. 자신의 의견과 입장에 대해 들려달라는 청을 받은 메테르니히는, 나폴레옹이 프로이센을 자기편으로 끌어들이려 하는데 프로이센이 이를 주저하자 이러한 의견을 계속 내뱉은 것이다. 그리고 그가 프로이센에게 "불행에 빠지더라도 다른 나라와 동맹하는 것이 러시아와 동맹하는 것보다는 낫다."라고 말했을 때는 도대체 그가 진심으로 충고를 하고 있는지조차도 의심스러울 정도였다.

위대한 외교 전략가도 깨어나고 있는 프로이센과 그 새로운 민중의 힘에 대해서는 전혀 파악하지 못하고 있었다. 그는 프로이센 대표와의 회담에 임하면서 오스트리아의 입장을 명확히 밝히지 않고 최후의 순간까지 오스트리아가 어떤 결정을 할 것인지에 대하여 상대가 알지 못하도록 하였다. 게다가 프로이센이 나폴레옹에게 굴욕적인 동맹 체결을 강요받기 이전에 메테르니히는 이미 파리에서 동맹 조약안을 작성하는 데에 촉수를 뻗치고 있었다. 나폴레옹과의 이 조약은 1812년 3월에 체결되었는데, 이 조약으로 인해 오스트리아는 나폴레옹의 다른 그 어떤 위성국가들보다도 많은 이득을 얻게 되었다. 메테르니히는 다시 예의 그 게임을 시작했다. 그는 나폴레옹에게 군사 동맹 의지를 재확인하고, 측면 엄호를 위한 원군을 보내겠다는 의사를 내비쳤다. 동시에 그는 러시아에게, 나폴레옹과의 이 약속은 진심이 아니며 오스트리아는 혹시 일어날 수도 있는 자국의 방어를 위해 군비 증강을 하고 있는 것이지 결코 러시아를 공격할 의도가 있는 것은 아니라고 확언하였다. 여기서 메테르니히는 모든 방향으로부터의 공격에 대하여 안전을 보장받으려는 영리한 재상이자 '두 얼굴'의 재상임을 다시 한번 보여준다. 메테르니히는 외교적 관점으로만 상황을 판단했다. 왜냐하면 그는 오스트리아의 안전을 확보하고 자신의 정책을 위험에 빠뜨리지 않게 하는 것만이 목표였기 때문이다. 후년에 그가 스스로 자랑스러워했듯이 만약 그가 나폴레옹의 영원한 숙적이며 처음부터 뚜렷한 목표를 갖고 나아갔던 참된 승리자라고 한다면, 1809년부터 1812년까지의 기간만은 제외되어야 할 것이다. 그 후 메테르니히는 나폴레옹에 대한 투쟁을 결정하고 이러한 의지를 확인시켜 주는 행동에 나선 것은 사실이지만, 그것은 나폴레옹이 더 이상 결정적인 승리를 거둘 수 없을 것이라는 판단과 기대를 갖고 있었기 때문이다. 그렇지만 이 코르시카 인이 앞으로도 승리하지 않을까 하는 불안은 사라지지 않았고, 그의 기대도 확실한 것은 아니었다. 또한 러시아가 완벽한 승리를 거두고 나폴레옹이 완전히 파멸해 버린다면 또다시 힘의 균형이 깨져 버려 이 또한 결코 바람직하지 않다고 생각하고 있었다. 나폴레옹에 대한 메테르니히의 이러한 정치 신념은 프로이센의 정치가들이나 장군들의 반 나폴레옹 입장과는 확연하게 구분된다. 그들은 나폴레옹도 이번에야말로 패배할 것이라는 막연한 희망이나, 자신들이 정말로 승리할 수 있을까 하는 회의적인 염원 따위는 갖고 있지 않았다. 그들은 나폴레옹을 패배시킬 수 있다는 흔들리지 않는 믿음을 갖고 있었다. 이러한 믿음과 확신은 개인적인 혐오에서 나온 것이 아니라 거대한 민족적 증오와 억압자에 대한 화해할 수 없는 적대감에서 자라난 것이었다. 국민주의적 관점의 역사 서술을 통하여 메테르니히를 변호하고자 하는 사람이라도 메테르니히가 정치와 윤리에 대한 깊은 신념을 갖고 있지 않았고, 증오와 절망 등의 감정과는 거리가 멀었던 사람이었다는 점만은 인정해야 한다. 언젠가 메테르니히는 다음과 같이 말했다.

"나폴레옹을 증오하는 사람은 나에게 아무런 인상도 남기지 못했다. 나는 폰 슈타인 남작(1757~1831. 나폴레옹에 대항했으며, 광범위한 국가 개혁을 주도한 프로이센 정치가)을 증오한 적도 없다. 왜냐하면 개인에 대한 애증은 나의 업무 —여기서는 정치를 의미함— 에 아무런 영향을 끼치지 못하는 인간의 약점이기 때문이다."

그는 이 발언을 통하여 역사의 법정에서 스스로에 대한 판결을 내리게 되었다.

한 개인이나 민족이 억압받는 시대에는 믿음과 증오, 사랑과 원한, 동경과 적에 대한 파멸 의지가 자유를 되찾기 위한 가장 강력한 원동력이 된다는 것을 이 정치가는 알지 못했다. 또한 그의 검열 정책이 증명하듯이, 그에게는 위대한 것에 대한 경외감이 결여되어 있었다는 점을 생각하면 메테르니히의 인간상이 좀 더 명확하게 드러난다.

메테르니히는 이중적인 안전 보장 정책을 계속해 나갔다. 전쟁의 결말이 어떻게 될 것인가에 대해서는 냉정한 회의를 가지면서도 나폴레옹에 대한 우호적인 태도는 계속 유지시키기로 결정하였다. 그리고 그는 자신의 친 나폴레옹 정책에 반대하는, 수적으로나 세력으로나 훨씬 강력한 그들에 대해 맹렬하고 무자비하게 대처했다. 그는 교활하게 자신의 정책을 달가워하지 않는 황후의 편지를 검열하여, 궁정 내에서 진행되고 있는 음모의 증거라며 황제에게 넘겨주었다. 또한 그는 같은 방법으로 반 나폴레옹 정책을 펼치고자 하던 황제의 동생을 비롯한 궁정 안의 정적들의 활동을 봉쇄하였다.

나폴레옹조차도 자신과 맞서는 정적들을 메테르니히처럼 완벽하게 제거할 수는 없었을 것이다. 당시 나폴레옹은 메테르니히가 비록 신뢰하기는 어렵지만 여전히 자신의 동맹자로 보고 있었다. 메테르니히도 국내정치의 목적을 위해 나폴레옹을 동맹자로 활용하는데 망설이지 않았다. 유명한 헝가리 제국 의회가 열리는 동안에도 메테르니히는 나폴레옹의 도움으로 헝가리 헌법을 무력화시키려는 계획을 구상하였다. 그는 이러한 방식으로 헝가리 각 계급의 저항을 분쇄하고자 했다. 하지만 그는 모든 오스트리아 인들이 증오하는 억압자의 도움을 받아 자신의 정치 목적을 달성하고자 하는 것에 대하여 일말의 회의나 양심의 가책도 느끼지 않았다. 메테르니히는 이 문제를 오로지 군주제 유지라는 관점에서만 바라보았다. 나폴레옹으로서도 대러시아 전쟁에서 오스트리아의 협력이 좀더 구체적으로 나타날 수만 있다면 잔재주를 부리는 이러한 책략이 그리 싫지만은 않았다. 하지만 이 계획이 더욱 구체화되고 메테르니히가 내심으로는 나폴레옹의 패배 가능성을 믿지 않았다는 것이 밝혀지기 전에 나폴레옹의 군대는 러시아에서 패배하였고 메테르니히의 사상누각은 무너졌다.

이전에 이미, 일단의 급진적 애국주의자들이 오스트리아의 국민부흥운동을 시작했을 때, 메테르니히는 그러한 것이 시기상조라는 경고를 하지 않고 오히려 첩자를 이용하여 그들의 뜻을 더욱 부추겼다. 그리고는 후에 그들을 모두 반역자로 체포하였다. 국민부흥운동의 지도자였던 요한 대공은 메테르니히에게 용서를 구하며 다시는 이런 일을 벌이지 않을 것을 서약해야만 했다. 메테르니히의 친 나폴레옹 정책은 완벽하게 이루어졌다. 메테르니히는 애국주의자들을 추적하는 데 국제법을 어기는 일조차도 서슴지 않았다. 그는 강도로 위장한 부하들을 시켜 영국의 외교문서를 빼앗았는데, 이를 통해 공모자들의 계획의 전모가 처음으로 밝혀졌던 것이다.

현실적으로, 메테르니히가 책임 있는 정치가로서 아무런 권한이 없는 사람들이 자신의 외교 정책에 간섭하는 것을 거부했다는 것은 올바른 태도라고도 할 수 있다. 그는 비스마르크와 같은 관용과 중용을 보여주지 않았다. 그의 정치 이념은 일관성이 결여되어 있었고, 나폴레옹의 운명의 향방과, 그가 승리할 수 있을 것인가 아니면 패배할 것인가에 대한 확신이 없었기 때문에 항상 주저하며 불안으로 세월을 보냈다. 당시 메테르니히와 같이 잔재주를 부리는 외교관 대신 대 정치가가 재상에 있었다면, 애국주의자들의 열정과 활력을 일찌감치 활용했을 것이고, 이들을 자기편으로 끌어들여 자신의 정치 목표와 조화를 이룰 수 있도록 시도했을 것이다. 또한 나폴레옹이 러시아에서 패배했을 때 메테르니히에게는 유럽 독립운동의 주도권을 쥘 수 있는 기회가 찾아왔고 역사의 흐름을 그가 의도한 방향으로 이끌 수도 있었지만, 그는 권력의 고삐를 놓치지 않으려 분주했을 뿐 세상의 움직임은 그저 지켜볼 뿐이었다. 그는 전속력으로 달리는 것보다는 평온하고 차분한 속도로 달리기를 원했다.

　메테르니히가 반 나폴레옹 투쟁을 정치 이념적인 측면에서 지배할 능력이 없었음은 분명하다. 깨어나는 민중들의 힘이 나폴레옹과 투쟁을 개시했을 때, 그가 할 수 있었던 것은 기껏해야 외교와 기교로써 잘 배합하는 것뿐이었다. 억압받으며 자유를 갈망하는 민중들의 깊은 국민주의적 신앙을 그는 알지 못했기 때문이다.

4 ─────

　나폴레옹이 러시아에서 패배할 때까지 메테르니히가 이 코르시카 인에 대해 가졌던 태도는 상당히 분명하게 파악할 수 있다. 그는 이 구질서의 파괴자, 혹은 그가 파리 주재 공사로 취임하면서 느꼈던 것처럼 이 '혁명의 화신'과 투쟁하고자 결심한다. 그리고는 결국 1809년 오스트리아를 프랑스와의 전쟁으로 몰아넣었다. 그리고 쉔브룬 조약† 이후 그는 자신의 입장을 근본적으로 바꿨다.

그는 자신의 친 나폴레옹 정책이 시대의 어쩔 수 없는 필연성에 따른 것이라면서 더 나은 시기를 기다리자고 위로함으로써, 나폴레옹에 대한 반대자들과 궁정의 애국주의자들을 진정시키고자 했다. 그러나 그는 프로이센이 감행한 것처럼 이 도나우 국가 —오스트리아의 별칭— 를 내부의 혁신을 통해 재건시키고자 하지 않았다. 그는 저변에 흐르고 있는 비합리적인 가치들에 전혀 주의를 기울이지 않았다. 그의 정책은 오로지 '틀림없이 이루어질 것'이라는 가능성, 즉 언젠가 러시아는 프로이센, 또한 당연히 오스트리아와 손을 잡고 나폴레옹을 격파할 것이라는 가능성에 맞춰져 있었다. 그럼에도 불구하고 나폴레옹이 권좌를 유지할 것이라는 것도 그의 정책에는 계산되어 있었다. 누가 뭐라 해도 그의 정치적 신념은 얼음 같이 냉혹하였고, 그의 사고 방법은 그가 받은 교육처럼 국제주의적이었으며, 그의 세계관에는 일말의 환상도 개입할 여지가 없었다. 또한 라인프랑켄 인 출신답게 자신에게 도움이 되는 것이라면 어떤 정책도 주저하지 않았다. 이러한 사고와 행동에 본질을 두고 있는 그의 현실주의는, 그가 나폴레옹을 패배시킬 수

---

† 쉔브룬 조약
1809년 7월의 바그람 전투 후, 오스트리아와 프랑스 사이에 맺어진 조약(1809.10.14).
오스트리아는 나폴레옹에 대항하여 전쟁을 벌였으나 기대했던 프로이센의 지원을 받지 못하고 바그람에서 패배해 빈의 쉔브룬 성에서 조약에 체결한다. 이 조약으로 오스트리아는 8만 3,000㎢의 영토와 350만 명에 달하는 주민들을 넘겨주었다. 또한 오스트리아는 막대한 배상금과 함께 군대를 15만 명 이하로 유지하며 영국과의 외교, 무역 관계를 끊기로 했다. 이 조약이 체결된 뒤 짧은 기간 프랑스와 오스트리아는 매우 긴밀한 관계를 유지한다.

있다는 믿음을 갖게 하는 데 방해가 되었다. 귀족 출신인 메테르니히는 하층 계급 출신이며 예의범절에 미숙한 나폴레옹을 혐오하였고, 나폴레옹이 지닌 마적인 의미를 이해하지도 못했다. 그가 예전부터 중시해 온 세력 균형과 질서 유지의 원칙만 지켜진다면 누가 프랑스를 지배하는가는 그에게 아무런 상관이 없었다. 그토록 세련된 신사로 칭송받던 메테르니히는 인간을 다루는 기술을 갖고 있었지만, 더욱 필요로 했던 인간 본질에 대한 통찰이 부족했다. 이 때문에 그는 세상의 움직임을 지켜보며 꼼짝하지 않고 기다리던 이 시기에 나폴레옹이라는 마신에 대해 제대로 파악하지 못했다. 그의 전기를 쓴 작가들을 포함하여 대부분의 사람들은 메테르니히의 이러한 특성을 라인 지방이라는 그의 출신 성분에서 찾고자 한다. 그러나 인간의 모든 특성을 출신 성분만으로 해명하고자 하는 것은 납득하기 어렵다. 사람들은 메테르니히의 도덕적 맞수인 폰 슈타인 남작 역시 라인프랑켄 지방 출신이며, 메테르니히의 어머니는 알레만 —고대 라인 강과 도나우 강 상류의 게르만 족— 의 피를 물려받았다는 사실을 잊곤 한다. 메테르니히의 경우에는 혈통과 출신 성분보다는 국제주의적인 교육과 주위환경의 영향, 그리고 세속적인 인생 코스가 성격형성의 원동력이 되었다. 만약 그렇지 않다고 한다면 격언으로도 인용되고 있는 '메테르니히적 침착성과 신중한 기다림'은 모계로부터 물려받은 것이다.

러시아에서 나폴레옹의 대군이 붕괴하자 메테르니히도 더 이상 주저하며 계산만 하는 데는 한계에 이르렀음을 깨닫는다. 그래도 그는 여전히 신중하였고, 또한 확실한 입장을 밝히고 행동에 나서는 것을 싫어했기에 요르크 협정 —요르크는 나폴레옹의 러시아 원정에 협력하여 프로이센 군을 이끈 장군이지만, 나폴레옹이 패배하자 1812년 러시아 군과 협력하기 위하여 협정을 맺는다— 을 비난했다. 그러나 그는 언제까지 피하고 있을 수만은 없었다. 그도 이제 결단을 내려야만 했기에 프로이센과 러시아에 가담하여 군대를 투입해야 할지를 숙고하였다. 메테르니히는 그때에 이르러서야 프로이센이 자유를 회복하기 위하여 그동안 조용히 준비해온 군비증강과 국내의 개혁을 자신과 오스트리아는 방치하고 있었다는 사실을 깨닫게 되었다. 그는 이러한 상황을 잘 알고 있었지만, 한껏 높아진 공명심과 자부심 때문에 이에 대한 책임과 이 때문에 생긴 결함을 인정하지 않았다.

이미 전쟁은 시작되었다. 프로이센은 뤼첸에서 러시아는 바우첸에서 패배했지만 이는 단지 국지적인 전투에 지나지 않았다. 이때 메테르니히가 개입하였다. 그는 나폴레옹에게 다시 한번 중립을 요구하면서 오스트리아 원군을 철수시켰고 전쟁을 벌이고 있는 양측에 '중재자'의 역할을 맡겠다고 자청했다. 나폴레옹은 이때가 되어서야 메테르니히의 이중적 태도가 갖는 의미가 무엇인가를 분명히 깨닫게 되었다. 그는 격노했지만 오스트리아 재상의 이러한 태도에 어찌해야 될 바를 몰랐다. 메테르니히는 동맹군에게 이미 나폴레옹에게 제안해 놓은 안보다 훨씬 폭넓은 평화 조건을 내놓았다. 하지만 나폴레옹과 동맹군 양측 모두를 자기 손에 쥐고 싶어 한 메테르니히는 다시 한번 나폴레옹에게 양보하게 되었다. 특히 나폴레옹에게 내놓은 제안에는 라인 연방의 해체에 대해서는 한 마디도 언급되어 있지 않았다. 이시기에 메테르니히의 고민은 갈수록 깊어 갔다. 대체 무엇을 해야 하는가? 그때 그에게 행운이 찾아왔다. 그것은 나폴레옹의 새로운 제안이었는데, 나폴레옹은 나중에 이를 '내 생애의 최대의 실수'였다고 표현하였다. 나폴레옹이 연합군에게 휴전을 제안했는데 이것이 받아들여진 것이었다. 이제 메테르니히는 자기가 주도권을 잡을 때가 왔다고 느꼈다. 영리한 메테르니히는 이 제안을 자신이 얼마나 궁지에 몰려 있는지 예상하지 못한 나폴레옹의 나약함을 나타내는 것이라고 해석했다. 이제 메테르니히는 동맹국 측과 새로운 비밀 조약을 맺을 용기와 자존심을 갖게 되었다. 그런데 이 조약에 의하면 쉽게 망각하고 있는 점이 있는데, 그 뒤로도 일정 시점에 이르기까지 동맹국들은 여전히 오스트리아의 군사적 도움 없이 싸워야 한다는 점이었다. 즉, 나폴레옹이 이 조약에 제시된 조건들, 즉 첫째, 바르샤바 대공국 해체. 이와 함께 단치히를 비롯한 여러 지역들의 프로이센 반환. 둘째, 일리리아 지역의 오스트리아 반환. 셋째, 한자 도시들의 독립. 넷째, 라인 연방 해체 등을 받아들이지 않을 때에야 비로소 오스트리아는 대 나폴레옹 전쟁에 대한 군사 원조 의무를 진다고 명시되어 있었던 것이다.

전쟁은 7월 20일 개시하기로 하였다. 그때까지 무기를 손에 들고 있으면서도 방관하고 있던 오스트리아는 다시 한번 평화 교섭에 있어서의 중요한 지위를 차지하게 되었다. 그때까지 아무런 희생도 치르지 않은 전쟁에서 오스트리아는 중재인이 되었고, 메테르니히는 재판관 역할을 맡게 되었다. 메테르니히는 이 평화 협상에서 먼저 회담을 제안한 쪽이 나폴레옹이라는 것을 대단히 만족스러워했다. 그리고 메테르니히는 프랑스 황제가 머물고 있는 드레스덴으로 떠났다.

5 ———

이 회담 ─드레스덴의 프랑스 군영에서 열린 나폴레옹과 메테르니히의 회담─ 은 세계사라는 관점에서 볼 때 19세기의 가장 중요한 순간이었다. 이 회담은 생각할 수 있는 가능성들이 너무도 많아 작가들에게도 좋은 소재가 되었다. 러시아와 프로이센도 이것을 예감하고 있었다. 그들은 메테르니히의 드레스덴 행을 배신으로 간주했다. 그들은 프랑스에게 즉각 재공격을 가하고 싶어 했는데, 그렇게 되면 오스트리아는 당연한 의무로서 그들과 동맹하게 될 것이기 때문이었다. 여러 의심들이 그들의 마음에 싹트기 시작했다. 메테르니히의 외교적 수완도 나폴레옹이라는 정치적 마신이자 천재에 의해 압도당하는 것은 아닐까? 오스트리아가 프랑스와의 동맹을 재확인하는 것은 아닐까? 메테르니히가 나폴레옹이 내놓는 새로운 평화 제안을 갖고 돌아오는 것은 아닐까? 메테르니히는 자신의 의도와 계획에 대해 침묵을 지키고 있었다. 나폴레옹이 조건을 완화할 경우 타협이 이루어지는 것은 아닐까? 프로이센과 오스트리아 애국주의자들의 모든 희망을 무너뜨리는 그러한 평화는 나폴레옹이 다시금 벌이게 될 침략전쟁을 위한 휴식기에 불과한 것이 아닌가? 당시 연합군은 이러한 의심을 품고 있었던 것이다.

메테르니히는 나중에 프랑스 황제와의 이 만남의 순간을 자신의 세기적 업적으로 회고했다. 그는 긴장한 모습으로 자신을 영접하는 프랑스 장군들과 부관들의 대열을 지나 나폴레옹을 만나기 위한 대기실에 도착했을 때, 자신이 유럽의 정복자인 나폴레옹과 유럽의 운명을 결정해야 할 마지막 순간에 왔음을 통감하였다.

만약 나폴레옹이 그의 조건들을 받아들인다면 유럽의 역사는 당시의 최고 정치가들과 애국적 열정에 불타는 독일인들에게는 잘못된 길이라고 여겨진 길을 가게 될 것이고, 가망 없는 정치가 정당화될 것이다. 결국 나폴레옹 제국은 그대로 유지될 것이고 민족들의 꿈은 수포로 돌아갔을 것이다.

메테르니히는 드레스텐으로 떠나면서 나폴레옹을 제거하고자 원했던 것이 아니라 단지 그의 권력을 제한하고, 이렇게 함으로써 그의 낡은 원칙, 즉 세력 균형의 부활을 의도했던 것이다.

이 세계사적 협상에 대한 메테르니히의 기술은 분명히 윤색되어 있다. 그러나 뛰어난 문장가가 아닌 메테르니히로서는 그 이상 표현할 수 없을 만큼 극적이고 심오한 분위기를 전하고 있다. 이 회담은 작가들도 간과하고 있었던 위대한 역사적 대결이자 만남이었다. 후세의 사람들은 이 시간이 얼마나 긴장된 순간이었는지, 그리고 이 회담을 앞두고 얼마나 달아올랐었는지 상상하기 힘든 일이다. 또한 이 대결이 그 시대에 얼마나 중대한 의미를 갖고 있었는지도 모를 것이다. 나폴레옹과 메테르니히의 이 회담은 서양의 이후 역사와 문화를 결정한 중대사였다. 앞으로 이 만남이 위대한 작가를 통해 재현되어 분명해지기를 기대한다. 왜냐하면 자료가 부족한 역사가들은 이 회담에서 메테르니히와 나폴레옹의 특성에 숨겨진 비밀들을 밝혀낼 수 없지만, 뛰어난 작가라면 이를 완수할 수 있다고 생각하기 때문이다.

이 회담은 9시간 동안 계속되었다.

메테르니히는 이 회담에서 자신의 영향력과 능력을 너무 과신한 나머지 다른 사람의 말을 결코 받아들이려 하지 않는 나폴레옹의 마성을 처음으로 통감했다.

"그는 자신과 다른 견해를 용납하지 않았고 자신의 견해를 이해시키기 위해 그가 갖고 있는 편견에 의존했다."

메테르니히는 이에 대해 다음과 같이 전한다.

나폴레옹은 방 중앙에 서서 나를 맞이했는데, 왼편에는 단검을 차고 있었고 겨드랑이에는 모자를 끼고 있었다. 그는 평정을 유지하고 있는 것처럼 보이려 애쓰며 내게로 다가와 황제의 안부를 물었다. 곧 그의 표정은 어두워졌고 내 앞에 서서 다음과 같이 말했다.

"그러니까 귀하는 전쟁을 원한다는 것이군요. 좋소. 전쟁을 할 수 있게 해드리지요. 나는 뤼첸에서 프로이센 군을 전멸시켰고 바우첸에서는 러시아 군에게 승리했소. 이제 귀하가 다음 차례가 되고 싶으신 모양이군요. 그렇다면 빈에서 만나도록 합시다. 인간을 개선시키기는 어렵소. 경험한 것을 늘 잊어버리곤 하죠. 나는 프란츠 황제를 세 번이나 다시 옥좌에 앉혔소. 나는 평생 그와 평화를 유지하겠다고 약속했소. 그리고 그의 딸과 결혼했소. 당시 스스로에게 이건 바보 같은 짓이라고 말했지만, 이미 바보 같은 짓은 벌어지고 말았소. 그리고 지금은 후회하고 있소."

나폴레옹이 이렇게 말을 꺼내자 내가 우월한 입장에 있다는 느낌이 더 강해졌고, 내가 전 유럽의 대표자로서 결정적인 순간에 직면해 있음을 느꼈다. 이렇게 표현해도 좋을 것이다. 나에게 나폴레옹이 조그맣게 느껴진 것이다!

나는 대답했다.

"전쟁과 평화는 폐하의 손에 달려 있습니다. 저의 주군이신 황제께서는 의무를 이행하셨고, 이를 위해 다른 고려들은 모두 뒷전으로 미루었습니다. 유럽의 운명, 유럽과 폐하의 미래는 모두 폐하의 손에 놓여 있습니다. 지금까지 폐하의 목표와 유럽 사이에는 풀 수 없는 모순이 있었습니다. 세계는 평화를 원하고 있습니다. 이 평화를 보장하기 위하여 폐하께서는 전 유럽의 평온과 양립할 수 있는 선까지 폐하의 군대를 물리셔야 합니다. 그렇지 않으면 폐하께서는 전쟁에서 패하게 될 것입니다. 폐하께서는 오늘 평화를 얻으실 수 있지만, 내일이면 너무 늦을 수도 있습니다. 저의 주군이신 황제께서는 자신의 행동에 있어 항상 양심의 소리에 귀를 기울여 왔습니다. 이제 폐하도 폐하의 양심에 호소하셔야 할 때가 왔습니다."

나폴레옹은 대답했다.

"좋소. 내게 원하는 게 무엇이오? 내가 나의 명예를 손상시켜야 한다는 것이오? 그것은 결코 안 되오. 나는 죽는 한이 있더라도 단 한 치의 땅도 포기할 수 없소. 귀하의 주군은 태어날 때부터 옥좌에서 태어났기에 열 번을 패배하더라도 다시 궁정으로 돌아갈 수 있지만, '행운의 자식'인 나는 그렇게 할 수가 없소. 내가 더 이상 강력하지도 않고 두려움을 불러일으키지도 못한다면 나의 지배력은 더 이상 유지될 수 없을 것이오. 나는 유사 이래 최강인 나의 군대가 큰 희생을 치렀는데도 이를 보지 못한 큰 실수를 저질렀소. 나는 사람을 상대로 싸울 수는 있지만 자연에 맞서 이길 수는 없소. 추위가 나를 파멸시켰소. 하룻밤 사이에 나는 3만 필의 말을 잃었소. 나는 모든 것을 잃었지만 명예는 잃지 않았고, 우리의 용감한 프랑스 국민에게 빚지고 있는 것이 무엇인가라는 인식은 잃지 않았소. 그들은 그렇게 참혹한 상황에서도 나에 대한 변함없는 충성심과, 오직 나만이 통치할 수 있다는 확신을 보여주었소. 나는 지난 수년간의 손실을 다시 보충할 수 있소. 승리를 거둔 우리의 군대를 보면 알 것이오. 귀하 앞에서 열병식을 한번 해보이리까?"

"바로 그 군대가 평화를 원합니다."

하고 내가 반론을 제기하자, 나폴레옹은 강력하게 내 말을 끊었다.

"군은 원치 않소이다. 암, 아니고말고. 나의 장군들이 평화를 원하는 것이오. 내게 더 이상 진짜 장군은 없소이다. 모스크바의 추위가 그들의 사기를 다 빼앗아가 버렸소. 나는 그렇게 용맹스러웠던 군사들이 어린애처럼 우는 것을 보았소. 그들은 육체적으로도 정신적으로도 파멸되었소. 하지만 14일 전이었다면 강화를 체결할 수 있었겠지만 이제는 그럴 수가 없소이다. 나는 두 번의 전투에서 승리를 거두었소. 더 이상 강화를 체결할 마음은 없소."

나는 말했다.

"나는 방금 폐하의 말씀에서, 폐하와 유럽은 결코 서로 화해할 수 없다는 것을 확신하게 되었습니다. 폐하의 평화 조약은 항상 휴전에 불과했습니다. 폐하께서는 실패하든 성공하든 항상 전쟁으로 몰고 갑니다. 이제 폐하와 유럽은 서로 결투를 신청하기 위해 장갑을 던져야 할 순간이 다가오고 있습니다. 폐하께서는 이 결투를 받아들이는 의미에서 그 장갑을 주워들 것입니다만, 이 결투로 파멸하는 것은 유럽이 아니라 폐하와 유럽 양쪽 모두일 것입니다."

나폴레옹은 반박했다.

"귀하는 동맹을 통해서 나를 파멸시킬 수 있다고 믿는 모양이군요. 대체 당신들의 동맹국은 얼마나 되오? 4개국? 5개국? 6개국? 아니면 20개국? 나로서는 많으면 많을수록 더욱 좋소. 당신들의 도전을 받아들이겠소. 그렇지만 귀하에게 분명히 말하고 싶은 것이 있소."

나폴레옹은 억지로 웃음을 지으면서 말을 이어갔다.

"10월이면 우리는 빈에서 만나게 될 것이오. 그때가 되면 귀하의 친구들인 러시아와 프로이센이 어떻게 되었는지 분명하게 드러날 것이오. 당신은 '독일'을 믿으시오? 1809년 그들이 어떤 행동을 보였는지 상기해 보시오. 그들을 잠재우는 데는 내 군사만으로도 충분하오. 또한 그곳 영주들의 나에 대한 충성은 그들이 나에 대해 품고 있는 공포면 되오. 오스트리아가 중립을 선언하고 이를 지킨다면 나는 협상을 위해 프라하로 가겠소. 아니면 당신들 오스트리아는 무장 중립을 원하시오? 그렇다면 30만의 군대를 보헤미아로 보내시오. 협상이 끝나기 전에는 전쟁을 벌이지 않겠다는 당신네 황제의 구두 약속만으로도 충분하오."

나는 대답했다.

"황제가 동맹군에게 약속한 것은 중재이지 중립이 아닙니다. 러시아와 프로이센은 중재를 받아들였습니다. 이제는 폐하의 차례이십니다. 폐하께서 제가 제안한 중재안을 받아들이신다면, 우리들은 협상 시간을 정할 것입니다. 폐하께서 이를 거부한다며 저의 황제께서는 어디에도 얽매이지 않고 자신의 태도를 결정할 것입니다. 상황은 급박합니다. 군대는 보급이 필요합니다. 머지않아 25만 명의 병력이 보헤미아에 도착할 것입니다. 그들은 몇 주일간 그곳에 머물 수 있지만 한 달 이상은 기다릴 수 없습니다."

이때 나폴레옹은 다시 내 말을 끊고, 우리의 군사력이 어느 정도인가에 대하여 한참을 이야기했다. 그의 계산에 따르면 우리가 즉시 보헤미아로 보낼 수 있는 병력은 7만5천 명 밖에 되지 않는다는 것이었다. 그의 계산은 오스트리아 제국 내의 일반 주민 수, 최근의 전쟁으로 입은 병력 손실, 그리고 오스트리아 징집 제도 등을 근거로 한 것이라 했다. 나는 그가 계산한 숫자가 너무나도 부정확한 데 대해 놀라움을 금치 못했다. 그러면 좀 더 정확하고 믿을 만한 자료를 얻을 수 있었기 때문이다.

나는 나폴레옹에게 분명하게 말했다.

"저는 폐하의 군대에 대한 정확한 정보를 말씀드릴 수 있는데, 폐하께서는 오스트리아 군의 규모에 대해 충분히 모르시는 것 같습니다."

나폴레옹은 즉각 대답했다.

"아니, 나는 나의 군에 대해 잘 알고 있소. 또한 오스트리아 군대의 전력에 대해서도 착각하지 않고 있다고 확신하오."

그리고 나폴레옹은 다음과 같이 덧붙였다.

"나의 부관 나본느 경은 많은 첩자들을 거느리고 있고, 그의 정보망은 귀국의 군대의 북잡이 숫자까지 파악하고 있소. 우리 군의 본부도 마찬가지로 정보를 수집하고 있소. 그러나 나는 이렇게 수집된 정보에 어느 정도의 가치를 두어야 하는지 그 누구보다도 잘 알고 있소. 나의 계산은 수학적 기초 위에서 산출한 것이기에 충분히 신뢰할 만한 것이오. 누구라도 자신이 가질 수 있는 최대치보다 더 많이 가질 수는 없는 것이니까."

나폴레옹은 나를 자신의 집무실로 안내하여 하루가 달리 증강되고 있는 우리 오스트리아 군의 병력에 대한 일람표를 보여주었다. 그는 오스트리아의 현 전력을 각 연대 단위 정도까지 매우 상세하고 정확하게 점검하고 있었다. 이에 대한 우리들의 대화는 한 시간 이상 계속되었다.

접견실로 돌아와서 그는 더 이상 정치 문제에 대해 이야기하지 않았다. 나폴레옹은 항상 여담으로 빠지곤 하는데, 그에 대한 이러한 경험이 없었더라면 그가 나의 파견 임무로부터 주의를 돌리려 한다는 느낌을 받았을지도 모른다. 그는 러시아 원정에 대한 모든 것을 설명했고, 특히 어쩔 수 없이 프랑스로 퇴각해야 했던 마지막부분은 아주 세세한 부분까지 이야기를 늘어놓았다. 1812년의 패배는 전적으로 계절적 요인이며, 러시아 원정 이후 프랑스에서 자신의 도덕적 지위는 다른 어느 때보다도 확고해졌다고 말했다. 그는 이것을 강조하는 싶었던 것이다.

"분명 그건 가혹한 시련이었지만, 나는 이를 완전히 극복했소."

나는 30분 이상 그의 이야기를 듣고 난 후, "방금 하신 말씀에서도 그렇게 변덕스러운 운명을 이제 끝내셔야 하며, 또한 그것이 얼마나 필요한지 증명된다고 생각합니다."라고 그의 말을 끊었다. 그리고는 다음과 같이 덧붙였다.

"운명은 다시 1812년처럼 폐하를 궁지에 빠지도록 할 수도 있습니다. 평시에 군은 국민의 일부에 지나지 않지만 폐하는 지금 전 국민을 무장시켰습니다. 지금 폐하의 군대는 한 세대를 미리 차출한 것 아닙니까? 저는 폐하의 군인들을 보았습니다. 그들은 어린아이들이었습니다. 폐하는 국민들이 폐하를 절대적으로 필요로 하고 있다고 생각하시지만, 사실은 폐하가 그들을 필요로 하고 계신 것입니다. 그리고 폐하의 저 어린 군인들마저 잃게 되면 그 다음에는 어떻게 하시겠습니까?"

나폴레옹은 나의 말에 얼굴이 창백해지며 격노하였고 험악한 표정으로

소리쳤다.

"당신은 군인이 아니오. 그래서 군인의 마음을 알지 못하오. 나는 전쟁터에서 자랐소. 나와 같은 남자는 백만 명의 목숨도 크게 개의치 않소."

이렇게 외치며 들고 있던 모자를 방구석으로 집어던졌다. 나는 평정심을 유지했다. 나폴레옹의 말에 큰 충격을 받았지만 벽에 붙여놓은 탁자에 기대어 이렇게 말했다.

"이런 밀실에서 폐하께서 방금 하신 말씀을 하기 위해 왜 저를 선택하셨습니까? 차라리 문을 활짝 열고 폐하의 말씀을 모든 프랑스 인들이 듣도록 하십시오. 그렇더라도 제가 대표자로서 폐하와 다루고 있는 이 문제가 해결되는 것은 아닙니다."

나폴레옹은 평정을 되찾고 다시 말을 이었는데, 이는 앞의 말만큼이나 충격적인 것이었다.

"프랑스 인들은 내게 불평할 수가 없소. 나는 그들을 지키기 위해 독일인과 폴란드 인을 희생시켰소. 모스크바 원정에서 30만 병력을 잃었지만, 그중에서 프랑스 인은 3만 명도 되지 않았소이다."

나는 외쳤다.

"폐하는 지금 독일인을 상대로 말씀하고 계십니다!"

나폴레옹은 다시 나와 함께 방 안을 돌았으며 두 번째 걸을 때는 바닥에 떨어져 있던 모자를 주워들었다. 그리고는 다시 한번 자신의 결혼에 대해 이야기했다.

"나는 아주 어리석은 짓을 했소이다. 오스트리아 황녀와 결혼을 하다니…."

"폐하께서 제 견해를 듣고 싶은 듯하오니, 솔직하고 거리낌 없이 말씀드리겠습니다. 정복자 나폴레옹이 실수를 한 것입니다."

"그러니까 프란츠 황제도 자기 딸을 옥좌에서 끌어내리고 싶어 한다는 말이군⋯."

"황제께서는 오로지 자신의 의무를 생각하실 뿐이고 이를 이행하실 것입니다. 따님의 운명이 어떻게 된다 해도, 프란츠 황제께서는 우선 군주이시고, 그분의 생각 속에서는 국민들의 이익이 가장 첫 번째 자리를 차지하고 있습니다."

"그렇겠지."

나폴레옹은 내 말을 중단시켰다.

"방금 한 귀하의 말은 그리 놀라운 것도 아니오. 모든 것이 돌이킬 수 없는 실수를 저질렀다는 나의 생각을 확인시켜 줄 뿐이오. 나는 황녀와 결혼함으로써 낡은 것과 새로운 것을 융합시키고, 낡은 시대의 편견들을 우리 시대의 새로운 제도들과 통합시키고자 했소. 나는 착각했고 이제 내 오류가 얼마나 엄청난 것인지 통감하고 있소. 이 때문에 옥좌를 잃을 수도 있겠지만, 나는 그 옥좌의 폐허 아래 이 세계를 묻어 버리겠소이다."

회담은 저녁 8시 30분까지 계속되었고 주위는 이미 깜깜한 밤이었다. 그 누구도 감히 집무실로 들어오지 못했고, 이 활기찬 대화는 한 순간도 침묵으로 중단되지 않았다. 이 회담 동안 나의 말이 정식 선전 포고의 무게를 가졌던 순간이 여섯 번 있었다. 여기서 이 긴 회담 동안 나폴레옹이 했던 말을 모두 그대로 전달하려는 것은 아니다. 나는 단지 내가 그곳에 파견된 목적과 직접 관련이 있는 중요한 부분들에 대해서만 이야기했을 뿐이다. 우리는 스무 번이나 주제와 전혀 관련이 없는 문제에 대해 이야기를 나누었다. ─ 1812년의 러시아 원정에 대한 회상만도 우리 회담의 많은 시간을 차지했다. 내가 파견된 목적과는 전혀 관련 없는 여러 가지 사안에 대해서 그는 오랫동안 이야기했다─ 나폴레옹을 알고 있고 그와 함께 회의를 해본 사람이라면 이것을 그리 놀라워하지도 않을 것이다.

나를 보내줄 때 나폴레옹의 어조는 부드럽고 온화해졌다. 나는 더 이상 그의 표정을 읽을 수가 없었다. 그는 대기실 입구까지 나를 배웅했다. 그는 손을 손잡이에 올려놓은 채 말했다.

"앞으로 우리 다시 보게 되지 않겠소?"

"폐하의 희망대로 할 것입니다. 그러나 저는 목적을 달성했다는 느낌이 들지 않습니다."

"그렇게 생각한다면 그것으로 좋소."

나폴레옹은 내 어깨를 두드리면서 말했다.

"당신은 앞으로의 사태를 예상할 수 있소? 당신들은 내게 도전하지 않을 것으로 보는데…."

"폐하는 패배하셨습니다."

나는 힘차게 외쳤다. 여기에 도착했을 때에도 어렴풋이 그러한 느낌이 들었는데, 지금 이곳을 떠나면서는 그것을 확신하게 되었다.

독일인이 묘사한 나폴레옹과의 회담 기록은 적은 편이지만, 위의 만남을 다른 사람, 특히 괴테와 나폴레옹의 에어푸르트 만남 —1808년 10월 2일— 과 비교하면 그 특징이 명확히 드러난다. 널리 알려진 것처럼 괴테가 외경심을 갖고 나폴레옹 앞에 섰던 것과는 달리, 메테르니히는 마치 자랑스러운 듯이 이 위대한 황제에 대해 어떠한 존경심도 갖지 않았다는 점을 강조하고 있다. 하지만 위대한 인물로부터 받는 개인적 인상은 그가 어느 정도의 권력을 보유하고 있을 때 만났느냐 하는가에 크게 좌우된다는 점을 잊지 말아야 한다. 사람들은 위인의 실제 모습에서 받는 인상에 그 배경에 있는 세력과 그의 손에 놓여 있는 권력을 덧붙여서 보게 마련이다. 괴테가 나폴레옹을 만났을 때, 즉 에어푸르트 제후 회의 당시 나폴레옹은 권력의 최고 정점에 서 있었다. 반면 메테르니히가 나폴레옹을 만났을 때는 나폴레옹의 별이 이미 지고 있는 시점이었다. 더구나 괴테는 메테르니히에게는 없었던 '위대함에 대한 감수성'을 갖고 있었다.

그렇다 하더라도 메테르니히의 묘사는 인상적이다. 그는 자신을 강력한 의지와 당당한 태도를 지닌 진정한 독일인으로 그리고 있다.

그러나 실제로 이 기록은 만남이 있은 몇 년 후에 쓰인 것이다. 우리는 다른 기록, 특히 프랑스의 기록에서 메테르니히가 묘사한 것보다는 나폴레옹이 좀더 타협적 자세를 보였음을 알고 있다. 물론 나폴레옹은 네덜란드와 이탈리아를 포기하지 않으려 했고, 전쟁에 참여한 적이 없는 오스트리아에 대하여 '배상'할 마음도 없었다.

또한 프랑스의 기록에 따르면, 메테르니히가 마치 중용을 터득한 사람처럼 행동했는데, 그가 제시한 조건이 '중용과 독립국 주권에 대한 존중의 정신에서 나온 것'이라고 하자 나폴레옹은 다음과 같이 격하게 반론했다고 한다.

"뭐라고! 일리리아뿐만이 아니라 이탈리아 절반을 반환하고 교황을 로마로 돌려보내라고…! 폴란드를 반환하고 스페인에서 철수하라고 요구하는 것이오? 네덜란드를 독립시키고 라인 연방을 해체하라고! 스위스도? 이것이 귀하가 말하는 중용의 정신이오? 귀하는 변화된 상황 하에서 오로지 이득만을 챙기려 하고 있소. 귀하는 이쪽저쪽으로 옮겨 다니며 무언가 나눠 먹을 것이 있는 곳에만 있으려 하고 있소. 그러면서 내게 주권 국가들에 대한 존중을 이야기하는 것이오? 여기 무적의 30만 대군을 이끌고 있는 나에게 오스트리아가 요구하는 것이 고작 그것이오? 오스트리아 황제는 프랑스 국민을 상대로 대체 나를 어떤 처지로 떨어뜨리려는 것이오? 만일 그가 프랑스 한복판에서 훼손되고 모욕당한 옥좌가 자신의 딸과 손자에게 피난처가 되어 줄 수 있을 것이라고 믿는다면 엄청난 착각을 하고 있는 것이오!"

나폴레옹과 메테르니히가 회담에서 나눈 세세한 부분까지 완전하게 전해주는 자료는 없다. 후년에 자신의 업적으로 윤색한 메테르니히의 기록이나, 이 회담을 결코 메테르니히의 정치적 업적으로 받아들이려 하지 않으려는 프랑스 측의 보고도 단지 이 회담의 분위기가 실제로 어떠한 것이었는가를 전하고 있을 뿐이다. 메테르니히 자신도 본의 아니게 그 일말을 드러내었듯이, 그는 나폴레옹으로부터 날카로운 공격과 비난을 들어야 했다.

또 다른 자료에서 보여주듯이, 프랑스 황제에게는 힘들고 굴욕적인 이 장시간에 걸친 회담을 통하여 메테르니히는 *그*가 얼마나 위선적이며 이중적인 인물인지 그 모습을 드러냈다는 것도 믿을 만한 서술이다. 나폴레옹은 나중에 이 협상에 대한 프랑스의 보고서에 시사적인 고백을 덧붙였다. 그에 따르면 나폴레옹은 메테르니히에게 다음과 같이 말했던 것이다.

"나는 귀하에게 2천 만을 주었소이다. 그래도 귀하는 2천 만을 더 원하오? 그렇다면 그것도 주겠소이다. 그런데 영국은 귀하에게 얼마나 주었소?"

나폴레옹은 회상록에 다음과 같이 덧붙였다.

"번개가 내리쳤다 해도 그보다 더 큰 충격을 주지는 못했을 것이다. 메테르니히 의 얼굴이 죽은 사람처럼 창백해지는 것을 보면서 내가 얼마나 큰 실수를 저질렀는지 알 수 있었다. 나는 화해할 수 없는 적을 만든 것이다."

나중에 황제 자신은 메테르니히에게 던졌던 이러한 모욕적 질문에 대해 '경멸의 감정'이었다고 비판했다.

하지만 후의 역사의 흐름으로 보더라도, 유럽의 운명을 걸었던 이 중요한 순간의 강자는 말할 것도 없이 메테르니히였다!

메테르니히가 드레스덴을 막 떠나려는 마지막 순간에 나폴레옹은 양보했다. 휴전은 다시 한번 연장되었고, 오스트리아의 무장 중재는 수용되었다. 7월 10일부터 8월 10일까지 프라하에서 중재국 오스트리아를 의장으로 삼은 가운데 평화 협상이 열리게 되었다. 나폴레옹이 이 중재를 받아들인 것은 오로지 오스트리아와 메테르니히를 어떻게 해서든 자신의 편으로 끌어들이거나 최소한 오스트리아가 동맹군에 가담하는 것을 막아 보겠다는 의도 때문이었다.

6 ———

메테르니히는 아직도 전쟁을 벌이는 것이 자신에게 얼마나 유리하고 필요한 것인지에 대해 확신하지 못하고 있었다. 이 우유부단하고 애매모호한 중재자 메테르니히에 대하여 누구보다도 격분했던 것은, 유럽의 평화로운 미래는 오로지 나폴레옹 제국과 그 군대의 파멸에 있다고 보았던 애국주의자들이었다. 그 무렵 분노한 폰 슈타인은 다음과 같이 썼다.

"러시아 협상 대표인 선량한 네셀로데는 메테르니히가 천박하고 비도덕적인 이중적 인물이라는 사실을 너무 늦게 깨달았다. 메테르니히는 배신행위를 하고 있다. 또한 더욱 확실한 것은, 그에게는 오스트리아 황제를 지도하고 지배하는 데 필요한 권력도, 개인적 존경심에 기초한 영향력도 없다는 것이다. 오스트리아가 참전할 것인지는 여전히 유동적이며 불확실하다. 11월 이후의 모든 협상들은 아직도 아무런 성과도 이끌어내지 못하고 있다. 그의 정치 자체가 인간의 상식을 비웃고 있다. 메테르니히에게는 《파우스트》에서 메피스토펠레스가 언급한 다음의 말이 제격이다."

그저 추측만 하고 있는 녀석은
메마른 초원 위에서 악마에 홀려 뱅글뱅글 돌고 있는 한 마리 짐승과 같다.
그 주위에는 아름다운 푸른 숲이 가득한데도 말이다.

—파우스트 제1부—

메테르니히의 태도가 이러한 판단을 불러일으키는 데 일조했음에는 틀림없다. 그는 빈으로 돌아가서 다시 한번 진지하게 나폴레옹과 타협할 수는 없는 것인가 하고 자문했다.

나폴레옹에 대한 양보를 주장하면서 메테르니히는 허약한 황제에게 다음과 같이 말했다.

"황제 폐하께서는 오로지 오스트리아 제국만을 생각하십시오. 일리리아 문제 때문에 우리에게 불리하다고 판단되는 전쟁을 폐하께 강요할 사람은 아무도 없습니다."

신념과 법질서를 파괴한 침략자에 대한 노여움, 그리고 독일의 재생과 자유 수복을 위한 열정이 없었기 때문에 메테르니히는 아직도 주저하고 있었던 것이다.

오스트리아의 이러한 태도는 동맹국들을 점점 더 불쾌하게 만들었다. 러시아 황제는 화가 나서 누이인 카타리나 —나폴레옹에게 청혼을 받았던 러시아 황녀로 당시 오스트리아에 체류하고 있었음— 에게 편지를 썼다.

"아직도 메테르니히에 대한 정보를 보내주지 않아 유감스럽게 생각한다. 나에게는 필요한 만큼의 자금이 있다. 너에게는 작전을 완수할 모든 권한이 부여되어 있다. 이 작전에 필요하다면 어떠한 방법을 써서라도 가장 효과적인 성과를 올리도록 해라."

이것은 분명히 메테르니히를 매수하라는 것이었다. 우리들은 메테르니히가 빈 회의에서의 정치적 활동의 대가로 나폴리 국왕으로부터 매년 6만 프랑의 연금을, 프랑크푸르트 시로부터는 1만 두카텐을 받았으며, 그의 자녀들은 로스차일드 가문 —유명한 프랑크푸르트 출신 금융 가문, 빈 회의를 계기로 빚에 쪼들리는 정부들의 국채 사업을 지배하였다— 으로부터 돈을 받았다는 사실을 알고 있다. 뿐만 아니라 심지어 루이 18세에게서도 1백만 프랑을 수수했다고 전해진다. 메테르니히의 적들조차도 정치가가 자신의 활동에 대한 대가로 돈을 수수하는 것이 그 당시 관례로 비추어 볼 때 전혀 이상한 일은 아니었다고 지적하며 메테르니히의 이러한 태도를 인정하고 있다. 당시 정치가들의 도덕성이 어떠했는지는 나폴레옹의 등 뒤에서 러시아 황제에게 돈을 받았던 탈레랑이 잘 보여주고 있다. 그렇지만 다른 태도를 보인 정치가들도 있었다. 폰 슈타인 남작이나 빌헬름 폰 훔볼트(1786-1835년, 프로이센의 정치가이며 외교관이자 교육 개혁자. 빈 주재 대사로도 활동), 혹은 그 어떤 프로이센의 정치가들이라도 좋다. 그들이 매수당하거나 적으로부터 돈을 받는다는 것을 상상할 수 있을까?

게다가 당시 메테르니히가 결단을 내리는 데는 러시아 황제의 돈이 꼭 필요했던 것은 아니다. 왜냐하면 그동안 반 나폴레옹 투쟁의 다음 국면이 일어나고 있었기 때문이다. 영국이 스페인에서 승리를 거두었고 베르나도트 —나폴레옹 휘하의 장군, 후에 카를 14세라는 이름으로 스웨텐과 노르웨이 국왕이 됨— 도 동맹군 편으로 들어왔다. 메테르니히는 나폴레옹의 별이 더욱 흐려지는 것을 보았다. 어떠한 대가를 치르면 오스트리아가 자신과의 동맹이나 혹은 중립을 유지하겠느냐고 나폴레옹이 메테르니히에게 비밀리에 물어왔을 때, 그는 마침내 이를 거부했고 그에 대한 대답으로 나폴레옹에게 최후통첩을 보냈다. 메테르니히는 그 최후통첩에서 프로이센 영토를 1806년 이전 상태로 회복할 것을 포함하여 과거 모든 조건들을 받아들일 것을 요구했다.

8월 10일 자정, 그때까지 평화 협상은 아무런 성과를 내놓지 못했기 때문에 휴전은 종료되었다. 프로이센과 러시아 협상 대표들은 그들의 임무가 종료되었다고 선언했다. 메테르니히는 선전포고문을 발표했다.

그러나 이 순간에도 메테르니히는 오스트리아의 장군 부브나에게 지시하여 프랑스 측에 다음과 같이 전하도록 하였다. '60시간 이내에 평화 조약을 체결할 수 있다는 것과, 프랑스 측이 세 나라에 평화 조건을 제시하면 우리의 신용을 걸고 협상을 벌일 수 있다. 프랑스 측은 이러한 제안이 프랑스 측의 생각임을 밝히는 것만으로도 충분하다.'라고 한 것이다! 메테르니히는 이미 피할 수 없게 된 전쟁에 그다지 열의를 갖고 있지 않았다. 그리고 이미 전쟁을 피할 수 없게 된 때에 이르러서도 그는 나폴레옹의 패배를 노리되 그를 전복시키지는 않고자 하였다. 메테르니히는 나폴레옹을 몹시 싫어했다. 하지만 그는 나폴레옹을 저 멀리 지평선에서 떠오르고 있는 해방 민족의 힘을 억제할 수 있는 존재로 보았다. 그는 자유를 위한 독립 투쟁이 혁명적 성격을 띠어서는 결코 안 된다고 생각했다. 이것이 그의 가장 큰 관심사였다. 자신의 옛 교사인 아베 회엔에게 보내는 편지에서 메테르니히는 다음과 같이 적고 있다.

"나폴레옹의 생명력은 쇠약해졌고, 그의 거대한 체세는 이제 돌이킬 수 없이 쓰러져가고 있습니다. 군대 없이는 제아무리 명장이라도 전쟁을 할 수 없습니다. 나폴레옹의 군대는 이제 더 이상 군대도 아닙니다. 우리는 젊은 힘으로 충전된 몇 배나 많은 병력을 보유하고 있는데 반해 나폴레옹의 군대는 늙고 상처투성이인 병사들뿐입니다. 우리는 일시적인 것을 위한 행동이 아니라 보다 근본적인 치료를 원합니다. 우리는 영웅적인 것이 아니라 확실한 수단을 원하고 있습니다."

민족들의 힘이 일제히 부상하고 있던 이 시기에도, 메테르니히는 열광이나 매혹과 같은 감정은 물론이고 지극히 냉정한 정치가라도 가질 수 있는 격정을 조금도 갖고 있지 않았다. 전쟁이 시작된 이상 그로서도 이제 동맹군측에 서야 했다. 그러나 그는 냉정한 숙고를 통하여 또다시 이러한 정치적 움직임을 조종할 수 있게 되기를 원했다. 그는 계속해서 연출자의 지위를 유지하고자 했던 것이다. 다른 동맹국들이 서툴렀기에 메테르니히는 쉽게 이러한 지위를 유지할 수 있었다. 나폴레옹에게도 이제 메테르니히는 가장 중요한 인물이었다. 나폴레옹은 메테르니히와 오스트리아를 자신의 편으로 삼을 수만 있다면 여전히 승리를 기대할 수 있었던 것이다. 나폴레옹은 친필 서한을 통하여 자신의 장인인 오스트리아 황제에게 '민중들을 위한' 평화를 제안했다. 그러나 메테르니히도 이제는 공식적으로 동맹군 측에 확고히 결합되어 있었다. 나폴레옹의 이 제안에 대한 대답은 전쟁의 최전선인 라인 강가에서 해야 한다고 생각한 그는 나폴레옹을 고립시키고자 더욱 분주해졌다. 그는 그때까지 전비만을 지원했던 영국을 무기를 든 동지로 끌어들였고, 또한 리트 조약을 통해 바이에른을 나폴레옹에게서 떼어놓았다. 라이프치히에서 벌어진 해방 전쟁†은 나폴레옹의 운명에 종지부를 찍었다.

다음 날 메테르니히 백작은 후작 작위를 수여받았다.

나폴레옹은 패배했다.

그러면 이제 메테르니히는 나폴레옹을 완전히 파멸시키고 실각시킬 것을 고려하고 있었는가? 자유의 기쁨이 전 독일에서 밝게 빛나고 있는 동안에 벌써 메테르니히의 마음속에는 러시아가 너무 강해질 수 있다는 두려움이 자리를 잡았다. 그래서 그는 나폴레옹의 권력을 제한하여 러시아에 대한 견제 세력으로서 그를 옥좌에 남겨두고 싶었다. 메테르니히는 다시 한번 프랑스 황제에게 보내는 평화 조건으로, 프랑스의 국경을 프랑스 혁명이 승리를 했을 경우 차지했을 영역으로 정하면 어떻겠냐고 제안한다. 동맹국들은 경악을 금치 못했다. 영국은 이러한 강화 조건을 인정할 수 없다고 선언했는데, 메테르니히는 자신의 제안이 구속력이 없는 안에 불과한 것이라고 밝혀 영국의 불만을 가라앉힐 수 있었다. 그러나 어느 나라에도 지도적인 정치가가 없었기 때문에 메테르니히는 반 나폴레옹 투쟁을 선도하는 총지휘관의 지위를 유지할 수 있었다. 나폴레옹의 고집스러움이 다시 한번 그를 돕게 되는데, 나폴레옹이 그의 제안을 거부하며 평화 회의를 소집하자는 반대 제안을 해왔기 때문에 전투는 다시 속행되었다.

동맹군이 프랑스 영내로 진주하면서 프랑스 국민에게 발표할 포고문이 메테르니히에 의해 작성되었다.

"동맹국들은 프랑스와 전쟁을 하는 것이 아니라, 나폴레옹 황제가 자신의 제국 밖에서 유럽과 프랑스를 불행에 빠뜨리며 그렇게 오랫동안 행사해

---

† 라이프치히 전투

나폴레옹의 러시아원정이 실패로 타격을 입은 프랑스와 러시아, 프로이센, 오스트리아 연합군 사이에 벌어진 전투.(1813.10.16~18) 일명 해방전쟁이라고도 한다. 나폴레옹이 러시아 원정에 실패하자 프로이센을 중심으로 유럽 각국이 일제히 대 나폴레옹 투쟁을 전개한다.

굴욕적인 딜지트 조약을 맺은 뒤 절치부심하던 프로이센은 국내개혁에 힘을 모아 실력을 쌓아 오다가 나폴레옹이 모스크바에서 철수하자 러시아와 동맹을 맺고 선전포고를 한다. 그리고 뒤이어 오스트리아, 바이에른, 스웨덴이 동맹에 가담한다. 약 18만 명의 나폴레옹 군과 약 32만 명의 동맹군이 라이프치히에서 맞붙는다. 동맹군이 라이프치히를 통과하는 나폴레옹의 병참선을 위협하자 그는 라이프치히에 병력을 집결시켜야만 했다. 10월 16일, 나폴레옹은 슈바르첸베르크 공이 이끄는 7만 8천여 명의 오스트리아 군과 블뤼허 장군이 이끄는 5만 4천여 명의 프로이센군과 교전했으나 어느 쪽도 결정적인 승리를 거두지 못했다. 17일 잠시 전투가 멈추었을 때 베니히센이 이끄는 러시아군과 베르나도트가 이끄는 스웨덴군이 도착했다.

18일 30만 명 이상의 동맹군이 라이프치히 주변에 모여 전투가 시작되었다. 격전을 벌인 끝에 프랑스군은 도시 외곽지역으로 몰렸고 19일 나폴레옹은 엘스터 강을 가로지르는 유일한 다리를 건너 서쪽으로 후퇴하기 시작했다. 그런데 동맹군의 공격 위험도 없고 아직 퇴각하는 프랑스 군대로 붐비고 있던 때에, 놀란 하사 1명이 다리를 폭파시켰다. 결국 3만 명의 후위 군과 부상병들이 라이프치히에 갇혔고 이튿날 모두 포로가 되었다. 프랑스군은 3만 8천명의 사상자를 냈으며 동맹군측은 총 5만 5천명의 사상자를 냈다. 이 결과 라인동맹이 붕괴하였고, 유럽은 나폴레옹의 군사지배로부터 벗어나게 되었다.

온 불평등하고 과도한 권력과 전쟁을 하는 것이다. 동맹군은 승리를 거두어 이제 라인 강에 이르렀다. 동맹국들의 황제와 국왕 폐하들이 내리신 첫 번째 조치는 프랑스 황제 폐하에게 평화를 제안한 것이다. 우리 동맹국 폐하들은 프랑스가 행복하기를 원한다. 동맹국들은 프랑스에게 왕조시대에는 결코 경험하지 못했던 영토를 보장할 것이다."

나폴레옹은 연초에 꼴랭꾸르 −나폴레옹의 휘하 장군− 에게 보내는 편지에서 "우리는 무엇보다도 메테르니히의 진의가 무엇인지를 알아야 한다."고 썼다. 며칠 후 그는 메테르니히와 직접 접촉하고자 그에게 보내는 편지에서 '혜안을 가진 재상'이라고 부르며 그의 '공명정대한 의도'와 '고귀한 이상'에 대하여 말한다. 그러나 1814년 3월, 나폴레옹은 동생인 조제프에게 다음과 같이 고백해야 했다.

"오스트리아 황제는 너무나 나약하며, 영국에게 매수되어 있는 메테르니히의 뜻대로 움직이고 있어 아무것도 할 수 없다. 모든 비밀은 여기에 있다."

나폴레옹은 메테르니히가 동맹군 측에서는 유일하게 그를 권좌에 남겨두려고 노력한 사람임을 아직도 깨닫지 못하고 있었다.

그동안 메테르니히는 프랑스 황제에게 비록 휴전은 거부당했지만, 생각하고 있는 평화 조건이 무엇인지를 보다 분명히 밝히라고 나폴레옹에게 전한다. 러시아와 프로이센이 나폴레옹을 권좌에서 끌어내리려는 계획을 추진하고 있는 동안 메테르니히는 여전히 나폴레옹과의 신속한 평화협상 체결을 생각하고 있었다. 실제로 그는 영국과의 교감을 통해 러시아를 일정 부분 고립시키기로 합의하였고, 또한 나폴레옹과 다시 한번 평화 협상을 벌여도 좋다는 러시아 황제의 의향을 이끌어내는데도 성공하였다. 그러나 협상을 원하는 메테르니히가 성과를 거두지 못하고 주전파들이 힘을 얻게 만든 것은 바로 권력 관계의 변화를 깨닫지 못한 나폴레옹의 고집 때문이었다. 2월 9일, 메테르니히는 프랑스에서 빈으로 다음과 같은 전문을 보낼 수밖에 없었다.

"이곳의 분위기는 나폴레옹을 몰아내자는 것입니다!"

그러나 그는 나폴레옹과 평화 조약을 맺어 그를 권좌에 남겨놓을 수 있다는 희망을 포기하지 않았다. 그는 프랑스 황제에 대해 양보할 것을 강력히 충고했지만 나폴레옹이 동맹국 측의 평화안에 동의하려 하지 않았기 때문에 나폴레옹 측 협상 대표 꼴랭꾸르와의 교섭은 중단할 수밖에 없었다. 하지만 메테르니히는 3월 18일 '오스트리아가 바라는 바는 아직도 우리와 긴밀히 연대할 수 있는 군주제 국가이다.'라는 것을 나폴레옹에게 보장함으로써 프랑스 황제가 협상에 응하도록 설득하는 비밀문서를 공식 서한과 함께 외교 사절을 통해 전달한다. 이 시점에서는 아직도 나폴레옹과의 평화 협상에 일말의 희망이 남아 있었지만, 곧 이것은 불가능한 일이 되었다.

이 비밀스러운 제안은 메테르니히가 얼마나 나폴레옹 왕조에 집착하고 있었는지를 잘 보여준다.

"메테르니히가 마지막으로 나폴레옹에게 기회를 주었을 때, 자신이 구하고자 했던 그 위대한 적이 얼마나 고집스러운 인간인지를 인식할 수 있었다."

이것은 메테르니히 전기에 나오는 짤막한 문장이다.

동맹국의 정치가들은 메테르니히의 이러한 이중 안전 보장 공작에 대해 거의 알지 못했다. 그러나 이틀 후, 살아남은 부르봉 왕가, 즉 미래의 루이 18세의 대리인인 비트로이 남작이 동맹군 진영에 나타나 프랑스 의회가 부르봉 왕가를 지지하기로 결정했다는 소식을 전달했다. 영국은 부르봉 왕가의 왕위 계승권을 인정할 것을 주장했고 메테르니히는 이에 굴복했다. 만일 그가 이 순간에도 부르봉 왕가 대신에 나폴레옹을 지지한다면 오스트리아가 국제 정치에서 고립될 우려가 있었기 때문이다.

이후에 진행된 동맹국들의 협상에서 메테르니히는 오스트리아의 이익을 위해 노력했고 실제로 커다란 성과를 거두었다. 나폴레옹을 혁명의 화신으로서 혐오했던 그였지만, 이미 나폴레옹 퇴위를 선언하고 부르봉 왕가를 복귀시킨 프랑스 국민의 결정으로 오랜 기간 동안 견지해 왔던 자신의 정책을 변경하게 되었다. 이는 혁명적 힘, 즉 민족 자결권을 인정하는 것을 의미하였다.

메테르니히의 친구이자 언론 고문이었던 겐츠는, 나폴레옹에 대한 메테르니히의 태도를 명백한 배신이라며 다음과 같이 말했다.

"나폴레옹이 스스로 황제임을 선포했을 때, 그가 과연 왕위 찬탈자인가는 많은 정치가들이 생각하고 있는 것처럼 간단히 답하기 힘든 아주 복잡한 문제이다. 프랑스 국민과의 관계에서는 나폴레옹 자신이 그렇게 보이기를 원했던 것처럼 찬탈자의 이미지는 전혀 없었다. 또한 외국과의 관계에서는 더더욱 찬탈자와는 거리가 멀었다. 모든 유럽의 주권자들은 ―우연히도 영국은 제외되지만― 자발적으로 그리고 여러 차례에 걸쳐 그를 승인했다. 나폴레옹은 승인에 기초하여 각종 조약, 평화협정, 동맹, 심지어 온갖 종류의 혈연관계를 맺었다."

겐츠가 메테르니히에 대하여 서술한 다음의 글은 정당한 비난이었다.

"12월 초 이래로 우리들이 취한 행동은 순수하다고 말할 수 없었다. 우리는 입으로는 평화를 말하면서 가슴에는 독약과 단도를 품고 있었다. 분명 일시적으로는 나폴레옹과 같은 숙적을 어떻게 다루어도 상관없다는 생각이 신성한 진리처럼 통용되었지만, 이후의 결과를 보고 반성해 보면 아무리 악을 상대로 한 경우라 하더라도 역시 정의로운 규칙을 어겨서는 안 된다는 보다 우월한 사상을 떠올리게 만든다."

위의 말에서 우리는, 자기만의 신념을 가진 사람은 말할 것도 없고, 영리했던 사람들조차도 당시에는 얼마나 나폴레옹이라는 마력에 사로잡혀 있었으며, 정의를 헌 휴지 조각으로밖에 생각하지 않았던 이 인물을 관용의 정신으로 얼마나 부드럽게 다루려고 했는지를 보게 된다.

겐츠 자신이 속속들이 잘 알고 있다고 생각했던 메테르니히를 여기서는 제대로 파악하지 못하고 있다. 후년에 메테르니히는 누차에 걸쳐 친구들에게, 당시 나폴레옹의 권력을 축소, 제한시키고자 힘썼지만 그를 잃고 싶지는 않았다고 고백했다!

후에, 자신이야말로 독재자 나폴레옹의 진정한 절멸자라로 묘사하며 이러한 자화상을 역사에 남기려고 했던 메테르니히의 모든 시도는 실패하였다. 그가 의도한 것은 나폴레옹의 권력을 제한하면서도 그의 체제를 유지하는 것이었다. 이 목표가 이루어질 수 없다는 것을 인식하고 나서야 예의 그 원칙을 다시 끄집어내었다.

"만일 스스로 역사를 움직일 수 없다면, 다른 사람이 움직인 역사를 조종하기라도 해야 한다."

나폴레옹 왕조는 타인에 의해 쓰러졌다. 이제 메테르니히는 자신의 외교적 재능을 발휘할 새로운 과제를 보게 되었다.

7 ———

프란츠 황제조차도 다음과 같은 경고를 보냈지만 나폴레옹은 엘바 섬으로 유배되었다.

"가장 중요한 것은 나폴레옹을 프랑스에서 멀리, 가능한 한 아주 멀리 떨어뜨려 놓는 것이다. 내가 보기에 엘바 섬은 적당치 않아 보인다. 나폴레옹은 프랑스와 유럽에 너무나도 가까이에 머물러 있다."

메테르니히에게는 좀더 중요한 걱정거리가 있었다. 그는 자신의 특기인 유럽의 세력 균형론을 다시 들고 나왔다. 그가 빈 회의에서 어떻게 자신을 윤리적이며 도덕적인 인물로 내세웠는지에 대해서는 그를 비난하는 수많은 기록에서 추측해 볼 수 있다. 이러한 기록들은 그와 나폴레옹의 관계를 나타내는 부분만 따로 떼어 보아도 아주 흥미롭다. 여기에서 우리는 유럽이 다시 자유를 회복하는 데에 메테르니히의 신세를 진 많은 민족과 군대의 지도자들이 그를 어떻게 평가하고 있었는지 알 수 있기 때문이다. 프로이센 장군이며 괴테의 벗이기도 한 바이마르 대공 카를 아우구스트는 메테르니히를 동맹군 측의 사람으로 전혀 신뢰하지 않았으며, 그의 됨됨이를 '경솔함, 계교에 능함, 근시안, 무식함'이라며 아주 혹독하게 평가하였다. 뿐만 아니라 종내에는 '비열한 인간'이라는 쓰디쓴 말까지 내뱉는다. 또한 폰 슈타인 남작의 다음 일기는 자주 인용되고 있다.

"메테르니히의 경박함은 큰 사안들이 위기에 직면해 있음에도 전혀 줄어들 기미가 보이지 않았다. 그는 궁정 파티나 연극에 정신이 팔려 아주 세부적인 것들까지 직접 챙겼다. 캐슬레이(1769~1822. 영국 외무장관)와 훔볼트가 회의장에서 기다리는 동안에도 그는 딸의 춤에 넋이 나가 있었고, 연극에 등장하는 여성들의 의상 착용을 도와주었다. 분명 메테르니히는 영리하고 약삭빠르며 좋아할 만한 점도 있었다. 하지만 그에게는 깊이와 지식, 근면과 성실함이 결여되어 있었다. 그는 복잡한 상황을 좋아했는데, 그것은 그를 열중시킬 수 있기 때문이었다. 깔끔하고 당당하게 일하는 것은 힘과 깊이, 진지성이 부족했기에 그로서는 불가능한 일이었다. 그는 경솔하였기 때문에 본의 아니게 일과 진리를 싫어하는 그의 특성을 드러내곤 했다. 그는 냉혹한 사람이어서 인간의 고귀한 감정에 호소하는 것을 좋아하지 않았다. 이 때문에 오스트리아의 병사들은 자기를 희생하고 불운 속에서도 인내를 가능케 하는 정열을 갖지 못했다. 결점투성이였던 그는 자신의 주군과 국민에 대한 확고한 지위를 얻고자 하였지만, 주군의 약점과 편견을 시정하고 은밀하게 영향을 미칠 수 있는 여러 조건들을 배제시킴으로써 국민을 강화시킬 만큼의 권력을 가질 수는 없었다. 그는 여기저기 협상을 벌이며 가장 위험하다 할 수 있는 중도의 길을 선택할 수밖에 없었다. 나의 지인인 플로라 브르브나 백작 부인은 '메테르니히는 매우 선량하고 친절한 사람입니다만, 게으르고 오만과 허영심이 너무 강합니다.'라고 말한 바 있다."

빈 회의에서 메테르니히가 보여준 정치적 입장은 독일 통일의 역사 중에서 비극적인 장(章)에 속한다. 그는 프란츠 황제가 쉽게 얻을 수도 있었던 독일 황제의 제관을 방치하였고, 또한 서부, 즉 엘사스, 브라이스가우, 벨기에 등에 대한 독일령을 확정시키는 것도 단념하였다. 이 때문에 결국 오스트리아를 정서적으로나 정치적으로 장래의 독일 제국과 결속시키는 것도 포기하게 된다. 그는 비록 남동부에 독일의 확장 공간을 마련했지만, 오스트리아를 여러 민족으로 형성된 국가로 할 것임을 결정하였다. 당시 메테르니히의 외교적 구상 속에 나폴레옹은 존재는 거의 사라져가고 있었다.

그러나 다시 한번 나폴레옹은 출현했고, 메테르니히도 다시 한번 정치가로서 나폴레옹과 맞서야만 했다. 1815년 3월 6일 밤 메테르니히는 자신의 집에서 각국의 전권 대사들과 마주앉았다. 새벽 3시가 지나서야 겨우 그들은 헤어졌다. 6시경, 외교 급사가 메테르니히를 깨워 '긴급'이라고 써 있는 제노바 주재 오스트리아 총영사관의 전문을 전달했다. 메테르니히는 그 전문을 읽지도 않고 침대 옆 탁자 위에 올려두었다. 제노바에서는 중요한 소식이 올 것이 없다고 생각했기 때문이다. 그리고 7시 반에야 그는 전문을 개봉해서 읽었다. 그것은 다음과 같은 긴급한 내용을 담고 있었다.

'엘바 섬의 영국 총독 캠벨은 나폴레옹이 출현하지 않았는지를 알아보기 위해 방금 제노바 항에 왔음. 나폴레옹이 엘바 섬에서 사라졌다고 함. 그가 출현하지 않았다고 답변하자 영국 전함은 서둘러 다시 바다로 사라졌음.'

메테르니히는 급히 옷을 갈아입고 황제에게로 갔다. 황제는 이 보고서를 읽고 메테르니히에게 돌려주면서 말했다.

"나폴레옹이 또다시 모험을 시작하는군. 그야 그 사람 일이지. 우리가 할 일은 그가 몇 년간이나 위협했던 이 세상의 평화를 유지하도록 하는 일이지. 서둘러 러시아 황제와 프로이센 국왕에게 가서 내가 우리 군에게 즉각 프랑스로 재진군하도록 명령할 준비가 되어 있다고 전달하시오. 두 사람도 나와 같은 의견일 것이라는 점을 나는 전혀 의심치 않소."

메테르니히는 8시 15분에는 러시아 황제와, 8시 반에는 프로이센 국왕과 만났다. 두 황제는 오스트리아 황제와 같은 조치를 취할 용의가 있음을 밝혔다. 10시에 부관들이 사방에 흩어져 행군을 중지하고 다시 프랑스로 진격한다는 명령을 전달하기 시작했다.

이리하여 1시간도 채 되지 않아 전쟁 개시가 결정되었다.

8일 후, 빈 회의에서 나폴레옹은 '유럽 평화의 적이자 파괴자'로 낙인찍혔다. 그 후 며칠 동안 나폴레옹은 다시 한번 메테르니히를 자기편으로 끌어들이려고 시도한다. 그는 메테르니히에게 1천만 탈러의 뇌물을 제시했는데, 메테르니히의 명예를 변호하려는 사람들은 메테르니히가 이 제안에 넘어가지 않았다는 사실을 특별히 강조하곤 한다. 그러나 이들은 이러한 제안 자체가 나폴레옹이 메테르니히를 어떻게 평가해 왔는지를 보여주는 것이라는 점은 잊고 있다. 나폴레옹은 과거의 황후 마리 루이즈를 내세운 새로운 정부를 세우기 위해 다시 한번 메테르니히를 끌어들이려 하였다. 하지만 메테르니히도 이제 나폴레옹의 운명이 다했다는 사실을 모를 정도로 어리석지는 않았다. 메테르니히는 나폴레옹이 협상 대리인으로 바젤 회담에 파견한 푸셰와 합의 하에 "이 엄청난 찬탈자가 결코 프랑스의 옥좌에 오르지 못하도록 하겠다."라는 확고한 의지를 보였다. 메테르니히는 동맹국 군주들의 동의에 얻어, 적의 의도를 떠보기 위해 나폴레옹의 협상 대리인에게 특사를 파견했다. 그러나 푸셰의 이중 술책을 알게 된 나폴레옹은 다른 대리인을 임명했고 협상은 짧고 성과 없이 끝났다.

메테르니히는 라이히슈타트 공 ―나폴레옹과 마리 루이즈 사이의 아들. 나폴레옹2세― 을 프랑스의 지배자로서 선포하려는 최근의 움직임에 과연 동의해야 하는지 확신이 서지 않았다. 그러는 사이에 모든 결정은 전쟁을 통해 이루어졌고 나폴레옹은 패배하였다. 그리고 메테르니히가 프랑스의 왕위 계승 문제를 새로이 거론하기 전에 승전국 영국이 부르봉 왕가의 루이 ―루이18세를 말함― 를 파리로 입성시켰다. 이렇게 하여 메테르니히는, 이끄는 자가 아니라 이끌려가는 자가 되었다. 하지만 메테르니히의 외교적 재능은 계속된 협상을 신속하게 다시 주도하는 방법을 알고 있었다. 나폴레옹의 재등장으로 인해 빈 회의의 분열된 견해들은 통일되었고 이로서 메테르니히의 일도 쉽게 풀렸다. 나폴레옹의 몰락은 메테르니히를 다음 세대에 유럽의 불행한 운명을 가져오는 정신적 지배자이자 연출자로 만들었다. 최근 역사 서술에서는 메테르니히를 높이 평가하고 있다. 그러나 그들도 나폴레옹의 몰락을 추구했었다는 메테르니히 자신이나 그 추종자들의 주장을 입증하지는 못했다. 나폴레옹이 권좌에 있는 동안에 그는 메테르니히에게 골칫거리일 따름이었다. 메테르니히는 세계사에서 가지는 나폴레옹의 마적인 위대성을, 그가 저 먼 대양의 섬 ―나폴레옹의 마지막 유배지 세인트헬레나 섬― 으로 추방되고 나서야 어렴풋이나마 이해할 수 있게 되었다. 메테르니히는 아직도 세계가 위험에서 완전히 벗어났다고 생각되지 않았다. 나폴레옹의 추종자들은 여전히 너무도 많았기에 그들의 '어리석은 책동'으로 골치 아픈 일이 일어날 수도 있었던 것이다. 그렇지만 메테르니히는 시간이 흐르며 나폴레옹이 세계사에서 어떠한 의미를 갖고 있는지를 느끼게 되었고, 1820년 몰락한 황제의 마지막 생일에는 애수에 찬 목소리로 그를 상기하였다.

"오늘은 위대한 추방자의 날이다. 그가 오늘도 옥좌에 앉아 있고 이 세상에 오로지 그만 있다면 나는 얼마나 행복할까."

또한 메테르니히는 나폴레옹을 '세상에 나타났던 가장 놀라운 사람', '18세기가 배출한 유일한 거인'이라고 불렀고, '범용한 배우들과 공연하는 것은 쉽지 않다'고 술회하기도 했다. 정치적인 책략들을 혐오하고 지겨워하는 세상에 대해 불쾌해하며 내뱉은 이러한 표현들이 본래 메테르니히가 갖고 있던 나폴레옹 상을 수정하는 것은 아니다. 이러한 표현들은 오히려 그와 나폴레옹의 관계를 특징짓는 것이다.

메테르니히는 나폴레옹의 역사에 자신이 관여함으로서 자신도 역사적으로 잊혀지지 않는 영역, 즉 불멸의 영역으로 상승했다고 느꼈고 이는 일정 부분 타당하다.

"나는 나폴레옹 곁에서 그의 인생의 가장 황금기를 함께 보냈다. … 당시의 상황은 나를 이 남자와 맞서도록 했고, 나를 그의 몸에 묶어놓았다."

나폴레옹이라는 높은 수준의 적이 가지는 위대성은 메테르니히에게도 어느 정도의 높이를 가져다주었던 것이다. 그는 나폴레옹 이후의 역사를 다음과 같이 보았다.

"그것은 범용하다. 나폴레옹 이후의 시간은 스스로에게 맡겨져서 멈출 수 없기에 그저 흐를 뿐, 그 누구에 의해서도 이끌어지지 않고 있다."

이것은 시대가 바뀌어 정치가가 주도권을 쥐게 되자 더 이상 활동 무대를 찾을 수 없었던 외교가의 탄식이었다.

그는 외교에 헌신한 인물이었다. 그리고 역사를 만들어가는 창조적 정치가의 행동과 사명을 스스로 얼마나 거부했는가를 깨닫지 못한 채 또다시 자기의 본심을 드러내는 다음과 같이 고백을 했다.

"나의 전기는 내게 불리하게 작용할지 모르지만 최소한 지루하지는 않을 것이다. 특히 내가 나폴레옹과 체스를 벌였던 그 시기가 흥미로울 것이다. 그때 나는 그에게 외통수를 안기기 위해, 그는 나의 모든 체스 말을 으스러뜨리기 위해 우리들은 서로에게 눈을 뗄 수 없었다. 이 15년은 내게는 마치 한순간처럼 빠르게 지나가 버렸다."

8 ————

1821년 5월 1일, 메테르니히는 재상직 이외에 궁내부장관 겸 내무부장관직에 오름으로서 외형상으로는 군주제 하의 그 어떤 정치가보다도 강력한 권력을 쥐게 되었다. 그리고 그달에 세인트헬레나 섬에서 나폴레옹이 사망했다. 전 세계는 잠시 동안 숨을 멈추어야 했다.

'세인트헬레나에서는 운명한 적을 위하여 예포가 발사되었고, 영국의 장교들은 경외심을 품고 그의 무덤을 둘러쌌다.'

메테르니히는 이 소식이 공식적으로 빈에 도착하기 전인 6월 초에 로스차일드가를 통하여 이 사실을 알게 된다. 메테르니히는 이 역사적인 소식에 대해 어떠한 내색도 보이지 않고 냉정하게 이 사실을 황제에게 보고했다. 황제는 깊은 감개를 느꼈다. 그는 메테르니히에게 궁정에서 애도를 표해야 하는지를 물었다. 어쨌든 나폴레옹은 여전히 황제의 사위였던 것이다. 그러나 메테르니히는 그 세계 정복자를 공식적으로 상기시키는 어떠한 공식적 추모도 억제하려고 하였기에 황제의 물음에 부정적인 답변을 했다. 보나파르트 – 메테르니히는 나폴레옹을 공식적으로 늘 이렇게 불렀다 – 는 이미 오래 전부터 시민들에게 사망한 것으로 받아들여져 왔다는 것이다. 보나파르트의 아들인 라이히슈타트 공이 애도를 표하는 것에 대해서는 반대하지 않지만 이러한 애도가 그의 신하들에게까지 확산되어서는 안 된다는 것이다. 나폴레옹의 11살 먹은 아들은 눈물을 흘리며 이 슬픈 소식을 전해 들었다. 나폴레옹의 미망인 마리 루이즈는 애도에 대해서는 생각지도 않고 있었다. 그녀는 이미 나폴레옹의 친족들과 모든 관계를 끊은 상태였다. 그녀는 나폴레옹이 살아 있는 동안에도 정부인 나이페르크 백작의 아이를 낳았고, 나폴레옹이 죽은 지 두 달 후에는 그때까지도 내연 관계였던 그와의 사이에서 두 번째 아이가 태어났다.

나폴레옹은 빈에 있는 아들을 위해 유서를 남겼다. 이것은 나폴레옹의 희망대로 장차 아들이 지배자가 되었을 경우 지켜야 할 정신적 원칙들이었다.

'내 아들은 유럽을 분리 불가능한 동맹으로 통일시켜야 할 것이다.'

'나는 유럽을 칼로 정복했으나, 내 뒤에 오는 자는 정신으로 정복해야 한다.'

'언젠가는 이루어져야 하는 민족적 욕구가 있다. 이러한 목표를 달성하기 위해 끊임없이 노력해야 한다.'

그러나 그의 아들은 이러한 나폴레옹의 유언을 지킬 수가 없었다. 1832년 메테르니히는 '나폴레옹 관계 문서'를 최종적으로 정리하게 되는데, 바로 그 젊은 라이히슈타트 공이 사망한 것이다.

이제야 비로소 메테르니히는 '프랑스 황제'를 역사상의 인물로서 자신의 기억 속에 남길 수 있게 되었다. 메테르니히는 자신이 유럽 정치의 권력 구도에 있어 스스로를 이 코르시카 인의 적법한 후계자라고 생각했다. 하지만 그에게는 나폴레옹과 같은 혁명적 성격이 없었다. 그는 1815년 이후에도 여전히 범 유럽주의를 고집했으며 그 실현을 위해 노력하였다. 더구나 그는 민중이 배제된 군주제의 기초 위에서 이것을 실현할 수 있다고 믿었다. 분명 18세기에는 이러한 이상이 축복을 가져올 수도 있었을 것이다. 하지만 19세기에는 그때까지의 낡은 틀로는 실패할 수밖에 없었다. 그럼에도 불구하고 이 신봉자는 자신을 유럽의 위대한 보수주의 정치가라고 생각했다. 그의 보수주의는 경직되고 생명력이 빈약하여 아무런 생산적인 힘도 갖지 않은 이상에 불과하였다. 영국 수상 팔머스턴 경은 메테르니히 체제가 무너지기 직전에 오스트리아의 한 정치인에게 보낸 편지에서, 그의 정책이 실패할 수밖에 없었던 이유를 다음과 같이 짤막하게 표현했다.

"메테르니히 공은 완고하게 유럽의 정치적 현상 유지를 고집함으로써 자신이 현존 상태를 지키고 있는 사람이라고 여기고 있습니다. 이에 반해서 우리는 스스로를 보수주의자로 생각하면서도 여론이 요구하고 또한 필요로 한다면 당신의 나라에서는 거부하고 있는 양보와 개혁, 개선에 전향적인 자세를 보입니다. 귀국에서는 평온과 질서가 유지될 때에는 어떠한 양보도 불필요하다고 봅니다. 뿐만 아니라 폭동과 반란이 일어났을 때조차도 권력의 약화나 선동자들에게 굴복한다는 인상을 주지 않기 위하여 양보를 거부합니다. 이것은 안 됩니다. 보수주의는 결코 '꼼짝도 하지 않는다.' 는 것이 아닙니다. 모든 저항을 제한하고 억압하려는 귀국의 정책은 불행을 가져올 것이고, 공기구멍 하나도 없이 꽁꽁 막혀 있는 주전자처럼 언젠가는 폭발할 것입니다."

메테르니히는 자신이 나폴레옹을 파멸시킨 승리자라고 믿었으나, 나폴레옹의 몰락 이후, 자신도 모르는 사이에 나폴레옹의 가장 충실하고 순종적인 제자가 되어 있었다. 메테르니히가 나폴레옹의 흔적을 숨길 수 없었던 것은, 그가 유럽의 정복자이자 대군단의 지휘관이고 서방 대륙의 독재자였기 때문도 아니다. 메테르니히가 자신의 의지와는 반대로 모범으로 삼게 된 것은 나폴레옹이 국내 정치에서 발휘한 강력한 정책과 창조적인 조직이었다.

"나폴레옹이 행정부를 통합시키고 헌법을 휴지 조각으로 만들어 버렸을 뿐만 아니라, 실질적으로 국가를 무조건적인 질서와 규율로 묶어놓을 수 있었던 것은 그가 냉정하고 체계적인 분석가였기 때문이다. 인민의 주권과 의회의 논의, 언론의 자유 따위를 경시한 황제는 개인의 자유나 정치적 집단으로서의 '인민'을 무시하며 '칼'로써 혁명 전의 상황을 재현하였다. 또한 시대의 흐름을 염두에 두고 독재 국가 내에서의 적절한 행정과 입법을 추진해 나갔다."

경찰과 검열 정책에 있어서도 나폴레옹은 그에 못지않은 신념을 갖고 결연하게 밀고 나갔던 메테르니히의 선구자였다.

"검열은 국가의 평화와 이익, 올바른 질서를 침해하는 주장들을 막아내는 정당한 권리이다."

1809년 나폴레옹이 천명한 이 원칙은 메테르니히에 의해 그대로 이행되었다. 다만 나폴레옹의 이러한 국내 시책들이 당시 무정부 상태에 있던 프랑스 국민을 상대로 한 반면, 메테르니히의 억압 정책은 외면적 자유를 얻기 위해 이제 막 투쟁하기 시작한 오스트리아의 국민에게 적용했던 것이다.

이미 오래 전에 나폴레옹은 몰락하고 이제는 죽었는데도 불구하고 그의 거대한 모습은 여전히 메테르니히의 정치에 깊이 자리 잡고 있었다. 더구나 이러한 정책이 더 이상 독일의 국내 상황에서는 차지할 자리가 없어진 시대에 말이다.

메테르니히가 실행했던 나폴레옹식 통치 방법은 이후 그에게 민중의 저주와 증오를 안겨주고 마침내는 그의 몰락을 초래하는데, 이것은 메테르니히의 정치 속에서 나폴레옹이라는 정치적 마신이 초래한 영향력이 비극적인 중압 속에서 얼마나 숙명적인 의미를 갖는지 보여준다. 나폴레옹은 죽은 후에 그의 최대의 적에게 복수를 한 것이다.

뿐만 아니라 나폴레옹은 19세기 내내 오스트리아의 적이 되는 또 다른 '복수의 유산'을 메테르니히에게 남겨놓는데, 그것은 민족 국가로 깨어난 이탈리아였다. 처음에 일부 지역이 제외되긴 했지만, 나폴레옹은 이탈리아의 수많은 군소 국가들을 '이탈리아 왕국'으로 통합시킴으로써 이탈리아 애국주의자들의 오랜 꿈을 실현시켰던 것이다. 메테르니히가 빈 회의에서 이탈리아 민족에게서 빼앗아온 새로운 영토는 합스부르크 왕조에게 파괴적인 요소가 되고 만 것이다. 메테르니히는 오스트리아를 대국으로 만들었으나, 동시에 각 민족들의 온갖 무거운 짐을 떠안게 된다. 그리고 이것은 결국 오스트리아를 파멸로 몰고 갔다.

메테르니히는 이 모든 사태를 보지 않으려 했다. 그는 자신의 영광을 나폴레옹의 사후의 영광에 결부시키고자 하였다. 그러나 그는 나폴레옹에 대해 쓴 다음과 같은 말이 자신의 운명을 얼마나 잘 표현하고 있는지에 대해서는 깨닫지 못했다.

"나폴레옹은 권력을 갖고 있었다. 그러나 그가 추구한 체제와 그가 지배한 거대한 국가 내의 여론 사이에는 모순이 있었다. 나폴레옹은 이를 인정하려 하지 않았다."

나폴레옹은 '폭력의 원칙'으로 윤리적으로나 역사적으로 훨씬 우월한 자유의 원칙을 억압할 수 있다고 믿었던 불행한 권력자 중의 한 사람이었다. 이 점에서 그는 실패했다. 나폴레옹이 몰락하기 직전인 1815년, 그는 자유를 약속하며 국민을 자기편으로 끌어들이고자 시도하는데, 이는 본심이 아닌 절망감에서 나온 도박이었다. 나폴레옹의 몰락은 한마디로 그의 독단적인 권력과 비윤리적인 야만성이 인간의 이상 중에서 가장 고귀한 이상인 '자유'에 굴복했다는 것을 의미했다.

나폴레옹은 그의 존재와 행동에 있어 역사적 위대함의 특이한 형태를 보여준다. 군주제와 전제정치라는 낡은 사고와 통치 방식에서 헤어나지 못하고 있던 유럽이 근대적 국가의 집합체로 탈바꿈한 것은 그의 마적인 행동 덕분이었다. 위대한 것을 달성한 사람만이 역사 속에서 '위대하다'고 인정받을 자격이 있다. 하지만 권력을 잡은 사람이 커다란 성과와 영향을 남긴다고 해서 반드시 그가 사람들의 인정을 받고 맹목적으로 숭배되는 것은 아니다. 저 위대한 코르시카 인은 방법을 결정하고 나아가고자 할 때에 결코 망설임이 없었다. 그는 경멸받을 만한 방법을 썼고, 이는 스스로도 의도하지 않았던 효과를 발휘하였다. 그는 종종 임기응변식의 힘의 논리를 통해 어떤 조직적이고 유기적인 것을 달성하기도 했다. 이는 그의 임기응변 속에서 하찮음과 위대함, 그릇된 것과 올바른 것이 섞여서, 이러한 전혀 상반된 힘들이 그의 행동 속에서 투쟁하면서 결국 위대한 것과 올바른 것들이 표면으로 떠오르고 반대의 힘들은 내면의 소용돌이에 휩쓸려 사라졌기 때문이다.

만약 정치가의 위대성이 그가 통치하고 지배한 사람들의 행복과 복지를 통해 결정되는 것이라면, 우리들은 나폴레옹에게 이러한 명칭을 부여하는 데 주저하지 않을 수 없다. 나폴레옹은 마신으로서 기피의 대상이었고 윤리적으로도 거부당하는 존재였지만, 그는 그의 행위로서 역사의 발전을 담당한 정신의 소유자로 평가받았고, 또한 이러한 위대성이 존재한다는 것을 보여주었다. 젊은 시절의 나폴레옹이 언젠가 말했던 것처럼, 이러한 위인들은 자신의 세기를 밝게 빛내며 태우고 결국에는 꺼져버리는 유성과 같은 존재이다. 나폴레옹은 그의 민족과 국가에 한 가지를 선물했다. 그것은 '위대한 나라'라는 명예를 확인한 것이다. 이것은 프랑스 인들에게 결코 사소한 것이 아니다. 대중들은 나폴레옹이라는 천재가 가져다준 명예에 맹목적이었으며, 그의 행동과 행위, 업적을 그들 스스로가 이루어낸 것이라고 생각했다.

"우리는 바흐와 괴테, 뒤러의 민족이다. 우리는 셰익스피어의 민족이다. 우리는 단테와 미켈란젤로의 민족이다."라고 말하는 것처럼.

사람들은 종종 나폴레옹이 150년 전에 프로이센에서 프리드리히 대왕(1712~1786. 프로이센을 유럽 최강의 군사 대국으로 만들었던 국왕)을 상대해야 했다면 '유럽의 역사는 어떻게 흘러갔을까'라는 상상을 하곤 했다. 그러나 역사는 가능성과 추측이 아니라 오로지 현실과 사실로만 쓰이기 때문에, 나폴레옹의 근본적인 의지의 무게, 정치적 비전의 마적인 힘, 그 존재의 넓이와 깊이, 그와 같은 힘과 위대함을 쟁취한 인물은 없었다는 사실을 인정하고 그에 만족해야 한다. 자신을 이 코르시카 인의 '위대한 대항자'로 칭송하며 나폴레옹과 당당히 겨루었다고 믿었던 유일한 사람은 오스트리아의 외교관 메테르니히였다. 나폴레옹과 메테르니히의 정치적 성격은 근본적으로 대립하였지만 그들의 운명과 인생의 종국은 상당히 비슷한 유사성을 보여준다. 두 사람 모두 운명에 의해 최고 권력의 위치에 올랐고, 두 사람 모두 나락으로 추락하여 민중의 저주를 경험했다. 그리고 추방된 메테르니히 또한 나폴레옹과 마찬가지로 영국인의 '보호'를 받아야했다.

외면적으로 메테르니히는 항상 나폴레옹의 가장 강력한 대항자로서 역사에 등장하게 되었다. 그러나 나폴레옹을 파멸시키고 무너뜨린 것은, 메테르니히가 가슴 깊이 혐오하면서 거부하였고, 그 창조적 힘을 전혀 예상하지도, 또 올바로 평가하지도 못했던 또 다른 힘이었다. 메테르니히는 이것을 올바로 인식하고 이끌 줄을 몰랐기 때문에 이 힘은 그를 권력에서 끌어내려 몰락시켜 버렸다. 이것은 민중이다. 이 힘은 민족 통일과 자유를 열망하며 추구했던 바로 독일 민중이다.

민중의 멸시와 증오에 둘러싸여 명예를 상실한 만년의 메테르니히에게 돌연 신생 독일의 별이 든다. 메테르니히는 망명 생활에서 독일로 돌아와 라인 강변의 요하니스베르크에 자리를 잡을 수 있게 되었다. 1851년 8월, 78세의 메테르니히는 그곳에서 프로이센 국민의회의 대표인 36세의 비스마르크를 영접하였다. 이 두 정치가, 즉 과거와 미래의 재상은 유럽의 정치에 대해 이야기를 나누었고, 그들은 독일과 유럽을 위하여 강력한 프로이센의 출현이 불가피하다는 데에 의견이 일치한다. 비스마르크는 떠났다. 그러나 며칠 후 국민의회의 오스트리아 대표 툰 백작이 비스마르크에게 말했다.

"나는 왜 당신이 그 연로한 공작에게 그토록 감동했는지 모르겠소. 그 사람은 마치 유리잔 속이라도 들여다본 듯 당신에 대해 말하더군요. '자네가 비스마르크와 잘 해 나가지 못한다면, 그 다음은 어떻게 될지 정말 알 수 없네.'라고요."

비스마르크는 세월이 흐른 뒤 작센 숲에서 은퇴하여 여생을 보낼 때, 이때의 만남을 돌이켜보면서 메테르니히에 대해 회고했다.

"그는 나보다도 더 급작스럽고 불쾌하게 밀려났고 변장한 채로 도망쳐야 했다. 그토록 위대하고 빛나는 과거를 경험했던 그도 그러한 일을 겪어야 했던 것이다. 그 후 내가 그를 다시 만났을 때, 그는 유쾌하고 만족해하고 있다는 것을 알 수 있었다. 그는 내게 말했다."

"노예선에서 빠져 나온 것이 기쁘군요. 예전에 나는 무대 위의 배우였지만 이제는 객석의 관객일 뿐입니다."

메테르니히는 정치를 연극으로, 반 나폴레옹 투쟁을 체스로 보았다. 그는 나폴레옹의 몰락에 크게 관여했다. 그러나 메테르니히에 대한 역사적 판단을 내릴 때, 나폴레옹의 몰락이 그의 정책의 결과였는지, 아니면 의도였는지를 명확히 하는 것은 중요한 문제이다. 메테르니히의 반 나폴레옹 정책은 위대함이라는 것이 그 정책이 갖는 의의와 반드시 합치하지 않는다는 것, 인류 역사의 위대한 사건에 관여하고, 그 인물의 직업과 운명 덕분에 주어진 권력이 의의를 갖는 것이었다 하더라도 반드시 시대정신을 가져온 위대함을 이 인물에게 적용시킬 수 없다는 것을 증명하였다.

4

범용한 사람들과 싸워서 얻을 것은 아무것도 없다

레오나르도 다빈치 vs 미켈란젤로

✳

레오나르도 다빈치와 미켈란젤로는
서로에 대해 깊은 적대감을 갖고 있었다.

| 바사리 |

1 ─────

여러 명이 천재들이 동시대를 같이 살아가며 활약하는 모습을 볼 수 있는 행운을 가진 민족은, 그들 각자의 스타일을 인정하고 그들이 자유롭게 창작 활동을 할 수 있도록 내버려두는 것이 아니라 그들을 서로 견주어보고 어느 한쪽의 '편'을 들고 순위를 매기려고 하는 경향을 보인다. 한 사람을 다른 사람보다 우위에 놓고 싶어 하는 성향은 여러 가지 욕구에서 유래했을 것이다. 자기가 사랑하고 존경하는 사람의 가치에 대해 확신을 얻고 싶은 아름답고 순수한 욕구일 수도 있다. 그러나 학자들은 종종 그리 순수하지 않은 의도로 순위를 매기기도 한다. 그들은 한 천재의 가치를 어떤 틀 속에 끼워 넣어 천재의 비합리적인 가치를 존중하려 하지 않고, 단지 자신이 천재를 평가할 수 있다는 지적 허영심이나, 혹은 정신적 창작 활동에 대한 겸허한 자세의 결여로 인해서 그러한 일을 벌인다. 또한 자신들의 경험이 갖는 피상성으로 인해 위대한 사람들의 독특한 내면의 깊이를 관찰하고 그들의 다양한 모습이 본질적으로는 같은 가치를 갖는다는 것을 인정하는 데 드는 노력과 책무를 피하고 싶은 안이함에서 그러한 순위를 매기기도 한다.

학자들의 이러한 지적 허영심과 안이함으로 인해 종종 엉뚱한 사람이 과대평가를 받기도 하고, 아직 충분한 창조물을 내놓지 못한 진정한 천재는 인정받지 못하는 경우도 발생한다. 정신사에서 자주 눈에 띄는 이러한 오판은, 현대와 같이 현실에 쫓기어 판단력이 극히 빈약해진 시대에는 더욱 빈번하게 일어난다.

모든 예술 작품은 사상적 업적과 마찬가지로 여과 과정을 거친다. 예술 작품은 두 가지 힘을 통해 동시대의 사람들에게 영향을 미친다. 하나는 그 시대의 필요, 희망, 요구, 현재적 욕구 등 그 시대의 구성 요소에서 나온 힘이며, 다른 하나는 미래의 것을 예감하여 새로운 이념과 형식을 창조해내는 힘이다. 특히 두 번째 것은 후세에 가서야 그 가치를 인정받게 되는데, 이러한 예술 작품은 그것이 창조되었던 시대와는 전혀 동떨어진 힘과 가치들을 갖는다.

예술적이고 창조적인 사람들조차도 그에게 한없는 감동을 주는 예술 작품이 시대에 제약된 일시적인 감격의 소산인지, 아니면 영원한 효력을 갖고 있는 힘인지 정확히 판단하기란 매우 어렵다. 예술 작품이 일시적인 유동적 가치인지 영원한 힘을 갖는 가치인지를 판단하는 데는 종종 몇 세대를 거치고 나서야 가능하다. 작가 생존시에 큰 평가를 받으며 세간의 이목을 집중시켰던 작품이라도 시대에 제약된 일시적인 가치밖에 갖지 못한다면 여과 과정을 거쳐 떨어져 나가기도 한다. 그 시대가 한때 그토록 격정적으로 다루었던 작품도 이제는 그저 진부한 것으로 받아들여지거나, 시대에 뒤떨어진 것으로 평가되기도 한다. 그러한 것들은 그렇게 자신의 임무를 끝내는 것이다. 반면 작가가 살아 있는 동안에는 전혀 간파되지 못하고 작품 속에 묻혀 있던 힘들이 새로운 시대가 되어서야 각광을 받기도 한다. 그러므로 이미 여과 과정을 거친 작품들을 보유한, 오래 전에 작고한 천재와 우리시대의 예술가를 서로 견주며 그 가치를 평가하는 것은 매우 위험하며 불가능하다고 할 수 있다. 우리는 우리의 다음 세대가 무엇을 희망하고 갈망하며 필요로 하는지 알 수 없다. 그러므로 우리 시대의 예술가를 미래에도 불멸할 천재로 인정하려면 냉철한 신념에 근거한 믿음과 수많은 경험에 의해 판단할 수밖에 없다. 하지만 풍부한 경험에 근거한 이러한 믿음은 예술가의 가치를 판단하는 데 있어 이론적 지식이나 그럴 듯한 예술론보다 훨씬 정확한 판단을 내릴 수 있지만 오류로 빠질 가능성도 적지 않다.

많은 관찰자들에게 종종 나타나듯, 이러한 통찰과 사고는 창조적이고 혁명적인 천재는 인정하지 않는 대신에 범용한 것을 높이 평가하거나 심지어 일시적인 유행을 찬양하는 오류로 이끌기도 한다. 천재의 가치에 대하여 깊이 숙고한다면 우리의 책임감은 좀더 무거워질 것이며 경솔한 판단은 피할 수 있을 것이다. 천재의 본질 속으로 깊이 파고들기 위해 항상 노력하고 투쟁하지 않는다면 그에 대한 믿음이나 사랑도 아무런 의미가 없기 때문이다. 나아가 이러한 내면의 깊이 있는 관찰은 확고한 세계관과 지적인 입지(立地)를 전제로 하는데, 그것은 천재가 어느 방향에 서 있었느냐에 의해서가 아니라 오로지 그 지고함과 순수함을 알고자 하는 욕구에 의해 판단되어야 한다.

천재는 신으로부터 부여받은 확고한 정신적 기반 위에 서 있다. 그리고 스스로 창조적인 사람만이 천재를 판단할 수 있는 소중한 권리를 갖는다. 장 파울은 "천재는 천재만이 이해할 수 있으며, 그 기질은 그러한 기질을 가진 사람을 통해서만 파악된다."라고 말했으며, 헤르더도 "천재가 아니라면 비평도 있을 수 없다. 천재만이 다른 천재를 판단할 수 있다."고 했다. 창조적인 사람은 다른 사람의 예술 작품에 대해서도 깊은 안목을 갖고 있으며, 그 자신과 닮은 예술가나 작품을 만나게 되면 이러한 인식은 더 깊고 풍부하게 솟아난다. 그러나 창조적인 사람도 동시대의 사람에 대해서는 잘못 판단하는 경우가 종종 일어나는데, 자신의 예술관과 세계관을 변호하고 정당화시키기 위한 시도가 그를 이러한 오류로 이끌어간다. 자신의 사명을 지켜야하는 입장에 있기 때문에 자신과는 다른 길을 걷는 동시대인에 대해서 부당해지는 것이다. 이러한 경향은 자신이 느끼는 사명감이 견고할수록, 특히 젊은 세대에 의해 위협받고 있는 전통적 세계관을 변호해야 한다거나, 현재의 지배적 세계관이나 예술관에 대항하여 미래를 위한 새로운 사상을 관철시켜야 하는 경우에 더욱 뚜렷하게 나타난다.

괴테는 "나는 정직하다고 맹세할 수 있다. 그러나 공정하다고 맹세할 수는 없다."는 말로 창작자나 작품에 대해 평가하는 모든 사람이 지니는 극히 무거운 책임감을 상기시켰다. 또 "어떤 글이나 행동에 대하여 논하고자 할 때 애정 어린 관심이나 다소 편파적일 수 있는 열광조차 보이지 않는다면 그 언급은 그리 가치가 없다."며 경외와 사랑을 강조했다.

2 ———

너무 많은 천재가 한 시대에 활동하고 있어서, 이 사람이야말로 그 시대가 배출한 최고의 위인이며 그 시대를 대표하는 인물이라고 꼽는 것이 불가능한 역사상의 한 시기가 있다. 리멘슈나이더, 그뤼네발트, 뒤러, 홀바인, 레오나르도 다빈치, 미켈란젤로, 티치아노, 라파엘로가 함께 활약했던 르네상스 시대와, 불과 몇 십 년 사이에 헤르더, 괴테, 실러, 횔덜린, 하이든, 모차르트, 베토벤, 칸트가 등장했고, 바로 뒤를 이어 클라이스트, 슈베르트,

피히테, 쇼펜하우어 같은 위대한 인물들이 출현했던 독일 고전주의 시대에서 한 사람만을 꼽아 이 사람이야말로 그 시대를 대표한다고 그 누가 감히 말할 수 있겠는가!

그러나 시간이 흐르면서 이러한 위인들의 대열 중에서 한 인물이 신화적인 모습으로 떠오른다. 그 인물은 그 시대가 요구한 정신적, 예술적 가능성들을 구체화시켰으며, 수 세기에 걸쳐 모든 민족과 시대가 열망했던 요구들을 한 몸에 체현시킨 위대한 인물로 후대의 사람들에게 등장한다. 이렇게 19세기 말부터 20세기에 들어서 괴테는 독일 정신을 가장 풍부하게 표현한 위대한 통찰자이자 현자의 완벽한 모습으로 떠오르게 된다. 또한 수많은 천재가 활동했던 르네상스 시대에는 다른 위대한 예술가들의 가치와 업적을 폄하시키지 않으면서, 미켈란젤로가 서양 조형 예술의 최고의 천재로 인정받게 되었다.

미켈란젤로가 명예를 얻게 된 것은 그 수도 적고 일부는 미완성이기도 했던 작품들의 양에 의한 것도 아니고, 또는 예술사에 있어 탁월하고 강력한 업적인 시스티나 예배당의 프레스코화나 《모세상》과 같은 개별 작품들의 위대성이나 독창성 때문만도 아니다. 그의 이러한 명성은 개별 작품이나 업적과 따로 떼어낼 수는 없지만 그 작품 속에서는 입증하고 해석될 수 없는, 또는 뚜렷한 형태로는 나타나지 않는 그 무언가에 의해서이다. 그것이 무엇인가는 명료하지도 않고 간단히 입증할 수도 없다. 하지만 침착하고 겸허한 관찰자라면 깨달을 수 있으며, 모든 비판적 지성에서 벗어나면 영혼의 전율과 충격으로 느낄 수 있다. 그것은 자기 자신과 세상의 압력을 상대로 한 거인적 투쟁이며, 도달할 수 없는 최고의 예술적 이상에 대한 장엄한 추구이며, 내면의 영상들이 빚어내는 엄청난 영감이며, 자신의 영감 속에 나타나는 영상들을 우리들에게 드러내 보이기 위한 고통스러운 노력이다. 결코 채

미켈란젤로 《시스티나 성당 천장화》

워지지 않는 열망의 높이, 고통스럽게 고뇌하면서 추구한 영혼의 통찰력, 우리에게 그의 암울한 분위기를 이해할 수 있도록 하는 고통의 무게, 이 모든 고통과 완성을 향한 투쟁들이 그의 작품 속에 순수한 모습으로 표현되어 있다. 그의 작품이 가지는 이러한 특징이 바로 그의 천재성이 가지는 위대함과 특별한 위치를 결정하는 것이다. 그의 작품 속에 암시되어 있는 이러한 내적 체험들은 후대인들이 경외로 바라보는 하나의 세계를 창조해 내었다.

세계 정신사에서 이러한 영혼의 충격은 그리 많지 않았다. 독일인이라면 베토벤의 후기 4중주를 연상할 것이다. 또한 독일의 한 작가에게서는 격렬한 초현실적 몰입으로 나타난다. 그것은 바로 하인리히 폰 클라이스트가 《로베르트 지스카르트》에서 고전 비극과 근대 비극을 포함하여 전승되어 온 모든 형식을 하나의 새로운 비극으로 융합시키고자 시도했을 때 일어난다. 클라이스트 자신은 이 충격에 의해 파괴되고 만다. 그러나 만년의 베토벤과 마찬가지로 미켈란젤로는 자신이 보았던 그 최고의 내적영상들을 표현하기 위한 영웅적 투쟁을 벌여나갔으며, 이러한 투쟁을 작품 속에 형상화 시켰다.

그를 짓누른 것은 자신의 내적영상을 완성시키기 위한 힘겹고 고통스러운 정신적, 예술적 투쟁, 그리고 영혼의 끝없는 침울함과 고독만이 아니었다. 진부하고 천박한 일상들이 그에게 세속적이고 인간적인 곤경을 안겨주었다. 그가 활동하던 르네상스 시대는 더러운 음모와 예술가들 간의 시기와 경쟁심, 추악한 품성들이 다른 어느 시대보다 두드러졌던 시대였다. 르네상스 시대에 많은 뛰어난 미술가들이 활약했듯이 그로부터 3백 년 후에 독일에서는 수많은 음악의 천재들이 활동했으나, 자질구레한 소인배들이 천재들의 발목을 잡고 시샘하는 일은 있었어도, 천재 그들 스스로는 놀라울 만큼 서로에게 공감하고 시기심 없이 서로의 재능을 인정했다. 리하르트 벤츠가 말했던 것처럼 "서로가 서로를 통해 곳곳에서 유기적 성장을 가져왔으며, 이는 종종 전설적으로 전해 내려오는 그 개인적 만남들을 통해 확연하게 드러난다." 우리는 노년의 글루크(1714~1787. 독일의 고전 오페라 작곡가)가 1782년 《후궁으로부터의 도주》를 감상하고 있을 때, 마침 극장에 있던 작곡가 모차르트에게 경의를 표하기 위해 자신의 특별관람석으로 와달라고 청했던 사실을 알고 있다. 또한 모차르트는 자신이 존경했던 유일한 작곡가 하이든을 직접 만나 우정을 맺을 수 있었다. 하이든은 모차르트와 헤어져 런던으로 가는 길에 본에 들러 젊은 천재 베토벤을 직접 만나고 그의 연주를 듣게 된다. 17세의 베토벤이 빈에서 공연했을 때, 그의 연주를 들은 31세의 모차르트는 "저 친구 분명 세상에 널리 이름을 떨칠 인물이군."라고 말했다. 또한 빈에서 만년의 베토벤은 어느 젊은 작곡가를 자주 만났는데, 베토벤은 임종의 순간에도 이 젊은 작곡가의 악보를 손에 쥐고 있었으며 "진정으로, 이 안에는 신적인 불꽃이 살아 있소."라고 평가했다. 이 젊은 작곡가는 바로 슈베르트였다. 시기심 없이 서로를 이해하려 노력하는 이러한 거장들의 만남은 얼마나 풍성한 은총을 가져오는가.

그러나 르네상스 시대에는 이와 달랐다! 이때는 작품 활동을 위해 주문을 받아야 했으며 의뢰인에게 종속되어 있는 고집스러운 인물들이 좁은 공간에 넘쳐나고 있었다. 이러한 조건에서 서로에 대한 질투심은 다른 시대의 예술가보다, 그리고 후원자의 금전적 지원에 전적으로 의지할 필요가 없는 다른 창작 분야보다 훨씬 격렬하게 타올랐다.

라파엘로(1483~1520)와 미켈란젤로(1475~1564)의 사이를 멀어지게 했던 그 특별한 긴장 관계는 유명하다. 동시대인과 후세에 공공연한 적대 관계로 받아들여지는 두 사람의 대립은 예술사에서도 가장 문제 있는 사건의 하나로 널리 논의되어 왔다. 그러나 사람들은 이보다 훨씬 더 깊고 중요한 가르침을 주는 대립, 즉 미켈란젤로와 레오나르도 다빈치(1452~1519) 사이에 존재하던 그 낯설음과 격렬한 경쟁에 대해서는 잊고 있는 듯하다.

바사리(1511~1574. 이탈리아의 화가, 건축가)는 날카롭고 냉정하게 다음과 같이 말했다.

"미켈란젤로와 레오나르도 다빈치는 서로 깊이 경멸하고 있다. 그들은 서로에 대해 커다란 거부감을 갖고 있다."

3 ———

로마가 미켈란젤로와 라파엘로의 존재와 작품을 통해 유럽 예술의 중심부에 서기 전에는 피렌체의 명성이 드높았다. 기를란다요, 페루지노, 보티첼리, 바르톨롬메오 등이 피렌체 예술을 주도하던 사람들이었다.

레오나르도 다빈치는 1500년 봄에, 미켈란젤로는 1501년 4월에 이 도시에 오게 된다. 이 두 예술가가 그 이전에도 만났다고 하는 보고들, 즉 바사리는 시청 광장을 건립하기 위해 1495년 사보나롤라(1452~1498. 이탈리아의 도미니크회의 수도사, 종교 개혁가)에 의해 조직된 위원회 모임에서 두 사람이 이미 만난 적이 있다고 주장하고 있으나, 이는 입증되지 않고 있으며 그것이 사실일 가능성도 거의 없다.

미켈란젤로와 레오나르도 다빈치가 피렌체에 나타난 것은 이 도시의 사람들에게는 커다란 사건이었다. 예술가와 예술 애호가들은 겉모습에서부터 극단적인 대조를 보이는 이 두 인물이 피렌체에서 걸어 다니는 모습을 보게 된다.

레오나르도 다빈치는 예술가가 아름다움과 권위 속에 살면서 일상생활도 격식 있고 미적으로 꾸밀 수 있는 권리를 긍정했다. 그는 많은 하인을 두고 있었으며 피렌체에 정착할 때에도 마치 영주처럼 말들과 호화로운 가재도구를 장만하는 데 많은 신경을 썼다고 한다. 그는 부유하게 사는 데 적응되어 있었다. 그는 당시 유행하던 긴 코트를 입지 않고 무릎까지 내려오는 우아한 장밋빛 비단옷을 입었다. 사람들은 그를 '멋지고 진정으로 위풍당당한 모습'이라고 칭송했다. 그는 거동이 우아했으며 외모도 아름다웠다. 곱슬머리는 어깨까지 닿았고, 잘 손질된 수염은 가슴까지 내려왔다. 당시 사람들의 호의적인 눈길을 받으며 피렌체 거리를 누비던 레오나르도 다빈치의 모습은 그렇게 묘사되었다. 레오나르도 다빈치는 다른 많은 천재들과 마찬가지로 웅장하고 아름다운 생활양식을 눈으로 보고 즐기는 사람이었다. 항상 예복을 차려입고 호화로운 검을 옆에 차고서야 그림을 그렸던 루벤스, 말 탄 사람들을 앞세운 채 크고 사치스러운 마차를 타고 런던 시내를 누비던 반 다이크, "아무렇게나 입은 옷차림은 사람에게 가장 역겨운 모습이다.", "은으로 된 구두 버클을 갖고 싶은 욕구가 강렬하다."고 말했던 모차르트, 작곡을 할 때는 반드시 비단 외투를 입었던 바그너 등은 모두 이러한 삶의 미적 형식을 긍정한 사람들이다. 이에 대해 거부감을 느끼는 사람은 시각을 중시하는 사람들이 일상생활에서 자신의 눈을 충족시키고자 하는 마음을 이해하지 못하는 고루한 사람들일 뿐이다.

미켈란젤로의 외모는 사람을 볼 줄 아는 사람에게는 흥미롭고 특색 있는 모습임에 틀림없지만 그리 아름답지는 못하다. 그의 옷차림은 그가 사는 모습과 마찬가지로 별로 다듬어지지 않은 모습이었다. 넓은 머리와 튀어나온 이마는 그 아래의 작은 눈과 어렸을 적에 친구에게 맞아 부러져 비뚤어진 코와 뚜렷한 대조를 이룬다. 이렇게 못생긴 외모는 육체적인 미를 사랑하며 찬미하였고 육체의 추함을 수치이자 굴욕으로 받아들였던 미켈란젤로의 내면세계나 태도에 깊은 영향을 주었다. 그는 균형 잡힌 체구도 아니었고, 그의 옷차림을 봐줄 여자도 친구도 없었기에 자신을 꾸밀 필요성을 느끼지도 못했다. 이러한 외모상의 특이성은 미켈란젤로의 감수성에 큰 영향을 주었음이 분명하다.

피렌체의 평범한 미술가라 하더라도 자신이야말로 최고의 업적과 명성을 인정받아야 한다고 자부하고 있던 두 인물이 이 도시에 와 있음을 느꼈다. 레오나르도 다빈치와 미켈란젤로는 미술에 대한 기존의 형식과 관점을 확대 변형시켰고 혁신적인 영향을 끼쳤다. 이 두 사람은 이곳에 오기 전에 이미 명성을 떨치고 있었다. 레오나르도 다빈치는 성숙하고 위대한 거장이라는 명성, 미켈란젤로는 비록 작품 수는 적지만 새로운 양식의 기념비적인 작품들을 통해 예술, 특히 조각계의 젊은 혁명자라는 명성을 얻게 된다.

피렌체의 화가들에게는 실망스러운 일이었지만, 레오나르도 다빈치는

레오나르도 다빈치 《암굴의 성모》

그곳에서 미술가로서의 창작 활동은 하지 않고, 예술적 천재성의 새로운 직관을 다지기 위해 도서관에 드나들며 해부학이나 이론적인 학문에 열중했다. 그는 피렌체에 와서 곧 답답함을 느꼈다. 밀라노에서 행복하게 창작 시간을 보냈던 그에게는 이곳에서 벌어지고 있는 예술가들의 갈등과 경쟁, 그리고 정치적 분쟁들이 모두 하찮게 느껴졌다. 또한 자신의 능력을 충분히 발휘할 수 있는 가능성이 제한되어 있는 것처럼 보였다. 그의 업적은 동시대인에게도 놀라울 만큼 위대한 것이었다. 47세의 나이에 그는 그 명성의 정점에 올라있었다. 그가 건축가, 기술자, 축성가, 발명가로서 이룬 업적들을 사람들은 알고 있었고 이를 높이 평가했지만, 그의 미술 작품에 대한 평판은 이 모든 것을 덮어버렸다. 1483년 레오나르도 다빈치는 밀라노의 공작인 루도비코에게서 그 유명한 《암굴의 성모》의 제작의뢰를 받았고, 이 작품은 즉각 동시대인의 경탄을 자아냈다. 완성된 이 작품은 너무나도 자연의 아름다움이 넘치고 있었다. 부드러운 배경과 낭만적이고 아름다운 풍경 속에서 생동하고 있는 성모 마리아의 모습은 전례가 없는 것이었다. 화가나 조각가들은 레오나르도 다빈치가 의뢰받은 또 다른 작품에 대해서도 이야기했다. 프란체스코 스포르차(1401~1466. 밀라노 영주 스포르차 가문의 설립자)를 위한 기념물인 당시 최대 규모의 기마상을 제작하는 일이었다. 외부의 기술적인 문제 때문에 그가 도안한 이 모델은 실현되지 못했으나 그러한 사실이 그에게 불명예가 되지는 않았다. 레오나르도 다빈치의 명성은 그의 그림 중 가장 유명하고 가장 대중적인 한 작품으로 확립되었다. 이 작품은 타의 추종을 불허할 정도로 수없이 많이 복제되어 전 세계로 퍼져나갔고, 나중에는 먼 나라의 교과서에까지 실리게 되었다. 이 작품은 미완성인 데다 세월이 흐르며 너무 손상되어 이제는 루브르 박물관에 있는 한 점의 복제본을 통하여 그 양식과 색채의 아름다움, 구성과 제작에 있어서의 정신적 자세를 어럼풋이나마 상상할 수밖에 없다. 그럼에도 불구하고 이 작품은 오늘날까지 그 대중성을 유지하고 있다. 이 작품은 바로 1498년 밀라노의 산타마리아 델레그라치 수도원에 그린《최후의 만찬》이다.

이미 누구도 무너뜨릴 수 없는 완벽한 경지의 업적으로 유명했던 레오나르도 다빈치가 피렌체로 온 것이다.

그리고 그로부터 1년 뒤 미켈란젤로 역시 피렌체로 온다. 그는 26세의 젊은 세대였다. 그는《소년 요한》과《바쿠스》로 어느 정도 명성을 떨치고 있었으나, 성숙한 정신의 심오함을 표현한《피에타》에 의해서 그의 명성은 확고해졌다. 미켈란젤로의 고뇌에 넘치는 삶을 구성하고 있는 모든 고통, 투쟁, 체념은 이 조각에 표현되어 있는 완벽한 미와 부드러움을 통해 이미 예감되고 있었다.

미켈란젤로와 레오나르도 다빈치가 처음 만났을 때 그들은 서로가 다르다는 것을 금세 알았지만 그럼에도 서로에 대한 내밀한 존경심을 지니고 있었던 것 같다. 사소한 것에도 쉽게 마음의 상처를 받고 최고의 완성품을 만들고자 정열적으로 노력했던 미켈란젤로는 이 노장의 명성을 당혹스럽게 받아들였음이 틀림없다. 조각가인 그로서는 레오나르도 다빈치의 스포르차 기념물에 대한 찬사가 특히 자극이 되었을 것이다.

그러나 이 두 사람은 모두 너무도 위대했기에 서로의 본질과 가치를 알아볼 수밖에 없었다. 어쩌면 그러한 통찰로부터 서로에 대한 거부감과 낯설음이 시작된 것일 수 있다.

런던에 있는 대영박물관에는 미켈란젤로가 그린 소묘가 있는데, 이 그림은 그 의미가 오늘날까지도 수수께끼로 남아 있다. 한 노년의 남자가 품위 있는 자세로 꼿꼿하게 오른쪽으로 걸어가고 있다. 그는 바닥까지 닿는 주름이 많은 코트를 입고 있는데, 그 코트의 밑단 가장자리는 모피로 장식되어

미켈란젤로 《피에타》

있다. 머리에는 챙이 긴 투구 모양의 모자를 쓰고 있고, 긴 턱수염은 가슴까지 내려와 있다. 시선은 앞으로 뻗친 양손에 원추형의 물건을 들고서 마치 이를 음미하듯 바라보고 있다.

미켈란젤로는 다른 사람의 초상화를 그리는 것에 강한 거부감을 갖고 있었다고 알려져 있다. 이 때문에 미켈란젤로를 연구하는 한 영국인은 이 그림이 바로 미켈란젤로의 자화상이라고 주장한다. 그러나 다른 연구자는 이 소묘가 레오나르도 다빈치를 그린 것이고 이 노인이 들고 있는 물건은 바로 해골이라고 주장한다. 만약 그렇다면 이 그림에는 '해부학자 레오나르도 다빈치'라는 제목을 붙여야 할 것이다. 이 그림이 완성되었을 무렵에 레오나르도 다빈치가 해부학에 심취해 있었다는 것은 널리 알려진 사실이다. 레오나르도 다빈치와 처음으로 만난 미켈란젤로는 자신의 위대한 경쟁자를 화가로서가 아니라, 이 노장에게 기꺼이 우위를 양보할 수 있는 해부학자로 설정했다는 것이다. 이러한 해석은 그림 속의 인물이 긴 머리가 아니라는 것과 레오나르도 다빈치가 항상 입고 다녔던 옷 대신에 코트를 그렸다는 점에서 이 같은 주장을 받아들일 수 없게 하는 중요한 근거가 되고 있다. 하지만 이러한 해석이 옳다고 가정한다면 이는 한 젊은 화가가 노장에게 독특한 방식으로 인사를 한 것이며 이 두 사람이 만났다는 첫 번째 증거가 되는 것이다.

당시 최대의 기마상 설계자로서, 화가로서, 과학자로서 유명했던 레오나르도 다빈치는 미술과는 관계가 먼 다른 일에 몰두하였다. 게다가 레오나르도 다빈치가 체사레 보르자†의 건축가 겸 주임기술자로서 각지를 돌아다니는 동안 젊은 미켈란젤로에게는 작품 의뢰가 쇄도하였다. 미켈란젤로는 피렌체에 오자마자 시에나 대성당의 예배당 내부 장식을 의뢰받아 '네 명의 성인(聖人)' 조각상 제작에 들어간다. 이 작업을 아직 다 끝내기도 전에 그는 피렌체 성당 건축 책임자로부터 이미 평범한 실력의 조각가가 시작만 해놓은 채 포기해 버린《다비드 상》을 완성해 달라는 의뢰를 받게 된다. 이 작업은 꼬박 2년이 걸려 1503년에야 완성이 된다. 이 작품은 '고대의 모든 조각품을 능가한다.'고 칭송되었다. 9톤 무게의 이 다비드 상은 그에 어울리는 장소에 효과적으로 설치할 필요가 있었다. 이 거대한 조각상이 만들어지고 설치되는 과정은 이 도시의 위대한 예술적 사건으로 간주되었기에 피렌체의 미술계가 열정적인 관심을 갖고 주목하고 있었다. 1504년 1월 25일 이 조각상의 설치 장소를 결정하는 피렌체 예술가 위원회가 열렸다. 보티첼리, 페루지노, 필리피노 그리고 레오나르도 다빈치 등 저명한 미술가 28명이 이 자리에서 각자의 의견을 개진하였다. 미켈란젤로는 이 조각상을 시청사 앞의 베키오 광장에 세우고 싶어 했지만, 그 자리에 참석했던 줄리아노 다 상갈로는 조각상을 비바람으로부터 보호하기 위해 지붕이 있는 로지아 데이 란치 −로지아(loggia)는 이탈리아의 독특한 건축 양식으로서 복도나 거실 용도로 쓰는 건물의 한쪽 벽을 없애고 바깥과 직접 연결되도록 한 공간− 에 세우자고 제안했다. 그러자 레오나르도 다빈치가 다음과 같이 말했다.

"방금 줄리아노 씨의 제안대로 로지아를 세우고 다비드 상을 설치하는 것이 현명한 방법이라고 생각합니다. 이때 다비드 상의 어깨가 벽에 닿을 수 있도록 적절한 장식을 덧붙인 받침대 위에 세우면 공공건물의 위엄도 떨

---

† 체사레 보르자 1475~1507
교황 알렉산드르 6세의 아들. 아버지에 의해 발렌시아 대주교와 추기경으로 임명되었다. 교황의 특사로서 프랑스에 갔으며, 국왕 루이 12세와 친숙해져 발렌티누아 공작이 되었다. 프랑스의 원조로 중부 이탈리아의 여러 영주들을 정벌하였으며, 1501년까지 로마냐 지방을 정복하여 지배영역으로 만들었다. 또 나폴리왕국에도 침입하여, 밀라노, 피렌체를 위협하였다.
목적을 위해서는 수단과 방법을 가리지 않아 사람들을 떨게 하였고, 마키아벨리는 그를 이상적 전제군주로 보고 이탈리아 통일의 희망을 걸었다. 그러나 보르자가(家)의 숙적인 율리우스 2세가 교황으로 즉위하자 실각하였다.

어뜨리지 않을 것입니다."

　미켈란젤로 이전에 이미 이 대리석 조각 작업을 제안 받았던 레오나르도 다빈치가 이 젊은 예술가에 대한 질투심 때문에 이런 말을 했을 리는 없다. 그러나 이 조각상의 제작자로서 작품의 설치 장소를 결정할 권한이 자신에게 있다고 여겼던 미켈란젤로에게 레오나르도 다빈치의 의견은 너무나도

미켈란젤로 《다비드》

애정 없이 느껴졌다. 레오나르도 다빈치는 실무적으로 가장 좋은 자문을 주려고 했다. 그러나 이날 이후로 젊은 미켈란젤로의 마음속에 노장인 레오나르도 다빈치에 대한 불쾌감이 싹텄을 것이라는 추측은 전혀 근거가 없는 것이 아니다.

《다비드 상》은 결국 시청사 앞 야외에 세워졌다. 이 거인을 작업실에서 이곳까지 나르는 데 꼬박 나흘 밤낮이 걸렸는데, 그 나흘 동안 미켈란젤로의 재능에 대한 미술가들의 질투심이 나타난다. 이 조각상을 옮기는 동안 돌을 던진 사람도 있었는데 그들 중 8명은 체포되어 감옥으로 보내졌다. 레오나르도 다빈치가 이를 선동한 사람 중 하나라는 이야기는 경솔하고 근거 없는 억측이다. 오히려 이와 반대이다. 앞서 언급한 코트 입은 미켈란젤로의 소묘가 선배인 레오나르도 다빈치에 대한 젊은이의 찬사라면, 윈저에 있는 레오나르도 다빈치의 펜화 데생은 레오나르도 다빈치가 미켈란젤로에게 보내는 답례로 그린 것이라 할 것이다. 이 데생은 《다비드 상》을 스케치한 것이다. 게다가 레오나르도 다빈치는 이 조각상을 위한 받침대를 만들려고 했었다.

그럼에도 불구하고 《다비드 상》을 옮길 때 벌어진 이 사건은 쉽게 상처받고 불신감을 많이 갖고 있던 미켈란젤로의 가슴에 깊은 상흔을 남겼다. 그리고 위원회에서의 참고 의견으로 인해 가뜩이나 레오나르도 다빈치를 불신하던 그는 이 거장을 더욱 못 믿게 되었다.

《다비드 상》은 이제 이 도시의 수호신으로 시청사 앞 광장에 서게 되었다. 그는 성경 속의 인물이 아니었다. 이 조각상은 재료와 대상적인 것을 넘어서고 초상의 개념마저 뛰어넘는 소박하면서도 기념비적인 인물이었고, 고전적인 아름다움과 르네상스 정신을 담고 있는 영웅 상이었다.

다비드를 제작한 이후 미켈란젤로는 새로운 시대의 가장 위대한 조각가로 인정받게 되었을 뿐만 아니라, 고대 이후를 통틀어 가장 위대한 조각가 중의 한 사람으로 칭송받게 되었다.

레오나르도 다빈치도 기술과 과학으로부터 다시 예술로 눈을 돌리게 되었다. 이는 미켈란젤로가 새롭게 일궈낸 성과에 영향을 받았다고 볼 수 있다. 두 사람이 서로에게 어떠한 자극을 주었는지, 두 사람의 작품에는 어떠한 연관성이 보이는가에 대한 미학적 토론은 불필요하고 비생산적이다. 이들과 같이 창조적이고 독창적인 인물들은 각자 확고한 자기만의 예술관을 갖고 있었을 것이다. 그러면서도 그들이 서로를 의식하고 상대편의 작품에 대해 특히 비판적이고 엄격한 시각으로 바라보면서 관심 어린 흥미를 갖고 연구했음은 당연하다.

1501년 피렌체 예술가들의 감탄을 자아내며 커다란 반향을 불러일으켰던 레오나르도 다빈치의 《성 안나》 초벌 소묘는 이미 미켈란젤로의 흔적을 보여주고 있다. 레오나르도 다빈치는 이 해에 《성 안나》와 《모나리자》 작업을 시작했다. 《다비드 상》과 같은 걸작은 자극을 받아들일 자세가 되어 있는 천재라면 누구에게나 창작 의욕을 불러일으키게 한다. 본디 창작 의욕을 자극하는 것은 반드시 어떤 작품이나 작가에 대한 견해의 일치는 아니다. 오히려 그 반대의 경우가 생산적인 자극을 주는 경우가 더 많다.

이 두 사람이 전혀 다른 곳에서 살았다면 아마도 서로를 숭배했을 것이다. 그랬다면 두 사람이 서로의 위대성과 이질성에 대해 가졌던 인식은 마음속의 비밀로 남겨졌을 것이다. 만약 그럼에도 그들이 서로에 대해 비판적이고 거부하는 태도를 취했다면, 그것은 두 사람의 정신적인 자기방어 본능 때문일 것이다.

레오나르도 다빈치 《성 안나》

레오나르도 다빈치 《모나리자》

4 ⎯⎯

위에서 언급했듯이 레오나르도 다빈치는 《다비드 상》 설치 문제로 열린 예술가 위원회에서 미켈란젤로에게는 그다지 유쾌하지 않은 의견을 내었는데, 이것은 레오나르도 다빈치와 미켈란젤로가 멀어지게 된 운명적인 해인 1504년을 예고하는 것이었다. 미켈란젤로의 명성과 성공은 피렌체를 가득 채우고 미술계에 활력을 주었다. 다비드의 의미와 설치에 대한 토론으로 서로 다른 예술 사상을 지닌 두 진영이 존재한다는 사실이 뚜렷이 드러났던 그 시기에, 레오나르도 다빈치는 이 도시의 지배자인 피에로 소데리니로부터 대평의회 홀의 벽화를 의뢰받는다. 그는 시정부에서 희망에 따라 피렌체의 최근 역사의 한 장면을 고른다. 60년 전, 모든 피렌체 국민이 독립을 위해 밀라노에 대항하여 싸워 승리한 '앙기아리 전투†' 장면이다. 한곳에 오래

---

† 앙기아리 전투

1430년대에서 60년대 중반까지 근 30년 간 피렌체 공화국을 실질적으로 다스린 코시모는 나라 안팎에 평화를 이루었다. 그가 권력을 장악한 뒤로 피렌체의 오랜 폐단이었던 내분과 폭동이 자취를 감췄고 시민들은 평화롭게 생업에 전념할 수 있었다. 그러나 전쟁이 없었던 것은 아니다. 전쟁을 좋아하지 않았던 코시모는 영토를 늘리는 것도 돈으로 매수하는 방법을 선호했다. 이탈리아 반도에 평화를 확보하기 위해 필요하다면 돈을 얼마든지 쓰겠다는 것이 코시모의 생각이었다. 만약 피를 흘리지 않고서는 이탈리아 반도 전체를 통일하는 것이 불가능하다면 피렌체, 밀라노, 베네치아, 나폴리, 그리고 교황령 등 5대 강국 사이에 힘의 균형을 이루어야 한다고 생각했다. 그러나 피렌체는 1440년 한 해만도 밀라노와 몇 번의 전쟁을 치러야 했다.

그때까지 피렌체는, 베네치아와 우호적인 관계를 유지했지만, 가까이 있는 밀라노와는 늘 경쟁상태였다. 코시모가 피렌체를 다스릴 무렵 밀라노는 필리포 마리아 비스콘티(1392~1447) 공작이 지배하고 하고 있었다. 그는 밀라노 정부의 재정을 튼튼히 하기 위해 피렌체의 주산업인 견직산업을 도입했다. 또한 밀라노를 35년간 지배하면서 부친이 잃어버린 롬바르디아 평원을 모두 되찾았다. 비스콘티는 피렌체의 토스카나 평원까지 확장하려는 계략을 짰다. 그런 와중에 피렌체에서 추방당한 알비찌 가문이 밀라노와 결탁하게 되었는데, 알비찌는 정치적 추방자들 ―당시 피렌체는 정치적 반대자들을 처형하지 않고 국외로 추방했다― 을 이끌고 피렌체 시내로 들어가 폭동을 일으켜 밀라노 군대의 진입을 지원한다는 계획을 세웠다. 1437년 드디어 피렌체와 밀라노는 전쟁에 돌입했다. 지루한 공방이 계속됐다. 1440년 앙기아리 평원에서 밀라노의 용병들은 그들보다 훨씬 더 많은 돈을 받은 피렌체 용병들에게 크게 패했다. 앙기아리 전투에서 승리한 피렌체는 영토를 크게 확장하게 된다.

루벤스가 모사한 레오나르도 다빈치의 《앙기아리 전투》

머물지 않는 레오나르도 다빈치가 이 도시를 떠날 계획이라는 것이 알려졌기에 시에서는 이 도시의 위대한 아들이 새로운 명작으로 이곳에 불멸의 흔적을 남기지 않고는 떠나지 못하도록 하고자 했다. 레오나르도 다빈치는 이 주문을 기꺼이 받아들인다. 피렌체 사람들은 ─미켈란젤로를 포함하여─ 《성 안나》와 같이 여성의 우아함과 아름다움을 그려낸 레오나르도 다빈치가 일변하여 이제는 열정적 투쟁의 모티브를 그린다는 사실에 놀라워했다. 그는 밀라노에서 그린 《최후의 만찬》을 통해 이미 자신이 넓은 공간을 다룰 줄 알며 거대한 구성을 조화롭게 만들 수 있음을 증명해 보였다.

레오나르도 다빈치는 산타 마리아 노벨라에서 벽화를 위한 초벌 작업을 시작한 지 몇 주 뒤에 벌써 대평의회 벽에 이 밑그림을 옮기기 시작했다. 그

미켈란젤로의 《카시나 전투》를 모사한 작품

가 본격적인 작업을 시작한 그해 여름, 이 그림의 완성을 고대하고 있던 피
렌체 사람들을 놀라게 하는 일이 일어난다. 미켈란젤로가 같은 홀의 다른
벽에 마찬가지로 이 도시의 최근 역사인 '피사 공방전'의 한 장면을 그려달
라는 주문을 받게 된 것이다. 그는 카시나에서 목욕하는 군인들이 적에게
기습당하는 장면을 모티브로 잡았다. 이는 레오나르도 다빈치의 기분을 상
하게 하기에 충분했다. 한 벽면에 그릴 밑그림이 완성된 이상 다른 벽면도
그에게 맡겨 홀 전체의 장식을 자신에게 맡기는 것이 당연하다고 생각했을
것이다. 피렌체는 이 일이 아니더라도 미켈란젤로에게 맡길 수 있는 일이
얼마든지 있었다. 하지만 그렇게 두 사람에 대한 주문은 결정되었고, 두 작
가의 선의의 경쟁은 피렌체의 모든 사람이 느낄 수 있을 정도로 불붙기 시작

했다. 이 작업을 시합으로 받아들인 것은 무엇보다도 이 두 작가 자신들이었다. 그때까지 미켈란젤로는 두 점의 성모 마리아 이외에는 화가로서의 일을 거의 하지 않았기 때문에 그가 새롭게 화필을 잡는다는 것은 누가 보기에도 레오나르도 다빈치에 대한 도전으로밖에 보이지 않았다.

이것은 고귀한 대립과 경쟁이 만들어낸 광경이었다. 시평의회실 안에서는 레오나르도 다빈치가 그림을 그렸고, 산토 오노프리오의 염색공 작업실에서는 미켈란젤로가 밑그림을 그렸다.

질투심과 경쟁심, 세대별로 확연하게 나뉘는 추종자들 간의 논쟁, 서로다른 미술 이론 등이 두 사람 사이를 갈라놓기 위한 조건들이 되었다.

이 도시의 미술가와 미술 애호가들은 두 거장의 경쟁과 대립을 흥미롭게 지켜보았다. 근본적으로 다른 두 사람의 예술적 가치관과 창작 방식이 한 공간 내에서 나란히 공존하고 서로 조화를 이룰 수 있는지 이제 드러날 것이었다. 레오나르도 다빈치는 자연의 풍부한 아름다움을 생생하게 재현하고 색의 유희를 중시하는 회화적 원칙을 강조했다. 이는 입체적 형상과, 회화와 장식적 원리의 종합을 창작의 본질로 보았던 젊은 미술가 미켈란젤로의 작품과 대조를 이룰 것이다. 29살의 젊은 작가는 자신에게 맡겨진 작업을 통해 52살의 작가에게 정면으로 도전한 것이다. 연령에 따라 확연하게 나뉜 이 두 사람의 추종자들 사이에는 이상 기류가 불어닥쳤고 피렌체 미술계는 양 진영의 논쟁에서 시작된 자극적이고 민감한 분위기에 휩싸였다. 미켈란젤로는 자신이 한 세대 위의 위대한 화가와 왕관의 영예를 차지하기 위한 싸움을 벌이고 있다는 것을 정확히 인식하고 있었다. 웅대한 내면의 비전이 만족스럽게 표현되지 않는 것에 불만을 갖고 있던 미켈란젤로는 레오나르도 다빈치와 만났을 때 그 불만과 초조함이 폭발하였다. 그들은 피렌체라는 작은 도시에서 거의 매일 얼굴을 맞대어야 했다. 레오나르도 다빈치는 어느 날 몇몇 화가들이 단테의 시 한 구절에 대하여 논쟁을 벌이고 있던 산타 트리니타 교회 옆을 지나게 되었다. 그 화가들은 이 저명한 화가에게 그 의미에 대한 의견을 밝혀달라고 부탁한다. 이러한 문학 토론은 그 당시에는 그리 특별한 것이 아니었다. 레오나르도 다빈치가 전문가로서 지목된 그 순간 우연히 미켈란젤로가 이곳을 지나가고 있었다. 미켈란젤로가 문학에 있어 전문가이며 특히 단테의 작품을 정열적으로 읽고 있다는 것은 레오나르도 다빈치뿐만이 아니라 모두가 다 아는 사실이었기 때문에, 이 노대가는 "아, 저기 미켈란젤로가 오는군요. 그가 당신들이 말하는 이 문구에 대해 분명히 설명해 줄 수 있을 것이오."라고 말했다. 이것은 비꼬거나 반어적으로 한 말이 아니었다.

그러나 미켈란젤로의 불신감은 깊었다. 그는 레오나르도 다빈치가 진지하고 품위 있는 의도로 말한 것이 아니라는 의심을 하고 날카롭게 과민 반응을 보인다.

"당신이 직접 설명하시지요, 다빈치 씨, 기마상의 모형을 만들어놓고 주조할 능력이 못 되어 수치스럽게도 중단해 버린 당신 아니오."

이렇게 말하고는 미켈란젤로는 사람들을 남겨둔 채 그 자리를 떠나려 했지만, 생각지도 못했던 부당한 비난에 얼굴이 붉어져 있던 레오나르도 다빈치는 화가들과 함께 그대로 서 있을 뿐이었다. 레오나르도 다빈치가 아무 말도 하지 않자, 다시 돌아서서는 진작부터 품고 있던 불만을 토해 내며 라이벌에게 도전장이라도 던지듯 "당신이 그 엄청난 일을 할 수 있을 거라고 믿었던 밀라노 사람들은 아마도 멍청이들일 것이오!"라고 덧붙였다. 이 모욕적인 행동은 미켈란젤로의 고뇌와 분열적인 면을 보여준다.

레오나르도 다빈치는 그의 벽화에 군기를 쟁탈하기 위해 싸우는 기사들을 도안했다. 이것은 아주 정열적이고 폭풍 같은 움직임을 보여주는 장면이었다. 세밀한 것을 탁월하게 그려내는 레오나르도 다빈치의 재능은 이 벽화에서도 동물을 우아하게 표현해 내는 데에 발휘되었다. 그때까지 말이라는 소재가 그토록 탁월한 예술적 조형력과 박력을 지닌 모습으로 표현된 적은 없었다. 미켈란젤로도 라이벌의 예술 형식에 흥미를 느꼈는지 레오나르도 다빈치의 그림을 작은 데생으로 재현해 보기도 했다. 레오나르도 다빈치의 그림이 미켈란젤로의 미술적 기법과는 다른 소재와 모티브를 재현하고 있었기 때문에 그는 특별한 관심을 갖고 레오나르도 다빈치의 그림을 관찰했음에 틀림없다. 미켈란젤로는 벽화의 초벌 작업에서 레오나르도 다빈치에 뒤지지 않는 거장의 기교를 발휘하여 조각풍의 입체적 수법을 살려 이것을 천재적인 회화수법에 결합시켰다.

"그렇게 두 초벌 작업 중 하나는 메디치 궁전에, 다른 하나는 산타 마리아 노벨라에 자리를 잡게 되었고, 이 작품들이 존재하는 한 전 세계의 교본으로 남게 될 것이다."라고 첼리니는 말한 적이 있다.

벽화를 둘러싼 두 사람의 경쟁은 끝을 맺지 못했다. 이것도 이 두 사람의 비극적인 운명의 조화라 하겠다. 미켈란젤로는 자신의 적이 엄청난 상대라는 것을 알고 있었다. 사람들이 미켈란젤로에게 범용한 적들의 공격에 대해 자신을 변호해야 한다고 권고했을 때, 그는 "그런 사람들과 싸워서는 얻을 것이 아무것도 없다."며 거절했다.

그러나 레오나르도 다빈치와의 싸움은 그에게 그럴 만한 가치가 있었다. 이 두 사람이 밑그림 작업을 하는 중이었고 레오나르도 다빈치는 이미 벽화 작업을 시작한 상황에서, 이들은 경쟁적 분위기를 증명이라도 하듯 또 다른 작업까지 병행하고 있었다. 미켈란젤로는 현재 우피치 미술관에 소장되어 있는 《성 가족》을 그렸다. 벽화의 초벌 작업에서 보여준 그의 역량은 이 그림을 통하여 회화의 역사에 커다란 발자취를 남기는 혁명적인 업적을 이끌어냈다. 비록 이 그림은 색채가 바래져 버렸지만 그의 회화 중에서 이 그림만큼 조각가 미켈란젤로의 모습이 또렷이 표현되어 있는 작품도 없다. 이 그림은 역사적인 의미를 가지게 된다. 강렬한 몸짓으로 가득 찬 이 그림의 구성은 처음으로 후기 르네상스를 뛰어넘어 바로크라 불릴 새로운 세계가 시작되었음을 보여주게 되었다.

레오나르도 다빈치도 벽화 작업 중에 미켈란젤로의《성가족》못지않게 세계 미술사에서 혁명적인 의의를 갖는《모나리자》를 그리기 시작했다.

왜 이 두 사람이 벽화를 완성하는 데 온 정력과 생명력, 그리고 정신력을 바치지 않았는지는 지금까지 많은 문인들 사이에서 회자되고 있지만 결코 풀 수 없는 천재들의 비밀로 남아 있다. 두 사람의 벽화는 모두 미완성으로 남게 된다. 미켈란젤로는 자신의 밑그림을 벽화로 옮기는 데까지도 가지 못했다. 그는 교황으로부터 율리우스 2세를 위한 기념 묘비를 만드는 좀더 중요한 임무를 부여받고 로마로 가게 된 것이다. 그 뒤로 그는 전적으로 교황들을 위해서 일을 하게 된다. 그가 남긴 벽화의 밑그림은 청년기를 마무리

미켈란젤로《성 가족》

하는 작품이 된다. 레오나르도 다빈치는 그 뒤로 1년 동안 더 벽화 작업을 하면서 밑그림의 일부분을 벽화로 옮겨 그렸다. 그러나 그는 프레스코 기법 —석회 벽이 마르기 전에 물감을 칠해 물감과 회반죽이 함께 굳게 하는 기법 으로, 주로 벽화 등에 쓰임— 으로 그리지 않고 유화 물감으로 칠했다. 그러 자 칠한 지 얼마 되지 않아 물감이 흘러내려 더 이상 작업을 할 수가 없었다. —레오나르도 다빈치는 벽화를 그릴 때 물감에다 계란, 아마인 기름(linseed oil), 그리고 물을 섞어서 사용했는데 이런 식의 방법은 물감이 빨리 마르는 단점이 있었지만 가필과 수정을 가능케 했으므로 편리한 점도 있었다. 그러 나 화판에서는 완벽했던 물감이 벽에서는 물감이 제대로 마르지 않고 흘러 내렸다. 그 이유는 아마인 기름 자체가 문제였다는 등, 큰 벽화를 말리는 화 로가 너무 작아 불길이 골고루 미치지 못했다는 등 여러 설이 있다— 게다가 그의 또 다른 분야에서도 실패가 찾아왔다. 아르노 강의 하상(河床)을 새로 파기 위해 그가 설계한 기술상의 계획도 실패작이 된 것이다. 이때 그는 밀 라노에서 프랑스 국왕을 위해 일해 보겠느냐는 제안을 받는다. 1년 전 미켈 란젤로가 그랬듯이 그도 벽화 작업을 그만두고 피렌체를 떠나게 된다. 후기 르네상스의 탁월한 증거가 되는 이 두 사람의 밑그림은 공통의 운명을 갖게 된다. 이 두 그림은 한동안 당시 사람들의 자부심이었고 경탄의 대상이었 다. 그러나 먼저 피사 전투를 소재로 한 미켈란젤로의 밑그림이 분실되었 다. 바사리는 질투심 많은 한 미술가가 이 그림을 일부러 훼손시켰다고 주 장하기도 했지만. 이 그림을 보고 감격한 수집가가 이 작품의 일부를 잘라 서 훔쳐갔고 결국에는 작품 전체가 완전히 사라졌다는 주장이 보다 진실에 가깝다. 1575년까지도 이 작품의 일부를 만토바 —이탈리아 롬바르디아 자 치주에 있는 현— 에서 본 사람이 있다고 한다. 그러나 그 뒤로 이 그림은 완 전히 자취를 감추었다. 우리는 당시의 사람들이 그토록 경탄해 마지않았다는 이야기만 전해들을 뿐, 미켈란젤로의 이 작품이 실제로 어떠했는지는 이 작품의 일부를 그리 세련되지 못하게 모사한 동판화를 보고 상상할 따름이다. 하지만 이 동판화를 보면 당시의 젊은 예술가들이 미켈란젤로의 작품에 얼마나 깊은 감동을 받았는지 짐작할 수 있다. 그때까지 그렇게 대담하고 교묘한 누드의 표현은 조각에서만 표현되었을 뿐 회화에서는 볼 수 없었던 것이었다.

레오나르도 다빈치의 밑그림은 적어도 1606년까지는 보존되어 있었다. 당시 루벤스는 이것을 모사한 스케치를 하였는데, 레오나르도 다빈치의 이 그림은 루벤스의 다른 작품 속에도 엿보인다. 우리는 오직 루벤스의 이 스케치를 통해서 레오나르도 다빈치의 이 작품을 짐작할 따름이다. 그 후 레오나르도 다빈치의 작품도 미켈란젤로의 작품처럼 사라지고 말았기 때문이다.

두 예술가가 선의의 경쟁을 벌이게 한 이 작업은 그들에게 고통스러운 시간을 가져다주었다. 레오나르도 다빈치는 이후 평정을 찾지 못했다. 레오나르도 다빈치는 한곳에 머물지 못하고 수천 개의 새로운 계획을 갖고 밀라노, 피렌체, 다시 밀라노, 피렌체, 로마, 파르마, 다시 밀라노, 로마 그리고 결국에는 프랑스의 앙부아즈로 끊임없이 떠돌아다녔다. 그는 일의 변화를 필요로 하는 듯 생활에서도 이러한 불안정한 동요를 추구하였다. 회화는 그에게 있어 기술, 물리, 건축, 수학, 철학, 미학 등과 마찬가지로 그의 천재성을 표현하는 데 필요한 다양한 방식 중의 하나에 불과했다.

5 ———

미켈란젤로가 벽화 제작을 포기하였을 때 그의 청년기도 마무리되지만, 내면적으로나 정신적으로 볼 때 그는 젊었던 적도 없었고 기뻤던 적도 없었다. 그는 마음속에 품고 있는 웅대한 계획을 어느 것 하나 제대로 완성시킬 수 없다는 것을 자신에게 주어진 운명으로 생각했다. 당시 미켈란젤로는 붉은 연필로 《행복의 여신》을 스케치한다. 그의 여신은 웃는 여신이 아니라, 고뇌에 가득 찬 눈빛으로 허공을 주시하며 보이지 않는 세상에 자신의 선물을 나누어주고 있다. 행복의 여신은 결코 미켈란젤로에게 웃음을 보인 적이 없다. 그 즈음 레오나르도 다빈치에게 끝없는 방황과 유랑의 시기가 시작되었던 것처럼, 미켈란젤로에게도 괴로움과 우울함으로 가득 찬 시기가 찾아온다. 그리고 이 침울함 속에 기꺼이 자신을 몰두시킴으로서 이후 미켈란젤로의 본질을 형성하는 근본 특성으로 자리 잡는다.

> 열화와 작렬하는 불꽃에서 나와 버린 나는
> 생명의 시냇물에서 파멸해야 한다.
> 나는 타오르고 작렬하는 것으로만 이루어져 있으니,
> 다른 사람들은 죽어버리는 것을 가지고 나는 살고 있다.
>
> 나는 죽음으로 살아가고 있다.
> 내가 제대로 알고 있다면,
> 나를 감싸고 있는 불행은 나를 행복하게 한다.
> 불안과 죽음으로 사는 법을 모르는 자는
> 나를 태워버리고 있는 그 불길로 떨어지리라.

위의 시구에서도 나타나듯 내면의 분열과 고뇌 그리고 고독의 괴로움을 맛봐야 한다고 느꼈던 그의 생각은, 당시의 위인들과 교류하는 것을 어렵게 만들었다. 그러나 레오나르도 다빈치와 미켈란젤로의 관계가 소원해지고 결국에는 적대감으로까지 발전하게 된 결정적인 계기는 무엇보다도 이 두 사람의 세계관과 예술관이 타협할 여지가 없을 정도로 서로 엇갈려 있었기 때문이었다. 인간이 기꺼이 무조건적인 아량을 보이는 경우는 오직 한 가지 경우인데 이는 자기 자신에 대한 아량이다. 그러나 미켈란젤로에게는 이러한 아량조차도 이질적인 것이었다. 결코 화해할 수 없는 독립된 두 세계가 레오나르도 다빈치와 미켈란젤로를 통해 조우하게 된다.

이 두 사람의 작품 하나하나를 비교하거나, 아니면 그들의 정신과 인간 상을 조합하여 비교해 봐도 이 두 사람이 왜 그렇게 다른지 그토록 대립하였는지 확연히 느낄 수 있다. 거의 같은 시기에 레오나르도 다빈치는 《성 안나》를 그렸고, 미켈란젤로는 《성 가족》을 제작한 일이 있다. 이 두 개의 그림은 그들의 상이함을 또렷이 보여준다. 물론 미켈란젤로의 그림에서 인물들이 서로 몸을 감싼 채 뭉쳐 있는 모습은 레오나르도 다빈치의 그림에서 배운 것이다. 그러나 이 두 사람은 배경을 어떻게 처리했던가! 레오나르도 다빈치는 자연의 아름다움에 대한 감명을 표현하듯, 낭만적인 풍경에 향기로움으로 넘쳐흐르는 부드러운 나무 한 그루를 그려 넣었다. 그러나 미켈란젤로의 배경은 벌거벗은 사람들이 둘러서 있는 모습이다. 레오나르도 다빈치의 자연은 넘쳐나는 풍요로움과 밀접한 관계를 갖고 있으나, 미켈란젤로는 자연에서 유일하게 인간이라는 창조물만을 보았다. 이러한 세계관은 그의 모든 작품을 통해 일관되게 나타난다. 그의 풍경은 삭막하고 바위투성이어서, 마치 자연 속에 놓인 인간에게서 기쁨에 대한 모든 권리와 즐거움을 빼앗으려는 것처럼 보인다. 선천적으로 조화를 알지 못하고 지상의 모든 고통을 경험한 듯한 이러한 고독은, 오늘날까지도 사람들에게 매력적으로 다가오는 레오나르도 다빈치의 그 탁월한 미소와는 대조적이다. 미켈란젤로는 여인들조차도 우아한 모습으로 그리지 않는다. 그의 작품 속의 여성들은 엄격하고 남자와 같은 근육질의 모습으로 서 있다. 레오나르도 다빈치의 모나리자가 여성의 우아함과 맑은 영혼을 표현했다면, 미켈란젤로의 여인들은 이마의 깊은 주름과 골똘한 생각에 잠겨 있는 모습이 특징적이다.

레오나르도 다빈치의 신은 선(善)으로 가득 찬 형상이다. 그의 신은 고통받는 사람들을 자비로 구원한다. 미켈란젤로의 신은 나이도 감정 상태도 짐작할 수 없고, 어떠한 인성도 찾아볼 수 없으며, 신이라는 관념 자체만을 전해 줄 뿐이다. 그의 신은 냉혹하고 엄격하고 자비를 알지 못한다. 미켈란젤로가 그리는 인물은 화해의 모습이기보다는 고뇌하고 엄숙히 경고를 보내는 듯한 모습이다. 그의 인물들은 헛되이 고뇌에 맞서 투쟁하는 전투적 인간의 대표자이며, 삶과 함께 고뇌하며 투쟁하는 모습을 그대로 보여준다. 이에 비해 레오나르도 다빈치의 인물은 자유로운 삶을 기꺼이 보여주며 신비로운 미소 뒤에는 독립성을 유지하고 있다. 그들은 삶의 불만족과 화해한 신의 피조물이다. 다양한 관심을 갖고 있던 레오나르도 다빈치에 비해 미켈란젤로는 사랑과 환멸을 통해 스스로의 작품에 더욱 완벽하게 몰입하고 있었다. 반면 레오나르도 다빈치는 하나의 그림이나 작품에만 몰두한 적이 결코 없었다. 하나의 작품을 하면서도 그의 유연한 환상 속에서는 이미 새로운 작품을 구상하거나, 예술과는 별개의 새로운 기술적, 학문적 과제를 위해 골몰하였다.

6 ─────
이탈리아의 가장 위대한 두 예술가를 구분 짓는 이 커다란 대조는 자연에 대한 태도와 예술에 대한 이론적 원칙을 비교해 보아도 확연하게 드러난다.
이 두 천재가 갖는 독특함을 설명하고자 하는 모든 이론들은 두 사람의 차이를 말로라도 표현해 보고자 하는 고육책일 뿐이다. 아무리 억지 이론을 펼쳐놓아도 여전히 천재들의 불가사의한 특성과 그 본질이 무엇인가는 파악할 수 없다. 두 사람의 작품과 그 밖의 증거들을 통해 두 사람의 성격을 비교할 때는 두드러져 나타나는 특성만 이야기하게 된다. 그러나 이런 종류의 인물 비교는 천재가 우리에게 보여주는 그 복잡한 본질을 지나치게 단순화시킬 위험이 있음을 잊지 말아야 한다.

미켈란젤로는 영혼의 인간이었다. 그에게는 내적 직관이 우선적인 것이었다. 그는 창작을 이념과 정신으로 보았다. 전투적으로 발현되고 실현되고자 하는 내적 정신을 중시하였다. 반면 레오나르도 다빈치는 현실의 사물과 자연, 그리고 자연 속에서 생동하고 있는 외적인 형상에서 예술 작품을 만들어냈다. 레오나르도 다빈치가 자주 시골에 머물렀던 반면, 미켈란젤로가 평생 동안 채 한 달도 시골에서 보내본 적이 없다는 사실은 결코 우연이 아니다. 레오나르도 다빈치는 전원생활을 보내면서도 결코 감상에 젖지 않으며 자연을 추구하고 탐구하였다. 그는 있는 그대로의 자연을 소박한 태도로 관찰하고 표현하였다. 자연을 보는 이러한 특별한 안목은 유럽 정신사에서 아마도 괴테만이 다시 보유했을 것이다. 괴테는 오직 레오나르도 다빈치에게만 다음과 같은 찬가를 보낼 수 있었다.

"시각을 잃은 사람은 세상에 대한 시선과 세상의 아름다움도 함께 잃게 되며 이는 산 채로 무덤에 갇히는 것과 마찬가지이다. 당신의 눈이 이 세상의 아름다움을 담고 있는 것이 보이는가? 눈은 영혼이 세상의 아름다움을 내다보고 즐길 수 있게 하는 육신의 창이다. 영혼은 오로지 눈 때문에 육신이라는 감옥에 만족하고 있는 것이며 만일 눈이 없다면 이 감옥은 고통이 될 것이다. 눈으로 말미암아 인간의 탐구심은 불을 발견하였다. 그리고 그 불로 인하여 눈은 어둠이 빼앗아간 것을 돌려받게 되었다."

그는 반복하여 눈을 '영혼의 창'이라고 찬미한다. 괴테는 바로 레오나르도 다빈치의 시각적 능력을 찬양했다.

"그는 자연으로부터 다양한 재능을 부여받았는데 이는 특히 그의 눈에 집중되어 있다. 이 때문에 그의 수많은 능력 중에서도 특히 화가로서 가장 두드러진 위대함을 보여준다."

레오나르도 다빈치는 자연에 대한 사랑과 경험적 검토 없이, 순수한 이념만으로 표현한 자연을 추상에 불과하다고 거부했던 반면, 미켈란젤로는 자연을 무시하거나 소홀히 하지는 않았지만 자연의 개별 현상을 단지 그보다 더욱 중요한 것, 즉 이념에 도달하는 경로일 뿐이라고 생각했다. 이러한 이념은 미켈란젤로에 의해 파악된 내면적 형상이라 할 수 있지만 자연의 개별 현상들과는 분리되어 있었다. 물론 미켈란젤로가 창조한 자연이 형식에 얽매이고 애정이 결여되어 있는 추상적인 것에 불과하다는 것은 잘못이다. 그는 자연의 피조물들을 충분히 체험하였고, 그중에서 특히 인간, 주변의 모든 것을 덮어버릴 듯 넘쳐흐르는 성장력을 가진 인간을 먼저 알고자 했다. 그러나 그는 개개의 자연현상을 나타내고자 할 때에는 자연 전체를 표현하기 위해 노력했다. 조각가는 일반적인 것을 표현하고 전달할 때 회화보다 훨씬 더 강력하고 자유로운 방식으로 가능하다. 이에 반해 회화는 실제 눈으로 볼 수 있는 개개의 사물에 구속된다. 아무리 아름다운 사물을 묘사하고, 아무리 창조적인 완성품을 그려낸다 해도 역시 회화는 자연 속에 나타나는 개개의 사물에 의존할 수밖에 없다.

레오나르도 다빈치는 많은 이유를 들면서 회화의 우월성을 역설했다. 그가 꼭 미켈란젤로를 지목하려고 했던 것은 아니지만, 자신에게 가장 적합한 창작 분야가 회화라는 사실을 인식하며 냉정하고 단정적으로 다음과 같이 주장했다.

"조각은 어느 일정한 ─그러므로 제한된─ 빛, 즉 조명 아래에 놓아야 하지만, 회화는 회화 자체의 빛과 영상으로 모든 방향과 장소에서 표현할 수 있다. 조각가는 자연 속에서 다양하게 변화하는 사물의 색채를 표현할 수 없지만, 화가는 자유자재로 이러한 변화에 대처할 수 있다. 조각가의 원근법은 진실을 보여주지 않는다. 그러나 화가의 원근법은 수 백 마일을 작품 안으로 끌어들일 수 있다. 회화는 조각과 비교하여 보다 아름답고 더 많은 환상과 풍성함이 표현되지만, 조각은 더 내구적이라는 것 외에는 다른 장점이 없다."

화가의 시각에서 조각을 평가한 이러한 레오나르도 다빈치의 생각은 나중에 미켈란젤로에 의해 강력히 부인된다. 자신에게 미술 이론서를 보내준 어느 작가에게 그는 다음과 같이 썼다.

"…나는 회화가 조각에 가까울수록 그 효과가 커지며, 조각은 회화에 가까워질수록 그 효과가 작아진다고 생각해 왔습니다. 이러한 의미에서 조각은 회화의 등불과 같은 역할을 하고 있으며, 이 둘 사이에는 해와 달과 같은 차이가 있다고 판단했습니다. 그런데 철학적으로 표현하자면, 같은 목적을 향해 나아가는 사물은 동일한 것이라고 설명하는 당신의 논문을 읽고 나서 나의 생각이 바뀌었습니다. 제가 앞으로 고심하여 더 커다란 장애를 극복하고 그 본질을 파악하여 진실에 보다 가까운 식견을 갖게 되더라도 이제 나는 회화와 조각이 동일한 것이라고 주장할 것입니다. 그리고 이러한 견해가 유지된다면 어떤 화가도 회화만큼 조각을 할 수 있을 것이고, 조각가도 조각만큼 회화가 가능할 것입니다. 나는 조각이란 떼어내는 예술이며, 회화는 덧붙이는 예술이라고 생각합니다. 이러한 점에서 이 두 예술은 상반된 관계이면서도 아주 닮아 있습니다. 회화와 조각이 하나의 지성에서 발생한 이상 둘 사이에서 일어나고 있는 머리 아픈 논쟁과 수많은 현학적 탐구들은 중단하는 편이 더 나을 것입니다. 이러한 탐구들은 형상 자체를 완성하는 작업보다 더 많은 시간을 필요로 하기 때문입니다. 회화가 조각보다 더 고귀하다고 말한 사람이 있습니다. 이 사람은 다른 문제들도 언급하고 있습니다. 분명 이 사람은 이러한 문제들에 대하여 이해는 하고 있겠지만 막상 설명하려고 한다면 아마도 내 가정부가 훨씬 더 나을 것입니다. 이러한 예술론에 있어서는 지금까지 이야기되지 않았던 것들이 무궁무진할 것입니다. 그러나 이미 말한 것처럼, 여기에는 시간이 너무 많이 들 것이고, 나는 시간이 별로 없습니다. 그리고 나는 늙었습니다."

'행복'이라는 단어가 어느 천재에게 해당될 수 있다면, 환경 친화적인 삶을 살았던 레오나르도 다빈치가 바로 그러한 사람일 것이다. 그는 형식의 아름다움을 풍부하게 하기 위해 자연을 연구했다. 그는 자연을 수단으로 활용하기 위해 이를 그대로 모사했다. 미켈란젤로가 창작에 있어서 언제나 대상의 내면적인 충동과 의지를 형상화했다면, 레오나르도 다빈치는 사람들의 행복감과 충만함을 표현했다. 사물을 보는 직관과 신과 인간이 그들과 맺는 관계에서도 두 사람은 뚜렷한 차이를 보인다. 외면적인 현상이란 사물에 내재되어 있는 관념이 형태로 표현된 것임을 천재들은 알고 있다. 레오나르도 다빈치와 미켈란젤로는 이에 대해서 같은 생각을 갖고 있었다. 그러나 관념과 현상의 관계를 바라보는 두 사람의 시각은 달랐다. 독일 철학자 야코프 뵈메는 그의 저서 《사물의 명칭에 대하여》에서 다음과 같이 썼다.

"자연의 사물은 늘 내적 형태를 겉으로도 드러내게 마련이다. 왜냐하면 내적 형태는 항상 그 모습을 드러내려고 끊임없이 활동하기 때문이다. 모든 사물은 이러한 현시를 위한 입을 갖고 있다. 이것이 자연의 언어이며, 이 언어를 통하여 모든 사물들은 자신의 특성을 말하며 자신의 모습을 드러내고 표현한다."

　레오나르도 다빈치는 자연의 풍부함에 안겨 행복감을 맛보며, 개개의 현상 속에 숨겨져 있는 내면의 계시를 느끼고 이것을 찾아내는 자연관을 가지고 있었다. 레오나르도 다빈치가 그린 인물의 미소는 단순히 존재의 의미에 의문을 던지는 수수께끼라기보다는, 현상 속에서 모습을 드러낸 내면의 모습을 바라보며 이것을 이해하고 깨달음으로써 나타나는 행복의 미소이다. 또한 이 미소는 현상으로 드러나지 않고 단지 예감할 수밖에 없는, 눈으로 볼 수 없는 영역이 세계의 현명한 질서 속에 존재한다는 것을 수긍하고 있는 모습이기도 하다. 이에 반해 미켈란젤로는 영원히 계속되는 불만에 몸을 맡기면서도 완성을 추구한 아주 드문 천재 중 한 사람이었다. 이러한 천재에 대해 쇼펜하우어는 다음과 같이 탁월하게 표현한 바 있다.

　"현재가 의식을 온전히 채우지 못하기 때문에 그들은 항상 현재에 만족을 느끼지 못한다. 그래서 그들은 쉴 새 없이 노력하며, 끊임없이 새롭고 가치 있는 대상을 찾아 헤매며, 자신이 만족할 수 있는 자신과 유사하거나 동등한 존재를 갈망한다. 그러나 그러한 욕구는 영원히 충족되지 않는다."

　이러한 천재의 대표자가 미켈란젤로이다. 이들은 현실에 존재하는 그 어떤 대상도 사물의 내면에 존재하는 이념의 불완전한 모습으로 여길 뿐이다. 이 때문에 그들은 '자연이 실제로 만든 것이 아니라, 자연이 본래 만들고자 했던 것'을 찾아내기 위해 보통 사람과는 전혀 다른 방법으로 고뇌하며 상상력을 발휘하였다. 미켈란젤로도 마치 자연과 시합이라도 하듯, 자연이 만들고자 했던 본연의 이상적 형상을 자신의 작품 속에서 이루어내기 위해 노력했다. 이를 실현하기 위한 그의 고뇌와 투쟁은 그의 모든 위대한 작품에서 느낄 수 있다. 우리들이 그의 작품에서 감명을 받는 것은, 그가 자연을 얼마나 위대하게 보고 있었는지, 그리고 완벽한 형상을 만들어내기 위해 그가 얼마나 노력했는지를 느낄 수 있기 때문이다. 그는 자연을 극복하였다. 이 것은 그가 잘못된 이상과 생기 없는 전형을 만들기 위해 수많은 아름다운 자연 현상으로부터 소위 미의 이상적 형식을 조합해 내었기 때문이 아니다. 그것은 그가 작품 속에서 자연이 진실로 의도한 것과 실제로 자연이 만들어 낸 피조물 사이에 존재하는 간격을 그의 작품 속에서 표현해 내었기 때문이다. 이러한 간격은 인간에게서 가장 확연하게 두드러진다. 이 때문에 미켈란젤로는 자신의 그림에서 나무, 풀, 풍경, 동물과 같이 인간이 아닌 다른 자연 현상은 아주 소홀히 다루었다. 그가 씨름했던 대상은 오직 인간이었던 것이다. 이러한 근본적인 대립이 존재했기 때문에 미켈란젤로와 레오나르도 다빈치는, 세계가 예술 작품으로 인정하고 있는 두 개의 가능성, 즉 플라톤에서 쇼펜하우어, 니체에 이르기까지 모든 예술 창작 활동의 양극으로 받아들여져 온 두 개의 가능성을 전달하는 비극적인 대표자가 되었다. 바로 이 점이 그들을 서먹하게 했던 원인이었고, 또한 자신의 세계만이 유일하게 정당한 세계라고 파악하게 하였다.

7 ───────

이러한 근본적 대립은 그들의 종교에 대한 태도에서도 나타난다. 레오나르도 다빈치는 이단으로 지목된 적이 있다.

"그는 영혼 깊이 이단적 사상을 지니고 있어 어떠한 종교도 옳다고 보지 않았다. 그는 그리스도교인이라기보다는 철학자에 가깝다."

미켈란젤로는 종교적 논쟁에 전혀 관심이 없었다. 그는 교회의 구원에 대해 순종적이지는 않았지만 최소한 검증 없이 그대로 받아들였다. 그는 신의 자비에 대해 감사하게 받아야 할 운명의 선물이라고 말하였으나, 그의 투쟁은 종교적 영역과는 멀리 떨어져 있었다. 그의 내면은 자신의 이상을 실현하고 형상화시키기 위한 고뇌와, 그가 의도한 것과 실제로 제작된 것과의 거리를 어떻게 메울 것인가 하는 문제로 가득 차 있었다. 심지어 그의 종교적 생각조차도 결국은 고뇌에 찬 예술 창작의 문제와 결부되어진다.

"완전한 작품을 만들기 위한 노력보다 신에게 다가갈 수 있는 길은 없다. 신은 완전하기 때문이다." 이러한 고백은 그가 얼마나 창조적인 투쟁을 벌였는지 보여준다.

레오나르도 다빈치의 근본적인 특징은 명료함이다. 세상과 굳게 밀착해 있던 그는 명예와 노동, 그리고 업적을 이루는 것에 대한 가치를 인정했다. 그러나 진정한 명성과 자칫하면 질투심으로 빠질 수 있는 명예욕을 혼동하지 않았다. 레오나르도 다빈치 역시 고독에서 벗어날 수는 없었다. 그러나 그는 끊임없이 새로운 과제와 새로운 인간관계를 통해 생활과 밀착한 인간이 되었고 다시 균형을 회복하였다. 미켈란젤로가 내면의 고뇌를 작품 속에서 극복하기 위해 끊임없이 투쟁하고 흔들렸던 반면, 레오나르도 다빈치는 그와는 전혀 다른 방법으로 그 문제를 극복했다. 레오나르도 다빈치는 미켈란젤로와 같은 마적인 열정을 갖고 있지 않았다. 그의 생활리듬과 일상은 어떠한 척도와 규율, 법칙에 의해 지배되었다.

이러한 평정과 균형 속에서 그는 정치도 멀리 했다. 두 사람의 정치적 태도는 일관되기보다는 끊임없이 변화를 반복한다. 여기서 매우 중요한 사실은, 두 사람이 모두 진정한 의미의 조국이나 민족이 존재하지 않았던 시대에 살았다는 점이다. 굳이 조국이라고 한다면 미켈란젤로의 조국은 피렌체라는 도시 공화국이었다. 한때 그는 이 고향에 대해 애국심을 품고 독재에 반대하며 자유를 위해 열광하는 모습을 보였다. 이에 반해 레오나르도 다빈치는 철저한 개인주의적 시대에 살았던 다른 많은 사람들과 마찬가지로, 당시 극히 좁은 범위에 머물러 있던 민족 공동체의 구속력에 아무런 가치를 두지 않았다. 그는 전쟁을 위한 건축가로 활동했음에도 불구하고 전쟁을 잔혹하고 미친 짓이라고 보았다. 그러면서도 자연과 현실에 밀착한 그의 실용적 경향은 그로 하여금 매우 현대적인 무기인 비행기, 탱크, 잠수함, 마취용 독가스 등을 예측하게 하였다.

자신은 어떠한 것에도 구속되지 않는다는 강한 자의식에 사로잡혀 있었던 미켈란젤로도 정치의식에 관한 한 당시 정치 상황과 민족의 사분오열로부터 영향을 받을 수밖에 없었다. 이 위대한 이상주의자도 그 당시의 많은 사람들과 마찬가지로 스스로의 생존 문제에 있어서만큼은 현실주의자에 불과했다. 그의 개인적 생존 문제는 고독 속에서도 그를 우울하게 만들었고, 투쟁 속에서도 끊임없는 걱정을 안겨주었다. 그는 한 친척에게 다음과 같은 충고를 보냈다.

"만약 나라가 힘든 상황에 빠지면, 재산은 모두 그대로 두고 우선 안전한 곳으로 피신하는 것이 좋겠소. 목숨이 재산보다 더 소중하니까요."

레오나르도 다빈치가 이 당파에서 저 당파로, 한 영주를 섬기는가 싶으면 이번에는 그 영주의 적을 섬겼던 것과, 미켈란젤로가 자신이 권력자에게 불신감을 준 것이 아닌가 하는 공포 속에서 살았다는 사실은 당시 정치 윤리의 관점으로만 이해할 수 있다. 미켈란젤로는 예술의 영역에서는 사명을 위해 용맹스럽게 투쟁했지만, 정치 문제에 있어서는 소심하고 조심스러웠다. 르네상스나 그 뒤를 이은 절대주의 시대에는 정치적 변동이 심하고 개인의 자유도 제한되었기 때문에 정신분야에 종사하는 사상가, 예술가, 학자들에게서 종종 '지나치다 싶을 정도의 신중함'이 나타난다. 당시의 권력자가 그들에게 이러한 태도를 직접 요구하지는 않았지만, 그들은 이를 통해 권력자에게 자신의 충성심을 증명하려 했던 것이다. 미켈란젤로는 추방자와 교류해 왔음에도 불구하고 이를 부인하는 내용의 편지를 조카에게 보내는데, 이는 거의 변명처럼 들린다.

"네가 추방령에 대해서 알려준 것을 고맙게 생각한다. 나는 지금까지 추방되어 온 사람들과 이야기를 나누거나 어울리는 것을 피해왔는데, 앞으로는 더욱 조심해야겠다는 생각이 들었다. 내가 아파서 스트로 씨 집에 있었던 문제인데, 사실은 그의 집이 아니라 리치오 씨 집에 있었다. 그는 나의 좋은 친구였으며 안젤리니가 죽은 이후 그 사람만큼 성심성의껏 나를 잘 돌봐준 사람은 없었단다. 더구나 리치오 씨가 죽은 뒤로는 그의 집에 간 적도 없다. 내가 어떠한 생활을 보내고 있는지는 모든 로마 사람들이 알고 있다. 나는 항상 혼자이다. 바깥출입도 거의 하지 않으며, 누구와도 이야기를 나누는 것도 아주 드물단다. 특히 피렌체 사람과는 더욱 말을 하지 않는다. 길에게 누군가를 만나 인사를 받으면 할 수 없이 웃는 얼굴로 몇 마디 건네고는 다시 가던 길을 재촉한다. 만약 나에게 말을 건넨 사람이 피렌체에서 추방된 사람이라는 것을 알았다면 아무 대답도 하지 않고 지나쳤을 것이다. 이미 말했듯이 앞으로는 더욱 조심할 작정이다. 사실 난 다른 생각할 일들이 너무도 많은 데다 살아가는 것도 힘들단다."

당시에는 주문에 의해서만 작품이 만들어지던 때였으므로 자유를 사랑하는 미켈란젤로도 권력자와 독재자의 후원이 미술에 있어 어떤 의미를 갖는지 잘 알고 있었다. 그리고 그 당시 정치는 절대 권력자의 변덕으로부터 자유로울 수 없었다.

두 사람이 피렌체에서 조우하여 경쟁하였던 비극이 있은 뒤, 그들은 창작 기회를 찾아 각자의 길로 떠난다. 그러나 그들은 잠깐이긴 하지만 다시 한번 만난 적이 있다. 1516년 여름 미켈란젤로는 처음 계획과는 달리 규모를 크게 줄여야 했던 율리우스 2세의 기념비에 대해 다시 계약을 하기 위해 로마에 있었다. 같은 시기 레오나르도 다빈치는 별다른 작품 활동 없이 로마에 머무르고 있었다. 그는 예술에 미친 듯하던 미켈란젤로에게도 다른 일에 몰두할 시간과 여유가 생겼음을 알았다. 그 젊은 경쟁자에게는 산로렌초 성당의 전면을 마무리하는 일이 새로 맡겨졌다.

레오나르도 다빈치에게는 새로운 주문이 들어올 가능성이 보이지 않았으므로, 다시 서로의 실력을 견줘보거나, 예술적 논쟁을 벌이는 일도 일어나지 않았다. 그리고 레오나르도 다빈치는 프랑스 국왕 프랑수아 1세의 초청을 받아 로마를 떠난다.

이 노대가가 자신보다 연소한 미켈란젤로에게 이 활동 공간을 양보한 것은, 귀찮은 논쟁을 피하고 싶은 마음과 내적인 안정, 그리고 자신이 우월하다는 것을 충분히 인식하고 있었기 때문에 연장자로서 후진에게 길을 열어준 것이었다. 또한 같은 곳에 오래 머물지 못하는 그의 방랑벽과 창작 활동의 새로운 가능성에 대한 기대 때문에 프랑스 국왕의 초청을 수락하였다. 미켈란젤로가《시스티나 예배당의 프레스코화》나《모세상》등으로 이룬 업적을 레오나르도 다빈치가 듣지 못했을 리는 없지만, 미래의 새로운 양식을 창조했으며, 레오나르도 다빈치 자신이 아름다운 형식으로 대표한 후기 르네상스를 극복한 미켈란젤로와는 완전히 이별을 고하게 된다.

레오나르도 다빈치가 로마를 떠나기로 결심한 데에는 프랑스에서 그의 인생과 창작의 새로운 전망이 열리게 될 것이라는 기대 때문이기도 했지만, 일종의 체념도 한몫을 했다.

3년 뒤 그는 낯선 땅 앙부아즈에서 세상을 뜬다. 그때가 1519년이었다. 미켈란젤로가 레오나르도 다빈치의 부고를 어떻게 받아들였는지에 대해 남아 있는 기록은 없다. 그때는 이미 새롭게 등장한 위대한 경쟁자가 미켈란젤로의 마음을 차지하게 되었다. 바로 라파엘로의 등장이다.

8 ———

미켈란젤로에게 있어서 레오나르도 다빈치와 공존했던 마지막 시기는 몹시 불쾌한 에필로그가 아닐 수 없었다. 레오나르도 다빈치가 로마를 떠날 때 이미 라파엘로라는 신성(新星)은 환하게 빛나기 시작했고, 레오나르도 다빈치가 세상을 떠날 무렵 이 젊은 천재의 강력한 작품 하나가 완성되어 로마의 예술가들과 예술 애호가들의 주목을 끌었다. 이 작품은 시스티나 예배당의 《성모 마리아》이다. 미켈란젤로의 귓전에는 자신과 레오나르도 다빈치의 작품 중 어느 편이 더 훌륭한지에 대한 예술가들의 논쟁의 여운이 아직도 남아 있는데, 이보다 훨씬 더 격렬한 다른 분쟁이 일어나기 시작하였다. 그 것은 미켈란젤로와 라파엘로 중 누가 더 위대한지에 대한 논쟁이었다.

이 논쟁은 수 세기에 걸쳐 해결되지 않은 채 아직도 계속되고 있다.

괴테의 미술에 대한 조언자이자 친구였던 요한 하인리히 마이어는, 괴테에게 자신이 로마에 있었을 때 벌어졌던 독일과 이탈리아 미술인들 사이의 토론에 대해 들려주었다.

"라파엘로와 미켈란젤로 중 누가 더 위대한가라는 일상적인 논쟁이 또 시작되었네. 양편의 수가 어느 정도 채워지기만 하면 라파엘로와 미켈란젤로에 대한 논쟁이 시작되고 이는 이제 일상이 되었네. 값싸고 좋은 포도주를 마실 수 있는 작은 음식점에서 주로 이런 논쟁이 시작되곤 하지. 그들은 작품을 세세하게 분석하고 이에 근거하여 자신의 주장을 펴는데, 그러다가 상대편이 자신의 주장을 반박하거나 인정하지 않으려 하면 그 그림을 직접 보면서 이야기를 하고 싶어 하지. 그렇게 논쟁을 계속하면서 술집을 나와

라파엘로 《시스티나 성모》

곧바로 시스티나 예배당으로 간다네. 그곳에 가면 구두장이가 열쇠로 문을
열어주고 4그로셴을 받는다네. 그리고 눈앞에 있는 그림으로 증명해 보이
는 것이지. 그렇게 충분히 싸웠다고 생각되면 다시 술집으로 돌아와 포도주
한 병을 시켜놓고는 화해를 하고 모든 언쟁을 잊어버린다네. 이런 일이 매
일 반복되고 시스티나 예배당 앞에 있는 구두장이는 꽤 많은 돈을 벌지.”

　이런 일화를 전한 에커만 ─괴테와 친분을 가졌던 작가, ‘괴테와의 대화’
의 저술가─ 은 괴테가 마이어의 말에 무어라고 대답했는지는 언급하지 않
았다. 그러나 우리는 그러한 순위 싸움에 대해 괴테가 다른 곳에서 했던 말

을 알고 있다.

"사람들은 20년 전부터 나와 실러 중 누가 더 위대한지를 놓고 싸우고 있다. 그들은 어떤 분야이든 상관없이 논쟁의 대상이 될 수 있는 두 인물이 있다면 그것으로 만족한다."

바로크 시대는 비록 미켈란젤로의 혁명적 작품으로부터 자양분을 섭취했으나, 수백 년에 걸쳐 대다수의 사람들에게 새로운 예술의 완전한 대표자로 받아들여진 것은 정작 라파엘로였다. 특히 고전주의와 낭만주의의 예술적 이상은 라파엘로에 대하여 높은 평가를 내린다. 그의 예술적 형식이 가지는 완벽한 조화는 고전주의의 요구를 충족시켰고, 그의 형상들이 가지는 현세적 순수성과 유희적 소박성은 낭만주의의 소망을 나타내고 있었다. 하지만 유럽에서 라파엘로의 예찬이 절정을 이루기 전에, 괴테는 미켈란젤로의 천재성에 경의를 표했다. 시스티나 예배당을 방문하고 나서 괴테는 다음과 같이 썼다.

"요즘 미켈란젤로가 다시 예술가들의 존경을 받고 있다. 그는 많은 위대한 특성들을 가지고 있지만, 특히 색채의 아름다움은 타의 추종을 불허한다. 그와 라파엘로 중 누구의 천재성이 더 뛰어난지를 다투는 논쟁이 유행하였다. 한 사람의 탁월한 재능을 파악하는 것도 매우 어려운 일인데 하물며 두 사람의 재능을 동시에 파악한다는 것은 더욱 어려운 일일 것이다. 그래서 사람들은 편을 갈라서 이를 해결해 보려고 한다. 예술가나 작가에 대한 평가는 항상 변하며 시대마다 각광받는 사람도 다르다. 그러나 이러한 논란은 나를 현혹시키지 못한다. 왜냐하면 나는 예술 논쟁 따위에는 개입하지 않으며, 오로지 내가 직접 관찰함으로서 모든 가치 판단을 내리고 평가하기 때문이다."

괴테는 미켈란젤로의 위대성은 '필설로 형언할 수 없다'고 했다. 그는 이러한 존경심과 태도를 가지고 다시 시스티나 예배당을 방문한 뒤 다음과 같이 말했다.

"나는 미켈란젤로에게 완전히 마음을 빼앗겨 버렸다. 나는 아무리 노력해도 그가 그린 자연에 익숙해질 수가 없는데, 이는 내가 미켈란젤로처럼 위대한 눈으로 자연을 바라볼 수 없기 때문이다."

괴테는 미켈란젤로가 자연을 너무도 이상화하고 전형화한다고 주장하며 라파엘로를 높이 평가하는 사람들의 오류를 지적한 것이다.

이 두 사람은 1504년 라파엘로가 피렌체에 갔을 때 처음으로 대면한 것 같다. 물론 미켈란젤로의 명성은 이미 확립되어 있었다. 더구나 미켈란젤로는 시청사의 거대한 벽화 제작을 의뢰받았음에도 불구하고 그의 명성은 여전히 조각에 기반을 두고 있었기 때문에, 젊은 라파엘로는 이 대가와 경쟁할 수가 없었다. 피렌체에서 라파엘로의 존재는 미켈란젤로와 레오나르도 다빈치의 그늘에 가려져 버렸다. 그가 이 두 거장과 만났더라도 그들에게 어떠한 영향을 주지는 못했을 것이다.

그러나 4년 뒤, 라파엘로와 미켈란젤로가 교황의 부름으로 로마에서 다시 만나게 되었을 때는 상황이 달라져 있었다. 라파엘로도 그 사이 큰 명성을 얻게 되었기에 이 두 사람이 로마에서 작업을 시작하자 추종자도 곧 두 무리로 나뉘었다. 게다가 라파엘로의 추종자들은 미켈란젤로의 추종자들보다 수적으로 훨씬 우세하였다. 라파엘로는 거의 모든 예술가와 많은 추기경들을 자기편으로 만들었다. 반면 미켈란젤로의 천재성을 지지한 것은 일부의 예술가와 교황이 잠시 관심을 가져준 것뿐이었다. 교황과의 좋은 관계는 둘 사이의 충돌로 그리 오래 가지 못했다. 미켈란젤로는 후에 이렇게 주장하였다.

"교황과 나 사이에 발생한 모든 갈등은 브라만테[†](1444~1514. 교황 율리우스 2세 묘비 건설 계획의 수석 건축가)와 라파엘로의 질투심에서 생긴 것이다. 그들의 질투심 때문에 교황은 살아 있는 동안에 묘비를 완성하지 않기로 결정했다. 내일이 모두 망쳐버린 것은 모두 그들의 질투심이 원인이다. 실제로 라파엘로는 그럴 만한 충분한 동기를 갖고 있다. 그가 예술에서 얻은 모든 것은 나에게서 가져간 것이다."

"라파엘로는 자연이 아니라 모방에서 예술 작품을 만든다."고 미켈란젤로는 자주 말했다. 자신의 위대한 천재성을 끊임없는 모방으로 풍부하게 했던 라파엘로의 독특한 특성에 대해 당시 다른 사람들도 지적한 바가 있다. 그는 타인의 상상력을 이용하여 자신의 횃불에 점화시키고 창조적인 불꽃을 만들어내며, 그가 관찰한 것을 자신의 경험과 사상이라는 도가니에서 융합시키는 재능을 가진 천재이다. 로마쪼는 다음과 같이 말했다.

"라파엘로는 미켈란젤로에게서 인체의 골격을, 레오나르도 다빈치에게서는 신의 고귀한 움직임과 빛의 처리법을, 그리고 티치아노[†]로부터는 채색을 받아들였다."

그는 다양한 학파를 두루 거치며 그중에서 최선의 것을 자기 것으로 만들려고 했다. 그러나 미켈란젤로는 모든 것을 스스로의 것에서 만들어내려고

---

† 브라만테 1444~1514

이탈리아의 전성기 르네상스의 대표적인 건축가 중 한 사람이다. 밀라노에서 산 사티로성당의 산타 마리아 성기실(聖器室)을 설계하였다. 8각형의 평면을 가진 그의 집중식 회당 형식은 그가 평생 추구했던 건축형식의 첫 번째 작품이다. 밀라노의 산타 마리아 델레 그라치에 성당의 내진(內陣)도 그가 만든 것인데, 여기서도 집중식 회당에 대한 그의 집념이 보인다.

1499년에 로마로 와서 산타 마리아 델라 파체수도원을 설계하였는데, 1층과 2층의 열주(列柱) 구성에 세심한 배려를 한 회랑에는 이전의 건축에서 볼 수 없는 장중한 느낌이 준다. 또 고대의 신전을 모방하면서도 이를 새로운 건축이념과 결합시켜, 단정한 비례와 조화 있는 공간구성으로 아름다운 양식을 만들어 냈다.

하였다. 그는 자신의 재능을 살리고자 고뇌하고 투쟁함으로서 그 모든 것을 이루려고 하였다. 그러나 그가 얻은 것은 고뇌와 고통, 불행뿐이었고, 끊임없는 불만과, 사람들의 오해, 그리고 끝내는 좌절밖에 없었다. 그에게 라파엘로는 약탈자처럼 보였다. 라파엘로는 자신처럼 명예를 추구하지만 훨씬 안이한 길을 걷고자 하며, 노력하기는 하지만 독자적 직관을 갖고 진지한 투쟁을 하지 않는 탐욕스러운 인물로 보였던 것이다.

라파엘로와 미켈란젤로의 관계를 뚜렷하게 시사해 주는 일화가 두 가지 있다. 미켈란젤로는 시스티나 예배당에서 프레스코화를 그리고 있을 때 교황과 격렬한 논쟁을 하였는데, 그 일이 있은 뒤 자신의 위엄을 지키려는 것도 있었겠지만, 교황의 노여움을 샀을까 두려워했기 때문에 피렌체로 도망갔다. 당시 예배당의 열쇠를 갖고 있던 브라만테는 라파엘로에게 몰래 문을 열어주어 미켈란젤로의 작업 과정을 연구하고 활용할 수 있게 하였다. 라파엘로는 이 프레스코화를 면밀히 연구한 다음, 이미 완성되어 있었던 《예언자 이사야 상》을 다시 새롭게 고쳤다.

---

† 티치아노 1488?~1576

이탈리아의 화가. 베네치아에 전해진 플랑드르의 유채화법을 계승하여 베네치아파의 회화적인 색채주의를 확립한 예술가이다. 초기에는 조반니 벨리니와 조르조네의 기법을 따랐지만, 유명한 《성애(聖愛)와 속애(俗愛)》에서는 이미 그만의 사실적인 묘사의 견실함과 명쾌한 색채를 보여주고 있다. 1518년 완성된 베네치아 프라리성당의 《성모승천》에서는 선배들의 영향을 벗어나 자유로운 동적 표현의 의지를 보여준다. 또 《비너스의 예찬》을 비롯하여, 《바커스와 아리아드네》등 고전신화 그림과 《공전(貢錢)》《장갑을 쥔 사나이》 등은 색채가 명도를 더해서 원숙한 경지에 이르렀다.

그는 국내외의 많은 왕후들로부터 작품 위촉을 받아 명성을 떨쳤으며, 그중에서도 독일황제 카를 5세를 위해 그린 《개를 데리고 있는 입상》은 그의 초상화 중의 걸작으로 꼽힌다. 또한 《큐피드와 비너스》《음악가와 비너스》《다나에》《거울을 보는 비너스》《유로파의 겁탈》 등 관능을 보여주는 풍만한 나체의 표현도 그의 주요한 모티브를 이룬다. 그리고 《프랑수아 1세의 초상》《리미날디의 초상》그리고 몇 점의 자화상은 그의 성격묘사의 예리함과 사실성의 깊이를 말해준다. 만년에도 왕성한 창작욕을 보여 《형관(刑冠)》과 같이 격정적인 장면을 즐겨 그렸으며, 마침내는 고전적 양식에서 완전히 탈피하여 격정적인 바로크 양식의 선구자로서 17세기의 루벤스, 렘브란트로 이어지는 길을 개척하였다.

르네상스 시대에 이러한 일화는 자주 화제에 올랐다. 대중은 이러한 일화를 즐겼다. 위인의 모습은 이제 대중의 감각적인 시선 안에서만 살아간다. 그리고 이러한 시선은 구체적이고 확인될 수 있는 이야기에 의존한다. 지금 우리들이 이러한 이야기에 대해 비판적으로 검증하기란 어렵다. 그러나 라파엘로가 작품 활동의 자극제로 미켈란젤로의 작품을 매우 치밀하게 활용했다는 점에는 의심의 여지가 없다. 라파엘로는 미켈란젤로의 피에타에 등장하는 그리스도에서 윤곽선까지 거의 그대로 모방하였다. 이것은 그가 레오나르도 다빈치의 모나리자에서 자극을 받아 그의 작품 중 가장 아름다운 초상화를 그린 것과 마찬가지다. 그러나 라파엘로가 외부의 자극을 받

티치아노 〈성모 승천〉

아들였지만, 결국에는 이를 독자적인 형태로 만들어내고 그만의 독특한 예술을 창조한 천재였다는 것은 새로이 지적할 필요도 없다. 르네상스 시대의 예술가는 대부분 선배들의 도움을 받았다. 타인을 통한 이러한 자극을 최소한으로 묶어두고, 자신만의 감각으로 예술 창조의 방법과 형식을 만들어낸 유일한 사람이 바로 미켈란젤로였다. 선배들의 모범을 활용하는 라파엘로의 탁월한 능력에 대해 미켈란젤로가 그렇게 냉담한 반응을 보인 것은, 그가 지금까지 가졌던 고통스러운 경험과 라파엘로와의 대조적인 측면이 밖으로 표출된 것으로 보인다. 같은

시대의 거장이 자신의 작품을 모방한다는 것은 예술가로서 커다란 인정을 받고 있음을 의미하는 것임에도 불구하고, 불만과 자기 고립 속에서 살아가던 미켈란젤로에게는 이러한 정당한 모방조차도 자신이 힘들게 이룩해 놓은 성과를 도둑질해 가는 행위로 보였던 것이다. 이미 많은 것을 정복하고 독자의 경지에 도달한 그였지만 라파엘로에게는 아무것도 주고 싶지 않았던 것이다.

　라파엘로가 로마에서 신속하고도 손쉽게 그의 지위를 확립하자, 로마에 체재하고 있었던 당시의 미켈란젤로에게는 상처가 됐던 것이다. 라파엘로

라파엘로 《그리스도의 매장》

라는 별이 다른 별들을 압도하며 빛을 발하고 있을 때 미켈란젤로는 의뢰 받은 일이 없어 작품을 위한 석재를 산에서 직접 캐내어야 했다. 이 밝게 빛나는 '젊은 별'을 미켈란젤로는 씁쓸함과 질투심을 갖고 바라보고 있었다. 고독한 그는 매일같이 라파엘로가 젊은이들의 마음을 사로잡고 있는 것을 보아야만 했다.

"라파엘로가 바티칸 궁전에 있는 그의 작업장으로 가면 50명도 족히 넘는 사람들이 주위를 둘러쌌다. 그들의 수행을 받으면서 라파엘로는 궁전계단을 올랐다. 그를 둘러싼 대부분의 사람들보다 더 어린 라파엘로는 그들 모두보다도 아름답고 기품이 있었다."

어느 날 라파엘로가 제자와 친구, 그리고 추종자들에 둘러싸여 시스티나 예배당에서 나오는 모습을 보며 미켈란젤로는 경의를 표하는 몸짓을 해보이며 빈정대듯 "마치 제후의 행차 같군."라고 말을 걸었다. 그러자 라파엘로는 "당신은 마치 사형 집행인처럼 고독해 보이는군요."라며 경멸하듯 맞받아쳤다.

두 사람의 대립을 전해주고 있는 일화 중에는 라파엘로가 오만하게 어깨를 으쓱이며 자존심 강한 미켈란젤로에 대하여 질투하고 있는 이야기도 전해진다. 라파엘로를 예찬하고 있는 사람들은 그의 이러한 질투심조차도 옹호했다. 헤르만 괴링은, "미켈란젤로에의 질투심조차도 라파엘로의 명예를 손상시키는 것이 아니라 오히려 그를 더 위대하게 만든다. 그와 같이 최고의 위치에 서 있는 사람은 모든 면에서 제 일인자가 될 것을 욕망하며, 자기 위에 있는 어떤 사람이 있는 것을 견딜 수 없어야 한다."라고 말했다.

우리는 이러한 옹호를 어느 정도까지 정당하다고 받아들일 수 있는 것인가! 만약 이러한 옹호가 허용된다고 한다면, 우리는 보다 분명한 사실에 근거하여 미켈란젤로의 태도를 옹호할 수 있다.

미켈란젤로와 라파엘로가 로마로 오면서 이 도시는 서양 미술의 수도가 되었는데, 한 도시가 그렇게 독점적인 인정을 받기는 그 유례가 없을 정도였다. 당시의 교양인들은 로마가 예술의 정신적 중심지임을 몸으로 체험하였다. 하지만 로마에 이러한 명예를 가져다 준 두 사람은, 레오나르도 다빈치와 미켈란젤로가 그러했던 것처럼 서로 적대적인 입장을 취하고 있었다.

미켈란젤로가 레오나르도 다빈치나 라파엘로와 대립하게 된 이유로 "모든 사람이 미켈란젤로에게 접근하기 어려워했다."거나 또는 "모든 인간 존재의 불완전함."이라고 해석하는 것은 너무 안이한 설명이다. 사람들은 미켈란젤로가 사교성이 없었다고 말하지만, 우리는 그가 우정을 갈망했으며 그에게 다가오는 우정에 대해서는 순종적인 자세로 받아들였음을 알고 있다. 만년에 그는 빅토리아 콜로나 –미켈란젤로와의 두터운 정신적 교분으로 유명한 여성시인– 와 깊은 정신적 우정을 맺게 되었던 시기를 자신의 삶에서 가장 행복에 가까웠던 시기라고 말했다. 그러나 미켈란젤로가 레오나르도 다빈치나 라파엘로를 단순히 예술의 최고 권좌를 두고 싸우는 자신의 경쟁자로만 여긴 것이 아니다. 그는 자신의 세계가 그 두 사람의 세계와는 전혀 다르다는 것, 그리고 자신의 세계관과 예술관이 그들의 것과 전혀 조화를 이룰 수 없다는 것을 보고 느꼈다. 레오나르도 다빈치나 라파엘로에게 인간은 전체 속에서 한 부분에 지나지 않으며 그로부터 분리될 수 없는 존재였다. 그렇기 때문에 인간은 신의 다른 피조물보다 더 높은 가치를 요구할 수 없었다. 그들은 인간이 갖고 있는 불완전성을 인정했다. 레오나르도 다빈치와 라파엘로는 인간이 전부는 아니며, 세계 전체를 대표할 수 없기 때문에 겸손해야 한다고 인정했다. 그러나 이것은 미켈란젤로를 격분시켰고 그를 고통스럽고 견딜 수 없게 했다. 미켈란젤로는 인간을 이러한 억압에서 해방시키기 위해 거대한 투쟁을 감행했지만, 이는 승산이 없는 싸움이었기에 그를 한없이 괴롭게 했다. 이러한 끝없는 투쟁 의지와 불완전한 세계에 대한 절망이 그를 우울의 나락으로 떨어지게 했다. 그는 내면 속의 영상을 그대로 형상화할 수 없는 자신의 무능력 역시 이러한 불완전성에 속한다고 느꼈다. 그는 이러한 완전성에 도달할 수 있는 사람은 오직 신 밖에 없다는 사실을 알지 못했다. 또한 그는 내면의 영상을 끄집어내어 이를 예술적으로 형상화시킬 때, 내면의 이미지와 외부로 표출된 현실과는 커다란 간격이 존재할 수밖에 없으며, 천재라 하더라도 인간인 이상 이것을 피할 수 없고, 바로 그 때문에 예술가는 고뇌하게 되며, 이러한 고뇌가 있기 때문에 가치 있는 예술이 태어난다는 것을 그는 모르고 있었다.

5

마지막에 배신하는 것보다는
처음부터 거부하는 편이 낫다

괴테 vs 클라이스트
실러 vs 횔덜린

1 ———

고독은 예로부터 고귀한 사람들의 귀족적 특징으로 간주되었으며, 그의 영혼이 높은 지위를 지니고 있음을 의미해 왔다. 고독은 혼자라는 것과는 다르다. 변덕스럽고 이기적이며, 어울리지 못하고 반사회적이거나 때로는 범죄적이기까지 한 인간은 종종 친구도 가족도 없이 혼자 산다. 그들의 내면에는 사회에 대한 관계나 긴장이 없기 때문에 이러한 삶의 힘을 아쉬워하지도 않는다. 그들은 혼자이지만 고독하지는 않다. 그들의 영혼은 저열하기에 자신에게 결여된 것이 무엇인지 깨달을 수가 없다. 자신에게 결여된 것이 무엇인지를 깨달아야 아쉬움도 없는 것이다.

고귀한 인간들은 흔히 폭 넓은 우정을 소유한 듯 보인다. 그들의 사회적 교류나 직업상의 만남들은 풍부하고도 고무적이다. 그러나 그들은 사람들과 진실한 관계나 긴장을 갖지 않기 때문에, 언젠가는 사람들로부터 내적으로 멀어진다. 그들은 혼자 살아가지는 않지만 고독하게 살아간다.

한 인간에게 주어질 수 있는 고독에는 여러 형태가 있다. 고귀한 사람들은 나이가 들면 누구나 고독에 직면한다. 그러나 늙는다는 자연적 조건으로서 나타나는 고독은 아픔이라기보다는 슬픔이다. 이러한 고독은 수많은 희망으로 빛났던 지난 인생의 결과인 것이다.

쇼펜하우어는, 우리의 존재가 환멸에 빠지지 않으려면 고통스러운 고독이 아니라 혼자라는 행복한 영혼의 상태를 삶의 가치 있는 목표로 삼아야 한다고 갈파했다.

"완벽한 일치는 자기 자신과만 이룰 수 있다. 친구와도 연인과도 불가능하다. 왜냐하면 개성과 정서의 차이는 아무리 사소하더라도 불화를 가져올 수밖에 없기 때문이다. 그러므로 세상에서 건강 다음으로 중요한 재화, 즉 마음의 참된 평화와 완전한 평정은 오로지 고독에 의해서만 찾을 수 있으며 깊은 은둔을 통해서만 지속적으로 유지될 수 있다. 스스로가 크고 풍성해져야 이 궁핍한 세상에서 찾을 수 있는 가장 행복한 상태를 즐길 수 있다. 그렇다. 다시 한번 강조한다. 아무리 우정과 사랑과 결혼이 서로를 가깝게 묶어준다고 해도, 마지막에는 오직 자기 자신, 아니면 기껏해야 자신의 자식과 그러한 가까운 관계가 가능한 것이다. 사람들과 만나야 할 주관적, 객관적 조건들은 덜 필요할수록 좋은 것이다. 젊은이들은 고독을 인내하는 법을 배워야 한다. 그것이 바로 행복과 심리적 평정의 근원이기 때문이다."

높은 차원에서 살아가는 사람은 특별한 형태의 고독을 경험한다. 천재는 대부분 삶에 있어 고독하게 살아야 하는 중요한 두 시기를 경험한다. 하나는 그 천재가 처음으로 미래를 예감하고 직관하면서, 아직 이와 같은 통찰을 가질 만큼 성숙하지 못한 사람들에게 이를 전해야 할 때이다. 두 번째 시기는 나이가 들어 이제 자신의 업적이 새롭게 부상하는 젊은이들로부터 공격받거나, 심지어 한 세대를 가득 채우고 있는 아류들에 의해 위협받게 되는 것을 지켜봐야 할 때이다. 정신의 천재이든 행위의 천재이든 그들은 이러한 운명이 엄습해 오는 것을 피해갈 수 없다. 괴테가 자신의 정신에 대항하는 정치적 목적 문학을 보았을 때나, 비스마르크가 고독하게 작센발트에서 머물며 자신의 정치적 업적이 무능한 후계자들에 의해 무너지는 것을 보고 있을 때, 그들은 이를 쓰라리게 느꼈을 것이다.

그러나 천재가 자신의 업적을 완성할 수 있는 한, 이러한 고독이 천재의 삶의 양식을 파괴할 수는 없다. 천재는 먼 훗날 자신의 세계관이 부활하여 변모된 모습으로 승리를 거두거나, 적어도 그의 세계관에 대항하던 세력과 동등하게 후대의 정신을 지배하게 되리라는 것을 알고 있다.

자신의 본질에 대한 조용한 자부를 갖고 있는 인물들은, 처음에는 고독이 쓰라리게 느껴지더라도 이를 통해 자신의 고유한 내면으로 들어갈 입구를 찾는다. 자신으로 가는 그 길이 바로 그들에게는 구원이다. 그들은 이러한 방랑을 통하여 창조적이 된다. 그들은 자신을 폐쇄시킨 후 그 속에서 심오한 업적을 만들어낸다.

주기적으로 스스로 선택하는 고독이 있다. 이는 창조적인 작업을 하는 사람들이 이따금 필요로 하는 것으로 사회에 등을 돌리는 것은 아니다. 이러한 고독은 창조자가 자신의 삶의 양식을 개인적으로 형성하는 권리에서, 그리고 예술가와 사상가의 위대한 행위는 번잡한 일들과 진부한 대중으로부터 떨어져 이루어진다는 통찰에서 나타난다. 9번 교향곡, 파우스트, 미완성 교향곡, 펜테질레아와 같은 창조 작업이 베를린의 포츠담 광장에 있는 임대 주택에서 이루어지기는 힘들 것이다. 스스로 선택한 창조적 고독은 인간의 갈망이나 의욕과 조화롭게 일치되는 반면, 우리가 여기서 이야기하고자 하는 비극적인 고독은 예술가와 사상가의 의도와는 상반되는 것이다. 그들은 자신을 이해할 수 있는 사람들이나 자신이 영향을 미칠 수 있는 사람들을 갈망하지만 반향을 얻지는 못한다. 물론 자발적 고독도 때로는 괴로운 고립의 성격을 가지기도 하는데, 니체가 다음과 같이 말했을 때 그는 이러한 고독을 생각했던 것이다.

> 언젠가 많은 것을 선포해야 하는 사람은
> 내면에 많은 것을 침묵하고 있다.
> 언젠가 번개를 내리쳐야 하는 사람은
> 오랫동안 구름이어야 한다.

스스로 고독을 선택하는 것은 예술가의 신성한 권리이다. 창작을 위해 언제 그러한 고독을 필요로 하는가는 그 자신만이 결정할 수 있다.

타의에 의해 부과되거나 자의에 의해 선택된 고독과는 구별되는 또 하나의 고독의 형태가 있다. 그러나 이러한 고독은 창조자들의 정신사에서는 매우 드물게 나타난다. 그것은 단 한 사람이라도 자신을 이해해 주는 행복을 누리지 못하는 고독, 극단적 단절의 고독, 완전한 고립의 고독이다. 이러한 고독은 깊은 고통을 안겨주며 영혼의 뿌리를 모두 갈아엎는다. 불안하게 쫓기는 낮들과 잠 못 이루는 밤들을 위로해 주는 것이 아무것도 없다. 가까운 사람들로부터 잊혀지는 괴로움을 조금이라도 덜어줄 희망도 없다. 절대적인 신뢰와 우정, 사람들의 추종에 대한 순진한 믿음을 갖고 있던 사람이 갑자기 버림받거나 실망을 느끼게 되면 고통스러운 쓸쓸함이 찾아오며 이는 매우 심각한 일이 된다. 고독 중에서도 슬픔을 안겨주는 고독을 맛보게 되는 것이다. 창작 활동을 하며 살고자 하는 사람이 배신으로 인해 우정에서 고립되고, 이해받지 못하거나 잊혀짐으로써 가족과 민족과 조국으로부터 고립되며, 오해로 인해 시대로부터 고립되고, 그러한 시대와 세계에서는 창조 활동이 무의미하다는 여기고 창작 활동에서 멀어지게 될 때 그는 무너지게 된다. 그것은 우리가 빠져들 수 있는 가장 끔찍한 영혼의 고난이다. 고독한 사람이 자존심과 수치, 그리고 품위 때문에 삶의 마지막 순간까지 타인의 오해 섞인 호기심이나 분별없는 동정 앞에 가장의 베일을 드리워야 하는 것은 더욱 끔찍하다.

1800년, 세기의 전환기에 독일 정신이 정점에 도달했을 때, 괴테와 실러, 칸트와 베토벤이 살았고, 그들의 작품이 찬란하게 빛나고 있을 때, 독일의 가장 고독한 두 천재는 이러한 극단적인 고독으로 인해 영혼이 고통 속에 타버리고, 절망적이고 필사적인 투쟁의 불길에 휘말려 들어갔다. 그들은 바로 횔덜린과 클라이스트이다.

2 ———

조숙한 천재의 죽음처럼 삶을 완벽하게 완성하는 자연적 종말이란 없다. 애수에 잠겨 간직하고 있는 그 최후의 작품들, 꺼져 가는 천재성의 귀중한 유산들을 생각해보자. 라파엘로와 모차르트, 슈베르트와 뷔히너의 마지막 작품들을 떠올려보자. 조숙한 천재들의 삶은 운명적으로 스스로를 완성한다. 우리는 그들이 얼마나 더 발전해 나갈 수 있었을까? 또 그 미래는 어떠한 것이었을까? 하는 것에 대해 짐작할 수 없다. 그러나 우리는 느낀다. 그들을 통해 하나의 법칙이 성취되었고, 운명에 따라 우리는 그러한 법칙을 받아들여야 한다는 것을. 조숙한 천재의 요절은 종종 그들의 명예를 위해서는 행운이기도 하다. 일찌감치 무르익은 세계관은 그들에게 투시 능력을 부여하며, 그들의 작품에 마적이고 완성된 그 무엇인가를 더해 준다. 일찌감치 영예를 맛보았고 이제 우리들의 아쉬움 속에서 불멸의 영역으로 올라간 그 많은 사람들은 자신들이 그 민족의 위대한 이름으로 남겨질 것임을 알고 있다. 그러나 독일 역사에 있어 가장 쓰디쓴 영혼의 갈망과 곤경을 보여주었던 비극적인 두 인물, 횔덜린과 클라이스트는 이와는 달리 모든 세속적 관계와 결속으로부터 참담하게 소외되는 극단의 고독 속에서 살았고 그렇게 죽어 갔다.

그 두 운명에 있어 갈망의 한숨은 서로 닮아 있었다. 그들은 둘 다 바이마르의 거장의 문 앞에 서 있었다. 그들은 그리로 들어가 우정을 나누기를 원했으나, 그들의 문 두드리는 소리에 아무도 귀를 기울이지 않았다. 두 사람 모두에게서 고대성과 독일성이 함께 만났지만 하나로 녹아들어 생명력을 획득하지는 못하였다.

괴테(1749~1832)와의 만남은 클라이스트(1777~1811)의 정신적 이력에 있어 가장 충격적인 부분을 이루고 있다. 두 사람의 만남에 대하여 클라이스트의 친구가 전하는 내용이 옳은지 여부는 중요하지 않다. 괴테에게 있어 그러한 관례적인 만남은 그리 중요하지 않았을 것이다. 우연이든 의도적이든 살롱에서 이루어지는 그러한 만남보다 더 중요한 만남이 있다. 타인의 작품 및 인물과 대결을 벌이는 정신적 만남이 더 중요하며 해당 인물의 삶에 있어 더 결정적이다.

클라이스트는 자신의 여러 희망들을 충족시키는 데 실패한 독일 작가이다. 완벽한 따돌림, 고통스러운 고독, 솟구치는 갈망, 격렬한 창작욕, 예술가의 극단적 예민함 속에서 지낸 세월 동안 그는 오로지 하나의 목표를 지니고 있었고, 오로지 하나의 희망이 그를 지탱시켜 주고 있었다. 그를 지탱해

온 유일한 기대가 성취된다면 그는 치유될 수 있었다. 그것은 바로 바이마르였다! 그곳에는 한 사람이 산다. 천재이며 작가인 위대한 인간, 괴테. 그는 틀림없이 자신을 이해해 줄 것이다.

"나는 바이마르에서 무릎을 꿇고 이해와 후원을 청할 것이다."

클라이스트는 이렇게 괴테에 대한 열망을 표현했다. 클라이스트는 일찍부터 괴테의 작품을 사랑했다. 그는 《빌헬름 마이스터의 수업 시대》에 특히 감동을 받았다. 클라이스트는 편지에서 이 소설에 나오는 표현들을 여러 차례 인용한바 있다. 클라이스트의 시골 판사와 서기 −《깨어진 항아리》[†]의 등장인물− 에게서도 우리는 《빌헬름 마이스터의 수업 시대》에 등장하는 괴테적 인물들이 새로운 모습으로 나타나고 있음을 본다.

괴테에 대한 클라이스트의 태도는 숭배로 시작되었다. 그리고 그것은 증오로 끝이 났다.

괴테와 클라이스트의 출신과 초기 생애는 판이하게 다르다. 괴테의 고향은 독일 남서 지방으로 자유 도시의 시민성을 간직한 유서 깊은 문화의 지역이다. 과거 수백 년간 예술과 학문에서 만발했던 꽃들은 괴테의 내면에서 조화롭게 융화되었다. 종종 그는 시대를 초월하고 있는 것처럼 느껴지는데, 이는 그가 수 세기를 하나로 포괄하고 있기 때문이다. 반면 클라이스트는 이제 막 문화가 피어나려 하고, 창조적 인물들이 외부의 문화공동체로부터

┃ †깨어진 항아리

독일 희극의 최고 걸작으로 평가받는 클라이스트의 작품. 1806년 작. 1808년 바이마르 극장에서 처음으로 공연되었다.

줄거리는, 네덜란드의 농촌을 무대로 하여 교활한 욕심쟁이며 호색가인 촌장 아담이 마을 처녀 에페에게 구애하는 현장을 들켜서 도망치다가 그 처녀 집의 가보인 항아리를 깬다. 마을에서 재판이 열렸는데, 재판관이자 범인인 아담이 처녀의 약혼자 루프레히트가 범인으로 고소당한 것을 이용하여 어떻게든 자기의 범행을 은폐하고 벗어나려고 것이 익살스럽게 묘사되어 있다.

단절되어 있었던 독일의 동부 지역에서 태어났다.

괴테의 문학적 사명은 그의 출신 배경과 운명의 후원을 받았다. 그는 아무런 장애 없이 자신의 씨앗을 싹틔울 수 있었다. 반면 클라이스트는 융커[†] 가문 출신으로, 그의 선조 중에는 18명의 장군과 2명의 원수가 있었다. 클라이스트에게는 어쩔 수 없이 군인이라는 직업이 자연스러운 것으로 보였다. 그는 작가의 길을 가기 위해 투쟁해야만 했다. 이러한 가문의 전통과 요구는 그가 작가가 되어서도 변하지 않았고, 이로 말미암아 젊은 클라이스트의 피할 수 없는 비극은 깊어져만 갔다.

괴테는 언제나 적시에 후원을 받았다. 언제나 힘찬 동력을 제공하고 격려와 비판을 주는 사람들이 괴테의 발전을 지켜보고 있었다. 우선 그를 이해하고 도울 수 있는 관대한 어머니가 있었고, 어린 시절에는 독려와 전망을 제시하는 스승 헤르더[†], 비판적 문우 메르크[†], 완숙기에는 그를 이해하

---

† 융커
원래는 '젊은 주인'을 뜻하여, 아직 주인의 지위에 오르지 않은 귀족의 아들을 가리킨다. 16세기 이래 프로이센 동부의 보수적인 지방귀족의 속칭으로 사용되었다. 이곳에서는 귀족이 지배자로서 영내의 농민에 대하여 서부와는 비교할 수 없을 만큼 강한 신분적 구속력을 가지고 커다란 영향력을 행사하였다. 프로이센에서는 귀족이 국가의 기둥으로서 고급관리와 장교 직을 독점하였는데 이들은 모두 융커였다. 그들은 모두 보수주의자들이어서 국정개혁이나 자유무역에 완강히 반대하였다.
19세기에는 동부 독일의 완고한 보수주의자와 권위주의 귀족들을 자유주의자들이 모욕적으로 융커라고 불렀다. 1848년 결성된 보수당은 '융커당'이라 불렸는데 그들은 오히려 이 호칭을 자랑하기도 하였다. 19세기 독일제국의 창건은 융커를 중심으로 이루어졌고, 제국의 고급관리, 장교를 독점하며 커다란 파벌을 형성하였다. 독일혁명 뒤에도 은연히 유지되었으나, 제2차 세계대전 뒤 소련군의 점령으로 괴멸하였다.

† 헤르더 1744~1803
프로이센 모른겐 출생. 문학상의 제자인 괴테의 추천으로 바이마르궁정의 목사로 초빙되었다. 철학자로서 브루노, 스피노자, 라이프니츠 등의 영향을 받았으며, 같은 시대의 하만, 야코비 등과 함께 직관주의, 신비주의적인 신앙을 앞세우며 칸트의 계몽적 이성주의 철학에 반대하였다. 역사를 힘의 경합에서 조화에 이르는 진보의 과정이라고 보는 《인류역사철학고(人類歷史哲學考)》의 역사철학은 레싱을 계승하여 나중에 헤겔의 역사철학 구성에 이어지며, 또 《언어의 기원에 대한 논고》는 훔볼트의 언어철학에 영향을 주었다.

는 동지 실러가 있었다. 그러나 무엇보다도 그의 삶의 모든 단계마다 위대한 창조와 행복을 가능케 했던 것은 여성의 사랑이 있었기 때문이다. 클라이스트에게는 이러한 만남도 그를 도와주는 사람도 없었다. 아버지는 클라이스트가 11세 때, 어머니는 16세 때 이미 세상을 떠났다. 그는 우정에 목말라 했다. 한때 정치에 몸담았던 클라이스트는 잠시 아담 뮐러†를 동지로 맞이하지만, 그는 클라이스트를 그저 도구로 생각했을 뿐이었다. 작가이자 인간으로서 클라이스트는 외로웠다. 그는 사랑을 갈망했다. 그러나 약혼녀 빌헬미네 폰 쳉에도, 짧은 전원의 행복을 선사했던 스위스의 소녀도 그에게는 숙명적인 존재가 아니었다. 여인들 사이에서 클라이스트는 이방인이었다. 독일 문학에서 가장 순수하고 부드러운 여인들, 케트헨과 알크메네 ―클라이스트 작품 속의 주인공들― 는 사랑에 대한 그의 갈망과 고독에서 창조된 존재들이었다.

괴테는 일상의 고민을 전혀 모르고 살았다. 그러나 융커인 클라이스트는 가족들로부터 돈 한 푼 못 버는 지겨운 존재라는 말을 들어야 했다.

이렇게 괴테와 클라이스트는 그 근본이 서로 다른 인물들이다. 비극은

---

† 메르크 1741~1791
독일의 소설가이자 문예평론가. 당시의 문학에 대하여 비판적이었던 인물로, 헤르더, 괴테 등과 교우관계를 맺으면서 날카로운 안목으로 괴테의 시를 비평해 줌으로써 젊은 괴테에게 많은 영향을 끼쳤다. 1772년부터 《프랑크푸르트 학예소식》이라는 잡지 간행에 간여하면서 평론 활동을 전개, 당시의 문학운동에 큰 영향을 끼쳤다.

† 아담 뮐러 1779~1829
베를린의 개신교 집안에서 출생하여 계몽주의의 영향을 받았으나, 나중에 가톨릭으로 개종하였다. 독일의 대표적인 낭만주의자로서, 겐츠와 바크의 영향을 받았고, 전기 낭만파운동의 중심인물인 슐레겔 형제와 가까이 지냈다. 주요저서 《국가학 강요》에서 국가를 역사적으로 형성된 공동체로 보고 각 신분이 권리와 책임을 나누어 가지고 협력하여야 한다고 주장함으로써, 정치적 낭만주의의 대표적 사상가로 꼽혔다. 셸링과 피히테의 영향을 받아 저술한 철학사상서 《대립론》은 헤겔의 철학에 영향을 끼쳤다.

문학사의 가장 쓰라린 우연 때문에 시작되었다. 만일 클라이스트가 젊은 시절의 괴테와 만났더라면, 이 두 불꽃은 융화되어 우정의 불길로 타올랐을 것이다. 그리고 이로 인해 클라이스트 어떠한 결실이 거두었을지, 그의 삶과 작품이 어떠한 길을 걸어갔을지는 상상조차 어렵다. 그러나 클라이스트가 괴테를 만난 것은, 그가 이미 세계에 대한 자신의 입장을 모두 분명히 밝힌 뒤였다. 클라이스트는 성숙한 괴테와 만난 것이다. 바로 여기에서 자주 인용되고 오용되어 식상해지다시피 한 '올림포스의 신'이 의미를 갖게 된다. 마신인 클라이스트가 올림포스의 신 괴테를 만난 것이다.

괴테는 자기 자신과 세계를 이해하기 위해 평생 노력했다. 그가 막 질풍노도의 시기로부터 벗어나, 이미 고전주의적이고 칸트적으로 방향을 잡고 교육받은 실러를 만났을 때도 처음에는 얼마나 냉정했던가? 그가 그렇게 힘겹게 획득한 것들을 재능은 있으나 혼란스럽고 예민한 그 젊은 작가 때문에 뒤죽박죽으로 만들어야 할 것인가? 아폴론의 평정이 디오니소스의 도취에 의해 흔들려야 할 것인가? 절제와 자제는 만년의 괴테에게 가장 고유한 성품이자 본질이었다. 그러나 클라이스트의 삶과 행위의 유일한 근본 법칙은 감정에의 진솔함과 충실함, 그리고 행동의 무조건성이었다. 괴테가 클라이스트에 대해 했던 말은 씁쓸하고 냉정한 것이었다.

"아무리 선한 관심과 순수한 의도를 갖고 보더라도, 이 작가는 나를 소름끼치게 하고 거부감을 불러일으킨다. 마치 좋은 의도에서 창조되었으나 불치의 병에 걸려 버린 육체와 같이. 티크[†]는 이와 반대이다. 그는 자연에서 훌륭한 면들을 본다. 그는 일그러진 묘사를 피하고 트집 잡기보다는 용서한다. 이점에 대해서는 우리 둘 다 깊이 동감하고 있다."

청년 클라이스트는 불타는 뜨거운 열망으로 바이마르의 대가를 상상했다. 1808년 1월 24일자의 다음 편지는 정신적 열망과 겸손의 상징이 되었다.

추밀고문관 각하.

각하께 제가 퓌부스 —1808년 클라이스트가 아담 뮐러와 함께 발행한 잡지— 첫 호를 보낼 수 있게 되어 크나큰 영광으로 생각합니다. 제가 이 잡지를 들고 각하 앞에 서는 것은 '정신적으로 무릎을 꿇는 것'에 다름 아닙니다. 제 손이 써내려 가는 내용의 가치는 보잘 것 없으나, 제 손을 떨리게 하는 그 느낌을 보아주시기 바랍니다.

이 잡지에 일부가 실려 있는 비극《펜테질레아》†를 관객 앞에 모두 내놓기에는 아직 너무 두렵습니다. 일단 여기에 실린 그 일부분이 수용된다면 그 뒤의 결론에 대해서도 그리 경악하지 않을 것입니다.

또 이 작품은《깨어진 항아리》와 마찬가지로 반드시 상연을 위해 쓴 것은 아닙니다. 그리고 저는《깨어진 항아리》의 바이마르 공연이 오로지 각하의

---

†티크 1773~1853
노발리스, 슐레겔 형제, 브렌타노, 셸링, 피히테 등과 사귀며, 이른바 예나 낭만파의 한 사람이 되었다. 그는 슐레거 형제와 함께 초기 낭만파의 수립과 발전에 크게 활약하였다. 그는 합리주의에 바탕을 둔 야유와 유머를 날카로운 감수성과 교묘히 결합시키는 재능이 풍부하였다.
장편소설로《윌리엄 로벨씨의 이야기》《프란츠 슈테른발트의 여행》이 있는데, 후자는 슐레겔이 괴테의《빌헬름 마이스터》보다 뛰어난 작품이라 격찬한 바 있다. 널리 알려진 작품으로는《금발의 에크베르트》《아름다운 마게로네의 이상한 사랑의 이야기》《장화를 신은 고양이》등의 아름다운 이야기와 동화가 있다. 그는 또 세르반테스와 셰익스피어극의 번역과 연구에도 큰 공적을 올렸다.

†펜테질레아
클라이스트의 비극. 고대의 여인제국인 아마존족의 펜테질레아 여왕은 트로이 전쟁에 참가하였다. 부족의 법에 따라 처녀들이 남자를 선택하는 것이 금지되었음에도 불구하고 펜테질레아는 적장 아힐을 만난다. 아힐도 그녀에게 매력을 느끼고 그녀와 전투에서 만나고자 한다. 전쟁이 끝났음에도 불구하고 펜테질레아는 적장을 이기겠다는 소망을 포기하지 않는다. 그러나 펜테질레아는 아힐에게 지고 만다. 펜테질레아의 신임을 받고 있던 프로토에는 아힐에게 실신한 펜테질레아가 깨어나면 그녀가 이겼다고 믿게 해 달라고 부탁한다. 그러나 펜테질레아는 아힐에게 자기가 배반당한 것으로 오인하고 그를 처참하게 살해하였다. 여왕은 자신의 오해를 깨닫고 뒤를 따른다는 줄거리.

선의 때문이라고 여기고 있습니다. ─1808년 괴테에 의해 바이마르에서 공연되었으나 큰 반향을 얻지 못함─ 이 무대는 제가 그러한 영광을 누릴 수 있도록 만들어져 있지 않습니다. 저는 기꺼이 그러한 순간을 바라고 있으나, 아마도 미래를 기약해야 할 것 같습니다. 과거를 회고하자면 너무도 쓰라리기 때문입니다.

아담 뮐러 선생과 저는 저희 잡지에 각하의 옥고(玉稿)를 실을 수 있는 영광을 베풀어주십사 다시 한번 청합니다. 그렇게 된다면 좀 거창하게 붙인 잡지의 이름이 더욱 빛을 발할 것입니다. ─ '푀부스'는 태양의 신 아폴론의 별명─ 이 잡지의 기고 논문들에 대한 평가 기준이 평가조차 논할 수 없는 각하의 경우에는 해당되지 않음을 굳이 말씀드릴 필요는 없을 것입니다. 각하의 은혜에 힘입어 이 잡지의 2호에는 각하의 글을 실을 수 있기를 감히 기대하겠습니다. 저희가 간과한 어떤 이유 때문에 기고가 불가능하다면, 곧바로 알려주시는 호의를 베풀어주십시오. 그러면 저희는 각하를 위해 비워둔 앞면을 다른 것으로 채우도록 하겠습니다.

제가 가장 깊은 숭배와 사랑을 바치는 각하의 충성스러운
하인리히 폰 클라이스트

괴테는 암피트리온†을 현대화하려는 클라이스트의 시도에 고개를 설레설레 흔들며 거부했다.

"암피트리온의 고전적 의미는 의도적으로 혼돈과 분열로 변질되었다. 클라이스트는 주요 등장인물들의 감정의 혼돈을 노리고 있다."

괴테는 알려지지 않은 영혼의 깊은 층을 밝혀내려는 클라이스트의 본질을 간과했거나 거부했다. 그리하여 괴테는 숨겨져 있는 엄청난 영혼의 심연을 드러내는 이 극을 다음과 같이 평가했다.

"우화를 그리스도교적으로 해석한 것이다. 그러나 끝은 처참하다. 알크메네가 처한 상황은 불쾌하고 암피트리온이 처한 상황은 잔인하다. ―테베의 장군 암피트리온과 그 부인 알크메네는, 알크메네를 유혹하려고 암피트리온의 모습으로 변장한 제우스의 술책으로 인해 서로의 정체성에 대해 근본적인 혼돈을 겪게 된다―"

괴테는 이렇게 클라이스트가 고대신화를 독일화한 데 대해 매몰차게 부정했다. 그럼에도 불구하고, 처음에 괴테는 젊은 클라이스트를 지원하고자 하였다. 괴테는 클라이스트의 잡지에 기고할 것을 약속하였고 클라이스트의 작품들에 대해 배려를 하였다. 괴테는 바이마르에서 《깨어진 항아리》를 무대에 올렸지만, 그 극에 담겨 있는 고유한 극적 측면은 발견해 내지 못했다. 괴테는 목표와 끝을 향해 급히 몰아가는 이 작품을 세 막으로 나누어 놓았고 이 때문에 실패하였다. 그리고 연극계에 일대 스캔들을 불러일으켰다. 괴테는 클라이스트에게서 자기에게 적대적인 낯선 힘들을 느꼈는데, 이러

---

† 암피트리온

알카이오스와 아스티다메이아의 아들이다. 숙부인 미케네왕 엘렉트리온의 딸 알크메네를 사랑하였는데 실수로 엘렉트리온을 죽여 추방당했다. 그 뒤 테베로 가서 그곳의 왕이자 외삼촌인 크레온에게 죄를 용서받는다. 알크메네도 그를 따라 테베로 갔는데 형제들을 죽인 타포스 인에게 복수할 때까지는 청혼을 받아들이지 않겠다고 하였다. 이에 암피트리온은 타포스를 공격하기 위해 크레온에게 도움을 청하였고, 크레온은 나라를 어지럽히는 여우를 없애 주는 조건으로 허락하였다. 암피트리온은 케팔로스에게 사냥개 라이라푸스를 빌려 사냥에 나섰는데, 절대로 잡히지 않는 여우와 사냥감을 놓치는 일이 없는 사냥개의 대결은 제우스가 둘 다 돌이 되게 함으로써 끝났다고 한다.

크레온으로부터 원군을 얻은 암피트리온은 타포스섬으로 진군하였다. 타포스섬의 왕 프테렐라오스는 아버지 포세이돈이 심어 준 황금빛 머리카락 덕분에 불사의 몸을 가지고 있었으나 암피트리온을 사랑한 그의 딸 코마이토가 황금빛 머리카락을 없애버리는 바람에 죽고 말았다. 타포스섬을 점령한 암피트리온은 아버지를 배반했다하여 코마이토를 처형하였다.

전쟁에서 돌아온 암피트리온은 알크메네와 결혼하였으나 알크메네는 이미 암피트리온의 모습으로 변신한 제우스와 동침하였다. 예언자로부터 진상을 전해들은 암피트리온은 알크메네를 죽이려 하지만 제우스의 방해로 뜻을 이루지 못하였다. 알크메네는 쌍둥이 형제를 낳았는데 하나는 제우스의 아들인 헤라클레스이고 다른 하나는 암피트리온의 아들인 이피클레스이다. 이를 소재로 플라우투스가 희극 《암피트리온》을 썼고, 몰리에르, 클라이스트, 지로두 등도 작품을 남겼다.

한 경험은 전에도 없었던 것은 아니었다. 괴테에게 디오니소스와 아폴론적 세계의 긴장이라는 거대한 문제는 이탈리아에서 돌아온 이후 이미 해결되어 있었다. 그에게 있어서는 아폴론이 디오니소스에게 승리를 거두었다. 그러나 괴테가 자신에게 어울리지 않는 클라이스트를 바라볼 때면 항상 청년기에 경험한 어떤 인물이 경고를 보냈다. 그것은 불행한 렌츠(1751~1792. 질풍노도기[†]의 독일 극작가)였다. 괴테는 청년기의 저돌성과 새로운 세대를 대변하는 마성을 구별할 수 없었던 것이다. 괴테가 청년 클라이스트의 극작술로부터 느꼈던 낯섦은 괴테가 아담 뮐러에게 보낸 편지 《깨어진 항아리》의 분석적 기법 ─이미 일어난 사건을 나중에 분석하는 방식을 취하는 희곡 기법─ 을 거부하는 부분에서 잘 나타난다.

"《깨어진 항아리》는 분명 이채로운 업적이며, 그 묘사는 전체적으로 강렬한 현재성을 갖고 육박해 옵니다. 단지 이 작품이 상연할 수 없는 연극 중 하나라는 점이 유감일 뿐입니다. 이 작가는 생생하게 묘사할 수 있는 재능을 갖고 있으나, 이 재능이 변증술에 대해 거부하는 쪽으로 기울고 있음을 그 시골의 재판 장면에서 가장 분명하게 보여주었습니다. ─이 장면에서 재판관이자 사건의 범인인 아담은 끊임없이 대화의 요점을 흐리고 의도적으로 오해와 중단을 불러일으키려고 노력한다─ 클라이스트가 자신의 천성과 재능으로 극예술의 참된 과제들을 해결하고, 과거의 사건을 하나씩 폭로하는 이러한 방식 대신에 우리의 눈과 감각 앞에 그 사건을 직접 펼쳐놓는다면 독일 연극에 있어 위대한 선물이 될 것입니다."

[†] 질풍노도
1770년대의 문학운동을 일컫는 말이다. 헤르더를 중심으로 한 젊은 작가들이 계몽주의에 반대해 천재성. 감정의 해방, 독창을 제창하던 문학운동이다. 그러나 사회적 기반의 결여로 그 영향력은 문학에만 제한된 채 단기간에 소멸되었다. 작가로서는 괴테, 실러, 렌츠, 바그너, 뮐러 등이 있으며, 대표적인 작품은 괴테의 《젊은 베르테르의 슬픔》, 실러의 《군도(群盜)》등이 있다.

그러나 여기에는 그에 대한 비판과 유보에도 불구하고 일정 부분 존중하고 인정하는 뜻도 담겨 있다. 팔크가 전하는 괴테와의 대화는 클라이스트라는 인물에 대한 종합적 평가처럼 들린다.

　　대화는 클라이스트와 그의 작품 《하일브론의 케트헨》으로 옮겨갔다. 괴테는 클라이스트가 북유럽적인 심각한 우울증을 보여주고 있다고 비난했다. 클라이스트가 작가로서 그러한 폭력적인 모티브를 즐겁게 받아들인다는 것은 그의 지성이 성숙하지 못했기 때문이라는 것이다. 《콜하스》에서도 그가 항상 그러한 것처럼 훌륭한 묘사와 재치 있는 설명이 표현되어 있지만, 그럼에도 불구하고 모든 것이 너무 서투르게 느껴진다는 것이다. 괴테는 그러한 개별 사건에 세계사적 의미를 부여하는 것은 커다란 모순의 정신에게만 가능하다는 것이다. 자연에는 추하고 불안을 주는 것이 존재하는데, 문학이 이를 아무리 솜씨 좋게 다루더라도 결국 이것을 파악하거나 이와 화해할 수 없다는 것이다. 괴테에 따르면 클라이스트는 다시 이탈리아 노벨레 ― 사실적이고 풍자적인 중편 소설 ― 의 특징인 명랑하고 우아한 인생관으로 돌아오는데, 그는 자신을 둘러싼 상황이 어두울수록 더욱 이러한 소설에 몰두한다고 하였다.

　　괴테는 여기서 클라이스트의 가장 밝은 소설들도 페스트가 지배했던 어두운 시기를 배경으로 하고 있음을 상기시켰다. 그는 잠시 쉬었다가 말을 계속 이어나갔다.

　　"나에게는 클라이스트를 질책할 권리가 있습니다. 제가 그를 좋아했고 이끌어주었기 때문입니다. 그렇지만 다른 많은 사람들과 마찬가지로 클라이스트의 교육도 이 시대에 의해 방해를 받았습니다. 이게 아니라면 무엇으로 이러한 현상을 설명할 수 있겠습니까? 이 정도만 이야기해도 충분합니다. 그는 약속한 것을 지키지 않습니다. 그의 침울함은 지나치게 경박합니다. 그 침울함은 인간으로서, 그리고 작가로서의 클라이스트를 파멸시키고 있습니다. 당신은 제가 그의 《깨어진 항아리》를 여기 무대에 올리려고 얼마나 노력하고 많은 시험을 했는지 아실 겁니다. 그럼에도 성공을 거두지 못한 것은, 재치 있고 유머러스한 소재에도 불구하고 사건이 신속히 진행되지 않았기 때문입니다.

하지만 그는 그 이유를 내게서 찾으려 합니다. 심지어 그가 작품에서 한 것처럼 바이마르에 있는 나에게 비난의 소환장을 보내려 했다는 것은 실러가 말한 것처럼 그 본성의 심각한 혼란을 보여주는 것입니다. 그 혼란의 원인은 지나치게 예민한 신경이나 일종의 질병에서 찾을 수밖에 없습니다."

괴테는 내게 돌아서면서 이야기를 이어나갔다.

"당신은 클라이스트에 대해 호평한다고 하니, 《하일브론의 케트헨》을 읽어보고 그 작품의 주요 모티브를 제게 설명해 줄 것을 청합니다. 그래야 비로소 나는 그 작품을 읽을 것인지를 생각해 보겠습니다. 최근 《펜테질레아》를 읽으면서 나는 너무 거북했습니다. 이 비극은 몇몇 부분에서 매우 우스꽝스러운 느낌을 안겨주었습니다. 예를 들어 한쪽 가슴만을 가진 아마존 족의 여왕이 무대에 나타나, 자신의 감정은 모두 남아 있는 다른 한쪽 가슴 속에 감춰져 있다고 관객들에게 말하는 장면이 있습니다. 이것이 나폴리의 민중극에 나오는 콜롬비나 —이탈리아 희극에 상투적으로 등장하던 영리하고 명랑한 하녀— 가 방자한 펀치 —이탈리아 인형극의 어릿광대— 에게 말한 것이라면 관객들에게 어떠한 나쁜 감정도 불러일으키지 않을 것입니다. 그러한 경우에는 역겨운 모습을 위트와 함께 보여줌으로써 혐오를 불러일으키지 않기 때문입니다."

《에그몬트》라는 민족극을 창작한 괴테가 《깨어진 항아리》의 유머를 이해해 줄 것이라고 믿었던 클라이스트의 기대는 허사로 돌아갔다. 괴테는 《케트헨》에 대해서도 "신비적이고 에로틱한 것들이 현실적 설정과 끔찍하게 뒤섞여 있다."고 평가했다. 클라이스트는 쓰라린 마음으로 괴테의 클레르헨인 그레트헨 ─그레트헨은 《파우스트》의 여주인공, 클레르헨은 케트헨과 그레트헨에 운을 맞춰 만들어낸 말로 '조그만 명쾌함'을 의미하며, 괴테 작품의 지나친 분명함을 풍자한 언어유희─ 에 대해 생각해 보아야 했다.

"이는 의미 있는 것과 난센스를 그럴 듯하게 뒤섞어 놓은 것이다. 이는 저주받은 기괴함이다! 바이마르가 요구하더라도 나는 이를 공연하지 않을 것이다."

괴테는 이런 말과 함께 공연을 거부했다.

그러나 클라이스트의 순진한 믿음과 숭배적 태도는 괴테가 《펜테질레아》를 이해해 줄 것이라고 믿었다. 클라이스트는 알고 있었다. 이플란트와 코체부 ─당시 대중적 인기를 얻었던 가정 풍속극을 주로 쓰던 극작가들─ 가 올리는 무대는 《펜테질레아》를 위한 장소가 아니며, 이플란트의 감상적 연극에 눈물을 쏟는 관객들은 《펜테질레아》의 영혼의 고통에 사로잡힐 수 없다는 것을 말이다. 어쩌면 괴테에게 이 비극을 헌정하면서, 이것이 당시의 무대에는 잘 어울리지 않는다고 고백한 것은 현명하지 못했을 수도 있다. 괴테는 답장에서 클라이스트의 고백을 냉정하게 받아들였다.

"아직 《펜테질레아》와 친해질 수가 없군. 그렇게 아름다운 성(性)에서 나온 그녀가 그렇게 낯선 땅에서 헤매고 있다니. 이를 이해하기 위해서 시간을 들여야 했소. 이렇게 말하는 나를 이해해 주리라 믿소. 진실을 말할 수 없다면 차라리 침묵하는 편이 낫기 때문이오. 뛰어난 정신과 재능을 가진 젊은이들이 앞으로 나타날 연극만을 기다리고 있는 것을 보고 있으면 나는 항상 마음이 무겁고 답답했소. 구세주를 기다리는 유대인, 새로운 예루살렘을 기다리는 그리스도교인, 돈 세바스티안을 기다리는 포르투갈 인 −16세기 포르투갈 국왕이었던 돈 세바스티안이 포르투갈을 스페인으로부터 해방시키기 위해 돌아올 것이라고 기대하던 메시아사상− 이라고 해도 나에게 이러한 불편한 느낌을 주지는 않았을 것이오. 나는 참된 연극적 천재의 면전에서 말하고자 하오. 여기가 로도스이니 여기서 뛰어보라! −이솝 우화 중 한 허풍쟁이가 로도스 섬에서 육지까지 뛰어본 적이 있다고 하자 이를 듣던 사람이 던진 말− 나는 매년 열리는 큰 장터의 임시 무대위에서, 극을 보는 대중이 교양이 있건 없건 그들에게 최고의 즐거움을 선사하고자 하오. 이러한 직설적인 말을 용서하시오. 이것은 진술한 선의에서 나온 것이므로 좀 더 친절한 예의를 갖고 마음에 들도록 표현할 수도 있을 것이오. 그러나 나는 무언가 마음속의 것을 말할 수 있다는 것에 만족하오. 그 외의 것은 그 다음 문제요."

1908년 5월 초, 괴테가 클라이스트와 아담 뮐러에 대해 친구 크네벨에게 한 말은 더욱 결정적인 거부감을 보여주고 있다.

"드레스덴 사람들 −클라이스트와 아담 뮐러− 과는 곧바로 절연하였네. 아담 뮐러를 높이 평가하고 클라이스트도 범상치 않은 재능을 갖고 있다고 생각하지만, 그들의 푀부스가 일종의 페뷔스 −프랑스 어로 과장과 속임수를 뜻함− 라는 것을 너무 일찍 눈치 챘기 때문이네. 그리고 우리가 흔히 간과하고 있지만 진실을 말해주는 다음과 같은 격언이 있지.

마지막에 배신하는 것보다는 처음부터 거부하는 편이 낫다."

무슨 일이 일어났던 것인가? 비극의 막이 올랐다. 잔혹한 비극이 시작되었다.

3 ———

괴테는 고독한 정신의 깊고도 순수한 고백과, 갈망했으나 상처 입은 자의 최후의 비명을 들었다. 그러나 괴테는 이를 거부했다. 이제 결별이 이루어졌다. 고뇌와 환멸, 그리고 오랫동안 소용돌이치던 갈망은 클라이스트에게 너무도 커다란 고통이었다. 흥분과 증오에 이끌려 그는 이제 쓰라린 단시(短詩)에 그 감정들을 풀어놓았다. 그리고 클라이스트는 괴테가 자신의 작품을 잘못 다룬 것 —괴테가 단막극인 《깨어진 항아리》를 3막으로 나누어 공연함으로서 실패를 자초한 것을 말함— 에 대해 그에게 결투를 신청하려 했다. 괴테는 이미 많은 것을 간과하고 있었다. 괴테의 《괴츠》도 무대를 위한 작품이 아니었고, 《타쏘》도 미래의 연극을 위해 쓴 것이었으며, 그의 《판도라》와 《시민 장군》은 오늘날까지도 클라이스트의 그 어떤 작품보다도 무대에 오르지 못하는 작품들이다. 분노와 고뇌에 찬 비명을 지르는 클라이스트는 괴테가 그토록 높이 평가하는 고대의 잔인한 일들을 상기시키면서, 그 중 오이디푸스†를 한 예로 들었다.

"그것은 태양조차도 숨어 버릴 잔인한 일이었다!
한 여자의 아들이며 동시에 남편이라는 사실, 자식들의 형제라는 사실은."

† 오이디푸스
'아비를 죽이고 어머니를 범한다.' 는 신탁을 받고 태어난 테베의 왕 라이오스의 아들. 라이오스는 이를 알고 그가 태어나자마자 산중에 버리지만, 이웃나라 코린토스의 목동이 주워다 길러 코린토스의 왕자로 자란다. 나중에 성년이 되어 자기의 운명을 알게 되자, 이를 피하려 방랑생활을 하다가 어떤 노인을 만나 사소한 다툼으로 그를 죽인다. 그 노인이 자기의 아버지였다.
당시 테베에서는 스핑크스라는 괴물이 사람들을 해치고 있었는데, 여왕은 이 괴물을 죽이면 그와 결혼하고 왕위를 주겠다고 약속한다. 오이디푸스는 스핑크스를 죽인 후, 어머니인 줄도 모르고 왕비와 결혼하여 왕위에 오른다. 그러나 왕가의 불륜으로 테베에는 전염병이 돌자, 그 원인이 자기에게 있음을 안 오이디푸스는 두 눈을 뽑고 길을 떠나 죽는다. 여왕은 자살하고 자식들도 왕위다툼 끝에 모두 죽고 만다.

그러나 그러한 기억들도 괴테의 귀에서는 공허하게 울릴 뿐이었다. 괴테는 들으려 하지 않았다. 클라이스트의 아픔은 고통스러운 증오로 변하고 있었다. 클라이스트는 '올림포스 신'의 얼굴에서 차갑게 굳어 버린 가면을 벗기겠다고 위협했다.

괴테 씨.
보라, 노인이 되어서도 그렇게 번잡한 것을 나는 품위라고 부른다!
그는 청춘 시절에 빛나던 광채를 이제 모두 흩어 버리고 있다.

괴테의 냉정함에 커다란 상처를 입은 클라이스트는 심지어 괴테의 침실에 대한 이야기까지 꺼내어, 괴테와 크리스티아네와의 애정 관계와 결혼을 비웃기까지 한다.

조숙한 천재.
나는 이를 조숙한 재능이라고 부르겠다.
부모의 결혼식장에서 그 아이는 축가를 불렀으니.

괴테가 결혼할 당시 아들 아우구스트가 이미 16살이었다는 것은 당시 누구나 알던 사실이다. ―괴테는 하급 공무원의 딸 크리스티아네 불피우스와 1788년부터 동거하다가 1806년 결혼했다―
이렇게 클라이스트는 단시들을 통해 괴테를 날카롭게 공격했다.
작품뿐 아니라 정치적으로도 이 두 사람의 별은 서로 상반된 궤도를 돌았다. 괴테의 정치적 삶이 가지는 기본 원칙은 질서였던 반면, 클라이스트의 원칙은 가장 근본적인 충동, 즉 자유였다. 괴테가 언론의 자유를 전적으로

부정하였을 때, 클라이스트는 자신의 《프랑스 언론 교재》라는 글에서 다음과 같이 쓰고 있다.

"프랑스에서 언론이란 정부가 좋다고 생각하는 것을 국민이 믿게 만드는 기술이다. 같은 말을 세 번 하면 국민은 이를 진실이라고 믿는다."

다음 문장은 클라이스트가 《독일인의 교리문답서》와 같은 생각에서 쓴 것인데, 여기서 그는 "우리의 적은 누구인가?"라고 묻고 "나폴레옹, 그리고 그가 황제인 동안의 프랑스 인들"이라고 답변하였던 것이다. 그리고 이 글은 바로 괴테가 에어푸르트에서 나폴레옹에 대한 숭배로 깊이 고개를 숙인 그해에 쓴 것이다. ─1806년 괴테와 나폴레옹의 만남을 뜻함─

두 천재의 길이 어긋나며 또 하나의 비극적인 장면이 역사에 출현하게 되었다. 니체는 "괴테가 하인리히 폰 클라이스트에게서 가졌던 느낌은, 그가 이미 등을 돌려버린 바 있는 비극적 감수성이다. 이는 치유될 수 없는 것이었다. 그러나 괴테 자신은 온전하게 구원받을 수 있었다." 스스로의 고유한 기준에 따라 자아를 유지하고 형성하는 자기중심주의를 가졌던 괴테는 다음과 같이 거부하는 태도를 보였다.

당신에게 속하지 않는 것은
무엇이든 피해야 한다.
당신의 내면을 방해하는 것으로
고통 받지 않아야 한다.

괴테는 이를 분명하고도 확고하게 느꼈고, 이는 그가 깊이 두려워했던 클라이스트를 염두에 두고 한 말이었다.

클라이스트의 삶의 굴곡은 이제 급격히 내리막으로 향하고 있었다. 친구들도 그를 떠났고, 그의 극들은 무대에서 거부되었다. 희곡 외의 다른 작품들도 출간해 줄 출판사를 찾을 수 없었다. 이제 그는 작가나 시인들이 누릴 수 있는 평범한 직업으로부터 완전히 소외되었다. 클라이스트에게 몇 차례 후원금을 지급했던 루이제 왕비 −프로이센의 프리드리히 빌헬름 3세의 왕비− 도 세상을 떠났다. 그리고 다른 어떠한 지원도 받을 수가 없었다. 클라이스트는 절망적인 금전적 상황 때문에 국왕에게 관직 임명을 호소했으나 아무런 대답을 듣지 못한다. 그의 가족들은 한 푼도 벌지 못하고 굶고 있는 이 가난한 글쟁이를 수치스러워했다. 마지막으로 클라이스트는 프랑크푸르트 −클라이스트의 고향인 독일 동부의 '프랑크푸르트 안 데어 오데르'를 뜻함− 의 가족들에게 도움을 요청했다. 그러나 가족들은 점심 식사 자리에서 그에 대한 완벽한 몰이해를 보여주었다. 심지어 누이마저 그를 더 이상 이해하지 못했다. 그에게는 연인도 친구도 없었다. 그는 이제 외출도 하지 않았다. 그 당시 클라이스트는 자신의 영혼이 빠져 있는 깊은 불행에 대해 고백한 적이 있는데, 이는 익명의 한 여성에게 보내는 편지에서였다. 그 편지의 수신인은 아담 뮐러의 부인이거나 사촌인 마리 폰 클라이스트일 것으로 추측된다. 그는 참담한 심정으로 다음과 같이 썼다.

"내 삶은 그대와 아담 뮐러가 떠난 후 황폐하고 슬퍼졌습니다. 이곳에서 내가 친교를 맺어왔던 두세 가정과도 얼마 전부터 거의 왕래를 끊었으며, 아침부터 저녁까지 매일 집에만 있기 때문에 세상이 어떻게 돌아가는지 말해주는 사람도 없습니다. 아마 그 어떤 작가도 이런 특이한 상황에 빠졌던 적은 없었을 것입니다."

이제 그는 죽을 때가 다가오고 있었던 것이다!

그는 스스로에 대한 재판관이자 집행인이었다. 세상과의 결속을 잃어버리고 한없는 고독을 깨닫게 되자, 그는 자신에게 권총을 겨누었다. 이 사건은 클라이스트가 고전주의와 낭만주의 사이의 감정적 소용돌이에서 벗어나 문학적으로 좀더 성숙해지고 정화되려는 시점에서 일어났다. 이것은 그가 사색을 통하여 파괴적 영향력을 발휘하고 있는 피히테†의 사상을 거쳐, 이제 세계 감정과 법칙적인 생의 의지를 지닌 새로운 평정으로 돌아오려던 시점에서 일어났다. ─클라이스트는 청년기에 소위 '칸트 체험'을 통해 절대적인 인식의 불가능성이라는 결론을 도출하였고, 이는 그의 평생의 사유를 규정했다─ 또한 이것은 클라이스트가 그의 작품 중 처음으로 문학적 조화를 갖춘 희곡, 《홈부르크의 왕자》†를 완성했던 시기였다. 바로 이때 클라이스트는 급하고도 무정하게 생명의 실을 끊어버린 것이다. 그는 고독과 극단적인 고립에서 도피했다. 다시 한번 고독은 천재를 공동체로부터 빼앗아가는 비극으로 나타났다.

클라이스트의 창작 활동에는 문학적 추종자들도 없었다. 희곡은 대중에게서만 반향을 불러일으킬 수 있는 것이었기에 그는 공동체를 희구했다. 사

---

† **피히테 1762~1814**
독일의 관념론 철학자. 스피노자의 영향을 받아 《종교와 이신론에 관한 아포리즘》를 저술했으나, 그 후 칸트철학에서 결정적인 영향을 받는다. 당시 칸트의 저서로 알려졌던 《모든 계시의 비판시도》가 그의 저서로 알려지면서 명성을 얻는다. 그리고 〈철학잡지〉에 발표한 《신의 세계지배에 대한 우리들의 신앙 근거에 대하여》가 무신론이라는 의혹을 받아 유명한 무신론 논쟁을 불러일으킨다. 특히 당시 나폴레옹의 정복욕으로 위기에 빠진 시국을 강연한 《독일국민에게 고함》은 너무도 유명하다.
피히테의 철학은 실천이성에 바탕을 둔 실천적, 주관적 관념론이다. 그의 철학은 셸링에서 헤겔로 계승되는 독일 관념론의 길을 터놓는 계기가 되었다.

† **홈부르크의 왕자**
클라이스트의 희곡. 1675년의 페르벨린 전투에서 소재를 따왔다. 프랑스의 위협에 놓여 있던 조국 프로이센을 생각하는 클라이스트의 애국심이 담겨져 있다.
전쟁에서 명령 없이 공격을 개시한 홈부르크 왕자는, 결과적으로는 대승리를 거두게 되지만 명령불복종으로 사형이 선고된다. 왕자는 구명을 탄원하지만, 만약 처형이 부당하다고 생각되면 이의를 신청하라는 말을 듣는다. 왕자는 이에 굴복하지 않고 자신의 자유의사로써 형을 감수하겠다고 말한다. 그리고 결국 그는 죄를 용서받는다. 죽음을 앞둔 극한 상황에서, 자유의사에 따른 태도로 생사를 초월한 주인공의 심리를 그림으로써 뛰어난 비극적 효과를 거둔 작품이다.

상가의 고독은 예술가의 고독과는 다른 뿌리를 갖고 있다. 세계와 인간에 대한 거대한 회의, 너무도 확고하여 마치 자만처럼 보이는 그 회의는 사상가의 고독을 키우고 그 자신을 꼿꼿하고 굳건하게 유지시켜 준다. 사고가 명료할수록 고독은 안전하고 창조적이다. 왜냐하면 시선을 흐리는 어떠한 장애도 없기 때문이다.

리히텐베르크(1724~1799. 독일의 물리학자이자 풍자작가)는 사람들과 어울리지 못하던 시기에도 외롭지만 위대하고 굳건하게 지냈다. 그러나 예술가에게, 특히 극작가에게 회의는 저주와 파멸을 의미한다. 예술가는 작품이 지니는 구원과 해방, 교훈과 정화의 힘에 대한 믿음을 가져야 하기 때문이다. 사상가의 고독은 긍정적이지만 예술가의 고독은 삶의 감정과 창조력을 파괴한다.

클라이스트는 쾨니히스베르크와 드레스덴에서 함께한 몇 개월을 제외하면, 삶의 대부분이 이러한 고통스럽고 상처 입은 고독이 지배하였다. 단지 그를 이해하지 못했던 동시대의 사람들만이 이 고독을 다르게 느끼고 있었다. 그들은 이를 혼란과 우울증, 사람을 꺼리고 삶에 대해 낯설어 한다고 평가했던 것이다.

"그 무렵 클라이스트는 외모에 신경을 쓰지 않았고 사람들로부터 멀어졌으며 철학에 진지하게 몰두하기 시작했다."

다음은 젊은 사관후보생이었던 포츠담 시절의 클라이스트에 대한 평가이다. 당시 가장 예리한 판단력의 소유자였던 쬐케(1771~1848. 독일의 소설가, 정치가)는 클라이스트에 대해 다음과 같이 말했다.

"그는 유쾌할 때조차도 어떤 비밀스러운 내면의 고통이 그의 본질에 깃들어 있는 것처럼 보인다."

쬐케는 '잔잔한 우울의 모습'을 놓치지 않았다. 1803년에는 클라이스트에 대해 다음과 같이 썼다.

"그에게서 눈에 띄는 특이한 점들 중 하나는, 대화 중에 보이는 독특한 형태의 산만함이다. 마치 종(鐘)의 유희 —교회나 공공건물의 시계가 타종하면 인형들이 튀어나오는 장치— 처럼 하나의 단어가 그의 머릿속에서는 갖가지 아이디어들을 줄줄이 튀어나오게 한다. 그러면 그는 더 이상 다른 사람이 말하는 것을 듣지도 못하고 이에 대해 대답하지도 못한다. 그런데 그것이 때로는 광기에 가깝게 느껴질 정도로 심각하다는 것이다. 그는 자주 식탁에 앉아 혼자서 무언가를 중얼거린다. 그럴 때는 그는 마치 혼자 있는 사람처럼 보이며, 다른 곳에서 다른 대상에 몰입해 있는 듯하다."

자연철학자 폰 슈베르트는 다음과 같이 말했다.

"하인리히 폰 클라이스트, 이 특이한 정신은 자연력과 같은 진동, 그러나 동시에 고통스러운 내면과 결부되어 있는 진동을 지니고 있다. 내 기억이 맞는다면, 그는 그때 프랑스 지배자들에 의한 베를린 포로 생활에서 막 풀려났고, —클라이스트는 1807년 스파이 혐의로 6개월 간 프랑스의 포로가 되었다— 조용히 쉴 수 있는 곳을 찾고자했던 그의 오랜 희망에 따라 드레스덴으로 갔다."

이 세상이 아니라, 오직 자기 안에서 자기 자신과 싸우는 모든 고독한 사람들과 마찬가지로 클라이스트도 내성적이었다.

아르님(1781~1831. 독일의 극작가, 소설가)은 클라이스트를 다음과 같이 평가했다.

"그는 쉰 목소리로 말하고, 글을 낭독할 때는 가볍게 더듬거리기도 한다. 매우 특이하고 다소 괴팍한 성품인데, 이는 프로이센 지역에서 나온 재능 있는 사람의 특징이다. 그는 내가 오랫동안 만난 사람들 중 가장 편견이 적고 냉소적인 사람이다. 그의 말이 명확하지 않은 것처럼 들리는 것은 그의 더듬거림 때문이지만, 작업에 있어서는 지속적인 삭제와 퇴고로 나타난다. 그는 매우 특이하게 살아가고 있는데, 때로는 방해받지 않고 일에 열중하려고 파이프 담배를 피우며 하루 종일 방안에 있기도 한다."

몇 년 후에 도스트만은 "베를린에 간 클라이스트는 점점 추워진다는 것을 느꼈고, 내가 우려했던 대로 그는 생계유지를 위해서 싸워야 했다."라고 말했다.

모두 의미가 있는 말들이다. 이것들은 모두 서로 다른 시기의 증언들로서 클라이스트의 청년기부터 죽음 직전까지를 말하고 있으며, 클라이스트의 외부적 상황을 잘 보여주고 있다. 대부분이 선의의 발언들이지만, 이들은 여전히 클라이스트의 주변 세계가 그에 대해 갖고 있던 몰이해를 보여주고 있다. 왜냐하면 이 발언들은 그의 상황에 대해서만 이야기할 뿐 결코 그 원인에 대해 진지하게 질문을 던지지 않기 때문이다. 그의 작품을 따르며 그의 문학을 주의 깊게 탐구하는 사람은 아무도 없었다. 클라이스트 자신도 그의 고뇌와 작품을 이해해 줄 수 있는 친구를 찾는 것을 포기했다. 그를 이해해 주고, 그에게 걸맞은 천재는 바이마르의 괴테뿐이었으나, 괴테는 자신의 인명록에서 클라이스트의 이름을 지워 버렸다. 1811년 11월 21일 클라이스트는 권총 자살을 했다.

1811년은 독일의 작가들에게 가장 암울한 해였다. 클라이스트가 죽은 그때, 괴테는 예나에 머물며 니부스가 지은 《로마사》에 감동을 받고 있었고, 그와 동시에 《시와 진실》 ─괴테의 자서전─ 집필과 셰익스피어의 《로미오와 줄리엣》의 무대화를 위한 각색을 했다. 그는 1811년을 정리하면서 노트에 다음과 같이 썼다.

"올해는 외적 활동이 특히 돋보였던 한 해였다."

한 해를 정리한 괴테의 메모에서 독일의 가장 위대한 비극 작가의 자살에 대한 이야기는 찾아볼 수 없다.

물론 클라이스트가 괴테에게 거부당했기 때문에 죽음을 선택하거나 정신적으로 붕괴한 것은 아니다. 하지만 클라이스트의 영혼에 환멸과 충격을 준 여러 사건들 중에서 괴테의 냉정함과 그와의 갈등이라는 체험은 커다란 자리를 차지하고 있다. 물론 괴테와의 체험이 나머지를 다 합친 것보다 비중이 크지는 않겠지만, 적어도 그들 각각의 체험 중에서는 가장 비중이 크다고는 할 수 있을 것이다. 더 나아가 그 체험은 우리 후세에게도 고독한 클라이스트에 대한 끝없는 슬픔과, 치유할 수 없는 고통을 안겨준다.

절도와 질서, 형식과 규율을 중시한 괴테의 천재성은, 자신의 존재 형식을 감성의 격동에서 찾고자 했던 클라이스트의 마성에 대해 적대적이었다. 그리고 결국 괴테의 천재성이 승리하였다. 여기서 필연적인 숙명과 정신적인 법칙을 보지 못하고 단지 어느 한쪽의 편을 들고자 하는 사람은, 그 세대가 갖는 감성과 갈망에 따라 결정을 내리게 될 것이다. 형식과 절도, 예절과 질서, 평정과 지혜를 사랑하는 사람은 괴테를 선택할 것이고, 정열과 젊음, 디오니소스적 열정과 인간애, 뜨거운 갈망과 욕구에 공감하는 사람이라면 클라이스트 편에 설 것이다. 클라이스트와 괴테의 이러한 대립에서 젊은 세대는 항상 클라이스트를 지지했다. 그들은 역사적으로는 아마 더 커다란 권리를 가졌을 괴테의 세계를 지지하는 조로(早老) 현상을 보이지 않았던 것이다.

괴테라는 한 인물 속에서 세계는 하나의 통일체로, 그리고 인격과 신체적 형상으로 생생하게 나타났는데, 이는 독일 정신사에서 전무후무한 현상이다. 괴테를 통하여 현실과 법칙적 통일 간의 표면적인 모순들이 지양되었고, 자아와 세계의 조화로운 화해의 가능성이 생겨나게 되었다. 괴테는 영혼의 이상적인 높이에 도달했다. 그것은 괴테가 체험하는 자로서 세계에 자신을 바쳤기 때문이고, 모든 것을 자신의 우연한 실존의 멍에 아래에 있는 것으로 곡해했던 클라이스트와는 달리 세계의 현상들을 그 근본존재에서 이해하고자 노력했기 때문이다. 그리고 그는 이러한 자신의 기준에 배치되는 것들은 제거해 버렸다. 그러나 클라이스트는 인간으로서 오로지 자신의 우연한 실존에 의한 세계의 통일성을 인정했고, 모든 것을 자신의 프로크루스테스의 침대 —그리스 신화 중 프로크루스테스라는 노상강도는 나그네를 쇠 침대에 눕히고 몸이 침대 길이보다 짧으면 다리를 잡아 늘이고 길면 잘라 버렸다. '프로크루스테스의 침대'는 일방적 기준에 따라 타인의 생각을 억지로 재단하는 아집과 편견을 의미 — 속에 밀어 넣으려 함으로써 개별 현상들을 왜곡하게 되었다. 이는 그의 자기중심주의, 즉 유일한 힘으로서의 자아가 지니는 광적인 사명에서 나오는 것이었다. 《홈부르크의 왕자》에 이르러서야 클라이스트는 자아의 이러한 특수 지위에 대한 요구를 극복한다. 클라이스트는 자기중심주의자라는 평판을 듣던 괴테보다도 더욱 변덕이 심하고 어린아이 같았으며 더욱 더 자기중심주의를 추구했다. 클라이스트는 그 발전 과정에서 세계 현상과 실존의 가능성이 가지는 깊은 형이상학적 형태들이 드러났으나, 그것은 존재의 단편들에 불과했다. 그러나 괴테는 전체를 자신의 존재 속에 포괄하고 이를 드러내고 살아 숨쉬게 하였다.

이 두 사람의 운명은 이렇게 세계 질서의 드높은 법칙 앞에서 스스로를 정당화하고 있다. 자기 폐쇄에 대한 괴테의 정당화와 관련해서는 쇼펜하우어가 괴테에게 보내는 편지에서 볼 수 있다.

"이제 마음속으로라도 귀하를 비판하는 일은 없습니다. 왜냐하면 귀하는 전체 인류, 현재 살고 있고 앞으로 살아 갈 모든 인류에게 많은 위대한 업적을 남겼기 때문입니다. 우리 모두는 귀하에 대해 빚을 지고 있고, 아무도 귀하에게 어떠한 요구를 할 수 없습니다."

하필이면 클라이스트가 괴테와의 충족되지 않을 관계로, 해결이 불가능한 그 필연적 관계로 빠져 들어간 것은 그에게 있어 비극적 액운이 아닐 수 없다.

4 ──── 실러와 횔덜린

디오니소스와 아폴론의 거대한 투쟁은 늘 벌어지고 있다. 한 민족의 정신적 사건에서, 그리고 개인적 실존들의 만남에서 이러한 싸움이 일어난다. 동시에 세대 간의 투쟁이기도 한 이러한 싸움은 때때로 불안정하고 불확실한 과정들을 거치게 된다. 청년의 반항은 일시적으로 젊은 세대의 승리를 가져오는 것처럼 보이지만, 나이 든 세대는 갑자기 한 사람의 천재를 대표자로 내세우게 된다. 그 천재는 자신의 작품 속에서 전통의 유효성을 다시 한번 입증한다. 이 천재는 또 다른 젊은 천재의 갈구하는 청을 거부하고 그를 고독으로 밀어냄으로서 이러한 세대 간의 투쟁에 복수를 한다. 클라이스트는 이러한 싸움에 의해 희생되었다. 이러한 희생적인 죽음은 그보다 몇 년 전 횔덜린(1770~1843)이 그와 똑같은 투쟁에서 겪어야 했던 것과 같은 비극적 운명의 반복이었다. 횔덜린도 바이마르의 위대한 인물 괴테 앞에 서 있었다. 횔덜린은 잠시 괴테의 인정(認定)을 경험했으니, 그는 실러(1759~1805)의 친구이자 제자로서, 그리고 그 위대한 고전주의자가 자랑스럽게 인정했던 추종 세력의 한 사람으로 받아들여졌던 것이다. 그러나 그 우정은 차가운 거부로 바뀌었고, 그 젊은 시인은 광기의 어둠에 둘러싸이게 되었다. 바이마르에서의 갈등은 그에게 이중으로 타격을 주었다. 횔덜린은 괴테와 실러에게 도움을 청하였지만, 그들은 그를 바깥으로 밀어내었다. 누군가 이러한 운명을 해석했듯이, 괴테는 횔덜린에 대한 판결을 내렸고 실러가 이를 집행했다.

1793년 가을, 슈바벤의 고향을 방문한 실러는 23세의 프리드리히 횔덜린과 알게 되었다. 횔덜린은 칼프 부인 아들의 가정교사직을 지원했는데, 이때 실러는 그 젊은 석사를 부인에게 추천했다. 실러가 써준 추천장은 지금도 전해지고 있다.

"저는 튀빙엔에서 막 신학 공부를 마친 한 젊은 청년을 발견했습니다. 사람들에게 자문을 구해본 결과, 언어에 대한 지식과 가정교사로서 필요한 그의 능력에 모두 좋은 평가를 내리고 있습니다. 그는 프랑스 어를 이해하고 구사할 수 있으며, −이를 추천 항목에 넣어야 할지 아니면 그의 약점이라고 해야 할지는 모르겠지만− 시적 재능도 갖고 있습니다. 이 젊은이는 1793년의 슈바벤 문예 연감에도 이름이 올라 있는 인문학 석사 횔덜린입니다. 저는 그를 개인적으로 알게 되었는데, 외모도 부인의 마음에 들 것이라고 믿습니다. 또한 그는 예의 바르고 점잖습니다. 사람들은 그의 도덕성에 대해서도 후한 점수를 주고 있습니다. 그러나 아직 완전한 분별을 갖추고 있지는 못한 듯하며, 그의 지식이나 행동이 완벽하리라고도 기대하지 않습니다. 어쩌면 그에 대해 제가 오해하고 있는지도 모르겠습니다. 이러한 판단은 단지 반 시간 동안의 면담과 그때 보았던 외모 및 언행에 기초하는 것이기 때문입니다. 그러나 저는 그를 냉정하고 올바르게 판단했다고 믿고 싶습니다. 만약 제가 간과했던 것들이 있다면, 그것이 그의 장점이었기를 기대합니다."

횔덜린은 이 새로운 만남이 어떤 비극적 삶의 국면을 열게 될 것임을 마치 예감이라도 한 듯이, 처음에는 이 가정교사직에 주저하였다. 그는 어머니에게 편지를 썼다.

"제가 훌륭한 가정교사직을 얻을 수 있다고 해도, 제게 필요한 것의 절반만이라도 배울 수 있고 글로 쓸 수만 있다면 예나의 계획 −횔덜린은 대학

강사직을 위해 예나로 가고자 했다— 에 만족하고자 합니다."

그러나 그가 이미 완전하게 실러의 정신적 수준에 도달해 있음은 그 직후 동생에게 보낸 편지에 의해서 밝혀진다.

"나는 더 이상 어느 특정인에게 매달려 안주하지 않는다. 내가 사랑하는 대상은 인류이다. 물론 우리의 일천한 경험으로도 늘 발견할 수 있는, 타락하고 게으른 인류를 말하는 것은 아니다. 나는 타락한 인간에게도 존재하는 위대하고 아름다운 소질을 사랑한다. 나는 다음 세기의 인류를 사랑한다. 왜냐하면 우리의 후손들은 우리보다 나을 것이고, 언젠가는 자유가 도래할 것이며, 미덕은 전제 정치의 차디찬 땅에서보다 자유의 성스럽고 따뜻한 빛 안에서 더욱 만발할 것이라는 사실이 나를 굳세게 유지시켜 주는 믿음이기 때문이다. 우리는 모든 것이 더 나은 미래를 위해 발전하고 있는 시대에 살고 있다. 이러한 계몽의 씨앗과 인류 교화를 위한 사람들의 말 없는 열망은 널리 퍼져서 마침내는 훌륭한 열매를 맺게 될 것이다."

이러한 말들은 휠덜린이 실러의 제자임을 보여주는 것이다. 휠덜린과 실러의 관계가 곧 긴밀하게 발전한 것은 정신적으로 볼 때 필연적이었다. 처음에는 실러가 시인이자 교사이며 신학 박사학위 수험생인 이 젊은이에게 강하게 끌렸다. 실러가 보여준 이러한 우호적 태도에 휠덜린도 겸손한 감사로 화답하였다.

예나에 있는 실러를 방문할 때 휠덜린은 독일 최고의 천재를 만난다는 기대로 가득했다. 그런데 휠덜린은 그곳에서 아주 특별한 만남을 경험했고, 이를 친구 노이퍼에게 전한다.

"나는 실러를 몇 차례 방문했다. 그런데 첫 번째 방문은 정말 운이 없었다. 실러의 집에 들어선 나는 친절한 환대를 받았다. 거기서 나는 낯선 한 사람을 보았는데, 표정이나 목소리로도 한동안 그에게서 특별한 점을 깨달을 수 없었다. 실러는 그에게 나를 소개했는데 나는 그의 이름을 알아듣지 못했다. 나는 냉랭한 태도로 그에게 눈길도 주지 않은 채 인사를 했다. 나는 온통 실러에게만 몰두하고 있었다. 그 낯선 사람은 한동안 한 마디도 하지 않았다. 실러는 나의 《히페리온》 중 일부와 《운명에 부쳐》라는 시가 실려 있는 '탈리아 지' —실러가 발행하였던 문예지— 를 가져와 내게 건네주었다. 그 후 실러가 잠깐 자리를 비운 사이 그 낯선 사람은 책상에서 잡지를 집어 들고는 바로 내 옆에서 뒤적거렸고, 그리고는 아무 말도 하지 않았다. 나는 점점 더 얼굴이 붉어짐을 느꼈다. 내가 지금 알고 있는 사실을 그때 알았더라면 나는 아마도 시체처럼 창백해졌을 것이다. 그는 내게로 몸을 돌려서 칼프 부인에 대해 물었고, 우리 마을과 이웃들에 대해 관심을 보였다. 나는 이 질문들에 대해 아주 짤막하게 대답했는데, 그것은 내가 평소에도 잘 보이지 않는 태도였다. 그러나 그 당시는 내게 있어 불운의 시간이었다. 실러가 다시 돌아와 우리는 바이마르의 극장에 대해 이야기를 나누었다. 그 낯선 사람도 몇 마디를 했는데, 그것은 그가 누구인지를 알아차리기에 충분할 만큼 중요한 말들이었다. 그러나 나는 아무것도 알아차리지 못했다. 도중에 바이마르의 화가 마예르도 왔다. 그 낯선 사람은 그 화가와 많은 이야기를 나눴다. 그러나 역시 나는 알아차리지 못했다. 그의 집에서 나와, 나는 그날이 채 지나기도 전에 교수들과의 모임에서 모든 사실을 알게 되었다. 뭐라고? 오늘 정오에 실러의 집에 괴테가 있었다고! 하늘이여 도와주소서. 바이마르에 가게 되면 나의 이러한 불행과 어리석고 건방진 행동을 보상할 수 있게 되기를. 그 후 나는 실러의 집에서 저녁을 먹었는데, 실러는 내게 많은 위로의 말을 건넸다. 그의 거인적 정신을 드러내는 명랑함과 화술은 내가 겪은 그 불행을 잊을 수 있게 해주었다."

그렇게 횔덜린은 괴테를 처음 만나게 되었다. 횔덜린은 자기 곁에 있던 그 위대한 인물을 전혀 알아차리지 못했고, 괴테도 피상적 관심 외에는 그저 소극적 태도를 보였을 따름이다. 그는 '그 잡지를 뒤적거렸고 그리고 아무 말도 하지 않았다.'

그러나 횔덜린은 실러와 괴테가 서신 왕래를 하면서 자신에 대해 얼마나 많은 이야기를 나누었는지는 끝내 알지 못했다. 실러에게 이미 몇 편의 시를 퇴짜 맞은 경험이 있던 횔덜린은, 이번에는 '호렌'지(1795~1797년, 실러가 발행하고 괴테도 기고했던 잡지)에 게재하기 위해 실러에게 두 편의 시, 《에테르에 부쳐》와 《방랑자》를 보냈다. 실러가 퇴짜를 놓은 시들은 하필이면 횔덜린의 고유한 목소리가 이미 담겨져 있던 시들, 《자연에 부쳐》와 《일몰》과 같은 시들이었다. 횔덜린이 두 번째로 보낸 시에 대해서도 실러는 확신을 갖지 못했다. 그는 작가가 누구인지 밝히지 않은 채 괴테에게 평가해 줄 것을 요청했다.

"어제 연보 게재를 위해 우송된 두 편의 시가 여기 있습니다. 한번 읽어보시고 이 시들에 대해 어떻게 생각하시는지, 그리고 이 시인의 앞날이 어떠리라고 생각하시는지 제게 몇 마디 해주십시오. 저는 이러한 형식의 작품들에 대해서 제대로 판단을 내릴 수가 없습니다. 제 충고가 이 시인에게 큰 영향을 끼칠 것이기 때문에 좀더 정확한 판단을 하고자 합니다."

실러의 질의에는 책임감과 이해하기 위한 노력이 엿보인다. 괴테의 대답도 일단 거부하는 것은 아니었다. 그러나 그 대답은 시인 횔덜린의 특성에 대한 세심한 관찰을 보여주면서도 전반적으로 비판적이었다.

"제게 보내주신 두 편의 시는 그런 대로 마음에 듭니다. 이 작품들은 대중들 속에서 분명히 친구를 얻을 것입니다."

괴테는 이 시인의 '자연에 대한 쾌활한 시선'을 높이 평가하면서도, 감각적인 직관과 자연에 대한 경험이 부족함을 지적했다. 괴테는 최종적인 판단을 내리기 전에 그 시인의 다른 작품들을 좀 더 읽어야 할 것이라고 말했다. 그러나 괴테는 이미 이 젊은 시인과 자신의 자연관이 갖는 차이점을 느꼈다. 괴테는 이 두 편의 시에는 "그 자체만으로는 아직 시인을 만들지 못하지만, 시인을 만들기 위한 좋은 요소들이 들어 있다."면서 '호렌' 지에 게재할 것을 추천했다.

이제 실러는 자신과 동향인 이 시인의 이름을 밝히면서 자신의 속마음을 털어놓았다.

"솔직히 저는 이 시들에서 내 자신의 모습을 많이 발견합니다. 그리고 이 시인이 저를 떠올리게 한 것은 이번이 처음은 아닙니다. 그의 시는 강렬한 주관성을 갖고 있으며, 어떤 철학적인 정신과 깊은 의미를 함축하고 있습니다. 이러한 성격은 쉽게 극복될 수 있는 것이 아니기에 그의 상황은 위험하다 하겠습니다. 내면에서만 어울리고 있는 그를 밖으로 끄집어낼 가능성이 만 있다면 그를 포기하고 싶지 않습니다."

이러한 말들은 여전히 횔덜린에 대한 실러의 관심을 보여주고 있으며, 괴테도 이러한 친구의 견해를 지지하였다.

"저도 이 시들에서 무언가 당신의 방식을 느꼈음을 고백해야겠습니다. 다만 여기에서는 당신의 작품들이 가지는 풍부함과 강력함, 그리고 깊이가 결여되어 있습니다. 그렇지만 이 시들은 사랑과 내면의 절제를 보여주고 있습니다. 분명히 이 시인은 당신이 지도하고 이끌 만한 가치가 있다고 믿습니다."

당시만 해도 괴테와 실러는 이 젊은 시인을 돕고 발전시키려는 의지가, 그가 자신들의 특성과 다르다고 보았던 이질성보다 더 강했다.

그러나 젊은 횔덜린이 바이마르와 예나의 이 대작가들에게 다가간 그해는 불행히도 그들이 오해를 풀고 처음으로 서로를 인정하게 된 시기였다.

1794년은 실러와 괴테의 우정에 있어서 운명적인 해였다. 이러한 우정은 서로를 높이 평가하고 그 가치를 인식하는 바탕 위에서 맺어졌다. 이러한 동맹은 다른 영역에서 활동하는 동맹자를 쉽게 받아들이지 못한다. 괴테와 실러는 많은 연구와 만남을 통해, 그들이 갖는 사명에 대한 분명한 인식에 도달했다. 그러나 바로 그해에 휠덜린의 작품들은 이미 새로운 언어로 채워지고 있었다. 또 다시, 갈망하고 노력하는 천재가 자신과 동일한 수준의, 그러나 상이한 길과 목표를 가진 천재들과 만나는 불행이 시작되었다.

휠덜린은 자연에 대한 지적인 몰두, 그리스와 고대에 대한 인식, 종교적 직관과 언어기법상의 태도에 있어 괴테와 실러의 정신적 방식과는 다르게 발전해 갔다. 이 때문에 괴테와 실러는 곧 휠덜린의 정신적 길에 대해 동의하지 못하게 되었다.

휠덜린은 실러와의 동류성과 그에 대한 추종으로 출발하였고, 고대에 대한 결속은 괴테의 관심을 끌었지만, 그의 발전은 그 두 사람을 벗어나 진행되었다. 그리고 이는 그를 그들로부터 멀어지게 하였다.

휠덜린의 문학은 영원한 힘으로의 상승이었고, 자신은 그 힘들에 대한 최고의 직관자가 되고자 하였다. 또한 그의 문학은 신으로부터 추방된 인류에게 다시 생생한 신화를 선사하려는 갈망의 분투였다. 휠덜린은 자연이 주는 분위기와 인상들의 묘사를 피하고, 그를 늘 흥분하게 하였던 인간의 '미래적 사명'에 대한 선포를 시작했다. 그러나 이 시기는 괴테와 실러가 강한 현실 지향성에 바탕을 두고 '크세니엔' —1797년 두 사람이 공동 발간한 풍자적 격언시집— 에서 진부하고 몰취미한 동시대인들과 투쟁을 벌이며 인류의 '현세적 사명'을 밝히려고 시도하던 바로 그때였다. 휠덜린과 이 두 작가와의 관계를 보여주는 편지들은 그 만남을 우리들에게 감동적으로 증언하고 있다.

휠덜린이 괴테에게 인도되기까지는 다소 시간이 걸렸다. 휠덜린은 1795년 1월 친구인 노이퍼에게 이에 대해 전하고 있다.

"나는 괴테와 만나게 되었네. 떨리는 마음으로 그 문턱을 넘어섰지. 자네는 아마 상상할 수 있을 것이네. 내가 그를 집에서 만난 것은 아니었지만, 나중에는 소령 부인 댁에서도 만났네. 그는 평온하고, 눈길에는 위엄과 애정이 가득했다네. 대화는 매우 소박하게 전개시켜 나가지만 그를 둘러싼 바보들에 대해 이따금 날카로운 공격을 가했고, 그럴 때의 표정에는 쓰라림이 보이기도 하더군. 아직도 타오르고 있는 그의 번뜩이는 천재성으로 인해 나는 다시 생기를 얻었네. 이게 내가 괴테로부터 받은 인상이네. 사람들은 그를 거만하다고 말하네. 하지만 그것이 우리 같은 사람들에 대해 억압적이고 거부적 태도를 보이는 것을 말하는 것이라면 그것은 분명 거짓이네. 정말로 자상한 아버지 앞에 있는 것 같은 느낌을 받았다네."

그로부터 1주일 후, 휠덜린은 헤겔에게 편지를 쓴다.

"괴테와 대화를 나눴다네. 형제여! 그렇게 위대한 사람에게서 그렇게 넘치는 인정을 발견한다는 것은 삶이 우리에게 보내는 가장 아름다운 인사가 아닐까?"

휠덜린도 클라이스트와 마찬가지의 경탄과 숭배로 괴테의 영역으로 들어서게 되었다.

괴테는 휠덜린의 숭배를 받았으나, 실러는 그의 모든 사랑과 갈망을 받았다.

휠덜린의 초기 작품들은 실러의 궤도 안에서 움직였다. 실러는 자신의 작품이 젊은 세대에 의해 인정받고 계승되는 데 대해 기쁨을 느끼며, 그 젊은 슈바벤의 동향인을 자신의 제자로 보고 그의 창작을 후원하는 데 노력을 기울였다. 실러는 휠덜린을 위해 코타에게 편지를 써서 《히페리온》의 출판을 천거하면서, 횔덜린을 '호렌'지의 환영받는 조력자이자 커다란 소득으로 소개했다. 예나에서는 친구들에게 '소중한 슈바벤 친구'라며 횔덜린을 소개했다. 그리고 횔덜린은 실러의 그러한 마음에 대해 늘 새로운 숭배로 답했다.

"위대한 인물의 곁에 있음으로 해서 저는 매우 진지해지며, 현재 저의 영향력이 미치는 범위 내에서 인류에게 당신을 전할 것입니다. 저는 이를 당신에게 약속합니다. 곧 당신에게 그 전말을 밝힐 것입니다."

몇 년 뒤에는 다음과 같이 썼다.

"위대한 사람의 축복은 이를 깨닫고 인정하는 사람에게는 최고의 힘이 됩니다."

횔덜린에게 위대한 사람이란 항상 실러를 의미했다. 실러의 《우미(優美)와 품위》를 읽고 횔덜린은 말했다.

"나는 풍요로운 사유와 감각, 그리고 상상의 영역에서 나오는 최고의 것들이 그렇게 하나로 녹아 있는 작품을 일찍이 읽어 본 기억이 없다. 이 숭고한 정신이 우리 곁에 몇 십 년 더 머물 수만 있다면!"

그러나 이 시기부터 횔덜린에 대한 실러의 차가운 비판이 나타나기 시작한다. 1796년 실러는 괴테의 내려다보는 듯한 말투로 이 젊은 시인에게 훈계한다.

"되도록 철학적 소재들은 피하시오. 그것은 가장 결실이 적은 소재들이며, 그들과의 소득 없는 싸움은 가장 강한 힘조차도 녹초로 만들어 버립니다. 감각의 세계에 좀 더 가까이 머물도록 하십시오. 그래야만 열광이나 부자연스러운 표현들 속에서 침착성을 잃을 위험에 덜 노출될 것입니다."

이것은 횔덜린이 며칠 전 실러에게 던진 다음과 같은 고통스러운 질문에 대한 답변이었다.

"존경하는 분께.

제가 평소와는 달리 당신에게 결코 제 영혼의 말을 전할 수 없다는 것이 저를 슬프게 합니다. 그러나 당신은 묵묵부답이시니 제가 바보가 되어 버린 듯합니다. 당신에게 제 이름을 다시 상기시켜 드리려면 최소한 어떤 작은 일이라도 구실로 삼지 않을 수가 없습니다. 이 작은 일이란 당신의 금년 연감에 실리지 못하는 그 불행한 시들을 돌려주셔서 제가 다시 살펴볼 수 있도록 해달라는 부탁입니다. 보내드린 그 원고는 그것 하나밖에 없기 때문입니다. 그리고 당신이 평가를 덧붙이는 일이 무익하다 여기지 않으신다면, 그것이 어떤 평가이든 당신의 침묵보다는 제게 훨씬 견디기 쉬울 것입니다.

저는 당신이 제게 보여준 아주 작은 관심들까지도 모두 기억하고 있습니다. 당신은 제가 프랑켄에 살고 있을 때 짧은 글을 보내주신 적이 있습니다. 저는 오해를 받을 때면 이를 늘 읽곤 합니다.

저에 대한 생각이 바뀌었는지요?

당신은 저를 포기하셨나요?

이런 질문을 용서하십시오. 당신에 대한 의존이 고통이 되었을 때, 나는 헛되이 그 고통에 대항하게 되었습니다. 그러나 아직도 저를 붙들고 있는 그 종속성이 이러한 질문을 던지도록 강요하고 있습니다.

당신이 저의 자유를 빼앗아간 유일한 사람이 아니라면, 이러한 질문에 대해 자책할 것입니다.

제가 무언가를 성취하여 다시 한번 당신이 만족하고 있다는 표시를 보내 주지 않는다면, 내내 안정을 취하지 못할 것입니다.

제가 현재하고 있는 작업에 대해 말씀드리지 않는다고 해서 쉬고 있다고는 생각지 말아 주십시오. 그러나 제가 소유하고 꿈꾸었던 당신의 호의를 잃어버린 상심은 견디기가 어렵습니다.

저는 당혹감에 빠져 있으며, 당신께 드리는 모든 말에 대해 마음 졸이고 있습니다. 다른 사람을 대할 때는 이런 어린아이 같은 불안감을 갖지 않습니다. 저에게 친절한 말 한마디를 건네주십시오. 그러면 제가 어떻게 변하는지 보시게 될 것입니다."

그러나 실러에게 다정한 말을 듣는 일은 점점 드물게 되었다. 횔덜린에 대한 실러의 관심에는 이 젊은이의 작품의 가치와 수준에 대한 불확실성이 섞여 있었다. 비록 두 사람의 뿌리가 사상적인 것에 놓여 있다는 출발점은 닮아 있었으나, 실러의 사고와 언어가 지니는 정밀성은 횔덜린의 서정적 격류나 매혹과는 다른 파토스를 갖고 있었다.

횔덜린이 점점 자신만의 새로운 스타일을 드러내자, 괴테도 실러의 동향인이자 정신적 동지인 횔덜린에 대하여 거부하는 태도를 보이게 되었다.

1797년 프랑크푸르트에서 횔덜린을 마지막으로 만난 괴테는 실러에게 다음과 같이 전했다.

"어제 횔덜린도 우리 집에 왔었습니다. 그는 뭔가 억눌린 듯하고 병들어 보였지만 여전히 참으로 사랑스럽더군요. 그리고 그는 겸손함, 아니 거의 불안함을 보였습니다. 그와 다양한 주제에 대해 이야기를 나누면서 그에게 끼친 당신의 영향을 느낄 수가 있었습니다. 그는 많은 이념들을 소화했기에 또 다른 많은 것을 수용할 수 있을 듯합니다. 저는 그에게 소박한 시들을 쓸 것과, 모두에게 인간적 흥미를 줄 만한 대상을 선택할 것을 특별히 제안했습니다. 또한 그는 중세에 대해 관심이 많은 것처럼 보였는데, 거기에 대해서는 제가 더 이상 도와줄 수가 없을 정도의 수준이더군요."

괴테가 얼마나 도움을 줄 준비가 되어 있었는지는 모르지만, 위의 글에서 그들이 서로 얼마나 멀리 떨어져 있는지 느낄 수 있다.

괴테는 슈베르트에 대해 높이 평가하지 않았으며 무심했다. 그는 호프만의 예술을 오해했고, 장 파울은 자신이 오류로 느꼈던 문학을 대표하는 사람으로서 거부했다. 그는 클라이스트를 차갑고 매정하게 무시했으며, 횔덜린의 장대한 언어 예술을 냉정함과 낯설음으로 해부할 뿐이었다. 횔덜린의 독단적 언어 스타일에 대한 괴테의 실망은 예나의 일반 문학지에서 그에게 가했던 비판에서도 나타난다. 괴테는 자신의 작품에서 독일어의 내용과 형식을 막대하게 확장시켰기에, 거칠고 규율 없는 반란자들로 보였던 새로운 예술가들에 의해 자신이 힘겹게 그어놓은 탁월한 경계가 무너지도록 하고 싶지 않았다. 그리하여 횔덜린도 괴테의 비평이 휘두르는 도끼에 의해 처형되었던 것이다. 괴테는 정치와 문명, 종교와 학문의 영역에서 19세기의 예언자이자 선구자가 되었다. 그는 과학 기술과 국민 경제의 기적을 예견했다. 그는 다가올 세기의 새로운 계몽과 무너져가는 문명의 저주를 근심스러워 했기에, 이에 대항하기 위한 힘과 지지력을 끌어 모음으로써, 이들을 삶의 의미 있는 질서 속으로 끌어들이려 하였다. 하지만 그는 자기의 예술적 형식을 유지하기 위해 한 가지에 대해서만은 문을 걸어 잠갔다. 그것은 새로운 예술의 생성과 그 가능성이다. 이는 자신만의 창조적인 양식을 쌓아가는 천재들에게는 항상 나타나는 것이다. 가장 위대한 독일인이 보여준 이러한 정신적 불관용에 대해 우리는 이해해야 한다. 그것은 괴테의 권리였고 그의 법칙이기도 했다.

횔덜린의 문학이 점점 더 낯설고 멀어져 갔기에 실러 역시 마침내 괴테의 이러한 독재에 기꺼이 굴복했다. 실러는 이제 예술가들의 수준 차이조차 무시하고, 자신이 처음에 후원했던 슈미트라는 우쭐한 아마추어 작가를 횔덜린이나 장 파울과 같은 반열에 올려놓았다.

"나는 사람들이 쓸모가 있는지 또는 발전 가능성을 갖고 있는지를 판단해야 하는 힘겨운 상황에 놓여 있다. 그러므로 나는 휠덜린과 슈미트를 가능한 한 끝까지 지켜보다가 포기할 것이다."

"나는 슈미트나 장 파울, 그리고 휠덜린이 어떠한 상황에서라도 그렇게 주관적이고 극단적인 사고에 머물 수 있을지 궁금하다. 그리고 그 이유가 근본적인 데 있는지, 아니면 단지 외부에서 공급되는 미적 자양분의 부족과, 그들이 살아가는 경험 세계가 그들의 성향과 적대적이기 때문인지를 알고 싶다. 나는 후자가 맞는 것이라고 굳게 믿고 있다."

5 ———

휠덜린은 자신의 영혼이 사랑하는 영웅 실러를 차지하기 위한 싸움을 포기하지 않았다.

우상처럼 숭배하던 실러에게 보낸 휠덜린의 고독의 글들은 마치 육체의 고통으로 인해 지르는 비명과도 같았다.

물론 휠덜린도 마성을 간직했다. 그는 실러에 대한 지나친 접근이 자신과 자신이 내밀하게 간직하던 사명에 위험하다는 것을 희미하게나마 느꼈다.

"당신은 저의 자유를 빼앗아간 유일한 사람입니다."

"저는 어쩔 수 없이 당신에게 의존적입니다. 작업을 하면서 불안해지지 않기 위해 이따금 당신을 잊으려고 노력합니다. 왜냐하면 불안과 소심함은 예술에 있어 죽음과도 같기 때문입니다."

"위대한 사람은 다른 사람의 평정을 빼앗아간다는 것을 당신도 알 것입니다. 그래서 스스로의 자유를 구하기 위해 당신의 천재성과 은밀한 싸움을 벌이고 있다는 사실을 고백해야겠습니다. 그러나 결코 당신의 영역을 완전히 벗어나지는 못합니다. 제가 당신과의 관계를 유지하고 있는 한, 제가 평범한 사람이 되는 것은 불가능합니다."

디오티마 ―횔덜린이 흠모하던 부인 주제테에게 붙인 이름― 는 횔덜린의 별이 도는 궤도를 인식하고 그에게 경고를 보냈다.

"이제 그대에게 한 가지 주의를 드리겠어요. 그대는 이제 찢긴 가슴으로 그곳을 벗어나 내 팔에서 안식처를 찾았으니 그리로 돌아가지 마세요. 그대가 실러의 충고를 따르려 한다고 했을 때, 저는 다소 놀랐습니다. 그 사람이 그대를 자기 주위로 끌어들이려 하지 않나요? 그러한 기분 좋은 평판이 그대를 유혹하지는 않나요?"

어쩌면 횔덜린 자신도, 실러에의 지나친 접근이 그의 고유성을 잃어버릴 수 있다는 두려움 때문에 실러와의 개인적 만남을 피했던 것은 아닐까? 그리고 실러는 이러한 횔덜린의 두려움을 인식했던 것이 아닐까? 만약 그렇다면 이러한 감정이 실러가 횔덜린에 대해 점점 더 거부감을 갖도록 일조했을지도 모른다. 아무튼 횔덜린의 예술적, 정신적 길에 대한 실러의 실망 때문에 그들의 관계는 더욱 소원해졌다. 실러는 《히페리온》에 대해서 침묵을 지켰는데, 이것은 횔덜린이 처음 집필하기 시작했을 때 실러가 코타에게 출판을 추천했던 작품이다. 실러는 이 작품에 나타나는 독일과 독일인에 대한 당혹스럽고 고통스러운 분노의 폭발에 대해 고개를 저었다. ―주인공 히페리온은 독일을 냉담하고 더럽고 신성함이 훼손된 나라라고 표현한다― 실러는 냉철하고 설득력 있는 이유에서, 새로운 잡지를 창간하는 데 도움을 달라는 횔덜린의 청을 거절한다. 횔덜린의 비현실적인 감각 때문에 잡지 발행이라는 현실적 과제는 실패할 것이라고 한 실러의 충고는 일리가 있다. 또한 실러는 자신이 발행했던 '호렌'지의 실패도 염두에 두고 있었다.

이 편지는 횔덜린이 실러로부터 받은 마지막 소식이 되었다. 그리고는 또 다시 정신적 비극이 벌이는 잔혹한 게임이 시작되었다. 그 위대한 인물에게 보내는 모든 호소와 구조 요청에 대하여 휠덜린은 아무런 답변도 받을 수 없었다. 휠덜린은 헛되이 그 위대한 동향인으로부터 소식을 기다렸지만, 그때는 이미 영원한 어둠이 그의 정신에 천천히 그림자를 드리우고 있었다.

휠덜린은 1801년 실러에게 보낸 마지막 구조 요청에서 말하고 있다.

"당신이 관심을 보여주어 제 삶에 빛을 비추는 일을 거부하시지 않으리라 믿습니다. 그렇지 않다면 무의미한 저의 삶에 어떤 의미를 주려는 헛된 시도를 하지 않을 것입니다.

당신은 민중을 모두 기쁘게 하지만 그 민중을 잘 보지는 못하는 듯합니다. 그러나 당신에게서 유래한 그 새로운 삶의 희열이 민중 속에서 부상하는 것을 지켜보는 일도 그리 가치 없는 일은 아닐 것입니다.

당신을 다시 만나서, 제가 처음 만났을 때 보였던 그러한 경의를 표할 수 있는 기회가 온다면 아마도 많은 것을, 아주 많은 것을 잊게 될 것입니다."

실러는 아무런 대답도 하지 않았다!

괴테와의 서신 왕래에서도 더 이상 휠덜린에 대해서 언급하지 않는다.

휠덜린이 실러에게 간청하고 애원하는 편지를 보내던 그 시기에 디오티마에게 쓴 두 통의 편지가 있다. 젊은 휠덜린이 이렇게 참담하고 환멸에 찬 글을 쓸 때, 그는 대체 누구를 생각하고 있었을까?

"한 천재가 다른 사람들을 삼켜 버리는 것에 대해 사람들은 두려워한다. 그래서 그들은 서로 술과 음식을 권하지만, 영혼의 양식은 권하지 않는다. 사람들은 자신의 말과 행동이 다른 사람들에게 정신적인 이해를 받게 된 뒤 불길 속으로 사라져 버리는 것을 좋아하지 않는다."

"유명한 자들이 가련한 무명의 나에게 보였던 관심은 오로지 겉치레에 지나지 않았다. 그 유명한 자들이 이제 나를 내팽개쳤지만, 대체 그들이 그러지 말아야 할 이유는 또 무엇이란 말인가? 세상에 이름을 날린 자라면 누구나 다른 이의 명성을 무너뜨리려 하는 것 같다. 그들은 유일무이한 우상이 아니기 때문이다. 사실 나와 거의 대등하게 보이는 그들은 수공업자적인 질투의 지배를 받고 있는 것처럼 보인다."

그는 이 탄식의 편지를 디오티마에게 보내지는 않았다. 그는 여전히 실러의 대답을 기다리고 있었다. 그러나 예나에서는 침묵만이 흐르고 있었다. 한없는 실망과 깊은 굴욕의 고통이 횔덜린의 가슴을 짓눌렀다.

날개는 더 이상 치유되지 않았다.

삶의 영원한 밤 외에 다른 영토는 없었다.

고뇌와 운명의 힘이 횔덜린을 서서히 짓눌렀고, 광기가 이미 그를 감싸고 있는 동안 다시 한번 바이마르의 위대한 작가들을 향한 그의 음성이 울렸다. 횔덜린은 '오이디푸스' 번역을 출간했다. 그는 다음과 같이 적었다.

"나는 괴테 씨와 실러 씨를 비롯해 여기에 관심을 보일 몇몇 사람에게 보내기 위한 견본을 기다리고 있다."

당시 바이마르에서는 횔덜린이 번역한 《안티고네》 ─고대 그리스의 3대 비극작가 소포클레스의 비극─ 가 출간되어 있었다. 포스(1751~1826. 독일의 시인이며 주로 호메로스 작품의 번역자로 유명하다)는 그의 친구 아베켄에게 다음과 같이 썼다.

"횔덜린의 번역을 어떻게 생각하나? 그 사람은 미친 것인가, 아니면 그런 척하는 것인가. 그도 아니면, 그의 소포클레스는 형편없는 번역에 대한 은밀한 풍자란 말인가? 나는 얼마 전 괴테의 집에서 실러와 함께 저녁 식사를 하였는데, 그 책에 대해 두 사람이 실컷 포식하도록 하였다네. 《안티고네》의 네 번째 합창 부분을 읽어보게나. 실러가 어찌나 웃어대던지 자네가 보았어야 하는데. 또 제 20행은 어떤가?"

디오니소스는 아폴론에게 패배했다. 고통스러운 갈망과 초지상적인 가능성들은 완결된 정신의 질서와 절제의 법칙에 의해 질식되었다. 그리하여 18세기 전환기의 가장 끔찍한 두 만남이 끝나게 되었다. 횔덜린과 실러의 만남, 그리고 클라이스트와 괴테의 만남은 횔덜린의 광기로의 침몰과 클라이스트의 자살이라는 종말로 끝이 났다!

횔덜린은 고대 그리스라는 꿈의 나라로 도피하였지만, 그 땅은 그에게 여전히 멀리 있었고, 그는 그 땅을 오직 독일적 그리움으로 바라보고 숭배하였다. 그리하여 횔덜린은 어떠한 천재도 하지 못했던 일, 즉 고대 그리스의 독일화를 이룰 수 있었다. 이는 그의 정신에서가 아니라 가슴에서 실현된 고대 그리스였다. 한편 클라이스트는 오직 하나의 고향만을 갖고 있었다. 독일. 그러나 그 고향은 그를 추방했다!

"사람들은 불멸이고자 할 때 이에 대한 대가를 톡톡히 지불해야 한다. 이를 위해 살아 있는 동안 몇 번씩 죽어야 하는 것이다."

니체도 그러한 고독감에서 위와 같은 글을 썼다. 클라이스트는 이러한 불멸에 대한 대가를 쓰라리게 지불해야 했다. 횔덜린은 그의 어둠 속에서 뒤를 돌아보며 고통스럽게 외쳤다.

"사람들이 영웅에게 말하듯이 나도 말할 수 있다. 아폴론이 나를 이겼다고!"

6 ———

천재들의 운명이 우리에게 불러일으키는 연민과, 그들의 현세적 만남에 대한 충격에도 불구하고, 우리는 항상 그러한 고통스러운 파멸의 원인을 엉뚱하게도 어떠한 죄에서 찾는다.

괴테가 힘겹게 획득한 절제와 규율, 미지의 새로운 높이로 올라간 마적이고 야성적인 클라이스트의 비행, 결코 실현할 수 없는 영토에 대한 치유할 수 없는 그리움과 엄습해 오는 병으로부터 몸과 마음이 모두 무너져 내렸던 횔덜린, 삶 속으로의 통합이라는 실러의 엄격한 요구, 현실에 대한 그의 영웅적이고 거대한 투쟁, 서서히 다가오는 질병의 지독한 고통 속에서도 위대한 걸작들을 영웅적으로 쟁취해 냈던 그 투쟁. 이러한 세계들은 결코 서로 화해할 수 없었던 것이다.

　　오늘날 우리가 이 만남들을 비극적으로 느끼게 되는 것은, 그들의 비타협성이라기보다는 오히려 다음과 같은 실망 때문이다. 즉 그렇게 많은 적대적인 힘들을 자신의 삶과 창작 속에서 융합해 내었던 괴테가 독일 희곡에 있어 클라이스트가 갖는 의미를 예감하지 못했고, 이러한 오류로 인해 괴테 자신과 클라이스트에게 더 큰 결실을 가져오지 못했다는 사실이다. 또한 실러의 위대한 예술 이해와 탁월한 예술 감각이 횔덜린의 창조적 언어의 힘과 그 영혼의 높이를 인식하지 못했다는 사실이다.

　　그러나 우리는 괴테와 실러라는 두 위대한 인물에게도 비극적 자기의식이 고통스럽게 짓누르는 침체의 시간이 있었다는 사실도 알고 있다.

　　그들은 분투를 통하여 이러한 비극을 극복하였다.

　　극단적 고독, 완벽한 소외와 최후의 고립이 보여주는 비극은 특별한 방식으로 클라이스트와 횔덜린의 운명 속으로 들어갔다. 평생 헛되이 우정과 이해를 간절히 열망했던 클라이스트가 세계와의 마지막 인연마저 상실했을 때 자신과 함께 죽을 준비가 되어 있는 한 사람을 찾았다. 헨리테 포겔, 영육(靈肉)의 고통에 차 있던 그녀는 클라이스트와 함께 죽음의 길에 들어섰다. ─클라이스트는 마지막 연인이었던 포겔과 베를린 교외 반제 호숫가에서 동반 자살한다─ 그녀는 클라이스트와 그의 운명을 신뢰하고 긍정했으며 이를 나누었던 유일한 사람이었다.

이제 행복한 동반이 고독에 대해 승리를 거두었다. 고귀한 인간이 자살을 선택할 때 늘 그렇듯이 클라이스트도 알고 있었다. 그의 생전에 그와 그의 운명에 대해 거리를 두고 몰이해만을 보여주었던 사람들이 이제 모두 그 모습을 드러내고, 그의 죽음에 대하여 애도와 관심을 가장할 것이고, 또 안이한 도덕적 격분으로 그의 죽음이 무의미한 운명이라고 비판하리라는 것을….

클라이스트가 죽음의 길로 들어서는 그 마지막 순간, 초현실적 세계의 광명이 그에게 비추어졌다.

"아, 나는 완벽하게 행복하다는 사실을 확언할 수 있다! 반은 애달프고 반은 담담한 이 특별한 느낌이 우리를 움직이고 있음을 하늘만은 알고 있다. 우리의 영혼이 두 개의 비행선처럼 유쾌하게 세상 위로 떠오르는 그 순간에…."

두 사람은 결연하고 행복하게 넓은 심연으로 뛰어들었으며, '순수한 천국의 강물과 그 빛 속에서 그들은 커다란 날개를 펼치고 이리저리 날아다닐 태양을 꿈꾸었다.'

클라이스트는 자살 직전에 누이에게 쓴 유서에서 이러한 행복의 언어로 세상과 사람들로부터 완전히 자유로워졌음을 고백한다.

"내 자신, 만족스럽고 유쾌하게 세계와 화해하지 않고는 죽을 수가 없다. 만약 하늘이 누이에게 죽음을 선사한다면, 그 기쁨과 말할 수 없는 유쾌함이 나의 반만이라도 되기를…."

자랑스러움과 위대함, 그리고 그를 오해하고 추방했던 모두와의 화해를 통하여 클라이스트는 괴테를 포함한 모든 이에게 무죄를 선고한다.

"내가 이 세상에서 아무런 도움을 받지 못했다는 것은 사실이다."

그의 죽음에 대해서 '그는 밝은 표정으로 누워 있었다.'라고 전해진다.

쇼펜하우어는 다음과 같은 말을 한 적이 있다.

"행복한 삶이란 불가능하다. 사람이 얻을 수 있는 최상의 것은 영웅적인 삶이다. 그러한 삶은 우리 모두에게 유익한 목표를 위해 커다란 어려움을 무릅쓰고 싸우며 결국 승리하는 사람, 그러나 이로 인한 대가를 거의 혹은 전혀 받지 못하는 사람만이 누릴 수 있다."

클라이스트는 세상의 황홀과 무아지경 속에서 삶을 마쳤고 자신의 고독을 극복했다. 영웅으로서, 승리자로서.

횔덜린은 그와는 완전히 다른 그릇에 자신의 고독을 부어 넣었다. 질병이 그의 주변에 영원한 어둠의 그림자를 드리웠고, 그는 밤의 광기 속으로 들어갔다.

처음에는 이 밤의 어둠 속에서 여전히 날카로운 목소리가 들려왔다. 횔덜린은 구금된 자신을 감시하는 간수에게 격렬하게 반항하기도 했고, 환호성을 지르며 그의 광증을 조롱하는 튀빙엔 거리의 거친 젊은이들을 피해 달아나기도 했다. 그러나 곧 그와 그를 둘러싼 모든 것이 정적에 잠겼고, 그의 밤은 부드러워졌다.

그 밤에서 횔덜린은 자신과의 만남, 자연과의 위대한 만남을 발견했다. 그가 꺾는 작은 꽃과 풀들, 천천히 거닐 수 있는 부스럭거리는 낙엽들, 감금된 방의 창문과 좁은 정원에서 내다볼 수 있는 부드러운 고원, 저녁 햇살 아래 창문 문턱에서 은빛으로 빛나는 빗방울들. 그는 더 이상 인간을 필요로 하지 않았다. 그는 오직 모자를 살짝 쳐들어 어린아이들에게 인사할 뿐이었다. 그는 고독 대신에 이제는 혼자이고자 노력했다.

이제 과거의 고통과 투쟁은 오로지 가끔 몸을 훑고 지나가는 경련, 이따금 이해할 수 없는 혼잣말을 하면서 이리저리 걸어 다니게 하는 불안 속에 그 여운이 남아 있을 뿐이었다.

호기심이나 연민을 갖고 다가오는 낯선 사람들에게, 그는 우아한 예절과 과장된 호칭, 그리고 숨 쉴 틈도 없이 이야기를 쏟아 부어 그에게의 접근을 봉쇄해 버렸다.

"성하(聖下), 저는 시간이 없습니다." 그는 《히페리온》의 글귀를 낭독하였고 "폐하. 좋습니다, 좋아요."라며 말끝을 맺었다.

시 몇 구절을 읊어달라고 부탁하면, 횔덜린은 평소의 구부정한 자세를 갑자기 똑바로 펴고는, 높은 책상 뒤에 서서 커다란 종이와 긴 펜을 끄집어 낸 후 상대편을 안심시키려는 듯 예의를 갖추고 물었다.

"성하께서 명령하신 대로 하겠습니다! 무엇에 대해 들으시렵니까? 그리스? 봄? 시대정신?" 그는 종이 위에 빠르게 펜을 긁적거리고 이를 넘겨준다. "황송하옵니다. 성하."

누군가가 '실러와 괴테'라는 이름을 언급하면, 횔덜린은 "아, 나의 실러, 위대한 나의 실러"라고 말하지만, 괴테에 대해서는 "아, 괴테 씨!"라고 말했다.

방문객이 그를 불편하게 하거나 너무 오래 머물러 있으면, 횔덜린은 갑자기 그에게 다가가 그가 말할 틈도 주지 않고 독일어, 프랑스 어, 이탈리아 어, 슈바벤 농민 방언 등을 마구 내뱉어, 그 방문객이 어쩔 줄 모르고 당황하여 방을 나가게 만들었다.

다행히 방문객이 떠나고 나면, 횔덜린은 피아노 앞에 앉아 상상에 빠지거나, 창문가에 앉아 고요한 내면으로의 회귀를 담은 피리를 불었다. 그것은 그리스의 찬가인가, 봄의 찬가인가, 시대정신의 찬가인가?

정신이 나간 그는 비극적이면서도 밝은 전원생활에서 고독을 극복하였다. 그렇게 그는 과거에 갈망하고 찬미했던 것을 찾아내게 되었다.

'더욱 신비한 세계 – 신에게 가는 길'

6

세상 그 어떤 여왕이나 공주보다도
아름답고 잔인한 여인이여

엘리자베스 vs 메리 스튜어트

1 ────

메리 스튜어트(1542~1587)의 비참한 종말은 후세가 그녀를 기억할 때 연민
과 동정을 불러일으키게 한다. 단두대에서 맞이한 죽음은 오히려 그녀의 삶
에 영광의 빛을 비추어 주었으며, 그 빛은 실러(1759~1805)가 자신의 비극에
서 그녀의 삶을 격정적인 허구로 창작해 낸 이후 더욱 밝아졌다. 실러가 이
작품을 통하여 인류의 상상 속에 남겨준 인상은 오랜 전설을 확인하는 것이
었으며 어떠한 역사적 고증을 통해서도 흔들리거나 수정될 수 없는 것이었
다. 오로지 실러가 그려낸 메리 스튜어트만이 민중의 소유물이 되었다. ─실
러의 비극 《마리아 슈투아르트》를 말함─ 이 스코틀랜드의 여왕에 대한 표
상을 만들어내기 위한 경쟁에서 이 작가는 역사가들보다 우월했다. 한 작가
가 어느 인물이나 사건을 사람들의 상상 속에 각인시키는 그 강력한 힘은 종
종 현실 본래의 모습에서 벗어나는 형태나 방식으로 이루어지기도 하는데,

여기서 작가와 역사가의 관계에 대한 물음이 제기된다.

경구에 따르자면, 역사는 항상 개별적 진실을 보여주는 데 반해 문학은 보편적 진실을 보여준다고 한다. 역사가가 한 인물에 대해 보여주는 모든 특징들은 증명 가능한 사실일 수 있다. 그럼에도 불구하고 이러한 개별적 서술들은 인물 전체에 대한 분명하고 통일적인 표상을 전달해 주지 못하곤 한다. 역사가는 우리가 사태를 파악하기 위해 알아야 하는 수백 가지의 개별 사실로부터 단지 그에게 확실하게 보이는 사실만을 자료로 삼으며, 이를 보완할 때도 비판적 안목으로 매우 신중하게 선택한다. 이와 달리 작가는 내면의 눈을 통해 부족한 부분들을 찾아내고 보충하여 완전한 모습을 만들어 낸다. 역사가의 상상력이 입증된 사실들을 구성하고 서로 관련시키는 데 있다면, 작가의 상상력은 부족한 사실들을 창작해 내고 보충하여 완전한 모습으로 만들어내는 데 있다.

작가와 역사가는 전달 방식, 즉 그 언어에 있어서도 차이가 있다. 역사가는 언어의 사용에 있어 합리적 개념과 명료한 표상을 재현한다. 그에게 있어 사실과 사건은 지식의 전달에 초점이 놓인다. 반면 작가의 언어는 미묘한 뉘앙스를 나타내며, 단어 하나하나의 마력에 의해 나타날 수 있는 다양한 의미와 배경을 함께 그려낸다. 작가의 언어는 이성에 호소하여 사람들에게 알리고자 하는 데 초점을 두는 것이 아니라 등장인물이나 배경을 나타내주는 감정을 전달하고, 한 인간의 행동과 운명을 나타내는 색채를 표현하여 그 시대의 분위기를 고유한 방식으로 밝혀주는 영혼의 색조이다. 박학한 역사가의 언어는 미적일수는 있으나 문학적 언어이어서는 안 된다. 그들의 언어는 일의적(一義的)이어야 하기 때문이다. 반면 작가의 언어는 다의적(多義的)이어도 좋다. 작가의 언어는 역사적 사실과는 다른 진실을 전달할 수도 있다. 작가와 역사가가 풀어야 할 과제 역시 서로 다르다. 어떤 사건이 지식을 통한 인식이나 실천적, 정치적 평가의 논단에 등장할 때는 작가가 역사가에게 양보해야 한다. 그러나 쇼펜하우어는 말한다.

"인간을 온갖 현상과 발전을 통한 불변의 존재로서, 내적인 본질과 이념에 따라 인식하고자 하는 사람에게는 역사가보다도 위대한 작가들의 작품이 훨씬 충실하고 분명한 표상을 제공한다."

영국인의 정치 정서를 알고자 하는 사람은 먼저 셰익스피어의 역사극들을 연구하는 것이 좋다. 이를 통해 쇼펜하우어의 말은 입증된다. 그렇다고 해서 역사가의 과제와 가치, 즉 자료를 전달하고 비판적으로 검토하며 서술된 인물과 시대를 해석하는 역할이 손상되는 것은 아니다. 괴테의 다음과 같은 경고는 유효하다.

"역사가와 작가 중 누가 더 우월한가라는 질문을 던져서는 안 된다. 그들은 서로 경쟁하는 것이 아니다. 그들은 육상 선수도 아니고 권투 선수도 아니다. 그들은 각자 자신들의 왕관을 가질 자격이 있다."

우리는 그들 간의 위계질서가 아니라 차이를 인정하면서, 단지 작가가 갖고 있는 이채로운 가능성들을 상기시키고자 할 뿐이다.

실러는 메리 스튜어트를 다룬 그의 작품에서 작가가 지니는 분명한 진실의 힘을 의미심장하게 입증했다. 우리는 이 작품의 장면들 대부분이 허구임을 알고 있다. 특히 조연들은 실러의 문학적 상상력의 산물이다. 모티머는 실존 인물이 아니며 다른 인물들 역시 본래 모습과는 크게 다르다.

이 책에서 우리는 실러의 주인공과는 여러 부분에서 일치하지 않는 메리를 경험하게 될 것이다. 또한 우리는 작가가 그려낸 엘리자베스의 모습을 수정하게 될 것이며, 그녀의 감동적 운명이 비극적 전율로 시달렸으며 여성의 비밀이 가지는 충격적인 특성들 때문에 고초를 겪었다는 사실에 놀라게 될 것이다. 그러나 실러의 극에 등장하는 개별적인 인물들이 역사의 사실과 다르다고 하더라도, 이 두 여성의 관계에 숨겨져 있는 문제점을 그 어떤 역사책보다도 진실하고 생생하게, 그리고 올바르게 이해할 수 있도록 제시되어 있다.

두 여성은 서로 만난 적도 없고 서로를 본 적도 없지만, 실러는 그가 창조해 낸 가상의 만남을 이 극의 분기점으로 상정하고, 그로부터 전체 사건을 이해하고 메리의 처형을 설명하고 정당화하는 열쇠를 제공한다. 그것은 유명한 3막의 정원 장면이다. 스트린드버그와 같은 작가가 이를 유럽 근대극의 가장 장엄한 삽화라며 열광한 데는 그 이유가 있다. 이 정원 장면은 두 여성의 대조적인 측면과 화해할 수 없는 적대적 측면을 분명하게 보여준다. 엘리자베스는 메리가 자신의 왕관을 노리고 있다는 사실과 함께 메리가 얼마나 많은 사랑을 체험하였는지를 알고 있었다. 그리하여 이성으로부터의 사랑은 아니더라도 사람들의 뜨거운 사랑을 받는다는 것이 무엇인가에 골몰해 있던 실러 극의 엘리자베스는 메리와의 만남에서 외친다.

나의 선량한 백성들은 나를 지극히 사랑하도다.
그들의 사랑은 과도하다 할 만큼 맹목적이다.
그들은 신에게나 바치는 경의를 나에게 표한다.

엘리자베스는 메리가 가졌던 애정 경험에 비견할 만한 체험을 내놓을 수가 없었다. 그러나 엘리자베스는 왕위에 대한 권리를 제기하는 메리에게, 그녀에게 부족한 것이 무엇인지를 승리감에 도취되어 선포한다. 그것은 민중의 사랑이다. 실러는 여성 심리에 대한 깊은 이해를 바탕으로 그 모든 대조적인 면을 보여주고 있다. 엘리자베스는 남성들에게 끼치는 메리의 영향력에 압도되었고, 항상 '여자이고자 노력하는' 메리를 질투심을 갖고 바라보았다. 그러기에 무거운 군주의 사명 때문에 고통과 은혜를 동시에 받았으며 고독하였던 엘리자베스는 쓰라린 적대감을 갖고 그 적을 쓰러뜨리기 위해 색다른 무기를 꺼내 든 것이다.

이 장면에서 메리는 불손하고 오만한 엘리자베스에게 겸손하게 다가간다. 엘리자베스의 내면은 국왕이자 여성으로서의 자존심, 메리의 아름다움에 대한 질투, 메리의 운명이 가지는 불손한 기품에 대한 분노가 뒤섞여 있다. 엘리자베스가 메리에게 퍼붓는 비난을 통하여 그 증오가 어디에서 온 것인가를 알 수 있다.

그대가 깊이 고개를 숙이고 있다고 말한 자 누구인가?
나는 오만한 그대를 볼 뿐이다.
불행을 통해서도 길들여지지 않는….

나에 대한 암살 음모는 그대 스스로도 잘 알고 있을 것이다.

그래, 이제 끝이다. 메리.
그대는 이제 더 이상 아무도 유혹할 수 없어.
세상에는 이 외에도 걱정거리가 얼마든지 있지….
그대는 자신의 구혼자들을 남편처럼 죽이고 있어!

명예는 값싸게 얻을 수 있지.
모두가 사랑하는 아름다움이란
모두를 위한 천한 아름다움에 불과하니까!

이러한 증오의 화살들에 대응하여 메리가 날린 단 한 발의 화살은 치명적이었다. 그것은 엘리자베스의 출신에 대해 상기시키는 것이었다. ―헨리 8세는 아들을 낳지 못한 아라곤의 캐서린과 이혼하고 앤 불린과 결혼하여 엘리자베스를 낳았는데, 가톨릭교도들은 이 혼인이 무효이며, 따라서 엘리자베스는 사생아이기 때문에 메리를 잉글랜드의 합법적 여왕이라고 간주했다. 헨리 8세는 앤 불린도 왕위를 계승할 아들을 낳지 못하자 간통 등의 죄를 씌워 처형했다―

> 그대 모친은 정숙함을 물려주지는 못했군.
> 사람들은 앤 불린이 어떤 성품 때문에
> 단두대에 올랐는지 알고 있지.
> 잉글랜드의 왕위는 사생아에 의해 빼앗겼고,
> 고귀한 잉글랜드의 민족은
> 교활한 사기꾼에게 속아 넘어갔지.
> 정의가 지배한다면, 그대는 지금 내 앞의 이 흙에 엎드려야 하지.
> 내가 바로 그대의 국왕이니까.

쓰라린 일격을 당하고 복수를 위해 어떠한 일도 불사하겠다는 결심을 굳힌 엘리자베스는 침묵으로 답하고는 말없이 퇴장한다. 이제 그녀에게 이 싸움의 종말은 적의 죽음일 뿐이었다.

사랑에 휘둘리고 아무것도 예견하지 못한 채 정략에 의해 끌려 다녔던 메리는 이제 그 자신의 운명을 향해 한 발 더 다가가게 되었다.

2 ———

메리가 스코틀랜드의 해변에 다시 발을 디딘 바로 그날부터 이 두 여인은 정치적으로도 인간적으로도 화해할 수 없게 된다. 남편인 프랑스 왕을 잃고 19살에 미망인이 된 메리 스튜어트가 고국인 스코틀랜드로 돌아오는 모습은 자주 묘사되어 왔다. 이 젊은 미망인은 국왕의 예로써 배까지 안내되었다. 많은 작가들과 구전되는 이야기들에 따르면, 뱃머리에 서 있었던 그녀의 입에서는 무언가를 예감하듯이 "프랑스여 안녕"이라는 말이 새어 나왔다고 한다. 그녀는 승리, 명예, 위엄, 약속, 휘황찬란한 삶과 드높은 사교 문화를 모두 대륙에 남겨두고 섬으로 건너온다. 남겨진 것은 지금까지 기만당해 온 젊음뿐이었다.

그녀의 마음속 깊은 곳에는 젊음과 삶, 기쁨과 향락에 대한 갈망이 타오르고 있었다. 하지만 그때까지 관습과 예절 때문에 억압당해 온 열정의 물

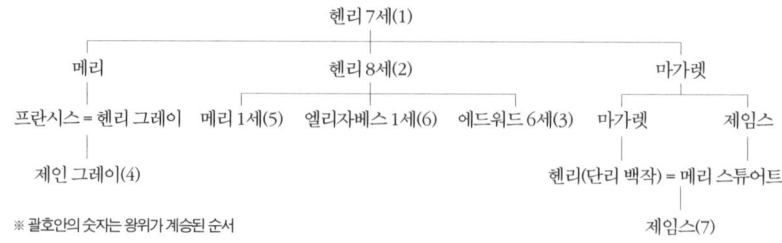

헨리 8세의 왕비들
1. 아라곤 캐서린(Catherine of Aragon) — 메리 1세
2. 앤 불린(Ann Boleyn) — 엘리자베스 1세
3. 제인 시머(Jane Seymour) — 에드워드 6세
4. 앤(Anne)
5. 캐서린 하워드(Katherine Howard)
6. 캐서린 파(Catherine Parr)

튜더왕조

```
                          헨리 7세(1)
        ┌────────────────────┼────────────────────┐
       메리              헨리 8세(2)              마가렛
        │          ┌────────┼────────┐         ┌────┴────┐
프랑스 = 헨리 그레이  메리 1세(5) 엘리자베스 1세(6) 에드워드 6세(3)  마가렛    제임스
        │                                        │
   제인 그레이(4)                      헨리(단리 백작) = 메리 스튜어트
                                              │
                                         제임스(7)
```

※ 괄호안의 숫자는 왕위가 계승된 순서

결이 이 여인의 삶 속으로 스며든 것은 얼마나 가슴 아픈 일인가. 스코틀랜드 여왕의 귀환을 우울과 고통의 베일로 감쌌던 것은 오직 작가들의 상상력이었다. 그보다 진실에 훨씬 가까운 다른 이야기들도 있다.

"삶을 갈구하는 한 젊은 여성은 그때까지 놓쳤던 많은 일들을 이제 보충하겠다고 결심했다."

마리라는 이름을 가진 네 명의 시녀와 여행을 수행했던 귀족들은 모두 그들의 주군과 함께 새로운 미래의 땅을 바라보면서 커다란 희망을 품었다.

메리의 유년 시절은 이채롭고 특이했다. 생후 7일이 되었을 때 그녀의 아버지는 요절하였다. 메리는 어릴 때부터 궁정에서 청혼을 받았고 분쟁의 대상이 되었다. 메리가 2살이 채 되지 전에 이미 그녀의 존재를 둘러싼 살인과 암살, 폭동이 계속되었다. 잉글랜드의 국왕 헨리 8세는 그녀를 며느리로 받아들이고자 했다. 스코틀랜드 궁정에서는 이 혼인이 스코틀랜드 가톨릭교회의 몰락을 의미한다고 여기고 거부했고, 일찍이 그 어느 국왕보다도 범죄적 인물이었던 헨리 8세는 이에 대해 살인과 방화로 복수하였다. 그는 스코틀랜드에 군대를 파견하여 '약탈하고 불 지르고 살육하며 모든 도시와 마을에 잔혹한 파멸을 안겨줄 것'을 명령했다. 스코틀랜드에서는 남녀노소를 불문하고 닥치는 대로 학살당했다. 이것이 메리 때문에 생겨난 첫 번째 희생자들이었다. 그렇게 그 어린아이의 존재에는 피와 불행과 잔혹한 죽음이 결부되게 되었다. 그리고 얼마 후 그녀로 인하여 또 다시 비참한 희생자가 나왔다. 노령의 비턴 추기경이 장래의 여왕의 스승이자 고문으로 간주되었기에 참혹하게 살해되었다. 물론 일부 역사가들은 추기경의 피살이 이런 이유가 아니라 사적인 복수였다고 보기도 한다.

메리는 프로테스탄트적인 잉글랜드 왕위 계승자와의 혼인을 피하기 위해 가톨릭 국가이던 프랑스로 보내졌다. 메리의 품성을 형성하고 규정한 본질적인 힘들은 프랑스에서 영향을 받았다. 그것은 프랑스 인이던 어머니의 혈통과 새로운 고향 프랑스의 풍광과 사회 질서였다.

메리는 아름답고 열정적이었고 예술적 재능과 뛰어난 감각을 지니고 있었다. 더구나 육체적으로는 조숙하였고 삶을 즐기고자 하였다. 메리의 몸과 마음은 모든 부분에서 엘리자베스와는 전혀 달랐다. 사람들은 메리를 "어머니처럼 키가 컸으며 파리한 혈색과 검은 눈, 밤색에 가까운 어두운 갈색 머리카락을 갖고 있었다."고 묘사한다. 그녀는 남자들을 굴복시킬 수 있는 유혹적이고 위험한 매력을 갖고 있었다.

삼촌인 추기경은 그녀의 성급한 성격에 대해, 그녀가 충동적이어서 자신의 분노를 너무 직설적으로 나타낸다고 했다. 그녀는 5살 때 3살 먹은 아이와 약혼을 했고, 16살이 되어서는 14살의 프랑스 왕세자와 결혼했다. 그로부터 1년 후 그녀는 왕비가 되었고, 불과 반 년 후에 메리는 미망인이 되고 말았다. 그녀는 곱사등이며 병약한 어린 신랑에게서 일찌감치 결혼과 사랑의 첫 경험을 얻었다. 범죄적이고 병적인 결합이라고도 말할 수 있는 이 결혼에서 얻은 체험은 쓰라린 것이었다. 하지만 그녀의 급격히 끓어오르며 모든 것을 태울 듯 타오르는 정열을 고려한다면 이러한 경험 역시 중요한 요소로 고려될 수 있다.

이러한 경험들은 일찍부터 이중의 피를 가진 소녀의 영혼 속에 침전되어 그녀에게 영원한 동요를 불러일으켰다. 그리고 이 동요는 그녀가 자유로울 때, 애정 관계에 빠져 있을 때, 투옥되어 있을 때, 그리고 때로는 모종의 음모들 속에서도 끓어올랐고, 단두대에 올라서야 끝이 났다.

1561년 8월 19일, 메리는 고심 끝에 스코틀랜드에 상륙한다. 아직도 종교전쟁의 여파가 남아 있고 정치적으로도 음험한 바람이 불고 있는 고향으로 돌아온 것이다. 이곳에서는 종교개혁이 승리를 거두었고 잉글랜드의 엘리자베스는 이러한 승리에 일조했다. 새로운 여왕을 기다리고 있던 것은 결코 즐겁고 밝은 고향이 아니었다. 그녀가 도착하자마자 적들이 등장하였다. 메리의 첫 미사는 프로테스탄트들의 폭력으로 방해받았다고 알려져 있다. 칼라일(1795~1881. 영국의 역사가)은 그 당시의 스코틀랜드를 다음과 같이 묘사하고 있다. 물론 그의 묘사는 신중하고 비판적으로 받아들여야 하지만, 그 거침없는 필치는 풍부하고 흥미롭다.

"이 가난한 불모의 땅은 끊임없는 반목과 분쟁, 그리고 피로 피를 씻는 학살로 가득 차 있다. 민중은 극단적으로 조야하며 빈곤에 빠져 있다. 탐욕스럽고 야만적인 귀족들은 이 고통 받는 민중들로부터 갈취한 약탈품들을 어떻게 나눠가져야 하는지에 대해서조차도 합의를 이루지 못하고 있다. 그들은 약간의 변화만으로도 혁명을 일으켜야 했다. 내각을 개편하려면 장관들을 모두 교수대로 보낼 수밖에 없다. 이러한 상황에서 특별한 의미를 부여할 수 있는 역사적 장면이 일어날 리 만무하다! 이 나라는 난폭하고 외면적인 것만을 고집하는 동물적인 것들에서 한 발짝도 내딛지 못하는 땅이다."

이 시대의 정치와 종교는 어느 곳에서나 분쟁을 일으키는 반목과 대립 상태에 놓여 있었다. 가톨릭교도인 메리는 억압당하는 잉글랜드 가톨릭교도들의 희망이었다. 그녀는 스코틀랜드의 귀족이며 섭정이었던 그녀의 이복 오빠 머리 백작이 성공리에 도입한 종교개혁에 반대한다는 것을 공공연하게 밝혔다. 교황의 외교사절은, 이 여성이 전통을 고수하고자 하며 절대 권력을 주장하고 있는 이상, 프로테스탄트의 엘리자베스와 대적할 수 있다는 것을 인정하고 있었다.

엘리자베스도 이러한 상황의 변화를 인식하고 메리가 적으로 등장하고 있음을 느끼게 되었다.

엘리자베스는 다음과 같은 사건도 기억하고 있었다. 메리는 프랑스 왕비 시절에 한동안 자신의 문장(紋章)에 잉글랜드 왕가 문장을 함께 사용했다. 이는 엘리자베스에 대한 적대적 태도, 나아가 잉글랜드 여왕에 대한 모욕이 아니던가? 메리는 이를 통하여 잉글랜드의 왕위 계승권을 공공연하게 주장한 것이기 때문이다. 엘리자베스는 메리를 위험한 적수로 간주하게 되었다. 그리고 그 어떤 남성 정치인도 펼치지 않았던 섬세한 정책으로 엘리자베스는 메리를 맞이하였다. 스코틀랜드여왕 메리는 잉글랜드 땅에 상륙하여 그곳에서 다시 스코틀랜드로 갈 수 있기를 희망했다. 그러나 그녀의 입국은 오랫동안 거부되다가, 메리가 이미 해로를 통하여 스코틀랜드에 도착한 후에야 허가가 내려졌다. 만약 남성 왕이라면 자신의 왕실 사촌 왕에게 이러한 무의미한 모욕을 주지는 않았을 것이다. 엘리자베스는 항상 유쾌하지 않은 기분으로 메리에 대해 이야기되는 대담성, 매력, 재능, 빼어난 자태, 아름다운 손, 백옥 같이 흰 피부에 대한 이야기를 듣고 있었다. 그럼에도 불구하고 처음에는 두 여인이 서로 친구가 될 수 있는 것처럼 보일 때도 있었다. 그들은 서로에 대한 존경을 담은 점잖은 편지들과 귀중한 보석 반지를 선물로 주고받았다. 그리고 빠른 시일에 만나서 서로 이야기를 나누고, 대륙의 세력에 대항하는 동맹을 맺게 되기를 간절히 소망한다고 약속하였다. 메리는 엘리자베스를 '좋은 언니'라고 불렀다. 이것은 모두 연극이자 거짓말이었던가? 그것은 정략이었던가 아니면 여자의 감상이었던가? 한동안 엘리자베스는 메리를 만나 화해하고 평화적인 관계를 맺는 것이 가능할 수도 있다고 생각했다. 그러나 현실은 정치적 상황 변화와 정파들의 준동, 그리고 메리의 거침없는 성격에 의하여 다르게 전개되었다. 엘리자베스와 메리는 마치 브룬힐트와 크림힐트 ─독일 중세 서사시 '니벨룽겐의 노래'에서 숙적 관계인 두 여인. 이들이 대성당 앞에서 먼저 입장하기 위해 다툼을 벌이는 장면은 유명하다— 와 같이 영광과 지배의 대성당 앞에 나란히 서게 되었다. 둘 중 한 사람은 파멸해야 했다. 그렇게 그들의 피할 수 없는 투쟁은 시작되었다.

먼저 입장하기 위해 다투는 대성당 앞의 브룬힐트와 크림힐트는 영원한 테마이다. 그것은 남성, 명예, 존칭, 서열, 더 높은 위신, 더 큰 이념과 더 나은 신앙, 느낌과 상상으로 나타나는 권리 등을 둘러싼 여성들의 투쟁이다.

엘리자베스는 여자들과의 우정을 극력 피했다. 그렇게 고독한 여왕이 신뢰할 만한 여자를 찾게 될 만도 한데 엘리자베스는 이러한 것을 포기했다. 반면 메리는 오로지 남자들과의 관계만이 의미가 있다고 생각했다.

엘리자베스도 이성과의 사랑을 멀리하고자 했던 것은 아니다. 단 한 번뿐이었지만 그녀도 사랑에 빠져들었는데, 그것은 로버트 더들리 백작에 대한 연모였다. 이에 대해 스페인 공사는 불쾌하다는 투로 다음과 같이 썼다.

"최근 로버트 더들리 경은 여왕의 총애를 받고 있어, 실질적으로 그의 판단에 따라 모든 국사가 처리되고 있다. 또한 여왕이 밤이나 낮이나 그의 방을 찾아간다는 말까지 떠돌고 있다. 심지어 사람들은 엘리자베스가 더들리 경과 결혼하기 위해 심장병을 앓고 있는 더들리 경의 부인이 죽기를 기다리고 있다고까지 말하고 있다."

엘리자베스는 이러한 비난이 오해에서 비롯된 것이라며 강력하게 부인했다. 그러나 여왕으로서의 자존심 때문에 그녀는 자신이 원하기만 한다면 그 누구도 자신이 더들리와 결혼하는 것을 막을 수 없다고 당당하게 선언하기도 했다. 더들리 경의 부인이, 비록 살해되지는 않았지만 의심쩍은 이유로 자살하였을 때 그러한 험담들은 참을 수 없는 수준이 되었다. 그러나 더들리와의 관계가 정치적 사안으로 불거지면서 복잡해지기 시작하자, 엘리자베스는 이 위기를 극복하고 여왕으로서의 사명을 다하기 위해 자신의 위치로 돌아온다. 이는 후에 애정 관계로 인해 비극으로 빠져들었던 메리와 비교해 볼 때 엘리자베스의 특성이라고 할 수 있다. 겉으로 보기에는 너무도 냉정하고 실질적인 태도처럼 보였지만, 더들리와의 관계를 정리하면서 그녀의 마음이 어떠했는지는 영원한 비밀로 남게 되었다.

당시 사람들은 그 후에도 그녀와 절친한 남성들에 대해 연인관계라고 뒷공론을 늘어놓곤 했으나, 그 남성들은 모두 피상적인 총애를 받는 데에 만족해야 했다. 엘리자베스는 애정 관계에 있어 한동안의 감성을 빼앗기기는 해도 이성까지 뺏긴 적은 없었다는 것은 분명한 사실이다. 정치에는 이성과 의지가 필요하다. 엘리자베스는 그러한 분명한 의지를 갖고 더들리와의 에피소드로부터 2년이 지난 후 미망인 메리와 맞서게 되었다.

3 ———

메리를 어떻게 해야 할 것인가? 이는 엘리자베스가 냉정하게 스스로에게 던졌던 질문이다.

엘리자베스는 결혼할 생각이 전혀 없었다. 그녀가 결혼하지 않을 경우 잉글랜드의 다음 왕위 계승자는 메리에 의해 결정될 수밖에 없었다. 그 때문에 엘리자베스는 금방 사랑에 빠지며 종종 걷잡을 수 없는 정열을 보이는 메리가 잉글랜드에게 불리한 결혼은 하지 못하도록 막는 것이 중요한 정치적 과제가 되었다.

파리 주재 잉글랜드 공사는 전부터 이미 엘리자베스에게 경고를 보내고 있었다.

"전하는 메리 여왕의 결혼에 주의를 기울여 주목하셔야 합니다."

메리에게 적당한 남자를 찾아주기 위한 엘리자베스의 첫 번째 시도는 뭔가 의심쩍은 면이 있다. 애정 관계나 이별의 역사에서 우리는 다음과 같은 사실을 관찰할 수 있다. 즉, 여자는 남자를 포기하더라도 그를 다른 여자에게 넘겨주고자 하지는 않는다는 것이다. 그러나 엘리자베스는 이로부터 예외였고 이러한 여성의 근본적 태도에서 벗어나 있었다. 궁정 사람들은 엘리자베스가 메리의 결혼상대로, 수년에 걸쳐 엘리자베스 자신의 연인이자 친구로 인정받아 왔던 바로 그 잉글랜드의 귀족을 추천한 것에 놀라지 않을 수 없었다. 레스터 백작 로버트 더들리를 메리의 남편으로 추천했던 엘리자베스의 동기는 무엇이었을까? 엘리자베스는 자신이 싫증내고 차 버린 애인을 메리에게 보내어 그녀에게 굴욕을 안겨주려 했던 것일까? 아니면 엘리자베스가 이 애인을 통하여 메리의 정치에 영향력을 행사함으로써 스코틀랜드의 친척이 가져올 수도 있는 온갖 위험한 정책들을 피하려 했다는 것이 보다 진실에 가까운 것인가? 우리는 두 번째 동기를 옳다고 볼 수밖에 없다. 어차피 엘리자베스 자신은 더들리와 결혼할 생각이 없었으므로, 그렇다면 그를 매부로 삼아 자신에게 곤란을 안겨주지 않을 여자에게 더들리를 보내고자 생각했을 것이다. 그러면 레스터 가문도 그녀의 편으로 남아 있게 될 것이다. 이러한 제안은 아마도 진심으로 이루어진 것이었겠으나, 동시에 정략적 본능과 정치적인 의지로부터 나온 것이었다. 또한 그녀 자신이 국왕의 사명보다는 항상 덜 중요하다고 생각하고 있었던 사랑을 진정으로 포기한 데서 나온 것이었다.

메리는 엘리자베스의 제안을 거절했다. 그녀는 어쩌면 행복에 가장 가까워질 수 있었을 바로 그 순간에 이를 불신해 버렸다. 그동안에 메리는 벌써 희생자를 만들어냈다. 메리는 오만하게 의례들을 무시했고 태연하게 궁정의 남성들과 지분거리며 허영심에 들떠 그들을 부추기고, 심지어 그들이 막연한 기대감을 갖도록 했다. 메리의 이러한 게임을 진지하게 받아들였던 한 젊은 시인은 젊음의 맹목성에 취해 그녀의 침실로 몰래 들어갔다가 잡힌 일도 있었다. 메리는 그를 구하기 위한 아무런 노력도 하지 않았기 때문에, 그는 단두대 위에서 자신의 낭만적 유희와 연애의 대가를 치러야 했다. 그는 "세상 그 어떤 여왕이나 공주보다도 아름답고 잔인한 여인이여, 안녕."이라는 말을 남기고 세상을 떠났다. 그는 메리로 인해 불행에 빠져든 수많은 남성들 중 첫 번째 희생자였다.

이제 막 19세가 된 젊고 아름다운 귀족이자 사촌인 단리 경이 그 다음 차례였다. 그는 메리의 운명에서 특히 비극적 배역을 맡아야 했다. 엘리자베스는 메리의 청혼자들 중에 그의 이름이 올랐을 때도 메리가 그를 남편으로 선택하리라고는 상상하지 못했다. 엘리자베스는 메리에게 신중하게 공식적인 경고를 보냈다. 그러나 그 아름다운 기사는 메리의 마음에 들었다. 순간의 감각적 열정 때문에 메리는 그의 청혼을 받아들였고 그와 결혼하게 된다. 결혼식 날 단리는 메리로부터 '국왕'의 칭호까지 수여 받게 된다. "여왕이 사랑에 빠져 제정신이 아니다."라고 당시 사람들은 이야기했다.

신혼의 밀월은 세상이 예상하던 것보다도 훨씬 빠르게 끝났다. 그 원인이 무엇인지는 아무도 몰랐다. 메리가 오래 지속되는 사랑을 할 수 없는 불행한 여자였던 것일까? 그녀는 한 남자에 대한 헌신을 통하여 정신적 고양을 느끼지 못하기 때문에, 짧은 향락 뒤에는 쉽게 지루해하는 여자였던가? 아니면 메리를 변호하는 사람들이 말하듯이, 메리는 그 젊은 왕이 허영에 가득 차고 우둔하고 지배욕이 강한 모습을 보인 것에 대하여 실망했던 것인가? 이들의 갈등에는 이러한 이유들이 모두 작용했을 것이다. 그 당시 이미 단리가 메리의 결혼 생활을 지옥으로 만들어 버렸다는 소문이 돌았다. 메리의 비서인 나우는 이 젊은 단리의 거친 면을 특히 강조하고 있는 다음과 같은 장면을 묘사했다.

"여왕 전하가 메고트랜드로 여행을 떠나 트래쾌어 경의 집에 머물고 계실 때, 그녀의 남편이자 국왕은 저녁식사 중 사슴 사냥을 가자고 제안했다. 사슴 사냥은 말을 타고 험한 길을 달려야 하는데, 그녀는 자신이 임신 중인 것 같다고 그의 귀에 대고 속삭였다. 그러나 국왕은 큰 소리로 그녀에게 대답했다. '아이를 유산하면 또 하나 만들면 되지 않습니까?' 라고. 이에 대해 트래쾌어 경이 심하게 꾸중하며 이는 그리스도교인이 할 수 있는 말이 아니라고 말했다. 그러자 국왕은 다음과 같이 대답했다. '암말이 새끼를 배었다고 힘든 일을 시키지 않습니까?' 라고."

그러나 이와는 반대로, 단리가 메리에게 정신없이 빠져 있었고 모든 것이 그녀에게 예속적이었으며, 메리에 대한 맹목적인 신뢰 때문에 살해당하는 운명의 길을 열었다는 이야기들도 전해진다. 분명한 사실은 메리가 그로부터 금방 멀어졌다는 것이다. 메리의 경우 이러한 육체적 정열의 오류는 정치로부터 완전히 분리될 수는 없는 관계에 있었다. 즉, 메리는 곧 반종교개혁 진영에 가담하게 된다. 그녀의 이복 오빠이자 섭정이던 머리는 그녀에 대항해 반란을 일으켰으나 그가 이끄는 반군은 패배를 당했다. 그녀의 남편이자 국왕인 단리는 양 파벌 사이에서 주저하다가 종교개혁파의 편에 서는 등 우유부단한 태도를 보였다. 이 무렵 데이비드 리치오라는 사람이 메리의 자문가가 되었다가 곧 사적인 친구가 되었고 마침내는 정치적으로 그녀의 최측근 인사가 되었다. 그는 이탈리아의 음악가였지만 교황의 첩자였다는 추측도 있다. 메리에게 공공연하게 굴욕을 당하고 국사로부터 배제되었으며 결혼 생활의 모든 권리를 박탈당했던 단리는 반란자들에 가담한다. 그는 스스로 암살 계획을 세웠거나 아니면 적어도 이에 협력했다. 그 암살 계획이란 여왕이 있는 자리에서 증오하던 그 이탈리아 인을 살해하는 것이었다. 실제로 그 일은 계획대로 실행되었다. 어느 날 밤 여왕 부처와 함께 식사를 하던 리치오는 단리와 작당한 사내들에게 끌려 나가 옆방에서 짐승처럼 도살당했다. 임신 중이었던 메리는 죽어가는 리치오의 비명을 들으며 괴로워해야 했다. 바로 그 순간부터 메리는 자신의 남편에게 무자비한 복수를 결심했는데, 이는 오직 무조건적 증오를 가진 여자만이 할 수 있는 복수였다. 남자들은 자신들의 장점을 내세우며 으스대기를 좋아하지만 여자들은 자신들의 잘못을 정당화하고자 한다. 그러나 메리는 이제부터 자신이 저지르는 일에 대해서 변명조차도 필요하지 않았다. 메리와 같이 원초적 힘과 열정을 가진 여인은 국가적 이해관계를 사랑보다 높은 위치에 두지 않으며, 권력이나 정치적인 권한 때문에 애정을 포기하지도 않는다. 그 다음에 일어난 사건들이 이를 증명한다. 메리는 이제 단리와 별거를 하게 되는데, 그 사이 메리는 단리와의 사이에서 제임스(1566~1625. 스코틀랜드 제임스 6세:1567~1625 재위, 잉글랜드 제임스 1세:1603~1625 재위)라는 아들을 출산한 상태였다. 단리가 방약무인하고 무분별한 행태를 계속했기 때문에 그녀의 분노는 더욱 커져갔지만 그녀는 아직 단리의 적법한 아내였다. 마음을 고쳐먹은 단리가 그녀에게 용서와 자비를 구하며 사랑을 구걸하고 있을 때, 그녀는 돌연 새로운 사랑의 열정에 빠지게 되었다. 보스웰 경이 그녀에게 다음으로 간택된 남자였다. 보스웰은 본능대로 움직이는 탐욕스럽고 난폭한 성격의 소유자였으며, 남성적 고집을 지닌 모험을 즐기는 사람이었다. 홍수처럼 밀려드는 사랑은 관습과 윤리의 둑을 모두 무너뜨렸으며, 메리는 모든 균형과 절제를 잃게 되었다. 때때로 그녀는 갑자기 수줍고 불안한 태도를 보였다. 마치 어느 둥지로 날아가야 좋을지 머뭇거리고 있는 새와 같았다. 결국 메리는 정열의 둥지에 몸을 숨겼다. 그러고는 르네상스 시대에서도 좀처럼 보기 힘든 더러운 음모와 은밀한 계교가 시작되었다. 메리는 갑자기 부드러운 아내의 태도를 보였으며, 암살에 대한 두려움으로 부친의 집에 피신해 있던 병든 남편을 어느 시골 별장으로 옮겨오도록 했다. 그리고 그곳에서 처참한 최후를 맞게 하였다. 메리의 정부인 보스웰 경이 암살을 결정하고 그의 친위병들이 이를 집행했는데, 메리는 이를 알고 있었고 이를 돕기까지 했다. 단리가 있던 집은 폭파되었고 그는 도주 중에 살해되었다.

메리는 배신자이자 애인으로서의 무시무시한 역할을 느끼고 있었다. 그녀가 단리의 살해 계획을 숨기기 위해 위선적인 친절을 보이면서 단리를 방문했던 바로 그날 저녁, 정부 보스웰에게 편지를 썼다.

"당신 때문에 나는 배신자와 같은 역할을 하게 되었군요."

그러나 이 의심스러운 방탕아에 대한 그녀의 애욕은 모든 것을 덮어버렸다. 메리는 편지에서, 보스웰이 그의 아내와 그리고 그녀가 단리와 맺어지게 된 것을 저주했다. 보스웰의 아내와 단리는 형편없는 인간들이므로 그들과 함께 산다는 것은 근본적으로 불가능한 일이라며 그녀는 절규하듯 자신의 희망을 썼다.

"신이 우리를 일찍이 존재했던 그 어느 연인보다도 영원히 묶어줄 것입니다. 그것이 나의 믿음이고 그 믿음 속에서 나는 죽을 수 있습니다."

그녀는 자신이 보스웰의 품에서 잘 수 없도록 하는 눈에 가시 같은 놈이라며 단리를 저주했다. 그녀는 단리에 대한 증오, 보스웰에 대한 사랑, 그리고 그녀가 돕고 있는 범죄행위에 대한 불안 속에서 방황했다. 처음에는 단지 쌀쌀한 태도였지만 시간이 흐를수록 메리의 마음은 무절제한 단리로부터 완전히 멀어진 데 그치지 않고 그를 증오하고 극도로 불쾌하게 여기게 되었다. 그렇지만 메리가 이러한 범죄를 용인하고 협력한 데는 더욱 중요하고 구체적인 이유가 있었다. 그것은 보스웰에 대한 정열과 그러한 정열이 가져온 열매였다. 그녀는 은밀하게 보스웰의 아이를 임신하고 있었던 것이다. 자신의 비서에 대한 잔혹한 암살에 단리가 참여함으로써 그녀의 여성적 품위와 자존심이 다쳤다는 사실도 이러한 동기를 더욱 부추겼다. 어쨌든 그녀의 간통을 은폐하는 데 있어 이제 단리라는 장애물은 제거되었다. 메리가 암살에 참가하고 이러한 암살을 인지하고 있었기에 스스로 살인자가 된 것이나 다름없지만 그래도 아직 그녀의 운명이 완전하게 비극이 되었다고는 할 수 없다. 우리는 살인자가 단순한 범죄자가 아닌 비극적 전율의 영역으로 올라가기 위해서는 다음의 세 가지 요건이 모두 충족되어야 함을 알고 있다. 즉, 살인자의 순수한 신념과 희생의 높은 가치, 그리고 그 행위의 무대가성이다. 그러나 메리의 잔인한 범죄에 있어서는 이러한 요건이 전혀 충족되지 않았다.

메리 스튜어트라는 불행한 여인의 비극은 낭만적으로 엉클어져 들어간 삶의 길로부터 생겨난 것이 아니라, 삶과 체험에 대한 원초적 욕구를 추구했던 그녀 자신의 단순성으로부터 생겨난 것이었다. 이러한 여성들은 계산하거나 계획을 짜지 않으며 —그들이 정치나 사업을 이끌어야 한다면 불행이다— 정신적으로나 육체적으로 순간에 충실하며, 그 때문에 구속, 억압, 규정, 절도를 강제하는 모든 것을 증오한다. 이것은 무절제나 혼란 때문이라기보다는 몸과 마음이 움직이는 그 순간에 거기에 충실하고자 하는 힘이 너무 강렬하기 때문에 생겨나는 것이다. 이러한 여성들은 빨리 사랑에 빠지기도 하고 다시 이를 냉혹하게 잊어버릴 수도 있다. 그들은 정열에 사로잡히면 집요해지고, 정열을 충족시키고 나면 잔인해진다. 그들은 감각에 사로잡히면 쉽사리 무비판적이 되고 무분별해지며, 순간적인 감정을 중시하기 때문에 종종 무가치한 남자들이나 심리의 사기꾼들에게 빠져버리기도 한다. 그들은 어쩌다 훌륭한 인격의 남자를 만나더라도 종종 뒤늦게야 이를 깨닫고 그를 높이 평가하기도 한다. 하지만 그들이 고귀한 남성과 관계를 가지게 되면 위대하고 창조적인 결실을 맺는 우정으로 성장하기도 한다. 하지만 그들에게 처음에는 어색할 수도 있는 그러한 남성과의 우정을 쌓아갈 기회조차 주어지지 않는 경우, 이러한 여성들의 삶은 정신의 분열 속에서 고독하고 공허한 최후를 맞든가, 때로는 비극적 파국으로 끝나는 경우도 적지 않다. 그러한 여성들에게서는 오직 한 가지만이 매우 인상적이다. 그것은 자신속의 마성을 긍정하는 비극적 자세이다.

메리는 이러한 유형의 전형적 모습을 보여주고 있다.

메리는 무의미한 광기 때문에 범죄에 빠져들었고, 그 광기는 그녀에게서 떨어져 나가지 않았다. 그 행위에 충격을 받은 세상이 그녀에게 분명한 충고와 경고의 목소리를 보냈으나 그녀의 귀에는 들리지 않았다. 범죄적 게임은 계속되어야 했다. 분노한 민중들은 보스웰을 단리의 살해범으로 지목했다. 한밤중 에든버러의 거리에는 보스웰의 모습이 그려지고, 그 그림 아래에는 '이 놈이 국왕의 살해범이다.'라고 쓰여 있었다. 메리의 궁전 벽에는 국왕 살해자를 저주하는 쪽지들이 나붙었다. 보스웰을 경멸하는 노래가 만들어져 술집에서 퍼져나갔다. 그러나 메리는 그녀의 연인에게서 벗어날 수 없었다. 그레인지의 커콜디는 당시의 궁정에 대해 다음과 같이 묘사했다.

"그녀는 부끄러운 줄도 모르고 보스웰에게 푹 빠져 있으며, 보스웰을 위해서라면 프랑스이건 잉글랜드건 그녀 자신의 왕국이건 모두 희생할 수 있다는 말까지 하고 있다. 그녀는 보스웰을 잃느니 속옷만 입은 채 그와 함께 세상 끝까지라도 가겠다고 한다. 이 모든 수치가 현재 궁중을 지배하고 있다."

메리는 보스웰과 결혼하기 위해 수치스럽고 파렴치한 납치 연극을 벌였다. 메리는 점점 더 도덕적인 균형 감각을 잃어 갔다. 메리는 일단 암살 사건을 심리하는 우스꽝스러운 법정을 열어 자신의 연인에게 무죄 판결을 내리게 했는데, 그 재판정을 구성했던 귀족들은 그녀의 충성스러운 신하들이었고, 메리와 폭력적 피고인인 보스웰에 대한 공포심을 갖고 있었다. 메리에게 인간적 충고를 보내려던 엘리자베스의 편지는 보스웰이 가로채 버렸다. 메리가 독재적인 권력을 갖는 대원수직에 보스웰을 임명하자 여론은 경악을 금치 못했다. 메리는 그에게 온갖 선물을 바쳤는데, 심지어 프로테스탄트인 그에게 가톨릭교회 재산인 귀중한 예복들과 보석들을 선물하기도 했다. 그리고 마침내는 보스웰로 하여금 자신을 납치하도록 연극을 꾸민다. 이를 통해 외관상 국가의 유력자들이 이들의 결혼을 제안하고, 그녀가 이를 저항할 수 없었던 이른바 폭력 행위로서 받아들이는 것이었다. 국민들은 여왕을 더 이상 존경하지 않았고 경멸하며 증오하게 되었다. 그러나 이러한 것도 여왕에게는 별 문제가 되지 않았다. 그녀는 수치심도 잊게 되었는데, 이는 그러한 여성들에게 있어 열정이 솟아오르거나 사라져갈 때 남자들보다 더 쉽게 찾아볼 수 있는 현상이다. 그러나 자신의 정열 때문에 명예와 행복과 관습과 양심 등 모든 것을 희생했고, 자신의 애욕 때문에 자기 아이의 아버지를 살해했던 그녀는 곧 무시무시한 현실로 깨어나게 된다. 메리는 쓰라리고 한없는 환멸을 느끼게 된 것이다. 권력을 움켜쥔 보스웰은 강제로 이혼했던 전 부인과의 관계를 청산하지 않으려 했다. 이혼은 했으나 여전히 전 부인을 사랑하고 있던 보스웰은 자신을 위해 모든 조언을 무시하고 몸과 마음을 바친 메리를 기만하였고, 메리는 이를 그저 지켜볼 수밖에 없었다. 결혼 생활에 들어간 메리와 보스웰 사이에서는 많은 참담한 일들이 일어났으나, 메리는 더 이상 희망이 없음을 알고 마침내는 약간의 반발조차도 단념하게 된다. 바로 그녀 자신도 간통을 저질러 이러한 부정의 실례와 법적 근거를 제공했기 때문에 메리는 이들의 부정을 그저 감수해야만 하는 비극적 여성이 되었다.

절망 끝에 살인을 저지르고 이제는 피할 곳을 잃어버린 사람만이 체험할 수 있는 처참한 시간이 메리에게 시작되었다.

메리의 인생은 단번에 충격적일 만큼 비극적인 심연에 파묻혀 버렸고, 우리는 그 고뇌에 쌓인 존재에 대해 동정심을 갖게 된다. 엘리자베스를 포함한 전 세계가 그 살인에 대한 해명을 요구했다. 사람들은 그녀에게 살인범을 처벌할 것을 주장했고 그녀는 이를 타개해 나갈 방도를 알지 못했다. 그녀는 수많은 밤을 꼬박 새우며 침울하게 앞을 응시하면서 무력하게, 가련할 만큼 무력하게 자신의 감정을 허무감에 내맡겨 버렸다.

엘리자베스는 단리의 죽음을 애도하는 편지에서 "죽은 사람보다 당신에 대해 더욱 진한 슬픔을 느낀다는 사실을 감출 수가 없습니다."라며, 메리에게 그 범죄에 책임이 있는 자라면 가장 아끼는 사람이라 하더라도 처벌을 망설여서는 안 된다고 강조한다.

이는 메리가 이해할 수 있었던 분명한 발언이었으나 그녀는 이에 대해 아무런 답변도 할 수 없었다. 그만큼 그녀 자신이 이 범죄에 깊이 연루되어 있었던 것이다. 그녀는 도처에서 사람들이 단리 암살과 암살범들에 대해 수군대는 것을 들어야 했다. 심지어 교황의 대사조차도 가톨릭 신자인 메리를 더 이상 옹호할 수 없었고, 그녀의 재혼을 신과 여왕 자신에 대한 무례함이라고 규정했다. 프랑스의 그녀의 친척들을 비롯하여 유럽의 모든 군주들은 메리를 포기한 것처럼 보였다.

4 ———

이러한 사태는 엘리자베스를 기이한 상황에 놓이게 하였다. 이 무렵 엘리자베스는 은밀한 질투심을 갖고 메리를 지켜보고 있었다. 엘리자베스에게는 마치 어떤 마력적인 힘이 그녀의 삶을 충족시켜 주는 고귀한 여성처럼 보였다.

　이에 비해 엘리자베스 자신의 운명은 메리와는 얼마나 다른가! 그녀는
어린 소녀시절부터 온갖 위험에 휩싸여 있었다. 훗날 참수당한 앤 불린†의
딸로서 그녀는 프로테스탄트적으로 사고하도록 교육받았고, 스스로를 왕
위 계승권이 없는 사생아로 여기도록 강요받아왔다. 왜냐하면 가톨릭교회
는 그녀의 아버지 헨리 8세와 캐서린†의 이혼을 결코 승인하지 않았기 때문
이다. 가톨릭교회의 적법한 이혼 절차 없이 그녀의 아버지 헨리8세와 어머
니 앤 불린의 결혼은 불가능했던 것이다. 엘리자베스는 자신의 선왕이자 잉
글랜드에서 가톨릭 신앙을 유지했던 메리(1516~1558. 잉글랜드 최초의 여왕인 메리 1
세. 헨리 8세와 아라곤의 캐서린의 딸. 잉글랜드를 다시 가톨릭 국가로 만들기 위해 프로테스탄트들
을 박해, '피의 메리'라는 별명을 얻음)의 이복동생이었기 때문에 반역 혐의를 받았
다. 엘리자베스는 젊은 시절 한동안 언니에 의해 런던탑에 유폐되었다. 그
시기는 어린 메리 스튜어트가 프랑스에서 마음껏 뛰놀며 운동과 춤과 미술

---

† 앤 불린 1507? ~ 1536

엘리자베스 1세의 어머니. 어린 시절의 3년간을 프랑스에서 보낸 뒤 15세 때 귀국, 얼마 뒤 궁정으로 들
어가 왕비 캐서린의 시녀가 되었다. 헨리8세는 왕비에게서 아들을 얻지 못하자 왕가가 단절될 것을 염려
하여 이혼을 생각하기에 이르렀는데, 그때 마침 그녀를 만나게 되었다. 그녀는 검게 빛나는 아름다운 눈
이외에는 별로 보잘것없는 여자였으나, 헨리는 그녀와의 결혼을 결심하고 교황에게 캐서린과의 결혼무
효를 신청하였다. 그러나 교황이 이를 인정하지 않음으로써 왕과 교황이 대립하여 영국종교개혁의 발단
이 되었다. 1533년 1월 25일 헨리는 그녀와 비밀결혼을 하였고, 부활절에 이 사실을 공포하였다. 9월 공
주(엘리자베스 1세)를 낳았으며, 1534년 아이를 유산하고 1536년 1월 왕자를 사산하였다. 왕자를 열망한
헨리에 의해 간통과 근친상간 오명을 쓰고 처형되었다.

† 캐서린 1485 ~ 1536

에스파냐의 아라곤왕 페르난도 2세와 카스티야 여왕 이사벨2세의 딸. 잉글랜드의 왕 헨리 7세의 결혼정
책에 의하여 1501년 그의 맏아들 아서와 결혼했으나 결혼 5개월 만에 남편과 사별하고, 1509년 아서의
동생이 헨리 8세로서 즉위하자 그와 재혼하였다. 몇 명의 자녀를 낳았으나 딸 메리(메리 1세)만 남고 모
두 요절하였다. 헌신적으로 남편을 섬겼으나 아들이 없는 것이 원인이 되어 남편의 사랑을 받지 못하고
1531년 이후 별거당하였다. 1534년 헨리가 교황의 반대에도 불구하고 그녀와 이혼하고 시녀 앤 불린과
재혼한 후에도 끝까지 굴하지 않고 합법적인 왕비임을 주장하였다.

수업에 한창이던 때였다. 엘리자베스를 위한 것이라고는 프랑스와 교황이 이의를 제기하고 있는 자신의 왕위를 지키기 위해서 강대국들과 노련하게 벌여야 했던 끊임없는 외교 게임뿐이었다. 우리는 그녀가 일찍부터 결혼에 대한 진지한 고려를 포기했음을 알고 있는데, 그녀는 그럴 수밖에 없는 상황이었던 것이다.

바로 이 점에 두 여왕의 슬픈 대립이 있다.

엘리자베스의 운명은 오로지 한 가지 사명, 즉 군주이자 지배자라는 사명을 위해 선택받은 여성이었다. 이에 반해 메리는 르네상스의 진정한 딸로서 자발적으로 받아들였던 모든 정치적 활동과 잉글랜드 왕위에 대한 자신의 요구에도 불구하고 이와는 다른 운명을 지니고 있었다. 그것은 여자로 산다는 운명이었다. 그녀는 이 운명을 충족시켰고 이를 위해 비극적 종말이라는 대가를 지불했다. 그러나 이 자체가 그녀의 죄라고는 할 수 없다.

16세기의 영국에서 펼쳐진 이 비극의 진정한 주인공은 메리가 아니라 엘리자베스였다. 날씬하다기보다는 비쩍 마른 몸매에 계란형 얼굴, 꾹 다문 작은 입, 서늘하고 작은 눈, 창백한 피부, 약간 붉은빛이 도는 곱슬머리의 위엄 있는 외모를 갖고 있었던 엘리자베스는 전형적인 잉글랜드 여인의 모습으로, 아름답다고 묘사될 수 있는 곳은 작고 단아한 손뿐이었다. 적법성과 상속권에 있어 불안정했던 그녀는 25세로 왕위에 오를 때에도 수많은 어려움을 겪어야 했다. 그러나 그녀는 여성적이기보다는 남성적인 특성들을 지니고 있었다. 그녀는 남성적인 판단력과 강인한 의지의 소유자였다. 그녀는 욕을 퍼붓고 으르렁거리며 호통을 칠 줄 알았다. 어느 동시대인은 남자들에게 명령을 내리는 어려운 기술을 그녀만큼 완벽하게 구사한 사람은 없다고 전한다. 엘리자베스는 냉철하고 실무적인 냉정함을 갖고 있었다. 의회가 그녀에게 왕위 계승 구도에 대해 밝힐 것을 요구했을 때, 그녀는 그러한 간섭을 단호하게 거부하면서 다음과 같이 선언했다.

"신은 내가 빈털터리로 나의 영토에서 추방되더라도 그리스도교 왕국이라면 어디서든 먹을 빵을 찾아낼 수 있는 특성을 내게 부여했다."

그녀는 한 여자로서는 수치스럽지만 국가로서는 축복이 아닐 수 없는 특성을 지녔으니 그것은 '욕심'이었다. 그런데 엘리자베스의 운명은 자신의 육체와 관련된 비밀 때문에 비극적이 되었다. 마음속 깊이 간직했던 그녀의 비밀은 평생 그녀를 고통스럽고 고독하게 만들었다. 삶의 가장 기본적인 욕구와 생명의 리듬은 이 비밀 때문에 그녀와는 거리가 먼 것이 되어 버렸다. 지금까지 끊임없이 전해오고 있듯이 그녀는 자신이 결혼할 수 없는 여자라는 것을 알고 있었다. 벤 존슨은 그녀에 대해 매우 몰취미한 이야기를 전하고 있다. 오늘날 그의 이야기에 대해 검증할 길은 없지만, 그는 엘리자베스가 미혼으로 머문 이유를 질병 때문이라고 밝히고 있다. 엘리자베스는 서식스 경에게 다음과 같이 말했다.

"나는 내 그림자에게도 말할 수 없는 이유 때문에 결혼에 대한 생각조차 싫어합니다."

어떤 사람들은 이러한 이야기에 대해서 그저 험담 정도로 치부하면서 이에 반대되는 증거를 제시한다. 1566년 프랑스 국왕이 엘리자베스에게 구혼했을 때, 프랑스 공사가 엘리자베스의 어의(御醫)에게 이러한 뒷공론이 사실이냐고 묻자, 그는 다음과 같이 대답했다.

"여왕님이 국왕님과 결혼하신다면 10명의 아이는 낳으실 수 있다고 보장합니다. 이 세상 누구도 나보다 그분의 건강 상태를 잘 알지는 못합니다."

위대한 통치자들이라고 한 마디로 말하지만 다음과 같은 커다란 차이를 보인다. 마리아 테레지아(1717~1780. 오스트리아의 대공, 헝가리와 보헤미아의 여왕, 신성 로마 제국의 황후이자 모후) 같은 사람은 19년 동안 16명의 자녀를 출산하면서 넘칠 정도로 모성의 행복을 맛보며 이것을 창조적으로 활용하였으나, 엘리자베스는 메리 스튜어트가 아이를 낳았다는 이야기를 듣고는 "나는 마른 가지, 죽은 그루터기 일 뿐이다."라고 고백했다고 한다.

여자로서의 삶을 거부하지 않았는데도 평생 이로부터 소외돼 버린 엘리자베스는 이제 애정 관계가 불러일으킨 그 끔찍한 범죄에 대해 명확한 입장을 표명해야 했다. 왜냐하면 메리가 범한 범죄는 애욕 때문에 저지른 것이지, 역사의 법정에서 이에 대해 변호하려는 사람들의 말처럼, 메리의 측근 리치오가 잔혹하게 살해당한 것에 대한 복수가 아니었기 때문이다.

사실 이러한 정치적 암살은 사람의 목숨을 쉽게 저울 위에 올려놓았던 르네상스 시대에는 드문 일이 아니었다. 당시 사람들은 마치 경미한 처벌이나 되는 양 쉽게 사형 관결을 내리고 이를 집행하였다. 엘리자베스의 언니인 메리1세는 자신에게 적대적인 프로테스탄트들이, 그녀의 경쟁자이자 헨리 8세의 조카 손녀인 제인 그레이(1537~1554. 1553년 잉글랜드 여왕으로 불과 9일간 재위 후 메리 1세에게 처형당함)를 내세워 자신에게 맞서려는 계획을 알아차리자 죄 없는 그 경쟁자를 처형하였다. 제인은 겨우 16세 소녀였고 여왕의 적들에게 이용당한 죄 없는 도구에 불과했지만 참수되었다. 당시에는 국가 이성이 이를 요구하는 것처럼 생각되었다. 가톨릭교도인 이 여왕에 의하여 약 3백여 명의 남녀가 이단으로 화형을 당했다. 스페인 인들은 네덜란드에서 약 1만 8천여 명을 불태우고 찔러죽이고 생매장해 버렸다. 칼뱅은 제네바에서 아이들을 포함한 3백여 명의 남녀를 처형시켰다.

일견 '여성적 감수성'의 소유자였던 메리도 무고한 수많은 사람들을 처형했다. 엘리자베스는 8백여 명에 이르는 적들을 단두대에 올려 보냈다. 메리가 죽기 직전에는 그녀 때문에 9명의 고귀한 남성들이 단두대에 올라야 했다. 동시대 사람들도 후대의 사람들도 이러한 처형을 당시의 당연한 특징으로 받아들였다.

그러나 단리 경에 대한 암살은 특별한 판단을 요구했다.

이 사건은 국가 이성과는 아무런 관계가 없는 잔인하고 비열하고 저급한 배신이었고, 그 살인의 원인은 무분별한 애욕이었다. 단리의 무가치함 때문에 이러한 살인이 정당화될 수는 없었다.

스코틀랜드의 민중들은 이 살인에 뭔가 특별한 것이 작용했을 것이라고 믿고 있었고, 종교적으로 메리의 적이었던 스코틀랜드 귀족들은 여왕에 대한 반대를 부추겼다. 메리에 대한 분노는 더 이상 억누를 수 없을 정도가 되었다. 메리가 남편이 살해된 지 3개월도 채 되지 않아 그 살인범과 결혼하자 단리의 암살에 가담했던 스코틀랜드의 유력자들조차도 반대편에 서겠다는 의사를 분명히 밝혔다. 그리고 곧 반란이 일어났다. 대부분의 반란자들이 도덕적 분노보다는 정치적 적대감에서 메리에 대항했다는 사실은 여기서 중요한 것이 아니다. 메리는 곧 보스웰과 그리 믿음직스럽지 못한 약간의 군대와 함께 고립되었고 결국 반란을 일으킨 귀족들의 손에 넘겨졌다. 보스웰은 스코틀랜드를 무사히 도망쳐 나왔으나 덴마크에서 붙잡혀 나중에 비참한 최후를 맞이한다. 메리는 자신의 신하들에 의해 투옥되었고, 살인죄 고발을 면하는 대가로 왕위를 아들 제임스에게 물려주어야 했다. 결국 또 하나의 단리, 즉 살해당한 단리의 아들이 왕이 되었고, 메리의 이복 오빠 머리가 다시 섭정을 맡게 되었다. 그리고 메리는 또 한번의 고통을 겪어야 했다. 보스웰과의 애정의 산물인 쌍둥이를 사산한 것이다. 그 후 메리는 다시 한번 행복을 잡고자 시도하였다. 그녀는 본능적이고 충동적으로 자신의 운명을 희롱하는 모험을 벌였다. 그녀는 탈출한 후 새로 군대를 모집하였다. 그녀는 이러한 방법으로 왕위와 통치권을 다시 되찾을 수 있으리라 믿었다. 그러나 그녀는 최종적으로 패배했고, 이제 잉글랜드에 있는 자신의 라이벌에게 보호를 요청하는 길 밖에는 남아 있지 않았다.

5 ———

배를 타고 잉글랜드로 향하는 메리의 이 마지막 여행은 절망적이었다. 끔찍한 무력감에 빠져 메리는 엘리자베스의 보호를 갈망하는 심금을 울리는 편지를 쓴다. 그러나 그 직후 두 번째 편지에서 메리는 이러한 자기 비하를 거두어들이고, 자존심을 과시하려고 노력한다. 엘리자베스는 스코틀랜드에서 진행되고 있던 일련의 사건을 상반된 감정으로 지켜보고 있었다. 어떠한 경우에도 군주의 지위는 불가침한 것이며 왕국은 신의 은총에 의해 성립된다고 확신하고 있었던 엘리자베스는 무엇보다도 군주로서의 연대감을 느꼈다. 그녀는 군주에게 충성해야 할 의무를 가진 귀족들과 반란자들, 그리고 배은망덕한 천민들이 일치단결하여 여왕에 대항하는 것을 불쾌감과 분노를 갖고 지켜보았음에 틀림없다. 그리고 그러한 감정의 저변에는 운명에게도 사람들에게도 배신당해 버림받은 한 여자에 대한 같은 여성으로서의 연민도 품고 있었으리라. 엘리자베스는 불행에 빠진 메리에게 자신을 충실한 자매로 생각해도 좋을 것이라고 보장했다. 그리고 망명하는 스코틀랜드의 여왕을 영접할 준비를 했다. 한동안 엘리자베스는 진심으로 메리가 무력하고 위험하지도 않다고 생각했다. 그러나 메리가 엘리자베스의 호위병들로부터 재빠르게 인기를 얻는 모습은 잉글랜드의 왕실에 경계심을 불러일으켰다. 엘리자베스의 고문인 세실은 메리를 신뢰하지 않았다. 그는 메리에 대한 엘리자베스의 질투와 불신을 부추겼다. 그리하여 "이 세상의 그 누구보다도 당신의 말에 귀를 기울이겠다."고 했던 엘리자베스의 약속은 공허하게 되었다. 메리는 엘리자베스와의 면담을 요청했으나 모든 죄악이 정화

되기 전에는 만나주지 않을 것이라는 답변을 들어야 했다. 그러나 무서운 범죄에 공범으로 참여했다는 업보로 온몸과 양심이 짓눌리고 있는 메리가 어떻게 그러한 요구를 충족시킬 수 있단 말인가?

그리하여 메리는 잉글랜드에서도 구금되는 신세가 된다. 정중한 구금이 었으나 자유가 구속된 것은 사실이었다. 메리는 여전히 여왕의 대접을 받았다. 프랑스에서는 그녀에게 매년 1,200파운드의 연금을 보내주었다. 엘리자베스는 메리가 시종들을 거느릴 수 있도록 매년 2,600파운드를 부담해야 했다. 이러한 막대한 금액은 여왕에 어울리는 품위를 유지하기에는 충분했다. 메리는 풍족하고 화려하다 할 수 있는 생활을 영위했으며, 승마나 사냥을 즐기며 파티와 연회를 베푸는 것도 허용되었다. 그리고 이런 식으로 새로운 친구와 추종자들을 모을 수 있었다. 그러나 이러한 편의 제공은 메리에게 유혹으로 작용했고, 결국 스스로를 파멸의 길로 이끈다. 메리는 외국의 궁정, 즉 반종교개혁을 지지하는 스페인이나 프랑스의 궁정과 서신 교류를 할 수 있었고, 그녀는 이러한 자유를 충분히 이용했다. 그녀는 하루 종일 놀이나 스포츠로, 때로는 격렬하게 말을 타면서 자신의 생각을 다른 데로 돌려 울분을 풀고자 하였다. 그녀의 마음속에서는 또다시 새로운 힘이 솟아났고, 그녀를 불행으로 몰고 간 보스웰은 곧 잊혀졌다. 엘리자베스는 메리의 생활을 관찰했다. 이 스코틀랜드의 여왕이 스코틀랜드와 잉글랜드의 왕위에 대한 욕심을 진심으로 포기한 것처럼 보였다면 아마도 엘리자베스는 메리를 석방했을 것이다. 메리가 엘리자베스에게 보내는 편지에서 자신의 유일한 희망은 스코틀랜드에서 조용한 은둔 생활을 하는 것이라고 거듭 간청하였지만 엘리자베스는 그것을 믿을 수가 없었다.

메리는 비밀리에 자신의 석방을 위해 전력을 기울였고, 이를 위해 극히 어리석은 방법에 빠져들었다. 그녀는 여전히 충동적이고 경솔했고, 여러 가지 계획들은 깊은 사려 없이 튀어나왔다. 그렇지만 그녀가 기댈 곳 없는 무력한 존재에 불과하다고는 분명 말할 수 없었다. 격렬했던 애욕에서 깨어나 냉정함을 되찾은 그녀는 세련됐다고 할 만큼 냉혹하게 보스웰을 포기했다. 1569년 그녀는 한때 자신을 완벽하게 지배했던 그 남자와 공식적으로 이혼하기 위하여 엘리자베스의 허가를 받아 스코틀랜드에 사자를 보낸다. 그녀는 이혼 사유에 대해 새로운 거짓말을 늘어놓았다. 보스웰이 그녀가 모르는 사이 다른 여자와 혼인한 상태였기 때문에 자신과 보스웰 간의 결혼은 법적 효력이 없으며, 나아가 자신과 보스웰 간의 인척 관계도 이 결혼의 장애물이 된다는 것이었다. 그녀가 사전에 이를 알았다면 그와 결혼하지 않았을 것이라는 주장이었다.

자업자득이라고는 하나 불행에 빠진 이 살인자를 배신함으로서 메리의 커다란 사랑도 끝나게 되었다. 메리는 가장 설득력이 있었을 이혼 사유, 즉 보스웰은 단리의 살해자이며 자신은 강제로 보스웰에게 납치되었다는 이유는 감히 내세우지 못했다.

그녀를 도와주고자 했던 사람들은 런던탑이나 단두대로 보내지게 되었다. 아무런 주저 없이 음모와 반란을 일으키고자 하는 그녀의 무분별한 충동은 계속하여 희생자를 요구했다. 메리와 엘리자베스 사이에 오간 무수한 편지들은 모두 허위와 위선으로 얼룩졌고, 화해하기 위한 잠깐의 노력도 수포로 돌아갔다. 엘리자베스에 대한 모반은 끊이지 않았지만 메리가 이에 직접 관련되어 있다는 증거는 찾지 못했다.

6 ———

1569~1570년은 메리의 인생에 있어 위기의 시기였다. 반종교개혁 세력

의 엘리자베스에 대한 도전이 다시 시작되었다. 엘리자베스의 총애를 받던 노퍽 공작은 프로테스탄트였음에도 불구하고 메리에게 농락을 당한다. 그는 이 스코틀랜드 여왕에게서 자신이 그녀와 결혼할 수도 있다는 희망을 품게 된 것이다. 젊은 공작은 메리의 희생물이 되어 런던탑에 유폐되었다. 그의 동지들이 일으킨 반란은 엘리자베스에 의해 진압되었고, 노퍽은 결국 단두대의 이슬로 사라졌다. 1570년 교황은 엘리자베스를 파문했다. 엘리자베스는 좀 더 조심스러워져야 한다는 것을 깨달았다. 그리하여 구금 중인 메리의 감시가 더 엄격해졌고 자유로운 활동도 많이 제한되었다. 그리고 메리의 서신들도 검열을 받게 되었는데, 메리는 이를 눈치 채지 못했다. 그리고 이는 메리에게 재앙으로 닥치게 된다.

당시 메리에게는 커다란 희망이 있었다. 스코틀랜드는 그녀의 아들인 제임스가 통치하고 있었는데, 만약 메리가 제임스에게 청한다면 그도 어머니의 운명을 다시 호전시키기 위해 애쓰지 않겠는가 하는 희망이었다. 그러나 엘리자베스는 잔인한 방법으로 메리가 그녀의 아들에게서조차 버림받도록 하는 외통수를 준비하고 있었다. 엘리자베스는 스코틀랜드의 제임스와 왕위 계승을 둘러싼 협상을 벌이고 마침내 협정을 맺게 된다. 메리의 젊은 아들은 어머니의 적들에 의해 키워졌기 때문에, 메리에 대한 연민이나 호의를 갖고 있지 않았다. 스코틀랜드의 왕위에 오른 제임스는 때로는 엘리자베스와 때로는 메리와 협상하고 투쟁을 벌였는데, 이는 두 사람을 서로 견제하고 대립하게 만들어 어부지리를 얻고자 함이었다. 하지만 제임스는 엘리자베스의 왕위를 승계하고자 했기 때문에, 그를 둘러싼 싸움에서 엘리자베스가 승리를 거두는 것은 어려운 일이 아니었다. 그렇게 메리의 마지막 희망 중 하나가 또 사라져버렸다.

메리의 상황은 점점 더 어두워져 갔다. 세월이 흐를수록 그녀는 더욱 외로워졌고 사람들로부터도 버림받게 되었다. 그녀의 몸은 탄력을 잃고 머리 카락은 백발이 되어 갔다. 류머티즘성 발작과 심각한 신경쇠약, 정신적 우울증이 그녀를 뒤흔들어 놓았다. 그녀는 40대 중반도 되지 않아서 이미 늙어버렸다. 이 시기에 그녀는 슬픈 기억을 떠올리면서 젊은 시절의 첫사랑에 대한 추억에서 위안을 찾으려고 했다. 그것은 다름 아닌 단리였다! 우리는 그때 그녀를 사로잡았던 것이 감상이나 영혼의 어쩔 수 없는 향수였는지, 적들에게 좋은 인상을 심어주기 위한 위선적 연극에 불과한 것이었는지, 아니면 더 이상 돌이킬 수 없는 일에 대한 자업자득의 절망적 회한이었는지 알 수 없다. 구금 중에 그녀는 양탄자에 단리와의 추억의 한 장면을 자수했다. 그러나 지나간 날은 다시 돌아올 수 없었다. 하지만 그러한 곤경 속에서도 삶에 대한 그리움과 자유에의 갈망은 그녀가 또 다시 범죄를 감행하도록 몰아갔고, 그것은 마침내 그녀를 죽음으로 몰고 간다. 잉글랜드의 귀족들은 엘리자베스의 생명을 노리는 그 어떤 음모나 단순한 시도조차도 사형에 처해질 것이라고 결정했다. 이는 메리에 대한 마지막 경고였으며, 눈엣가시와 같은 그 죄수를 제거하기 위해 만든 전제 조건이었다. 아무런 예감도, 정치적 본능도 결여되어 있었던 메리는 함정에 빠지게 되었다. 그동안 줄곧 메리의 처형을 주장했던 궁정 안의 메리의 적들은, 엘리자베스의 적들이 계획하고 있던 음모에 그녀를 끌어들였다. 메리는 신중하지 못하게 엘리자베스에 대한 모반으로 이끌려 들어갔다. 그녀는 이 모든 계획이 이미 누설되어 엘리자베스가 전부 알고 있으며, 단지 자신을 옭아매기 위해 묵인되고 있을 뿐이라는 사실을 알지 못했다. 결국 메리는 반역죄로 체포되었다. 실패로 돌아간 엘리자베스 암살 음모와 이와 관련된 모든 범죄는 메리가 뒤집어쓰게 된다. 다시 한번 많은 사람들이 그녀로 인하여 단두대의 이슬로 사라졌다. 사람들은 그녀의 범죄에 대한 추가적인 증거를 찾으려 했다. 그녀의 편지 8통이 담긴 상자가 발견되었는데, 그녀가 보스웰에게 썼다는 그 편지들은 그녀가 단리 살해의 공범임을 입증하는 것이었다.

최후의 결전이 시작되었다. 메리는 편지들이 공개되는 것을 두려워하여 이를 막는 대가로 왕위 계승 요구를 포기하겠다고 했으나, 편지들은 의회에서 낭독되었고 전 세계에 알려졌다. 오늘날 이 편지들은 비록 수정되기는 했으나 조작은 아닌 것으로 판단하고 있다. 그러면 이 문서들은 대체 어떤 내용이었는가? 살인자에게 보내는 그 연서에서 그녀는 자신이 어떻게 남편을 속여 살인자들에게 그를 넘겨주었는지에 대해 누설하고 있다. 또한 자신의 죄를 고백하며 자신이 얼마나 더 견뎌낼 수 있을지에 대해 회의하고 있었으며, 보스웰에게 정열적인 사랑의 절규를 보내고 있었다. 엘리자베스는 이제 잉글랜드 여론이 오래 전부터 요구해 왔던 메리에 대한 재판을 묵인하게 된다. 메리는 변호인도 없이 40명의 귀족과 5명의 재판관으로 구성된 법정에 서게 된다. 메리는 운명을 건 최후의 결전에서 패배하였고 애정을 위해 심신을 다 소진시켜 버린 여자였다. 그녀는 처음에 어떠한 진술도 거부하지만, 결국 엘리자베스에 대한 반란 계획을 알고 있었다고 시인했다. 그러나 결코 엘리자베스에 대한 암살에 동의한 적은 없다고 항변했다. 판결은 사형이었다. 의회는 판결의 결과를 공표하고, 처형은 공개적으로 해야 한다고 강력하게 주장했다. 메리의 무기는 무뎌져 있었다. 그녀의 아들도 왕위 계승을 위해 어머니를 희생시키기로 한다. 메리는 최후의 편지를 썼다. 그곳에서 그녀는 다시 한번 자신의 무죄를 당당하게 주장했다. 그녀는 아들과 스코틀랜드와 프랑스와 전 세계에 편지를 썼다. 메리는 엘리자베스에게 보내는 마지막 편지에서 "하나님께 당신을 고발할 생각은 없습니다. 그러나 신중하셔야 합니다. 내가 죽고 나면 당신은 진실을 알게 될 것입니다."라고 썼다. 엘리자베스는 판결 후에도 사형 집행을 5개월간 망설였다. 그녀의 마음속에서는 여성으로서의 자신과 여왕으로서의 자신이 갈등하고 있었다. 엘리자베스는 메리가 자신의 정적이기는 하지만 군주가 아닌 재판관들로 구성된 법정에서 판결을 받게 된 데 대해 달갑지 않게 생각하고 있었기 때문이다. 만일 군주들로 이루어진 법정이 있었다면 엘리자베스는 기꺼이 메리를 그리로 보냈을 것이다. 그때 엘리자베스는 메리의 또 다른 반란 계획에 대해 듣게 된다. 프랑스 공사의 도움을 받아 엘리자베스의 방을 폭파시키려 했다는 것이다. 메리도 이 계획에 연루된 것으로 보였다. 엘리자베스는 이를 듣고 격노하게 된다.

"내가 독을 품은 뱀을 키우고 있구나. 그녀를 구하려 한다면 그녀는 내 생명을 앗아갈 것이다. 내가 악당들에게 희생되어서야 되겠는가?"

그녀는 이제 힘차고 커다란 필체로 사형 집행 영장에 서명하고 국왕의 옥쇄를 찍었다. 그러나 국무장관 데이비슨에게는 그 영장을 보관하고 사형 집행은 최종 명령이 있을 때까지 기다리라는 지시가 내려졌다. 엘리자베스는 자신의 친척인 여왕을 공개 처형하는 데 대하여 책임을 회피하고자 했던 것이다. 그녀는 메리가 갇혀 있는 감옥의 책임자인 에이미어스 폴릿 경에게 '메리를 조용히 살해해 달라'고 정식으로 제의했지만 엄격한 청교도였던 폴릿은 이를 거부했다.

엘리자베스의 망설임은 감옥의 책임자들에게 그들이 독자적으로 행동하여 여왕의 책임을 모면케 하자는 생각을 불러일으켰다. 국무장관과 추밀고문관은 독자적인 결정을 내리고 행동에 나섰다. 그들은 엘리자베스에게는 알리지 않은 채로 사형 집행 명령을 내렸다.

메리 스튜어트는 처형 전날, 자신이 결코 엘리자베스 여왕의 목숨을 노리거나 그러한 계획에 동의한 적이 없음을 '교황의' 신약성서에 맹세했다. 1587년 2월 8일 아침, 그녀는 가톨릭 사제의 사형장 입회는 거부당하지만 교황이 축복한 성체를 받았다. 그녀의 마지막 소원 중 몇 가지는 받아들여졌다. 처형 순간에 그녀와 가까웠던 부인들이 그녀의 곁에 머물 수 있었다. 그녀는 애절하게, 그러나 결연한 태도로 주변 사람들과 작별을 나누었다. 그 후 그녀는 단두대에 올랐고 그녀의 눈은 고급 삼베로 가려졌다. 메리는 다시 한번 구세주 예수 그리스도와 로마 가톨릭 교회에 대한 신앙 고백을 했다. 그녀는 큰 소리로 시편 77장을 읊는 기도를 올렸다. 형리 한 명이 그녀의 손을 붙잡아맸고 또 다른 다른 형리가 그녀의 목을 두 번 쳤다. 머리는 몸에서 떨어져 나가 땅바닥에 나뒹굴었다. 베일과 가발이 머리로부터 분리되었다. 운명과 삶으로부터 굴욕당한 그 가련한 존재의 머리 '짧은 백발의 머리'를 손에 움켜쥔 형리는 "신이여, 우리 잉글랜드의 엘리자베스 여왕을 지켜주소서!"라고 외치며 이를 높이 치켜들었다. 죽은 메리의 몸 위에서 다시 한번 그녀의 숙적의 이름이 울려 퍼진 것이다. 스코틀랜드 여왕이자 프랑스 왕비였으며, 프랑스, 스코틀랜드, 잉글랜드의 왕위 계승권을 주장했고, 스페인의 옥좌에도 오를 수 있었던 그녀는 그렇게 죽음을 맞이했다.

6개월 동안 그녀의 주검은 방치되다가 그 후 피터버러 성당에 안치된다. 엘리자베스는 사형 집행 명령을 내린 자들에게 책임을 추궁함으로써 사형 집행에 대한 자신의 책임을 줄여보려 했다. 데이비슨은 장기간 구금되었고 막대한 벌금형에 처해졌다. 엘리자베스의 가장 가까운 고문관 벌리도 그녀의 총애를 잃었다. 런던 시민들은 메리의 처형 소식에 환호했다. 그러나 엘리자베스의 추종자라고 하더라도 메리의 처형 후에 그녀가 보인 행동은 '다소 희극적'이었다고 전한다.

메리는 굴욕적으로 초라하게 주어진 무덤에서 피투성이 손을 내밀어 복수를 하려는 듯 했다. 세상 사람들은 갑자기 고귀할 뿐만 아니라 위대하다고도 할 수 있는 한 인물을 인식하게 되었다. 한 인간의 위대성은 그가 얼마나 특별한 운명을 가지는가에 의해 결정된다. 메리의 운명은 왕관을 썼던 그 어느 여성의 운명과도 비견할 수 없었다. 그녀는 태어남과 동시에 높은 지위에 있었고 수백 만 명의 여성들 위에 군림했다. 엘리자베스를 상대로 한 그녀의 투쟁과 음모들은 자신이 잉글랜드 왕위의 진정한 계승권자라는 요구에서 나온 것이었다. 결코 포기하지 않았던 그녀의 이 요구는, 메리 자신이 특별히 깊은 신앙심을 가진 것은 아니었음에도 불구하고 종교적 이유와 밀접하게 연관되어 있었다. 메리는 잉글랜드의 왕위가 프로테스탄트인 엘리자베스나 불효한 아들에게 넘어가느니 차라리 가톨릭 신자인 스페인의 펠리페 2세에게 주어지는 편이 낫다고 공공연하게 주장했다. 메리는 아들이 잘못된 신앙을 고수하고 있어 자신이 밤낮으로 울고 있다고 말한 적이 있다. 메리가 자신의 왕위 계승권의 정당함을 당당하게 주장하며, 그 모든 고난에도 비타협적인 모험에 격정적으로 나섰던 단호한 태도는 그녀가 연루되었던 그 모든 계략들에도 불구하고 숭고함마저 느껴진다. 그러나 그녀의 삶을 규정한 정신은 천재성이 아니라 마성이었다. 그러한 마성은 원초적인 활력으로 그녀를 심연 속으로 밀어 넣었고, 그녀의 존재를 행복과 쾌락, 고통과 체념, 갈망과 충족, 열정과 굴종의 분위기로 덮어버렸다. 이러한 놀라운 생명의 리듬은 그 모든 의심쩍은 측면에도 불구하고 그녀를 작가들과 민중들의 상상 속에서 유럽 역사상 가장 흥미롭고 이채로운 여성으로 다시 태어나게 한 것이다. 비록 뚜렷한 목표를 향해 나간 삶이 아니었다 하더라도 그 파란만장한 생애를 통하여, 그녀는 평생 굽히지 않은 군주와 종교에 대한 이념을 주장하며 당당하고 고귀한 모습으로 사라졌다. 하지만 그녀의 실제 삶이 그러한 이념과 일치하지는 않았다. 이러한 모순이 그녀를 나락의 끝으로 떨어뜨렸다. 그녀의 운명이 비극적이었던 것은 그녀보다 더욱 위대한 여인이 갖고 있던 잉글랜드의 왕관을 요구했다는 점이다.

가톨릭 세계는 분개하고 격앙하였다. 스페인은 복수를 위한 전쟁의 준비 단계로 잉글랜드의 무역로를 봉쇄하였고 무적함대도 대대적인 정비에 들어갔다. 그리고 프랑스에게도 잉글랜드에 선전포고를 할 것을 권고했다. 메리의 처형은 살인으로 받아들여졌다. 그러나 엘리자베스는 이 모든 적들에게 승리를 거두었고 흔들림 없이 대영제국 건설의 길로 나아간다. 메리가 유죄인지 무죄인지, 엘리자베스가 올바른지 그른지에 대해 세계는 3백 년 간 다투었다.

쇼펜하우어도 엘리자베스의 운명을 그녀가 가지는 성격의 결점과 죄에서 읽어내었다.

"엘리자베스는 모친 앤 불린으로부터 뛰어난 지성을 물려받았는데, 이 때문에 그녀는 편협한 신앙을 갖지 않았고 부계로부터 물려받은 완고한 성격을 억제할 수가 있었다. 그러나 그 성격은 완전히 사라지지 않고 가끔씩 흐릿하게 나타났는데, 스코틀랜드의 메리에 대한 잔인한 처벌에서 그 일면이 분명하게 드러났다."

사람들은 두 여왕의 투쟁을 단지 정치적인 측면에서만 보려고 하였다. 대립 관계에 있는 프로테스탄트와 가톨릭 중에서 어느 쪽을 지지하고 어디에 속하느냐에 따라서 메리와 엘리자베스 중 한 사람을 죄인으로 파악했다. 우리들은 양측의 역사 서술을 보면 놀라지 않을 수 없다. 가톨릭 측의 역사는 메리를 순교자로 숭배하고, 심지어 단리의 죽음이나 보스웰과의 결혼조차 메리가 당한 일종의 겁탈로 정당화하면서 그녀는 이에 대한 책임이 없다고 옹호한다. 그리고는 엘리자베스를 잔인하고 야만스럽게 법률을 남용한 자로 단죄한다. 그 반면 프로테스탄트 역사 서술과 일부 영국의 역사 서술은 메리를 오직 살인자와 부도덕한 여자로 보면서 엘리자베스는 위대한 처녀 여왕으로 숭배한다. 그러나 역사라는 전면 뒤에는 늘 인간이라는 배경이 작용하고 있다. 우리는 그 배경이 되는 인간의 모습을 파악할 필요가 있다. 이것은 특히 당시 잉글랜드에서 벌어진 비극에서 강하게 작용했다. 여기에 서술한 문제들은 단지 메리에게 죄를 선포하는 것만으로 해명되지 않는다. 여기서는 죄라는 개념을 논하고자 하는 것이 아니라, 얽혀 들어간 두 여성의 운명을 그들의 삶과 존재로부터 해명해 보고자 한 것이다. 두 여성의 고통스럽고 숙명적인 생애를 짚어봄으로써, 그 시대에 그들의 삶에 놓여 있던 이념이나 현세적인 책임을 생각할 때, 그들의 대조적인 측면들이 화해 불가능하다는 사실이 고통스럽게 드러난다.

메리가 세상을 떠나자 그녀의 고독한 적은 혼자 남게 된다.

엘리자베스는 그 후에도 16년 동안 통치를 했다. 60세가 된 엘리자베스는 어느 젊은 남자와 사랑에 빠진다. 늙어가는 여성의 허영심에서 그녀는 가끔씩 이러한 사랑의 시도를 하였다. 그러나 마음속까지 메말라 있던 그녀는 오로지 국가에 대한 봉사만이 생명력이었고 목적이었다. 그리고 그녀는 이 국가를 위대하고 강력하게 만들었다. 메리가 에로스의 마성에 사로잡혀 있었다고 한다면, 엘리자베스를 규정하는 마적인 힘은, 그녀를 정치와 국가 건설만을 위해 행동하도록 하였다. 정치적 마성은 비록 에로스의 마성보다는 덜 친근하게 느껴졌지만, 그래도 늘 건설적이고 창조적이었다. 그리하여 메리의 죽음 이후 엘리자베스는 자신의 마성이 위대하다는 것을 역사의 법정 앞에서 증명해 낸다. 그녀는 인간적 고독 속에서도 위대한 행위를 남긴 것이다. 메리의 죽음으로부터 1년 후, 잉글랜드는 가장 위험한 적수이며 최강의 해군력을 보유한 스페인을 무너뜨린다. 잉글랜드의 대담한 바다의 용사들인 월터 롤리와 프랜시스 드레이크는 아메리카 대륙으로 항해했고 북미 대륙의 첫 번째 잉글랜드 식민지를 처녀 여왕에게 경의를 표하는 뜻으로 버지니아, 즉 처녀지라고 명명했다. 잉글랜드가 바다를 지배하고 수많은 식민지를 거느리며 강대국의 위상을 누리게 된 것을 엘리자베스의 업적으로 보는 것은 올바른 해석이다. 그녀는 국민을 강대하게 만들었다. 그리고 다른 국가들이 경외하는 국민으로 발전시켰다. 그녀의 왕국에는 모든 시대와 민족 중에서 가장 천재적인 극작가 셰익스피어가 등장하여 그녀에게 영광을 돌렸다. 고독한 엘리자베스에게는 풍성한 시기였다. 그러나 그녀는 사람을 사랑하게 되어도 이를 일종의 게임으로 여기며, 그 사랑이 충족되리라는 믿음이나 기대는 전혀 갖지 않았다. 더구나 그녀의 숙적은 이미 사라지고 없었다.

1603년 3월 24일 늙고 외로운 여자는 세상을 떠난다. 그녀는 메리 스튜어트의 아들 스코틀랜드의 제임스에게 왕국을 물려준다. 그녀와 함께 한 시대가 저물었다. 최대의 대표자였던 엘리자베스의 죽음으로 잉글랜드의 휘황찬란한 르네상스 시대는 종언을 고하게 된다. 이후의 시대는 엘리자베스 시대와는 현저한 대조를 이루는 검소하고 엄격한 청교도 시대였다.

엘리자베스가 희망했으나 얻지 못했고, 메리가 추구하고 정열적으로 그리워했던 것, 즉 두 왕국을 하나의 왕관 아래로 통일하는 사업은 메리의 아들에 의해 이루어졌다. 제임스는 스코틀랜드와 잉글랜드의 왕이 되었다. 그는 엘리자베스에게 '폐하'라는 최상의 영예를 바친다. 그리고 이제 메리도 국왕의 명예와 평화를 되찾을 수 있게 되었다. 메리 생전에는 외면했으며 죽음으로부터도 구하지 않았던 그녀의 아들은 메리의 주검을 피터버러 성당에서 웨스트민스터 사원으로 이장했다. 화해할 수 없는 그 숙적들은 살아 있을 때는 기이하게도 한 번도 서로 만나지 못했지만 이제 같은 탑 아래 영원한 휴식을 취하고 있다. 그들의 운명은 그토록 단단하게 서로에게 묶여, 분리되지 않은 채 후대의 생각 속에 영원히 살아 있는 것이다.

7

언젠가 많은 것을 선포해야 하는 사람은
내면에 많은 것을 침묵하고 있다

니체 vs 바그너

언제까지나 제자로 머무는 것이 그 스승에 보답하는 것은 아니다.

| 니체 |

1 ———

혁신적인 정신의 소유자는 다양한 방법을 통하여 그 시대를 대표한다.
예술가와 사상가의 표현 방식은 뚜렷한 차이가 있다. 이들은 모두 퇴락하고
파멸에 직면해 있는 시대를 변화시키고 개혁해야 한다는 신념에 불타 창조
적 작업을 해나간다. 아마도 이들은 문화가 최악의 상태에 놓여 있다는 것
을 통감하고, 작품을 통해 이를 치유하겠다고 결심할 것이다. 그러나 예술
가는 오로지 한 가지 사명만을 가슴속에 품는다. 그 사명은 자신의 창조 작
업을 통해 사람들에게 새로운 삶의 느낌을 선사하며, 일반적인 취향을 변화
시키고 정화시키는 것이다. 예술가는 자신이 정신적 사명을 책임지고 있다
는 자기중심주의에 투철한 확신을 갖고 있다. 이 때문에 그들은 '지금까지
오랫동안 추락하고 변질된 예술의 시대가 계속되어 왔지만 자신의 출현으
로 고귀하고 순수한 새로운 작품이 만들어지게 되었다. 동시대들도 자신의

작품이 얼마나 위대한가를 올바로 평가하며, 이에 경의를 표하게 됨으로서 이제 예술이 정화되고 갱생의 길을 걷게 되었다.'라고 굳게 믿는다.

예술가는 자신이 필요하다고 여기는 시대의 변혁이 예술과 문화의 변화라는 측면으로 나타나면 그것으로 만족한다. 그리고 그는 이러한 제한된 일부분의 변화를 시대정신 전반의 변화의 시작을 의미하는 것이라고 생각한다. 예술가는 자신이 순수한 예술가라는 느낌이 강렬하고 열정적일수록 — 그의 작품이 오랜 투쟁을 겪은 뒤에야 승리를 거두었다면 특히 그렇지만— 더욱 더 그는 자신의 담당 영역 외부에 존재하는, 즉 국가, 경제, 종교, 일반적 윤리가 무엇인지 그 본질을 파악할 수 없게 된다.

예술가가 과거의 예술 작품과 완전히 결별할 수 있다고 생각한다면 이는 오류이다. 괴테는 과거의 모범과 전통에 자신이 구속되어 있음을 적극적으로 고백했다.

"사람들은 어느 예술가를 찬양하기 위해서, 그가 모든 것을 스스로에게서 만들어내었다고 말한다. 내가 또 이런 말을 들어야 한단 말인가! 잘 살펴보라. 창조적 천재의 작품들도 그 대부분은 과거의 유산들이다. 경험이 있는 사람이라면 그 증거를 하나하나 지적해 낼 수 있다."

혁신적인 예술가는 추락과 몰락과 시대와 조우하게 되면 과거의 가장 탁월하고 고귀했던 힘들을 끌어 모은다. 그의 작품이 일견 새롭고 혁명적으로 보이더라고, 사실 그는 이러한 방식으로 그 세기의 완성가가 된다. 새로운 시대가 그의 작품을 받아들인다면 그는 사명을 완수하게 되는 것이다.

이와 비교하여 위대한 사상가의 길은 이와 얼마나 다른가. 또한 얼마나 성취하기 어려운 가시밭길인가! 시대가 그의 업적을 인정하고 받아들인다고 해서 만족해할 수는 없다. 이러한 인정은 일시적인 것에 지나지 않는다. 그렇다. 그는 자신의 작품을 통해 그 시대를 완성하려는 것이 아니라 그 근본을 변화시키고자 한다. 하지만 이러한 변화는 아주 느리게 진행되며 경우에 따라서는 수백 년이 지나서야 실현되기 때문에 그는 활동을 그만둘 때까지 그 시대의 개척자로 서있게 될 것이다. 이와는 달리 예술적 천재는 나이가 들면서 창작 활동의 결실들을 거두어들이고, 자랑스럽고 만족스럽게 동시대인의 찬사를 받아들이게 된다. 예술적 천재는 시대를 완성함으로써 그 시대를 보다 풍성하게 하고자 하는 야심을 갖는다. 반면, 사상적 천재는 새로운 사상의 승리를 이루기 전에 먼저 현재의 지배적인 사상을 무너뜨려야 한다. 독일의 정신사에 있어 바그너(1813~1883)와 니체(1844~1900)의 '별들의 우정†'과 같이 혁신적 예술가와 혁명적 사상가의 대립이 강렬하고 비극적으로 분명하게 나타난 적은 없었다. 이러한 대립이 있으므로 해서 두 사람의 우정은 그들의 갈등이나 결별과 같이 깊은 의미를 지니게 되었다. 우정에 종지부를 찍고 난 뒤 니체가 바그너를 상대로 벌였던 투쟁에 대하여 어느 한쪽을 편들고자 하는 태도는 비지성적이고 반지성적인 행동이다. 그렇다. 이러한 투쟁에 있어 잘잘못을 가리는 것은 이 위대한 두 인물의 본질과 과제를 오인하는 데 그치지 않고, 천재가 사명에 대해서 품고 있는 정신적 의무

---

†별들의 우정과 지상의 숙적

우리는 친구였지만 서로 타인이 되었다. 그것은 당연한 것이다. 우리는 부끄러워하듯 이를 위장하거나 은폐하려 하지 않을 것이다. 우리는 각자의 목표 지점과 항로를 갖고 있는 두 척의 배와 같다. 우리의 항로는 가끔 서로 지나칠 수도 있고, 이전에 그러했듯이 함께 축제를 벌일 수도 있다. 그러면 배들은 마치 이미 목표 지점에 도달한 것처럼 조용히 햇빛을 받으며 항구에 떠 있게 된다. 그러나 우리 사명의 강력한 힘이 우리를 다시 떼어놓으면, 우리는 서로 다른 바다와 다른 햇빛을 만나게 된다. 우리는 어쩌면 다시 볼 수 없을지도 모른다. 다시 만나더라도 서로를 알아볼 수 없을지도 모른다. 서로 다른 바다와 햇빛이 우리를 변화시키는 것이다. 서로 낯설어질 수밖에 없다는 것이 우리를 지배하는 법칙이다. 바로 그로 인해 우리는 서로에게 경의를 표할 수 있는 것이다! 바로 그로 인해 우리의 우정에 대한 기억이 성스러울 수 있는 것이다! 우리에게는 다양한 길들과 작은 목표들을 포함하는 보이지 않는 거대한 굴곡과 별의 궤도가 존재한다. 우리는 그러한 사상에까지 상승하도록 하자! 그러나 그러한 지고한 가능성의 의미에서 벗으로 지내기에는 우리의 인생이 너무 짧고 우리의 시력이 너무 제한되어 있구나. 그렇기에 우리는 지상의 숙적이 된다고 하더라도 우리는 별들의 우정을 믿고자 한다. —니체

를 천하게 만드는 것이다. '바그너 대 니체'라는 문제는 다음과 같은 사실을 분명히 확인시켜 준다. 여기 한 세기의 가장 위대한 완성가와 가장 위대한 혁신자가 만났다는 것이다. 이들이 시대에 맞서 손을 잡고 투쟁할 때에는 공동의 우정의 길을 걸어갈 수가 있었다. 그러나 그들 중 예술적 천재가 자신의 작품이 승리했다고 보았던 반면, 사상적 천재는 예술적 천재가 목표로 삼았던 그 지점을 기껏해야 자신이 추구했던 변화의 첫 징조이거나 시작 정도로밖에 여기지 않은 순간 그들의 결별은 불가피하게 되었다. 사상적 천재는 예술적 천재가 이러한 성취에 만족하는 것을 시대에 대한 굴복이자 항복으로 파악하였기에 이에 대항해 싸울 수밖에 없었다. 바그너와 니체 사이의 우정과 갈등은 두 사람의 운명과 삶에 있어 필연적이었던 것으로 보인다. 두 사람의 우정의 시작과 끝이 가지는 정신적 필연성은 그들의 사명과 의미를 퇴색시키지 않으며, 또한 이것은 한 시대의 완성가가 혁신가보다 정신사에 있어 보다 위대할 수 있다는 생각으로 인도하지도 않는다.

2 ———

1869년 5월 15일, 오순절 토요일의 눈부시게 아름다운 봄날 아침, 바젤에서 온 24세의 문헌학 교수 프리드리히 니체는 필라투스 산기슭의 정적에 잠겨 있는 산장 앞에 서 있었다. 그는 오랫동안 조용히 어떤 소리를 엿듣고 있었다. 집 안에서는 지그프리트 —바그너의 4부작 오페라 《니벨룽겐의 반지》†의 등장인물— 의 고통스러운 화음이 들려오고 있었다. '나를 깨우는 자, 내게 상처 입혔도다.'

생각에 잠긴 젊은 철학자는 한참을 그 자리에 서 있었다. 그가 용기를 내어 자신의 명함을 안으로 들여보내기까지는 상당한 시간이 걸렸다. 그는 이 순간 과거를 회상하고 있었다. 니체가 아직 16살의 학생이었을 때 같은 취미를 갖고 있던 한 친구와, 《음악 잡지》에서 벌어졌던 리하르트 바그너를 둘러싼 논쟁을 보고 관심을 가졌던 기억이다. 그로부터 2년 후, 막 발표된 '트리스탄' ─바그너 오페라 《트리스탄과 이졸데》[†]를 말함─ 의 피아노 악보를 사서 연주해 보고는 그 멜로디에 매혹되었던 기억도 떠올랐다. 후에 니체는 트리스탄의 피아노 연주가 발표된 이 순간부터 자신이 바그너주의자가 되었다고 고백한 바 있다. 그러나 그가 바그너주의자였던 것은 음악적 광신주의가 아니라, 그의 지성에 대한 존경과 사랑 때문이었다. 그는 바그너를 판단하는 데 있어서 아직도 '그렇다'와 '그러나' 사이에서 흔들리고 있었다.

[†] **니벨룽겐의 노래**
독일 고전문학의 최고봉의 하나로 꼽히며 기사문학의 최대걸작이기도 한 작품이다. 정확한 작품성립 연대와 작자는 미상이다.
부르군트족 왕 군터에게는 크림힐트라는 누이동생이 있었다. 크림힐트가 미인이라는 소문을 듣고, 네덜란드 왕자 지크프리트가 보름의 성을 찾아오게 된다. 지크프리트는 전에 니벨룽겐이란 소인 족을 정복할 때 보물을 얻었는데, 당시 그 보물을 지키고 있던 용을 퇴치하며, 그 용의 피를 뒤집어쓰고 불사신의 영웅이 되었다. 다만 등의 일부분에 보리수 나뭇잎이 붙어 있어서 피가 묻지 않아 거기가 유일한 약점이었다. 지크프리트는 약 1년 가까이 그 곳에 머물다가 겨우 크림힐트를 만날 수 있게 된다. 한편 보름의 성주인 군터는 이젠란트의 여왕인 브룬힐트에게 구혼하고 싶었지만, 그녀는 무예로써 자기를 이기는 남자가 아니면 결혼하지 않겠다고 선언했다. 그러나 군터는 자신이 없었다. 그는 손님인 지크프리트에게 도움을 청하고, 만일 일이 잘 되면 누이동생과 결혼시켜 주겠다고 약속한다. 지크프리트는 니벨룽겐의 보물로 몸을 숨기고 군터를 도와 이기게 함으로써 두 쌍의 부부가 탄생하게 된다.
그 후 10년 만에 지크프리트 부부는 보름의 성을 다시 방문하게 되고, 이 때 크림힐트와 브룬힐트는 자기 남편을 자랑하다가 말다툼을 벌이게 된다. 그러나 이 와중에 결혼하기까지의 비밀이 폭로되고, 지크프리트는 브룬힐트의 원한을 사게 된다. 브룬힐트는 복수를 위해 자기 남편의 부하인 하겐을 끌어들인다. 하겐은 지크프리트가 몸은 단 한군데만이 약점이라는 것을 알아내고, 간계로 뒤쪽에서 지크프리트를 암살한다. 그 후 크림힐트는 훈족의 왕인 에첼과 재혼한다. 그러나 잠시도 복수를 잊지 않고 있던 그녀는 13년 후에, 남편에게 부탁하여 친정 오빠와 그의 신하를 초청하여 한 사람도 남김없이 다 살해하여 복수에 성공한다. 그러나 그녀 자신도 늙은 영웅 힐데브란트에 의해 죽게 된다.
이 영웅설화는 437년에 있었던 한 가지 역사를 근거로 하고 있다. 훈족이 중부 라인지방에서 부르군트 왕국을 멸망시킨 일이 있었는데, 453년 훈족의 왕 아틸라가 갑자기 게르만 계통의 왕비 곁에서 급사한 일이 있었다. 그런데 일반인들에게 이것은 왕비가 일족의 복수를 위하여 왕을 살해한 것으로 구전되어 온 것이다.

니체는 1866년 발퀴레 −《니벨룽겐의 반지》 중 제4부− 에 대해 "바그너의 위대한 아름다움과 교묘함이 지극히 혐오스러운 결함과 혼재되어 있다."라고 고백했지만, 1868년 트리스탄과 마이스터징거 −바그너의 희극《뉘른베르크의 마이스터징거》†− 의 서곡에 대해서는 다음과 같이 말했다.

"나는 감히 이 음악에 대해 비판적인 태도를 취할 수 없다. 모든 신경과 혈관이 구석구석까지 진동한다. 이 서곡을 들었을 때처럼 오랫동안 지속되는 황홀감을 맛본 적은 없다."

그가 이렇게 고백한 그해, 니체의 인생에 있어서 가장 커다란 개인적 사건이 일어났다. 또한 정신적인 측면에서 볼 때 바그너의 삶에 있어서도 가

---

† 트리스탄과 이졸데

켈트 족의 전설을 소재로 12세기 중엽에 프랑스에서 이야기로 엮어졌다. 그 사랑과 죽음의 강렬함과 아름다움 때문에 서구 연애문학의 전형이 되었다. 로누아의 왕자 트리스탄은 태어나자마자 고아가 되었다. 그래서 트리스탄은 콘월의 왕인 백부 마르크 밑에서 지혜와 용기를 겸비한 기사로 자란다. 그리고 아일랜드의 거인 몰오르트를 쓰러뜨리고 나라를 구한다. 백부의 아내가 될 여자를 찾아 아일랜드로 가서 용을 퇴치하고 왕녀 이졸데와 함께돌아오는 도중, 시녀의 실수로 마르크와 이졸데가 마셔야 할 '사랑의 음료' 를 마시고 트리스탄과 이졸데가 관계를 맺는다. 이 사랑의 음료는 하루를 못 만나면 병이 나고 사흘을 못 만나면 죽는다는 묘약이었다. 그래서 마르크왕의 왕비가 된 이졸데와 트리스탄은 계속해서 은밀한 관계를 맺었다.

어느 날 이 일이 발각되어, 두 사람은 깊은 숲 속으로 도망쳤으나, 나중에 왕과 화해하여 이졸데는 궁으로 돌아오고 트리스탄은 추방된다. 트리스탄은 이졸데를 잊지 못하고 병을 얻는다. 사람을 보내 이졸데를 데리고 오라고 하지만 그녀를 기다리면서 숨을 거둔다. 그가 죽은 직후에 이졸데가 도착한다. 그리고 이졸데도 슬픈 나머지 그 자리에서 죽는다.

† 오페라 트리스탄과 이졸데

전 3막으로 이루어진 바그너의 오페라. 트리스탄과 이졸데 이야기를 토대로 작곡하여 1865년 뮌헨 에서 초연되었다. 바그너가 오페라 기법을 지양하고 악극이라는 무대 교향악을 쓰기 시작했다는 점에서 의의가 크다. 줄거리를 위주로 하던 기존의 오페라와는 달리 인간 심리의 내면세계를 파고든 점이 큰 특징이다. 바그너가 대본을 직접 썼으며 등장인물이나 무대장치를 단순하게 처리하였다. 트리스탄과 이졸데의 이룰 수 없는 사랑의 고뇌를 진지하게 표현하였다.

바그너는 이 작품에서 처음으로 대위법을 바탕으로 한 반음계적 음악어법을 사용하였다. 특히 제2막에서 연인이 부르는 2중창은 걸작으로 꼽히고, 제3막에서 이졸데가 부르는 '사랑의 죽음' 은 오페라가수들이 즐겨 부른다.

장 의미 있는 사건이 일어났다. 라이프치히에 사는 바그너의 누이 브록하우스 여사의 집에서 당시 24세의 니체는 바그너를 만나게 된 것이다. 이에 대해 니체는 친구에게 즉시 알렸다.

'바그너에게 소개되어 나는 그에게 존경의 말을 몇 마디 건넸네. 그는 내가 어떻게 그의 음악과 친숙하게 되었는지에 대해 아주 자세히 물었네. 그는 유명한 뮌헨 인들의 연주를 제외하고는 자신의 오페라에 대한 연출 전반에 대하여 심한 욕설을 퍼붓더군. 그리고 오케스트라 연주자들에게 유쾌한 말투로 '여러분, 이제 정열적으로 갑시다! 친애하는 여러분, 조금만 더 열정을 담아 연주해 주세요!' 하고 외쳐대는 지휘자들에 대해 조롱을 퍼부었어. 바그너는 아주 유쾌하게 라이프치히 사투리 흉내를 내더군. 식사 전후에 바그너는 마이스터징거의 중요한 부분들을 모두 연주했는데, 등장인물

✝ 뉘른베르크의 마이스터징거
1867년 작곡한 바그너의 작품.《뉘른베르크의 명가수》라고도 한다. 1868년 뮌헨의 궁정극장에서 초연되었다.
이 오페라의 주요 등장인물은 에바, 그녀와 사랑하는 기사 월터, 에바를 짝사랑하는 구둣방 주인 작스, 에바와 결혼하려고 하는 서기 베그메사 등이다. 줄거리는 16세기 뉘른베르크의 축제일에 마이스터징거들의 노래경연대회가 있었다. 이 경연에서 우승하는 자는 금세공사 포그너의 딸 에바와 결혼하게 된다. 월터는 노래경연이 있다는 소문에 마이스터징거조합에 가입하려고 하지만 실패하고, 실망한 끝에 에바와 같이 도망치려고 한다. 그러나 작스는 그의 노래에 감동을 받아, 자기의 사랑을 포기하고 기지를 발휘하여 월터가 우승하게 한다는 내용이다.

✝ 마이스터징거
음유시인과 구별하기 위하여 붙인 이름으로 직업시인, 직업가수라고 부른다. 이들은 엄격한 규칙에 따라 작사, 작곡을 하고 노래를 불렀다.
13세기 후반, 기사계급이 몰락한 독일에서는 시민계급이 부상하는데, 이들은 상류계급의 풍습과 습관을 받아들였다. 마이스터징거는 궁정문학의 한 형식이었던 미네쟁거의 예술을 모방, 계승한 사람들로, 조합의 시인학교에서 교육을 받은 시인 겸 음악가들이었다. 그러나 전통적 선율에 새로운 시를 제공하였지만 음악적 활동은 활발하지 못하였다. 초기의 가사는 가톨릭교의의 색채가 강했으나 점차 세속적인 문제를 다루게 되었다. 16세기에는 전 독일에 퍼졌으나, 17세기 중반 이후 급속히 쇠퇴한다. 이들의 문학적, 예술적 가치는 그리 대단한 것이 아니었지만, 시민연극의 육성이란 점에서 그 의의와 역할이 중시된다.

들의 목소리를 장난기가 넘치게 흉내를 냈어. 그는 말이 아주 빠르고 기지가 넘치며 이러한 사적인 모임을 대단히 유쾌하게 만드는 남자였네. 정말 믿을 수 없을 정도로 활기차고 정열적이더군.

우리는 쇼펜하우어에 대하여 오랫동안 대화를 나누었네. 바그너는 형용할 수 없는 애정을 담아 자신이 쇼펜하우어에게 빚진 것들에 대해 이야기하며, 쇼펜하우어야 말로 음악의 본질을 인식하고 있는 유일한 철학자라고 말하였네. 이 이야기를 듣고 내가 얼마나 기뻤는지 자네는 이해할 수 있을 것이네! 그는 현재 교수들이 자신에 대해 어떤 태도를 갖고 있는지에 대해 물어보았고, 프라하의 철학자 회의를 '철학 서비스업자들의 모임'이라고 조롱하더군. 나중에 그는 집필 중인 자서전의 일부인 라이프치히 학창 시절의 아주 재미있는 장면들을 읽어주었는데, 지금도 이걸 생각할 때마다 터져 나오는 웃음을 참을 수가 없을 정도라네. 그의 글은 아주 지적이고 재치가 넘친다네. 돌아올 때는 따뜻하게 내 손을 잡더니, 자주 찾아와 음악과 철학에 대해 논하자며 아주 친절하게 청했네. 또 그의 누이와 친척들에게 자신의 음악을 가르쳐 달라고 내게 부탁했고, 당연히 나는 이를 받아들였네."

세계적인 명성을 떨치던 55세의 거장이 24세의 무명 철학도를 진심으로 환영했던 이 짧은 만남을 통해, 니체는 이 위대한 음악적 천재가 자신을 높이 평가하고 있다는 느낌을 가졌다.

청년 니체가 트립셴 산장의 문 앞에서 주인의 답변을 기다리고 있을 때, 그 안에서 흘러나오던 멜로디는 아마도 트리스탄과 마이스터징거의 사랑스러운 곡조였을 것이다. 그리고 그의 머릿속에는 바그너가 그토록 친절하게 방문해 줄 것을 청했던 라이프치히에서의 그날 저녁이 생생히 떠올랐을 것이다.

니체가 이러한 기억들을 떠올리는 동안 하인이 나타나, '바그너 씨는 2시까지 일을 하시기 때문에 그동안은 방해받지 않았으면 한답니다."라고 답변했다. 그사이 바그너는 니체의 명함을 받았고 니체가 정원을 떠나기 전에 다시 하인이 나타났다. 하인은 "니체 교수님이라면 바그너 씨의 라이프치히 누님 집에서 바그너 씨가 방문해 달라고 청한 바로 그분이 맞습니까?"라고 물었다. 니체가 "그렇습니다."라고 대답하자, 그렇다면 식사 때까지만 기다려줄 것을 부탁한다고 말했다. 니체는 이미 다른 약속이 있었기에 이를 거절해야 했다. 니체는 피어발트슈테터 호수의 텔플라테 고지를 산책하는 동안, 그의 귓전과 가슴속에서는 그 고뇌에 찬 곡조가 마치 그에게 어떤 의미를 알리려는 듯이 자꾸만 들려왔다. 많은 세월이 지나서야 니체는 이 곡의 가사 '나를 깨우는 자, 내게 상처 입혔도다.'를 듣게 되었다. 후에 니체가 이 가사의 진실을 자신과 바그너의 관계에서 깨닫게 되었을 때 그는 쓰라린 고통을 느끼게 되었다. 그러나 그 당시에는 그의 가슴속에 깊숙이 새겨졌다.

니체는 월요일에 다시 바그너를 찾아가 그의 부인 코지마 폰 뷜로프와 함께 그들의 유쾌하고 행복한 날들 중 첫 번째 날을 경험하게 된다. 후에 니체는 바그너를 상대로 한 격렬한 투쟁의 와중에서도, 그리고 영원한 밤의 베일이 그를 감싸기 수주 전에도, 이때의 행복했던 날들을 "그 가치가 사라졌다 해서 어떻게 그 참된 우정의 날들을 잊을 수가 있단 말인가."라고 예찬했다.

"나는 내 삶에서 트립셴에서의 이 날들을 결코 지워버리고 싶지 않다. 신뢰와 명랑함과 고귀한 나날들, 깊이 있던 순간들…. 우리들의 머리 위에는 한 점의 먹구름도 끼어 있지 않았다."

자신의 존재가 얼마나 풍성하게 되었고, 그가 얼마나 고양된 행복감에 젖어 있었는가는, 첫 방문이 있은 며칠 후 바그너에게 보낸 생일 축하 메시지에 잘 나타나 있다.

"저는 오랫동안 한 번쯤은 부끄러움을 떨쳐버리고, 제가 당신께 얼마나 감사하고 있는지 말씀드리고 싶었습니다. 내 삶의 가장 훌륭하고 고귀한 순간들이 당신의 이름과 결부되어 있기 때문입니다. 제가 당신에게와 같은 존경심과 숭배의 마음을 품을 수 있는 사람은 오직 한 사람, 당신의 위대한 정신적 형제인 쇼펜하우어뿐입니다."

그리고 자신이 바그너의 제자임을 고백하며 자랑스럽게 감사의 말을 덧붙이고 있다. "제가 지금까지 삶에 대한 진지성과 인간 존재에 대한 심도 있는 고찰을 할 수 있었던 것은 당신과 쇼펜하우어의 덕분입니다."

니체는 박사 학위도 없이, 학생 신분으로 바젤 대학의 문헌학 교수로 임명되었다. 그의 삶의 흐름은 탁월한 힘으로 넘쳐나고 있었고, 바그너와의 우정은 밝게 비치는 햇빛으로서 새로운 삶의 행로를 비춰주었다. 니체는 모든 친구들에게 바그너와의 우정이 가져온 행복에 대해서 말하며 그들을 공감시키고자 하였는데, 도이센에게 보낸 편지도 그중 하나였다.

"최근 리하르트 바그너 씨는 아주 따뜻하고 정감 넘치게 대해준다네. 그는 이 시대의 가장 위대한 천재이며, 결코 누구와도 비교할 수 없는 사람이지! 나는 2, 3주일에 한 번씩 이틀간은 반드시 피어발트슈테터 호반에 있는 그의 산장에서 보낸다네. 나는 바그너 씨와 이렇게 가까워지게 된 것을 쇼펜하우어를 알게 된 것 다음으로 내 삶의 커다란 결실로 여기고 있다네."

같은 시기에 친구인 게르스도르프에게 보낸 편지도 있다.

"나는 그 누구보다도 저 쇼펜하우어가 '천재'라고 명명했던 것들을 잘 구현하며, 놀라운 내면적 철학을 소유하고 있는 한 인간을 발견했네. 그는 다름 아닌 리하르트 바그너라네. 그의 내면은 구속받지 않는 이상과 심오하고 감동을 불러일으키는 인간성, 숭고한 삶에 대한 진지성이 지배하고 있어서, 그와 있으면 마치 신적인 존재와 같이 있다는 느낌이 든다네. 나는 벌써 며칠째 피어발트슈테터 호숫가에 있는 그의 산장에 머물고 있는데, 이 사람에게 느끼는 놀라움은 새롭고 끝이 없네. 어제는 바그너가 보여준《국가와 종교》의 원고를 읽었는데, 그것은 그의 '젊은 친구' 바이에른 국왕 −1864년 18세에 바이에른 왕위에 올랐으며, 바그너를 적극 지원한 루트비히 2세를 이름− 에게 국가와 종교에 대하여 국왕이 가져할 자세를 설명하기 위해 쓴 위대하고 의미 깊은 논문이었어. 한 국왕에게 이보다 더 품위 있게 말을 한 사람은 일찍이 없었을 것이네. 나는 철저하게 쇼펜하우어의 정신에서 뿜어져 나오는 이상주의를 접하고는 마음이 떨리는 것을 느꼈다네."

에르빈 로데에게 보내는 편지에서는 바그너를 '넘쳐흐를 만큼 풍부하고 위대한 정신 제우스'라고 칭하며, 바그너와 가까워지게 된 데 대한 고마움을 찬가로까지 높여갔다.

"내가 여기서 배우고 보고 듣고 이해하는 것들을 말로는 다 형용할 수 없네. 쇼펜하우어와 괴테, 아이스킬로스와 핀다로스†가 아직도 살아 있다네."

---

† 아이스킬로스 BC.525? ~ BC.456
에우리피데스, 소포클레스와 함께 고대 그리스의 3대 비극시인. 그의 연극은 늦게 성공하였지만, 명성은 온 그리스 천지에 떨쳤다. 모두 90여 편의 비극을 쓴 것으로 전해지고 있지만, 현재는 7개가 남아있다. 페르시아의 패배를 주제로 한《페르시아인》, 에디프스의 두 아들의 싸움을 다룬《테베 공격의 7장군》, 신혼 첫날밤에 신랑인 사촌 오빠들을 죽인 이집트왕 다나오스의 딸들 이야기인《구원을 바라는 여자들》, 인간을 위해 제우스에게 반항한 프로메테우스의 이야기인《포박된 프로메테우스》가 있으며, 오레스테스의 어머니 살해 전설을 이야기한 그의 최대의 걸작《오레스테이아》는 〈아가멤논〉〈코에포로이〉〈에우메니데스〉로 이루어진 3부작이다.
그는 구성보다는 분위기를 중시하고, 합창단의 노래로 전체 분위기를 만들었다. 그는 신들의 정의를 믿고, 인간의 정의도 언젠가는 신의 정의와 일치한다고 보고 이것을 비극에서 노래하였다.

† 핀다로스 BC.518? ~ BC.438?
키노스케팔라이 출생. 페르시아 전쟁 후 제전과 운동경기가 융성해지자 대담한 비유와 숭고한 어구로 우승을 축하하는 장대한 스타일의 노래를 지어, 신과 영웅을 그리고 이상에 도달한 인간을 찬미하였다.
궁정에서 생활하면서 귀족사회를 찬미하였으나, BC.480년 이후 밀어닥친 민주주의는 그의 후원자들이었던 왕후와 귀족들을 몰락하게 만들었다. 이런 현실에서 그는 전통에서 나오는 아름다운 이상을 확인하게 된다. 그는 상실된 세계의 고귀한 정신의 부활을 호소하였고, 그리고 이러한 노력이 풍부한 창작활동으로 나타나 불후의 명작들을 많이 만들어냈다. 후세에 '핀다로스풍'이라 불리는 서정시의 완성자이다.

우리는 이 모든 편지들을 세심히 읽어야 한다. 편지는 책이나 저작물보다 더 솔직하고 더 많은 것을 누설하는 고백이기 때문이다. 이 모든 편지에는 위대한 인간, 천재를 만난 행복감이 담겨 있다. 니체는 음악가로서의 바그너에 대해서는 아주 적게, 아니 전혀 말하지 않고 있다. 그는 바그너를 베토벤이나 모차르트가 아니라 쇼펜하우어, 괴테, 셰익스피어와 비교한다. 니체는 구원의 개념에 대한 바그너의 사유 안에 고귀한 창조적 추구가 숨겨져 있음을 느꼈다. 그는 자신의 일에 대한 격렬한 저항을 용감하게 타파하고 승리를 확신하는 한 전사 앞에 몸을 숙인 것이다. 그는 바그너 속에 존재하는 천재와 영웅 앞에 고개를 숙인 것이다.

"우리들은 쇼펜하우어와 바그너에게서, 소음으로 가득한 교양의 세계 한복판에서 스스로에 대한 신뢰를 굳건히 견지하는 그들의 꺾이지 않는 에너지를 본다."

그러나 바그너에게 있어서 니체는, '보다 선하고 순수한 세계로부터의 사자(使者)' 였다.

바그너가 로데에게 했던 고백이 이를 잘 보여준다.

"나는 니체와 함께, 그리고 니체를 통해서 나 자신이 정말 좋은 사회로 들어갔다고 생각한다. 긴 세월 동안 열악하고 우둔한 사회에서 살아 왔다는 것이 무엇을 의미하는지 당신은 모를 것이다. 그러나 니체로 인해 드디어 전환을 맞이했다. 지금까지 내가 있던 세계는 폴과 놀, 노르게스 —바그너와 같은 시대에 활동했던 음악가들— 의 세계와 다르지 않았다."

바그너와 코지마는 니체의 존재와 그가 자신들의 모임에 참여하는 것을 감사하는 마음으로 즐겼다. 바그너가 그때까지 아무에게도 보여주지 않았던 자서전 《나의 인생》의 초고를 니체에게 보낸 것은 그에 대한 한없는 신뢰를 보여준 것이다. 트립셴의 바그너 집에서 니체는 좋은 '교수 아저씨' 가 되었다. 그렇지만 바그너가 일찌감치 그의 의미를 깨닫지 못했다면, 니체는 이러한 존재가 되지는 않았을 것이다. 두 사람의 우정이 처음 시작될 때부터 바그너는 이 젊은 학자가 자신의 창작에 도움이 될 것이라는 희망과 확신을 품고 있었다. 또한 바그너는 무의식적으로 니체의 사상가적 직관에서 그에게 흘러 들어오는 정신적 자극을 기꺼이 수용했다. 그리고 이처럼 의미 있는 인물의 심오하고 통찰력 있는 언어들이 공개적으로도 자신의 작품을 옹호해 줄 것을 의식적으로 추구했다.

3 ———

니체는 바젤 대학에서 하고 있는 강의 내용을 트립셴으로 보냈다. 바그너는 그 노트에서 자신이 니체와 나눈 대화들의 흔적과, 니체의 독창적인 사유들을 발견하게 된다. 그리고 그는 다시 한번 그 자극들을 수용하게 된다. 이미 그때부터 니체는 수용하는 위치였을 뿐 아니라 영향과 자극을 주는 입장이기도 했다. '그리스 음악극'과 '소크라테스와 비극'에 대한 니체의 강연에 대하여 바그너와 코지마는 진심으로 공감하였다.

"당신은 초점을 지적했습니다. 그리고 그 본질을 가장 날카롭고 정확하게 기술하였습니다. 당신은 세속적이고 독단적인 편견들과 맞서 앞으로 놀라운 발전을 이룰 것입니다."

코지마는 니체의 강연 원고를 읽은 후, 바그너의 찬사에 덧붙여 다음과 같이 보충했다.

"그리스 예술의 위대한 운명이 그 숭고한 비극성을 나타내면서 제 눈앞을 스쳐 지나갔습니다."

트립셴에서는 니체가 그리스 극예술에 대한 그의 연구를 보다 커다란 저술로 확장해 나갈 것을 희망했는데, 이러한 그들의 기대는 니체의 의도를 예기치 않게 적중시킨 것이었다.

바그너는 니체가 자신의 일에 도움을 주기를 원했고, 니체 자신도 이를 충분히 느끼고 있었다. 그러나 이에 대해서 니체는 어떠한 불쾌감도 품지 않았다. 위대한 장군이나 정치인이 그러한 것처럼, 니체는 인류의 이 위대한 정신적 지도자가 그의 사명을 실현하고 그 위대한 목표를 달성하기 위해 다른 모든 사람들을 희생시킬 수 있는 권리를 인정했다. ―니체 자신도 나중에 지극히 고통스러운 희생이 필요하였을 때 이러한 권리를 행사하였다. 그는 세기에 대항하는 투쟁을 위해 바그너와의 우정을 포기한 것이다― 트립센 시대에 니체가 《디오니소스적 세계관에 대하여》라는 미출간 논문에서 바그너에게 제공했던 사유를 그 노대가는 《베토벤》에 대한 아름다운 고찰에서 선점해 버렸지만 니체는 이를 동의하고 용인하였다.

당시의 수많은 니체의 고백들은 그가 바그너를 통해 현실속의 '천재'를 체험할 수 있다는 것에 얼마나 행복해하였는지를 보여주고 있다. 니체는 바그너를 천재의 가장 훌륭한 실례를 보여주고 있다고 찬미했다.

"천재가 자신의 내면에 살아 있는 한층 높은 질서와 진리를 세상에 드러내고자 할 때, 현존하는 형식과 질서에 적대적인 모순 관계에 빠져든다는 사실을 두려워해서는 안 된다."

이와 같은 플라톤적 결합을 넘어서, 니체는 자신의 내면에서 분출되어 온 혁신적인 이상들이 바그너의 내면에서도 동일한 경향을 지니고 발생해 왔다는 것을 느끼게 되었다. 바그너가 문화에 대해서 무엇을 의도하였는가는 다음의 말에 요약되어 있다.

"우리는 역사상의 인간이 왜 몰락하였고, 인간을 왜 재생시켜야 하는지 그 이유를 인식하고 있다. 우리는 인간이 재생할 수 있음을 믿고, 이를 실현하기 위해 스스로를 헌신한다."

당시 니체는 많은 관점에서 이러한 바그너의 생각과 일치하고 있었다. 인류의 진보가 그 파멸을 가져왔다는 쓰라린 통찰, 인류를 재생시켜야 하며 이러한 새로운 탄생이 가능하다는 믿음, 이러한 재생은 예술에서 시작되어야 한다는 직관, 그리고 이러한 재생에 스스로를 헌신하겠다는 의지 등이 그러했다. 니체가 바그너를 만났을 때 바그너의 문화관은 이미 확립되어 있었다. 이것은 바그너가 죽을 때까지 이어지는 두 사람의 우정의 비극과 '별들의 우정'을 이해하는 데 도움을 준다. 니체는 바그너와 감사하는 마음으로 협력함으로써 정신적 성장의 첫 단계에 도달하였다. 니체는 처음에 문화의 재생과 개혁을 고대의 부활과 결부시키려고 했는데, 바그너와의 정신적 교류는 문화혁신의 방법론에 대한 그의 견해에 깊은 영향을 끼쳤다. 니체는 바그너의 이론적 가르침에 대하여 망설이거나 고민하지 않았다. 단지 시대의 문화가 황폐화되어 있는 황무지 한복판에서 그가 염원하는 재생의 서광처럼 들려온 바그너의 음악에 귀를 기울였다. 그때까지는 주로 바그너의 정신과 인격을 체험하게 되지만, 1871년 이후부터는 자신의 소논문을 통해 바그너의 음악극에 대해 주의를 환기시키는 언급을 끼워 넣기 시작했다. 그는 순수한 언어의 극에 대하여 "현학적이고 비창조적이며 허위로 가득 찬 노골적인 표현."이라고 평했다. 뿐만 아니라 니체는 완벽한 '바그너주의자'로 헌신하기 위해 대학교수직을 포기할 것을 염두에 두고 있었다. 바이로이트[†]─바그너 오페라만을 공연하는 바이로이트 축제극장을 이름─ 의 기공식 몇 주 전 니체는 로데에게 자신의 바젤 대학 교수직을 맡아달라고 요청했다.

"나는 이번 겨울에 국내를 순회하려고 하네. 그러니까 대도시의 바그너 협회의 초청으로 니벨룽겐 축제극에 대한 강연을 하는 것이지. 나는 바그너와 동맹을 맺었네. 자네는 우리들이 이제 얼마나 가까운 사이이며, 우리들의 계획이 얼마나 비슷한지 아마 상상도 못할 것이네."

니체 스스로 이러한 계획을 세웠다고 해도 결국에는 포기하게 되었을 테지만, 바그너도 니체가 자유기고가보다는 대학 교수의 자격으로 자신의 작품을 옹호하는 것이 더 낫다고 생각했다. 바그너는 니체보다 여론의 움직임에 대하여 더 잘 알고 있었다.

니체는 찬란했던 그리스 문화의 전성기를 생각하며, 그리스 예술의 최대의 업적은 아이스킬로스라는 이름과 결부되어 있음을 보았다. 그리고 그는 아직도 발전의 길을 걷고 있는 리하르트 바그너의 예술을 이 아이스킬로스와 비교했다. 위대한 예술이 재생과 부흥의 움직임 속에서 등장하여, 이로 인해 새로운 문화가 개화될 수 있을 것인가? 니체의 몇몇 소논문에 나타난 이러한 희망에 찬 암시에 대해 바그너는 다음과 같은 답변을 통해 옹호했다.

"당신은 문헌학을 통해 이 점을 분명히 보여주십시오. 플라톤이 호메로스를 포용하고, 플라톤의 이상으로 가득 찬 호메로스가 이로 인해 진정으로 위대한 호메로스가 되는 것처럼 위대한 르네상스가 실현되도록 저를 도와주십시오."

---

† 바이로이트 축제극장

1875년 리하르트 바그너가 바이로이트에 건립한 극장. 바그너가 독일 오페라 작품만을 공연하는 축제극장을 건립하고자, 루트비히 1세의 후원을 받아 건축하였다. 1876년 《니벨룽겐의 반지》의 초연으로 개관하였다.

바그너가 직접 설계한 이 원형극장은 관현악단의 자리가 아래쪽으로 패어 있어 음향 효과가 뛰어나다. 1883년 바그너가 죽은 후에는 바그너 음악애호가들의 순례지가 되었고, 매년 여름, 바그너의 작품을 상연하는 바이로이트음악제가 개최된다. 이 음악제에는 바그너의 원래 의도와는 달리 바그너의 작품만이 공연되는데, 보통 《파르지팔》과 다른 한 작품이 선정된다. 이 음악제는 제2차 세계대전 후 7년간 중단되었다가 1951년부터 재개되었다.

1883년 바그너의 사후, 예술 감독은 그의 부인 코지마와 아들이, 그리고 1951~1966년에는 바그너의 손자인 볼프강 바그너와 빌란트 바그너가 공동으로 맡았고, 1966년부터는 볼프강이 바그너가 단독으로 예술 감독을 맡아 현재까지 상징적인 연출을 맡고 있다

제자에 대한 거장의 부름은 메아리 없는 외침이 아니었다. 니체는 자신의 모든 혁신적 이념들을 요약하여, 이를 고대 문화의 찬란한 재생과 결부시킨다. 새로운 형식을 취한 이 저술에서 니체는 바그너의 작품들이 가지는 현재와 미래의 의미에 대하여 지극히 낙관적인 전망을 내놓았다. 이것은 《음악 정신으로부터의 비극의 탄생》이다.

이 책은 세계 예술의 틀 안에서 리하르트 바그너의 예술을 그리스 인의 고전 예술과 어깨를 나란히 하는 위치에 올려놓으며 그 존재의 권리를 부여하고자 하였던 사심 없는 시도였다. 니체는 자신이 그리스 예술의 근본 요소로 파악하고 선언했던 것들을 바그너에게서도 찾아내었다. 니체는 모든 예술이 발전해 나오는 예술의 근본 원리를 그리스의 예술의 양대 신 아폴론과 디오니소스로 이름 붙였다.

아폴론적인 것, 즉 꿈으로 가득 찬 것을 니체는 그리스 인의 원초적인 근본 원리로 파악했다. 거기에 디오니소스적인 것, 즉 도취적이고 구속되지 않는 것이 침입하여, 이 두 가지 욕망의 투쟁과 결합의 결과로 아티카 비극이 탄생했다는 것이다.

니체는 아폴론적 예술로서 회화, 조각, 서사시 등의 들었고, 디오니소스적 예술에는 음악과 극예술이 있다고 보았다. 이러한 질서에 따라 그는 예술가를 세 부류로 구분했는데, 이는 아폴론적인 꿈의 예술가, 디오니소스적인 도취의 예술가, 그리고 마지막으로 두 부류를 통일하고 화해시키는 제3의 예술가, 바로 비극 작가였다. 니체는 위대한 시인적 직관으로 그리스 문화의 여러 층과 시기를 구분해 내었다. 원초적인 아폴론적 상태에서 그리스 비극의 최전성기까지, 그리고 그 기원과 몰락까지를 웅대하게 펼쳐놓았다.

"디오니소스적인 흥분에서 변화가 시작된다. 하지만 이러한 자기 변화야말로 비극의 근본적 현상이며 모든 극예술의 전제이자 시작이다. 이 예술이 모든 민족 존재의 근원적인 시각인 신화에 지극히 심오한 내용과 알찬 형식을 부여하는 한 극예술은 그 고귀한 지위를 유지할 수 있다. 그러나 사물을 통제하는 지성이 승리를 거두고, 의식이 예술 속으로 침입해 온 순간 비극이라는 위대한 예술은 죽었고, 그와 함께 위대한 음악 예술도 쓰러졌다. 이러한 사태는 신화적인 삶의 근본 문제 대신에 통속적인 일상의 문제들을 비극 속에 끌어들인 에우리피데스† 때문에 초래된 것이다.

그러나 음악은 −그리스 문헌에 의해서가 아니라− 오로지 쇼펜하우어의 철학으로만 이해할 수 있는 그 숭고한 지위를 여전히 유지하고 있다. 힘, 곡조, 의미, 형상, 분위기로 음악 속에 내재되어 있던 것들이 문학으로 다시 개화하였다. 그러므로 문학은 음악을 통해 깨어났는데, 심지어 민요조차도 곡조를 통하여 그 가사를 만들어낸다. 모든 다른 예술 분야를 압도하는 음악의 절대 권능이 선포되었고, 그렇기 때문에 그리스 비극의 몰락과 함께 음악이 소멸한 것은 너무나 안타까운 동시에 획기적인 일이 되었다. 디오니소스는 추방당했다. 세계관의 입장에서 디오니소스의 추방을 주장한 자는 다름 아닌 소크라테스였다. 그의 계몽과 윤리, 이성에 의한 감정의 억제가 디오니소스를 추방시킨 것이다. 이렇게 소크라테스의 문화는 위대한 예술

---

† 에우리피데스 BC.484?~BC.406?

아이스킬로스, 소포클레스와 함께 고대 그리스의 3대 비극시인. 작품 총수는 92편이라고 전해지지만 오늘날까지 그의 이름으로 전해지는 작품은 19편이다.

소포클레스가 그리스 비극의 완성자라고 한다면, 에우리피데스는 정통을 벗어난 데카당스적 요소를 지닌 작가였으며, 당시로서는 소피스트의 영향을 받은 진보적 사상가였다. 이러한 것은 그의 작품에 나타나는 극단적인 사실성과 아이러니를 내포한 합리적 해석에서 엿볼 수 있다. 또한 국면해결을 위해 신을 등장시키는 수법 등 극적인 수법에서도 여러 가지 새로운 시도를 한다. 그의 출현으로 그리스 비극은 커다란 변화를 맞이한다. 그의 작품으로는 《알케스티스》 《히폴리토스》 《트로이의 여인》 《헬레네》 등이 있다. 특히 여성의 심리를 묘사하는 데에는 당시 그를 따를 사람이 없었다. 생전에는 비교적 불우했던 것으로 알려져 있지만, 사후에 그의 명성은 다른 2대가를 압도하기까지 하였으며, 후세의 문학에 끼친 영향도 절대적이다.

을 살해하고 파멸시켰다. 고전주의 시대까지 독일의 비극 예술은 미래를 예측할 수 없는 오랜 방황의 시기였다. 이제 독일의 비극과 음악은 다시 한번 희망을 얻게 되었다. 그러나 여기에는 이 두 예술을 통합할 수 있는 인물을 필요로 한다."

니체는 오해의 여지가 없을 만큼 분명하게 자신의 시대를 지적하였다.

"고향을 노래하는 새들의 저 분명한 목소리를 이해할 수 있다면, 아무도 독일 정신이 그 신화의 고향을 영원히 상실했다고 믿지 않는다. 언젠가는 그 기나긴 잠에서 다시 깨어나리라. 그리고 그는 용을 죽이고 비열한 소인배들을 물리치고 브륀힐데 —바그너의 음악극 《니벨룽겐의 반지》에 등장하는 여주인공— 를 깨우리라. 그때는 보탄 —북유럽 신화에 등장하는 최고의 신— 의 창도 그의 길을 막지 못하리라."

오직 한 사람, 그만이 구세주이며 새로운 비극을 다시 가져올 자이다.

"만일 독일인이 이미 오래 전에 잃어버린 고향으로 그들을 다시 데려다줄 안내자를 찾고자 한다면, 그들은 머리 위에서 몸을 흔들며 고향으로의 길을 분명하게 암시해 주는 기쁨에 찬 디오니소스적인 새의 노랫소리를 들을 수 있을 것이다."

어느 독자라도 이러한 디오니소스적인 새의 목소리가 누구인지 알고 있었다. 그것은 바로 바그너의 목소리였다.

니체의 이 저작은 그를 문헌학자들의 격렬한 논쟁의 중심에 서게 하였다. 그리스 신화가 조화에 근거한다는 관점에 사로잡혀 니체의 서술을 피상적으로밖에 이해할 수 없었던 23세의 고전 문헌학자 울리히 폰 빌라모비츠, 묄렌도르프는 니체에 대한 신랄한 공격을 감행하였다. 니체는 이에 대해 침묵했으나 바그너와 로데는 그를 공개적으로 옹호했다.

니체의 저술에 대한 트립셴의 기쁨은 너무나도 컸다.

"그대의 책보다 아름다운 것을 저는 여태까지 읽어본 적이 없습니다."라고 바그너는 '사랑하는 친구 니체'에게 썼다.

"그대의 책을 그 어떤 책보다도 우월하게 만드는 것은, 그 심오한 독창성이 어떠한 흔들림도 없이 완벽한 확신으로 표현되고 있다는 점입니다. 이 책을 읽고서 저는 다시 마지막 장의 작곡에 돌입했습니다. 제가 어떻게 이런 일을 경험할 수게 되었는지 다만 놀라울 뿐입니다."

"다시 당신의 책을 읽었습니다. 신에게 맹세컨대, 제가 원하는 것이 무엇인지를 아는 유일한 사람은 그대라고 확신합니다."

《비극의 탄생》은 바그너가 상당히 곤경에 빠졌던 시기에 출간되었다. 바이로이트 축제극장 건립을 둘러싼 싸움이 수개월째 계속되고 있었다. 1872년 5월, 마침내 기공식이 열릴 수 있게 되었고, 4월 말에 바그너는 트립셴을 떠났다. 슬픔에 잠긴 니체는, 그에게는 황폐해져 버린 것처럼 보인 방 안을 거닐었다. 니체는 피아노 앞에 앉아 환상에 빠지면서 건반을 두드렸다. 그는 트립셴과의 이별이 매우 특별한 종류의 이별을 의미한다고 느꼈고, 이 느낌을 친구 게르스도르프에게 고백했다.

"감동의 흔적이 여기저기에 스며 있다네. 공기 중에도, 구름 속에도. 아, 위로할 방법이 없네. 트립셴에서 보낸 지난 3년, 나는 이곳을 23번이나 방문했다네. 이것이 내게 어떤 의미를 갖는가! 이것이 없었다면 나는 과연 어떻게 되었을까. 나는 내 책에 트립셴의 세계를 새겨놓았다는 데에 대해 정말 행복감을 느낀다네."

니체가 《비극의 탄생》을 썼을 때, 그와 바그너는 바그너의 '언어와 음의 드라마'가 독일 예술의 완성이며 새로운 문화의 출발이라는 확고한 신념을 갖고 있었다. 다른 예술은 그 어떤 대등한 의미도 가질 수 없었다. 새로운 예술의 창조자로서 바그너는 이러한 신념을 유지할 권리와 의무를 갖고 있었다.

그러나 니체가 자신만의 특성과 사명을 자각하는 순간 이러한 오류를 깨고 나와야 했다. 이러한 일은《비극의 탄생》완성 직후, 아니 어떤 의미에서 집필 중에 발생하였다. 피할 수 없는 이러한 위기는 아직은 눈에 띄지 않았다. 니체는 바이로이트의 축제극장 기공식에 참가했다. 그는 그곳을 떠나면서 바그너로부터 자부심을 불러일으킬 만한 고백을 받았다.

"그대는 내 아내를 제외하고 제 인생에 있어 유일한 소득입니다."

4 ———

바그너와 니체 사이에는 멀리서부터 아주 희미한 불신의 음성이 들려오기 시작했다. 종종 편지와 감사 인사에 대한 답장이 없는 경우도 있었다. 당시 바그너는 축제극장 건립과 바이로이트 조직의 사업에 빠져 있었고, 니체는《반시대적 고찰》속의〈다비트 프리드리히 슈트라우스에 대항하여〉〈역사의 유용성과 단점에 대하여〉〈교육자로서의 쇼펜하우어〉의 저술을 끝냈다. 1873년 4월, 니체는 바이로이트를 방문했지만 그들은 서로의 기대를 충족시키지 못했다. 바그너가 바이로이트의 성공을 위해 고통스러운 싸움을 계속하고 있는 동안, 니체는 그리스 철학에 몰두해 있었다. 그는 바이로이트에서 돌아온 뒤, 세상에 대하여 무관심한 자신의 태도에 의문을 갖게 되었고 그것을 마음속에 품은 채 바그너에게 보내는 편지에서 자신의 태도에 유감을 표시했다.

"제가 갈수록 우울해지고 있는 것은 사실입니다. 저는 어떻게든 당신에게 협력하며 도움을 주고 싶지만, 아무래도 저는 그럴 수가 없습니다."

니체는 리하르트 바그너 협회의 의뢰로《독일인에게 보내는 경고》의 초고를 작성했으나 이 원고는 협회로부터 거절당했다. 니체는 바그너에 대한 그의 가장 순수하고 가장 강력한 귀의의 뜻을 표현하기 위하여《반시대적 고찰》의 마지막 부분인 〈바이로이트의 리하르트 바그너〉를 집필하였다. 이 논문은 바이로이트 축제극이 처음 열린 1876년 출간되었다. 이것은 '별들의 우정'의 마지막을 장식하는 완성품이었으나, 동시에 이미 두 사람의 우정의 저류에 흐르고 있던 격렬하고 고통스러운 소외감의 표현이기도 하였다. 니체가 비판적인 각성과 함께 느꼈던 모든 것이 이 글에서는 억제되어 있었다. 그는《반시대적 고찰》에서 자신의 영혼이 추구하는 이상형을 바그너의 모습에 투영되게 하였다. 이 이상형의 인간은 천재로서 발견자로서 등장한다. — '이 사람은 예술계 최초의 세계일주 항해자이다. 여기서 그는 단순히 새로운 예술뿐만이 아니라 예술 그 자체를 발견한 것처럼 생각된다.' — 또한 이 이상형의 인간은 분열되어 있는 세계를 재결합시키는 영웅으로서, 그리고 바이로이트의 문화 이념을 승리로 이끌기 위한 개혁자로서 등장한다.

이 글은 물론 당시의 사람들에게는 찬가로 보였지만, 니체로서는 바그너에게 부드러운 경고를 보내고자 하는 의도였고, 바그너도 이러한 것을 눈치챌 수 있는 부분들이 있었다.

"우리들에게 바이로이트는 전투 당일의 아침 봉헌을 의미한다. 이것이 단지 예술에만 관련된 것이라고 생각한다면 커다란 잘못이다. 마치 예술이 다른 모든 불행한 상황들을 치유할 수 있는 치료약이라도 되는 양."

니체는 바그너를 '시작(詩作)하는 민족'을 인식한 유일한 예술가로 간주하며, 그의 삶의 경로와 창조 작업을 민족을 위한 거인적 투쟁으로 묘사했다. 니체는 바그너의 예술로써 인간과 민족, 시대의 재생을 이룩한다는 고도의 요구를 이끌어내었다.

이 저술이 출간되었을 때 바그너는 바이로이트의 리허설 준비에 한창 몰두하고 있었다. 축제극 기념 증정본 2부를 증정받은 바그너는 바이로이트에서 니체에게 첫 번째 감사를 전했다.

"친구여! 그대의 책은 놀랍습니다! 대체 그대는 어디서 저에 대한 경험을 얻었습니까? 서둘러 이리로 와서 리허설을 보고 그에 대한 인상을 들려주기 바랍니다. 당신의 리하르트 바그너."

만일 바그너가 더 이상 아무런 작품도 쓰지 않고, 그의 음악이 더 이상 들리지 않더라도, 니체의 이 논문은 바그너가 여전히 위대한 천재임을 증명하게 될 것이 틀림없었다. 이 논문은 다른 바그너전(傳)과 비교하여, 바그너의 예술을 가장 고귀하고 가장 높은 가치에 두고 해석한 것처럼 보였다. 또한 독자들을 바그너의 본질로 가장 심오하게 이끌어가고, 바그너 정신의 의도를 가장 아름답게 표현한 글이라고 생각되었다.

이 논문은《비극의 탄생》과 같은 바그너에 대한 사랑에서도 아니고, 또는《바그너의 경우》나 바그너를 비판한 니체의 메모들에서 보이는 바그너에 대한 미움에서 쓴 것도 아니다. 보다 숭고하고 고귀한 감정이 바그너를 논한 모든 문헌 중에서도 가장 심오한 이 논문을 쓰게 하였다. 니체는 깊은 고뇌에 몸서리치며, 한때 그토록 숭배했던 것이 그로부터 빠져나가고, 이제는 낯설고 잘못된 길을 헤맬지도 모른다는 두려움 속에서 이 글을 썼다. 그는 자신이 어떤 친구와 혹은 그 친구가 그와는 더 이상 같이 할 수 없음을 깨달았을 때 보여주곤 했던 향수와 경의에 찬 예의를 갖고 이 글을 썼다. 그는 불신과 의혹, 두려움이나 회의로 해석될 수 있을 모든 요소들을 이 글에서 제외시켰다. 그러나 니체는 이 글을 쓰면서, 경건한 마음으로 경의를 표하며 내면의 커다란 감동을 느꼈던 것들과, 그리고 그가 처음으로 비판적인 시각으로 보게 된 것들은 공표하지 않고 메모해 두었다. 우리들은 당시 니체가 바그너에 대해서 실제로 어떠한 느낌을 갖고 있었는가를 알기 위해서는 이 공표되지 않은 메모를 읽어봐야 한다. 이 메모에서 이미 반항적인 정열로 가득찬 문장들을 볼 수 있다.

"바그너는 개혁자가 아니다. 왜냐하면 아직도 모든 것이 옛날 그대로이기 때문이다.

바그너가 생각하는 예술은 우리들의 사회적 노동관계에는 들어맞지 않는다. 바그너가 예술에 부여하는 의미는 독일적이지 않다.

바그너의 특성은 무절제와 과도함이다. 그는 그의 감각과 능력의 마지막 단계에 도달해 있다. 그의 또 다른 특성은 위대한 배우 소질이다. 이것이 한번 발동되면 최초의 궤도에서 전혀 다른 궤도로 자신을 변화시킨다. 본래 그에게는 배우에 걸맞은 모습과 목소리, 그리고 이에 필요한 고상함이 결여되어 있다."

니체는 바흐와 베토벤을 더 순수한 본성의 소유자라고 일컬으며, 트리스탄에서는 '우려스러운 과도함'을 보았고, 마이스터징거의 구타 장면에서는 '방종함'을 보았다. 니체는 독일의 위대한 음악가 중에서 바그너와 같이 형편없는 음악가는 없었다는 사실이 어디에서 기인한 것인가에 대해 자문했다. 결국 니체는 바그너에게는 본질적일 필요가 없는 어떤 특성이 결여되어 있다는 사실을 아쉬워하였다.

"바그너에게는 모든 우아함과 고상함이 결여되어 있고, 담론에 있어서의 날카로움이 없다."

"바그너에게는 반동적으로 보이는 요소들이 존재한다. 즉 중세적, 그리스도교적, 귀족적, 불교적, 그리고 경이적인 것."

하지만 니체는 다시 한번 자신을 진정시키고, 이 아름다운 논문을 내면의 거리낌 없이 발표하기 위하여 다음과 같이 덧붙인다.

"다만 이러한 것들은 예술적으로 사고해야 하는 것들이지 독단적인 학설로서 취급할 것은 아니다."

그리고 그는 자신이 그럼에도 불구하고 바그너를 '문화의 수행자'로 간주한다고 고백하였다!

니체는 바그너에 대한 자신의 우려와 의심을 마치 스스로에게 자문하듯 비밀리에 기록하였다. 과거 자신의 무조건적인 바그너 숭배에 대하여 고뇌하며 스스로를 심문하고 비난해야 했던 그는 얼마나 괴로웠을 것인가! 그렇지만 외부적으로 그는 오랫동안 바그너에 대하여 감동적인 충실함으로 가득 차 있는 편지를 친구에게 보냈다. 그는 이 편지들에서, 쇼펜하우어가 최고의 결정체라고 하였고, 모든 인간의 최고봉으로 인식한 천재의 모습을 바그너에게서 생생하게 경험할 수 있었다며 그 행복감을 표현하였다. 명백한 찬미의 노래와 은밀한 비판, 그리고 소유와 욕망 사이의 모순에 휩싸여 니체의 양심은 얼마나 고통스러웠을 것인가!

니체는 바그너의 축제극 공연 초대를 받아들였다. 그는 커다란 기대를 품고 겸허한 마음의 자세로 바이로이트에 갔다. 니체는 대담하게도 이제 막 출간된 자신의 책 속에 다음과 같은 문장을 덧붙였다.

"바이로이트에서는 관객들조차 볼 만하다."

그는 이 말을 진실하고 유쾌한 기분으로 썼으나, 현실에 직면해서는 곧 비아냥거리는 그들의 답변을 들어야 했다. 그는 깊은 마음의 상처를 입고 쓰라린 환멸과 비애를 맛봐야 했다. 니체는 4년 전의 기공식에서처럼 조용하면서도 신뢰감 있는 공동체를 본 것이 아니라, 광신적인 바그너 음악 애호가들과 불만에 가득 차 비난을 퍼부어 대는 비평가들, 그리고 때로는 지루해 하는 관객들을 보게 되었다. 그들은 이 공연을 위해 주최 측이 요구한 9백 마르크를 지불할 수 있고, 이에 대한 대가로 신경을 자극하는 화려한 센세이션을 기대하는 사람들뿐이었다. 바그너의 음악에 무관심한 사람들도 나타나지 않았지만, '진정한 바그너주의자들'도 그 자리에는 보이지 않았다. 바그너주의자들은 그들이 바그너를 추종함으로써, 아니 자신들의 바그너 협회 회원증으로써 바그너 음악의 이해뿐 아니라 바그너에 대해 논할 수 있는 유일한 권리도 샀다고 믿는 자들이었다. 바그너 자신도 리허설에 몰두하고 있었기 때문에 젊은 친구를 위해 거의 시간을 낼 수가 없었다. 그리고 리허설이 끝나면 방문한 사람들을 접견하고 유력자들을 영접하는 등의 또 다른 '사업상' 의무들을 이행해야 했다. 니체는 바그너주의자들에게도, '사업'에 몰두하고 있는 바그너에게도 실망하였다. ─당시 니체는 극장이 그 준비와 실제 공연을 함에 있어서 사업일 수밖에 없다는 사실을 깨닫지 못했다─ 또한 조명과 소음으로 가득 찬 니벨룽겐의 리허설을 보고, 저 사랑스러운 트리스탄의 곡조와는 전혀 다른 바그너의 예술에 대해 큰 실망을 느꼈다. 트립셴에서 그는 바그너와 함께 어떠한 바이로이트를 상상했던가!

"미래의 바이로이트의 모습은 이렇다. 참되게 살아가는 모든 인간들이 결집한다. 예술가는 자신의 예술을 펼쳐가고, 작가는 자신의 작품을 낭송하며, 개혁가는 자신의 이상을 제시한다. 이 모든 인간의 영혼이 목욕할 수 있는 곳이 되어야 한다. 여기에서 새로운 정신이 깨어나고, 그곳에서 미덕의 왕국이 펼쳐진다."

그러나 현실의 바이로이트는 니체에게 어떠한 모습을 보여주었단 말인가!

니체는 리허설이 진행되는 동안 바이로이트를 떠났다가 《니벨룽겐의 반지》공연이 시작되었을 때 다시 돌아왔다. 하지만 휴가가 끝날 때까지 머무르려던 당초 계획과는 달리, 어느 날 짐을 챙겨서 여동생을 찾아간다.

"아, 그것이 바이로이트였구나."

그의 눈에는 눈물이 글썽거렸다.

바그너는 니체의 심경 변화를 전혀 예상하지 못했다. 아무런 낌새도 채지 못한 채 바그너는 트립셴에서처럼 니체에게 개인적인 일들을 부탁했고, 니체도 성심을 다해 여기에 부응했지만 그의 마음은 무거웠다. 아직까지 니체는 바그너라는 위대한 정신으로부터 작별을 고한 것은 아니었지만, 바그너의 예술과 자신의 저서에서 그토록 동경과 믿음에 가득 차 공표했던 위대한 문화 사상으로서의 바이로이트와는 결별한 것이었다. 니체는 그 직후 소렌토로 갔는데, 여기서 우연히 그곳에 들렀던 바그너와 코지마와의 마지막 만남이 이루어지게 된다. 바그너가 축제극의 사업적인 실패에 대해 기분이 상해 있었기 때문에 이 재회에서 바이로이트에 대해서는 이야기를 나누지 않았다. 그들이 함께 있었던 마지막 날, 해질 무렵에 두 사람은 바닷가로 산책을 나갔다가 언덕에 올라 저 멀리 저물어 가는 태양을 바라보고 있었다. 갑자기 바그너는 그리스도교의 자기반성에 대해서 이야기를 시작했고, 최후의 만찬 덕분에 그의 영혼이 얼마나 평온해졌는지에 대해서 말했다. 그리고 마침내는 바그너의 입에서 대중의 취향에 대한 굴복으로 오해될 수 있는 말이 나왔다.

"독일인들은 이제 더 이상 이교도의 신들과 영웅들에 대해 듣고 싶어 하지 않는다네. 그들은 무언가 그리스도교적인 것을 원하고 있어."

해는 다 저물었고 니체는 침묵을 지켰다. 바그너는 갑자기 고백을 중단했다.

"왜 아무 말도 하지 않는가? 사랑하는 친구여,"

니체는 무언가 변명거리를 찾았지만 바그너의 이러한 그리스도교로의 종교적인 후퇴는 그의 마음을 무겁게 짓눌렀고, 바이로이트에서 느꼈던 것들을 분명히 증명하는 것이라고 생각했다. 독일문화의 재창조자이자 혁신자이며 무신론자였던 바그너가 갑자기 그리스도교도라도 되었단 말인가? 아니면 니체가 상처 입은 마음으로 자문한 것처럼 지금 바그너는 연극을 하고 있는 것인가?

집에 돌아와 니체는 강경한 어조의 글을 써 내려간다.

"나는 자신에 대한 진실과 결합되지 않은 그 어떠한 위대성도 인정할 수
없다. 자신에 대한 연기는 내게 구역질을 일으킨다. 그런 점이 발견된다면
그의 모든 업적은 내게 아무런 의미도 없게 된다."

니체는 슬픔에 잠긴 채 자기 방으로 들어가 버린다. 그리고 그는 소렌토
를 떠났다.

그 후로 니체와 바그너는 다시 만나지 않았다.

5 ───

니체가 바젤에서 그해의 역작 《인간적인, 너무나 인간적인》을 집필하고
있을 때, 바그너로부터의 마지막 선물인 《파르지팔》†의 아름다운 증정본을
받게 된다.

여기에는 '진실한 친구 프리드리히 니체의 건승을 기원합니다. 리하르트
바그너.'라고 쓰여 있었다.

그리고 그의 이름 뒤에는 마치 무언가를 예방하려는 듯이 농담조로 다음
과 같은 직위가 적혀 있었다.

---

† **파르지팔**
3막으로 구성된 바그너의 오페라로서, 1882년 완성되어 그해 바이로이트 음악축제에서 초연되었다.
성배 수호기사단의 왕 암포르타스가 쿤트리의 유혹을 받아 마법사 클링조르에게 창을 빼앗기고 부상을
입자, 용감한 바보 파르지팔이 창을 되찾아 왕을 치료한 뒤 그의 이어 왕이 된다는 내용이다.
바그너는 이 작품을 완성하기 훨씬 전인 1845년, 볼프람 폰 에셴바흐의 책에서 이를 처음 접하고 오랜
준비기간을 거쳐 마침내 독일 낭만주의 오페라의 정형을 완성하였다. 작품 전체에 상징과 신화를 다루
는 바그너 특유의 음악성이 배어 있다.

'고등 종교법관'

니체는 《파르지팔》을 읽으면서 마음이 무거웠다.

"바그너라기보다는 오히려 리스트, 반 종교개혁 정신에 가깝다. …내게
는 모든 것이 너무도 그리스도교적이고 시대의 제약에 갇혀있는 듯이 느껴
진다. 가상적인 심리분석, 육체는 보이지 않고 피만 흘러넘친다. 나는 히스
테릭한 여자를 좋아하지 않는다. 내면의 관점에서는 견딜 만한 것들도 실제
공연에서는 참을 수 없는 인물이 될 것이다. 그 언어는 낯선 외국어를 번역
한 것처럼 들린다. 하지만 그 정황과 전개는 최고의 시가 아닌가? 이것이야
말로 음악의 마지막 도전이 아닌가?"

니체가 《파르지팔》에 대해 다음과 같이 말한 것은 이 작품을 비판하면서
도 어느 정도 인정했던 것은 분명하다.

니체는 자신의 새로운 저서 《인간적인, 너무나 인간적인》이 바이로이트
의 바그너에게 상처가 될 수 있음을 우려하여, 처음에는 이를 익명으로 출
간하고자 했다. 그러나 결국 그의 이름을 달고 출간되었고, 니체는 이 책을
고뇌의 심경이 뒤섞인 다음과 같은 헌사와 함께 바그너에게 보냈다.

우리가 이 책을 세상에 내놓기 전에,
거장의 진실한 눈길이 이를 보고 축복해 주시기를.
그리고 거장의 부인이 현명함을 가지고 이 책을 읽어주시기를.

이 책은 형이상학과 과거의 전통적 이상에 대한 불신으로 가득 차 있었다.

"당신들이 이상이라 일컫는 것에서 나는 인간적, 너무나 인간적인 것을
본다. 잇단 오류들이 너무도 당연하게 얼음처럼 굳어지고, 이상에 대한 반
론도 없다. 이상은 얼어붙을 따름이다. 여기서 천재가 얼어붙고, 한쪽에서

는 성인이 얼어붙고, 마지막에는 신앙이 얼어붙는다. 그리고 신념과 연민도 현저하게 식어버린다."

니체가 이 책에서 예술가 또는 천재에 대하여 논하는 것은 바그너를 염두에 둔 것이었다. 니체의 의도를 분명히 깨닫기 위해서는 이 두 단어를 바그너로 대체해 보면 알 수 있다.

니체의 다음 말은 그가 지금 어디에 서 있는지, 그리고 이 책에 대한 바그너의 어떠한 메아리를 기대하였는지를 대략적으로 보여준다.

"친구여, 이제 우리를 결합시키는 것은 아무것도 없습니다. 하지만 우리가 정반대의 방향으로 달려가고 있었다 해도 서로에게 방향을 지시해 줄 수 있었다는 의미에서 커다란 즐거움을 나눌 수 있었습니다."

바그너는 니체가 기대하고 염원하였던 것처럼, 이 책을 받아들일 생각이 전혀 없었다. 바그너는 단지 제자의 배반을 보았을 뿐인데, 그의 인식은 정확한 것이었다. 여러 번의 실망을 맛본 니체는 바그너의 제자에서 벗어나 이제 자신의 고유한 사명을 깨닫게 된 것이다.

바이로이트로부터 온 유일한 회답은 차가운 침묵뿐이었다. 고통스러울 만큼 실망스러웠던 이 책에 대한 바그너의 언급은 오직 오버벡에게 보낸 그의 편지에서 발견될 뿐이다.

"나는 그 책을 읽지 않음으로서 그에 대한 우정을 간직했네. 나의 이러한 호의를 그가 감사하게 생각해 주리라는 것 이외에는 아무것도 바라지도 기대하지도 않는다네."

1년 반이 지난 뒤, 바그너는 오버벡에게 보낸 몇 장의 편지에서 다시 한번 자신이 침묵한 이유에 대해 고백하였다.

"그렇게 폭력적으로 작별을 고한 친구를 어떻게 잊을 수 있단 말인가?
나는 니체가 나와 협력하던 시절에도, 그가 항상 어떤 정신적, 삶의 경직성에 지배당하고 있음을 느꼈네. 이러한 경직성이 그의 내면에서 영혼을 뒤흔들고, 밝게 빛나는 불씨가 되어, 사람들의 찬탄을 자아낸다는 사실이 내게는 놀랍게만 보였지. 그의 내적 삶이 전기를 맞이하는 데 있어서, 그의 이러한 경직성이 얼마나 강력하게, 그리고 참아낼 수 없을 만큼 그를 억눌러 왔는지 지켜봐 왔네. 결국 이와 같은 정신적 변화가 진행되고 있는 그와 윤리적 사고로는 논쟁할 수 없다는 것을 깨달았고, 분명 깊은 충격을 주리라는 것을 알면서도 침묵을 지킬 수밖에 없었다네."

니체가 후에 쓰라린 마음으로 말한 것처럼, 이 책과 니체는 바이로이트로부터 파문되었다. 이는 단어 본래의 의미대로 파문이었다. 바이로이트신문에서 니체의 이름은 거명되지 않았지만 책에서 보여준 그의 새로운 입장들은 철저히 거부되었고 비난을 받았다. 이에 대해 니체는 바그너가 자신의 위대한 성품을 보여줄 절호의 기회를 놓쳤다고 생각했다.

니체는 그가 그토록 갈망하던 문화의 혁신에 있어서 예술이 갖는 의미에 대하여 불신을 품게 되었다. 갑자기 그에게는 예술의 위험한 측면들, 즉 예술의 비현실적인 환상, 과장, 허영, 질투, 이기주의 등 예술이 갖는 약점들이 너무도 분명하게 보인 것이다. 이제 그는 바그너를 향해 외쳤다.

"예술 발전에 있어 가장 행복한 경우는 여러 천재들이 서로를 구속하는 것이다."

그는 자연적인 사물의 발전을 저해하는 예술의 독재를 두려워하였다. 그리고 무엇보다도 비판적 지성에 대해 가지는 예술의 위험성을 보게 되었다. 니체는 이제 이러한 지성에 눈을 뜨고 독자적인 방향을 내딛게 된 것이다. 니체가 그 시대의 몰락과 맞서 싸운 것은 예술가의 직관이 아니라 지성을 통해서였다. 물론 니체는 삶의 원동력으로서의 예술이 아니라 문화의 개혁 수행자로서의 예술가에 대해 불신을 갖고 있었다는 점을 보다 분명히 했어야 했다.

우선 《반지》 ―《니벨룽겐의 반지》3부작과 서곡― 가 바그너 작품에 대한 니체의 비판을 처음으로 불러일으켰다는 것은 본질적인 문제가 아니다. 분명 니체는《반지》를 반박한 모든 언급들에 대하여 그 근거를 갖고 있었다. 그러나 바그너가《반지》와 함께 변한 것이 아니라, 니체가 자신의 시선을 변경시켰고, 이제《반지》를 몇 년 전에 받아들였던 것과는 달리 보고 들었던 것이다. 그때까지 니체는 바그너의 정신적 의도와 예술적 원칙을 인정했으나, 이제는 그의 예술이 영혼의 예술에서 신경의 예술로 타락했다고 보고, 바그너 예술의 실질적인 영향들에 대해 판단하게 되었다. 그는 괴테의 '경험은 언제나 이념에 대한 패러디다.'라는 말이 지니고 있는 진실을 수용할 수 없었다. 바이로이트의 문화 이념에 있어 이상과 현실 사이의 이러한 부조화와 분열은 니체에게 참을 수 없는 것이었다.

두 사람의 결별을 필연적인 것으로 만든 또 다른 상황이 있었다. 한때 정치와 경제를 포함해 삶의 모든 부문의 개혁을 꿈꾸던 바그너는 인간의 가장 거룩하고 심오한 가치는 예술이며, 예술과 인간의 종교적 욕구와의 결합, 그리고 그 결합은 형이상학적으로 승화된 것이라야 한다는 신념에 점점 더 확신을 갖게 된다. 이에 반해 한때 예술을 삶을 개량하는 유일한 근본 힘이라고 선포했던 니체는, 이제는 예술적 관점과 욕구로부터 초연한 사고에 진리에의 길, 즉 재생으로의 길이 있다고 믿게 되었다. 바그너는 점점 '삶'에서 눈을 돌려 '이념'에 자신의 몸을 맡기게 되었다. 이에 반해 니체는 이론적 이상에서 실천적 가르침으로 옮겨오게 되었다. 니체는 심리학자이자 실증주의자가 되었다. 젊은 시절에 분명 그는 예술의 '구원의 힘'에 대한 희망을 품고 있었지만, 이것은 그의 정신사에서 있어서 하나의 국면에 지나지 않았다. 현실의 문제들이 그를 너무도 짓눌렀기에, 그로서도 이제 불안한 마음으로 "우리는 진리로 인해 파멸되지 않기 위해 예술을 필요로 한다."고 고백할 수밖에 없었다. 이러한 바그너와 니체의 대립에는 세대 차이라는 문제도 얽혀 있었다.

당시 가장 위대한 정신의 소유자였던 이 두 사람의 결별을 이해하기 위해서 어느 한쪽의 편을 드는 것은 부질없는 짓이다. 한편에서는 니체를 반 바그너 지식인들의 '광대' 쯤으로 치부하고, 다른 편에서는 바그너의 위대한 예술을 '격앙된 연극'이라고 빈정대며 평가 절하하기도 한다.

이 두 사람에게 결별은 운명적인 것이었다. 우리는 니체가 이 결별 때문에 얼마나 괴로워했는지 잘 알고 있고, 바그너도 이 결별에 대하여 깊은 뜻을 내포하고 있는 말을 남겼다. 니체의 누이가 1882년 《파르지팔》의 첫 공연을 보기 위해 바이로이트에 왔을 때, 바그너는 그녀와 따로 이야기를 나누자고 청했다. 그들이 《파르지팔》에 대해 이야기를 나누었고, 그녀가 떠나려할 때 바그너는 조용히 말을 건넸다.

"오빠에게 이야기해 주세요. 그가 떠난 후 저는 고독하게 되었다고."

세상의 명성에 둘러싸여 자신이 쌓아올린 업적의 정점에 서 있던 바그너가 이런 말을 했던 것이다! 아마 바그너도 무의식의 깊은 심연에서는 자신도 니체와 마찬가지로 인간을 구원하는 최후의 원천에 도달할 수 없음을 예감하고 있었는지도 모른다. 바그너 자신은 겨우 미의 원천에 도달했을 뿐이고, 니체는 진리의 원천에 발을 디뎌놓았다. 그러나 두 사람 모두 결국에는 성스러움의 원천에는 도달할 수 없다는 것을 느낀 것이다. 이 성스러움의 원천을 더듬어 찾으면서 바그너는 《파르지팔》을 창작했고, 니체 역시 고뇌 속에서 이것을 갈망하며 이에 대한 동경심으로 가득 차 있는 《알 수 없는 신》을 썼다.

그 후 니체는 세상에 대하여 침묵을 계속하였다.

1883년 바그너가 세상을 떠났다. 이 소식을 접한 니체의 반응은 분명하고도 올바른 것이었다.

"나는 바그너의 죽음이 현재 내게 주어질 수 있는 가장 본질적인 안도가 되리라고 믿고 있네. 가장 존경했던 사람과 6년간이나 적대 관계로 살아가야 했던 것은 정말 괴로운 일이었어. 이러한 것을 견딜 수 있을 만큼 나는 강건하지 못하네. 더구나 내가 반항할 수밖에 없었던 상대는 나이가 들어 버린 바그너였어. 본래의 바그너라면 나는 여전히 나의 많은 부분이 그의 상속자이기를 바라고 있다네."

다음은 오버벡에게 보낸 편지이다.

"바그너는 내가 만난 사람 중에서 가장 풍부한 인간이었네. 이러한 의미에서 나는 지난 6년 동안 커다란 결핍으로 괴로워했네. 그러나 우리 둘 사이에는 무언가 치명적인 모욕 같은 것이 존재했다네. 그가 좀더 오래 살았다면 이것은 아마 무시무시하게 되었을 거야."

이해 가을, 니체는 친구 게르스도르프에게 다음과 같이 고백하였다.

"나에 대해 말하자면, 나는 내 자유의사로 받아들인 길고도 고통스러운 정신적 금욕을 거쳐 왔다. 이러한 관점에서 지난 6년은 내게 가장 커다란 자기 극복의 시기였다. 그렇다. 나는 내 삶의 이러한 단계를 극복해 낸 것이다. 그리고 이제 내게 남은 것은 ─내 생각에는 거의 남아 있지 않지만!─ 내가 이것을 위해 평범한 삶을 견뎌왔다는 사실을 완벽하고도 남김없이 표현하는 것이다."

스스로 부과한 준비 단계로써 긴 자기 극복의 기간을 거친 뒤, 니체는 정신세계에서 그의 위치를 확립하는 시기가 찾아온다. 그것은 1883년부터 그의 정신이 꺼져 버릴 때까지의 시기이다. 니체는 새로운 윤리의 고지자(告知

者)이며 시대의 개혁자가 되었고, 이를 위해서 그는 먼저 파괴자가 되었다.

6 ———

그의 이러한 사명을 증언하는 두 권의 저술이 있다. 여기에서 니체는 한 때 그렇게 많은 희망과 동경으로 가득 차 만들어냈던 바그너 상(像)을 이제 서슴지 않고 무너뜨린다. 이 두 권의 저술은《바그너의 경우》와《니체 대 바그너》이다. 바그너에 대한 니체의 투쟁을 그린 이 두 권의 책은 그 어느 것과도 비교할 수 없을 만큼 정신적으로 세련되어 있으며, 그 요점에 있어서는 간결하면서도 날카롭다. 그리고 그 영향력은 비통하다 할 정도로 잔인했다. 무엇보다도 이 두 저작은 스스로를 변호할 수 없는 사라진 천재를 상대로 한 것이었기 때문이었다. 하지만 이 두 작품은 니체의 진의를 알아야만 비로소 이해할 수 있다. 니체는 새로운 문화와 새로운 윤리를 기초 짓기 위해 시대에 반항하여 폭풍을 일으키고, 세계사적 전쟁을 선포해야만 했으며 또한 그러기를 원했다. 낡은 것을 무너뜨리기 위해서 그는 시대에 승리를 거둔 가장 위대한 인물을 자신의 적으로 선정했다. 그리고 전선을 명확히 하기 위해 그는 천재 바그너를 통해 나타났고, 그의 작품으로서 결실을 맺은 모든 가치와 힘에 의식적으로 맞섰다. 그리고 그중에서 공격 가능한 모든 것들을 집어냈다.

그는 바그너가 예술을 오로지 확대경을 통해 보여주고 있다고 비난했다.

"그 안을 들여다보고는 우리의 눈을 의심하게 된다. 모든 것이 커다랗게 보이고 바그너 자신조차도 커다랗게 보인다."

그러나 니체 자신도 우리에게 확대경을 통해 바그너를 보게끔 한다. 왜 냐하면 이 돋보기는 바그너의 비판적 숭배자들이 이미 오래 전에 바그너의 위대한 부산물로서 용서한 바 있는 약점들만을 들춰내었기 때문이다. 《바그너의 경우》에서 니체는 쓴다.

"독일인들은 자신들이 숭배할 수 있는 바그너를 만들어냈다."

니체는 이 투쟁에서 자신이 증오하고 싸울 수 있는 바그너를 만들어냈다. 그는 바그너를 신화와 감정의 위조자, 심장이 아닌 신경과 저급한 감각적 자극의 음악가, 몰락의 예술가, 성공을 노리는 투기꾼, 대중의 유혹자, 형식의 파괴자, 연기자, 양식의 위선자라고 비난하였다.

"대체 바그너는 음악가이기나 했던가? 어쨌든 그는 무언가 다른 존재였다. 그는 유례를 찾을 수 없는 최고의 배우이자 지금까지 독일인이 가졌던 가장 위대한 연출가였고, 뛰어난 극장의 천재이자 우리들이 뽑은 무대인이었다. 그는 음악사(音樂史)가 아닌 다른 어딘가에 속한다. 우리는 그를 음악사의 위대하고 순수했던 사람들과 혼동해서는 안 된다. 바그너를 베토벤과 비교하는 것은 신성 모독이며 나아가서는 바그너 자신에게 조차도 부당한 비교이다. 그가 음악가가 된 것도, 본래의 그의 존재 이상은 아니었다. 그의 내면에 존재하는 폭군적인 연기의 천재가 그를 그리로 내몰았기 때문에 음악가가 되었고 시인이 되었다. 바그너의 지배적인 본능을 간파하지 못하면 우리는 그에 대해 아무것도 알 수 없다."

바그너의 정신적 측면에 대한 니체의 언급들 중에서 음악에 대한 평가는 특별히 비판적인 주의를 기울여 생각해 볼 필요가 있다. 위대한 통찰도 있으나 의심스러운 오판도 있기 때문이다. 그는 슈베르트의 위대한 C장조 교향곡을 지루하다고 평했고, 바흐와 모차르트의 음악에서 울려 퍼지는 마력을 느끼지 못했다. 니체는 자신의 제자인 페터 가스트의 범용한 음악을 위대한 계시로 받아들였고, 스스로도 작곡을 했지만 애호가의 차원을 넘어서지 못했다.

우리는 바그너를 상대로 한 이 두 권의 저술을 그 정신적 의도와 윤리의 기반으로 환원시켜 보아야지, 그가 음악과 음악가에 내린 판단들에 연연해서는 안 된다.

니체는 바그너에 적대적인 이 책이 개인적인 선언으로서, 또한 유럽 문화의 몰락에 도전하는 투쟁의 진정한 선전포고로서 얼마나 중요한지 깊이 인식하고 있었는데, 이는 이 책들의 보급을 위해 기울인 그의 노력의 강도를 보면 알 수 있다. 그렇지만 그의 이러한 시도는 실패했다. 말피다 폰 마이젠북은 이 두 논문을 프랑스 어로 번역해 달라는 니체의 의뢰를 거절하였다. 야코프 부르크하르트에게는 "당신의 한마디가 저를 행복하게 할 것입니다."라는 말과 함께 이 책을 보냈지만 그는 끝내 침묵했다. 오직 바그너에 대한 예술적 반감을 갖고 있던 칼 슈피텔러 −스위스의 서사시인− 만이 《베르너 분트》와 《바슬러 나하리히텐》이라는 양 신문에서 니체의 이 저작에 동의하는 뜻을 표명했을 뿐이다.

미술 잡지 《쿤스트바르트》는 페터 가스트의 글을 실었는데, 이는 제자로서 스승을 변호하는 찬가와 같은 것이었다. 쿤스트바르트의 발행인이자 바그너의 조카인 아베나리우스는 다른 사람들보다 먼저 니체를 옹호해 온 사람이었지만, 가스트의 글을 게재하며 그 의미를 축소하는 편집 후기를 첨가했다.

"우리는 니체의 세계관을 공유할 뿐 아니라 그의 세계관에 완전히 동의할 수도 있다. 그렇지만 이와 동시에 바그너에게도 최고의 경의를 표할 수도 있다. 청년 프리드리히 니체는 이것을 완숙한 프리드리히 니체에게 증명했다. 문제는 법칙을 각각의 경우에 적용하고 진단하는 것인데, 여기에서는 바그너에게 적용한 것이다. 문화 의사인 청년 니체는, 문화의 탐구자로서의 청년 니체가 발견한 법칙들에 따라 바그너에게 찬란한 건강 진단서를 발부했지만, 이제 역시 문화 의사인 완숙한 니체는 같은 법칙들을 근거로 질병 진단서를 발부했다. 어느 것이 옳은가는 환자를 해부함으로서 증명될 것이다. 그렇지만 그것은 바그너가 아직 살아 있을 경우의 이야기이다."

바이로이트의 지지자들도 반격을 시작했다. 《무지칼리쉐스 보헨블라트 (주간음악)》에서 리하르트 폴은, 물론 그 정신적 수준은 대수로운 것이 아니었지만, 혹독한 비평을 담은 논문을 《니체의 경우―심리학적 문제》라는 제목으로 발표했다.

니체는 얼마 동안 이러한 지식인들의 논쟁을 지켜볼 수 있었다. 그러나 얼마 뒤 그의 정신은 영원한 암흑 속에 갇히게 된다. 기회를 잡은 그의 적들은 니체의 정신질환을 마음껏 이용하였다. 지금까지의 바그너에 대한 니체의 투쟁은 그의 광기의 발작으로밖에 볼 수 없으며, 이제 모든 논쟁이 해명되었고 논박되었다고 주장하였다. 이러한 수법은 분명 가장 편리한 방법이기는 했지만, 날카롭게 대립하고 있는 논쟁을 끝내기에는 너무나 경솔하고 피상적인 방법이었다. 우리는 아직까지도 니체의 질병에 대해 거의 아무것도 모르고 있으며, 앞으로도 이 문제는 속 시원히 해결되지는 않을 것이다. 그리고 그것은 큰 문제가 아니다. 니체의 병력을 기록한 예나 병원의 자료가 공개되었지만 이 역시 그의 질병에 대한 명확한 답을 주는 것은 아니다. 그의 질병이 유전적이든 후천적이든 후세의 지식인들에게 무슨 상관이란 말인가. 바그너에 대한 니체의 투쟁을 그의 질병 탓으로 돌리며 평가 절하하려는 시도는 오로지 악의에 찬 거짓말쟁이들과 피상적인 것만을 핥고 있는 불손한 자들뿐이다.

정신병리학은 지난 수십 년간 정신질환을 앓고 있는 예술가들과 사상가들의 창조 작업에 대해 연구해 왔다. 우리는 정신질환자 중에서 하필 천재들을 연구 대상으로 삼는 것이 어떠한 욕구를 충족시켜 주는지, 그리고 그

것이 과학적으로도 필수적이고 유용한 것인지에 대하여 질문을 던져볼 수 있을 것이다. 이러한 연구 결과들이 과학 잡지나 전문 학술서적에 널리 소개되고 있는 이상 이에 반대하기는 어렵다. 하지만 천재의 고뇌가 통속문학에까지 침투하여 일그러져 묘사되고, 문외한인 청중 앞에서 천재의 정신병에 대해 장광설을 늘어놓는 어처구니없는 일이 만연된다면, 이는 단지 감각을 자극하고 천재에 대한 불손함만을 불러일으킬 뿐이다. 더구나 불손한 자들이 이러한 풍조에 편승하여 자신들의 건강함을 자부하면서 질병에 걸린 천재의 창조물을 거만하게 깔보는 데 필요한 무기를 제공할 것이다. 이럴 경우 천재의 본질에 대한 우리들의 지식은 조금도 개선되지 않는다. 따라서 니체의 저술에 나타나는 문체나 내용, 혹은 소재를 분석하여 언제 정신병이 시작되었는지 확인하려고 하고 이를 통해 그의 후기 저술들을 평가 절하하려는 모든 시도는 성공할 수 없는 불필요한 시도일 뿐이다.

이에 비해, 바그너에 대한 니체의 투쟁을 문화 철학적, 혹은 역사적으로 반박하고자 하는 비판 연구는 보다 진지하게 받아들여야 한다. 니체가 바그너에게서 그리스도교와 교회로의 비겁한 도피라고 파악했던 것들은 이미 바그너가 혁명에 관한 저서 속에서 언급한 것들이다. 바그너는 예수의 인간상에, 그리고 그의 삶과 가르침에 호감을 갖고 있었다. 그러나 바그너는 초기 그리스도교의 가르침과, 후에 교회를 통하여 변질되어 버린 가르침은 분명하게 구분했다. 고딕과 르네상스의 조형예술, 그리고 독일 음악에 나타나는 가치는 그리스도교의 문화적 힘으로 활동력을 얻고 결실을 맺었다. 바그너는 바로 이러한 그리스도교의 가치에 동의하며 《파르지팔》에서 표현한 것이었지만 니체는 이를 간과하였다.

그렇지만 이 논쟁에서 한쪽의 견해가 승리하면 다른 견해는 즉시 폐기되어야 한다고 믿는다면, 결코 최종적인 결론에 도달할 수가 없다.

여기서 우리는 다시 한번 니체가 이러한 투쟁을 벌이게 된 동기를 떠올려 보아야 한다. 바그너는 자신의 작품으로 승리를 거두었고, 자신의 작품과 함께 한 시대의 끝 지점에 서 있었다. 그는 그 자신과 19세기가 바라본 바대로 낭만주의의 완성가가 되었다. 바그너가 그의 작품을 통해 그 시대의 풍부한 욕구와 창조의 노력, 그리고 문화의 새로운 가능성과 필연성들을 싹틔웠다는 점에서 그를 그 시대, 혹은 그 세기의 완성가라고 일컫는다면, 그의 정신사적 위치는 분명히 규정될 수 있다. 천재 혹은 어떤 재능의 위대함과 의의는 그들이 한 시대를 마감했다고 해서 권위에 저항하는 젊은이들이 생각하는 것처럼 그 의미가 결코 감소하는 것이 아니다. 칸트는 그가 활동하고 있던 때에도 낭만주의에 눈뜬 사람들에게 이러쿵저러쿵 공격을 받았지만, 18세기를 완성하는 그의 역할을 완수하였다. 그렇지만 이것이 그의 가치를 떨어뜨리지는 않는다. 또한 니체에게 보낸 코지마의 편지에 따르면, 바그너는 뒤러를 중세의 마감석으로 평가했다고 한다.

"그는 그리스도교 교회의 수수께끼와 같은 무한의 상징적 표현에 최종적인 의미를 부여하며, 미에 대해서는 건너뛴 채 우리들에게 단지 숭고함만을 보여주었다. 바흐도 거기에 속하는데, 내게 이 두 사람은 시작이 아니라 끝으로 보인다."

바그너가 그의 작품으로 성공을 거두었을 때, 그는 이미 승리를 거두고 자신의 사명이 이루어진 것으로 여겼던 노년의 작가였다. 그는 온갖 반론에도 불구하고, 당시 전장에서 프랑스와 싸워 통일을 이루어낸 독일의 정신적 대표자였다. 니체는 바그너를 적으로 받아들임으로써 새로운 시대에 대항해서 싸울 수 있었다. 바그너의 예술이 성공하면 할수록, 니체는 이러한 전개 과정에서 자신이 기초를 만들고 우리 시대에 와서야 완성된 모습으로 받아들인 태도, 즉 '전체성'이 결여되어 있음을 느꼈다. 니체는 바그너에게서,

그가 '삶이 더 이상 전체 속에서 살고 있지 않는다.'는 말로 표현하였던 문학적 데카당의 대표자를 보았다. 그에게 바그너의 예술은 '향락'과 '사치'로 보였고 전체 삶의 문화와는 관계없는 존재로 나타났던 것이다.

니체는 더 이상 바그너에게서 자신과 유사한 힘들을 찾으려 하지 않았고, 단지 바그너가 19세기로부터 힘겹게 끌고 온 힘들을 인정할 뿐이었다.

바그너에 대한 니체의 투쟁을 바그너에 대한 질투, 사랑과 미움의 교착, 심지어 아리아드네[†]로서 시적으로 승화시키고 영원히 사랑하고 욕망했던 코지마에 대한 그리움이 그 동기가 되었다고 설명하는 사람도 있다. 여성에 대한 니체의 동경을 만족시켜 주는 여성으로서 오직 한 사람 코지마가 나타난 것이라고 생각하는 사람들이 있다.

이러한 추측에 있어, 니체의 인격 발전에 있어 한 개인의 역할을 너무 과대평가하고 있다는 사실은 제쳐두고라도, 본래부터가 신비에 가까웠던 코지마나 아리아드네에 대한 니체의 동경을 표현 그대로 받아들이는 것은 이미 이들의 관계를 오해한 것이다. 이 두 사람과 같은 미묘한 관계에서는 감정의 실들이 너무도 가늘고 섬세하여 이를 이성의 잣대로 단정 짓는 것은 불가능하다. 이 두 사람의 감정의 실은 아주 조금만 건드려도 헝클어져 버리는 것이었다.

---

† 아리아드네

그리스신화에 나오는 크레타의 왕 미노스와 파시파에의 딸.

미노스는 아내 파시파에가 황소와 관계하여 낳은 머리는 소이고 몸은 사람인 괴물 미노타우로스를 미궁에 가두고 해마다 7명의 아테네 소년소녀들을 제물로 바치게 하였다. 이에 아테네의 영웅 테세우스가 미노타우로스를 없애려고 제물로 가장하고 크레타에 온다. 테세우스를 보고 한눈에 반한 아리아드네는 미궁으로 들어가는 그의 몸에 실을 묶어 준다. 미노타우로스를 없앤 테세우스는 그 실을 따라 무사히 미궁속에서 빠져나온다.

아리아드네는 테세우스와 결혼을 약속하고 함께 크레타섬을 떠나는데, 여기부터는 여러 가지 이야기가 전한다. 아테네로 가는 도중에 테세우스가 아리아드네를 막소스섬에 버리자 실의에 빠진 그녀를 디오니소스가 발견하여 아내로 삼았다고도 하고, 테세우스가 그녀를 디오니소스와 결혼시켰다고도 전해진다.

우리가 바그너를 공격하는 니체의 저술들을 올바로 평가하기 위해서는, 무엇보다 먼저 이러한 저술들이 바그너라는 천재의 재능을 밝혀주거나 어둡게 하기 위한 것이 아니라, 오로지 니체 자신의 본질을 보다 선명하게 하기 위하여 썼다는 점을 분명히 염두에 두어야 한다. 여기에서 니체는 자신이 의도를 분명하게 설명하였다. 그리고 19세기를 상대로 벌였던 그의 거대한 투쟁을 유리하게 전개하기 위하여, 그는 시대보다 한층 높은 차원에 있던 사람을 동맹자로 끌어들였지만, 결국 이 사람은 그와 같은 장소에 있으면서도 적이었다는 것을 인정해야만 했다. 그는 다름 아닌 바그너였다. 니체는 자신의 인격이 바그너와 결별함으로써 형성된다는 비극적 상황을 인식하고 있었다. 그는 이러한 비극을 긍정하였지만 이를 고통스러워했고 그의 정신이 어둠 속으로 빠져든 뒤에도 사라지지 않았다.

　　"나는 바그너를 그 어떤 사람보다도 사랑하고 존경하였다."

　　"나는 바그너만이 갖고 있는 거대한 것, 오직 그만이 도달할 수 있었던 황홀한 세계에 대해 그 누구보다도 잘 이해하고 있다. 나는 극히 의심스럽고 위험한 것들조차 유익한 것으로 변화시키고 이를 통해 더욱 강해질 수 있는 힘을 가지고 있다. 그래서 나는 바그너를 나의 생애에 있어 가장 큰 은인으로 평가하였다. 우리 두 사람은 이 시대의 다른 누구보다도 깊이 고뇌하였다는 점에서 닮아 있었기 때문에 우리들의 이름은 영원히 서로를 결부시켜 줄 것이다. 이런 면에서 바그너는 독일인에게 단순한 '오해'인 것처럼 나 역시 그러하며 또한 앞으로도 영원히 그러할 것이다."

　　바그너에 대한 가장 깊고 순수한 고백은 니체의 유고인 《가치의 전도(顚倒)》에서 찾아볼 수 있다. 여기서 니체는 건방지고 불손한 속물들이 감히 바그너에게 도전하려는 것에 대하여 다음과 같은 경고를 보내고 있다.

　　"나는 그를 사랑했고 그 외에는 아무도 사랑하지 않았다. 그는 나의 마음에 딱 맞는 사람이었다. 나는 바그너에 대한 나의 평가에 대해 왈가왈부하는 권리를 어느 누구에게도 쉽게 부여하지 않을 것이며, 지금 세상에서 들끓는, 불손한 인간들이 리하르트 바그너와 같은 위대한 이름을, 그것이 찬사이든 험담이든 입에 담는 것을 결코 용서할 수 없다."

니체가 쓰러지기 직전인 1888년 말, 극히 격렬하게 바그너를 공격하는 글을 쓰고 있었던 당시, 그는 슈트린트베르크에게 보낸 편지에서 트립셴 시대의 바그너가 그에게 어떤 의미를 갖고 있었는지를 밝혔다.

"나는 당시 루체른 근교의 트립셴에 살고 있던 바그너와, 내게 이보다 더 가치 있는 일은 없다고 생각할 정도로 친밀한 관계를 맺었다."

우리는 니체의 입에서 두 번 더 바그너의 이름을 듣게 된다. 그의 정신이 어둠 속에 갇힌 뒤에 언급한 이 말들은 두 사람의 결별의 비극을 고통스럽게 보여준다.

니체가 정신병원으로 후송된 몇 주 후, 의사가 니체에게 누가 당신을 이리로 데리고 왔느냐고 묻자, 니체는 "내 아내인 코지마 바그너가 나를 이리로 데려왔습니다."라고 대답했다.

그로부터 몇 년 후, 그가 마지막 안식처로 삼은 바이마르에서 누이동생이 그에게 글을 읽어준 적이 있었다. 바그너라는 이름이 들리자 병든 니체는 그녀를 중단시키고는 "그렇지? 내가 그를 정말 사랑했던 것이 맞지?"라고 말했다.

니체에게 있어 바그너와의 결별은 동시에 자신에 대한 최고의 충성을 의미했다. 그리고 셰익스피어가 브루투스를 카이사르와 같은 높이에 놓는 것을 칭찬했던 것처럼, 바그너를 적으로 선택함으로서 그는 바그너에게 다른 누구보다도 커다란 경의를 표했다고 굳게 믿고 있었다.

" '바그너에게는 진리였고 근원적인 것이었다.' 라고 생각해 버린다면 단순한 바그너주의자로 머무를 것이다."

니체 자신이 스스로 고백한 것처럼 바그너와의 결별은 그의 운명이었다. 하지만 우리는 바그너와 니체가 서로 적대하던 시절에도 그들이 각자의 고귀한 인격을 통해 늘 결합된 감정을 품고 있었다는 것, 또한 서로가 몰락하고 변질되었다고 느꼈던 시기에도 모두 위대하고 고독한 정신의 소유자였다는 것은 우리의 마음을 다소나마 위로해 준다.

8

유다는 가장 신앙심이 깊었던 사람이다

예수 vs 유다

1 ———

인류의 천재들은 그 영향력에 따라 단계의 차이가 있다. 이러한 영향력의 측면에서 가치의 단계를 논한다면, 학문의 분야를 떠나서 신앙의 영역으로 들어서게 될 것이다. 그럼에도 불구하고 이 지구상에 출현했던 모든 현상들 중에서 한 형상이 저 멀리서 우뚝 솟아난다. 이 현상은 신앙인들에게는 지상적인 것과 초지상적인 것을 통일시키는 의미를 갖고, 역사 속에서 유례를 찾아볼 수 없을 만큼 근본적인 변화를 가져온 존재이다. 그는 바로 예수이다.

예수는, 그의 존재 속에 신의 가장 순수한 계시와 인류에 대한 최고의 은혜가 있다고 보는 사람들에게 그가 지상에서 보여준 고난의 의미를 믿고 이해해야 하며, 여기에 하나의 의미를 부여해야 한다는 어려운 과제를 남겨 놓았다.

"일찍이 지상에 나타났던 가장 순결하고 가장 인간을 사랑한 존재가 당시 세계에서는 설 자리조차 없었다. 예수는 자신의 죽음이 다가오는 것을 확실하게 지켜보았다. 그러나 그는 그것이 자신의 가르침을 증명하고 구원이 될 것임을 알았다."라고 랑케는 말했다.

이러한 유일무이한 희생의 죽음은 영혼의 역사에서 가장 충격적인 사건을 동반하였다. 그것은 바로 유다의 배반이다.

왜 유다는 예수를 배반했는가? 유다가 누설한 것은 무엇인가? 이러한 배반은 필연적인 것인가? 우리의 신앙과 이성은 이에 대한 이유를 어디서 찾을 것인가? 유다는 범죄자인가, 희생자인가, 아니면 신적 사명의 완성자인가? 그렇게 전설과 문학, 역사와 신학, 삶의 해석과 법률적 견해를 통틀어 수많은 의문들이 들끓고 있다. 지난 2천 년 동안 신자와 비신자들은 유다가 예수에게 범했던 그 배반의 이유와 의미에 대한 물음을 계속해 왔다.

이에 대한 물음이 시작된 후로부터, 이 배신의 이유를 영혼의 측면에서, 혹은 종교적인 암시에서, 심지어 심리학적으로 규명하고자 시도하는 현재에 이르기까지, 인류의 가슴속에서는 이 행위에 대한 비난과 정당화, 증오와 이해, 저주와 용서, 경멸과 치우침 없는 설명들이 씨름해 왔다.

어디에서도 유례를 찾아보기 힘든 이 사건은 어느 시대 사람들에게나 충격을 주었다. 가장 충실했던 제자 중의 하나였던 그가 주(主)이자 스승인 예수를 법정으로, 그리고 죽음으로 내몰았던 것이다. 이러한 스승에 대한 제자의 배신에 대해 그 어떤 설명이 있을 수 있는가? 인류의 영혼의 역사에서 가장 어두운 이 사건을 규명하고 의미를 부여하려는 시도들은 오랫동안 계속되었고, 또 이러한 견해들은 변화되어 왔다. 이 행위에 대하여 부정적이고 유다를 단죄한 과거의 견해조차도, 어쩌면 이 행위가 단순한 비난과 저주만으로는 설명될 수 없는 그 어떤 힘들이 작용했을지도 모른다는 어렴풋한 예감을 갖고 있었던 것은 확실하다. 유다의 배신에 대하여 중세에는 전혀 다른 견해를 보이고 있었고, 오늘날에는 보다 날카로운 시선으로 또 다르게 읽고 있다.

이 배신에 대한 모든 고찰들은 교회에서 가르치고 있고, 그리스도교도들에게 받아들여진 그 표상에서 출발하였다. 유다의 배신을 사악한 행위로 보고, 그를 증오와 경멸을 받아야 하는 사악한 범죄자로 보는 시각은 초기 그리스도교의 기록들에서 이미 시작되었고, 이러한 시각은 지금까지도 살아 있다. 유다에 대한 초기 그리스도교인들의 이러한 기록은 과거의 유다 상(像)에 결정적인 영향을 끼쳤다. 이러한 유다 상은 특히 요한복음서가 전하는 상세한 모습에 그 근거를 두고 있다. 요한복음이 후대 신학자들의 작업이며, 초기 그리스도교인들의 견해를 반영하고 있기는 하지만, 그리스도 수난 시대의 사료로서는 받아들이기 어렵다는 것을 알게 된 이후로도, 요한복음서가 전하는 이러한 유다 상은 그 중요성을 잃지 않고 있다. 요한복음서의 서술은 역사적인 유다 상이 아니라 전설상의 유다 상을 만들어냈다. 그렇지만 우리들은 성서의 다른 사료, 예를 들면 마가복음서에서 완벽한 유다 상과 이 배신에 대한 논박의 여지가 없는 서술을 얻을 가능성이 없기 때문에, 유다 문제에 대한 모든 논의는 그 어떤 신성한 비밀을 건드리지 않으려는 이상 전설의 영역으로 들어갈 수밖에 없다. 그러나 요한복음서는 다른 복음서가 합리적으로 이용할 여지가 제한되어 있기 때문에, 다른 복음서가 전하는 이야기보다 더 깊고 보다 진실에 가까운 진상을 밝혀낼 수 있다.

2 ———

신앙심 깊고 창조적인 민중의 영혼이 상상을 동원하여 만들어낸 그리스도교의 전설 문학은, 유다라는 인물과 그 배신 행위가 예수의 수난에 있어 얼마나 중요한 의미를 갖는가를 이미 예감하고 있었다. 이 문학의 저자들은 이 배신자를 둘러싼 전설들을 창조해 냈고, 마침내는 유다의 전 생애에 대해 기술한다. 사람들은 더 이상 성서의 전승에 만족할 수 없게 되었다. 그래서 요한의 보고조차도 보충하고 확장하려고 시도한다. 복음서의 역사 기술에 대한 이러한 불만족은 복음서가 전하는 것보다, 그리고 교회가 가르침의 내용으로 삼았던 것보다 더 깊은 근본적 이유들이 유다를 배신으로 몰고 갔을 것이라는 예감에서 나오는 것이었다. 이 때문에 많은 민족의 전설은 사도가 되기 전의 유다의 과거를 밝혀내고, 나아가 그가 사도가 되어 결국 예수를 배신하게 되는 경로를 밝히고자 시도함으로써 유다라는 인물과 그 생애를 더욱 선명히 하고자 했다.

이렇게 하여 전설상의 일종의 유다 전기가 탄생하게 된 것이다.

이에 따르면 유다의 부모는, 유다가 그 민족에게 불행을 가져올 것이라는 예언 때문에 유다가 어렸을 때 그를 버렸다. 유다는 카리오트 해변에서 어느 왕비에게 발견되었다. 후손이 없던 이 왕비는 유다를 친자식인 것처럼 가장했다. 그러나 왕비는 나중에 친아들을 낳게 되었다. 어느 날 유다는 질투심에 사로잡혀 배다른 형제인 그 왕자를 살해하고 예루살렘으로 도주했다. 여기서 유다는, 전설이 그의 공범자로서 단죄하고 있는 빌라도의 신임을 얻게 된다. 유다는 빌라도의 부탁으로 어느 사람의 집에 침입하여 그 주인을 살해한다. 이 살인에 대한 포상으로 빌라도는 유다에게 그보다 훨씬 나이가 많은, 살해된 사람의 과부를 아내로 준다. 그 과부를 통해 유다는 자신이 친아버지를 죽이고 어머니와 결혼했다는 사실을 알게 된다. 자신이 저지른 범죄의 진상을 알게 된 유다는 참회하면서 새로운 예언자 예수에게로 도망쳤고, 회계 담당을 거쳐 나중에는 사도의 한 사람이 되었다. 이제 유다도 속죄할 수 있는 가능성을 찾았다. 그러나 예수라는 성스러운 존재와 접했을 때, 그의 성격이 얼마나 저주스러운 것인가가 드러나게 된다. 그는 여기서도 도적의 본성을 드러내어 결국 은화 서른 닢에 예수를 팔아넘기고, 허공에 매달려 비참한 최후를 맞이한다.

"왜냐하면 그는 하늘의 천사와 지상의 인간을 속였기 때문이다."

우리는 리하르트 벤츠가 번역한 야코부스 데 보라지네의《황금 전설》†에서 이러한 내용을 읽을 수 있다.

전설은 예수의 생애와 죽음에 대하여 결코 화해할 수 없는 유다를 확립시키기 위하여, 인간이 행할 수 있는 온갖 잔인하고 끔찍한 행위와 혐오스럽고 부도덕한 성격을 유다의 머리 위에 씌워놓았다.

민중이 만들어낸 예수의 수난극은 전설보다도 더욱 자유롭게, 그 배신자에게 경멸과 증오를 퍼부었다. 중세의 수난극은 유다가 대제사장들과 어떻게 흥정을 하고 값을 깎는지를 보여줌으로써 유다를 멸시의 과녁으로 삼았다. 이러한 희극적인 경멸은, 그리스도의 적들은 모두 불쌍한 약자들이며 결국에는 그리스도가 영광 속에서 빛을 발한다는 신자들의 승리 의식을 생생하게 나타내고 있다.

또한 유다를 사탄의 종으로 멸시하고 있는 이야기도 있다. 비잔틴과 중세의 예술 작품에서 악마는 유다의 귀에 속삭이거나 유다를 유혹하는 동반자로 나타난다. 유다에게 악마가 씌었다는 성서의 이야기를 기꺼이 수용하고 있는 것이다. 대부분의 중세 미술에서 유다는 사악한 인간의 상징으로서

┃ † 황금 전설
중세 유럽에 가장 많이 읽혀졌던 성인전(聖人傳)으로 '황금 성인전'이라고도 한다. 저자는 제노바의 대주교 야코부스 데 보라지네(1228?~1298)로 전해진다. 처음에는《성인 이야기》라고 하였으나 신앙심을 키우는 데 도움을 주었기 때문에 '황금'이라는 이름을 붙였다. 이 책은 민속적인 전승들을 많이 포함하고 있어 엄밀하게 따지면 전기라고 보기는 어렵다.

붉은 머리카락을 가진 인물로 묘사되었다. 오랫동안 유다라는 인물은 민중과 예술가들의 상상 속에서 악마의 모습과 결합되었다. 현대의 사고 속에서도 악마는 유다의 자살 장면에 나타나, 죽음과 참회의 순간에 놓인 그를 야유하고 있다. 또 다른 이야기들은 유다를 악마와 함께 지옥으로 떨어지는 것으로 묘사한다.

민중의 상상이 유다와 그 배신에 대해 단죄하고 있는 것처럼, 예술가들의 창조적인 상상력은 오히려 한발 더 나아가 유다를 저주하고 있다.

인간 역사의 선악에 대한 위대한 판관이었던 단테는《신곡》에서, 지옥의 고통을 노래하며 지옥의 가장 깊고 어두운, 인간의 심연을 찌르는 묘사로 끝을 맺는다. 세 개의 머리를 가진 거대한 루시퍼† −고통에 가득 찬 왕국의 지배자− 의 시뻘건 목구멍에서 악마적인 범죄자인 동시에 신, 교회, 국가, 가족이라는 세계의 가장 신성한 힘들에 대항하는 가장 악독한 반역자로 나타난다. 유다는 인간악의 상징으로 표현되는 것이다.

독일의 고딕 시대와 이탈리아 르네상스의 화가들은 유다를 단지 탐욕스러운 유대인으로 보는 전승을 따랐는데, 괴테 역시 이러한 생각에 동조하였다. 괴테는 마치 즐겁다는 듯이 렘브란트의 그림《유다와 그 동료들》에 등장

---

† 루시퍼

일반적으로 그리스도교에서 사탄을 지칭하는 말로 쓰인다. 그는 원래 지위가 높은 천사로, 천사장 미카엘에 이어 두 번째 서열이었다. 하지만 그는 하나님에 대항하여 반란을 일으키게 되었고 천사의 삼분의 일이 그를 따라 반란에 참여하였다. 결국 루시퍼와 미카엘이 이끄는 일파 간에 전쟁이 일어나고 전쟁에서 패한 루시퍼 일파는 하늘에서 지상으로 쫓겨난다. 육체를 얻지 못한 채 지상으로 쫓겨난 루시퍼는 앙심을 품고 하나님과 미카엘의 계획을 방해하기 시작한다. 그는 뱀의 모습을 빌려 아담과 이브를 유혹하였고 카인의 마음을 악으로 물들였다.

루시퍼라는 이름이 원래 샛별을 뜻하는 말이었으나, 사탄을 의미하게 된 것은 구약성서에서 유래되었다. 이사야(14장12절)에는 '너 아침의 아들 샛별이여, 어찌 그리 하늘에서 떨어졌느뇨...' 라는 구절이 있는데, 이것이 누가복음서(10장18절)의 '사탄이 하늘에서 번갯불처럼 떨어지는 것을 내가 보았노라.' 라는 말과 일치하여 루시퍼는 사탄을 가리키는 말이 되었다.

하는 유다 상에 대해 설명한다.

"가장 저열한 탐욕의 표현이 그의 얼굴에 어려 있다. 이미 저지른 범죄와 불길한 미래가 그를 불안하게 하지만, 돈을 바라보면서 잠시나마 즐거워진다."

레오나르도 다빈치도 그 유명한 《최후의 만찬》에서 단테와 교회의 견해에 따라 유다를 그린다.

"나는 1년도 넘게 매일 같이, 온갖 비열하고 부도덕한 범죄자들이 살고 있는 보르게토에 나가 유다에 어울리는 모델을 찾고 있다. 하지만 아직도 그만큼 충분히 비열한 얼굴을 찾지 못했다."

그리스도교적인 중세 문학과 미술처럼 교회 음악도 유다를 배신자로서 저주하였다.

미사 때 연주되는 수난곡의 성격은 이를 더욱 부채질하였다. 바흐는 그의 강렬한 수난곡에서 마태복음서의 말을 충실히 따르고 있다. 유다가 대제 사장들에게 배신의 대가가 얼마나 되는지를 묻는 장면에서도 유다가 얼마나 저열한 인간인지 표현되었다.

또한 유다가 다시 가져온 은화를 거부하는 두 성직자의 이중창에서도, '피 값'이라는 말에 끔찍한 음이 주어졌다. 바흐에게 유다의 참회는, 배신자가 자신이 저주받는 것에 대한 절망감에서 나오는 것으로 표현되었다. 깊은 신앙심을 가진 바흐는 교회의 전승을 따를 뿐 다른 해석의 시도는 받아들이지 않았다.

서구의 그리스도교인들과 마찬가지로 동방 민족들, 특히 그리스도교를 반대하는 민족들도 그리스도교를 논함에 있어 유다가 예수의 운명에 있어 특별한 의미를 갖고 있음을 느꼈다.

교회에 의해 비역사적이라고 불리는 복음서, 소위 《외전(外典)아랍복음서》에는 유다의 유년 시절이 전해진다. 여기서 그는 악마가 들어 다른 아이들을 괴롭혔지만 병을 얻게 되었고, 기적의 아이였던 어린 예수에게 이끌려와 치유를 받는다. 그때 어린 유다는 악마가 들린 상태에서 예수의 옆구리를 물었고, 그러자 악귀는 미친개의 형상으로 도망쳤다. 그러나 후에 예수는 십자가에 매달려 유다에게 물렸던 바로 그 자리를 창으로 찔리게 된다. 비그리스도교 민족들에게 유다는 예수의 비신격화에 한몫을 하게 된다. 회교도의 전설에서는 예수가 천사에 의해 공중 납치된다. 그러자 유다는 예수의 집에 침입하여 기적에 의해 예수의 형상을 입게 되고, 유대인들은 그를 예수로 오해하여 십자가에 매달게 된다. 십자가에서 희생된 사람은 예수가 아니라 유다라는 것이다. 그들은 유다의 배신을 이렇게 높이 평가하면서, 마침내는 그가 메시아의 운명을 완수하게 된다고 하였다. 최악의 배신이 여기서는 최고의 희생적 행위로 나타나는 것이다. 이와 같은 관점은 정통 그리스도교에서 이단으로 배척당한 카인파 —카인과 유다를 숭배한 일파— 의 종파인 그노시스 분파†의 생각과도 일치한다. 그들은 유다를 숭배하며 특별히 유다의 복음서를 사용하고 있다.

그리스도교 안에서도 밖에서도, 배신자의 행위 자체에 대해서는 비판적

---

† 그노시스파

1~2세기 헬레니즘 시대에 로마, 그리스, 소아시아, 이집트 등지에 널리 퍼져 있던 그리스도교의 이단. 그노시스는 지식을 뜻하는 말이다. 이들은 그리스도교 이상의 신비적 신앙 지식에 도달하려고 하였다. 이러한 태도는 사변(思辨)에 빠지고 말았는데, 그 결과 그리스의 철학, 동양의 여러 종교 관념이 그리스도교 교리와 혼합되어, 소박한 신앙심을 현혹시켰다. 대표자로는 사도행전에 나오는 마술사 시몬이 처음이고, 2세기의 사토르닐로스, 바실리데스, 3세기의 발렌티누스 등이 있다. 그들은 구약성서에 나오는 창조주와 예수가 말한 아버지 하나님을 구별하여, 창조주를 데미우르고스(제작자)라는 하급 신이라고 주장하였다. 또 영(靈)과 물질을 이원적으로 대립시켜 놓고 그리스도가 취한 육신은 참 육신이 아닌 가짜였다고 하는 그리스도 가현설(假現說)을 주장하였다. 이를 통해 인간의 구원은 그리스도의 영(靈)의 힘으로 육체를 벗어나 영화(靈化)되는 데 있다고 주장하였다. 그러나 그리스도교의 정통파로부터 배척되어 3세기에는 쇠퇴하였다.

감정들이 지배하였다.

유다를 정당화하려는 그리스도교의 적들은, 유다를 숭고한 인물로 만들고자 하였다. 그들은 예수가 비밀리에 마법을 사용해 신의 이름을 탈취했다고 주장하면서 유다를 칭송하는 근거를 찾으려 했다. 그들은 영악한 유다를 이용하여 예수의 정체를 폭로하려 시도했으며 실제로 이를 행했다. 그들은 예수에 대한 증오에 사로잡혀 '부활'을 현실의 영역에서도 전설화된 암시의 영역에서도 추방하여, 이것이 거짓이라고 주장하였다. 이에 따르면, 사도들은 예수의 부활을 주장하기 위하여 예수의 주검을 훔치려 하였지만, 그들의 계획을 알고 있던 유다는 그들보다 먼저 예수의 주검을 훔쳐 비밀리에 자신의 정원에 매장하고 관청에서 이를 제자들의 거짓말에 대한 증거로 삼았다는 것이다.

유다의 배신에 대한 전통적 해석과는 별도로, 일찍이 다른 해석도 있었다. 유다 행동에 대한 그리스도교 교회의 해석이 유다를 영겁의 벌과 저주로 밀어넣는 데서 벗어나지 못하고 있을 때, 게르만적 해석들은 이 행위를 북유럽의 삶의 정서에 접근시키려 하였다. 9세기, 그리스도를 영웅적인 무장으로 창조해 낸 작센 지방의 노래《독일인 피와 삶에 동화된 유일한 그리스도교적 서사시》와《구세주》-서기 830년경 고대 작센 어로 된 그리스도의 생애에 관한 서사시- 는 유다를 방대한 규모로 묘사하다.

"너희 열두 명 중에서 하나가 나를 배신할 것이다."라고 그리스도 대공은 말한다. 유다의 행위를 특징짓는 것은 게르만적 의미의 불충이었다. 이 서사시에서 유다는 이중인격자, 추방된 자, 원한에 사로잡힌 자로 일컬어진다. 그러나 19세기와 현대의 해석에서 새롭게 의미를 갖게 된 한마디 말을 잊어서는 안 된다.《구세주》에서는 성서의 견해를 분명히 하기 위하여 다음과 같이 말한다.

"길드는 그에게 은화 서른 닢을 약속했으며, 그는 그의 사명에 따라 그래야만 했다."

이 행위는 운명적으로 결정되어 있었던 것이며 어차피 일어나야만 했던 것인가? 이에 대한 대답은 우리들의 귀에 분명하게 들려온다. '그의 사명에 따라'라고 말하고 있는 것이다. 유다는 신과 운명에 의해 배신자가 되도록 예정되어 있었던 것인가? '그래야만 했다'는 표현은 그의 행위를 정당화하려는 시도는 아니었는가?

나움부르크 성당 내부, 성가대와 중앙 통로를 나누는 호화로운 벽에, 한 거장은 의미 깊은 유다의 모습을 그렸다. 유다의 모습을 묘사한 작품은 《최후의 만찬》과 《체포》 등 많이 있지만, 《은화의 지불》이라는 이름으로 유명한 이 부조에서 유다는 눈에 띄는 모습으로 등장한다. 대제사장은 특징적인 동작으로 돈을 세고 있다. 하지만 유다는 어떻게 묘사되고 있는가? 그는 '입을 벌린 채 정말 괜찮을까 하는 불안한 눈길로' 마치 간청하고 용서를 구하려는 듯이 대제사장의 표정을 더듬고 있다. 이 장면에서 유다는 그에게 지불되는 돈의 액수에는 전혀 관심이 없는 듯 확인하려 하지도 않고 주머니에 넣는다. 유다에게 돈이 얼마나 의미 없는 것인지가 명백하게 표현되어 있다. 중세의 위대한 조각가가 표현한 이 유다에게 중요한 것은 은화 서른 닢이 아니라 다른 어떤 것이었다. 그는 하나의 세계를 파괴하는 힘과 악마적인 것을 예감하고 있었다.

나움부르크에 남긴 이 거장의 유다는 얼마나 의미 깊은 모습을 보이고 있는가. 특히 리멘슈나이더(1460~1521)의 유다는 얼마나 인상 깊고 진지하게 표현되어 있는가. 범죄적이고 탐욕스러운 배신자라는 관습적 모습에 대한 거부가 도처에서 드러나고 있다.

이러한 관점은 수백 년에 걸쳐 결코 진정되지 않았다. 특히 북유럽 민족들에게는 전통에 충실한 유다 상과 함께 지극히 인간적이고, 영혼의 깊이를 가지며, 그의 배신이 무엇인가를 설명할 뿐만 아니라 심지어 종교적으로 정당화하려는 문학적 혹은 예술적인 유다 상이 병행되어 왔다.

뒤러의 《체포》에서 유다는 위대한 인격을 갖는 엄숙한 존재로서, 그리고 당당한 예수의 적으로서 대등하게 등장한다.

인문주의와 계몽주의는 심리적인 동기를 찾으려 했다. 클롭슈톡은 인간적인 근원에서 유다를 변호했다. 그의 서사시 《메시아》에서 유다는 은밀한 정열을 가지고 예수를 섬기며 사랑하는 인물이다. 하지만 사랑받는 제자 요한에게 질투를 느끼고, 끝내는 이 때문에 배신으로 이끌려가는 인물이다. 《메시아》에 등장하는 유다는 고독한 존재이며, 그를 휘감고 있는 죄악과 그를 유린하는 정열의 구렁텅이에 빠져 있다. 유다는 사도 요한과 스승을 증오한다. 그는 요한이 예수의 사랑을 받기 때문에 미워하고, 예수가 그의 정열을 꿰뚫어보고 있는 듯했기 때문에 미워했다. 이것은 비록 탐욕 때문이긴 하지만, 그래도 그가 인간적으로 납득할 수 있는 동기에서 비롯되었다는 것을 보여준다. 이러한 유다 상은 프랑스 인 르낭에 의해 다시 제시되었다. 그는 평면적인 계몽주의 사고방식으로 예수의 삶을 소설화하면서 요한에 대한 질투를 유대의 배신 동기로 보았다(1863년 출간된 《예수의 생애》를 말함).

유다의 배신에 대하여 단지 예정되어 있었다는 관점이 아닌, 좀더 현실적인 이유를 제시하려는 시도도 있다. 유다는 예수가 지상의 왕국을 건설하지 않고 유대의 민족주의를 내세우지 않은 데 대해 실망했다는 것이다. 리하르트 바그너도 예수 극의 장대한 초안에서 유다를 예수가 속세적인 유대인의 왕으로 나서기를 열망한 급진적 애국자로 묘사한다.

심리학이라는 도구로 영혼의 모든 비밀을 풀어낼 수 있다고 믿었던 19세기에는, 유다의 운명을 현대적인 삶의 감정에 접근시켜 이해하고자 했다.

그리하여 유다의 배신에 대한 신화는 유다를 부정하는 그리스도교적 관점과 큰 입장 차를 보이게 되었고, 심지어 어느 니체 연구가는 바그너에 대한 니체의 결별에서 유다의 운명을 특징지울 수 있다고까지 하였다. 유다는 자기 고백자, 자기 발견자, 자기 완성자, 자기 처형자라는 것이다. 유다의 행위를 어떻게 해석해야 할지 몰라 억지로 과대 포장하고 있는 사람들은 유다를 신화적이고 비극적인 높이까지 올려놓고, 정신사에서 보이는 회귀적 현상으로 해석하기도 하였다.

수백 년 걸쳐 수많은 해석이 분분한 유다 상은 얼마나 불안정하고 모호하며 동요하기 쉬운 것이었는가.

성서는 독단적인 포교사들이 생각하는 것처럼 그렇게 단순한 것이 아니다. 성서에서 전하는 유다의 이야기에는 전설 특유의 첨가물과 장식들이 포함되어 있다. 또한 아무리 비판적인 이성으로 접근한다 해도 어쩔 수 없이 남게 되는 가능성들은 얼마든지 있다. 따라서 오늘날에는 이 배신의 문제를 전혀 새로운 각도에서 다시 살펴보지 않을 수 없게 되었다.

3 ———

유다 비극의 배경에는 인간관계에 있어서의 일반적인 문제, 즉 제자라는 문제가 있다. 유다는 예수의 제자 중 한 사람이었다. 제자가 되어 스승으로 섬긴다는 것은, 스승의 무오류성에 대한 믿음을 전제로 한다. 한 인간이 세상에서 무오류성을 인정받으려면, 그가 신과 동등한 존재임을 승인받고, 신의 아들임을 입증해야만 비로소 성립하는 것이다. 무조건적, 무비판적으로 스승을 신봉한다는 것은 그 제자가 자신의 인격을 완전히 탈바꿈시켜 전혀 새로운 질서에 몸을 맡겼을 때, 또는 그가 영원히 스승에게 구속된다는 것을 받아들였을 경우에만 그에게 은총으로 작용한다. 그러나 자기의식이 싹트고 자신의 개성과 인격의 의지에 따라 행동하려는 충동이 생기면, 그는 스승의 구속에서 스스로를 해방시켜야 한다. 이러한 자기의식에도 불구하고 여전히 스승의 가르침에 의지하고 그것을 유일한 법칙으로 인정한다면, 이 제자는 자아실현의 가능성을 잃게 되는 것이다. 스승에게는 힘의 원천이 되는 것이라도 제자들에게는 비창조적인 결점이 되기 쉬우며, 스승에게는 생생한 활력이었던 것이 제자에게는 불관용의 정신으로 변질되어 결국 파괴적 폭력으로 끝나게 되는 것이다. 그래서 모든 제자들은 언젠가 비극적인 결정을 해야 하는 장면에 직면하게 된다. 그들은 자신의 자아를 스승이 제시한 삶의 과제에 몰입시키고, 이 과제에 의해 규정된 삶의 영역 안에서 용해시켜 버릴 것인가, 아니면 결별과 이탈을 통하여 자신의 고유한 과제와 사명을 실현할 것인가를 결정해야 한다.

그 어떤 시대에도 제자들은 창조적이지 못하였다. 그들은 자신의 가치와, 때로는 자신의 유효성과 삶의 가능성까지도 스승의 힘을 척도로 삼는다. 제자들의 행복은 무조건적인 추종에 있고, 다른 신념을 가진 자들에 대한 그들의 불관용을 정당화시킨다.

너희들은 내가 원치 않는 기쁨에 대해 말하는구나.
내 안에는 주에 대한 사랑이 넘치고 있도다.
너희들은 달콤한 사랑을 말하나, 나는 거룩한 사랑을 말한다.
나는 거룩한 주를 위해 살고 있나니.

너희들의 그 어떤 일보다도 거룩한

내 주의 일을 위하여 나는 보내졌도다.
내 주는 자비로우니, 나는 거기서 가치를 지닌다.
자비로운 내 주를 위해 일하고 있나니.

나는 안다. 어두운 땅을 지나가야 한다는 것을.
거기서 많은 자가 죽어가도다. 그러나 나는 내 주와 함께
위험을 무릅쓰나니, 내 주는 현명하도다.
현명한 내 주를 믿나니.

주가 나에게 아무런 보상을 주지 않더라도
내 보상은 내 주의 눈길 안에 있도다.
다른 자들이 부자라 해도 내 주가 가장 위대하도다.
나는 위대한 내 주를 따르나니.

―슈테판 게오르게

제자들은 위의 시와 같이 생각하였다. 그들은 자신들의 판단을 단념하고 스승의 가르침을 세계의 기준으로 삼았다. 하지만 스승의 과업은 그 제자들이 아니라, 이를 이해한 후세의 사람들에 의해 계속되었다. 스승을 계승하기 위해서는 스승의 가르침에 대한 내면적인 자유가 필요하다. 스승의 유산을 시대정신의 속박에서 분리해 내고, 이를 더욱 촉진, 확장시킬 수 있는 대담성과 자주성을 보유한 사람만이 창조적이 된다. 하지만 제자는 마치 노예처럼 스승에 속박되어 불관용을 고집한다. 그러나 비판적 입장에 서지 않고는 창조란 있을 수 없다.

천재의 제자들이 항상 최상의 유산 관리자이며 사도인 것은 아니다. 그

들은 독단주의에 빠지기 쉽다. 그들은 스승이 검증을 마친 정신만을 인정하므로, 스승의 업적과 인격에 대하여 다른 방식으로 접근하지 못한다. 또한 제자들은 그들이 추종하는 천재의 삶과 가르침에 따라서 세계관을 성립시키는데, 이러한 세계관은 어느 날 갑자기 스승의 운명과 더 이상 일치하지 않게 된다. 이 때문에 제자들은 그 운명 앞에 어찌할 바를 몰라 무기력하게 서 있게 된다.

성서에 나타나는 몇 가지 증언들은 예수의 제자들이 스승의 비극에 대해 정말로 이해하고 있었는지 매우 의문스럽게 한다. 이것은 바로 이들이 무조건적인 제자로서 그를 신봉하였기 때문이다.

예수의 제자들은 깊은 심연까지 스승에게 구속되어 있었다. 그의 말과 행위는 제자들에게 거룩한 것이었다. 그가 옳다고 본 행위는 제자들에게 반박이 불가능한 것으로 받아들여졌다. 제자들은 그가 어디에서 왔는지 어디로 가는지 알지 못했다. 그가 내일 할 일을 제자들은 오늘 알지 못했다. 그의 존재와 사명은 신성하고 위대한 것이었기 때문에, 그의 행위에 대한 어떠한 논의도 용인되지 않았다. 제자들은 그의 절대성을 믿으며 맹목적으로 따랐다.

하지만 제자들 중 오직 한 사람만이 정신적으로 좀 더 독립적이었는데, 그는 일찍부터 반역자임을 암시한다. 성서는 베다니에서 있었던 유다의 반항을 전하고 있다. 여기에서도 사후의 기술임에도 불구하고 요한복음서가 중요하다.

베다니의 나병 환자의 집에 한 여자가 찾아와, 값비싼 향유를 예수에게 붓기 위해 향수가 든 항아리를 깨뜨리자, 제자들 중 몇 명은 그렇게 비싼 것을 돈으로 바꿔 빈민을 위해 사용하지 않고 허비한다고 불평했다. 유다를 증오하고 있던 요한은 이 장면을 좀 더 자세히 기록하였다.(요한복음 12장 3절~)

"마리아는 지극히 비싼 향유인 나드 한 근을 가지고 와서 예수의 발에 붓고 자신의 머리털로 그 발을 닦았다. 그러자 온 집 안이 향유 냄새로 가득 찼다. 그때 제자 중 하나로서 나중에 예수를 배신하는 가룟 유다가 말했다. '어찌하여 이 향유를 3백 데나리온에 팔아 가난한 자들에게 주지 않습니까?' 그가 이렇게 말한 것은 가난한 사람들을 불쌍히 여겼기 때문이 아니라, 자신이 회계를 맡으며 돈을 빼돌리는 도적이었기 때문이다. 그때 예수께서 말씀하셨다. '그녀를 내버려두어라. 나의 장사할 날을 위해 받아놓는 것이니.'"

후세의 신자들에게, 어떤 사람이 주이자 스승에게 경의를 표하려 하는데 제자가 감히 불평을 늘어놓은 것은 묵인할 수 없는 반항처럼 생각된다. 우리는 요한이 유다에 대해 보이는 기본적 태도를 이미 알고 있기에, 요한이 이러한 유다의 반항에 대해 다른 제자들처럼 겸허함이나 정신적 독립성 혹은 사회 문제에 대한 순수한 의식으로 평가하지 않고, 탐욕과 같은 가장 저열한 이유로 설명하는 데 대해 그리 놀라지 않는다. 이후 그리스도교의 사고가 수 세기에 걸쳐 유다를 죄 많은 인간으로 저주하게 된 것은 이러한 요한의 생각이 의해 결정되었다.

유다가 제자들 중의 유일한 배신자였지만, 이때 잊지 말아야 할 것이 있다. 유다는 위대한 운명의 시간이 시작될 때까지는 예수에게 충실했다는 사실이다. 몇몇 외전(外典)†들이 전하는 내용 중에 다음과 같은 서술이 있다.

"예수가 제자들에게 미래의 성스러운 나라가 얼마나 아름답고 화려한지를 말씀하시자, 유다가 놀라며 다음과 같이 물었다. '그렇다면 누가 그 나라를 보게 되는 겁니까?' 그러자 예수는 노하여 말씀하셨다. '그 나라에 어울리는 자들은 모두 보게 될 것이다.'"

그러나 유다가 이제 더 이상 제자가 아니라 적이 되는 순간이 다가왔다. 이러한 변화는 특별한 비극적 색채를 띠고 있다.

예수는 이 행위에 대하여 알고 있었고, 이 행위가 다가옴을 예지하였고,

이를 기다리고 희망했음이 틀림없다. 그렇다. 희망하고 있었다. 왜냐하면 이 행위는 메시아의 약속, 즉 인간을 구원하기 위하여 메시아가 구세주로서 죽는다는 예언을 완성시킬 것이기 때문이다. 이러한 해석에 모순되는 성서의 증언은 없다.

다음과 같은 의문을 던지고, 이를 긍정한 사람들이 있었다. 즉, 사람들은 예수의 운명에 대한 결과를 알고, 이에 대한 가르침을 깨닫기 위하여 나중에서야 구약성서에서 이와 상응하는 적당한 예언을 찾아낸 것은 아닌가? 또한 예수가 자신의 희생적 죽음을 통해 구약성서의 예언에 순응했던 것은 나중에 덧붙인 설명이며, 결국 교회가 이를 순순히 받아들여 교리로 확립시킨 것은 아닌가? 이러한 의문에 '그렇다.'라고 대답할 수도 있다. 그러나 이 것은 순수한 신앙의 문제 중 극히 일부만을 자의적으로 끄집어내어, 이를 정당화하려는 의도가 숨겨져 있다. 이러한 일관성 없는 입장은 언젠가 아무의미도 없는 사도(邪道)의 길로 빠지게 되며 본래의 진실과는 정반대의 결과

---

† 외전(外典)

성경의 편집, 선정 과정에서 제외된 문서들. 외경(外經), 경외경(經外經)이라고도 한다. 원래 구약의 '70인역'에는 포함되고 헤브라이 어 성서에 들지 않은 것을 가리키는 말로 쓰였다. 이것은 일반적으로 BC. 2세기부터 AD 1세기 사이에 쓰인 14권 혹은 15권의 특별한 책들을 통칭하는 용어이다. 여기에는 《제1에스드라서》《제2에스드라서》《토비트》《유딧》《에스델》《지혜서》《집회서》《바룩서》《예레미야의 편지》《아자리야의 기도와 세 젊은이의 노래》《수산나》《벨과 뱀》《므낫세의 기도》《마카베오상(上)》《마카베오하(下)》 등이다. 영어로 편집된 외경은 《예레미야의 편지》를 《바룩서》의 마지막 장으로 넣어 하나로 묶고 있는데, 이 경우 외경은 총 14권이 된다.

외경의 시대적 배경은 이스라엘의 바빌로니아 포로기까지 거슬러 올라간다. 바빌로니아에서 포로생활을 하던 이스라엘 인들은 포로기 이후에 성전의 재건과 헤브라이 어 성서의 정경화 작업에 힘을 기울이게 되었다.

이 외전의 가치에 대해서 가톨릭과 프로테스탄트가 상이한 평가를 내리고 있다. 고대 동방교회가 4세기 이후 큰 가치를 부여하지 않은 반면, 라틴 교회에서는 외경에 큰 비중을 두었다. 가톨릭 학자들은 외경을 제2정경(正經, 經典)이라고 함으로써 정경에 준하는 권위를 부여하고 있지만, 프로테스탄트 학자들은 정경에 들어가지 못한 종교적인 책을 지칭하는 것으로 이해한다. 외전은 역대 교회에 지대한 영향을 끼쳤으며, 구약외전은 특히 신약성서 이해에에 큰 공헌을 해왔다.

가 나오게 된다. 신앙과 지식의 경계가 분명해지는 것이 아니라 오히려 흐려지게 되는 것이다. 이렇게 되면 유다의 모든 것이 오직 신앙의 영역에서만 머물고, 지식의 영역에서는 단지 상징적 의미만을 갖게 된다.

그러므로 유다를 배신으로 이끌었던 것이, 구약성서 스가랴의 예언에도 등장하듯 정말로 은화 서른 닢이었는가 하는 의문에 너무 많은 의미를 두어서는 안 된다. 이를 통해서는 제자의 배신이라는 문제가 결코 해결되지 않는다. 또한 '피 값' ―은화 서른 닢은 약 10만 원― 이 너무 적다는 논의도 불필요한 것이다.

회계를 담당하며, 그것도 스승의 죽음으로 이러한 지위를 잃게 된다는 사실을 알고 있는 사람이, 그러한 직책상의 이익을 단돈 몇 푼과 바꾼다는 것은 무의미하다는 르낭의 지적은 옳다. 이따금 신학에서 제기되고 있는, 은화 서른 닢은 단지 상징적인 가치 표현일 뿐, 배신의 실질적 대가는 훨씬 컸다는 견해도 매우 의심스러운 샛길에서 근거를 찾고 있다.

유다 배신의 의미를 축소하기 위하여, 예수가 이러한 배신 행위를 쉽사리 방지할 수도 있었다고 주장하는 사람도 있다. 즉, 예수는 스스로 대제사장에게 자수하거나 다른 나라로 도주할 수도 있었다는 것이다! '그러한 태도의 결과가 어땠을까'라는 점을 고려해 본다면, 유다 배신의 필연성이 무엇인가를 쉽게 찾아낼 수 있을 것이다. 그러나 이렇게 되면, 예수의 생애를 거의 비방에 가깝게 평가한 고대 저술가 켈수스가 어느 유대인에게 한 다음과 같은 발언은 모두 무의미해진다.

"예수가 자신을 배신할 자와 자신을 부인할 자를 미리 예언했음에도 불구하고 제자들이 그를 신으로서 두려워하지 않았던 것은 대체 어찌 된 일인가? 만일 제자들이 예수를 신으로서 두려워했다면 그는 배신하지 않았을 것이고 그를 부인하지 않았으리라. 예수는 자신이 신으로서 예언했기 때문에 그 예언은 반드시 성취되어야 했다. 그는 신으로서 제자와 선지자와 함께 했지만, 그들은 불신과 불손으로 빠져들었다. 그가 인간에게 선행을 보여주려 했다면 먼저 한솥밥을 먹는 사람들에게 보여주어야 했다.”

이러한 오해에 가득 찬 설명은 당시 상황이 얼마나 비극적 중대함을 가지고 있었는지, 또한 이것이 신앙에 있어 어떠한 상징적 과제를 안고 있었는지를 간과하고 있다.

4 ———

유다를 다른 제자들과 구별하는 것은 단지 그가 정신적으로 독립적이었기 때문이 아니다. 또한 예수가 제자들 중에서 가장 재능이 있고 영리한 제자를 골라 맡겼음직한 회계 담당자를 그가 맡고 있었기 때문도 아니다. 일부 견해에 따르면, 유다는 제자들 중에서 유일하게 갈릴리 출신이 아니었다. 중세에서 유다는 증오스러운 유대인의 전형으로 보았다. 즉, 구부러진 코, 탐욕스러운 입술, 여우같은 붉은 수염, 불결한 외모를 하고 있다. 이러한 유다 상에는 그가 갈리아 인이 아닌 다른 종족이었기 때문에 배신으로 치달았다고 하는 ‘이방인의 배신’과 같은 사고가 스며 있었다. 그리고 결국에는 유다를 유대인과 동일시하기에 이른다.

또한 유다(Judas=Judaios 유대인)라는 이름 때문에 이러한 견해는 심지어 언어학적으로도 지지를 얻게 된다. 이 때문에 많은 관찰자들은 유대인들이 자신의 종족 중 한 사람을 배신을 위해 매수함으로써 그들 스스로에게 죄를 지은 것은 운명의 죄 값이라고 생각했다. 배신은 예수의 희생적인 죽음을 가능하게 했고, 그의 죽음은 그리스도교 공동체에 다시 권능을 주었다. 유대인들은 오랫동안 고향을 등지고 떠돌게 되는데, 이는 로마의 진군 때문이 아니라 이러한 그리스도교도가 적으로서 그들을 가로막았기 때문이다. 가롯 역시 오늘날 더 이상 출신지를 나타내는 별칭이 아니라, 초기 그리스도교인들이 유다의 행위를 특징짓기 위해 붙여준 굴욕적인 이름으로 받아들인다. 가롯의 어원 스카리오테(Skariothe)는 도둑, 강도(라틴 어의 sicarius)를 의미한다.

이러한 생각을 관철시키기 위하여 현대의 어느 프랑스 인은, 유다가 결코 존재하지 않았다고까지 주장하지만 이러한 견해는 전혀 무의미해 보인다. 유다의 존재 유무를 문제시하는 이러한 견해는 전설을 파괴함으로써 과학적인 입장을 취할 수 있다고 믿는 신계몽주의 시대에나 등장하는 것이다. 이들은, 역사적 전승이 단지 우연히 보존되어 온 사실들을 보고하고 전달하고 해석하는 것에 그치는 데 반해, 전설은 항상 과학적으로 증명할 수 있는 영역 바깥에 존재하며, 다양한 가능성을 포함하고 있어서 보다 위대한 진실이 숨겨져 있다는 사실을 인식하지 못하고 있다. 진지한 연구자들조차 이런 종류의 회의에 전염되어서 유다의 존재에 대해 의심하기도 한다. 1808년 나폴레옹은 작가 빌란트의 귀에 빈정거리듯 속삭였다.

"예수가 대체 존재했었느냐는 것 자체가 아직도 큰 의문이지요."

빌란트가 대답했다.

"나는 그것을 의심하는 바보들이 몇몇 있다는 것을 알고 있습니다. 그렇지만 그러한 의문은 마치 카이사르가 정말 존재했던 사람인가, 아니면 폐하가 정말 살아 있는가를 의심하는 것만큼이나 어리석게 보입니다."

역사상의 유다의 존재를 의심하는 사람들에게도 같은 답을 줄 수 있을 것이다. 또한 유다와 관련된 복음서의 모순되는 기록에 대해 이의가 제기된다고 해도 그의 행위와 의미가 변하는 것은 아니다.

'왜 유다는 배신을 했는가?'라는 중요한 운명적 의문과 함께, 지난 2천년 동안 너무도 관례적으로 답해 온 또 다른 의문이 있다.

"유다가 누설한 것은 대체 무엇인가?"(독일어 'Verrat'는 '배신'과 '누설'을 동시에 의미)

이제까지 우리는 이 의문에 대하여 성서의 설명에 만족했다.

"예수가 있는 그 장소를 누설했다."

가장 최근의 학술적 연구에서도 유다의 배신 내용에 대한 이러한 관점을 다시 거론하고 있다. 사람들은 이러한 관점에 다양한 근거를 제시하고 있다. 여기에 제출된 많은 근거들에 대하여 다음과 같은 사실을 지적할 수 있다. 즉, 성서는 유다의 행위를 그리스 어로 Paradidonai, 이를 글자 그대로 번역하면 '인도'라고 적고 있다. '넘겨준다'는 뜻의 이 단어는 좀 더 오래된 기록에서도 발견된다(고린도전서 11장 23절. '주가 인도되었던 그 밤에'). 이와 같이 단어를 문자 그대로 번역하지 않고 달리 언어적으로 설명할 가능성도 있다. 가장 명확하고 보다 세속적인 표현을 사용한 누가복음서(6장 16절)는 유다를 '인도한 자'가 아니라 '배신자'라는 보다 명확한 표현을 사용했다. 성서의 번역에 있어, 단어 원래의 언어학상의 관습보다는 단어가 갖는 의미를 중시한 루터는, 이 부분에서 고심 끝에 '인도'라는 표현 대신에 '배신'이라는 말을 채택한다. 예수가 어디에 있는지 그 장소를 '누설'하고 이로써 단순히 예수를 당국에 '인도'한 것뿐이라면, 그리스도교 세계관이 예수의 수난사에서 유다에게 부여한 그 엄청나고 소름끼치는 지위는 인정되기 어렵다. 만약 그렇다고 한다면 더욱 '유다가 누설한 것은 대체 무엇인가'라는 의문이 일어날 수밖에 없다. 추적자들과 제사장들이 예수를 감시하고 그를 체포할 수 있는 장소를 알아내는 일은 불가능한 것이 아니었을 것이다. 그러므로 유다가 누설한 것은 좀 더 본질적인 것, 역사적 행동으로서의 결정적인 것을 포함해야 한다. 유다는 제자들 외에 다른 사람은 알지 못하던 것을 누설했어야 했다. 그가 누설한 것은 제자들만이 비밀스럽게 간직하고 있던 그 무엇이었을 것이다. 그런데 예수가 12제자들에게만 알렸던 비밀은 단 한 가지였다. 그것은 그의 삶의 희망이라 할 수 있는 비밀이었다. 즉, 그것은 위대한 메시아의 비밀이었다. 이것은 무엇을 의미하는가? 예수는 나중에 빌립보의 가이사랴 지방에 이르러서야 제자들에게 그가 누구이며, 그가 구하는 것이 무엇이며, 그의 수난의 길이 어떠한 것인지를 밝혔다. 이 순간까지 제자들은 선지자들이 예언했듯이, 예수가 하나님의 아들이며 주의 기름부음을 받은 자[†]라는 사실, 그리고 예수의 세계적 사명에 대해 알지 못했다. 그들이 마치 마법에 걸린 것처럼 예수를 따랐지만 그들에게 예수는 기적을 행하는 자 중의 한 사람이었다. 또한 당시 나라 안을 떠돌던 많은 설교자와 정치적, 종교적 선동자들 중의 하나에 불과하였다. 예수는 어쩌면 무의식적으로 자신이 예언된 메시아이고자 하는 요구를 내면 깊숙이 비밀로 간직해 왔을 것이다. 예수는 제자들을 각지로 보내면서 기적을 행하고 병자를 치유하며 신의 왕국을 설교하라는 사명을 부여하였고, 제자들은 이 사명을 받아들였다. 그러나 그들은 자신들이 메시아에 의해 파견되었다는 것을 깨닫지 못한 채, 자신들의 지도자이자 단순한 기적의 행사자로서의 예수에게로 돌아왔던 것이다. 그때서야 예수는 자신이 누구냐고 물으면서, '당신은 하나님의 아들 그리스도'라는 베드로의 예감을 확인시켜 주었다. 예수는 자신의 정신적 존재를 드러내고, 앞으로 걷게 될 삶의 길을 제시함으로써 자기가 메시아임을

---

†기름부음을 받은 자

메시아. 헤브라이 어의 masah(기름을 붓다)의 명사형 masiah(기름부음을 받은 자)가 그리스 어화한 말 (Christos)로 '그리스도'의 어원이 된 것이다. 구약성서에서는 기름부음을 받고 왕위에 오르는 이스라엘의 왕은 물론, 사제나 사울 왕의 방패와 같은 물건도 메시아라고 불렀다. 그러나 구약성서 본래의 의미는 하나님의 은혜를 받은 왕이나 대제사장에게 붙여진 이름이었다. 제자들이 예수를 대제사장(히브리서 9장23절~28절)으로, 예언자로, 왕으로 믿은 것(마태복음 16:16)도 이 때문이었다. 그러므로 메시아는 하나님과 이스라엘 사이의 다리를 놓는 역할을 하며, 영을 받은 자, 신의 의사를 전달하는 자, 재판장 등의 의미가 있다.

밝혔다. 그러나 그것은 비밀이었다!

"이때 예수께서는 자기가 그리스도라는 사실을 아무에게도 알리지 말라고 제자들에게 엄명하셨다."라고 마태복음(16장 20절)은 전한다.

마가복음(8장 30절)은, "그리고 예수께서는 이에 대해 아무에게도 말하지 말라고 경계하셨다."고 전한다.

또한 누가복음(9장 21절)에서는, 베드로가 "하나님의 그리스도이십니다."라고 답하자, "예수께서 그들에게 경고하며, 이를 아무에게도 말하지 말라고 명하셨다."라고 쓰고 있다.

이제 제자들은 침묵의 엄명 속에서 하나의 비밀을 공유하게 되었다. 그리고 유다는 바로 이 비밀을 대제사장들에게 누설했던 것이다. 예수가 제자들에게 메시아의 비밀을 밝혔을 때, 유다 자신도 그의 사명을 분명히 깨달았던 것이다. 이제 유다는 자신의 길을 갈 것이다!

예수가 메시아라는 자기의식을 '자각'한 것은, 가이샤라에서 유래한다고 보는 시도는 신학 논쟁을 통하여 격렬한 반박을 받아 왔다. 하르나크와 같은 자유주의적 신학자조차도 다음과 같이 고백한다.

"예수가 어떻게 자신이 하나님의 독생자라는 사실을 알게 되었고, 또한 어떻게 자신의 권능과 의무, 그리고 사명을 의식하게 되었는지는 그의 비밀이며, 어떠한 심리학도 이를 규명할 수 없다. …여기서는 모든 연구를 조용히 멈추어야 한다. 또한 우리들은 언제부터 그가 하나님의 아들임을 자각하게 되었는지 말할 수 없다."

물론 이러한 이의가 제기된다 해도, 그리고 예수의 위대성 앞에서 나는 고개를 숙이지만, 가이샤라에서의 예수의 발언이 그의 생애에 어떤 의미를 갖는지를 규명하려는 나의 시도는 중단되지 않을 것이다.

물론 예수의 이 발언이 없었더라도 신앙심 깊은 제자들에게는 언제나 스승으로 남았을 것이다. 그러나 그가 자신에게 전해진 직관을 받아들임으로써 그는 제자들의 믿음을 확고하게 만들었다.

그리고 어쩌면 그때까지는 단지 예감에 불과하였지만, 여기에 이르러서 자신이 구약의 예언을 실현해야 한다는 것을 깨닫고, 그렇게 결심하게 된 것일 수도 있다. 메시아에 대한 약속들은 모두 자신을 통해서 실행되고 완성되고, 또 그래야만 한다는 것을 그는 이해하였다. 그는 하나님의 아들이며, 민중과 가난한자들에게로 다가가는 다리였으며, 고통받는 인류를 구원하는 길이었다. 또한 그는 두려운 약속도 짊어져야 했다. 그것은 고통스러운 죽음, 희생의 죽음, 그리고 부활의 실현이었다. 그러나 이 약속에는 제자의 배신이 포함되어 있었다. 예수는 메시아의 예언이 성취되기 위해서는 한 제자가 이 행위를 범해야만 한다는 사실을 알고 있었다.

그리하여 "내가 신뢰하는 친구, 내 빵을 먹는 친구가 나를 발로 짓밟도다."와 같이 '시편'의 계시를 실현하는 스승과 제자의 관계가 맺어졌다. 그 후의 예수와 유다의 관계를 서술하고 있는 성서의 모든 기록들은, 예수가 유다의 배신을 자신의 운명의 일부로서, 그리고 자신의 사명을 이루기 위한 하나의 필수 조건으로 보았다는 생각을 정당화시켜 준다. 심지어 모든 일이 어떻게 일어날 것이고 일어나야 하는지를 예수가 알고 있었다는 점에서, 유다는 자신의 배신을 통해 메시아의 약속을 실현시킨다는 운명적 의무를 갖고 있었다고 주장하는 사람조차도 있다. 유다가 빌립보의 가이사랴에서의 비밀, 즉 예수가 하나님의 아들이며 메시아라는 사실을 누설하지 않았다면, 예수는 예언을 실현시키지 못했을 것이며, 유다가 배신을 기꺼이 범했기 때문에, 구세주가 인류를 위해 희생의 죽음이라고 하는 세계 정신사에 있어 가장 위대한 사건이 가능했다는 것이다. 만약 유다가 이 배신을 거부했다면 서방도 동방도 다른 길을 걸어왔을 것이라는 것이다.

그러나 이러한 관점은 예수의 수난을 둘러싼 종교적 비밀을 너무 합리적인 사고로 이끌어갈 위험이 있으며, 또한 역사적 진실을 밝히는 데 아무런 기여를 하지 못한다.

유다는 오랫동안 배신자로서의 자신의 운명을 분명히 자각하지 못했던 것으로 보인다. 마태복음서(26장 20절~)에 기록되어 있는 다음 기록은, 그가 자신의 사명을 인식하지 못하고 있었다는 사실을 분명하게 드러낸다.

"그리고 저녁이 되어 예수께서는 열두 제자들과 식탁에 앉으셨다. 모두가 식사를 하고 있을 때 예수께서 말씀하셨다. '내가 진실로 이르노니, 너희 중에 하나가 나를 배신하리라.' 하시니, 제자들은 매우 근심에 싸여 모두 일어나 여쭈었다. '주여. 제가 그 사람입니까?' 예수께서 대답하셨다. '나와 함께 그릇에 손을 담그는 자가 나를 배신하리라. 인자(人子)는 그에게 정해져 있는 길로 가지만, 인자를 배신하는 그 사람에게는 저주가 있으리라. 그는 차라리 태어나지 않는 편이 그를 위해 더 나았으리라.' 그때 예수를 배신하는 유다가 대답하였다. '주여, 설마 제가 그 사람입니까?' 예수께서 대답하여 가로되 '네가 그렇게 말하였도다.' 하시니라."

이 마지막 질문은 유다가 아무것도 예감하지 못하고 있는 것처럼 들리며, 어떠한 위선도 보이지 않는다. 예수의 예지력을 알고 있던 제자들에게 이러한 위선은 어차피 아무런 도움이 되지 않았을 것이다.

유다는 "주여, 설마 제가 그 사람입니까?"라고 묻고는, 우리에게도 마치 어떠한 암시적인 명령처럼 들리는 "네가 그렇게 말하였도다."라는 대답을 듣는다. 여기서 유다는, 후에 요한복음서에서 더욱 분명히 말한 그의 과제를 깨닫게 된다. 유다를 처음부터 증오하였던 요한은 강조해서 말한다. "그를 배신하는 바로 그 사람이다."

요한도 유다가 처음부터 중요한 책무를 맡고 있었다는 것을 무시할 수는 없었다. 그래서 그는 비극적인 사명을 짊어지는 유다를 증오에 휩싸여 추궁한다. 그러나 하필이면 많은 사람들에게 최초의 그리스도교 신학의 기록 문서로서 특별한 의미를 갖고 있고, 신앙인들에게는 그 계시적 성격으로 인해 관심을 가질 수밖에 없는 요한복음서를 통하여 우리는 유다 배신의 필연성을 찾을 수 있다. 하지만 고도의 초지상적인 법칙으로 비춰보면 유다의 행위가 정당한 것임을 이해할 수 있고, 동시에 이 사건의 자연스러운 진행을 읽어낼 수 있다.

요한복음서는 말하고 있다. (13장 21절)

"예수께서 이렇게 말씀하신 후, 근심에 쌓여 엄숙히 말씀하셨다. '내가 진실로, 진실로 너희에게 이르노니, 너희 중 하나가 나를 배신할 것이다.'

제자들은 서로를 보며 누구를 말씀하시는 것인지 불안해졌다. 제자들 가운데 예수가 사랑하는 한 사람이 있었으니, 그는 예수의 품에 의지하여 앉아 있었다. 시몬 베드로는 그에게 예수께서 말씀하는 사람이 누구인지를 물어보라고 눈짓을 보냈다.

그 제자는 그대로 예수의 품에 안기며 말했다. '주여, 그가 누구입니까?'

예수께서 대답하셨다. '내가 빵 한 조각을 적셔주는 자가 그 사람이다.' 그리고 빵 한 조각을 적셔서 가룟 시몬의 아들 유다에게 주었다. 빵을 받고 나자 사탄이 그에게로 들어갔다. 그러자 예수께서 그에게 말씀하셨다. '네가 할 일을 어서 행하라.'

예수께서 유다에게 왜 그리 말씀하셨는지 아는 사람은 아무도 없었다. 어떤 제자는 유다가 돈을 관리하고 있었으므로 그에게 명절에 쓸 물건들을 사라는 뜻이거나, 혹은 가난한 자들에게 무엇인가를 주라는 뜻으로 알았다. 유다가 빵을 받고 나가자, 곧 밤이 되었다."

이 엄숙한 시간에 예수는, 이제 일어날 일의 거룩한 진지성을 느끼고 있었다. 예수가 유다에게 빵 한 조각을 적셔준 것은, 아무것도 알지 못하는 제자들에게는 단순한 표식에 불과했지만, 사실은 유다가 신에게 선택되었다는 것을 의미했다. 그로서는 가장 끔찍한 순간이었다. 유다도 이에 상징적으로 답한다. 유다는 예수를 추적자들에게 넘겨주고 증인이 되어야 했고, 뿐만 아니라 제자의 스승에 대한 모든 관계가 사랑에 기초하는 것이었기 때문에 사랑의 표시로써 예수에게 입맞춤으로 응답한다.

'빵을 받고 나자 사탄이 그의 안으로 들어갔다.' 이러한 표현 역시 깊은 현실적 의미를 가진다. 바로 이 순간에 비로소 유다에게는 메시아의 예언이 성취될 수 있도록 돕는다는 과제가 부여되었다.

예수는 자신의 출현을 요청했던 인간 역사를 변화시키기 위해서는 스스로를 희생해야만 한다는 사실을 알고 있었다. 또한 그는 다른 한 사람을 그 희생에 참여토록 해야 한다는 사실 또한 알고 있었다. 그는 유다이다. 그는 모든 사람들의 인식 속에서 이 불명예를 끌고 다녀야 한다. 우리 역사의 가장 위대한 행위, 즉 하나님의 아들을 희생하는 행위 자체가 최대의 희생을, 최대의 범죄를, 제자의 배신을 필요로 했다. 이 범죄 행위가 비로소 그 거대한 희생을 가능케 했다.

5 ———

유다는 나가서 메시아의 비밀을 누설했다. 그는 자신의 행위에 대해 완벽하게 이해하지 못했는지는 모르지만 대강의 의미는 알고 있었다. 그리고 이를 완수했을 때 그는 예수의 암시적 명령의 의미를 분명히 깨달았다. 유다의 행위는 설사 그것이 영원의 차원에서는 필연적이었다고 할지라도 지상의 의미에서는 어떠한 속죄로도 용서받을 수 없는 것이었다. 유다는 예수가 말했던 것처럼 한 몸에 저주를 짊어져야 했다.

"저주 있으라, 인자를 배신한 자여! 그 자신에게는 차라리 태어나지 않는 편이 나았으리라." (마태복음 26장 24절)

구약성서에서 보여주고 있는 사명과 약속대로 배신자에게 부과된 저주도 실현되어야만 했다.

사람들은 유다의 참회와 자살한 이유를, 그가 배신을 저지르고 나서 예수로부터 받은 암시적 명령에서 깨어났기 때문이라고 해석하지만, 이 마지막 사건을 오늘날의 합리주의적 설명으로 해명하려는 것은 결코 바람직한 방법이 아니다. 배신행위가 필연적인 것이었다 해도 그 대가는 남아 있는 것이다. 유다는 자신이 무슨 범죄를 저질렀는지 분명하게 인식하고 있었다. 단지 사명을 완수하였을 뿐이지만, 자신이 저지른 범죄가 얼마나 무시무시한 것인가를 깨달은 유다는 자신의 행위를 속죄했다. 루벤스는 그를 '지극히 불행한 인간'으로 그렸다. 슈노르 폰 카롤스펠트는 《최후의 몸부림》에서 다음과 같이 묘사했다.

"유다가 절망하여 나무에 기대어, 앞을 뚫어지도록 바라보고 있는 모습에서, 한 인간이 속죄할 수 있는 가장 무거운 속죄를 느낄 수 있다."

운명적으로 부과된 사명이라고 할지라도 그것이 세계의 질서를 교란할 때는 이에 대해 속죄해야 한다. 유다는 자신의 본성에 따라서가 아니라, 예수를 배신하도록 선택된 자로서 행동하였고, 그 죄를 속죄하고 그리고 죽음으로 나아갔다. 유다는 예수가 고통과 배신, 그리고 구원을 위하여 죽는다는 예언을 성취하도록 하는 데 참여한 유일한 제자였다.

그렇다면 다른 제자들은 어떠했는가?

제자들의 입장이 얼마나 비참했는가는 이 마지막 순간에 다시 한번 극명하게 드러났다. 예수는 다른 제자들의 절대적 신앙만큼이나 유다라는 제자도 반드시 필요했다. 분명 제자의 삶은 커다란 의미를 가지고 있다. 전지전능한 스승과의 결속은 나약한 그들에게 강력한 힘을 가져다주었다. 그러나 순종과 경외에 기초한 제자들의 위치는 일단 스승의 모습이 사라지자 극히 위태로운 것이 되어 버렸다. 제자들이 얼마나 비극적인 위험에 노출되었는지는, 예수의 죽음 이후 제자들의 삶에 잘 나타나 있다. 예수가 죽자 11명의 충실한 제자들은 고아들로 세상으로 내던져진다. 예수는 제자들에게 한 마디의 기록도 남기지 않았다. 그들은 오로지 살아 있는 예수와 함께 했다는 은총만을 힘의 원천으로 간직하고 있었을 뿐이다. 더구나 부활의 기적이 전해질 때까지, 즉 부활이라는 구체적인 증명을 체험하기 전까지 그들의 마음속에는 불신과 비정함으로 가득 차 있었다. 그들이 정신적인 의미에서 고아들이었다는 것은 요한복음서를 통해 확인할 수 있다.

"그들은 죽음으로부터 예수가 다시 부활한다는 성서의 구절을 아직 깨닫지 못하고 있었다."(요한복음 20장 9절)

그들은 부활한 예수를 통해 자신들의 의심을 극복함으로써 하나의 사명을 느낄 수 있었다. 그러나 그리스도교는 이들 12제자 중 한 명에 의해서가 아니라, 과거 그리스도교도들을 억압한 적이었으나 이제는 회개하고 그리스도교로 귀의한 새로운 제자 바울을 통해 전달되고 혁신되었다. 서양을 정복한 것은 제자들의 그리스도교가 아니라 바울의 그리스도교였다.

다른 제자들이 신앙심의 부족으로 의심하고 있을 때, 유다는 분명하게 알고 있었다. 그리고 유다는 다른 제자들보다 먼저 예수와 함께하는 운명적인 체험을 하게 되었다. 그는 지상에서의 속죄를 통하여 하늘의 은총을 받게 되었다.

예수는 십자가에 매달렸다. 이제 모든 것이 이루어졌고, 성서의 말씀을 완수했다는 것을 깨달은 예수는 말했다. "목이 마르다." 거기에 신 포도주가 가득 든 그릇이 있었다. 예수는 그 포도주를 받고 "다 이루었다."라고 말하고는 머리를 떨어뜨리고 숨을 거두었다. 이러한 충격적 묘사를 다음의 묘사와 대비해 보는 것도 의미가 있다.

"그러나 같은 시각, 후회와 고통으로 가득 찬 한 남자가 어둠 속에서 스스로 목을 매달았다. 그리고 그의 입에서도 '다 이루었다'는 말을 들을 수 있었다."

루터는 자신의 설교에서 다음과 같이 말했다.

"유다가 예수를 배신한 것은 분명 커다란 죄악이었지만 죽음으로 씻을 죄는 아니었다. 그러나 그는 후회에 휩싸였고 자신의 신앙을 지킬 수 없었기 때문에 자신이 저지른 죄가 점점 더 커 보이게 되었다. 그리고 마침내는 절망하게 되었다."

가장 엄숙한 순간에 유다의 운명은 예수의 운명과 결부되었고, 그의 죽음은 예수의 마지막 순간과 묶여졌다. 유다는 사악한 배신자와 사명의 수행자로서, 또는 성서의 예언을 그대로 실행한 자로서 세인의 평판을 받아왔지만, 어쨌든 그는 그 존재의 많은 본질과 함께 전설의 세계로 들어갔다.

그러나 유다를 순수하게 학문적으로 규명하려는 입장에서는 커다란 관심을 받지 못한다. 유다 자신이 역사적으로 분명한 인물이 아니며, 단지 혼돈 속에서 형태가 불분명한 인물이다.

유다의 배신으로 예수의 운명은 완수되었고 메시아에 대한 예언이 성취되었다. 예수는 성서의 예언이 요구한 대로 고통받는 구세주가 되었다. 이로써 자신의 권능을 프로메테우스적인 반항심에서 이끌어내는, 전투적인 예수상은 불가능해졌다.

고통받는 구세주와 구원에 대한 사상은, 투쟁적인 구세주 상을 만들고자 서양 종교사에 등장했던 온갖 가능성들을 눌러 이겼다. 그리고 인간은 2천 년 동안, 가장 고귀한 인간적 행위가 예수의 고통과 죽음, 그리고 희생에 깃들어 있다는 사고를 갖게 되었다.

후기

무명의 천재들

위대한 문학가, 음악가, 미술가, 철학자의 시대는 이미 지나갔고, 앞으로의 천재는 자연과학자, 실용적 기술자, 발명가, 기업가들 중에서 나타날 것이라는 주장이 1918년 이후 등장했다.

의식은 변화하게 마련이다. 중세에는 고대를 무시무시한 암흑시대로 보았고, 고대의 그 어떤 인물도 위대하다고 보지 않았다는 사실을 상기해 볼 수 있다. 다음 시대에는 우리의 평가 중 많은 부분에 대해서 거부되고, 우리가 천재로 여겼던 인물들을 어둠 속으로 밀어넣어 버리는 그러한 시대가 도래할 수도 있다. 그렇다 하더라도 우리로서는 우리들 판단의 유효성이 가지는 이러한 제한에 만족할 수밖에 없다.

천재로서 민중 속에 살아 숨쉬는 정치가, 예술가, 철학자들과는 달리 대부분의 위대한 자연과학자들은 후대의 대중들 속에 영원히 살아남을 가능성이 그다지 높지 않다. 소크라테스는 위대한 현자로, 플라톤은 삶의 문제에 대한 영원한 선포자이자 해석자로 살아 있다. 교양인이건 비교양인이건 누구나 단테는 위대한 시인이라고 생각하고, 알렉산더와 카이사르의 머리에는 권력의 천재가 가지는 영원한 명예의 왕관이 빛나고 있다.

그렇다면 오로지 자연과학자와 발견자, 기술개발자와 발명자만이 후대의 영광을 포기해야 하는가? 누가 해부학의 기초를 놓았고, 누가 피의 순환을 발견했으며, 누가 고통 없는 수술을 가능케 했는가? 누가 나침반을, 누가 망원경을 발명했고, 누가 우리에게 전기의 기적, 엔진, 전화, 영화, 비행기, 텔레비전을 선사했는가? X선을 가능케 했던 혁명적 연구자 뢴트겐은 누구인가? 이러한 연구를 단지 소박한 경이로움이나 철저한 무관심으로 대하며 이를 사용하고 있는 일반인들은 그들의 이름을 부르지도 알지도 못한다. 대부분의 비전문가들은 패러데이, 브래들리, 럼퍼드, 프리스틀리, 맥스웰, 베버, 헤르츠와 같이 결정적 혁신을 가져왔던 발견자들의 이름을 알지 못하며, 또한 세상이 이들에게 빚지고 있는 것이 무엇인지에 대해서도 아는 바 없다.

위대한 과학자들은 그들 없었다면 현재 과학수준은 결코 도달될 수 없었을 행위나 업적으로써 후대에 남는다. 그들의 업적이 후대에 가서 수정된다고 하더라도, 그 업적 위에 다음의 진보가 쌓여간다. 이들 과학자들의 행위는 거대한 사슬 속에 위치하는데, 이 사슬은 서로 연결되어 의존하고 있고, 서로를 추월하며 계속 전진하는 발견과 발명들로 이루어진다. 이 과학자들은 대부분 무명의 천재가 되어 버린다.

지난 수백 년간의 위대한 의사와 과학자들은 거의 대부분 무명에 머물러 있다. 그중에서도 두 사람이 이러한 무명의 천재가 가지는 비극성을 절실히 보여주는데, 그들은 앙투안 로랑 라부아지에(1743~1794. 프랑스의 화학자. 근대 화학

의 창시자)와 로베르트 마이어(1814~1878. 독일 의사이자 물리학자. 에너지 보존 법칙 발견)
이다.

이 이름들은 자의적으로 선정된 것이 아니다. 이 두 과학자는 특이한 삶을 살았는데, 그 삶 자체만으로도 후대의 관심과 공감을 보장받을 수 있을 것이다. 한 사람은 단두대에서 죽었고, 다른 한 사람은 정신병원에 실려가 끔찍하도록 환멸에 가득 찬 삶을 자살로 끝내야 했다. 이 두 과학자는 인정받지 못한 자연과학 천재의 비극을 각각 독특한 방식으로 보여주고 있다.

라부아지에라는 이름은 영광과 거부, 명예와 적대감으로 둘러싸여 있었고, 결국 다른 자연과학자들의 이름처럼 단지 백과사전이나 전문 분야 역사에서나 명예의 전당에 오르게 되었다.

오늘날 우리는 호흡이 단순한 연소 작용일 뿐만 아니라 산화작용이라는 사실을 알고 있고 이러한 인식은 생리학의 가장 중요한 통찰들 중 하나로 보고 있다. 오늘날 우리는 '질량 불변'의 법칙을 알고 있는데, 이는 '화학반응 전후에서 물질이 소멸하거나 완전히 새로운 물질이 생성되지 않으며, 이 작용에 들어 있는 물질의 양의 총합은 일정하다'라는 의미이다. 이 법칙은 오류에 빠져 있던 화학의 세계를 변혁시켰고 오늘날의 화학사상에 있어 근본적인 사실로 인정받고 있다. 베르틀로는 우리에게 이러한 혁명적인 통찰을 남겨준 사람에 대해 근대 화학의 아버지라고 불렀다. 그는 라부아지에이다. 그의 삶은 다른 위대한 르네상스의 학자들처럼 부유하고 명예롭고 성공적이었지만 동시에 늘 사형집행인의 손에 의해 끝날 위험에 처해 있기도 했다.

1793년 11월 25일 징세청부인 ─세금 징수 대행 민간조직인 징세청부인 조합에 소속되어 민중으로부터 세금의 서너 배를 징수한 후 나머지를 횡령, 민중의 증오의 대상이 되었다─ 이었던 앙투안 로랑 라부아지에는 프랑스 민중에 대한 반역 행위에 가담했다는 혐의를 받고 체포되었다. 자신이 바로 얼마 전에 어느 품위 있는 방문자에게 했던 경솔하고 피상적인 말 속에 얼마나 무의미한 표현이 들어 있었던가를 그 자신도 그때에야 처음으로 깨달았을 것이다. "모든 것이 파괴되어야 합니다. 그렇습니다, 모든 것이. 모든 것이 새롭게 창조되어야 하기 때문입니다."

이제 그는 단지 말뿐이었던 자신의 혁명주의 때문에 스스로 혁명의 법정 앞에 서게 되었다. 라부아지에는 그의 장인을 포함하여 다른 24명의 피고와 함께 사형 선고를 받았고 판결을 받은 그날 처형당했다. 학자들이 그를 구하려 노력했지만 헛수고였다. 재판관은 "우리는 더 이상 과학자가 필요하지 않다."고 선언했다.

라부아지에가 무명으로 머물게 된 사실의 비극성을 깨닫기 위해서는 그의 연구 업적을 꼼꼼하게 살펴보아야 한다. 여기서 우리의 고찰 대상인 일반적 지성의 영역에서 특수한 자연과학의 분과로 잠시 벗어나 볼 필요가 있다. 이러한 여담은 이 글의 목적에 부합하는 것이다. 라부아지에는 1768년 25세로 자신의 첫 번째 과학 논문을 발표했는데, 이것은 석고의 성분과 특성에 대한 것이었다. 석고는 당시 건축 자재로서 매우 중요했고 젊은 라부아지에의 연구는 과학 이론과 실제 적용에 있어 매우 의미 있는 결론들을 도출시켰다. 그러나 이 첫 번째 논문은 연구 업적의 우선권을 둘러싼 분쟁에 휩싸이게 되었다. 논문이 발표되었을 때, 라부아지에는 자신이 발표한 석고의 수용성(水溶性)에 대해 이미 15년 전에 두 명의 다른 연구자가 기술한 바 있다는 사실을 알게 되었다.

라부아지에는 처음에 매우 실제적이고 냉철한 목적을 위해 자신의 연구에 열정을 기울였다. 분젠(1811~1899)이라는 한 독일 과학자는 다음과 같이 말했다.

"연구는 아름답지만 이를 이용한 돈벌이는 구역질난다."

라부아지에의 생각은 달랐다. 그러나 그렇다고 해서 그의 과학적 연구들이 덜 중요해지는 것은 아니다.

라부아지에는 기술적 연구, 즉 대도시 조명에 대한 현상공모 논문으로 아카데미 회원이 되었다. 1780년대에 라부아지에는 연구 방향을 전환했다. 그 뒤 물리학, 농화학, 정치와 국가 이론의 실제적 연구들이 뒤따랐다. 그는 자신을 자연과학 분야의 대가로 만들어준 연구들을 발표한 뒤에야 비로소 화학자로 변신한다. 라부아지에의 연구실에서는 착상과 인식이 풍부한 수많은 근본적 연구 작업들이 배출되었다. 그러나 그의 연구들에는 발견과 발명의 우선권을 둘러싼 끝없는 분쟁의 그림자가 드리우게 되었다. 그가 인이 연소할 때 공기나 수분을 흡수하여 무게가 증가한다는 것을 발표하면서, 마르그라프, 고드프리, 한케비츠가 이미 이전에 같은 결론을 이끌어내었다는 사실을 알리지 않았다.

라부아지에의 연구들이 종종 그랬던 것처럼, 자연과학에서 개별 연구자는 대개의 경우 이미 그 여건이 무르익어 있는 발견을 실행하는 데 지나지 않았다는 사실은 분명하다. 그러나 이때 발견 그 자체뿐만이 아니라 이 발견이나 관찰이 과학과 기술에 있어 의미하는 바가 무엇인지를 깨닫는 것이 중요하다. 이러한 선후 문제를 벗어나 오로지 라부아지에만의 소유이자 업적으로 나타나는 작업들도 있었다. 셸레(1742~1786. 스웨덴의 화학자), 프리스틀리(1733~1804. 영국의 화학자)가 산소를 발견하고, 캐번디시(1731~1810. 영국의 화학자, 물리학자)가 물을 분해한 후에, 라부아지에는 연소 과정을 연구했다. 이 연구에서 라부아지에는 단순하거나 복합적인 물체의 연소에 있어 어떠한 물질 ─플로지스톤 설: 독일의 화학자 슈탈에 의해 정립된 이론으로, 물질이 탄다는 것은 그 속에 들어 있던 플로지스톤이 빠져나가는 것이라는 이론. 18세기 말까지 화학계의 정설로 받아들여짐─ 이 빠져나가는 것이 아니라 물체나 그 성분이 산소와 결합하는 것이라는 혁명적 결론을 이끌어낸다. 호흡 역시 그러한 산화작용으로 파악되었다. 특수한 열을 측정하는 그의 방법도 라플라스(1749~1827. 프랑스의 수학자)와의 협력을 통해서 고안되었지만, 이것이 그의 업적을 깎아내리지는 못한다. 발명자가 무명으로 머물게 되는 한 요인 이기도 한 이러한 공동 연구는 오늘날에는 당연한 일이 되었다.

라부아지에가 프랑스 혁명에서 벌어진 피의 향연의 무의미한 희생자 중 한 사람이 되었을 때, 독일의 전문지 베를린 약학연보는 그에 대해 적절한 판단을 내렸다. "우리가 '화학의 원리'의 저자에 대해 무로부터의 창조자라 는 특권을 부여할 수는 없지만, 이것이 그의 업적을 조금이라도 훼손하지는 못한다. 라부아지에가 자신의 체계 속에 포함시켰던 개별적 원칙들을 그보 다 오래 전에 메이오(1640~1679. 영국의 화학자. 공기가 화학적으로 활성인 부분과 비활성인 부분으로 이루어져 있다는 것을 알아냄. 공기가 질소와 산소로 이루어져 있음을 밝히는 근원이 되었 음)가 발표했다는 것과 그 유명한 셸레가 이 체계의 일부에 대해 소유권을 주장할 수 있다는 것은 사실이다. 그러나 공정하게 검토해 본다면 이와는 무관하게 누구나 다음과 같은 사실을 인정할 것이다. 즉, 이러한 단편들로 부터 질서와 대칭이 완벽하게 빛나는 전체를 구성하는 일은 오로지 여러 학 문의 전체적 문화에 대한 학식을 가진 창조적 천재와 활동적 정신에게만 가 능하다는 사실이다. 우리는 라부아지에 씨에게 그에 마땅한 명예를 부여하 는 바이고, 그를 새로운 이론의 창시자로서 인정하는 바이다. 이 이론은 그 에게는 영예로운 것이고, 화학에는 획기적인 것이며 실제적이며 풍부한 결 실을 가져올 것이고, 우리 시대에게는 명예롭고, 모든 사상가에게는 매혹적 인 것이다."

이 분야의 학자들은 라부아지에가 사망했을 당시에 이미 천재의 영예로 운 명칭을 부여했으나, 그럼에도 불구하고 후대가 위대한 천재들에게 헌정하는 명예의 전당은 들어갈 수 없었다.

라부아지에의 예는 한 독일 학자의 굴곡이 심하고 비극적인 운명에 의해 보충될 수 있다. 그는 하일브론 출신의 소박한 의사인 율리우스 로베르트 마이어이다. 정신병원 수용, 창문에서 뛰어내리는 자살 시도와 실패, 당시 가장 저명한 동료 학자들과의 분쟁과 그들로부터 배척당하고 자신의 발견의 우선권을 둘러싼 쓰라린 분쟁들. 이것이 인류의 가장 위대한 자연과학자 중 한 사람이었으며, 우리에게 자연과학적 인식의 가장 중요한 법칙 중 하나를 선사한 사람이 겪은 고통의 경로였다. 그 법칙은 바로 '에너지 보존의 법칙 ─세계에 있어 에너지의 총합은 증가하거나 감소하지 않고 처음부터 모든 과정에 있어 일정하다는 법칙─ 이다. 위대한 헬름홀츠(1821~1894. 독일의 생리학자, 물리학자)는 힘 ─좀 더 분명한 정확성을 위하여 새로 창조해낸 '에너지'라는 개념은 마이어 이후에야 사용될 수 있었다─ 의 보존에 대한 연구와 발견에 있어, 이 발견을 둘러싸고 마이어와 우선권을 다투었던 영국인 줄(1818~1889. 영국의 물리학자)의 이론에 기초를 두었다. 복종적인 강사들은 말할 것도 없고 줄이나 헬름홀츠도 마이어의 업적을 거만하게 무시하여 마이어의 삶을 쓰라리게 하였다. 나중에야 헬름홀츠는 위대한 자연과학자 마이어에게 월계관을 증정했다.

오늘날 우리는 에너지 보존이라는 이 위대한 발견의 출현 과정을 대략 짚어볼 수 있다. 마이어는 열대 지방 여행 중에 이 명제를 직관적으로 발견했고, 줄은 실험으로 증명하였으며, 헬름홀츠는 수학적으로 설명하여 보편적인 타당성을 부여했다. 에너지의 총합은 세계의 모든 과정에 있어 일정하다. 하나의 발견이 서로 독립적인 여러 연구자에 의해서 거의 동시에, 똑같은 희생과 노력과 인내를 통해 이루어졌다. 이 연구는 직관적, 실험적, 수학적 관점이라는 각각 다른 관점에서 이루어졌다. 이러한 발견은 종종 끝없이 많은 자질구레한 작업들과 개별적 연구들과 조사들을 통해, 추구하고 있는 과제가 해결될 수 있는 여건이 이미 무르익은 다음에야 가능하다. 발견자는 자신의 위대한 정신을 통해, 선구자들의 연구로 이미 무르익은 그 사명을 완수하는 것이다. 앞서 작업한 한 연구자는 오로지 체계적인 작업을 통해 발견으로의 길을 걸어왔지만, 때때로 실험실에서 우연히 발생한 현상이 다른 연구자에게 지름길을 제시할 수도 있다. 앞서 작업한 연구자도 수년 간에 걸친 연구와 노력으로 언젠가 정점에 오를 수 있었을 테지만, 흐릿한 목표를 가졌으나 빠른 속도로 목표로 다가가는 연구자에게 우연이나 직관이 성공을 선사할 수도 있는 것이다. 자연과학의 발견 행위들에 있어서의 이러한 얽혀 있는 상황 때문에, 특정 학문 분야나 자연과학의 역사 서술가들이 어느 일개 연구자에게 위대한 발견의 독자적 업적을 인정하고 그를 무명의 천재로부터 벗어나게 하기가 어려운 것이다.

야코프 부르크하르트는 대체 가능하다고 인정되는 위대성은 천재의 영역으로부터 제거하려고 했다. 즉, 과학의 발전을 통해 이후 어느 시점에 다른 사람이 동일한 결론에 도달할 수 있다면 이는 대체 가능하다는 것이다.

특히 부르크하르트는 공업과 기술 분야의 발견자들은 천재의 유효한 영역에 포함시키지 않았다. 그는 수학자와 자연과학자들 중에서는 오로지 발견을 통해 우리들의 세계관에 영향을 준 학자들만 천재로 인정하였다. 왜냐하면 '세계에 대한 모든 고찰, 즉 모든 사상들이 그들의 결론 위에 전적으로 기초하고 있기 때문이다.'

이 19세기 스위스 인문주의자가 설정한 이러한 제한은 그와 동시대인인 쇼펜하우어의 것과 일치한다. 천재에 대한 인식을 얻기 위해 노력했던 쇼펜하우어는 천재의 필수적 특성으로서 그의 업적이 눈앞의 수익이라는 관점에서 창조되거나 실용적 목적에 기여하는 것이 아니라는 점을 들었다. "천재의 업적은 쓸모 있는 사물이 아니다. 비실용성은 천재의 업적이 지니는 특징 중의 하나이다. 그것은 그 업적에 대한 작위 수여증서이다."

그러나 쇼펜하우어와 부르크하르트는 그러한 원칙을 통해 자연과학자들의 실용적 가치와 문명을 발전시키는 업적을 평가 절하하려 하거나 의사, 혈청 연구자, 세균 발견자, 전염병 퇴치자와 같은 인류의 위대한 은인들의 의미를 무시하려고 했던 것은 아니다. 그들에게는 천재가 한 시대의 정신에 영향력을 행사하고 자신의 이름에 진정한 불멸성을 부여하기 위해 뛰어넘어야 할 경계선을 확정하는 일이 중요했다.

자연과학의 연구 대상은 자연이다. 이는 거기에 이미 존재하고 있는 힘들이며 우리가 그 가능성을 발견해야 하는 힘들이다. 여기에 우리 자신에게서 기인한 어떠한 것도 덧붙이거나 제거해서는 안 된다. 자연에 본래 속하지 않는 사물을 자연 속에 넣어 관찰하거나, 자신들의 희망하는 모습에서 이를 이끌어내려는 자연과학자는 비과학적으로 작업하는 것이고, 그의 유일한 연구 영역인 자연을 떠나는 것이다. 그러나 천재는 한 시대의 정신을 창조하고, 이를 변화시키며, 인류에게 새로운 세계를 건설할 재료들을 제공한다. 자연과학자가 거부하는 것, 즉 인식 불가능한 어떤 것으로부터 천재는 출발한다. 사상가와 예술가는 천재로서 그 왕국 안으로 들어간다. 또한 종교의 창시자, 드물지만 역사상의 권력자도 천재에 포함된다. 이는 그의 행위를 통해 한 민족이나 또는 여러 민족들이 오랜 기간 동안 유지될 새로운 상태로 전환하게 되고, 힘과 부를 획득하게 되거나 정신적 가치들에 새롭게 눈 뜨고 고양되었을 경우이다.

'천재는 목적에 속박되지 않는다.'는 명제를 옹호한 앞의 두 사람은, 자연과학자는 사상에 영향을 미쳤거나 변화시켰을 때에 한해서만 불멸의 천재의 영토로 들어올 수 있다고 하는 데 의견 일치를 보았다. 그리고 그러한 견해는 바로 민중의 신앙과 표상 속에, 후대의 명예의 전당 속에, 또는 이 그릇을 무어라 부르던지 간에 그 안에 불멸성이 보존되는 그 그릇 안에도 있는 것이다. 그렇지만 민중은 몇몇 자연과학자와 한 사람의 발견자를 익명에서 벗어나게 하고 그들의 이름을 불멸의 영역으로 상승시켰다.

갈릴레이, 코페르니쿠스, 콜럼버스는 어떻게 일반인의 의식 안으로 들어올 수 있었던 것일까? 이는 쇼펜하우어와 부르크하르트가 천재의 본질이라고 보았던 이유들과 일치한다. 갈릴레이와 코페르니쿠스는 근대적 세계상, 세계와 신에 대한 사상에 영향을 미쳤고 변화시켰다. 한 가지 인식이 발견되는 것만으로는 충분하지 않다. 그것이 평가받기 위해서는 자신을 관철시켜야 한다. 기원 전 3백년 경에 사모스의 아리스타르코스(BC.217?~BC.145. 고대 그리스의 문헌학자)가 이미 지구의 공전을 설파했지만, 시대는 아직 이러한 인식을 위하여 무르익지 않았던 것이다. 최대의 자연 연구자였지만 이 분야에 있어서는 잘못된 교사였던 아리스토텔레스에게 아리스타르코스는 패배했다. 코페르니쿠스는 아리스타르코스의 통찰을 다시 수용했고 이를 관철시켰다. 그리고 수많은 용감하고 훌륭한 업적을 남긴 지리상의 발견자들 중에서 민중과 역사학과 지리학이 천재로 인정하는 유일한 사람이 바로 콜럼버스이다. 이는 그의 발견이 그 시대를 변화시켰기 때문이고, 다른 발견들에 대해서는 그것이 아무리 어려운 발견들이었다고 할지라도 이러한 말을 할 수 없기 때문이다.

"지구가 구형이라는 사실의 확신은 그 이후 모든 사상의 전제가 되었고, 모든 사상은 이 전제를 통해 자유롭게 되었다는 점에서 콜럼버스에게로 반드시 돌아가게 된다."

그러나 콜럼버스는 아메리카 대륙의 발견을 통해 단순한 사상의 영역을 넘어서서 서양의 정치적, 경제적 생활 방식의 변화를 예고했던 것이다. 괴테가 천재에게 본질적인 것으로 '법칙과 형상을 만드는 행위'라고 했을 때, 그 역시 현존하는 것의 변혁자라는 천재의 조건에 대해 생각했던 것이다.

무명의 자연과학 천재에 대한 이러한 모든 고찰들은, 자연과학이 새로운 수준에 도달했고 그 수준으로부터 이제 양자물리학, 핵물리학, 천체물리학 등에서 우리의 세계에 깊은 영향을 미치는 새로운 발견들이 이루어지는 시대에 더욱 더 필요한 것이다. 인간이 왕좌에서 물러나 특수한 지위를 상실하는 것처럼 보이는 현대에, 천체물리학은 갑자기 다음과 같이 반박할 수 없는 가능성을 제시한다. 즉, 우주에서 생명과 같은 결정적인 과정은 오로지 지구에서 단 한번 존재하고 사라져 버리는 것이 아니라, 우리 태양계의 어느 행성에서는 아니더라도 우리의 세계보다 먼저 존재했던 세계에서 이미 이루어졌거나 다른 태양계에서 지금도 이루어지고 있을 것이라는 사실이다. 이때 우리는 우리의 자연 인식도 변화한다는 점을 기억해야 한다.

비르초프는 다음과 같은 말을 했다.

"우리가 자연법칙이라고 부르는 것은 변화하는 것인데, 이는 그 발견이 인간에 의한 작업이고 그 발견에 대한 인정은 단지 그 당시 최고의 지식에 의해서만 이루어지기 때문이다. 그러나 새로운 경험은 현재 존재하는 법칙들을 완전히 무효화하고 자연과학의 위대한 변화들을 가져올 수 있는데, 근대에 이러한 변화들을 풍부하게 보아왔다."

천재가 자신의 작품과 존재를 통해 인간에게 가장 근원적인 천재성으로 나타난다면, 그는 자신의 사명을 가장 완벽하게 달성한 것이다.

고대 신화에서 천재성은 태어날 때 인간에게 흘러 들어가며 개인의 삶에 오랫동안 지속되는 생산력, 즉 활기 있고 창조적인 것, 본질적이고 개인적인 것을 나타낸다. 우리는 역사적 위인, 영웅, 성인, 마신, 천재 등을 생각함에 있어, 우리가 이들 개별적 현상들을 어떻게 부르는지를 떠나 하나의 위계질서를 만들어 볼 때에만 사고를 전개시킬 수 있다. 예를 들어 크롬웰과 플라톤, 구텐베르크와 괴테를 같은 차원에서 논한다거나, 역사적 영향력이나 의미가 크다 하더라도 윤리적 위대함과 높이가 결여된 나폴레옹을, 삶과 작품 속에서 인간의 고귀함을 위해 씨름했던 횔덜린이나 베토벤을 동일시하는 것은 우리의 영혼과 정신에 거부감을 줄 것이다. 우리는 이러한 위계질서의 기준을 갖고 있어야 한다. 그것은 어쩌면 개별적인 역사적 위인들이 인간을 풍성하고 고귀하게 고양시키고 행복하게 하려는 시도와, 그리고 그것이 성공했느냐 하는 단순한 기준에 있는 것이 아닐까? 이를 통해 우리는 위인들의 개별적 위계뿐 아니라, 천재의 창조 영역과 존재 영역 자체의 위계질서를 파악할 수 있는 것은 아닐까? 그렇다면 정치가와 장군은 종종 어떤 사람에게는 도움이 되지만 또 다른 사람들에게는 파괴적이고 가치 말살적인 투쟁을 통해 커다란 고통을 안기고서야 사명을 완수한다는 면에서, 위대한 예술 작품과 사상을 통해 고귀함과 행복을 선사하는 창조자들이나 종교적 영역을 풍부하게 변화시키는 사람들에 비해 뒤에 놓여져야 하는 것이 아닐까? 아니면 그러한 정치가들과 장군들은 정신적 창조자들과 영혼의 영웅들에게 안전한 활동 공간을 제공한다는 면에서 필수적인 인물들은 아닐까? 그렇다면 여기에 바로 권력자의 비극이 놓여 있는 것이다.

우리는 심오한 의미를 가지는 중세의 의식(儀式)에 대해 알고 있다. 국왕이 신앙심이 깊은 민중들이 가득 찬 교회의 대미사에 참가하게 되면, 미사 도중에 성직자가 거기 모인 군중 앞에서 왕에게 다가간다. 그는 거친 삼베를 한 뭉치 손에 들어 불을 붙이고, 삼베가 불타고 있는 동안 엄숙한 목소리로 다음과 같은 엄중한 경고를 보낸다. "세상의 영광은 이렇게 사라지도

다." 그것은 불멸의 정신이 멸망할 운명을 가진 지상의 권력에게 보내는 경고이다. 권력은 단지 인간에 대한 외적인 지배이지만, 권능은 인간에 대한 내적인 지배이다. 적절하게 적용되는 권력은 오로지 정신을 통해서만 가능하다. 정신을 수반하여 권력을 행사할 수 있다는 것은 신의 은총에 참여하는 것이며 그리하여 행복과 책임을 부여하는 것이다.

가르침과 창작 혹은 정치적 행위를 통하여 그 시대나 그 민족의 사상, 정신과 영혼, 내적 삶의 형식을 변화시켰던 천재들이 있었다. 이 책은 이러한 천재들이 세상과 대면하는 장면을 논한 것이다.

이러한 만남을 대중 문학적 역사 기술이라는 효과적 방법으로 표현하는 것은 매력적인 일이다. 이러한 방법은 오늘날 과소평가 받고 있다. 그러나 이러한 만남들에는 흥분을 불러일으키는 사건과 뒤얽힌 문제들이 풍부하기 때문에, 이 자료들을 비판적으로 검토하고 전달하여 현실을 있는 그대로 서술하는 것 자체가 독자들의 공감을 유도할 수 있다.

운명을 뒤흔드는 만남을 보여주는 이 무대에는 허구의 대화나 검증되지 않은 일화가 사실이나 개연적 허구로 분장하여 나타나지 않는다. 플루타르크나 바사리의 글이나, 혹은 자서전의 주관적 뉘앙스에서 그런 것처럼 원전 자체가 전설의 영역을 오갈 경우에는 미리 그러한 사실을 지적했다.

이 연구는 비록 엄격하게 자료들을 검증하고 평가했지만, 전문 분야에 새로운 지식을 덧붙이거나 나아가 천재의 비밀을 풀어보겠다는 야심을 갖지는 않았다. 또한 이 연구들은 천재와 세상의 조우에서 나타나는 문제들을 이를테면 체계적으로 연구하거나 이를 통해 사실상 전혀 불가능한 해결을 도출해 내려고 하지도 않았다. 수년 간의 연구 결과에 따라, 여기서는 천재가 살아간 지상의 길에서 그들 스스로에게 부과한 투쟁의 위대성을 인식하고, 그들의 사명을 수행할 수 있게 하였던 힘과 체념과 희생을 느끼고 함께 공감하려고 한다. 천재는 이를 통해 자신에게 주어진 삶의 과제에 충실하였으며, 바로 이 점은 천재를 모든 사람들의 모범이 되게 만든다. 그런 점에서 이 책이 독자들을 천재에 대한 경외와 겸손으로 이끌 수 있다면 하나의 교훈이 될 수 있을 것이다.

역사를 재미있게 만드는 전혀 새로운 시도의 책들

달과소

소통의 정치학 상소(上疏) - 중국편

니우산, 빠산쓰 지음 | 임찬혁옮김 | 신국판 296쪽

중국의 선비, 황제를 꾸짖다

황제에게 진언하는 것은 고도의 기교를 요하는 일이었다. 허튼 소리를 해서 안 되는 것은 물론, 자신의 견해나 아첨, 심지어 잔소리까지 모두 한 자 한 자 따져가면서 엄격한 문체에 따라 작성하여 공경하는 마음으로 황제에게 바쳐야 했다. 이것이 바로 우리가 말하고자 하는 상소—주절(奏折)이다.

상소를 읽는 것은 아주 흥미로운 일이다. 당시에는 황제만이 볼 수 있었지만 이제는 누구나 볼 수 있게 되었고, 또한 이를 통해 여러 가지 풍부하고 다채로운 사람들의 심리 상태와 이야기들을 읽을 수 있다. 상소는 쓰는 것에서부터 보내기에 이르기까지 모두 일정한 규칙이 있었다. 일단 황제에게 전해지고 나면 그것은 곧 운명을 건 한 판의 도박으로서, 경우에 따라 상소를 올린 사람은 크게 영전할 수도 있고 아니면 영영 자취를 감출 수도 있었다.

상소는 황제가 듣고 싶어 하거나 듣기 좋아하는 내용이 담겨져야 하는 것은 물론 황제가 듣고 싶어 하지 않거나 듣기 싫어하는 내용도 포함되어야 했다. 황제에게 듣기 좋은 일을 고하는 것은 누구나 다 할 수 있고 또 하고 싶어 하는 일이다. 그러나 나쁜 일을 고할 때에는 황제로 하여금 듣게 해야 하는 동시에 글을 올린 자신이 황제의 화풀이 대상이 되지 않도록 각별히 조심해야 했으니 그 자체가 하나의 커다란 학문이라 할 수 있다.

이 책은 역대 상소 중에서 정수라 할 수 있는 것들을 꼽아 평을 하고 그 속에 들어있는 숨겨진 내막을 파헤쳤다. 이를 통해 어떤 관료가 사회민심을 반영하고 적극적인 해법을 제시함으로써 자신의 재능과 포부를 보여 주었는가를 엿볼 수 있다. 물론 무소불위의 권력을 휘둘렀던 변방의 신하가 상소를 통해 조정과 줄다리기를 하며 어떻게 자신의 목적을 달성하고 동시에 황제를 노엽지 않게 할까 고심했던 흔적도 볼 수 있다.

상소는 동양 정치문화의 오묘함을 보여주는 것은 물론 봉건시대 관료들의 뒷모습을 보여주며 동시에 인간성의 고매함과 비열함, 기개와 아첨의 모습까지 적나라하게 보여주고 있다.

용인술의 달인들

한성(寒聲) 지음 | 이용운, 고아라 옮김 | 신국판 352쪽

맨손으로 천하를 평정한 10人의 인재경영 이야기

범재(凡才)가 인재(人才)와 영재(英才), 심지어 천재(天才)를 지도하는 것은 천고불변의 법칙이다.

역사를 되돌아보면 위대한 업적을 남긴 이들은 모두 남의 힘을 잘 빌리는 고수들이었다. 홀로 힘써서 성공을 거두는 사람은 없다.

유방이나 유비는 자신의 수많은 결점을 모두 남에게 빌려서 보완하고 결국 황제에까지 올랐다. 반대로 개인의 능력만을 따지면 천하무적을 자랑하던 항우나 여포 등은 결국 참담한 실패를

맛보아야 했다. 중국 역사상 가장 극적인 황제로 꼽히는 명나라의 개국황제 주원장도 빼놓을 수 없다. 그야말로 알거지에서 황제에 오른 입지전적인 인물이다. 덩샤오핑은 평생을 벗삼아 주원장의 전기를 곁에 두고 그의 통치철학으로 삼았다고 한다. 제아무리 뛰어난 재주를 지닌 사람이라 해도 사람을 잘 쓰지 못하는 사람은 오래갈 수가 없다. 어디에서 무슨 일을 하든지 모든 것은 결국 사람을 어떻게 쓰느냐에 그 성패가 달려 있다.

이 책《용인술의 달인들》은 중국역사의 영웅들로 일컬어지는 이들을 등장시켜 그들의 성공법칙과 사람을 쓰는 기술을 다루고 있다. 용인술의 대가들로 이름을 떨친 유방, 유비, 주원장, 여불위, 소진, 두월생 등의 그 성공요인을 적나라하게 파헤친다. 또한 역사의 실존 인물들뿐만 아니라 삼장법사, 위소보, 송강 등과 같은 중국 고전속의 영웅들도 불러내 그들이 용인술을 하나하나 재미있게 풀어간다.

중국사 열전 – 황제(皇帝)

샹관핑(上官平)지음 | 차효진옮김 | 신국판(양장) 492쪽

제위의 찬란한 유혹, 중국 황실의 2천년 투쟁사

중국 역대 황제 583명에 대한 철저한 고증으로 성스러운 제왕의 껍데기를 벗겨내고 한 인간으로서의 본성을 남김없이 드러낸다.

지난 수천 년간의 중국 역사에서 눈부시게 매혹적인 제왕의 권좌는 수많은 사람들을 매료시키며 잔인한 암투 속으로 그들을 끌어들였다. 황제의 권력이 컸던 만큼, 그 권력을 차지하기 위해 벌어지는 권력다툼은 상상을 초월할 정도로 치열했다. 권신들이나 무장 세력들은 제위를 찬탈하기 위해 수많은 간계를 획책하였다. 권력을 탐한 무리 중에는 황후나 귀빈들도 포함되어 있었다. 후비(后妃)들은 언제 터질지 모르는 시한폭탄처럼 숨어 있다가 시기가 무르익으면 자신의 모든 걸 걸고 일을 터트렸다. 그러나 역사적 경험으로 볼 때 황제의 자리에 올라서는 것은 무척이나 힘들어도 권좌에서 내려오는 것은 손바닥 뒤집기보다 쉬웠다. 개국할 때에는 운이 좋았던 황제들이 여럿 있었으나, 어렵게 권좌에 앉고 난 후에는 무능하고 잔혹한 성정을 드러내거나 내부의 갈등으로 인해 결국 막다른 길로 몰려 권좌를 노리는 권신과 왕족들에 의해 축출되고 마는 경우가 허다했다.

'군주에게는 국법이 적용되지 않는다'는 봉건 왕조의 절대 법칙에 따라 중국의 황제는 무한대의 권력과 향락을 추구하며 강력한 권력을 누렸다. 황제는 한 사람이 천하를 다스리되 천하가 그를 위해 봉양하게 되어 있는 구조였다. 이에 수많은 사람들은 기꺼이 자신과 구족(九族)의 목숨을 내걸고 그 자리를 다투었다. 이러한 강렬한 유혹은 2천년 동안 중국의 황실 내부에서 끊임없이 벌어졌고 그만큼 왕조의 교체는 잦았다.

제왕의 거처는 높은 벽과 두꺼운 문, 삼엄한 경계를 펴는 금지(禁地)로 잘 알려져 있어 지금까지 밖으로 폭로된 게 매우 적었다. 간혹 밖으로 누설된 것조차도 훼손되거나 결여되어 있어 그 진실이 완전하지 못했다. 이 책은 중국 역대 황제 583명에 대한 철저한 고증으로 성스러운 제왕의 껍데기를 벗겨내고 한 인간으로서의 본성을 남김없이 드러낸다.

중국사 열전 – 후비(后妃)

샹관핑(上官平)지음 | 한정민 옮김 | 신국판(양장) 464쪽

황제를 지배한 여인들

이 책은 전한왕조의 건립 후기부터 청나라까지 역사서에 정확하게 기록되어 있는 후비들을 선택하여 봉건사회의 특수한 신분에 속했던 그녀들을 통해 당시 사회를 연구한 것이다.

후비들은 통치 집단의 중요인물로 그녀들의 말 한마디 행동거지 하나하나는 후궁과 왕조, 심지어 한 시대에 매우 중대한 영향을 미쳤다. 몇몇 후비들은 개인적인 목표를 이루기 위해 모든 권력을 총동원했고 총애를 받으려 서로 질투하고 다투는 등의 문제로 때론 왕조와 그 시대를 혼란에 빠뜨렸다. 이런 현상은 거의 모든 왕조의 후궁에서 볼 수 있다. 따라서 그녀들은 황제를 차지하고 권력에 서는 것을 그 목적대상으로 하였다. 이는 중국의 봉건제도와 그 시대의 정치를 이해하는 하나의 방법이며 형식이라고도 할 수 있다. 그리고 이것이 바로 이 책을 쓴 목적이다.

후비의 수는 황제의 수백 배에 이르는데 이 책에 언급된 후비들은 그 일부에 지나지 않는다. 그러나 기본적으로 각 왕조의 유명하고 중요한 후비를 선택하였고 상대적으로 많은 영향을 끼친 후비들을 골랐다. 이는 독자들의 이해의 폭을 넓혀주기 위함이다. 이들 후비들을 통해 우리는 봉건체제 아래에서 그녀들 개인의 운명과 그녀들 스스로 문제발생의 원인이 되어 일으킨 갖가지 풍파, 그리고 이러한 풍파의 영향으로 왕조의 흥망성쇠를 초래한 일면들을 충분히 엿볼 수 있을 것이다.

후비들의 추행은 궁중의 어두운 면이었기 때문에 사가들은 가능하면 꺼리고 기피했다. 기록을 남기더라도 간단히 언급만 하든가 모호하게 처리하여 후대의 사람들의 추측을 불러 일으켰다. 하지만 그 모든 것을 감추고 은폐하는 데에는 실패했다. 넓은 역사의 바다에는 여전히 적지 않은 흔적들이 남아 있다. 각종 사료들을 비교 종합해 보면 후비들이 권력과 욕정을 탐하여 생긴 비극들의 전모가 드러난다. 권력을 탐하고 욕망을 좇아 비정상적으로 타락하게 되면 상상조차 어려운 극악무도하고 추악한 여인으로 변하여 결국에는 비극적인 최후를 맞았다.

이 책을 통해 중국 역사의 다양하고 개성 있는 수많은 후비들을 접할 수 있을 것이다. 때론 처량하고 슬프고, 때론 강하고 인자하며 뛰어난 품성을 지녔으며, 때론 악하고 탐욕스럽고 음란한 그녀들의 인생이 궁금하다면 부족하나마 이 책이 도움이 될 것이다.

역사를 바꾼 결정적 순간

첫 판 1쇄 발행 2003년 11월 24일
개정판 1쇄 발행 2008년 12월 8일

지은이 루돌프 K. 골트슈미트 옌트너
펴낸이 문종현
영업책임 배승원
디자인 고낭새

펴낸곳 도서출판 달과소
출판등록 2004년 1월 13일 제2004-6호
주소 우)121-840 서울시 마포구 서교동 247-17 신한빌딩 302호
전화 0502-123-8889 | **팩스** 0502-123-8890
이메일 chonnom@dalgaso.co.kr
찍은곳 신우문화인쇄
ISBN 978-89-91223-28-8 (03850)